KNAUR

*Von Sabine Ebert sind bereits folgende Titel bei Knaur erschienen:*
Das Geheimnis der Hebamme
Die Spur der Hebamme
Die Entscheidung der Hebamme
Der Fluch der Hebamme
Der Traum der Hebamme
Blut und Silber
1813 – Kriegsfeuer
1815 – Blutfrieden
Schwert und Krone – Meister der Täuschung
Schwert und Krone – Der junge Falke
Schwert und Krone – Zeit des Verrats
Schwert und Krone – Herz aus Stein
Schwert und Krone – Preis der Macht

*Über die Autorin:*
Sabine Ebert war als Journalistin und Sachbuchautorin tätig und begann aus Passion für deutsche Geschichte, historische Romane zu schreiben, die allesamt zu Bestsellern wurden. Mit dem Romanzyklus »Schwert und Krone« kehrte sie in die Zeit zurück, mit der sie Millionen von Lesern für unsere Geschichte begeistern konnte. In ihrem aktuellen Roman stellt sie eine junge Frau in den Mittelpunkt, die sich inmitten von Repression und Zensur behaupten muss. »Die zerbrochene Feder« knüpft lose an »1813 – Kriegsfeuer« und »1815 – Blutfrieden« an, konzentriert sich aber ganz auf die junge weibliche Hauptfigur. Sabine Ebert lebt und arbeitet in Dresden. Besuchen Sie die Autorin auch auf ihrer Website: www.sabine-ebert.de

SABINE EBERT

# Die zerbrochene Feder

ROMAN

KNAUR

**Besuchen Sie uns im Internet:**
**www.knaur.de**

MIX
Papier | Fördert gute Waldnutzung
FSC® C083411

Eigenlizenz November 2022
Knaur Taschenbuch
Originalausgabe November 2021 Knaur Hardcover

Ein Imprint der Verlagsgruppe
Droemer Knaur GmbH & Co. KG
Maria-Luiko-Straße 54, 80636 München

Ein Projekt der AVA International
Autoren- und Verlagsagentur
www.ava-international.de
Redaktion: Silvia Kuttny-Walser
Covergestaltung: ZERO Werbeagentur, München
Coverabbildung: © Collage unter Verwendung von Motiven von Richard Jenkins, Yolande de Kort / Trevillion Images und Shutterstock
Satz: Wilhelm Vornehm, München
Druck und Bindung: CPI books GmbH, Leck
ISBN 978-3-426-52542-5

Kontaktadresse nach EU-Produktsicherheitsverordnung:
produktsicherheit@droemer-knaur.de.

4 5

# ERSTER TEIL

## WIE EIN LOSES BLATT IM WIND

# November 1815

»Ich weiß, was du planst«, wisperte die zierliche Carlotta ihrem Mann zu und stieß ihm energisch den Ellenbogen in die Rippen. »Sag bitte sofort, dass das nicht dein Ernst ist!«, zischte sie und starrte ihn mit gerunzelten Augenbrauen an.

Wilhelm Trepte, ein Rechtsgelehrter der Berliner Universität mit grauem Backenbart, hatte den Blick auf seine junge Schwiegertochter Henriette gerichtet, die gerade ihr Söhnchen – seinen Enkel – auf den Arm hob und an sich drückte, während Tränen in ihren Augen glitzerten.

Als Wilhelm nicht antwortete, riss ihn Carlotta mit einem erneuten Rippenstoß aus seinen Grübeleien.

Rasch zog er seine Frau in den Salon und nahm sie bei den Händen.

»Liebes, wir müssen etwas unternehmen, damit sie nicht länger in Trauer versinkt.«

Ihr Sohn Maximilian, Henriettes große Liebe, hatte wie seine beiden jüngeren Brüder sein Leben im Krieg gegen Napoleon verloren. Schwer verwundet war der preußische Premierleutnant aus Frankreich zurückgekehrt, durfte gerade noch die Geburt seines Sohnes erleben und starb nur Tage später während der Operation, bei der eine Kugel entfernt wurde, die nahe seinem Herzen steckte. Das war im Sommer des vergangenen Jahres geschehen.

»Sieh sie dir doch an!«, drängte Wilhelm seine Frau. »Sie wandert umher wie ein Geist, und wann hast du sie das letzte Mal lachen sehen? Oder auch nur lächeln? Jette muss sich wieder dem Leben zuwenden. Sie ist noch nicht einmal zwanzig! Und das Trauerjahr ist vorbei.«

»Hast *du* denn aufgehört, um unsere Söhne zu trauern?«, fragte Carlotta vorwurfsvoll, ohne eine Antwort zu erwarten. »Könntest du den Gedanken ertragen, dass sie mit unserem einzigen Enkel dieses Haus verlässt, um sich neu zu vermählen?«

Wilhelm Trepte seufzte leise und zog ein sauberes Schnupftuch aus der Weste, um seine Brille zu putzen – eine für ihn typische Geste, wenn er Zeit gewinnen wollte.

»Das fällt mir nicht weniger schwer als dir, Liebes«, gestand er schließlich. »Doch ist es nicht auch für das Kind das Beste, wieder einen Vater zu haben – und eine glückliche Mutter statt einer in Trauer versunkenen?«

»Sie findet Trost im Schreiben«, hielt Carlotta dagegen.

Als Sängerin wusste sie um die heilende Kraft der Kunst. Henriette besaß literarisches Talent, das hatte nicht nur ihr Oheim versichert, der im sächsischen Freiberg eine Buchhandlung mit angeschlossener Druckerei führte und Fachbücher sowie ein Wochenblatt herausgab. Der Inhaber der berühmten Nicolaischen Verlagsbuchhandlung, die im Nachbarhaus der Treptes in der Berliner Brüderstraße ihren Sitz hatte, wollte sogar ihre Manuskripte veröffentlichen.

»Kann sie ausgerechnet im Schreiben Trost finden?«, zweifelte der Jurist und ging zur Anrichte, um sich und seiner Frau ein Glas Likör einzuschenken. »Du solltest sie lieber dazu anhalten, ihr Klavierspiel zu verbessern.«

Er strich sich durchs Haar und sagte dann mit sorgenvoll gerunzelter Stirn: »Sie schreibt über ihre schrecklichen Erlebnisse in den Kriegsjahren, bei der Pflege von Verwundeten und Typhuskranken in überfüllten Lazaretten. Meinst du nicht, es wäre besser für sie, endlich loszulassen? Nach vorn zu schauen? Ins Leben zurückzukehren, statt bei den Toten zu verharren?«

Müde ließ er sich in einen Sessel sinken. Es war November; die früh hereinbrechende Dunkelheit lastete schwer auf ihren Gemütern.

»Sie will Zeugnis ablegen, als Mahnung«, beharrte Carlotta und setzte sich zu ihm auf die Sessellehne.

Dass ihr Mann jetzt schwieg, machte sie unruhig.

»Was geht gerade in dir vor?«, forschte sie, denn offensichtlich zögerte Wilhelm, seine Gedanken mit ihr zu teilen, was ungewöhnlich war. Sie vertrauten einander.

Doch der Rechtsgelehrte schien nur mit Mühe die passenden Worte zu finden.

»Genau das bereitet mir Sorge«, gestand er schließlich leise ein. »Solche Zeugnisse sind nicht mehr erwünscht. Erst recht nicht, wenn jemand so hart mit Königen ins Gericht geht, wie sie es tut. Es könnte Ärger erregen, im harmlosesten Fall Missbilligung. Wir müssen sie davon abbringen. Und deshalb sollten wir am Sonnabend eine Gesellschaft geben und ein paar junge Männer einladen. Vielleicht verliebt sie sich neu.«

Die zierliche Carlotta stand mit einem Ruck auf, stellte ihr Glas ab und stemmte die Hände in die Seiten.

»Wilhelm Trepte, ich kann nicht glauben, was ich da Ungeheuerliches von dir zu hören bekomme! Weißt du, welcher Tag heute ist? Ihr Hochzeitstag! Heute vor zwei Jahren hat sie unseren Jungen geheiratet. Sie konnten nur eine schlichte Feldhochzeit feiern, und während ihrer gesamten Ehe hatten die beiden kaum vier Wochen füreinander, bis er wieder in den Krieg ziehen musste. Und ausgerechnet heute kommst du auf die Idee, sie mit einem anderen zu verkuppeln? Henriette, die uns eine Tochter geworden ist, nachdem alle unsere Söhne tot sind?«

»Sei leise, Liebes!« Ihr Mann versuchte, das Temperament seiner italienischen Frau zu zügeln. »Was, wenn sie dich hört?«

»Mit diesem Argument gibst du selbst zu, wie schändlich und taktlos deine Gedanken sind!«, hielt sie ihm leidenschaftlich entgegen.

Wilhelm Trepte seufzte leise, nahm erneut seine Brille ab, hauchte die Gläser an, holte umständlich sein Tuch hervor und putzte sie, als seien sie nicht schon blank.

»Es bleibt dabei. Wir geben eine kleine Gesellschaft, und *ich* kümmere mich diesmal um die Gästeliste.«

Carlotta verdrehte die Augen. »Wie viele?«

»Ein halbes Dutzend. Nach dem Essen können wir im Salon noch in zwangloser Runde plaudern und ein wenig musizieren. Aber wir sollten es Henriette erst kurz vorher und ganz beiläufig sagen, damit sie …«

»… nicht Verdacht schöpft, dass du sie verkuppeln willst?«

»Damit sie dem Abend erst einmal keine große Bedeutung beimisst und sich nicht schon innerlich dagegen sperrt, bevor auch nur der erste Gast unser Haus betreten hat.«

»Dann sag du es ihr! Ich will mit diesem Komplott nichts zu tun haben!«, forderte Carlotta kategorisch.

Sie starrte ihren Mann so lange an, bis dieser zustimmte, dann ging sie Madame Bellefleur suchen, die Haushälterin, um mit ihr eine Speisenfolge für die Gesellschaft zusammenzustellen. An diesem Punkt, das wusste sie, konnte sie ihrem Mann seine Idee ohnehin nicht mehr ausreden. Sie fragte sich, ob Henriette wohl den Plan ihres Schwiegervaters erraten würde. Sie war klug und feinfühlig, doch so von Trauer erfüllt, dass sie das Vorhaben vielleicht erst durchschaute,

wenn sie sich an der Tafel von ledigen Männern umringt sah. Obwohl …
Carlotta seufzte erneut. So viele junge Männer waren in den Kriegsjahren gefallen! Und als Witwe mit einem Kind, auch wenn sie noch keine zwanzig zählte, durfte Jette wohl eher mit dem Antrag eines älteren Herrn rechnen.
Zumindest sollte die Bewirtung der Gäste weniger Schwierigkeiten bereiten als unter der Herrschaft Napoleons, der den Handel mit England strikt verboten hatte. Die Kontinentalsperre war aufgehoben, und es gab endlich wieder Kaffee, Zucker, Vanille und andere begehrte Waren aus den britischen Kolonien.

Während Carlotta bereits mit der Köchin das Menü besprach und zustimmte, für diesen Tag noch eine Beiköchin zu engagieren, zog sich Wilhelm Trepte in die Bibliothek zurück und stellte eine Liste der Gäste zusammen, die er einladen wollte. Einen älteren Kollegen von der Universität mit seiner hochbetagten Mutter, damit Henriette nicht misstrauisch würde, und einige unvermählte Assessoren und Assistenten, denen er eine erfolgreiche Laufbahn zutraute.
Die Vorbereitung für die gesellige Zusammenkunft nahm im Haus der Treptes ihren Lauf, ohne dass Henriette davon erfuhr – so hatte es sich ihr Schwiegervater ausbedungen.
Erst einen Tag vor dem Ereignis hielt Wilhelm Trepte den Moment für gekommen, ihr davon zu erzählen. Er wartete in der Bibliothek auf sie, die sie gewöhnlich aufsuchte, wenn ihr Söhnchen eingeschlafen war.
Als er ihre leichten Schritte nahen hörte, hielt er mit dem Schreiben inne.
Henriette trat ein und verharrte kurz, als sie ihn erblickte.

Das hellbraune Haar hatte sie zu einem einfachen Knoten hochgesteckt, und unter dem Arm trug sie zwei Bücher.
»Störe ich?«, fragte sie zaghaft, schon auf dem Sprung, gleich wieder zu gehen, falls es so war.
»Komm nur herein, meine Liebe, und such dir neuen Lesestoff aus!«, schlug Wilhelm mit einladender Geste vor.
»Max ist gerade erst eingeschlafen«, erzählte die zarte junge Frau, während sie die Bücher wieder an ihrem Platz einsortierte. Dann suchte sie die hohen Regalreihen nach weiterer Lektüre ab.
»Wir werden morgen eine zwanglose kleine Gesellschaft geben«, erklärte er beiläufig und beobachtete sie genau. »Nicht ganz die übliche Runde, sondern hauptsächlich Kollegen von der Universität und Männer, mit denen ich geschäftlich in Verbindung stehe. Die meisten von ihnen wirst du noch nicht kennen. Aber es ist wichtig für mich, dass wir sie hier bei uns empfangen.«
Henriette verzog keine Miene, sondern wartete, dass er weitersprach. Sie schien keinen Verdacht zu schöpfen. Die Treptes führten ein gastliches Haus. Wilhelm war an der Universität geschätzt und Carlotta als talentierte Sängerin beliebt.
Also wagte er sich ein Stück weiter vor.
»Ich würde dich gern einmal wieder in dem hellblauen Kleid mit der fliederfarbenen Spitze sehen, das du trugst, als wir den großen Iffland in seiner letzten Theatervorstellung erlebten.«
Verwundert sah sie ihn an. Bis eben hätte sie nie vermutet, dass sich ihr Schwiegervater Gedanken darüber machte, was sie anzog. Ihr selbst war es ziemlich gleichgültig, seit Maximilian gestorben war. Sie war nur müde, so furchtbar müde, und wenn nicht ihr kleiner Sohn und die Verpflichtungen

gegenüber den Schwiegereltern wären, würde sie vollends im Dunkel umhertreiben.
Nun sollte sie also auf einem häuslichen Fest brillieren. Nach nichts stand ihr der Sinn weniger. Doch da diese Zusammenkunft Maximilians Vater wichtig zu sein schien, würde sie natürlich seinem Wunsch nachkommen.
»Und steck ein paar Blüten ins Haar, Liebes. Ich wünsche mir sehr, dass du dich endlich wieder ein wenig herausputzen lässt. Du bist noch jung und solltest das Leben genießen.«
Während der Gelehrte fürchtete, Henriette könnte seine Absicht erraten, stieg in ihr ein ganz anderer, beunruhigender Verdacht auf.
»Falle ich euch zur Last?«, fragte sie, biss sich auf die Lippe und musterte ihn beklommen.
Die Treptes hatten sie vor zwei Jahren aufgenommen, ohne sie zu kennen, nachdem ihr ältester Sohn sie überraschend in Frankfurt geheiratet hatte. Und seit Maximilians Tod war nun schon über ein Jahr vergangen.
Bestürzt legte Wilhelm Trepte die Feder hin, ging auf sie zu und nahm ihre Hände. »Das darfst du nie denken!«, versicherte er ihr. »Du warst uns vom ersten Tag an willkommen, das weißt du doch. Ich möchte dich nur wieder lächeln sehen.«
Wortlos nickte sie, während ihre Kehle wie zugeschnürt war. Dieses Kleid, von dem er sprach – ein Hochzeitsgeschenk von Oheim und Tante aus Freiberg –, hatte sie seit Maximilians Tod nicht mehr getragen. Sie musste erst einmal mit Änni, dem Hausmädchen, nachsehen, ob es noch passte und ob vielleicht etwas daran ausgebessert werden musste.
Bevor sie ging, gab ihr Wilhelm Trepte mit auf den Weg: »Vielleicht übst du bis dahin noch ein wenig auf dem Kla-

vier? Carlotta möchte morgen etwas singen, und du könntest sie begleiten.«
Insgeheim gratulierte er sich dazu, dem Ganzen einen so beiläufigen Anstrich gegeben zu haben.
Wieder nickte Henriette mit erstarrter Miene. Natürlich durfte sie ihren Schwiegereltern diesen Wunsch nicht abschlagen. Doch das Klavier musste warten. Erst einmal hatte sie für morgen etwas anderes vor, etwas Wichtiges. Das Einzige außer ihrem Kind, was sie aus der Apathie riss, die sie seit dem Tod ihrer großen Liebe lähmte.

»Seien Sie willkommen!«
Überschwänglich stemmte sich Monsieur Parthey, der Inhaber von Berlins berühmtester Verlagsbuchhandlung, aus dem Stuhl hinter seinem Schreibtisch und ging mit ausgebreiteten Armen auf Henriette zu. »Kommen Sie in den Salon, meine Liebe, ich werde Sie doch nicht im Komptoir empfangen! Wie geht es meinem Patensohn?«
»Gut, Monsieur«, berichtete Henriette, und dies war einer der wenigen Momente, in denen sie lächelte. »Er läuft schon munter drauflos und will schneller sein, als ihn seine Beinchen tragen. Und er redet den ganzen Tag, wobei oft sehr lustige Wortschöpfungen herauskommen.«
Mit einem Arm wies ihr der siebzigjährige Daniel Friedrich Parthey den Weg zum Salon und orderte beim Hausmädchen Mokka für sich und seine Besucherin.
Der Mokka wurde in zwei goldgeränderten kobaltblauen Tassen aus der Königlichen Porzellan-Manufaktur Berlin serviert. Dazu trug das Mädchen eine Kristallschale voller Mürbeplätzchen auf dem Tablett herein.
Nach einem Moment andächtigen Schweigens, in dem Monsieur Parthey genüsslich den Kaffeeduft einsog, nahm Hen-

riette allen Mut zusammen, um die Frage auszusprechen, die ihr auf der Seele lag.

»Haben Sie etwas darüber gehört, wann mein Buch erscheinen darf? Sind die Seiten schon vom Zensor zurück?«

Umständlich löffelte der Verleger Zucker in seinen Mokka und schien ganz auf diese Tätigkeit konzentriert.

»Nein, sie befinden sich noch dort«, antwortete er nach bedeutungsschwerem Schweigen. »Und zu meinem Leidwesen kann ich die Prüfprozedur nicht beschleunigen, obwohl sie ungewöhnlich lange dauert.«

»Müssen wir uns deshalb sorgen?« Beunruhigt beugte sich Henriette ein wenig vor. »Vielleicht liegt es nur daran, dass einer der Zensoren erkrankt ist. Bei diesem nasskalten Novemberwetter wäre das kein Wunder.«

Der weißhaarige Verleger war nun auffallend intensiv damit beschäftigt, den Mokka mit seinem silbernen Löffelchen umzurühren; er schien wie gebannt von dem dunklen Strudel und dem leisen Klirren.

Da er aber spürte, dass sich seine junge Besucherin ohne klare Antwort nicht zufriedengeben würde, riss er schließlich den Blick widerstrebend von dem Gebräu los und sah sie an.

»Wenn etwas lange beim Zensor liegt, ist das nie ein gutes Zeichen, meine junge Freundin«, eröffnete er und seufzte. »Ihr Werk ist ungewöhnlich, aufrüttelnd und bewegend. Sehr einfühlsam geschrieben, trotzdem schlicht und klar.«

Ungewohnte Verlegenheit zeichnete sich nun auf seinem Gesicht ab.

»Genau das ist das Problem, wie sich nun herausstellt. Sie schreiben vom Krieg, von Ihren erschütternden Erlebnissen in den Lazaretten vor, während und nach der Leipziger Völkerschlacht. Ich halte Sie für ein großes Talent und möchte

Sie fördern. Und ich gebe zu, Sie haben mich alten Mann zutiefst berührt. Ich war, nein: Ich *bin* sicher, Sie würden jeden Leser bewegen.«

*»Würden?«*, fragte Henriette mit hochgezogenen Augenbrauen.

Parthey stellte seine Tasse auf dem Tischchen ab, das mit Intarsien aus Perlmutt verziert war, und lehnte sich in seinem Sessel zurück.

»Nun … Ich habe mir erlaubt, dezent beim Sekretär der Zensurbehörde nachzufragen. Und bekam in etwa zu hören, was ich schon befürchtete, nachdem die Genehmigung des Textes so lange ausblieb.«

Verlegenheit stand auf seinem Gesicht geschrieben.

Jette, die ahnte, worauf das Gespräch jetzt hinauslaufen würde, stellte ebenfalls ihre Tasse auf dem Tischchen ab, denn ihre Hände begannen zu zittern. Vor Entrüstung.

»Als Seine Majestät der König sein Volk zum Kampf gegen Napoleon aufrief, da erfasste eine patriotische Welle das Land, weit über Preußen hinaus«, holte Parthey weitschweifig aus. »Selbst aus Nachbarländern wie Sachsen oder Anhalt meldeten sich Freiwillige zur Armee. Damen verkauften ihren Goldschmuck, damit die Truppen bewaffnet werden konnten.«

Bei weitem nicht so viele, wie der preußische König gehofft hatte, dachte Henriette sarkastisch, hielt diese Bemerkung aber zurück.

»Nun ist der Sieg errungen, auf dem großen Kongress in Wien wurde Frieden geschaffen …«, fuhr der Verleger fort, und in Gedanken kommentierte Henriette sofort: auf Kosten Polens und Sachsens, das zur Hälfte als Beute an Preußen ging!

»Deshalb wünscht man sich in allerhöchsten Kreisen …« –

Monsieur Partheys Blick wanderte bedeutungsvoll zu dem goldgerahmten Porträt Friedrich Wilhelms III. an der Wand – »… dass nun nicht mehr von solch schrecklichen Dingen die Rede ist, wie Sie sie beschreiben. Die Besetzung Preußens durch Napoleon und der Krieg sind vorbei. Jetzt sind Zuversicht und Unterhaltung erwünscht.«
Parthey räusperte sich sichtlich verlegen.
»Man hat mir bedeutet, eine junge Frau wie Sie sollte doch, *wenn sie schon meint, schreiben zu müssen,* etwas Nettes zu Papier bringen.«
Henriette hatte das unwirkliche Gefühl, dass sich ihr die Haare sträubten, obwohl sie fest zum Knoten aufgesteckt waren.
»Aha«, sagte sie nur und hielt mit Mühe alle Erwiderungen zurück, die ihr auf der Zunge lagen. Denn sie spürte genau, dass der Verleger das Entscheidende noch nicht gesagt hatte. Damit rückte er nun heraus, zögernd und mit gesenkter Stimme.
»Zumal …« – unter seinen buschigen Augenbrauen sah er Henriette beschwörend an – »… Sie sich unverhohlen kritisch über den König von Preußen und den König von Sachsen äußern.«
»Friedrich Wilhelm von Preußen hatte dem Volk Reformen und eine Ständeverfassung versprochen«, erinnerte sie leidenschaftlich. »Davon ist plötzlich keine Rede mehr. Doch ich verstehe natürlich, dass es einem König den Schlaf raubt, wenn er sein Volk bewaffnet, und er jede Erinnerung daran tilgen will.«
Nun beugte sie sich ein wenig vor, strich mit den Fingern über die Perlmuttintarsien des Tisches, ohne es wahrzunehmen. »Eine Kritik am König von *Sachsen* sollte doch beim preußischen Regenten Beifall finden, nachdem beide Herr-

scher in den letzten Kriegsjahren auf gegnerischen Seiten standen, nicht wahr?«

Monsieur Parthey hüstelte, sein Blick wanderte erneut zu dem goldgerahmten Porträt des preußischen Königs. Solche Drucke hatte auch ihr Oheim in Freiberg verkauft – jedenfalls so lange, wie das preußische Heer im Land weilte, und später noch einmal, während Sachsen unter preußischer Verwaltung stand. Je nach politischer Lage hatte Friedrich Gerlach auch Porträts Napoleons oder des russischen Zaren im Angebot. Die des sächsischen Königs Friedrich August natürlich ständig.

»Ich erhielt einen Fingerzeig der Zensurbehörde, dass herabwürdigende Äußerungen über Angehörige von Königshäusern generell als unangemessen betrachtet werden«, bekannte der Verleger.

»Aha«, wiederholte Henriette kühl. »Soll ich also die betreffenden Abschnitte entfernen?«

Parthey schloss die Augen und wirkte tief in Gedanken versunken, ehe er weitersprach. Schließlich öffnete er die Lider und blickte Henriette ins Gesicht.

»Ich fürchte, das wird nicht genügen, meine Liebe«, sagte er besorgt. »Sie haben *in allerhöchsten Kreisen* Missfallen erregt. So leid es mir tut um Sie und Ihr Buch – darf ich Ihnen noch einen dringenden Rat geben: Sie sollten sich umgehend davon distanzieren und zum Zeichen guten Willens etwas Gefälliges schreiben. Etwas Nettes. Lauschige Naturbetrachtungen oder die romantische Liebesgeschichte eines patriotisch gesinnten Paares.«

Henriette schwieg kurz, ehe sie sich erhob.

»Ich danke Ihnen für Ihre Offenheit, Monsieur Parthey«, sagte sie. »Und ich betrachte Sie nach wie vor als Freund. Doch Sie werden von mir nicht ernsthaft erwarten, dass ich über Schmetterlinge und Frühlingsdüfte schreibe – nach all dem, was ich gesehen und erlebt habe. Das, was ich Ihnen anvertraute, *ist* eine Liebesgeschichte. Eine Geschichte über Nächstenliebe. Nur scheint meine Auffassung von Patriotismus nicht mehr zeitgemäß zu sein.«

Parthey erhob sich ebenfalls.

»Ziehen Sie es wenigstens in Betracht!«, beschwor er sie leise.

Besorgt sah er ihr nach, als sie sich in den Mantel helfen ließ und zur Tür ging.

## Eine Gesellschaft im Hause Trepte

Schneidend kalter Wind trieb Henriette winzige Eiskörner ins Gesicht, als sie aus dem Haus des Verlegers trat. Rasch drückte sie ihren Hut fester aufs Haar und band die Satinschleife enger, die ihn hielt.

Mit nur wenigen Schritten zur benachbarten Tür hätte sie Kälte, Wind und Hagel entkommen können. Aber sie fühlte sich jetzt nicht imstande, gleich wieder ins Haus ihrer Schwiegereltern zurückzukehren – mit ihrem Zorn, ihrer Enttäuschung und dem Wissen, dass Wilhelm und Carlotta sich große Sorgen machen würden, wenn sie erfuhren, was Monsieur Parthey berichtet hatte. Gefährdete sie vielleicht sogar die Stellung ihres Schwiegervaters an der Berliner Universität, wenn sie nicht klein beigab und den Zensoren zum Zeichen vermeintlicher Läuterung eine »nette Geschichte« lieferte?

Gedankenschwer ging sie bis zur nächsten Spreebrücke, klammerte sich mit beiden Händen am Geländer fest und reckte ihr Gesicht den feinen Graupeln entgegen, als könnte die Kälte auch den Aufruhr in ihrem Innern abkühlen. Der Wind zerrte an den Schößen ihres Mantels und an ihrem Hut, den sie nun doch lieber mit einer Hand festhielt.

Die Gegend um die Brücke war fast menschenleer, nur in einigem Abstand sah sie einen Schusterjungen mit tief ins Gesicht gezogener Mütze und einem Paar Stiefel, die über seiner Schulter hingen; er lieferte wohl für seinen Meister die fertige Ware aus. Auf der gegenüberliegenden Seite des Spreekanals watschelte eine in dicke Wolltücher gehüllte Frau mit einem Korb Kartoffeln. Zwei Möwen stritten laut kreischend um irgendetwas Essbares.

Im fauchenden Wind verharrend, haderte Henriette mit dem soeben Gehörten. Nicht nur, dass sie »etwas Nettes« schreiben sollte, womit gemeint war: völlig ohne Belang. Man hatte ihr auch ausrichten lassen, dass es gänzlich unangemessen sei, wenn sich Frauen – noch dazu junge – anmaßten, Bücher zu schreiben.

Nach dem Krieg und all den Entbehrungen und Verlusten würden die Menschen Vergnügen und Zerstreuung brauchen. Sicher, Hoffnung und endlich wieder einziehende Normalität brauchten sie auch, das war verständlich …

Doch wie konnte die Menschheit nach einer solchen Katastrophe weiterleben, nach einem Krieg, der mehr als einen ganzen Kontinent erfasst und Millionen Tote gekostet hatte, wenn jedermann so tat, als habe das alles nie stattgefunden?

Damit würde sie Maximilian verraten und all jene, die in diesen furchtbaren Jahren ihr Leben gelassen hatten. Nicht nur die Soldaten, sondern auch die zahllosen Zivilisten, die große Not litten, die ausgeplündert worden waren und ihre

Häuser und ihre Habe verloren hatten, die hungerten und vom Typhus hinweggerafft wurden, den die erschöpften Heere mit sich brachten.

Rasch wurden Henriettes Finger klamm vor Kälte, an ihren Haaren und Wimpern setzten sich winzige Eiskristalle fest. Doch ehe sie sich in die Wärme des Hauses flüchtete, musste sie ihren Gedankengang zu Ende bringen.

Und dazu gehörte der Entschluss, den Schwiegereltern vorerst nichts davon zu sagen, was Monsieur Parthey ihr gestanden hatte. Sie wollte nicht, dass sie sich sorgten. Vielleicht verlief diese unleidige Angelegenheit im Sande, weil die Zensoren eine junge Frau und Mutter nicht ernst nahmen und bald vergaßen? Sollte sie nicht besser doch schleunigst ihre literarischen Ambitionen aufgeben, stattdessen Klavier spielen und sticken, wie es die Treptes vorgeschlagen hatten? Um Unheil von ihren Schwiegereltern und auch dem Verleger fernzuhalten?

Henriette wandte den Blick von dem träge dahinfließenden Spreekanal, in dem die Überreste einer Holzkiste und ein angebissener Apfel schwammen, und lief zurück zum Haus der Treptes. Sie würde sich in ihr Zimmer zurückziehen und in Ruhe noch einmal über Monsieur Partheys Worte nachdenken.

Doch dazu sollte sie keine Gelegenheit finden.

Carlotta hielt schon am Fenster nach ihr Ausschau und bedeutete ihr mit energischem Winken, sich zu beeilen.

Sie empfing sie gleich an der Tür, zog sie herein und überschüttete sie mit Vorwürfen.

»Wo bleibst du denn, noch dazu bei diesem Wetter? Deine Hände sind ja eiskalt! Und dein Haar ist nass und zerzaust! Um Himmels willen, wie sollen wir dich präsentabel herrichten, bevor die Gäste kommen? In weniger als zwei Stunden treffen sie hier ein!«

Mit einer Spur von Verlegenheit wegen ihrer Unaufrichtigkeit murmelte sie noch: »Du weißt doch, wie wichtig diese Gesellschaft für Wilhelm ist …«

Sie schob Jette in deren Zimmer und rief nach Änni, damit die der jungen Frau in Mieder und Kleid half und die Brennschere erhitzte. Um den Haarschmuck würde sich Carlotta selbst kümmern, die bereits umgekleidet und fast fertig frisiert war.

Henriettes bestes Kleid, zartblau mit fliederfarbenen Spitzen, war sorgfältig gebügelt über das Bett drapiert. Lange weiße Handschuhe, Strümpfe und ihr Silberschmuck mit Amethysten – ein Geschenk von Oheim und Tante in Freiberg, der Familienschmuck der Gerlachs – lagen auf dem Frisiertisch bereit.

Teilnahmslos und schweigend ließ Henriette Carlottas und Ännis Wortschwall über sich ergehen, während ihr das Dienstmädchen die Haare trockenrieb, sie in das Mieder schnürte und ihr in das Festkleid half. Es war aussichtslos, jetzt über ihr Gespräch mit Monsieur Parthey nachdenken zu wollen, während die zwei Frauen geschäftig und höchst gesprächig um sie herumschwirrten.

Henriette schien es, als würde sie in eine andere Welt gezogen, weg von den dramatischen Ereignissen, über die sie geschrieben hatte, und stattdessen angefüllt mit Banalitäten: ob die Brennschere heiß genug war, um Locken zu drehen, wo die Haarnadeln lagen, ob die seidenen Blüten fest genug im Haar saßen …

Sollte sich ihr Leben künftig nur darum drehen?

Nachdem sie draußen so durchgefroren war, wirkten die Wärme des Zimmers und das unablässige Geplapper der beiden Frauen einschläfernd auf sie, zumal sie ohnehin seit Maximilians Tod von andauernder Müdigkeit erfüllt war. Ihre Gedanken verloren sich im Nichts, während verlockende Düfte durch das Haus zogen, von Gebratenem und Gebackenem.

»Nun lass dich anschauen, Liebes!«, meinte Carlotta schließlich, zog sie hoch, drehte sie an den Schultern zu sich und musterte mit leicht zusammengekniffenen Augen das Ergebnis ihrer Mühen.

»So wird es gehen«, meinte sie zufrieden, zupfte da und dort noch an einer Locke und fuhr zusammen, als unten am Hauseingang die Glocke schellte.

»Sie kommen! Warte im Salon, dort werden wir dich den Gästen vorstellen.«

Henriette nickte und stellte sich gedanklich auf ein paar Stunden höflicher Konversation mit vermutlich grauhaarigen Kollegen ihres Schwiegervaters ein. Doch ihm zuliebe würde sie sich von ihrer besten Seite zeigen. Aufmerksam und Interesse vortäuschend, auch wenn in ihrem Inneren alles erstorben war.

Zwei Stunden später, während die Treptes und ihre Gäste das Dessert löffelten, ein köstliches Zitronenparfait, fragte sich Henriette längst, was sie hier sollte. Sie wünschte sich fort von dieser zunehmend lärmenden Runde, an einen stillen Ort. Vorzugsweise in ihr Bett, wo sie sich zwischen Kissen und Decken verkriechen und nichts sehen und nichts hören wollte.

Die Gäste ihres Schwiegervaters mochten wohl in der Rechtskunde hervorragend bewandert sein und erörterten schon seit der Vorspeise diverse juristische Neuerungen und Streitfälle. Doch taten sie sich schwer, einen Gegenstand allgemeinen Interesses zum Thema einer Konversation zu machen.

Carlotta warf ihrem Mann deshalb in unbeobachteten Momenten immer wieder vorwurfsvolle Blicke zu – weil sie sich genau so langweilte wie sie selbst, glaubte Henriette. Ihr wäre nie der Gedanke gekommen, die Schwiegermutter wollte damit die offenkundige Fehleinschätzung ihres Mannes rügen, was potenzielle Ehekandidaten für eine intelligente junge Witwe betraf.

Wilhelm funkelte in diesen Momenten zurück, um Carlotta an seine Argumente zu erinnern: Jeder dieser Männer hatte ein gutes Einkommen und eine gehobene Position im Staatsdienst in Aussicht, was Henriette Schutz und Sicherheit bieten würde.

Als Gäste waren ein wortgewaltiger älterer Anwalt mit seiner hochbetagten Mutter erschienen, eine Matrone mit schrillem Kichern und hochaufgetürmten grauen Locken, auf denen eine Spitzenschleife prangte, sowie vier junge Männer, denen ihr Schwiegervater wohl eine verheißungsvolle Laufbahn an der Universität voraussagte.

In Freiberg, das wusste Henriette aus den Erzählungen ihrer dort lebenden Verwandten, war es auch üblich, dass Gelehrte der Königlich-Sächsischen Bergakademie ihre Studenten und Assistenten zu Tisch luden, um den fachlichen Austausch und den Gemeinschaftssinn zu fördern.

Wenn diese Gesellschaft ihren Schwiegereltern so wichtig war, sollte sie sich wohl zusammenreißen und den Konventionen Genüge tun.

Also saß sie seit zwei Stunden an diesem Tisch, nickte immer wieder mal nach links oder rechts, als verfolge sie das Gespräch, zeigte dann und wann das freundlichste Lächeln, das sie aufbieten konnte, und warf gelegentlich ein »Ach,

wirklich?« oder »Was Sie nicht sagen!« in die Runde, um Interesse vorzutäuschen, während sie in Wahrheit immer apathischer wurde und ihr Gesicht zur Maske erstarrte.
Anfangs hatten die Männer sie mit teils routinierten, teils unbeholfenen Komplimenten über ihr Aussehen, ihr Kleid und ihren Haarschmuck überhäuft. Doch seit sie bei Tisch saßen, war nur noch von Dingen die Rede, die an Henriette vorbeirauschten.
»Können die jungen Burschen denn über gar nichts anderes reden als über die Juristerei?«, beschwerte sich schließlich die alte Madame Stieglitz, nachdem sie ihr Dessertschälchen bis auf den kleinsten Rest ausgekratzt hatte. »Wo wir doch die charmante Gastgeberin und ihre bildhübsche Schwiegertochter am Tisch haben, die sich vermutlich über all eurer Paragraphenreiterei tödlich langweilen!«
Vorwurfsvoll sah sie in die Runde.
»Madame, ich denke, ich spreche im Namen meiner Kollegen, wenn ich mich schuldig bekenne«, räumte der junge Mann mit den vorstehenden Zähnen namens Isidor ein, der rechts von Henriette saß und sich ihr nun zuwandte.
»Verzeihen Sie mir, teure Henriette; wir sind Ihnen und unserer verehrten Gastgeberin mehr Aufmerksamkeit schuldig. Wie schrieb schließlich schon Schiller? *Ehret die Frauen! Sie stricken und weben himmlische Rosen ins irdische Leben.*«
Henriette starrte ihn irritiert an, sah dann zu Carlotta, deren Mundwinkel zuckten, als wollte sie gleich in schallendes Gelächter ausbrechen, und riss sich zusammen, um ebenfalls nicht loszuprusten.
Betont liebenswürdig neigte sie den Kopf ihrem Tischnachbarn etwas entgegen und korrigierte sanft: »Sie *flechten* und weben ... Schiller hat dabei gewiss keine Handarbeitskränzchen vor Augen gehabt. Er meinte das sinnbildlich.«

Isidor stutzte.
»Sinnbildlich? Sind Sie da sicher?«
Carlotta griff nach der Serviette – vorgeblich, um sich den Mund abzutupfen, in Wahrheit aber, um ihr Lachen zu verbergen.
»Ich bin mir *vollkommen* sicher«, beteuerte Henriette und dachte bei sich: Das halte ich keine Minute länger aus.
Wilhelm Trepte schien ihre Gedanken zu erraten und beschloss, dieser peinlichen Szene und der zunehmenden Langeweile bei Tisch ein Ende zu bereiten, ehe die Frauen seiner Familie den Gast noch lauthals auslachten.
Schwungvoll legte er seine Serviette beiseite und schlug vor: »Begeben wir uns doch hinüber in den Salon, um dort den Kaffee zu nehmen. Vielleicht könnten wir auch ein wenig musizieren.«
Erleichtert ließen sich die Damen von den Stühlen helfen und gingen ins Nachbarzimmer; Henriette und Carlotta nebeneinander und verständnisinnige Blicke tauschend.

»Ich habe Noten mitgebracht, Auszüge aus den neuesten Kompositionen Beethovens, sie sind gerade erst erschienen«, eröffnete ein weiterer junger Mann im Salon, blass und bisher nicht sehr beredt. Er holte ein paar zusammengerollte Blätter hervor und hielt sie Henriette auffordernd entgegen. »Es sind Variationen für vier Hände. Vielleicht könnten wir gemeinsam …?«
»Oh, da fragen Sie bitte Madame Trepte! Ich bin bei weitem nicht so gut auf dem Piano, dass ich *a prima vista* spielen könnte, schon gar nicht Beethoven«, wehrte Henriette ab.
Es stimmte; ihr Spiel hatte sich zwar während des Aufenthalts bei den Treptes verbessert, weil Carlotta sie zum Üben anhielt. Aber sie selbst betrachtete sich immer noch als eine

höchst bescheidene musikalische Amateurin. Worte waren ihr Metier, nicht Noten.
Außerdem wollte sie nicht spielen, um sich vorführen zu lassen wie ein Paradepferd. Es würden ohnehin nur wehmütige Melodien dabei herauskommen. Doch sie würde gern Carlotta zuhören, schon um dem banalen Geschwätz zu entfliehen.
Nach dem musikalischen Beitrag schlug die fast unerträglich gut gelaunte Madame Stieglitz vor, Scherenschnitte von allen Anwesenden anzufertigen. Wie sich herausstellte, besaß die alte Dame dafür wirklich Geschick, und ihr erstes aus schwarzem Papier geschnittenes Porträt – Carlotta im Profil – rief ehrlich gemeinte Komplimente hervor.
Es wurde beschlossen, dass sich alle Anwesenden nacheinander mit der Schere porträtieren lassen sollten – die Gelegenheit für Henriette, sich ein paar Schritte Richtung Kamin zurückzuziehen, während die anderen die aufgekratzte Madame Stieglitz umringten, um zuzusehen, wie nun das Profil des jungen Pianospielers mit gekonnt feinen Schnitten Kontur annahm, und dabei mit Lob nicht geizten.
Jette starrte zum Fenster, auch wenn in der Dunkelheit draußen nichts zu erkennen war, und fühlte sich gedankenleer. Wenn sie dieser Gesellschaft nur endlich entfliehen könnte! Sie war müde, unendlich müde und der aufgesetzten Munterkeit einer solchen Runde überdrüssig.
So bemerkte sie erst gar nicht, dass sich einer der jungen Männer in ihre Richtung bewegte, Mokkatasse und Unterteller geschickt balancierend.
»Ist Ihnen kalt?«, erkundigte er sich fürsorglich und deutete auf das Kaminfeuer. »Da Sie sich entgehen lassen, wie Madame Stieglitz uns allen wahlweise römische Profile oder Knollennasen verpasst?«

»Ein wenig«, sagte sie und fürchtete schon, nun erneut unbeholfene Komplimente für ihr schönes, aber aus dünnem Musselin gefertigtes Kleid zu hören.
Stattdessen fragte der junge Mann – Ludwig, erinnerte sie sich, mit dunkelbraunem Haar und langen Koteletten, wie sie die Mode vorschrieb – besorgt: »Soll ich Ihnen ein wärmendes Tuch bringen?«
Schon sah er sich um und deutete auf die cremefarbene Stola, die Henriette vor dem Mahl getragen hatte und die auf einem Sessel lag.
»Ich danke Ihnen, das wird nicht nötig sein. Es geht schon wieder«, wehrte sie freundlich ab. Mit einem Fransentuch am Kamin zu stehen, war nicht ratsam. Die züngelnden Flammen konnten leicht danach greifen.
»Dann hole ich Ihnen noch einen Kaffee«, insistierte er, stellte sein eigenes Getränk auf dem Kaminsims ab, ging zur Anrichte und brachte ihr eine Tasse, aus der es noch dampfte.
Während er damit auf sie zuschritt, rekapitulierte sie rasch, was sie noch von ihm wusste; von ihr würde jetzt höfliche Konversation mit dem jungen Mann erwartet. Er hatte ihr bei Tisch gegenübergesessen und nur wenig gesagt. Wenn sie sich recht entsann, sollte er eine höhere Beamtenlaufbahn einschlagen.
Sie dankte ihm für den frischen Mokka, sog den Duft ein und nippte daran.
»Sie müssen während des Krieges in einem der preußischen Freikorps gedient haben, wenn Sie nun hierzulande im Staatsdienst eingestellt werden sollen«, sagte sie dann, ohne zu bedenken, dass er es vielleicht als taktlos empfinden mochte, wenn sie die Rede auf den Krieg brachte. Hatte ihr nicht erst am Morgen Monsieur Parthey eingeschärft, die

Menschen wollten nichts mehr vom Krieg hören, sondern sich amüsieren?

Deshalb fügte sie rasch und ehrlich bedrückt hinzu: »Verzeihen Sie, ich will Sie nicht mit Fragen bedrängen, die als unangemessen erachtet werden könnten.«

Ludwig nahm noch einen Schluck aus seiner Tasse und stellte sie wieder auf dem Kaminsims ab.

»Keineswegs«, versicherte er lächelnd. »Ja, ich war als Freiwilliger in der preußischen Armee. Doch wenn Sie nun glauben, dass ich zu den Helden des berühmten Lützowschen Freikorps zählte« – an dieser Stelle spielte ein winziges, fast sarkastisch wirkendes Lächeln um seine Lippen –, »muss ich Sie leider enttäuschen. Ich gehörte einem weniger bekannten, aber sehr erfolgreichen Kommando an. Ich hatte die Ehre, unter dem Befehl des Rittmeisters von Colomb zu dienen.«

Henriette hielt mitten in der Bewegung inne, starrte ihn verblüfft an und war auf einmal hellwach, so wach wie seit langem nicht.

»Tatsächlich? Ein guter Freund von mir gehörte ebenfalls diesem Korps an. Vielleicht kennen Sie ihn?«

»Wie lautet sein Name?«, fragte Ludwig lebhaft.

»Felix Zeidler, ein Bergstudent aus Freiberg. Wir hatten zusammen in Freiberg preußische Verwundete gepflegt, bevor er sich als Freiwilliger meldete. Aber eigentlich stammt er aus Köthen-Anhalt.«

*»Volontärjäger Zeidler?«*, rief ihr Gegenüber überrascht und lächelte breit. »Mit krausem Haar und einer Brille? Und einem hervorragenden Gespür für Pferde?«

»Sie kennen ihn?«, fragte Henriette erfreut.

»Natürlich. Ein guter Mann. Er hatte uns gewarnt, als uns der Feind von drei Seiten entgegenrückte, obwohl er verwundet war und sich kaum noch im Sattel halten konnte. Dass wir damals nicht niedergemacht wurden wie die Lützower ein paar Tage zuvor nahe Leipzig, ist auch sein Verdienst.«

»Davon wusste ich gar nichts«, staunte Henriette. »Er hegte Zweifel, ob er wohl für das militärische Leben geeignet sei. Aber er wuchs auf dem elterlichen Gestüt auf, daher sein gutes Gespür für Pferde.«

»Wissen Sie, was aus ihm geworden ist? Während des Waffenstillstands verloren wir uns aus den Augen. Zeidler musste seine Verwundung auskurieren, er hatte zwei Finger der rechten Hand verloren.«

»Er beendete sein Studium in Freiberg und ging zum Korps Yorck, als die große Schlacht bei Leipzig begann.«

»Oh, das Korps Yorck ... Die hatten im Norden Leipzigs schlimme Verluste zu beklagen, ein Drittel der Männer«, warf Ludwig bedrückt ein. »Ich hoffe, er ist durchgekommen.«

»Ja, das ist er. Er war bei Blüchers Rheinübergang dabei und bei den Kämpfen um Paris«, erzählte Henriette zunehmend lebhaft. »Inzwischen lebt er sogar hier in Berlin, soweit ich weiß. In seinem letzten Brief schrieb er mir, dass er in einer Einrichtung arbeiten will, in der kriegsverletzte und kriegsgeschädigte Pferde gepflegt werden.«

Ludwig lächelte. »Das klingt ganz nach ihm. Er litt mit den Tieren. Viele sind nicht nur körperlich verwundet worden, sondern einfach ... verrückt geworden, wenn man das bei einem Pferd so sagen kann. Haben Sie ihn hier in Berlin getroffen?«

»Nein. Seit besagtem Brief habe ich nichts mehr von ihm gehört.«

An der Stelle verschwieg Henriette, weshalb Felix einer erneuten Begegnung mit ihr ausgewichen war, obwohl sie

ihn als guten Freund betrachtete. Sie hatten gemeinsam viel durchlitten, aber es stand Ungesagtes zwischen ihnen. Und manches, bei dem sie Felix gern widersprechen würde.
»Kennen Sie seine Anschrift? Oder nein, machen Sie sich nicht die Mühe, danach zu suchen. Ich weiß, wo diese Anstalt für Pferde ist. Dort werde ich ihn schon finden«, meinte Ludwig voller Tatendrang.

Auf der anderen Seite des Salons nickte Wilhelm Trepte seiner Frau vielsagend zu.
»Siehst du, ich habe es doch gewusst! So lebhaft hat sie nicht mehr gewirkt, seit …«
Er verstummte. Carlotta würde wissen, was er meinte, und er wollte es nicht aussprechen, nicht an diese Wunde rühren.
»Ich hatte sehr gehofft, dass einer der jungen Männer sie ein wenig von ihrem Kummer ablenkt, und bin unendlich froh darüber. Wir müssen unbedingt dafür sorgen, dass sich die beiden wiedersehen. Vielleicht in einer Abendgesellschaft, bei der auch getanzt wird?«
Carlotta seufzte leise und sah ihn schmerzerfüllt an.
»Ach, Wilhelm. Hörst du denn nicht, *worüber* sie so angeregt sprechen? Vom Krieg! Wollten wir sie nicht genau davon abbringen? Sie hat ihren Mann verloren. Wir haben unseren Sohn verloren. Alle unsere Söhne …«
Sie zog ein Taschentuch aus dem Ärmel und ging unter einem Vorwand rasch hinaus, damit niemand ihre Tränen sah.

## Böses Erwachen

In dieser Nacht fand Henriette lange keinen Schlaf. Nachdem die Gäste gegangen waren, lag sie eine halbe Ewigkeit wach, starrte im Dunkeln an die Zimmerdecke und grübelte. Das Gespräch mit Ludwig Kiehn hatte viele Erinnerungen aufgewühlt. Und die Verabredung ihrer Schwiegereltern mit den Gästen, sich alle demnächst in einem größeren Salon Unter den Linden wiederzusehen, brachte sie zum Nachdenken darüber, ob sie sich wohl von Ludwig zum Tanz führen lassen würde. Ob sie das ertragen könnte, ohne in Tränen auszubrechen, weil es sie sofort an den einzigen Ball erinnerte, den sie mit Maximilian besuchen durfte. Nein, es würde ihr wohl nicht gelingen. Wie sollte sie tanzen, wenn jede Unbeschwertheit seit Maximilians Tod in ihr erstorben war?

Ein barsches und hartnäckiges Klopfen riss die Bewohner des Hauses in der Brüderstraße 12 jäh aus dem Schlaf. Henriette fuhr zusammen und richtete sich erschrocken auf. Der Tag war noch gar nicht richtig angebrochen, wie sie mit einem Blick zum Fenster feststellte.

Eine laute, fordernde Stimme dröhnte von unten herauf: »Polizei! Machen Sie auf! Sofort«

Hastig schob sie das Federbett von sich, warf sich den Hausmantel und ein Schultertuch über und steckte das für die Nacht zum Zopf geflochtene Haar zu einem Knoten am Hinterkopf fest. Ein besorgter Blick auf Max, der angesichts des Tumults ein leises Wimmern von sich gegeben hatte, sagte ihr, dass er schon wieder schlief, während unten an der Tür immer noch gelärmt wurde.

Auf dem Flur traf sie Wilhelm und Carlotta Trepte, die beide

ebenfalls Hausmäntel über der Nachtkleidung trugen und genauso überrascht und beunruhigt wirkten wie sie.
Gemeinsam hasteten sie hinunter. Vor der Eingangstür wartete Änni, das Dienstmädchen, die als Einzige vollständig bekleidet war, denn sie hatte bereits damit begonnen, die Kachelöfen und den Herd zu befeuern. Mit einer Kerze in der Hand sah sie verängstigt und fragend zum Hausherrn, während hinter der Tür immer noch eine Stimme lautstark Einlass forderte.
Wilhelm Trepte gab Änni das Zeichen, die Tür zu öffnen, und trat sogleich schützend vor die Hausbewohner.
Carlotta und Henriette stellten sich zwei Schritte hinter ihm auf und warfen sich bange Blicke zu.
In der Tür standen zwei Männer, beide eher klein, aber stolz in die Brust geworfen – ganz durchdrungen von der ihnen übertragenen Macht. Henriette kannte solche Wichtigtuer zur Genüge. Doch das Gehabe dieser beiden Männer beunruhigte sie sehr.
»Wohnt hier eine gewisse Henriette Trepte?«, fragte der ältere mit schnarrender Stimme. Er hatte Hängebäckchen und tief eingesunkene Schweinsäuglein, aus denen unverhohlener Triumph sprach.
Sein jüngerer Begleiter trug einen martialischen Schnauzbart, dessen Enden er mit viel Sorgfalt und Pomade hochgezwirbelt hatte.
»Wer sind Sie, was führt Sie in aller Herrgottsfrühe hierher?«, erkundigte sich Wilhelm Trepte höflich, doch bestimmt. Er war Rechtsgelehrter und würde sich nicht einfach so überrumpeln lassen.
»Schack, Polizeiinspektor Diederich Schack«, schnarrte der Ältere und wies auf seinen Begleiter. »Dies ist mein Kollege Wuttke. Wir sind hier im Auftrag des Polizeipräsidenten.

Sind *Sie* Henriette Trepte?«, fragte er und starrte die junge Frau finster an.
Henriette wollte bejahen, doch ihr Schwiegervater fiel ihr ins Wort.
»Wozu wollen Sie das wissen?«
Schack holte ein gesiegeltes Schriftstück hervor und hielt es Wilhelm Trepte vor die Nase.
»Sie ist eine gefährliche Aufrührerin und wird auf Anordnung des Polizeipräsidenten mit sofortiger Wirkung aus Preußen ausgewiesen. Sie haben eine Stunde zum Packen, Madame, dann deportieren wir Sie über die Landesgrenze, nach Sachsen. Die Kutsche steht unten schon bereit.«
Fassungslos und unfähig, auch nur ein Wort zu sagen, starrte Henriette ihn an. Durch die geöffnete Tür drang Eiseskälte in den Flur, die sie nach der Ankündigung Schacks noch mehr erstarren ließ.
Carlotta stieß einen Schreckensschrei aus, doch ihr Mann drückte kräftig ihre Hand, um ihr zu bedeuten, Ruhe zu bewahren.
»Es kann sich nur um einen Irrtum handeln«, widersprach Wilhelm Trepte, so gelassen er konnte. »Meine Schwiegertochter ist eine junge Mutter und Witwe, die Witwe eines *preußischen Offiziers der Garde.* Ich selbst bin Professor an der juristischen Fakultät unserer von Seiner Majestät dem König gegründeten Universität. Lassen Sie mich das Papier lesen, und ich bin sicher, wir können die Angelegenheit rasch aufklären.«
Inzwischen waren auch der Diener Paul und Madame Bellefleur herbeigeeilt, beide vollständig angekleidet. Madame Bellefleur erweckte den Eindruck, gar nicht erst geschlafen zu haben, so korrekt saßen ihr Kleid und ihre Frisur, während ihre Miene tiefste Missachtung für das rüde Auf-

treten der beiden Polizisten ausdrückte, zumal zu solcher Unzeit.
»Der Ehre, von einem preußischen Offizier erwählt zu werden, hat sie sich nicht würdig erwiesen!«, blaffte Schack. »Denn es stimmt doch, Madame, dass Sie ein Traktat über Ihre *vermeintlichen* Kriegserlebnisse geschrieben haben, welches Sie der Nicolaischen Verlagsanstalt zur Veröffentlichung anboten und in dem Seine Majestät, unser König, herabgewürdigt wird?«
Wilhelm Trepte bedeutete Henriette, nichts zu sagen, und forderte noch einmal, den Deportationsbefehl lesen zu dürfen. Schack hielt das Papier mit beiden Händen fest, also zog der Jurist seine Brille aus der Tasche des Morgenrocks und beugte sich über das Schriftstück. Nachdem er es studiert hatte, richtete er sich auf.
»Die Anschuldigung ist falsch oder zumindest stark übertrieben«, widersprach er bestimmt und wandte sich direkt an Schack. »Würden Sie uns einen Aufschub gewähren, wenn ich mich für meine Schwiegertochter verbürge und wir den Tag nutzen, um dieses Missverständnis aufzuklären?«
Der Inspektor konterte genüsslich: »Ihre juristischen Spitzfindigkeiten werden Ihnen hier nichts nützen, *Herr Professor.* Meine Befehle sind eindeutig: Abtransport der aufrührerischen Person in einer Stunde! Die Zeit läuft.«
Dabei wedelte er mit dem gesiegelten Papier vor Wilhelm Treptes Nase.
Der rieb sich müde die Stirn, seufzte leise und erklärte den beiden Frauen: »Selbstverständlich kann das nur ein Irrtum sein, und ich werde persönlich im Polizeipräsidium Einspruch erheben. Doch leider hebt das den Deportationsbefehl nicht auf.«
Entsetzt starrten ihn sämtliche Bewohner des Hauses an.

»Das ist doch nicht …«, begann Carlotta, aber Wilhelm Trepte fiel ihr ins Wort, damit sie sich nicht auch noch in Schwierigkeiten brachte, und sagte zu Henriette: »Es tut mir leid. Ich werde alle Rechtsmittel einlegen, die mir zur Verfügung stehen, die Vorwürfe widerlegen und dich, so schnell es geht, zurückholen. Doch für den Moment gilt dieses Dokument. Wir müssen packen.«

Henriette fühlte den Boden unter sich wanken.

Wieder kam ihr der Schwiegervater zuvor.

Betont höflich wandte er sich an den Inspektor mit den Hängebäckchen: »Sie hat ein kleines Kind, kaum älter als ein Jahr. Meinen Enkelsohn. Können Sie nicht wenigstens mit Rücksicht darauf die Bedingungen etwas lindern?«

»Daran hätte sie denken sollen, bevor sie Seine Königliche Majestät verunglimpfte«, belehrte ihn der Polizeibeamte Schack genüsslich. »Sie sollte sich lieber um das Kind kümmern und sich einen Mann suchen, der auf sie aufpasst, statt aufwieglerische und wirre Pamphlete zu verfassen.«

Nun konnte er nicht nur ein anmaßendes Weibsbild maßregeln, sondern auch noch einen Universitätsprofessor in die Schranken weisen. Was für ein großartiger Tag!

Henriette war immer noch wie zu Eis erstarrt. Zu ihrem Entsetzen bat Wilhelm Trepte die beiden Polizeibeamten sogar ins Haus.

»Führe die beiden Herren in den Salon«, wies er Änni an. »Madame Bellefleur wird Ihnen einen Mokka bringen, während wir uns angemessen kleiden und mit dem Packen beginnen.«

Die Haushälterin sagte kein Wort, doch ihre Miene drückte deutlich aus, wie zuwider es ihr war, die beiden Eindringlinge bewirten zu müssen, die im Begriff waren, noch mehr Unglück über die Familie zu bringen.

Hatten die Treptes nicht schon genug zu leiden gehabt? Alle drei Söhne hatten sie im Krieg verloren! Und nun sollte auch noch die einzige Schwiegertochter ins Elend gestürzt werden. Henriette, das arme Ding, das so viel Schlimmes in den Kriegsjahren hatte erdulden müssen. Und was sollte aus dem kleinen Max werden?
Während Madame Bellefleur die Polizeiinspektoren ins Haus führte, hielt Carlotta ihren Mann am Handgelenk zurück.
»Du willst diese beiden aufgeblasenen Wichte auch noch bewirten? In *unserem* Salon?«, zischte sie mit mühsam verhaltenem Zorn.
»Sie mögen aufgeblasene Wichte sein, doch sie haben Macht über uns«, gab er leise zurück. »Ich muss eine ungezwungene Atmosphäre schaffen, damit sie auf meine Vorschläge eingehen. Zwar kann ich die Deportation der armen Henriette nicht verhindern, aber ich will einige Erleichterungen für sie aushandeln. Du glaubst doch nicht im Ernst, dass ich sie allein mit diesen Widerlingen in eine Kutsche steigen und ins Ungewisse bringen lasse?«
Er schob seine Frau und seine Schwiegertochter in Jettes Zimmer und rief das Hausmädchen dazu.

Sorgfältig schoss Wilhelm Trepte die Tür des Zimmers hinter sich, wo der kleine Max schlaftrunken und mit zerzaustem Haar aus seinem Bettchen auftauchte.
Wortlos nahm ihn Henriette auf den Arm und drückte ihn an sich. Sollte sie tatsächlich binnen einer Stunde mit dem Kind hinaus in die Kälte getrieben werden? Des Landes verwiesen?
Wilhelm erklärte den fassungslosen Frauen: »Ich kann die Deportation in diesem Moment nicht verhindern, ich kann

mich nur nachträglich darum kümmern, dass sie rückgängig gemacht wird. Doch das wird einige Zeit dauern. Also tun wir jetzt Folgendes: Ihr beginnt zu packen, das Nötigste für ein paar Tage, alles, was du für Max brauchst. Viel Warmes, in der Kutsche wird es eiskalt sein. Hab keine Angst, Jette, ich überlasse dich und den kleinen Max nicht allein diesen beiden Männern! Änni, du hilfst beim Packen. Und sag der Köchin, sie soll einen Korb mit Proviant füllen. Ich gehe derweil in den Salon und handle mit diesen beiden Polizisten aus, dass ich Henriette und Max begleite – bis Leipzig. Dorthin bitte ich deinen Freiberger Oheim, damit er dich abholt. Wenn ich Monsieur Gerlach jetzt gleich schreibe, erreicht ihn meine Nachricht mit der Reitenden Briefpost im günstigsten Fall, noch ehe wir in Leipzig eintreffen. Dort logieren wir uns ein und warten auf ihn.«

»Gibt es denn wirklich keinen anderen Weg? Und wie willst du diese Kerle dazu bringen, deinem Plan zuzustimmen?«, wehklagte Carlotta.

»Mir bleibt nichts übrig, als sie zu bestechen«, erklärte Wilhelm ruhig. »Natürlich nicht so, dass es nach *Bestechung* aussieht, sonst bekommen wir auch noch eine Anklage.«

»Sei bloß vorsichtig!«, rief Carlotta und rang die Hände. Doch sobald ihr Mann das Zimmer verlassen hatte, übernahm sie energisch das Regiment, damit eilig gepackt und nichts Wichtiges vergessen wurde. Die Fahrt mit der Postkutsche würde ein oder zwei Tage dauern, je nachdem, ob die Herren von der Polizei eine Übernachtung in einer Poststation auf halber Strecke erlaubten; und der November war kalt und stürmisch. Also brauchten sie nicht nur warme Kleider, Mäntel und wollene Tücher, sondern auch Wärmpfannen für die Füße und Decken.

Bevor Wilhelm Trepte – nun vollständig bekleidet – den Salon mit den dort Kaffee trinkenden Polizeibeamten betrat, hieß er den Hausdiener Paul vor der Tür warten. Er würde ihn gleich hineinrufen und mit einem ebenso wichtigen wie eiligen Botendienst betrauen.

»Ich tue alles, wenn wir Madame Henriette damit helfen können«, versicherte der hagere Paul. »Am liebsten würde ich diese Kerle hochkant hinausbefördern.«

Das hätte Wilhelm zwar auch gern getan, aber den beiden musste er mit anderen Mitteln begegnen. Deshalb zwang er sich zu Gelassenheit und Höflichkeit, als er das Zimmer betrat.

»Ich hoffe, Sie haben es bequem. Möchten Sie, dass ich Ihnen ein paar Butterbrote bringen lasse? Sicher hatten Sie noch kein Frühstück so zeitig am Morgen«, wandte er sich an Schack und Wuttke.

Schack sah ihn über den Tassenrand hinweg mit strengem Blick an. »Das wird uns nicht an der Ausübung unserer Pflichten hindern!«

Demonstrativ zog er seine Taschenuhr hervor, ließ den Deckel aufspringen und verkündete: »Die Zeit verrinnt. Eine Viertelstunde ist schon vergangen.«

»Selbstverständlich behindern wir die Vollstreckung des Befehls nicht, meine Herren. Ich bin Jurist, niemand kennt die Bedeutung eines solchen Dokuments besser. Es wird bereits gepackt.«

Wilhelm Trepte ging zur Tür, schickte Paul mit Anordnungen in die Küche und trug ihm auf, gleich zurückzukehren. Danach nahm er in seinem Lehnsessel Platz und richtete den Blick auf den wortführenden Inspektor, der die Hände vor seinem Bauch verschränkt hatte, welcher fast die Knöpfe von der Weste sprengte.

»Meine Schwiegertochter wird der Verfügung Folge leisten und Sie ohne Widerspruch begleiten. Doch mit Rücksicht auf ihre Zartheit, die Kälte und das Kleinstkind – immerhin Sohn eines fürs Vaterland gefallenen preußischen Offiziers der Garde – möchte ich Ihnen einen Vorschlag unterbreiten.«

Triumphierend sahen ihn die beiden Polizeibeamten an, sofort willens, dies abzulehnen.

»Ich würde gern meine Schwiegertochter und meinen Enkel begleiten und sie hinter der preußisch-sächsischen Grenze in Leipzig an ihre sächsischen Verwandten übergeben. Sie wollen doch nicht eine so junge Frau allein hinter der Grenze aussetzen?«

»So lauten unsere Befehle«, schnarrte Schack genüsslich und täuschte Bedauern vor. »Selbst wenn wir es wollten, man ist ja kein Unmensch … Wir sind nicht befugt, eine weitere Privatperson – also Sie – auf Staatskosten zu befördern.«

»Natürlich nicht«, stimmte Wilhelm Trepte sofort zu. »Ich möchte auf eigene Kosten eine zweite Kutsche bestellen. Sie beide allein in einem Gefährt mit meiner Schwiegertochter und einem unruhigen Kind, das gewickelt und gefüttert werden muss – dies wäre ohnehin sehr beengt.«

Da die beiden Beamten nichts erwiderten, sondern auf weitere Einzelheiten warteten, konnte er erkennen, dass die Saat Früchte trug, die er mit seinen Worten gelegt hatte. Ohne es zu merken, rümpften beide Männer gleichzeitig die Nasen, angewidert von der Vorstellung, während einer langen Fahrt das Quengeln eines Kleinkindes und den durchdringenden Geruch nasser Windeln ertragen zu müssen.

»Wenn Sie uns freundlicherweise eine weitere Stunde bis zum Aufbruch gewähren, miete ich sofort die zweite Kutsche an. Und wenn ich meine Schwiegertochter und das

Kind begleite, ersparte Ihnen das beträchtliche Unannehmlichkeiten. Wir können über Nacht Station in Wittenberg machen, auf halber Strecke, wie üblich bei den regulären Postkutschen. Natürlich komme ich für Ihre Verpflegung und Logis und sämtliche sonstigen Kosten auf.«
Diederich Schack versuchte, in seinem Sessel zu einiger Größe zu finden, und fragte streng: »Wollen Sie uns etwa *bestechen?*«
Trepte gab sich entrüstet. »Natürlich nicht! Wie kommen Sie nur darauf? Ich bin Professor der Jurisprudenz und stehe voll und ganz hinter dem Gesetz. Ich möchte lediglich für Ihre Mehrausgaben aufkommen, denn die *wollen* und *dürfen* wir nicht dem Staat auferlegen.«
Er räusperte sich und sagte dann mit gesenkter Stimme: »Nach wie vor scheint mir, dass hier möglicherweise ein Versehen zugrunde liegt, was ich sogleich nach meiner Rückkehr erforschen werde. Immerhin fand sogar Prinzessin Louise von Preußen, die Fürstin Radziwill, Gefallen an den Texten meiner Schwiegertochter.«
»Die Prinzessin Radziw-w-w-?«
Diese Neuigkeit war eindeutig eine unliebsame Überraschung für den eifernden Schack. Nervös fuhr er mit dem Finger unter seinen Kragen, als sei der ihm zu eng geworden. Wenn sich die ganze Sache wirklich als Irrtum herausstellte, konnte sich das nachteilig auf seine Karriere auswirken. Außerdem behagte ihm der Gedanke an ein wenig mehr Bequemlichkeit auf dieser Reise sehr. Tagelang in der Kutsche auf schlechten Straßen durchgerüttelt zu werden, war kein Vergnügen – und im nasskalten November schon gar nicht. Er äugte misstrauisch hinüber zu Wuttke, ob der ihn womöglich bei den Vorgesetzten anschwärzen würde, doch der Schnauzbärtige schien ähnlich zu denken wie er.

»Wenn Sie für alle zusätzlichen Kosten aufkommen ... Nun gut, dann wollen wir gestatten, dass Sie uns begleiten. Wie gesagt, man ist ja kein Unmensch. Aber was Sie auch danach unternehmen wollen, es wird nichts bewirken. Der Staat irrt sich nie!«, schnarrte Schack.

Wilhelm Trepte verzichtete wohlweislich darauf, diesen Punkt zu diskutieren, und rief Paul herein.

»Lauf, so schnell du kannst, zu Henochs Kutschenanstalt und bestelle ein Gefährt sofort hierher. Nach Leipzig mit Übernachtung in Wittenberg und zurück«, wies er an und drückte dem Burschen eine Geldbörse in die Hand.

Monsieur Moses Henoch war erst kürzlich das Privileg erteilt worden, gemeinsam mit einem Pferdehändler eine Mietanstalt für Droschken und Kutschen in Berlin zu eröffnen, und er war verpflichtet, mindestens achtzig Wagen parat zu halten. Das war ein großer Fortschritt für den Verkehr in der preußischen Hauptstadt, die immerhin fast zweihunderttausend Einwohner zählte.

»Beeil dich!«, mahnte Trepte den Burschen. »Danach stellst du mir Reisegepäck für vier Tage zusammen. Und dann musst du zwei Briefe aufgeben.«

Paul nickte und stob los, nachdem er einen rachsüchtigen Blick auf die beiden Inspektoren geworfen hatte.

»Es freut mich, dass wir zu einer Übereinkunft gekommen sind«, konstatierte Trepte erleichtert, ließ Madame Bellefleur mit einem Teller belegter Brote herein und ging zum Sekretär, um einen Brief an Henriettes Oheim Friedrich Gerlach in Freiberg aufzusetzen, ihn über die Notlage zu informieren und ihn nach Leipzig zu bitten, um seine Nichte und den kleinen Max von dort abzuholen.

Dann verfasste er noch eine Notiz an die Universität, dass er aufgrund eines Notfalls erst in frühestens vier Tagen zurück sein würde. Die Vorlesungen möge derweil Monsieur Stieglitz übernehmen.

Eilige Schritte auf den Treppen, Türklappern und Rufe kündeten davon, dass im Haus sämtliche Vorbereitungen für die unerwartete Abreise getroffen wurden – für Henriettes Verbannung.

Durch die Tür hörte der Rechtsgelehrte seinen Enkel weinen, der nicht damit einverstanden war, so früh aus seinem warmen Bettchen geholt und dick angezogen zu werden.

Madame Bellefleur – Gott segne sie für ihre Sorgfalt und Unerschütterlichkeit selbst in Notlagen! – trat erneut ein und erklärte sich bereit, das Reisegepäck für ihren Dienstherrn zu packen. Mit dem Nötigsten für Henriette und Max seien sie und Madame Trepte gleich fertig.

Der Jurist faltete seine Briefe und siegelte sie. Von draußen hörte er, wie eine Kutsche rasselnd und mit Hufgeklapper vorfuhr. Paul klopfte an, meldete die Ausführung seines Auftrags und ließ den Kutscher eintreten, der sich nach Einzelheiten der Reise erkundigte.

Trepte händigte dem Diener die Briefe aus. »Diesen schaff sofort zur Reitenden Post; ich hoffe, er geht noch heute morgen ab. Und danach bringst du das hier zur Universität.« Paul nickte und trabte erneut los.

Eine weitere halbe Stunde verging, bis schließlich Madame Bellefleur verkündete, es sei alles gepackt und stehe bereit.

Die kreidebleiche Henriette trat ein, ein warmes Tuch über den Mantel geschlungen, ihr dick eingemummeltes Söhnchen auf dem Arm, gefolgt von der aufgelösten Carlotta.

»Das muss ein Irrtum sein, Sie können doch diese junge Frau und ihr Kind nicht aus unserem Haus jagen, aus unserem Land«, versuchte sie erneut, an die beiden Polizisten zu appellieren, noch bevor ihr Mann es unterbinden konnte.

Wilhelm legte ihr beschwichtigend die Hand auf den Arm. »Ich kümmere mich darum, dass Henriette und unser Enkel die Reise sicher überstehen«, versprach er. »Danach sehen wir weiter.«

»Selbst Prinzessin Louise von Radziwill …«, wollte auch sie anführen, aber ihr Mann drückte ihr sanft den Arm und hielt sie mit einem warnenden Blick zum Schweigen an.

»Sie messen dieser in Preußen unerwünschten Person eine Bedeutung zu, die sie niemals haben kann!«, meinte der Inspektor verächtlich zu Carlotta und schnaubte. Dann richtete er seinen Blick auf Henriette.

»Wenn es nach mir ginge, würde ich Sie zwingen, Ihr Machwerk eigenhändig zu verbrennen, gleich hier in diesem Kamin. Doch der Herr Polizeipräsident besteht darauf, Ihre wirren Traktate als Beweisstück aufzubewahren – falls Ihnen die Idee kommen sollte, sich erneut auf preußisches Staatsgebiet zu wagen.«

Selbstzufrieden schnaufte Schack, wobei seine Hängebäckchen zitterten, und Wuttke zwirbelte die Enden seines Schnauzbartes.

## Unterwegs

Die Nachbarn hatten natürlich mitbekommen, dass etwas Außergewöhnliches in ihrer Straße geschah: das herrische Klopfen an der Tür, noch bevor die Sonne richtig aufgegangen war, und gleich zwei Kutschen vor dem Haus, von denen eine mit Gepäck beladen wurde. Neugierig sahen sie aus den Fenstern, einige kamen sogar nach draußen, um Genaueres zu erfahren.

Wilhelm Trepte drängte darauf, dass sie schnell einstiegen. Carlotta sollte der sensationslüsternen Nachbarschaft einen familiären Notfall in Sachsen als Grund für diese ungeplante Reise nennen und sogleich Monsieur Parthey aufsuchen, um ihm unter vier Augen sämtliche Einzelheiten zu berichten. Möglicherweise hatte auch der Verleger Sanktionen zu befürchten.

Als Henriette mit ihrem Söhnchen auf dem Arm aus dem Haus trat, war ihr zumute, als würde sie erneut – wie schon mehrfach – von einem Leben in ein anderes geschleudert. Sie folgte wortlos Schacks Anordnung und stieg in die größere der beiden Kutschen, die bei Monsieur Henoch gemietete. Ihr Schwiegervater setzte sich neben sie, Schack ihnen gegenüber. Wuttke würde in dem Polizeivehikel folgen.

Der Kutscher schlug die Tür zu, stieg auf seinen Bock und trieb die Pferde an.

Mit einem Ruck rollte das Gefährt los. Henriette wollte noch einmal durchs Fenster nach draußen sehen, zu denen, die sich vor dem Haus der Treptes versammelt hatten, um ihnen nachzublicken. Doch schon war der Moment verstrichen.

Sie schloss die Augen und fragte sich, ob und wann sie wohl je hierher zurückkehren würde.

Und was Oheim und Tante in Freiberg wohl sagten, wenn Wilhelm Treptes Brief sie erreichte? Sie hatte das Wehklagen Johanna Gerlachs schon im Ohr. Und war ihretwegen Monsieur Parthey in Gefahr? Vielleicht sogar ihr Schwiegervater? Zwischen all dem blitzte ganz kurz der Gedanke an Ludwig auf. Wie jäh hatte sich ihr Schicksal gewendet! Gestern Abend noch hatte sie mit ihm geplaudert und über ein Wiedersehen nachgedacht.

Dann kam ihr ein anderer schrecklicher Gedanke, so

schlimm, dass sie zusammenzuckte und jäh den Arm ihres Schwiegervaters umklammerte. Doch der warnte sie mit einem Blick davor, etwas in Schacks Beisein zu äußern.
Der kleine Max hielt sie von weiteren Grübeleien ab, denn er war unleidlich, weil er so früh geweckt worden war und nun auf ihrem Schoß stillsitzen sollte.
Seine anfängliche Begeisterung über die Pferde und die Reise in einer Kutsche verflog rasch, nun wand er sich auf ihrem Schoß hin und her und quengelte. Seufzend holte Jette aus dem Proviantkorb zu ihren Füßen einen Zwieback und gab ihn dem Jungen, der daran zu nagen begann und für eine Weile Ruhe gab. Doch bald spielte er nur noch mit dem aufgeweichten Gebäck und zerdrückte es zwischen seinen kleinen Fingern.
Mutlos dachte Henriette, dass ihr Mantel schon auf den ersten Meilen dieser Reise beschmutzt wurde. Aber das war jetzt ihre geringste Sorge. Wie sollte sie den Kleinen so lange ruhig halten – noch dazu unter den missbilligenden Blicken des widerlichen Inspektors mit den Hängebäckchen, der seine tiefliegenden Augen mit höhnischem Grinsen auf sie richtete?
Schnell war sie durchgefroren, obwohl sie zusätzlich zu Mantel und dicken Strümpfen noch in wollene Tücher gehüllt war und Pulswärmer an den Handgelenken trug, denn im Muff konnte sie ihre Hände nicht wärmen, sie musste ja Max festhalten. Der sich prompt lautstark über ihre eisigen Finger beschwerte.
Das heiße Wasser in den kupfernen Wärmflaschen war bald erkaltet, und der Blick aus dem Fenster ließ sie weiter frösteln: grauer Himmel, kahle Bäume. Windböen trieben welkes Laub vor sich her und rüttelten an der Kutsche.
Zu allem Übel setzte Max nach einer Weile eine konzen-

trierte, in sich gekehrte Miene auf, ächzte vernehmlich, und das Resultat seiner Anstrengungen erfüllte die Kutsche mit einem durchdringenden Geruch.
Was nun? Sie konnte doch nicht hier seine Windel wechseln!
Schack verzog angewidert das Gesicht.
Ihren Schwiegervater allerdings erschien die Lage insgeheim zu amüsieren.
»Lassen Sie uns an der nächsten Poststation eine kurze Rast einlegen, damit das Malheur behoben werden kann«, schlug er höflich und mit vollkommen ernster Miene vor.
Der Inspektor schien hin- und hergerissen zwischen dem Drang, diesem renitenten Weibsbild eine Lehre in preußischem Untertanengeist zu erteilen, und dem Wunsch, dem Windelgestank zu entkommen.
Zähneknirschend stimmte er zu; dabei waren sie gerade erst kurz vor Zehlendorf. Den Gedanken, es heute noch bis an die Grenze zu schaffen, konnte er wohl aufgeben. Die Übernachtung in Wittenberg – üblich bei Reisen mit der Postkutsche zwischen Berlin und Leipzig – war unausweichlich geworden.
Aber dieser Advokat hatte ja zugesichert, für alle Kosten aufzukommen. Deshalb und mit der Aussicht auf heißen Kaffee und eine Mahlzeit stimmte Schack dem Vorschlag zu.
Im Gasthaus der Zehlendorfer Poststation fragte Henriette die Wirtin, wo sie das Kind frisch einkleiden konnte. Diese war ganz entzückt von dem Kleinen und versprach, ihm rasch etwas Grießbrei aufzuwärmen. »Das wird dir schmecken, kleiner Mann! Und Apfelmus gibt's noch obendrauf!«, gurrte sie – ob nun aus Freundlichkeit oder Geschäftssinn oder beidem.
Die Herren hatten es sich inzwischen in der kaum besuchten Schankwirtschaft gemütlich gemacht, wo im Kamin die

Holzscheite kräftig loderten und wohltuende Wärme verbreiteten. Sie ließen sich Kaffee bringen und bestellten eine herzhafte Mahlzeit.
Als Jette mit ihrem nun frisch gewickelten Sohn in die Gaststube kam, saßen sie über schon fast leeren Tellern. Schack spießte sich gerade eine zweite Bratwurst von der Fleischplatte. Während er mit noch vollem Mund kaute, wobei ihm das Fett übers Kinn lief, konnte er sich eine weitere belehrende Bemerkung für Henriette nicht verkneifen.
»Sie hätten sich eben vorher überlegen sollen, was Sie Ihrem Kind antun.«
Henriette erwiderte nichts. Sie hatte zu den beiden Inspektoren noch kein einziges Wort gesagt, und ihr Schwiegervater schien genau dies zu wollen.
Stattdessen schob sie dem Kleinen Löffel für Löffel von dem süß duftenden Grießbrei in den Mund, den er begeistert hinunterschluckte.
Als sie sich für die Weiterreise erhoben, verkündete Schack, er würde den Platz mit seinem Kollegen Wuttke tauschen. Der zeigte wenig Begeisterung, sich mit einer Aufrührerin, einem Rechtsgelehrten und einem Kleinkind eine Kutsche zu teilen, aber Schack war sein Vorgesetzter. Also gehorchte er mit mürrischer Miene.
Nun, da Max durchgewärmt, satt und frisch gewickelt war, fielen ihm bald die Augen zu. Sie hatten die Poststation kaum hinter sich gelassen, da schlief er auf Henriettes Schoß ein, den Kopf zur Seite gekippt und den Mund weit geöffnet.
Auf Polizeiinspektor Wuttke schien das ansteckend zu wirken, keine Viertelmeile weiter sackte sein Kopf gegen die Innenbespannung der Kutsche, und er begann laut zu schnarchen, wobei seine aufgezwirbelten Bartspitzen zitterten.
Henriette tauschte einen Blick mit ihrem Schwiegervater.

»Endlich können wir reden«, flüsterte er. »Was war denn vorhin, als du so zusammengezuckt bist?«
Nun breitete sich der Kummer auf Henriettes Gesicht aus, den sie so lange mit aller Kraft zurückgehalten hatte.
»Wenn ich preußisches Gebiet nie wieder betreten darf, kann ich auch Maximilians Grab nicht mehr besuchen«, sagte sie mit Tränen in den Augen.
Wilhelm Trepte sah sie mitfühlend an.
»Gib die Hoffnung nicht vorschnell auf, Liebes! Ich werde mit allen Möglichkeiten gegen diesen Erlass vorgehen und auch die Fürstin Radziwill um Fürsprache bitten. Wenn es sein muss, sogar den Minister von Humboldt, den ich aus der Gründungszeit der Universität kenne. Stell dir einfach vor, dass du deine Freiberger Verwandten nur für eine Weile besuchst.«
»Ich bringe euch in Gefahr. War es töricht von mir, zu unterschätzen, was meine Worte auslösen können?«
»Nun, sie haben große Dinge in Gang gesetzt – was wohl bedeuten muss, dass du den Kern getroffen hast. Die Stelle, wo es wehtut«, antwortete er mit leichtem Lächeln. »Ich bin schon sehr gespannt, wohin mein Einspruch führen wird.«
»Bitte unternimm nichts, was dich und Carlotta auch noch gefährdet!«
»Sorge dich nicht darum. Aber achte darauf, dass du vor unseren Aufpassern nie Freiberg erwähnst! Ich habe Leipzig nicht nur als Reiseziel angegeben, weil es dicht hinter der preußisch-sächsischen Grenze liegt, sondern auch um die Gerlachs zu schützen. So feindselig Sachsen und Preußen einander gegenüberstehen mögen – die Polizeibehörden tauschen sich ganz sicher über solche Fälle wie dich aus.«
Dieser Gedankengang ließ Jette noch ein Stück mehr zusammensinken.

Von der Poststation Beelitz an fuhren die beiden Inspektoren gemeinsam in ihrer Kutsche den Treptes hinterher. Offenbar war ihnen der Vorrat an Bekundungen des Abscheus für Henriette ebenso ausgegangen wie die Geduld, mit einem unruhigen Kleinkind zu reisen.

»Glauben Sie ja nicht, dass Sie uns entkommen könnten!«, warnte Schack noch, bevor er zu seinem Kollegen Wuttke in die leichtere Kutsche stieg. »Wir werden Sie nie aus dem Blick verlieren.«

»Selbstverständlich«, erwiderte Trepte. »Wir wollen keinen Ärger.«

»Nicht *noch mehr* Ärger, meinen Sie wohl?«, höhnte Schack. »Ich hoffe, Sie als Jurist nutzen die Gelegenheit, in den nächsten Stunden Ihrer Schwiegertochter kräftig ins Gewissen zu reden. Dass Sie es bislang nicht taten und ihr ein derartiges Benehmen durchgehen ließen, könnte mich sonst auf den Gedanken bringen, man müsste auch *Ihre* Gesinnung einer gründlichen Prüfung unterziehen.«

Es war schon spät, als sie Wittenberg erreichten, und Henriette war todmüde. Pferdejungen und Gepäckträger der Poststation kümmerten sich um alles; sie ließ sich nur noch ein Stück Brot und etwas heiße Brühe aufs Zimmer bringen, legte den schlafenden Max aufs Bett, deckte ihn zu und schlief bald dicht an ihn geschmiegt ein. Trotz ihrer schlimmen Lage fielen auch ihr die Augen zu.

Dafür erwachte sie zeitig am Morgen, weil sich der hungrige Max neben ihr bemerkbar machte. Ein Zimmermädchen klopfte und fragte nach den Wünschen fürs Frühstück.

Ihr Schwiegervater saß schon unten, vor sich einen Korb mit dunklen Brotscheiben, ein Töpfchen Pflaumenmus und eine Kanne Kaffee.

»Unser Erscheinen hat hier insgeheim für viel Aufsehen gesorgt«, berichtete er mit einem vagen Lächeln. »Du kannst dir der Sympathien des Personals gewiss sein.«
Henriette sah ihn verblüfft an und begriff dann. Bis Mai war Wittenberg sächsisch gewesen. Doch bei der Neuaufteilung Europas auf dem Wiener Kongress war halb Sachsen dem Königreich Preußen als Kriegsbeute zugeschlagen worden. Ihr Blick fiel auf das pflichtgemäß angebrachte Porträt des preußischen Königs an der Wand, das von einem dunkleren Rand umgeben war – offenbar von einem anderen Bild, das noch bis Mai dort aufgehängt gewesen war: das Porträt des sächsischen Königs. Es wäre sicher kein Problem gewesen, einfach die Bilder im Rahmen auszutauschen. Doch so war es eine Botschaft.
Schack und Wuttke kamen die Stufen herunter und ließen sich am Nachbartisch ein üppiges Frühstück vorsetzen, auf Treptes Kosten natürlich, wie vereinbart.
Wie teuer wird diese ganze Sache meinen Schwiegervater zu stehen kommen?, dachte Henriette besorgt.
Der schien ihre Gedanken zu erraten. »Glaubst du denn, ich hätte dich mit diesen beiden allein reisen und dich einfach an der nächsten Grenzstation aussetzen lassen? Niemals. Du bist uns eine Tochter geworden, und du hast unseren Enkel bei dir. Den einzigen, den wir je haben werden …«

Nach dem Aufbruch von Wittenberg war es nicht mehr weit bis zur preußisch-sächsischen Grenze. An der Zollstation hatten Schack und Wuttke noch einmal einen großen Auftritt, wiesen den Zollbeamten beider Staaten allerlei Papiere vor und diskutierten mit ihnen.
Henriette wurde gemustert wie eine Schwerverbrecherin, das Reisegepäck zweimal gründlich durchsucht. An Wil-

helm Treptes Halsbinden und Hemden zeigten die Zöllner wenig Interesse, dafür ausgiebiges an Jettes Koffer.

Stück für Stück wurde herausgenommen, beschnüffelt, auseinandergezerrt. Besonderes Misstrauen erweckte ein Buch, das sie als Erinnerung eingepackt hatte – ein prachtvoll gebundenes Lehrbuch der Mineralogie, ein Geschenk von Felix.

Naserümpfend blätterte einer der Zollbeamten das Buch durch und schüttelte es dann mit den Seiten nach unten aus, in der Hoffnung, ein verräterisches Dokument könnte herausfallen.

»Was wollen Sie denn *damit?*«, fragte er unwirsch und voller Argwohn. Offenbar fand er den Gedanken ganz und gar abwegig, eine junge Frau und Mutter könnte sich für so etwas interessieren – oder es sogar verstehen!

»Es ist ein Geschenk für meinen Sohn ... wenn er größer ist«, erklärte sie, nicht willens, mehr dazu zu sagen.

Enttäuscht, nichts Verdächtiges gefunden zu haben, warf der Mann das Buch auf die zusammengeknüllten Kinderhemdchen und Strümpfe.

»Tis, Tis!«, rief Max, hüpfte auf und nieder und zeigte auf den Amethysten auf dem Einband – ob nun vor Freude über das Buch oder vor Stolz darauf, das schwierige Wort schon zu kennen.

Nach der zweiten ausgiebigen Untersuchung des Reisegepäcks – nun auf sächsischer Seite – durften Jette und ihr Schwiegervater mit Max wieder in ihre Kutsche steigen und den Grenzpunkt passieren.

Ich bin zurück in Sachsen, dachte Henriette.

Was würde sie wohl in Leipzig und Freiberg erwarten? Sie würde ihren jüngeren Bruder Franz wiedersehen, Oheim und Tante und ihre beiden Cousins, von denen der ältere in der Druckerei seines Vaters arbeitete. Doch wie sollte sie von nun an ihr Leben einrichten – als mittellose junge Witwe mit einem kleinen Kind?

Wilhelm Trepte brachte sie auf Henriettes Rat im Leipziger *Hotel de Saxe* unter, ganz in der Nähe des Marktes und nur wenige Schritte von der Thomaskirche entfernt. Direkt nach der Völkerschlacht hatte Blücher dort Quartier bezogen, wenn auch nur für eine Nacht, weil er dann sofort weiterritt, um die fliehende *Grande Armée* zu verfolgen.

Beim Concierge erkundigte sich Wilhelm Trepte, ob wohl schon ein Monsieur Gerlach aus Freiberg eingetroffen sei, doch der bedauerte.

Nun, eigentlich hatte der Rechtsgelehrte auch nichts anderes erwartet; Henriettes Oheim konnte wohl frühestens am nächsten Vormittag ankommen.

Es folgte ein geschäftiges Auf und Ab: Gepäck wurde auf die Zimmer gebracht, auch der Kutscher von Henochs Unternehmen einquartiert, der mit Wilhelm Trepte zurück nach Berlin fahren würde, sobald dieser Schwiegertochter und Enkel bei Friedrich Gerlach in sicherer Obhut wusste. Doch zunächst mussten die Pferde versorgt und die Kutsche in der Remise eingestellt werden.

Währenddessen verfasste die erschöpfte Henriette eine kurze Nachricht an die Witwe Lindenthal in der Nikolaistraße, die sie während der dramatischen Tage in Leipzig bei sich aufgenommen und auch Maximilian kennengelernt hatte. Sie teilte ihr mit, dass sie gerade mit Schwiegervater und Söhnchen aufgrund besonderer Umstände in Leipzig weile und der Witwe gern einen Besuch abstatten würde, wenn es dieser recht sei.

Die frisch aus Berlin Eingetroffenen hatten ihr Abendessen

noch nicht einmal vor sich stehen, da kam der Laufbursche schon mit einem Antwortschreiben zurück, in dem Madame Lindenthal nachdrücklich darum bat, die Frau Premierleutnant und ihre Begleiter zu empfangen und etwas über diese *besonderen Umstände* zu erfahren. Sie würde sie morgen Vormittag mit Freude in ihrem Haus erwarten.

Das Essen nahmen die Treptes im Speisesaal ein. Max hatte seine Portion schon bekommen und schlief tief und fest im Zimmer seiner Mutter.

»Ich möchte mir nach der langen Fahrt gern noch ein wenig die Beine vertreten«, kündigte Wilhelm Trepte an, als die Teller fast leer waren. »Die Thomaskirche besichtigen, wo Luther predigte und Bach wirkte. Du sagst, es ist nur ein paar Schritte von hier?«

»Ja, nur eine Minute zu Fuß, halte dich rechts, wenn du aus dem Hotel trittst«, antwortete Henriette, und ein Schatten zog über ihr Gesicht. Aufgewühlt von schlimmen Erinnerungen legte sie Messer und Gabel nieder.

Vor, während und nach der Völkerschlacht war diese Kirche das Hauptlazarett der Stadt gewesen, dort hatte sie als freiwillige Helferin unendliches Leid erlebt, Todgeweihten die Hand gehalten, weil sie ohne Leinen zum Verbinden, ohne Medikamente nicht mehr als das für sie tun konnte. Dort war Étienne in ihren Armen gestorben, ein französischer Premierleutnant, der ihr den Hof gemacht hatte, als er und sein Vater bei den Gerlachs in Freiberg einquartiert worden waren. Und dort hatte sie gänzlich unverhofft Maximilian wiedergetroffen.

Sie könnte es nicht über sich bringen, diesen Ort erneut aufzusuchen, auch wenn jetzt keine Verwundeten und Sterbenden mehr auf dem kalten Boden lagen, die Kirche wieder geweiht war und für Gottesdienste genutzt wurde.

»Ich bleibe lieber bei Max. Vielleicht kannst du uns in deine Gebete einschließen«, sagte sie bedrückt und verabschiedete sich auf ihr Zimmer, zu ihrem friedlich schlafenden Kind. Doch sie lag noch lange wach, heimgesucht von den Schrecken der Vergangenheit.

## Wiedersehen

Am nächsten Morgen, gleich nach dem Frühstück, hinterließ Wilhelm Trepte im Hotel eine Nachricht, wo ihre kleine Reisegesellschaft zu finden sei, falls Monsieur Gerlach aus Freiberg eintreffe, bevor sie zurückkehrten. Dann brachen sie auf, um die Witwe Lindenthal zu besuchen, bei der Henriette während ihrer Leipziger Tage Unterkunft gefunden hatte.

Sie benötigten nur wenige Schritte durchs Barfußgässchen, wo Max stolz an Henriettes Hand tapste, dann standen sie am Markt und schauten direkt auf das prächtige Leipziger Rathaus. Der Anblick verschlug dem Berliner Gelehrten fast den Atem, er geriet regelrecht ins Schwärmen.

»Beeindruckend! So ein schöner Renaissancebau ... In jeder Hinsicht perfekt, das ideale Beispiel für den Goldenen Schnitt ... Und die prächtige astronomische Uhr am Turm!«

Henriette nickte und deutete nach rechts.

»Dort in der Grimmaischen Straße haben viele Leipziger Verleger und Buchhändler ihre Geschäfte. Links von hier, in der Katharinenstraße, befand sich das preußische Hauptquartier nach der Einnahme der Stadt. Und wenn wir ein paar Schritte weitergehen, sehen wir hinter dem Rathaus ein ebenfalls sehr schönes Gebäude, die Handelsbörse. Dort

hatte … damals … die Lazarettverwaltung ihren Sitz. Die Thomaskirche war das Hauptlazarett.«
Aufmerksam folgte Wilhelm Trepte Henriettes Erklärungen.
Der Markt bot ein Bild friedlicher Geschäftigkeit. Frauen trugen ihre Einkäufe wie Brot, Kohl oder Fisch davon, zwei Sänftenträger schleppten ihren Gast quer über den Platz, ein paar Halbwüchsige rannten den Tauben hinterher, die auf dem Markt herumtrippelten, und scheuchten sie juchzend auf. Die Idylle wurde jäh getrübt, als eine Frau lauthals schimpfend ihren sichtlich betrunkenen Mann Richtung Salzgässchen zerrte.
Und dann entdeckte Henriette zwei Männer, die sich beide auf Krücken über den Platz schwangen. Einem fehlte ein Bein, einem ein Fuß. Kriegsversehrte. Und beide noch sehr jung.
Sie holte tief Luft, deutete auf die Arkaden vor dem Rathaus und sagte ganz sachlich, als würde sie ihrem Schwiegervater weitere Sehenswürdigkeiten vorstellen: »Es regnete und stürmte an jenen Tagen vor und während der Schlacht, sämtliche Lazarette waren hoffnungslos überfüllt. Diejenigen, die unter den Arkaden etwas Schutz vor Wind und Regen fanden, hatten noch Glück – wenn man es so nennen kann.«
Nun sah Wilhelm Trepte, dass sie schauderte, als sie nach kurzer Pause fortfuhr: »Von der Börse bis in die Grimmaische Straße lagen auf den eiskalten Straßen die Blessierten, die direkt von den Schlachtfeldern kamen. Und wir konnten nichts für sie tun. Es gab weder Lazarettstroh noch Leinen zum Verbinden, noch Essen, geschweige denn Medikamente oder gar Betten. Einen halben Tag lang behalfen wir uns noch mit Papier anstelle von Leinen, doch dann ging auch das aus. Es konnten nicht einmal mehr Totenscheine aus-

gestellt werden … Auf denen stand zumeist ohnehin nur: *Unbekannter Soldat*, dazu die an der Uniform ersichtliche Nationalität.«

Ihr Gesicht war kreidebleich geworden, die Stimme brüchig, als ihre schlimmsten Erinnerungen sie einholten.

Nach einer Atempause sagte sie leise: »Es starben letztlich mehr Männer am Fieber und am Typhus als an den Kugeln der Feinde.«

Sie umfasste Max' kleine Hand fester. »Gehen wir dort entlang, quer über den Markt, und suchen wir die Nikolaikirche auf. Von da sind es nur ein paar Schritte bis zu Madame Lindenthals Haus.«

Während sie losliefen, fügte sie an: »Die Nikolaikirche war die einzige Kirche in Leipzig, die damals noch für Gottesdienste genutzt werden konnte. Alle anderen waren in Notlazarette verwandelt worden, auch das Gewandhaus und die Schulen, die Spitäler ohnehin.«

Entschlossen ging sie weiter, als wollte sie dabei die schrecklichen Bilder hinter sich lassen.

Betroffen sah Wilhelm Trepte auf seine Schwiegertochter, die noch nie so detailliert von dem Grauen an den Tagen der Völkerschlacht erzählt hatte. Sicher, er hatte ihre Texte darüber gelesen und war tief erschüttert gewesen. Doch sie jetzt am Ort des Geschehens zu sehen, aufgewühlt und wund in der Seele …

Intuitiv begriff er, sie würde Leipzig nie wieder unbefangen betrachten können, so wie er als normaler Reisender es tat, sondern die Stadt wäre in ihrer Vorstellung immer verwoben mit dem Grauen, das sie dort miterlebt hatte.

Als sie sich umwandte und seine betroffene Miene sah, sagte sie rasch: »Im Mai, als Maximilian schwer verwundet in Freiberg lag, waren die Zustände noch nicht so schrecklich.

Und als wir uns hier wiedertrafen ... Er kam direkt nach dem Einzug der Alliierten, noch während der Siegesparade, in die Thomaskirche, um zu fragen, wie viele Verwundete wir aufnehmen können ... Er sorgte auch gleich dafür, dass ich aus dem Lazarett herauskam, weil der Typhus um sich griff und das Elend nicht mehr zu ertragen war. Auf sein Betreiben durfte ich bei Madame Lindenthal vier junge Offiziere und den Stabshauptmann seines Regiments pflegen.«

Als sie die Nikolaikirche betraten, nahm Henriette ihren Sohn auf den Arm und drückte ihn an sich.

Wilhelm Trepte hatte bereits gehört, dies sei die älteste und größte Kirche Leipzigs, aber vor wenigen Jahren ganz im klassizistischen Stil umgebaut. Staunend und bewegt wanderte sein Blick an den rötlichen Säulen empor zum Deckengewölbe, das in zarten Pastelltönen gehalten war. Von den Säulen aus gingen hellgrüne Palmenblätter zum Gewölbe über. Alles war licht und hell und voller Harmonie.

Dann sah er zu Henriette, die erneut in Erinnerungen versunken schien. Vielleicht dachte sie an jenen Sonntag zwischen den mörderischen Schlachttagen im Oktober 1813, als eine halbe Million Soldaten die Stadt umringten, aber für ein paar Stunden die Waffen ruhen ließen. Wie inbrünstig mochten die Leipziger hier dafür gebetet haben, dass ihre Stadt den nächsten Tag, wenn gestürmt wurde, überstand. Dass sie danach noch lebten ...

Er entzündete eine Kerze für sich, Henriette und seinen Enkel. Nach längerem Schweigen gingen sie hinaus, jeder in seine Gedanken versunken.

»Madame Lindenthal wohnt gleich dort vorn«, sagte Jette und deutete die Nikolaistraße entlang. Doch nach ein paar Schritten verharrte sie und wurde grau im Gesicht.

»Als die Schlacht vorbei war ... am nächsten Tag ... Ich ging hinaus, um zu sehen, ob und wie sich das Leben wieder etwas normalisiert. Es hieß, es werde wieder Brot geben, das war schon vor Tagen ausgegangen. Und hier, an dieser Ecke ...« Sie schauderte.
»Hier stand eine Hökerin und verkaufte Knöpfe, die sie den Toten auf den Schlachtfeldern von den Uniformen geschnitten hatte. An etlichen klebte noch Blut. Und nicht nur Knöpfe ... Sie bot auch Zähne feil, die sie den Toten aus dem Kiefer gebrochen hatte.«
Berlin hat eine solche Katastrophe nicht erlebt, dachte Wilhelm Trepte erschüttert. Keiner dort glaubt ihr wirklich, was sie schildert – außer den Soldaten, die dabei gewesen sind. Jetzt erst verstehe ich vollends, dass sie diese Gräuel nie abwerfen kann. Und wie wichtig es für sie war, das niederzuschreiben. Wie wichtig für uns alle, dass sie Zeugnis ablegt. Doch das würde nun niemand mehr drucken dürfen. Weder Monsieur Parthey noch jemand in Sachsen, das ahne ich. Was soll nur aus Henriette werden?
Jetzt hoffte er inständig, dass der Besuch bei Madame Lindenthal nicht noch mehr schreckliche Erinnerungen bei seiner Schwiegertochter aufwühlte. Vielleicht hätten sie doch auf diesen Gang verzichten und im *Hotel de Saxe* auf ihren Oheim warten sollen.

In diesem Punkt war Wilhelm Treptes Befürchtung grundlos. Charlotte Wilhelmine Lindenthal, eine respekteinflößende Witwe, die wie immer ein schwarzes Kleid mit weißem Spitzenkragen trug, floss vor Freude und Begeisterung schier über, als sie ihren einstigen Schützling, den Berliner Rechtsgelehrten und den kleinen Max sah.
»Oh, was für ein stattlicher junger Mann!«, gurrte sie, als

Henriette ihr Söhnchen vor sich schob. »Ganz das Abbild …« Hier stockte Wilhelm Trepte der Atem, aber Madame Lindenthal besaß so viel Herzensbildung, dass sie sich das übliche »seines Vaters« verkniff und stattdessen sagte: »… seiner Mutter.« Mit unablässigem Wortschwall darüber, wie sehr sie sich freue, Henriette wiederzusehen, deren kleinen Sohn und nun auch Maximilians Vater kennenzulernen, führte sie die Gäste in den Salon.

Hier schien sich kaum etwas verändert zu haben, seit Jette in diesem Haus gelebt hatte – nur dass nun keine französische Einquartierung oder preußischen Verwundeten untergebracht waren.

Freudestrahlend lockte Madame Lindenthal Max zu einer Dose mit Mürbeplätzchen. »Magst du eines, junger Mann?« Max klammerte sich verlegen an die Beine seiner Mutter, doch seine begehrlichen Blicke sprachen eine andere Sprache – als hätten sie nicht gerade erst gefrühstückt.

Die Leipziger Witwe drückte ihm ein Gebäckstück in die Hand und ermutigte ihre Gäste: »Nehmen Sie doch Platz, Herr Professor! Ich hatte die Ehre, Ihren Herrn Sohn kennenzulernen, den wackeren Premierleutnant. Und auch Sie machen es sich bitte bequem, mein liebes Kind.«

Sie läutete nach ihrem Dienstmädchen und ließ heißen Kaffee und weiteres Gebäck bringen; damit war für sie der allerersten Höflichkeit Genüge getan, denn sie konnte ihre Neugier auf die erwähnten ungewöhnlichen Umstände dieser Reise kaum länger zügeln.

»Nun erzählen Sie doch, was Sie hierher führt! Die Andeutung in Ihrem Schreiben klang ja recht geheimnisvoll. Ich bin äußerst dankbar für jede Abwechslung und jede neue Geschichte, denn mich alte Frau besucht kaum jemand außer ab und an mein Bruder.«

In Erwartung spannender oder gar skandalöser Einzelheiten starrte sie den Rechtsgelehrten an, wobei sie sich starr aufgerichtet auf den silbernen Griff ihres Gehstocks stützte. Den hatte sie noch nicht benutzt, als Henriette sie vor zwei Jahren zum letzten Mal gesehen hatte. Die alte Dame wirkte gebrechlicher, ohne allerdings von ihrer energischen Ausstrahlung eingebüßt zu haben.

Wilhelm Trepte fasste die Situation in knappen Worten zusammen, und Madame Lindenthal entrüstete sich: »Das ist ja ungeheuerlich!«

Verächtlich schnaubte sie und sagte dann pikiert: »Es ist noch nie etwas Gutes von Preußen über Sachsen gekommen … Anwesende natürlich ausgenommen!«

Monsieur Trepte dankte ihr dafür, dass sie sich in jenen Tagen um Henriette gekümmert und preußische Verwundete aufgenommen hatte.

»Oh, das war nicht ganz ohne Eigennutz«, gestand die Witwe mit verschmitztem Lächeln. »Dieses Arrangement ersparte mir, dass zwei Dutzend wilde Kosaken in diesem Haus einquartiert wurden.«

Doch ihr Lächeln verflog schnell wieder.

»Es tat einem in der Seele weh, die Leiden dieser armen jungen Leutnants mitzuerleben. Und zu wissen, selbst wenn sie überleben, bleiben sie für den Rest ihres Lebens verkrüppelt. Wir hatten hier einen jungen Mann mit zerstörtem Augenlicht. Er war verzweifelt und wollte seine Verlobung auflösen …«

Sie griff nach einem bestickten Taschentuch und tupfte sich die Augenwinkel. Dann drückte sie den Rücken durch, und das verschmitzte Lächeln kehrte zurück.

»Ihre Schwiegertochter und ich, wir verbündeten uns, um das abzuwenden, zu allseitiger Freude und Erleichterung.

Die junge Ehefrau schickt mir immer noch Briefe und erzählt von ihrem gemeinsamen Leben.«

»Wie es aussieht, hat Leipzig die schlimmsten Folgen der Katastrophe überwunden«, wagte sich Wilhelm Trepte vor, um Henriette zuliebe das Gespräch auf weniger Dramatisches zu lenken.

Madame Lindenthal richtete sich noch ein wenig mehr auf.

»Nun ja, die Stadt wurde glücklicherweise vor der Einnahme nicht sturmreif geschossen, was wir gerüchteweise Blücher verdanken. Aber sämtliche Gärten und Parks, unsere schönen Promenaden sind immer noch kahlgeschlagen«, beanstandete sie pikiert. »Selbst das kleinste Stück Holz ist von frierenden Soldaten jeglicher Couleur verfeuert worden. Sie hätten damals nicht hier sein wollen, Herr Professor! Auf den Straßen lagen Verwundete und tote Pferde wochenlang, auf den Feldern in den umliegenden Dörfern oft noch den ganzen Winter über, weil niemand sie begraben konnte. Und wie schrecklich der Typhus wütete … Dagegen ist das Leben nun wirklich wieder erträglich, Gott sei Dank. Die Bauern in den Ratsdörfern beklagen sich zwar, dass sie beim Pflügen ständig auf Knochen stoßen. Aber sie sammeln Eisen und Ausrüstung in großen Mengen auf und erhalten dafür erkleckliche Summen.«

Sie räusperte sich und warf einen vorsichtigen Blick auf den Rechtsgelehrten, der immerhin Preuße war.

»Ein Jahr lang standen wir unter russischem Protektorat, dann plötzlich – quasi über Nacht – unter preußischem, dann wurde das Land geteilt und zur Hälfte Preußen zugeschlagen … Nun ja. Wenigstens kehrte im Sommer unser König zurück, und es halten wieder geordnete Verhältnisse Einzug. Soweit man von geordneten Verhältnissen sprechen kann, wenn plötzlich ein Land geteilt und eine Hälfte einer anderen Nation zugeschanzt wird.«

Zur Bekräftigung klopfte sie mit dem Stock auf den Boden. Aus Höflichkeit gegenüber der Gastgeberin hielt Wilhelm Trepte jede Bemerkung darüber zurück, dass Sachsen durch die Starrheit seines Königs selbst nach dem Ende der Völkerschlacht noch auf Napoleons Seite verharrte, was es für die Alliierten zur Kriegsbeute machte, ebenso wie Polen. Der preußische König hatte beim Wiener Kongress sogar darauf bestanden, sich *ganz* Sachsen einzuverleiben, nicht nur die Hälfte. Doch das hatten ihm die anderen Großmächte nicht durchgehen lassen. So groß sollte Preußen nun auch nicht werden. Und gerechterweise musste man anführen, dass selbst Frankreich als Verlierer des großes Krieges von den Alliierten weit freundlicher behandelt wurde als Sachsen. Das schürte hier viel Unfrieden.

»Möchten Sie noch etwas Kaffee, Herr Professor? Und Sie, meine Liebe?«

Mit leicht zittriger Hand deutete Charlotte Wilhelmine Lindenthal erst auf die Kanne, dann auf die Zuckerdose.

»Tun Sie sich reichlich Zucker hinein. Heiß und süß, so trinkt man den Kaffee hier.«

Sie schmunzelte erneut und wirkte dabei fast mädchenhaft.

»Da nun der Handel mit England endlich wieder ungestört abläuft, haben wir auch wieder Zucker. Sie wissen ja, während der Kontinentalsperre, die dieser Korse angeordnet hatte, wurde der Handel mit England untersagt.«

Sie beugte sich ein wenig vor und senkte die Stimme mit vielsagendem Blick: »Leipzig ist seit jeher eine Handelsstadt, und ein kluger Händler weiß …«

Das Klopfen des Dienstmädchens unterbrach ihre Enthüllung, mit wie viel Einfallsreichtum Leipziger Kaufleute die

Handelsbeschränkungen unterlaufen hatten. Was, wie ihr nachträglich bewusst wurde, wohl gerade noch im rechten Moment geschah, da ihr Gegenüber ein Jurist war – wenngleich Preuße und somit ganz sicher kein Freund napoleonischer Reglementierungen.

»Diese Nachricht ist gerade für Sie abgegeben worden«, verkündete das Dienstmädchen und reichte der Witwe ein gefaltetes Blatt Papier.

Die alte Dame öffnete es, überflog die wenigen Worte und gab es weiter an Wilhelm Trepte.

»Das ist wohl für Sie. Monsieur Gerlach, der Oheim unserer reizenden Henriette, ist im *Hotel de Saxe* eingetroffen. Logieren Sie auch dort?«

»Ja, dann sollten wir gleich aufbrechen, um unser aller Abreise nicht länger als nötig zu verzögern. Jeder von uns hat noch eine weite Reise vor sich.«

Er erhob sich und beugte sich über Madame Lindenthals knochige Hand.

»Es war mir ein Vergnügen, Madame, und ich bin Ihnen in mehr als einer Hinsicht zu Dank verpflichtet.«

»Nicht doch, ganz meinerseits«, wehrte die Witwe geziert ab. »Sie haben einer alten Frau eine große Freude bereitet. Ihnen wünsche ich eine glückliche Heimkehr nach Berlin. Meine Empfehlungen an Ihre Gattin! Und Ihnen, meine liebe Henriette, wünsche ich, dass Sie sich im Kreise Ihrer sächsischen Verwandten schnell wieder im beschaulichen Freiberg einleben.«

Max bekam zu seiner Begeisterung noch ein Plätzchen, und dann machten sich die drei auf den Weg in ihr Hotel.

## Beunruhigende Aussichten

Als sich die kleine Gruppe dem *Hotel de Saxe* in der Klosterstraße näherte, sahen sie Friedrich Gerlach mit einer Kiste unterm Arm direkt auf sie zukommen.

»Onkel!«

Henriette hievte Max ihrem verdutzten Schwiegervater auf den Arm, lief auf den Freiberger Verleger zu und umhalste ihn schluchzend. So lange hatte sie sich zusammengenommen, aber jetzt war es mit ihrer Beherrschung vorbei.

Tröstend und ein wenig hilflos angesichts der Tränen strich ihr Friedrich Gerlach über den Rücken und löste sich dann vorsichtig, um die offenbar schwere Kiste abzustellen und seinen verrutschten Zylinder zurechtzurücken.

»Es wird schon alles gut werden, Liebes!«, versprach er. »In Freiberg wirst du sehnsüchtig erwartet.«

Lächelnd streichelte er Max die Wange und begrüßte dann Wilhelm Trepte.

Der Freiberger Buchhändler war beinahe sechzig Jahre alt, kleiner als der Berliner Jurist und sein schütteres Haar fast völlig weiß. Die beiden Männer kannten sich von einem Besuch der Treptes in Freiberg zu Weihnachten des vergangenen Jahres – und sie waren beide Mitglied von Freimaurerlogen, wie sie schnell herausgefunden hatten.

»Ich kann gar nicht sagen, mein Freund, wie dankbar ich Ihnen bin, dass Sie sich so um meine liebe Nichte und den Kleinen kümmern und sie bis hierher begleitet haben«, versicherte Gerlach aufrichtig. »Was ist denn überhaupt passiert, so aus völlig heiterem Himmel?«

»Gehen wir hinein und suchen wir uns eine ruhige Ecke, wo wir ungestört reden können, ohne belauscht oder ständig unterbrochen zu werden«, schlug Wilhelm Trepte vor. »Bei der Gelegenheit können wir gleich noch ein frühes Mittagessen einnehmen. Wir müssen schließlich allesamt bald aufbrechen, wenn auch in verschiedene Richtungen.«

Der Buchhändler willigte ein, hob die Kiste wieder auf und meinte zufrieden: »Ich habe die Gelegenheit genutzt, um gleich nach meiner Ankunft bei meinem Freund und Kollegen Reclam in der Grimmaischen Straße vorbeizuschauen und ein paar interessante Publikationen zu erwerben, die sich in Freiberg sicher gut verkaufen lassen.«

Er klopfte dreimal auf den Karton, als würde das Glück bringen.

Gemeinsam gingen sie in die Gastwirtschaft im Erdgeschoss des Hotels. Der Raum war dunkel getäfelt und groß, aber zum Glück nur spärlich besucht. Sie wählten einen Tisch in der Ecke, wo niemand in der Nähe saß, und bestellten auf Empfehlung des Wirts eine Terrine mit Kartoffelsuppe, die mit kross gebratenen Blutwurstscheiben noch schmackhafter gemacht werden sollte.

»Wie geht es Franz?«, fragte Henriette mit immer noch geröteten Augen, nachdem sie sich die Nase geputzt hatte. Max saß auf ihrem Schoß und trank mit ihrer Hilfe einen Becher warme Milch mit Honig. Nach dem Naschwerk von Madame Lindenthal und dem süßen Trunk würde er wohl ziemlich satt sein.

»Deinem Bruder geht es gut, aber es wird Zeit, dass du ihn ein wenig an die Zügel nimmst«, berichtete Friedrich Gerlach, stieß einen gutmütigen Seufzer aus und rollte die Augen. »Er ist zwölf und zu jedem Unfug bereit.«

»Und die Tante?«

»Nun, meine liebe Johanna klagt zwar inzwischen über dieses und jenes Zipperlein, aber sie freut sich, dich und Max endlich wiederzusehen. Sie ist ganz vernarrt in die Aussicht, wieder etwas Kleines im Haus zu haben.«

Gerlach lächelte und strich sich durchs Haar.

»Du wirst unser Haus jetzt deutlich voller vorfinden. Wie ich dir schon schrieb, haben wir im Sommer Johannas achtzigjährige Großtante Augusta aufgenommen, weil wir sie nicht länger allein auf dem Land lassen konnten. Und kürzlich auch noch zwei Nichten zweiten Grades, fünfzehn und sechzehn Jahre alt. Die bringen mich früher oder später um den Verstand mit ihrer Albernheit.«

Zu Trepte gewandt, erklärte er: »Konstantin, das ist mein ältester Sohn, hilft mir in der Druckerei, und Ihre Nachricht erreichte mich mit etwas Glück im Unglück genau in dem Moment, als die Ausgabe für diese Woche schon fertig gesetzt und an die Zensoren eingereicht war. Natürlich war ich in großer Sorge und bin sofort aufgebrochen. Aber ich konnte alle geschäftlichen Angelegenheiten noch ordnen. Konstantin kümmert sich um die Korrekturen und den Druck und stellt auch schon die ersten Seiten der neuen Ausgabe zusammen, und Johanna hilft bis zu meiner Rückkehr im Laden aus.«

»Das kann ich doch von nun an machen!«, warf Henriette sofort ein. »Ich will euch keine Last sein. Ich kann Korrektur lesen und beim Verkauf helfen.«

Ihr Oheim sah sie mit nachdenklichem Blick an und meinte: »Darüber beraten wir gemeinsam, wenn wir erst in Freiberg sind.«

Inzwischen kam die wirklich köstliche Suppe, dazu noch warmes Graubrot. Sie aßen mit Genuss und murmelten ein paar Komplimente an die Küche.

Doch sobald die Teller abgeräumt waren und der Kaffee gebracht worden war, warfen sie noch einmal prüfende Blicke um sich, ob auch niemand sie belauschen konnte, steckten die Köpfe enger zusammen und senkten die Stimmen.

»Nun erzählt endlich«, forderte der Freiberger Drucker, Verleger und Buchhändler leise.

Wilhelm berichtete, während Jette ihren Sohn auf dem Schoß wiegte, vor Kummer und Schuldgefühlen kaum den Blick hob und schwieg.

Friedrich Gerlach lauschte aufmerksam, aber voller Sorge.

»Buchhändler, Verleger und Autoren leben gefährlich in Zeiten des Umbruchs. Meine geschätzten Kollegen Cotta und Bertuch versuchten auf dem Wiener Kongress, im Namen der deutschen Buchhändler und Verleger die Abschaffung der Zensur zu bewirken, leider ohne Erfolg. Auch in Sachsen fand sich mancher plötzlich als Staatsgefangener auf der Festung Königstein wieder«, sagte er bedrückt, nahm die Brille ab und legte sie auf den Tisch.

»Und Deportationen binnen einer Stunde sind ein probates Mittel der Abschreckung. Mir persönlich ist ein besonders drastischer Fall bekannt: Johann Ferdinand Dienstmann, einst Buchhändler und Verleger in Penig, einer kleinen Stadt an der Zwickauer Mulde östlich von Freiberg. Ein sehr rühriger und kluger Mann, der namhafte Autoren verlegte. Vor zehn Jahren eröffnete er eine Dependance in Sankt Petersburg. Doch ein Jahr später, als der sächsische König auf Napoleons Seite wechselte, wurde er aus Russland ausgewiesen. Trotz schwerer Krankheit hatte er Sankt Petersburg binnen einer Stunde zu verlassen und wurde zur finnisch-schwedischen Grenze eskortiert, ohne Pass und Kenntnis der Sprachen, im tiefsten Schnee.«

Nun setzte er seine Brille wieder auf.

»Aber eine junge Frau mit einem Kleinkind … So etwas habe ich bisher noch nie gehört.« Mit einem ironischen Lächeln sagte er zu Henriette, um sie aufzumuntern: »Kompliment, sie müssen sich in Berlin wirklich sehr über deine Texte geärgert haben.«

Der Kellner kam und fragte, ob noch weiterer Kaffee gewünscht werde, doch die Männer lehnten dankend ab.

»Können Sie bitte veranlassen, dass unser Gepäck nach unten gebracht wird? Wir reisen gleich ab«, bat der Berliner Professor.

Nach einer tiefen Verbeugung und der Zusicherung, dies umgehend zu erledigen, zog sich der Mann zurück.

Friedrich Gerlach blickte zu Henriettes Schwiegervater.

»Bitte unterstützen Sie mich und geben Sie mir recht, wenn ich nun unsere Henriette in die Pflicht nehme!«

Aufmerksame und ernste Blicke richteten sich auf ihn, als er leise weitersprach.

»Jette, du wurdest in Preußen des Landes verwiesen. Das kann dir in Sachsen nicht passieren, da unser König, den du so geringschätzt, die Landesverweisung als Strafe abgeschafft hat. Doch du musst vorsichtig sein! Der König ist aus preußischer Gefangenschaft zurück und hat sofort die alten Verhältnisse wiederhergestellt. Und die meisten Sachsen sind darüber sehr froh nach den Wirren der letzten Jahre. Nichts verkaufe ich derzeit besser als den Bericht über seine Heimkehr und den Empfang, und dieser überbordende Lobgesang kostet immerhin stattliche sechzehn Groschen. Also kein schlechtes Wort über ihn, sonst bringst du mich auch noch in Gefahr!«

»Du meinst also auch, ich solle künftig nur noch *nette Geschichten* schreiben?«, flüsterte sie ihm verletzt zu.

»Liebes, du bist müde, entsetzt und völlig aus dem Lot gerissen«, versuchte ihr Oheim, sie zu beschwichtigen. »Jetzt ist nicht der Moment, darüber nachzudenken, was du künftig schreiben willst. Bleibe unauffällig! Die Freiberger kennen dich als meine hübsche und auf Bücher versessene Nichte, die sich hinterm Ladentisch der Buchhandlung wohlfühlt. Viel mehr müssen sie nicht wissen. Wir sollten uns auf der Rückfahrt sogar eine Geschichte ausdenken, weshalb du so plötzlich wieder auftauchst. Irgendein familiärer Notfall ... Oder die Sehnsucht nach deinem Bruder ...«

Er räusperte sich und warf Wilhelm Trepte einen verlegenen Blick zu.

»Jette, ich würde an deiner Stelle gar nicht erwähnen, dass du in Preußen warst – angesichts der ... nun ja ... langjährigen Animositäten zwischen beiden Ländern, die derzeit ganz neue Ausmaße erreichen. Wir können es wohl nicht verheimlichen. Aber mit meiner und Johannas Hilfe werden sie dich wohlwollend wieder aufnehmen.«

Nun zog ein Lächeln über sein freundliches Gesicht. »Lisbeth, unsere Köchin, will zur Feier deiner Ankunft deine Lieblingsgerichte kochen. Sie hat dich doch auch ins Herz geschlossen. Du siehst deinen Bruder wieder und den älteren deiner Cousins, der große Stücke auf dich hält. Eduard, mein Zweitältester, ist ja derzeit zur Ausbildung im Ausland, in Erfurt.«

Und während Friedrich Gerlach weiter aufzählte, wer und was Henriette alles in Freiberg erwartete, wurde ihr Schwiegervater sehr nachdenklich.

Henriette war eine Waise. Nach dem Tod ihres Vaters – die Mutter war schon Jahre zuvor verstorben – waren sie und ihr damals zehnjähriger Bruder Franz unter dramatischen Umständen aus Weißenfels nach Freiberg geflohen, wo nun ihre gesamte Familie lebte, von ihm und Carlotta abgesehen. Als er sah, wie sich ihre Züge mit Leben füllten, während sie Gerlachs Geschichten über Freunde und Verwandte aufsog,

überkamen ihn Zweifel, ob er und Carlotta da wohl würden mithalten können, falls ihm die Aufhebung des Strafbefehls gelang.
Er zog seine Uhr aus der Tasche und klappte den Deckel hoch, was auch Friedrich Gerlach als Zeichen zum Aufbruch verstand. Sie erhoben sich, um sich um ihre Reiseangelegenheiten zu kümmern.
»Ich werde alles unternehmen, damit der Deportationsbefehl aufgehoben wird«, versicherte Wilhelm Trepte noch einmal zum Abschied. »Sollte sich zeigen, dass dies längere Zeit in Anspruch nimmt, expedieren wir eine Truhe mit deinen Sachen nach Freiberg.«
Dann war für ihn der Moment gekommen, sich von ihr und seinem Enkel zu verabschieden. Würden sie nach Berlin zurückkehren, wenn er die Erlaubnis dazu bewirkte? Gehörte sie nicht eigentlich hierher, nach Sachsen? Sollte es ihm und Carlotta nicht vergönnt sein, ihren Enkel aufwachsen zu sehen?

## Zurück in Freiberg

Es war tiefe Nacht, als die Reisenden Freiberg erreichten. Kurz bevor sie sich der Stadt näherten, begann es große Flocken zu schneien, die langsam zur Erde schwebten.
In den meisten Häusern brannte kein Licht mehr, die Bewohner schliefen. Nur im Haus der Gerlachs am Untermarkt waren noch mehrere Fenster erleuchtet. Johanna hielt hinter der Scheibe Ausschau, und als sie die mit zunehmender Sorge Erwarteten kommen sah, ächzte sie erleichtert auf,

wickelte sich ein dickes Wolltuch um die Schultern und lief die Treppe hinab zur Tür.

»Da seid ihr ja endlich! Ich hatte die Hoffnung schon fast aufgegeben, dass ihr heute noch eintrefft. Jette, Liebes, lass dich umarmen! Und du, mein süßer Max, wie groß du geworden bist!«

Gerührt strich sie dem Kleinen über die Wange. Der Junge hatte auf dem letzten Stück Wegstrecke geschlafen, blinzelte Johanna nun verwirrt an und starrte dann mit großen Augen auf die tanzenden Schneeflocken. Dass einige Eiskristalle auf seiner Nase landeten und dort schmolzen, brachte ihn zum Kichern.

»Wir waren drauf und dran, doch unterwegs zu übernachten«, berichtete Friedrich Gerlach. »Aber dann beschlossen wir, den Pferden noch einmal ordentlich Hafer zu geben und weiterzufahren.«

Energisch schob Johanna die endlich Eingetroffenen Richtung Tür. »Nun geht schon hinein! Wir haben euch für alle Fälle eine kräftige Mahlzeit aufgehoben, die wärmt euch Frau Tröger gleich auf. Herr Tröger, wären Sie so freundlich, das Gepäck hochzubringen?«

Josef Tröger, der Mann der Köchin im Haus und Betreiber eines kleinen Fuhrgeschäfts in Freiberg, hatte sich schon beide Koffer gegriffen und trug sie hinein.

Friedrich Gerlach folgte ihnen mit dem Bücherpaket unterm Arm, das er offenbar keinem anderen anvertrauen wollte.

Anheimelnde Wärme umfing Jette, als sie mit dem Kind auf dem Arm die Treppe hochging. In Speisezimmer und Salon brannten noch Kerzen.

Sie schälte sich aus den oberen Schichten der warmen Kleidung, ließ sich erschöpft in den Sessel neben dem Kamin

fallen und bewegte die Zehen, damit wieder Leben in ihre eiskalten Füße kam.
Johanna schob Mantel, Tücher und Hut beiseite.
»Wir wollen leise sein, damit wir die alte Großtante nicht wecken – und vor allem nicht die Mädchen, die kriegen wir sonst nie wieder zur Ruhe!«, wisperte sie. »Deinen Bruder hab ich um neun ins Bett gescheucht, er wollte am liebsten auch aufbleiben und warten.«
Als hätte er gehört, dass von ihm gesprochen wurde, tauchte der zwölfjährige Franz auf, schlaftrunken und mit zerzaustem Haar. Jette sprang auf, er stürzte auf seine Schwester zu und umklammerte sie mit beiden Armen.
»Bleibst du hier?«, fragte er sehnsüchtig.
»Ich weiß es noch nicht. Vermutlich.« Sie glaubte nicht daran, dass es Wilhelm Trepte gelingen würde, ihre Ausweisung aus Preußen rückgängig zu machen.
Franz schien erleichtert über diese Auskunft. Er sah zu ihr hoch – viel kleiner als sie war er ja nicht mehr – und flüsterte beklommen: »Ich hab wieder Alpträume ... von damals, nach Vaters Tod, als wir beide vor den Marodeuren über das Schlachtfeld flüchten mussten ... Die vielen Toten und die Schüsse, die Kanonen ...«
Sie strich ihm übers Haar. »Ich bin ja jetzt da. Wir halten zusammen, wie damals.«
Konstantin trat ein, der zwanzigjährige ältere Sohn der Gerlachs. Höflich verneigte er sich vor ihr.
»Cousine Henriette, willkommen zurück in Freiberg!«
Sein formeller Auftritt zwang sie zu knicksen. Befangen standen sie sich gegenüber. Sie waren fast gleich alt und einst Freunde gewesen. Doch dann gab es heftigen Streit und ein Zerwürfnis. Erst bei Henriettes letztem Besuch in Freiberg, über die Weihnachtstage vor fast einem Jahr, hatten sie sich

ausgesöhnt, nachdem sich Konstantin reumütig für seine hässlichen Worte entschuldigt hatte.

Während sich Johanna bemühte, den Tisch ohne verräterisches Klirren von Tellern und Besteck einzudecken, um niemanden aufzuwecken, und Friedrich Gerlach freudestrahlend seinen Großneffen Max auf den Schoß klettern ließ, sah sich Henriette um und bemerkte einige Veränderungen in den ihr vertrauten Räumen.

»Ihr habt jetzt ein Klavier?«, wunderte sie sich. An dieser Stelle hatte seit jeher eine Glasharmonika gestanden, die in den letzten Jahren wegen ihres lädierten Zustands allerdings nicht mehr gespielt werden konnte.

»Ich fand einfach niemanden, der die Harmonika repariert«, erklärte Friedrich Gerlach, während er den Kleinen auf dem Knie wippen ließ. »Das Klavier konnte ich günstig erstehen.«

Er räusperte sich und sagte bedrückt: »Viele Familien sind durch den Krieg verarmt oder haben den Ernährer verloren. Fürs Wochenblatt kommen derzeit fast täglich Annoncen herein, dass Pferde oder Musikinstrumente oder ganze Bibliotheken umständehalber billig zu verkaufen sind. Und da deine Schwiegereltern schrieben, dass du in Berlin dein Spiel erheblich verbessert hast …«

Johanna befürchtete, ihr guter Gatte könnte die erschöpfte und sicherlich ausgehungerte Jette jetzt gleich noch ans Klavier treiben, und mischte sich energisch ein.

»Willst du mit dem Kleinen nicht zuerst euer Zimmer sehen?«

Henriette schüttelte matt den Kopf. »Ich weiß gar nicht, ob ich aus dem Sessel überhaupt noch einmal hochkomme. Ich bin furchtbar müde … und durchgefroren.«

»Nun dann – alle zu Tisch!«, rief Johanna munter, denn ge-

rade betrat Lisbeth Tröger, die Köchin, den Raum, die zwei Schüsseln mit warmgehaltenen Kartoffeln und rasch aufgewärmtem Hähnchenragout auf dem Tablett hereintrug.
»Ich nehme den Kleinen auf den Schoß«, bot Johanna sofort an, die längst Abendbrot gegessen hatte. »Mal sehen, wie viel Hunger er noch hat.«
Sie war ganz verzückt, wieder ein Kleinkind zu bemuttern.
»Und du komm endlich, du kannst dich wohl wieder nicht von den Büchern losreißen?«, rüffelte sie ihren Mann, der – nachdem er ihr den Knaben übergeben hatte – mit freudig leuchtender Miene seine Kiste öffnete und zu durchstöbern begann. Das verschob er nur ungern auf morgen. Aber es war spät, alle wollten zu Bett, also kam er an den Tisch und ließ sich auch den Teller füllen.
Da er Johannas neugieriger Miene ansah, dass sie ihn und Jette mit bisher mühsam zurückgehaltenen Fragen überschütten wollte, wehrte er ab, bevor sie es aussprechen konnte.
»Wir reden morgen über alles, mich zieht es in die Federn.«
Schließlich war er nicht mehr der Jüngste und tagelang auf schlechten Straßen in der Kutsche durchgerüttelt worden. Und auch Henriette würde sich gewiss nach Schlaf sehnen.

Als die Teller leergegessen waren, stemmte sich die rundliche Johanna hoch.
»Komm, Liebes, ich zeige dir dein Zimmer«, sagte sie zu Henriette, griff nach einer Kerze und ging voran. »Wir mussten in letzter Zeit im Haus allerhand umräumen, da wir noch drei Verwandte aufgenommen haben, meine alte Großtante und die beiden Mädchen, die ihre Mutter nicht mehr bändigen konnte. Gott allein weiß, womit ich diese Strafe verdient habe«, flüsterte sie augenrollend.

Dann deutete sie auf die Tür des Zimmers, das Henriette vor zweieinhalb Jahren bewohnt hatte, bis französische Einquartierung ins Haus kam und sie in die Bibliothek umzog.

»Dort wohnt nun Großtante Augusta« entschuldigte sich Johanna. »Sie soll möglichst wenig Treppen steigen in ihrem Alter.«

Henriette war es sehr recht, nicht wieder dieses Zimmer zu bekommen; das würde nur Erinnerungen wachrufen, die lieber begraben blieben. Sie hatte nicht die Kraft, sich dem jetzt zu stellen.

Im Schein einer Kerze stieg Johanna eine halbe Treppe hoch und öffnete die Tür zu einem Raum, der einst als Lager für Papier, schwer verkäufliche Bücher und nicht benötigte Möbel gedient hatte. Nun war er kaum wiederzuerkennen: entrümpelt, in hellem Grün gestrichen, soweit Henriette im matten Kerzenlicht erkennen konnte, möbliert mit einem Bett für sie und einem Kinderbett, Frisiertisch, Sekretär, zwei Stühlen und zwei Kommoden. Sogar Vorhänge waren angebracht.

»Es ist so schön geworden!«, staunte Jette.

»Konstantin, Herr Tröger und ich haben das Zimmer in zwei Tagen leergeräumt und für euch hergerichtet«, erzählte Johanna stolz. »Was du sonst noch brauchst, besorgen wir nächste Woche. Und wie ich die gute Frau Tröger kenne, hat sie dir schon eine Wärmpfanne unters Plumeau gelegt.«

Jettes Tante stellte die Kerze ab, nachdem sie zwei weitere damit entzündet hatte, fuhr mit der Hand unter das Oberbett und nickte erfreut, als sie ihre Vermutung bestätigt fand.

»Ruh dich aus, überschlaf erst einmal das ganze Durcheinander!«, riet sie. »Morgen ist Sonntag, dann können wir alles besprechen. Und träum etwas Schönes! Du weißt doch: Was

man in der ersten Nacht in einem neuen Bett träumt, geht in Erfüllung.«
Zufrieden lächelnd ging sie hinaus, nachdem sie Max noch einmal übers Haar gestrichen hatte.

Während Henriette ihren Sohn schlafen legte, ihre Sachen so im Zimmer verteilte, dass sie nicht darüber stolperte – aufräumen würde sie morgen bei Tageslicht –, sich wusch und dann todmüde ins Bett sank, wartete Johanna im Schlafzimmer des Ehepaares darauf, dass ihr Mann zu ihr in die Federn stieg und sie in sämtliche Einzelheiten einweihte, was nun eigentlich vor sich gegangen war. Solange sie auf Vermutungen angewiesen war, würde sie Müdigkeit als Argument für einen Aufschub des Gesprächs bei ihrem guten Gerlach nicht gelten lassen.
Wilhelm Trepte hatte sich in seinem Brief, in dem er darum bat, dass Henriettes Oheim sofort nach Leipzig reiste, um seine Nichte und ihren Sohn nach Freiberg zu begleiten, etwas nebulös über die Gründe dafür ausgedrückt. Weshalb, verstand Johanna, noch bevor ihr Mann geendet hatte.
»Oje«, seufzte sie, setzte sich auf und zog das Federbett höher.
»Wir müssen sie behüten«, sagte sie entschlossen. »Davon abhalten, dass sie sich weiter mit dieser Schreiberei ins Unglück stürzt – und uns am Ende noch mit. Natürlich wird sie hier bleiben. Wenn wir sie Korrektur lesen und im Laden Bücher verkaufen lassen ... Dann wäre sie beschäftigt. Sie hat es ja selbst angeboten!«, beharrte sie, als Friedrich Gerlach zu einer Entgegnung ansetzen wollte. »Ich habe die gute Madame Fried schon gefragt, ob sie für eine Weile zu uns zurückkehren und sich tagsüber um den Kleinen kümmern würde. Sie hat mit Freuden zugesagt.«

Minna Fried hatte als Kindermädchen und Erzieherin die Söhne der Gerlachs betreut, solange diese klein waren, und war sehr liebevoll mit ihnen umgegangen.
Der Buchdrucker runzelte die Stirn über diese Eigenmächtigkeit seiner Frau.
»Können wir uns das leisten? Die Geschäfte gehen schlecht, denn die vielen Einquartierungen und Requirierungen in den Kriegsjahren haben die Menschen um ihr Erspartes gebracht. Außerdem haben wir jetzt deutlich mehr Mäuler zu stopfen als vor einem Jahr. Ich konnte nicht mal mehr einen erfahrenen Setzer einstellen, seit wir den Ludwig gehen lassen mussten …«
»Madame Fried kostet uns viel weniger als ein guter Setzer«, trumpfte Johanna auf. »Und ich kann ja auch ab und zu auf den Kleinen aufpassen. Henriette liest Korrektur und hilft im Laden, Konstantin setzt die Seiten, und du kümmerst dich um die großen Angelegenheiten.«
Ihr Plan hatte auch für den widerstrebenden Friedrich Gerlach eine Menge für sich.
»Wenn wir sparsam wirtschaften und ich die Zeitung über Wasser halten kann …«, gab er nach, wälzte sich auf die Seite und blies die Kerze auf seinem Nachttisch aus, um unmissverständlich zu signalisieren, dass er endlich schlafen wollte.
Da hatte er die Rechnung aber ohne seine Johanna gemacht, die keinerlei Anstalten unternahm, sich in ihre Kissen sinken zu lassen.
»Mein lieber Gerlach, können wir es nicht irgendwie bewerkstelligen, dass Jette und Konstantin heiraten? Sie haben sich doch früher wunderbar verstanden. Und den Streit zwischen ihnen hat er beigelegt, als er von seiner Lehrzeit in Erfurt zurückkam …«
»Gütiger Gott!«, stöhnte Friedrich Gerlach und wälzte sich

herum. »Sie hat kaum den Fuß über die Schwelle gesetzt, und schon willst du sie verkuppeln?«

Müde rieb er sich die Stirn, weil sich dahinter ein Schmerz anbahnte angesichts dessen, was seine Frau bereits an Plänen geschmiedet hatte.

Energisch zupfte Johanna ihre spitzenbesetzte Nachthaube zurecht und konterte: »Erkennst du denn nicht auch, dass dies das Beste für uns alle wäre? Eine neue Ehe und dazu noch zwei oder drei weitere Kinder halten sie von dieser Schreiberei ab, die ihr nur Ärger einbringt. Niemand will jetzt noch etwas über den Krieg lesen! So bekommt Konstantin eine Frau, die ihm in dem Geschäft hilft, das er einmal übernehmen wird. Denn du wirst nicht jünger, mein lieber Gerlach, wie wir beide wissen. Und überhaupt ...«

Es gab mindestens ein Dutzend Gründe, die in ihren Augen für diese Verbindung sprachen. Doch sie hatte die Idee vorgetragen und wusste, dass sie die Saat bei ihrem Mann erst einmal aufgehen lassen musste.

Also pustete auch Johanna die Kerze auf ihrem Nachttisch aus, legte sich hin und zog sich die Bettdecke bis zum Kinn.

## Der erste Eindruck

Am nächsten Morgen – einem Sonntag – gönnte sich Henriette einen Moment der Ruhe vor dem Aufstehen, denn Max schlief länger als sonst. Sie kuschelte sich noch tiefer ins warme Federbett und lauschte auf die leisen Geräusche, die davon kündeten, dass das Haus erwachte: Türen und Holzdielen knarrten, Töpfe wurden über den Herd geschoben.

Dann plötzlich wurde es laut: Schritte trappelten rücksichtslos durchs Haus, und zwei helle Mädchenstimmen riefen so aufgeregt nach Tante Johanna, als sei eine Katastrophe ausgebrochen.

»Was ist denn nun schon wieder in euch gefahren, ihr Gänse?«, hörte sie Johanna verdrossen durch die Schlafzimmertür zurückrufen.

»Es hat geschneit, da können wir nicht mit Federn und Blüten am Hut in die Kirche gehen! Hast du noch schöne Bänder, mit denen wir unsere Hüte aufbessern können?«, quengelte eine der hellen Stimmen.

»Zieht euch gefälligst erst einmal an und erscheint am Frühstückstisch!«, befahl die Tante grantig.

Henriette überwand sich, das Oberbett beiseitezuschieben, griff nach einem warmen Schultertuch, trat ans Fenster und zog die Vorhänge auf. Es musste die ganze Nacht geschneit haben: Eine dicke weiße Schicht bedeckte den Untermarkt, Fußstapfen verliefen in getupften Linien kreuz und quer über den Platz.

Wie gut, dass sie in Halbstiefeln gereist war. Die Winter hier am Fuße des Erzgebirges waren lang und schneereich.

Leise begann sie mit dem Auspacken ihrer Sachen. Als Erstes legte sie das Bündel Briefe von Maximilian in eine Schublade, dann stellte sie das Buch über Mineralien und eine gerahmte Zeichnung auf ein Regalbrett – wie das Buch ein Geschenk von Felix. Die Skizze hielt die Szene vom Mai 1813 fest, als sie und Felix auf dem Obermarkt Verwundete pflegten, einer von ihnen war Maximilian. Dort waren sie sich zum ersten Mal begegnet.

Inzwischen tauchte auch Max zwischen den Federn auf und sah sich erstaunt um. Lotte, das Dienstmädchen, kam und half ihr, den Kleinen anzuziehen.

»Ich geb ihm in der Küche etwas zu essen, und Sie können beruhigt in das Speisezimmer gehen und die neuen Mitglieder des Haushalts kennenlernen.«

Dort erwartete sie bereits die achtzigjährige Großtante Augusta, würdevoll in einem Sessel thronend und die Hände über dem Griff eines Gehstocks verschränkt. Sie erinnerte Henriette auf frappierende Weise an Madame Lindenthal, nur dass Augusta kein schwarzes Taftkleid mit weißem Kragen trug, sondern eines in Veilchenblau. Und ihr Stock hatte keinen silbernen Griff, sondern einen aus Horn.
Skeptisch musterte die alte Dame Henriette, die höflich vor ihr knickste und sich vorstellte.
»Nun, du bist also diejenige, die wegen ihrer aufrührerischen Schriften aus Preußen verbannt wurde?«
In Erwartung heftiger Vorwürfe wollte Henriette richtigstellen, dass ihre Texte nicht aufrührerisch waren, sondern … ja, was eigentlich?
Doch sie kam nicht dazu, den Gedanken zu Ende zu führen, denn schon sagte Augusta zu Jettes Verblüffung mit sichtlichem Genuss: »Wie schön, dass wir nun wenigstens *ein* intelligentes weibliches Wesen unter fünfzig bei uns haben!«
Wie zum Beweis mangelndes Verstandes stürmten zwei blonde junge Mädchen ins Zimmer, wirbelten um den Esstisch und stritten sich um eine Hutschachtel, an der beide zerrten, bis der Deckel aufsprang und sich Dutzende ordentlich aufgerollte Bänder aus Spitze, Samt und Satin über den Boden ergossen und auseinanderfielen.
Kreischend stürzten sich die Mädchen darauf, und jede raffte so viel davon, wie sie mit beiden Händen fassen konnte.
»Du verstehst, meine Liebe, was ich meine?«, fragte Augusta indigniert und rollte mit den Augen.

Da kam schon Johanna und schalt die Mädchen: »Wenn ihr Närrinnen nicht sofort wieder alles aufsammelt und ordentlich in die Schachtel sortiert, dann geht ihr mit Hüten ohne jeglichen Putz in die Kirche! Und ohne Frühstück!«
Mit zerknirschten Mienen und sich gegenseitig böse Blicke zuwerfend, hockten sich die beiden auf den Boden, sammelten die Bänder auf und trugen die endlich wieder geschlossene Hutschachtel zur Anrichte.
Da sie sich nach Johannas Donnerwetter erst nach dem Frühstück mit dem Zierrat ihrer Hüte befassen durften, richteten sie nun ihre Aufmerksamkeit gemeinsam auf Henriette und stellten sich vor ihr auf.
»Guten Morgen, liebe Cousine«, zwitscherten sie brav im Chor, knicksten und musterten sie neugierig.
»Ich bin Therese und die Ältere von uns, ich bin sechzehn.«
»Und ich bin Emilia, aber auch schon fünfzehn!«, prahlte die etwas kleinere der beiden. Sie sahen sich so ähnlich, dass sie Zwillinge hätten sein können: hübsch, blond gelockt, mit Stupsnase und Grübchen – und beneidenswert unbekümmert.
»Unsere Mutter hat uns für ein paar Monate vom Land hierhergeschickt, damit wir in die Gesellschaft eingeführt werden«, erklärte die Ältere gewichtig.
»Bei einem Ball am Silvesterabend im Städtischen Festsaal, wo wir alle auf den Frieden anstoßen und die besseren Zeiten, die nun anbrechen«, fügte ihre Schwester euphorisch an. »Wir nehmen hier Tanzunterricht, denn die Möglichkeit haben wir daheim auf dem Dorf nicht. Der Tanzmeister sagt, wir seien sehr graziös. Oh, ich will, dass sich alle jungen Männer auf dem Ball in mich verlieben«, juchzte sie schwärmerisch.
»Dafür bist du doch viel zu klein! Aber *ich* werde dort einen

Traumprinzen treffen«, übertrumpfte die Ältere sie. »Und er wird sich unsterblich in *mich* verlieben.«
»Kein Mann mit Verstand hält es auch nur eine halbe Stunde mit euch aus«, monierte Augusta und reckte das Kinn. »Andererseits sind Männer auf Freiersfüßen bekanntlich auch nur äußerst selten bei Verstand.«
Sie stemmte sich auf ihrem Stock hoch und ging zum Esstisch, denn dort war inzwischen eingedeckt. Franz kam herein, grinste seiner Schwester verwegen zu und gab sich völlig gelassen. Sein nächtliches Eingeständnis würde er wohl vor den anderen nicht wiederholen. Johanna saß schon auf ihrem Platz und hob den Deckel der Kaffeekanne, um genüsslich den Duft einzuatmen.

Das Läuten der Domglocken signalisierte der Familie, dass es an der Zeit war, sich für den Kirchgang zurechtzumachen. Es waren kaum zweihundert Schritte von ihrem Haus am Untermarkt, Ecke Bäckergässchen zum Dom Sankt Marien. Aber Johanna war wild entschlossen, den Weg dorthin und die Gelegenheit zu kleinen Plaudereien vor dem Kirchenportal ausgiebig dafür zu nutzen, Henriette wieder in die Freiberger Gesellschaft einzuführen. Nebenher – auch wenn sie das ihrem Gerlach gegenüber nie zugeben würde – wollte sie schon ein wenig die Angel nach potenziellen Heiratskandidaten für sie auswerfen. Was, wenn sie Konstantin und Jette nicht zusammenbringen konnte? Ein kluger Mensch lässt sich immer ein Hintertürchen offen.
»Jeder sieht dich, und bei keiner Gelegenheit könnte ich die Nachricht besser verbreiten, dass du nun hier bleibst«, erklärte sie Henriette zufrieden, während sie vor dem Spiegel den Sitz ihres Hutes prüfte.
Dann zog sie die Nichte am Arm zu sich heran, vergewis-

serte sich noch einmal, dass Therese und Emilia sie nicht hören konnten, und raunte: »Wenn jemand fragt, weshalb du zurückgekommen bist … Am besten verlierst du kein Wort über diese *leidige preußische Angelegenheit,* das würde nur Anstoß erregen … Sag, du hast es vor Heimweh nicht ausgehalten, das wird dir jeder hier glauben. Denn ein wahrer Freiberger ist davon überzeugt, dass es keine schönere Stadt auf Erden gibt.«

Ihr Anklang von Zufriedenheit verflog, als sie auf Henriettes Garderobe deutete.

»Das geht jetzt wirklich nicht mehr, dass du in so einem Kleid im französischen und englischen Stil herumläufst! Nach all den Wirren, Revolution und Krieg haben alte Sitten wieder Einzug gehalten. Hierzulande trägt man nun wieder Korsett und einen breit ausgestellten Rock. Früher oder später wird auch der gute alte Reifrock zurückkehren, da bin ich mir ganz sicher. Wir müssen also gleich morgen zum Schneider.«

Enerviert fiel ihr Henriette ins Wort.

»Ach Tante, danach steht mir jetzt wirklich nicht der Sinn! Ich habe meinen Mann verloren, meine große Liebe, ich muss für ein Kind sorgen, das ohne Vater aufwächst, und ich wurde schon wieder von einem Moment zum anderen aus dem Leben gerissen, das ich führte. Das Schreiben, das mir Antrieb gab, ist mir verboten worden. Ich finde ja kaum noch die Kraft, mich um mein Kind zu kümmern!«

Müde rieb sie sich die Stirn. »Kleider sind jetzt wirklich meine geringste Sorge. Außerdem kann ich euch nicht noch mehr Kosten aufhalsen, als ihr ohnehin schon meinetwegen habt.«

»Da liegst du völlig falsch«, widersprach Johanna vehement. »Am sächsischen Hof wurden *immer* Reifrock und Korsett getragen. Jetzt ist der König zurück, und da kannst du nicht mit einem Kleid herumlaufen, das förmlich nach Revolution und Guillotine schreit! Das würde unser Geschäft ruinieren. Ich werde nachher schon in die Unterhaltungen einflechten müssen, dass du die alte Mode umgehend ablegen und dich neu ausstatten wirst, meine Liebe. Ich dulde keine Widerrede.«

Während des Kirchgangs sollte Max in der Obhut der pünktlich eingetroffenen Madame Fried bleiben, damit er die Andacht nicht störte. Die Kinderfrau erschien Henriette auf den ersten Blick vertrauenswürdig, und Max schien sie auch zu mögen. Er protestierte nicht, als sie ihn bei der Hand nahm.

»Gehen Sie mit ihm hinaus in den Schnee?«, schlug Henriette vor, die ihrem Sohn noch ein wenig Zeit gewähren wollte, sich in ihrem Beisein mit der Kinderfrau anzufreunden. Außerdem wollte sie sehen, wie der Kleine wohl reagierte, wenn er zum ersten Mal in seinem Leben durch den Schnee lief.

Es wurde eine wahrhaft fröhliche Szene: Max stutzte, staunte, fiel nach ein paar vorsichtigen Schritten in die weiße Pracht … Und nach einem Moment, in dem er zu überlegen schien, ob er nun weinen oder lachen sollte, fing er an zu prusten und lauthals zu kichern.

Wohlwollend betrachtete Johanna die Szene und nickte Henriette zu. »Wir gehen schon voraus und warten vor dem Dom auf dich.«

Der Anblick der jungen Mutter mit ihrem fröhlichen Kind würde die Freiberger für sie einnehmen. Und bevor Jette zu ihnen stieß, konnte sie, Johanna, schon die Neuigkeit verbreiten, dass zu ihrer großen Freude ihre liebe Nichte zurück sei, die hübsche Henriette. Eine junge Kriegswitwe mit einem ach so süßen Kleinkind, aber das Trauerjahr war vorbei! Noch bevor die Andacht begann, würde es halb Freiberg wissen.

Als Henriette zum Portal des Doms kam, erwarteten Oheim und Tante sie schon in einem Kreis respektabler Kirchgänger. Immerhin zählte Friedrich Gerlach als Verleger, Buchhändler und Herausgeber einer beliebten Wochenzeitung zu den stadtbekannten und geachteten Bürgern Freibergs.

Mit höflichem Nicken und freundlichem Geplauder gingen sie hinein und nahmen ihre Plätze auf einer der vorderen Bänke ein, gleich hinter dem Bürgermeister Bernhardi und seiner korpulenten Frau. Henriette, die zwischen Konstantin und ihrem Bruder Franz saß, entdeckte etliche Bekannte aus ihrer Freiberger Zeit und nickte ihnen höflich zu. Dann musste sie den Kopf wieder nach vorn richten, denn der Sonntagsgottesdienst begann.

In seiner Predigt sprach der Pfarrer über die sieben sächsischen Grenadiere, die in Lüttich auf Blüchers Befehl für ihre Treue zum sächsischen König hingerichtet worden waren, und forderte die Kirchgänger auf, in der Kollekte für die armen Hinterbliebenen zu spenden.

Henriette empfand durchaus Mitleid mit den Witwen und Halbwaisen. Doch was der Pfarrer sagte, war in ihren Augen nur eine Seite der Geschichte. Die Männer hatten in einem betrunkenen Pöbel gegen ihren Generalfeldmarschall Blücher gemeutert und sogar Offiziere tätlich angegriffen, als ihre Regimenter zur Hälfte der preußischen Armee zugeteilt werden sollten. Ihnen musste klar gewesen sein, dass so etwas in einer Armee zu harten Konsequenzen führen würde, noch dazu im Krieg. Doch war es wohl klug, wenn sie hier in Sachsen diese Sichtweise für sich behielt.

Als die Klingelbeutel umgingen, schob Johanna ihrer Nichte verstohlen ein paar Münzen zu, denn Henriette besaß keinen Pfennig. Den Vorschuss von Monsieur Parthey für ihr Buch hatte sie in Berlin gelassen, damit er an den Verleger zurückerstattet wurde, denn dieses Buch würde nie erscheinen. Wilhelm Trepte hatte ihr unterwegs etwas zustecken wollen. Aber das mochte Jette nicht annehmen, nachdem ihr Schwiegervater ihretwegen schon enorme Summen für die Reise und das Wohlwollen der Polizeiinspektoren hatte aufbringen müssen.

Vielleicht konnte sie hier mit Schreiben oder Unterrichten ein wenig verdienen, um den Gerlachs nicht auf der Tasche zu liegen. Allein der Besuch beim Schneider, auf den die Tante bestand, würde ein Vermögen kosten.

Der Auszug aus dem Dom geschah in aller Gemächlichkeit, und Henriette konnte nicht entgehen, dass Johanna mit halb Freiberg plauderte, um ihr einen Auftritt zu verschaffen.

Die Kirchgänger standen noch eine Weile in Grüppchen vor dem Dom im Schnee. Friedrich Gerlach tippte immer wieder an die Krempe seines Zylinders, wechselte mit diesem und jenem ein paar höfliche Worte, während Johanna nicht müde wurde, ihre Nichte jedem vorzustellen, der nicht schnurstracks an ihnen vorbeilief. Henriette fühlte sich, als sollte sie eine Parade abnehmen. Aber sie musste wohl darauf vertrauen, dass die Tante wusste, wie sie hier am besten wieder in die Gesellschaft eingeführt werden konnte, und gute Miene zu diesem Spiel machen.

Als sich die Familie endlich um den Mittagstisch versammelte, schlief Max schon, müde von seinem Schneeabenteuer und einer großen Portion Grießbrei.

Die Köchin Lisbeth Tröger hatte im Dom einige Reihen hinter ihnen gesessen und sich verstohlen ein paar Tränen aus den Augenwinkeln gewischt, als der Pfarrer von den sieben hingerichteten sächsischen Soldaten sprach. Einer ihrer beiden verbliebenen Söhne, Karl, wäre fast auch in diesen Schlamassel geraten. Der ältere und besonnenere Wilhelm hatte ihn gerade noch davor bewahrt.

»Es gibt Kaninchen mit Rotkohl, das mögen Sie doch so sehr, nicht wahr, Henriette? Die Klöße sind gleich fertig. Die haben Sie sicher vermisst. Denn in Berlin kocht man dem Vernehmen nach die Kartoffeln nur, statt Klöße daraus zu machen.«

Auch hier behielt Jette die preußische Ansicht für sich: dass die guten, grundsoliden Kartoffeln keiner so drastischen Veränderung bedurften.

Sie versicherte, die sächsischen Klöße vermisst zu haben, und Lisbeth Tröger nickte – zufrieden darüber, recht behalten zu haben, und erschüttert über den preußischen Mangel an kulinarischer Raffinesse – und ging in die Küche.

Nach dem Essen versammelte sich die ganze Familie in der Bibliothek, um zusammen Kaffee zu trinken.

»Wollen wir nicht lieber in den Salon gehen? Dort steht das Klavier, und Cousine Henriette könnte vielleicht ein paar Tänze spielen, damit wir für den Silvesterball üben«, drängte Therese, und ihre Schwester stimmte sofort mit ein.

»Ich spiele wirklich nicht gut«, wehrte Henriette ab. Ihre Talente lagen eindeutig nicht auf musikalischem Gebiet. Sie hatte nur so viel geübt, weil Carlotta es wollte. Und schon gar nicht war ihr nach fröhlichen Melodien zumute, zu denen getanzt werden konnte.

Johanna kam ihr zu Hilfe und mahnte energisch: »Es ist

Sonntag, und sie ist erst letzte Nacht angekommen, also lasst sie in Ruhe!«
»Wir wollen nicht in die Bibliothek«, maulte Emilia. »Wir trinken keinen Kaffee, Schokolade ist zu bitter, und Bücher sind langweilig.«
Klirrend setzte Großtante Augusta ihre Tasse aus Meißner Porzellan auf dem Unterteller ab und empörte sich: »Ihr beide seid wirklich dümmer als das Kaninchen, das wir vorhin gegessen haben! Ganz abgesehen davon, dass euch ein gelegentlicher Blick in ein Buch nicht schaden würde – ruft euch gefälligst in Erinnerung, womit euer Oheim unser aller Lebensunterhalt verdient!«
Die beiden setzten zerknirschte Mienen auf, aber nur kurz.
»Dürfen wir zu den Kreuzteichen, Schlittschuh laufen?«, bat nun die ältere der beiden Schwestern.
»So dick wird das Eis noch nicht sein, ihr müsst noch ein paar Tage warten«, erklärte Friedrich Gerlach, der eigentlich nichts dagegen gehabt hätte, für eine Stunde seine Ruhe vor diesen Mädchen zu genießen.
»Bitte, wir wollen hinaus bei diesem schönen Wetter!«, bettelte Emilia.
»Nun gut, aber Franz soll euch begleiten«, entschied Johanna.
Der Zwölfjährige war wenig begeistert von der Aussicht, sich draußen mit seinen Cousinen zu zeigen.
»Ich muss noch Latein üben, das wird morgen in der Schule geprüft.«
»Dann geh schnurstracks in dein Zimmer und tu das!«, befahl die Tante. Sobald Franz draußen war, raunte sie Henriette zu: »Er will nur seine geliebten Piratenromane lesen.«
»Aber immerhin – er liest«, meinte ihr Mann. »Es besteht

Hoffnung, dass er sich auch anderer Lektüre widmet, wenn er erst ein wenig älter ist. Konstantin, du gehst mit den Mädchen und beaufsichtigst sie!«

Der älteste Sohn des Hauses stand widerspruchslos auf, um Mantel und Zylinder zu holen. Er fühlte sich beklommen in Henriettes Gegenwart und war froh, ihrer Gegenwart zu entgehen. Außerdem beflügelte ihn die Aussicht, bei den Kreuzteichen vorm Schloss Ausschau nach einer bestimmten jungen Dame halten zu können.

Johanna und Tante Augusta kündigten an, sich nach dem Kaffee ausruhen zu wollen.

Also war Henriette bald mit ihrem Oheim allein in der Bibliothek. Später würde sie einen Brief an die Treptes schreiben und ihnen mitteilen, dass sie, Max und ihr Oheim sicher in Freiberg eingetroffen waren. Doch zuerst war dies die Gelegenheit für eine Frage, die sie jedes Mal stellte, wenn sie in Freiberg zu Besuch war.

»Zeigst du mir deine verborgenen Schätze?«

Lächelnd deutete sie auf ein Geheimfach im Sekretär, wo Friedrich Gerlach üblicherweise einige verbotene Druckerzeugnisse aufbewahrte. Doch statt stolz seine Raritäten hervorzuholen, räusperte er sich verlegen.

»Sicher erwartest du nun Karikaturen zum Wiener Kongress, die wahrlich in riesiger Zahl kursieren. Hast du einige gesehen? Ich frage auch nicht danach, wo.«

Henriette nickte.

»Nun, dann wird dir nicht entgangen sein, dass der sächsische König dabei durchweg keine gute Figur macht und sich viel Häme über ihn ergießt.«

Immerhin hatte der Regent durch seinen Mangel an Weitsicht sein halbes Königreich *und* das Herzogtum Warschau verloren.

»Ich kann das jetzt nicht mehr wagen«, gestand der Verleger. »Seine Majestät ist in Sachsen beliebt wie nie zuvor, seine pompös inszenierte Rückkehr aus preußischer Gefangenschaft wurde euphorisch bejubelt. Denn die Menschen hier glauben, dass mit ihm und dank ihm endlich wieder bessere Zeiten anbrechen. Sie glauben es so inbrünstig, weil sie es *hoffen.* Ich muss das Geschäft schützen, das uns alle ernährt. Auf Konstantin oder Tante Augusta kann ich dabei zählen. Augusta würde sogar höchstpersönlich Karikaturen zeichnen, wenn sie es könnte.« Er lächelte matt. »Aber die beiden Mädchen … Ich möchte keinen Pfifferling darauf verwetten, dass sie das Haus nicht auf der Suche nach Geheimnissen durchstöbern. Sie halten Bücher zwar für langweilig und unwichtig, aber Geheimnisse würde sie zuerst hier vermuten. Das könnte uns alle ins Verderben stürzen.«

Nach einem Seufzer gestand er leise: »Wir müssen sehr, sehr vorsichtig sein. Es geht nicht nur um die Lizenz für das Geschäft. Ich könnte wegen Majestatsbeleidigung in Festungshaft kommen. Deshalb ist es auch überaus wichtig, dass niemand erfährt, weshalb du Preußen verlassen musstest.«

Es sind eindeutig neue Zeiten angebrochen, dachte Henriette. Aber keine guten.

## Neue Moden

Sobald Madame Fried am nächsten Morgen eingetroffen war, um sich um den kleinen Max zu kümmern, schnappte sich Johanna ihre Nichte für den Gang zum Schneider.

»Du brauchst dringend Kleider nach der neuen Mode«, beharrte sie trotz Henriettes Einwand wegen der Kosten. Der klang immer noch im Ohr, dass der Oheim eingestanden hatte, die Geschäfte gingen schlecht und er müsse vom Erlös viel mehr Menschen ernähren als noch vor einem Jahr.

»Soll ich nicht lieber in der Druckerei helfen oder Korrektur lesen?«

»Das hat Zeit, Liebes, das kannst du später am Tag immer noch machen. Jetzt komm! Nicht auszumalen, wenn das Gerücht in der Stadt aufkäme, wir seien nicht in der Lage, dich angemessen einzukleiden! Ich habe vorhin schon eine Nachricht zum Schneidermeister geschickt, ob er uns gleich heute Morgen empfangen kann, denn es sei dringend. Er nimmt sich Zeit für uns, also lassen wir ihn besser nicht warten.«

Zur Kesselgasse war es nicht weit. Henriette kannte den Schneider schon von früheren Besuchen. Vor zweieinhalb Jahren hatte die Tante sie auch von ihm neu einkleiden lassen, nachdem Jette mit ihrem Bruder Franz zu Fuß und ohne Gepäck aus Weißenfels hatte fliehen müssen.

Eines der beiden Kleider hatte sie – mit etwas Spitze aufgebessert – später bei ihrer Hochzeit getragen, die ebenfalls improvisiert werden musste, weil Maximilian wenige Tage später wieder mit seinem Regiment ausrücken musste.

Die Spaziergänger, die ihnen auf dem Weg zur Kesselgasse begegneten, grüßten freundlich, ohne über die Begleitung der Verlegergattin verwundert zu sein. Das registrierte Johanna höchst zufrieden. Wirksamer als gestern im Dom hätte ich die Neuigkeit nicht verbreiten können, dass unsere Nichte zurück ist, dachte sie.

Bevor sie bei der Schneiderei anklopften, bat Henriette die Tante, gemeinsam zuerst die paar Schritte bis zum Obermarkt zu gehen. Sie wollte sich noch einmal die Bilder in

Erinnerung rufen, als sie Maximilian hier zum ersten Mal begegnet war – auch wenn dieses Mal kein Kanonendonner vom Stadttor her dröhnte, sondern träumerische Stille herrschte und alles mit frischem Schnee bedeckt war.

Da stand sie und blickte auf das von prächtigen Häusern mit hohen, spitzen Dächern umgebene Geviert. Wehmut erfüllte sie. Es war nicht nur die Trauer um Maximilian, sondern die bedrückende Erkenntnis, dass sie immer wieder Hals über Kopf von einem Leben zum nächsten getrieben wurde: von Weißenfels in Todesangst nach Freiberg, dann nach Leipzig, um die Gerlachs zu schützen. Von dort holte Maximilian sie nach Frankfurt, damit sie dem grassierenden Typhus entkam. Mit dem Abmarsch von Maximilians Regiment reiste sie nach Berlin zu den ihr damals noch unbekannten Schwiegereltern. Und von dort wurde sie nun nach Freiberg vertrieben. Würde sie hier endlich Wurzeln schlagen können?

Johanna, das bekam sie unterschwellig mit, war hinter ihr mit einem Mann ins Gespräch gekommen. Sie hörte nur »Kriegswitwe eines Offiziers«, also ging es um sie.

»In welchem Regiment hat denn dieser Offizier gedient?«, wollte der Mann mit sonorer Stimme wissen – eine Frage, die Johanna weder ehrlich beantworten durfte noch wollte.

»Ach, das habe ich vergessen«, sagte die Tante mit gespielter Gleichgültigkeit. Wer würde schon von einer Frau erwarten, sich in militärischen Dingen auszukennen?

Ihr Gesprächspartner schien sich mit dieser Antwort zufriedenzugeben.

Als sich Henriette umdrehte, um mit der Tante in die Weingasse zu gehen, lüpfte der Mann nur kurz den Zylinder und spazierte weiter. Johanna atmete auf.

Der Schneidermeister erkannte Henriette gleich wieder. »Mademoiselle Gerlach, oh, nein, verzeihen Sie, *Madame!*« Er war ein kleiner, verwachsener Mann mit kahlem Kopf, aber ein Zauberer mit der Nadel. Wenn er über Kleider sprach oder sacht über neue Stoffe strich, schien er sich zu verwandeln und von innen her zu strahlen.

Seine füllige Frau führte die beiden Kundinnen ins Haus. Werkstatt und Anproberaum waren größer als in der Burgstraße, wo sich die Schneiderei früher befunden hatte.

»Sie sehen es ja, Meister Erler, so kann sie nicht mehr herumlaufen, in dieser Mode«, begann Johanna sofort zu klagen.

»Wie wahr«, bekräftigte der Schneider. »Nachdem die Damen jahrelang Kleider trugen, die wie Säcke waren, können sie nun endlich wieder Figur zeigen und ihre Weiblichkeit mit einer schön geschnürten Taille betonen.«

»Meine Nichte besitzt kein richtiges Korsett, nur ein Mieder.«

»Da kann ich Abhilfe schaffen«, versprach der Schneidermeister zu Johannas Zufriedenheit. »Ich habe einige auf Vorrat liegen. Die Nachfrage ist so groß, dass ich drei weitere Näherinnen einstellen konnte, womit ich armen Kriegswitwen den Lebensunterhalt sichere.«

Johanna drehte sich zu Jette um. »Siehst du, so helfen wir auch noch ein paar Witwen in Not.«

»Haben Sie Stoff mitgebracht?«, erkundigte sich der Meister.

»Nein, es liegt gerade nichts Passendes in meinen Truhen, ich hoffe ganz auf Sie.«

Der kleine Mann ging zu einem Regal mit verschiedenfarbigen Stoffballen, strich mit den Händen darüber, zog dieses und jenes ein wenig hervor, musterte noch einmal Henriette mit halb zusammengekniffenen Augen, als sähe er sie schon in dem neuen Kleid, und zerrte schließlich zwei Ballen heraus: einen in Grün, den zweiten in gleicher Farbe, aber mit zartem Rosenmuster in Gelb und Rot.

»Das würde Ihnen hervorragend stehen!«, versicherte er begeistert. »Für das Oberteil nehmen wir das Gemusterte, und auch auf den Rock können wir noch eine Blumenkante setzen.«

Er leckte den Daumen an und blätterte in seinem Notizbuch.

»Ich glaube, ich habe Ihre Maße noch, Madame Henriette, aber wir müssen natürlich die Taille neu vermessen. Ich hörte, Sie sind inzwischen Mutter eines strammen Jungen? Meinen Glückwunsch! Das Korsett wird Ihrer Figur sehr schmeicheln.«

Er rief seine Frau dazu, und Jette verschwand mit ihr hinter einem Paravent, zog fröstelnd Mantel und Kleid aus, dazu nach Aufforderung auch das Mieder.

»Wir müssen Ihre Taille mehr betonen, Madame. Sehen wir doch mal, wie eng wir sie schnüren können. Dieses Stück hier hat eine sehr gute Qualität, mit Stangen aus Fischbein. Das verhilft Ihnen zu einer exzellenten Figur.«

Henriette hob die Arme, damit sie das nur lose gebundene Korsett über den Kopf gleiten lassen konnte, dann begann die Meisterin, die Schnüre auf dem Rücken anzuziehen.

Henriette spürte die Stangen gegen ihren Körper drücken, mit jedem Ruck presste ihr die Meisterin noch mehr Luft aus den Lungen.

Plötzlich bekam sie Panik, nicht mehr atmen zu können und nie wieder aus dem Ding herauszukommen, das sie bald zerquetschte. Sie konnte es ja nicht einmal allein ausziehen!

»Das halte ich nicht aus«, japste sie und schrie dann in tausend Ängsten, während alles um sie herum zu flimmern be-

gann: »Schneiden Sie das auf, schnell, ich bekomme keine Luft mehr!«
Die Meisterin fuhr mit den Fingern rasch unter die Schnüre und lockerte sie.
»Besser so? Atmen Sie erst einmal tief durch. Sie werden sich schon daran gewöhnen. Mit jedem Tag können Sie es dann etwas enger schnüren.«
Zufrieden nahm sie Maß an Henriettes Taille.
»Die neueste Mode schreibt vor, die Ärmel stärker zu bauschen als bisher«, erklärte die Frau des Schneiders. »Das macht die Schultern breiter und betont so die schmale Taille noch mehr. Und da die Ärmel länger werden, sind nun kurze Handschuhe ein unentbehrliches Accessoire.«
Sie half Henriette in mehrere Lagen Unterröcke, von denen der oberste mit Rosshaar verstärkt war.
»So, nun treten Sie einmal vor den Spiegel!«
Madame Erler griff nach dem grünen und dem geblümten Stoff und drapierte beides über den Unterkleidern.
»Finden Sie nicht auch, dass Sie das ganz hervorragend kleiden wird?«
Henriette fühlte sich von dem panischen Moment immer noch wie betäubt. Mit diesem Korsett würde sie sich nicht mehr bücken können, um ihr Kind hochzuheben, ohne dass die Fischbeinstäbe ihr ins Fleisch bohrten. Und mit solch weit ausgestellten Röcken würde sie nicht mehr durch die Werkstatt gehen können. Sie vermochte sich so nicht einmal ohne fremde Hilfe an- und auszuziehen. Dazu würde sie jedes Mal Lotte, das Dienstmädchen, rufen müssen.
Rasch schlüpfte sie wieder in ihre eigene Kleidung. Der Meister maß inzwischen schon Stofflängen mit der Elle ab.
»Ich bin Ihnen äußerst dankbar!«, frohlockte Johanna. »Wie lange werden Sie brauchen?«

»Heute ist Montag … Nun, wenn Sie am Mittwoch zur Anprobe kommen, sollte das Kleid bis Freitag fertig sein. Ich schicke einen Laufjungen, sobald Sie es holen können, meine geschätzte Madame Gerlach.«
»So schnell?«, staunte Johanna.
Der Schneider lächelte. »Es soll ja Leute geben, die eine Maschine erfinden wollen, mit der man nähen kann, sogar schneller und regelmäßiger als von Hand. Aber wie soll das gehen? Undenkbar! Wie gesagt, ich kann zusätzliche Näherinnen beschäftigen, weil jetzt alle Welt Kleider nach der neuesten Mode bestellt. Möchten Sie Unterröcke und Korsett gleich mitnehmen? Dann kann sich Ihre Nichte schon einmal daran gewöhnen.«
Während es Henriette bei diesem Gedanken noch graute, wickelte die Meisterin alles in gewachstes Leinen, verschnürte das Paket und überreichte es der überaus zufriedenen Johanna.

Als sie in das Haus am Untermarkt zurückkehrten, wollte Henriette nach Madame Fried und Max sehen, um Johannas Wortschwall zu entkommen, doch die beiden waren zu einem Spaziergang aufgebrochen.
Also ging sie in die Druckerei, um sich nützlich zu machen. Dort hatte sie sich immer wie zu Hause gefühlt. Sie sog den Geruch von Papier und Druckerschwärze ein und hielt Ausschau nach dem Oheim und Konstantin.
Der künftige Inhaber von *Graz und Gerlach* stand mit einem Winkelhaken in der Hand vorm Setzkasten und starrte konzentriert auf das Blatt, das vor ihm auf dem Pult lag.
»Wir haben keine Fragezeichen mehr, ich muss erst neue gießen«, rief er seinem Vater zu.
Der murmelte vernehmlich: »Wie viel besser wäre es, wenn

wir keine *Fragen* mehr hätten! Ich muss mich fast zerreißen heute. Der Zensor erwartet mich mit den ersten Seiten.«

»Kann ich helfen?« fragte Henriette. »Ich könnte ja zum Zen...«

Sie unterbrach sich mitten im Wort, weil ihr jäh aufging, dass sie genau dies *nicht* tun konnte, wenn sie dem Oheim Ärger ersparen wollte. Eingedenk der Worte ihres Schwiegervaters über die Zusammenarbeit der Geheimen Polizeibehörden wollte sie nicht ausgerechnet bei den Zensoren auf sich aufmerksam machen.

»Äh ... ich könnte die ersten Seiten Korrektur lesen«, schlug sie stattdessen vor.

»Das wäre im Moment wirklich eine große Hilfe – wenn es dir nicht zu viel wird«, meinte Friedrich Gerlach erleichtert und reichte ihr vier Blätter.

»Ich setze mich sofort daran«, versicherte Henriette. »Soll ich danach in der Buchhandlung aushelfen?«

»Liebes, darüber beraten wir heute Abend.«

Nach dem Abendbrot versammelten sich die erwachsenen Familienmitglieder in der Bibliothek. Max schlief längst, und Franz und die zwei jungen Mädchen waren in das Studierzimmer geschickt worden, damit sie Französischvokabeln paukten – mit der Drohung, Henriette werde sie abfragen, bevor sie zu Bett gingen. Von allen im Haus beherrschte sie diese Sprache am besten.

»Ihr habt Umstände und erhebliche Kosten durch mich«, begann Henriette. »Ich möchte unbedingt zu meinem Unterhalt beitragen und euch im Geschäft helfen, während sich Madame Fried um Max kümmert. Ich könnte vormittags in der Buchhandlung die Kunden bedienen. Und wenn Max schläft, kann ich Korrektur lesen.«

»Wirft das nicht ein schlechtes Licht auf uns, wenn wir dich in den Laden stellen?«, zweifelte Johanna.

»Das habe ich doch früher auch getan.«

»Aber da warst du noch keine Mutter. Und du müsstest auch Annoncen annehmen. Ich frage mich, ob die Kunden sie dir anvertrauen werden.«

»Wieso denn nicht?«, erkundigte sich Henriette verwundert.

»Weil du eine Frau bist«, erklärte Konstantin ziemlich von oben herab. »Und wenn sie schon für etwas bezahlen, wollen sie den Inhaber oder wenigstens den Nachfolger sprechen.«

»Es könnte aber durchaus auch eine Frau kommen, die lieber mit einem weiblichen Wesen verhandeln möchte«, mischte sich Tante Augusta ein. »Las ich nicht in der vorigen Ausgabe allerlei wie *Dienstmädchen gesucht*? Ihr bietet Magazine für Stick- und Strickmuster an, Schönschreibvorlagen, Etuis für die Handarbeiten der Dame ... Ich kann mir gut vorstellen, dass unsere Henriette die weibliche Kundschaft besser berät als du, Konstantin, der du nicht einmal weißt, dass man Knöpfe annäht statt anklebt.«

Die alte Dame wirkte sehr vergnügt bei diesen Worten.

Friedrich Gerlach blickte Henriette besorgt an. »Traust du dir wirklich zu, gleich zu arbeiten? Bist du nicht zu erschöpft nach den Ereignissen der letzten Tage? Vielleicht solltest du erst einmal eine Zeitlang ausruhen.«

»Da mir das Schreiben verboten wurde, das mich bisher aus der Düsternis gerissen hat, ist mir diese Beschäftigung sehr willkommen.«

»Das Schreiben ist dir nicht verboten!«, widersprach ihr Oheim.

»Gewiss. Solange ich *nette Geschichten* verfasse, nur danach steht mir nicht der Sinn«, meinte Henriette bitter.

Friedrich Gerlach nahm seine Brille ab und putzte sie.
»Es kommt in Mode, dass Gelehrte Bücher schreiben, in denen sie ihr Wissen für Frauen darlegen, wie *Geographie für Frauen* oder *Weltgeschichte für gebildete Frauenzimmer.*«
»Ich bin aber kein Gelehrter«, erinnerte Henriette finster. »Lasst mich in der Buchhandlung aushelfen, derweil Max von Madame Fried umsorgt wird.«
»Es wäre in der Tat eine große Entlastung«, räumte der Verleger ein. »Jette nimmt Texte und Annoncen entgegen, verkauft Bücher und liest Korrektur. Konstantin setzt die Seiten und geht zum Zensor, und ich könnte mich mehr um Druckaufträge und die Erweiterung des Sortiments kümmern, um die Geschäfte aus dem Tief herauszuholen.«
Nun kam Leben in seine müden Züge, energisch setzte er seine Brille wieder auf.
»Für die nächsten *Gemeinnützigen Nachrichten* haben wir eine große Annonce für allerlei Schönheitsmittel von *Siegel und Balthasar* in Leipzig hereinbekommen.«
Er nahm ein Blatt vom Schreibpult und las vor: »Türkisches Rosenöl, Lavendelwasser, Lippenpomade, feine Seifenkugeln und dergleichen, sogar ein unfehlbares Mittel, um das Haarwachstum zu befördern. Ich möchte das als Beisortiment mit anbieten.«
»Wie gut, dass wir gerade beschlossen haben, Henriette in den Laden zu schicken«, warf Augusta amüsiert ein. »Oder willst *du* Lavendelwasser und Rouge verkaufen, Konstantin? Ich habe das Bild geradezu vor Augen …«
Sie kicherte damenhaft und nippte an ihrem Weinglas.
Johanna war von diesem Plan nicht sehr begeistert. »Die meisten Leute haben jetzt weniger Geld als vor dem Krieg«, wandte sie ein.
»Meine Liebe!«, dozierte Augusta mit gewichtiger Miene.

»Ich habe den Siebenjährigen Krieg miterlebt und den sächsischen Bauernaufstand vor fünfundzwanzig Jahren …«

»Und die Varusschlacht im Jahre neun und Kaiser Barbarossas Italienfeldzüge«, raunte Konstantin Henriette spöttisch zu, den seine Mutter nicht ohne Hintergedanken auf die Chaiselongue neben Henriette dirigiert hatte.

»Junger Mann, das habe ich gehört, ich bin nicht taub!«, empörte sich Augusta. »Solltest du jemals mein Alter erreichen, wirst du dankbar sein, wenn die unwissende Jugend die Erfahrungen zu schätzen weiß, die du bis dahin *hoffentlich* in deinem Leben gemacht haben wirst.«

Sie stieß einen verächtlichen Laut aus.

»In diesen schrecklichen Kriegsjahren erfuhren die Menschen am eigenen Leib, wie schnell alles irdische Gut dahin ist, wie schnell selbst ein Leben dahin sein kann. Wenn endlich wieder Frieden herrscht, wollen sie sich amüsieren. Und das ist mit einem Fläschchen Lavendelwasser viel billiger zu haben als mit Perlen und Goldschmuck.«

Sie stemmte sich auf ihrem Gehstock hoch, drehte sich noch einmal zu Friedrich Gerlach und deutete auf seinen schütteren Schopf.

»Nur, mein Lieber, dieses *Haarwuchsmittel* solltest du nicht anpreisen, ehe es bei dir selbst Wirkung zeigt!«

Sie gluckste erneut vor Lachen und verkündete dann, zu Bett gehen zu wollen.

## Kundschaft

Vormittags wieder in der Buchhandlung hinter dem Ladentisch zu stehen, umgeben von in Leder gebundenen Bänden mit Goldprägung, von wissenschaftlichen Werken und Kunstdrucken, verschaffte Henriette ein Gefühl der Geborgenheit.

Gleich der erste Kunde, der an ihrem ersten Tag eintrat, erwies sich als ein guter Bekannter: der Stadtmusicus Siegert. Ein rühriger, zumeist fröhlicher Mann mit breitem Backenbart in den späten Fünfzigern, der sie sofort erkannte und euphorisch begrüßte, nachdem er sich stampfend den Schnee von den Stiefeln abgetreten hatte.

»Ich hörte Gerüchte, Sie seien zurück, und nun sehe ich Sie zu meiner großen Freude tatsächlich hier«, sagte er und zog zwei Blatt Papier aus den Rockschößen, mit denen er erst ein wenig herumwedelte, um sie dann auf dem Ladentisch glattzustreichen.

»Eine Ankündigung für das nächste Konzert im Kaufhaussaal?«, riet Henriette.

»Sie sagen es, meine Teure, Sie sagen es. Ein Benefizkonzert zugunsten der Armen. Billetts gibt es beim Straßenmeister Fischer oder am Einlass. Ihr Oheim kann die Annonce doch hoffentlich noch in die Ausgabe dieser Woche aufnehmen? Das Konzert wurde zwar schon angekündigt, ich muss aber Sorge tragen, dass auch wirklich Stühle im Saal aufgestellt werden. Deshalb dieser zusätzliche kleine Text.«

Er schob das zweite Blatt zuoberst, und mit ihrer Erfahrung im Zeitungssatz sah Henriette, dass die erste Anzeige wohl vier Zeilen in den *Gemeinnützigen Nachrichten* einnehmen würde, die zweite drei.

»Ich vergewissere mich sofort«, versprach sie, ging durch

die Tür in die benachbarte Setzerei und Druckwerkstatt und erklärte Konstantin das Anliegen Siegerts.

»Gib gleich her, wir haben noch Platz auf Seite acht!«

Das war die letzte Seite des Wochenblattes, bei Anzeigenkunden war sie sehr beliebt.

Also konnte sie dem Stadtmusicus mit freundlicher Miene verkünden, beide Bekanntmachungen würden pünktlich erscheinen, und wie üblich bei Benefizkonzerten werde der Oheim nichts in Rechnung stellen.

»Ich danke Ihnen von Herzen. Sie, Ihr Oheim und die ganze Familie Gerlach sind natürlich herzlichst eingeladen«, versicherte der Musiker.

So bediente sie Kunde um Kunde und musste feststellen, dass der Bericht über die Rückkehr des Königs nach Dresden derzeit tatsächlich das gefragteste Erzeugnis bei *Graz und Gerlach* war. In einigen Momenten ohne Besucher vertiefte sie sich in die Druckschrift und war fassungslos. So pompös war nicht einmal die Erhebung des greisen Monarchen zum König ausgefallen! Damals waren einfach Herolde durchs Land geritten und hatten verkündet, Sachsen sei nun ein Königreich und der Kurfürst ein König. Diese Zurückhaltung war jedoch vor allem dem Umstand geschuldet gewesen, dass niemand Friedrich August zum König *gekrönt* hatte, er war von Napoleon einfach dazu ernannt worden. Es gab auch keine Krone – wer hätte sie ihm denn aufs Haupt setzen sollen?

Für die Rückkehr des Königs aus preußischer Gefangenschaft im Juni war am Stadteingang zu Dresden am Pirnaischen Tor ein gigantischer Triumphbogen errichtet worden. Das Bild davon verkaufte sich ebenfalls sehr gut und würde in etlichen Freiberger Stuben hängen. Auf der ganzen Wegstrecke hatten ihm scharenweise Menschen zugejubelt, selbstverfasste Gedichte und auch nicht gereimte Lobpreisungen vorgetragen.

»Er regiert nun schon fast fünfzig Jahre; die meisten Sachsen haben noch nie einen anderen Regenten erlebt.« So hatte der Oheim versucht, ihr diese Begeisterung für einen starrsinnigen, rückwärts gewandten Mann zu erklären. Noch ein Punkt, an den sie hier nicht rühren durfte.

Nur zweimal im Verlauf des ersten Tages kam Henriette in die Lage, ihren Oheim beziehungsweise den Cousin herbeirufen zu müssen.

Der erste Fall war der eines hübschen Mädchens, das ausdrücklich darauf bestand, den jungen Monsieur Gerlach zu sprechen.

Da der Gesichtsausdruck des Mädchens offenkundig verriet, weshalb sie eigentlich erschienen war, ging Henriette wunschgemäß in die Werkstatt und richtete Konstantin die Bitte aus.

Der war gerade sehr konzentriert damit befasst, die vom Zensor gewünschten Änderungen auszuführen, was eine Menge Feinarbeit bedeutete, und schien ganz vergessen zu haben, dass er sich noch tags zuvor für unabkömmlich im Laden gehalten hatte.

»Ich habe keine Zeit!«, murrte er, ganz darin vertieft, Lettern mit der Ahle aus dem Winkelhaken zu lösen. »Das muss doch nicht sein, dass ich persönlich Lavendelwasser an die Damen aushändige.«

»Sie ist hübsch, mit rotblondem Haar. Und ihre Hartnäckigkeit und etwas in ihrem Blick sagen mir, dass es ihr nicht allein um Lavendelwasser geht«, berichtete Henriette mit feinem Lächeln.

Konstantin sah hoch, und sofort schoss ihm die Röte ins Gesicht. Rasch legte er Winkelhaken und Ahle beiseite, wischte sich die Hände an der Schürze ab, bevor er sie abstreifte und in den Verkaufsraum ging.

Taktvoll blieb Henriette in der Werkstatt zurück. Da jedoch sonst niemand hier bei der Arbeit war, konnte sie nicht verhindern, dass sie das Gespräch mithörte.

»In Ihrer jüngsten Ausgabe annoncieren Sie Strickmuster mit Perlen für die Damen«, zwitscherte das Mädchen. »Und da wollte ich Sie fragen, welches Sie mir davon empfehlen würden.«

Gelangweilt schlenderte Henriette durch die Werkstatt, bis Konstantin mit hochrotem Gesicht zurückkehrte, ohne ein Wort nach dem Werkzeug griff und sich erneut in seine Arbeit vertiefte – oder es vorgab, damit sie ging, ohne zu fragen. Was Henriette auch tat, mit einem Lächeln im Gesicht. Konstantin war zweiundzwanzig und der künftige Erbe einer Druckerei und Buchhandlung. Die Mädchen in der Stadt mussten sich um ihn reißen.

Eine halbe Stunde später – der Oheim war kurz zuvor von einer Erledigung zurückgekehrt – erschien ein Besucher im Laden, den sie ebenfalls kannte und für den sie aus Höflichkeit und Ehrerbietung ihren Onkel herbeirufen wollte: Wilhelm August Lampadius, der an der Königlich-Sächsischen Bergakademie Metallurgie und Technische Chemie unterrichtete. Ein Mann Anfang vierzig, ein überaus gelehrter und findiger Kopf. Ihr Oheim veröffentlichte regelmäßig seine wissenschaftlichen Arbeiten. Lampadius schrieb aber nicht nur Bücher – er hatte auch Aufsätze für die *Gemeinnützigen Nachrichten* über das von ihm entwickelte Verfahren verfasst, Zuckerersatz aus Runkelrüben herzustellen, als während der von Napoleon verhängten Kontinentalsperre kein Rohrzucker aus den britischen Kolonien importiert werden durfte. Er hielt sogar Kurse für Hausfrauen, um sie die praktische Anwendung des Verfahrens zu lehren – und das fand Henriette außergewöhnlich.

»Guten Tag, Herr Professor!«, begrüßte sie ihn herzlich. »Sie bringen sicher ein neues Manuskript. Bitte nehmen Sie doch Platz! Ich hole sogleich meinen Oheim.«

Freundlich wollte sie ihn in einen der beiden Sessel in der Ecke dirigieren, die um ein Tischchen standen.

»Machen Sie sich nicht die Mühe«, antwortete der Gelehrte. »Ich bringe ... nun ja ... einige Kompositionen, die ich bei *Breitkopf und Härtel* in Leipzig habe stechen lassen. Variationen für Flöte und Klavier. Vielleicht kann Monsieur Gerlach sie in sein Sortiment aufnehmen?«

»Sie komponieren auch?«, fragte Henriette erstaunt. Was für ein kluger, vielseitiger Kopf!

Sie drängte ihn zum Sessel und rief den Oheim dazu, der den Gelehrten sicher begrüßen wollte, wenn er schon im Laden stand. Das verlangte nicht nur der gute Ton – beide gehörten auch derselben Loge an, »Zu den drei Bergen«.

Die Männer begrüßten einander herzlich, Gerlach blätterte die mit Noten beschriebenen Seiten durch und meinte: »Vielleicht wollen Sie uns am Samstag besuchen, gemeinsam mit Ihrer jungen Gattin, und uns Ihre Komposition vorstellen? Ich erfreue mich seit einiger Zeit eines passablen Pianofortes, und meine Nichte übt fleißig.«

Was mehr als übertrieben war – Henriette hatte seit ihrer Ankunft in Freiberg noch nicht eine Taste angeschlagen.

Die beiden Männer vereinbarten, zu der kleinen Soiree noch einen weiteren Wissenschaftler einzuladen, den jungen Edelsteininspektor August Breithaupt, der die Mineralogische Sammlung der Bergakademie betreute. Henriette hatte ihn auf einem Ball kennengelernt, vor reichlich zwei Jahren hier in Freiberg zu Napoleons Geburtstag. Erscheinen war Pflicht gewesen, aus Dresden kam sogar ein Marschall der *Grande Armée* samt seiner Entourage. Aber Breithaupt hatte nicht getanzt, sondern war die ganze Zeit in Fachsimpeleien verstrickt gewesen.

Doch Henriette freute sich, ihn wiederzusehen, denn Felix hatte in ihr das Interesse an der Mineralogie geweckt, ein großes Staunen über die Vielfalt der Minerale ebenso wie über das darin innewohnende System, das der berühmteste Freiberger Wissenschaftler entwickelt hatte, Abraham Gottlob Werner. Der, so tauschten sich die Männer gerade aus, werde wohl zu ihrer Soiree nicht kommen können, da es um die Gesundheit des fast Siebzigjährigen nicht zum Besten stand.

Dennoch, so dachte Henriette: Das wird ein interessanter Abend werden!

## Drei Briefe aus Berlin

In den nächsten Tagen gewöhnte sich Henriette an ihr neues Leben und auch daran, ihren Sohn vormittags der Obhut einer Kinderfrau anzuvertrauen.

In der Stadt hatte sich im Nu herumgesprochen, dass sich vormittags ein weibliches Wesen in der Buchhandlung um die Wünsche der Käufer kümmerte. Und da die Erweiterung des Sortiments um Duftwässer, Tinktur gegen Zahnschmerz und dergleichen mehr in Freiberg viel Zuspruch fand, gaben sich die Kunden die Klinke in die Hand. Nicht nur der Oheim war froh über den endlich wieder steigenden Umsatz, auch Henriette empfand Dankbarkeit für das häufige

Schellen der Ladenglocke. Die Arbeit in der Buchhandlung lenkte sie von düsteren Gedanken ab.
Sie wollte gerade zum Mittag nach oben gehen, als das Dienstmädchen ihr entgegenkam und vor ihr knickste.
»Die hier, Madame, sind mit der Post für Sie eingetroffen.«
Verblüfft starrte Henriette auf gleich drei Briefe und sah die Aufschriften der gefalteten und gesiegelten Papiere durch. Das oberste kam von ihrem Schwiegervater, wie sie sofort an der Handschrift erkannte. Das zweite war für sie ein Rätsel. Als sie die Schrift auf dem Umschlag des dritten erkannte, spürte sie eine Mischung aus Staunen, Freude und Beunruhigung. Das war eindeutig die Handschrift von Felix. Doch woher konnte er wissen, dass sie in Freiberg war und nicht mehr in der Berliner Brüderstraße?
Sie zog sich in die Bibliothek zurück, um die Post in Ruhe zu lesen, denn in ihrem Zimmer spielte Madame Fried mit Max.
Bevor sie auf die Chaiselongue sank, wog sie den Brief Wilhelm Treptes zögernd in der Hand. Ob er wohl schon etwas erreicht hatte, damit ihre Ausweisung aufgehoben wurde? Sie zerbrach das Siegel, entfaltete das Blatt und überflog die Zeilen hastig, ehe sie alles noch einmal in Ruhe las.
Ihr Schwiegervater drückte seine Hoffnung aus, dass es ihr und Max in Freiberg gut ergehe, bedankte sich für die Nachricht, dass sie wohlbehalten hier eingetroffen seien, und gestand dann ein, dass er zu seinem großen Bedauern noch nichts in ihrer Angelegenheit hatte bewirken können.

*Carlotta und ich vermissen Dich und unseren Enkel schon nach so wenigen Tagen sehr. Ich habe versucht, bei mehreren Autoritäten vorzusprechen, um das Urteil gegen Dich aufheben zu lassen, doch man lässt mich vor verschlossenen Türen stehen oder vertröstet mich vage auf Audienzen nicht vor dem übernächsten Monat, also schon im kommenden Jahr. Die Fürstin von Radziwill ist mit ihrem Mann nach Polen gereist und kann uns deshalb nicht helfen. Also richte Dich darauf ein, dass die Begnadigung längere Zeit in Anspruch nehmen wird – sofern sie mir überhaupt gelingt.*

Henriette ließ das Blatt sinken und verlor sich in Gedanken. Wollte sie überhaupt zurück? Gehörte sie nicht eigentlich hierher? Die Treptes hatten sie vorbehaltlos und herzlich bei sich aufgenommen. Doch wenn sie es ehrlich betrachtete, war sie in Berlin eine Fremde geblieben.
Rasch überflog sie den letzten Absatz.

*Deshalb halte ich es für das Beste, eine Truhe mit Deinen Sachen – Kleider, Bücher und was Du sonst noch brauchen könntest – nach Freiberg zu schicken. In ein paar Tagen sollte sie eintreffen.*

Das wird mir hoffentlich weitere Besuche beim Schneider ersparen, dachte Henriette verdrossen. *Ein* Kleid mit Korsett und steifem Unterrock genügte ihr fürs Erste. Im Haus würde sie weiter die bequeme englische Mode tragen.
Den Brief von Felix hatte sie zuunterst gelegt. Zunächst wollte sie das Geheimnis des zweiten Briefes lüften. Ein unbekannter Absender – das kam ihr sehr beunruhigend vor, wenn nicht gar beängstigend. Hatte ihr Schwiegervater bei seinen Bemühungen irgendetwas Bedrohliches ausgelöst? Stand ihr noch mehr Ärger ins Haus?
Mit zittrigen Fingern öffnete sie auch dieses Schreiben – und

war bass erstaunt, als sie die Unterschrift las: Der Brief kam von Ludwig, dem jungen Mann, mit dem sie an ihrem letzten Abend in Berlin am Kamin geplaudert hatte.
Also vertiefte sie sich in den Text.

*Verehrte Madame Henriette,*
*ich hoffe, Sie erinnern sich noch an mich, denn ich kann die Gedanken an Sie kaum aus meinem Kopf verbannen. Wie hatte ich mich auf unser Wiedersehen bei einer Abendgesellschaft mit Tanz gefreut! So gern hätte ich Sie um den ersten Walzer gebeten. Und auch um den zweiten und den dritten, wenn Sie mir diese Maßlosigkeit gestatten wollen.*
*Nun erfuhr ich bei einem erneuten Besuch im Haus Ihrer Schwiegereltern zu meinem großen Bedauern, dass Sie überraschend Berlin verlassen mussten und zu Ihrem Oheim nach Freiberg gereist sind, womöglich für längere Zeit. Sie werden sich natürlich fragen, was ich bei Ihren Schwiegereltern wollte. Ich gebe zu, mein Besuch dort erfolgte unter einem Vorwand, denn in allererster Linie wollte ich Sie wiedersehen.*
*Doch gibt es noch etwas, das ich Ihnen mitzuteilen habe. Unser Gespräch im Haus Professor Treptes hatte mich angeregt, meinen alten Waffenbruder Felix Zeidler aufzusuchen. Es geht ihm gut, wir erinnerten uns an gemeinsame Bekannte. Aber die Nachricht über Ihr Schicksal hat ihn sehr aufgewühlt. Er kündigte an, Ihnen schreiben zu wollen, und er wusste auch, wo Sie nun wohnen, denn seinen Worten nach kennt er sich in den Freiberger Verhältnissen gut aus und hat schon des öfteren die Buchhandlung Ihres Oheims aufgesucht. Das scheint plausibel bei einem Studenten der Geo-*

*logie. Doch nun ist er in Berlin, wo ich Sie auch bald wieder zu treffen hoffe. Und eine weitere Hoffnung meinerseits ist es, in Felix Zeidler nicht etwa einen Konkurrenten sehen zu müssen.*
*Auf bald verbleibe ich mit besten Grüßen als*
*Ihr ergebener Diener*
*Ludwig Kiehn*

Henriette hatte seine Zeilen nur überflogen. Die Komplimente nahm sie nicht ernst, zumal ein Wiedersehen in den Sternen stand. Wichtiger war es ihr jetzt, zu erfahren, was Felix schrieb, da sie nun schon wusste, woher er über ihren Fortgang aus Berlin informiert war.

*Liebe Henriette, meine teure Freundin,*
*ich schreibe Dir erfreut und bestürzt gleichermaßen. Erfreut, dass Du Dich meiner erinnerst, was mir unverhofft den Besuch eines Kameraden aus der Zeit unter dem Kommando des Rittmeisters von Colomb einbrachte. Vor allem aber bestürzt, weil ich von Deiner erzwungenen Abreise hörte, über deren Gründe er nicht viel zu sagen wusste. Also nahm ich mir die Freiheit, umgehend Deine Schwiegereltern aufzusuchen und zu erfragen, was geschehen war. Sie setzten mich ins Vertrauen, was ich ihnen hoch anrechne, denn mit dieser schlimmen Neuigkeit können sie in Berlin nicht hausieren gehen, wenn ihr gesellschaftliches Ansehen gewahrt bleiben soll.*
*Dass Du mit dem kleinen Max sicher bei Deinem Oheim eingetroffen bist, teilte mir Dein Schwiegervater freundlicherweise auch mit. Damit ist der erste Schreck gewichen. Doch sag, wie ergeht es Dir in Frei-*

*berg? Kannst Du Dir dort Dein Leben neu einrichten?*
*Ich wünsche es Dir von ganzem Herzen.*
*Von mir gibt es nicht viel zu erzählen, nur dass ich eine berufliche Veränderung erwäge. Ich kann das Leid der kriegsversehrten Pferde nicht länger ertragen. Vielleicht ist die ruhige Arbeit in einer Salinenverwaltung, wie es sich meine Eltern für mich wünschten, doch erstrebenswerter, als ich früher glaubte.*
*Liebe Henriette, wir beide haben im Krieg Dinge sehen und erleben müssen, die uns tief geprägt und die schmerzliche Wunden hinterlassen haben. Ich hoffe und wünsche Dir von ganzem Herzen, dass Du in Freiberg, in Deiner vertrauten Umgebung inmitten von Büchern und Druckpressen, mit Hilfe Deiner geliebten Verwandten Heilung findest.*
*Dein Dir stets gewogener und treuer Freund*
*Felix Zeidler*

Die Unterschrift verschwamm vor ihren Augen, so sehr wühlten sie diese Zeilen auf. Verzweifelt ließ sie die Papierbogen auf den Schoß sinken und legte die Hände übers Gesicht, um ihre Tränen zu verbergen.
Wie lange sie da saß und schluchzte und das ganze Unheil der Welt auf ihren Schultern lasten spürte, konnte sie nicht sagen. Doch ein rhythmisches Pochen sagte ihr, dass Großtante Augusta mit ihrem Stock die Bibliothek betreten hatte und schon ganz nah bei ihr stand.
Das hatte ihr gerade noch gefehlt! Schlimm genug, dass jemand sie weinend vorfand, wo sie sich doch solche Mühe gab, sich nichts von ihrer Seelenpein anmerken zu lassen und Haltung zu wahren. Das Letzte, was sie jetzt ertragen konnte, wären weitere spitze Bemerkungen.

Unwillig nahm sie die Hände vom Gesicht, wischte sich dabei die Tränen fort und richtete den Blick auf die alte Dame.

»Es tut mir leid. Ich wollte mich nicht so gehenlassen.«

Statt etwas zu erwidern, setzte sich Augusta neben sie und ergriff ihre Hände.

»Meine Liebe, du trägst solche Bürden mit dir herum, und das mit so großer Tapferkeit. Aber ab und an müssen die vielen ungeweinten Tränen herausfließen.«

Die Achtzigjährige schien ganz verwandelt; die Stimme war sanft, die Miene voller Mitgefühl. Sie deutete auf die Briefe.

»Gute oder schlechte Nachrichten?«

»Wenn ich das nur wüsste!«, stieß Henriette hervor und musste schon wieder schluchzen, während sie in die Flammen des Kamins starrte.

Augusta drehte sich ein wenig zu ihr und sah ihr in die Augen. »Weine jetzt, meine Kleine! Vor mir musst du dich nicht dafür schämen. Deine Stärke brauchst du für dein Kind und deinen törichten Bruder. Und für die neugierigen Augen der Öffentlichkeit. Doch was auch in diesen Briefen stehen mag, höre auf den Rat einer alten Frau: Es stimmt wirklich, dass die Zeit alle Wunden heilt, auch wenn du mir das jetzt nicht glauben willst. Du bist noch sehr jung. Irgendwann wirst du wieder jemanden finden, der dich glücklich macht und den du so lieben kannst wie den armen Premierleutnant.«

Sie gönnte Henriette eine Atempause und fuhr dann fort: »Denk einmal darüber nach, ob es nicht etwas Gutes ist, dass du wieder hier bist. Umgeben von trauernden Eltern, die im Krieg nicht nur deinen Maximilian verloren haben, sondern auch ihre beiden jüngeren Söhne, *all ihre Söhne*, würdest du es kaum schaffen, deine Gedanken auf die Zukunft zu richten.«

»Wenn ich nicht zurückdarf, kann ich nie wieder Blumen auf Maximilians Grab legen«, brachte Henriette mit Mühe und schniefend heraus.

Augusta sah ihr ins Gesicht und lächelte wehmütig.

»Meine Liebe, dein verstorbener Mann ist nicht dort in der kalten Erde. Er ist hier, in deinem Herzen.« Dabei legte sie die faltige Hand auf ihr eigenes Herz. »Und in deinen Erinnerungen. Du bringst ihn nicht zurück, selbst wenn du noch so sehr trauerst. In den Lazaretten hast du mehr Elend gesehen, als ein auch nur halbwegs mitfühlender Mensch ertragen kann. Tausche die Bilder des Grauens gegen den Gedanken ein, dass du Menschen das Leben gerettet und Sterbenden den Tod erleichtert hast. Lass Vergangenes vergangen sein und nimm dieses Leben hier an – mit allem, was es noch an überraschenden Wendungen bieten mag.«

Sie gab Henriette Zeit, über ihre Worte nachzudenken und die Tränen zu trocknen. Dann erst stemmte sich die alte Dame hoch und erklärte in gewohnt spitzem Ton: »So, nun will ich einmal nachsehen, ob sich in diesem Haus jemand findet, der einer alten Frau einen frischen Kaffee zubereitet. Und dir, meine Liebe, eine heiße Schokolade zur Aufmunterung.«

## Ein Heiratsgesuch

Am Freitagnachmittag konnte Henriette – wie versprochen – das neue Kleid abholen, und natürlich bestand die Familie darauf, dass sie es allen sogleich vorführte.

Der Schneidermeister und seine Näherinnen hatten in der

kurzen Zeit hervorragende Arbeit geleistet. Also ließ sie sich von Lotte, dem Dienstmädchen, in die Wolke aus Grün mit gelben und roten Rosen schnüren, allerdings nicht so straff, wie es die Frau des Schneidermeisters getan hatte. Auch wenn diese Mode und vor allem das Korsett ungewohnt waren und für die Arbeit in der Druckerei nicht taugten, konnte sie nicht leugnen, dass sie hübsch darin aussah. Nur mit dem bis an die Schultern reichenden Dekolleté fühlte sie sich unbehaglich.

Begeistert applaudierten die Mädchen und Großtante Augusta, und Tante Johanna, die den kleinen Max auf ihren Knien schaukelte, schien mehr als zufrieden.

»Wir bekommen auch schöne neue Kleider zum Silvesterball«, plapperte Emilia aufgeregt.

Wehmütig dachte Henriette daran, dass ihr Festkleid in Hellblau und Flieder, das am Vortag in der Truhe mit ihren Sachen aus Berlin angekommen war, dafür umgearbeitet werden sollte. Die Weite des Rocks biete genug Material für den neuen Schnitt, wenn als Miederteil etwas in Blau und Lila Gemustertes eingesetzt werde, hatte der Schneidermeister versichert.

»Da wir nun alle hier sitzen und dich bewundern, Cousine … Kannst du nicht endlich einmal ans Klavier gehen und ein paar der Tänze spielen, die wir bei Maître Meunier einstudieren?«, bat Therese. »Wir müssen noch üben, bevor wir zur nächsten Tanzstunde gehen.«

»Welche Tänze lernt ihr denn gerade?«, erkundigte sich Henriette. Diese Bitte konnte sie wohl nicht länger abschlagen.

Therese zählte einige Kontratänze auf, die auch Henriette von ihren Tanzstunden in Freiberg kannte. Zum Jubel der Mädchen willigte sie schließlich ein. Konstantin und Franz

wurden verpflichtet, die Positionen der Herren zu übernehmen.
Es dauerte ein wenig, bis sich Henriette so zurechtgesetzt hatte, dass sie mit dem versteiften weiten Rock zwischen Klavier und Schemel passte. Sie lockerte die Finger mit ein paar schnellen Bewegungen, zählte an, damit die Tänzer den Einsatz nicht verpassten, und spielte auf.
Es zeigte sich, dass die Mädchen ganz wild aufs Tanzen waren, sehr zum Leidwesen von Konstantin und Franz. Doch schon bald gerieten sie in Streit darüber, ob sich nun nach der Mühle – einer Figur, bei der vier im Kreis formierte Tänzer je eine Hand in der Mitte übereinanderlegten und eine Runde gingen – die Damen und Herren wieder in zwei Reihen gegenüber aufstellten oder aneinander vorbeischritten.
Die Großtante wurde aufgefordert, den Streit zu schlichten. »Da kann ich nicht mitreden. In meiner Jugend wurde Menuett getanzt, und wie es heißt, tut man das am sächsischen Hof immer noch«, wehrte sie ab und stützte sich auf ihren Stock.
»Lernt ihr bei Maître Meunier auch Walzer?«, erkundigte sich Henriette, die mit diesem Tanz vielfältige und sehr unterschiedliche Erinnerungen verband.
»Das tanzt man hierzulande nicht mehr«, erklärte Therese.
»Ist es nicht auch geradezu skandalös, wie eng miteinander verschlungen Dame und Herr dabei sind? Und dass die Kleider der Dame über den Knöchel schwingen?«, warf Augusta ein, und Henriette war sich nicht sicher, ob sie das ernst meinte oder scherzte.
Sie entschied den Streit um die nächsten Schritte, und es wurde weiter geübt.
Nach einer halben Stunde beherrschten die Tänzer die Ab-

folge sicher. Henriette klappte den Deckel über der Tastatur zu und ging zu Johanna, um ihr Max abzunehmen, der überaus lebhaft und jauchzend herumgehüpft war, während die Musik erklang.

»Puh, mir ist ganz heiß geworden«, prustete Therese, ließ sich auf die Chaiselongue sinken und griff nach der jüngsten Ausgabe der *Gemeinnützigen Nachrichten,* die auf dem Tischchen neben ihr lag, um sich damit Luft zuzufächeln.

»Ich auch!«, forderte Emilia und zog ihr das achtseitige Heft aus der Hand. Da ihr niemand weiter Beachtung schenkte, hielt sie auf den Zeitungsseiten Ausschau nach etwas Interessantem.

»Hier ist etwas für dich, Cousine Henriette!«, rief sie aus. »Ein Heiratsgesuch!«

Getragen las sie vor: »*Ein Mann, welcher einen ansehnlichen Posten bekleidet, fünfundvierzig Jahre alt ist und dreihundert Taler jährliche Besoldung hat, braucht so bald wie möglich eine Gattin* ... und so weiter und so fort ... *Sie muss zwei wohlerzogenen Kindern eine gute Mutter sein ... und wenigstens tausendfünfhundert Taler Vermögen besitzen ... Aus Mangel an Zeit und Bekanntschaft ergreift man diese Gelegenheit.*«

Sie ließ die Zeitung sinken und starrte Henriette provozierend an. »Vielleicht eine gute Partie für dich, Cousine?«

»Du vergisst: Ich habe keine tausendfünfhundert Taler. Franz und ich werden auch nichts erben, denn unsere Eltern sind tot, und ihr Haus in Weißenfels ist im Krieg geplündert und schwer beschädigt worden. Außerdem will ich nicht schon wieder heiraten«, antwortete Henriette gereizt.

»Hauptsache, du schnappst uns keinen der stattlichen jungen Männer weg, die sich in uns verlieben sollen«, forderte Therese.

Ihre Schwester, die sehr wohl mitbekommen hatte, dass ein solches Vorpreschen von Oheim und Tante nicht gut aufgenommen wurde, entriss Therese das Blatt, suchte zwischen den Annoncen und triumphierte: »Sieh nur, hier ist etwas für dich: eine *Tinktur gegen die Blödigkeit der Augen!*«

»Du hast selber blöde Augen!«, fauchte Therese.

Doch da schritt Augusta ein, rief die Mädchen zur Ordnung und forderte sie auf, sich bei Henriette zu entschuldigen. Reumütig versprachen sie Wiedergutmachung.

»Sollen wir dir ein Bild von deinem kleinen Max zeichnen?«, lockte Therese. »Zeichnen haben wir gelernt. Ein Zeichenlehrer ist auf dem Land eher zu finden als ein Klavierspieler.«

Henriette gab nach; sie wollte sich nicht anmerken lassen, wie sehr sie verletzt war. Und die beiden zeichneten wirklich recht gut.

Vielleicht konnte sie ihren Schwiegereltern ein solches Porträt von Max schicken. Und sie würde auch eine Haarlocke von ihm beilegen.

Bei diesem Gedanken schwappte erneut eine Welle von Trauer über sie. Maximilian hatte sie einst um eine Haarsträhne gebeten und die Locke als Glücksbringer während des ganzen Krieges bei sich getragen.

Der weitere Verlauf der Unterhaltung rauschte an ihr vorbei, bis sie endlich der ausgelassenen Runde entkommen konnte.

Später am Abend – Henriette, Franz und die Mädchen hatten sich bereits schlafen gelegt – richtete Johanna einen strengen Blick auf ihren ältesten Sohn und verkündete entschlossen: »Du solltest dich ein wenig mehr um Henriette bemühen.«

»Ich bin doch höflich zu ihr!«, rechtfertigte sich Konstantin. »Ich wüsste wirklich nicht, worüber sie sich beklagen könnte.«
»Nun, wir meinen etwas mehr als nur *höflich*«, erklärte seine Mutter streng. »Ehe sie einen fünfundvierzigjährigen Witwer nimmt … Eine Verbindung zwischen euch wäre doch naheliegend und vorteilhaft für alle Seiten.«
Konstantin fiel aus allen Wolken und starrte seine Eltern an.
»Das erwartet ihr von mir? Dass ich sie um des Geschäfts willen heirate? Nein, ich habe andere Interessen.«
»Mit rotblondem Haar?«, zog ihn sein Vater auf.
Konstantin verdrehte die Augen. Niemand hatte von seinem Interesse für Annabelle etwas mitbekommen sollen.
»Verwirf den Gedanken nicht so leicht«, beharrte Johanna. »Dein Vater und ich haben auch nicht nur aus Zuneigung zueinander geheiratet, sondern ebenso um des Geschäfts willen. Ich stand da, als junge Witwe mit einer Druckerei ohne Inhaber, und dank unserer Vermählung konnte das Geschäft nicht nur weiter betrieben, sondern sogar um die Buchhandlung erweitert werden. Wo wären wir heute, wenn wir das nicht bedacht hätten? Wir sind seit mehr als zwanzig Jahren glücklich miteinander. Sag doch endlich auch etwas dazu, Friedrich!«
Der fand das Vorgehen seiner Frau zu direkt und suchte noch nach den richtigen Worten, damit sein Sohn nicht sofort in Abwehrstellung ging.
Großtante Augusta sprang für ihn in die Bresche.
»Das ganze romantische Gewese um die große Liebe ist eine neumodische Erfindung. Und was bringt es? Die abgewiesenen jungen Männer entleiben sich dutzendweise wie der junge Werther. Wozu also soll das gut sein?«

Konstantin kniff entnervt die Augenlider zu und schluckte alles hinunter, was er hätte erwidern wollen.
»Denk wenigstens einmal darüber nach!«, bat ihn sein Vater bedächtig. »Ihr mögt einander doch. Für das Fortbestehen des Geschäftes trotz der derzeitigen Schwierigkeiten wäre es das Beste. Aber natürlich drängen wir euch zu nichts.«
Wütend starrte ihn sein Sohn an.
»Vielleicht führe ich ja eine Braut heim, die tausendfünfhundert Taler besitzt wie die Gesuchte in der Annonce«, höhnte er. »Wäre das nicht noch besser – und ganz in deinem Sinne, Großtante?«
»Das kommt auf die Braut an«, erwiderte Augusta pikiert. »Doch tust du es nicht, müsste Henriette wohl einen älteren Witwer ehelichen, vielleicht sogar noch älter als der offenkundig verzweifelte Herr mit dem Heiratsgesuch in der Zeitung. Denn sie hat keine tausendfünfhundert Taler, und so viel kann ihr mein Großneffe auch nicht als Aussteuer mitgeben.«

## Eine Abendgesellschaft im Hause Gerlach

August Breithaupt, ein junger Mineraloge von Mitte zwanzig, beugte sich etwas näher über Henriettes Dekolleté. Nicht aus Anzüglichkeit, sondern aus einem ganz anderen Grund. Anstelle einer Begrüßung sagte er nämlich genau das, worauf sie heimlich gehofft hatte – als kleine Prüfung.
»Amethyst, vermutlich aus Wiesenbad? Sehr schön verarbeitet!«, lobte Breithaupt und hatte mehr Augen für die

Kette und die Ohrringe als für deren Trägerin. Doch Henriette fühlte sich nicht übersehen, sondern musste lächeln. Dass der Gelehrte den Stein erkannte, war zu erwarten gewesen, dies war schließlich sein Fachgebiet. Doch dass er auch sofort sah, aus welcher Gegend er kam – in diesem Fall von einem Fundort im Erzgebirge –, faszinierte sie.
Lächelnd bejahte sie, und mit einer Entschuldigung für den Verzug begrüßte er sie nun mit einer höflichen Verbeugung.
Gleich nach ihm traten Wilhelm August Lampadius und seine junge Frau in den Salon.
Henriette hatte im Vorfeld der Gesellschaft mit den Freiberger Gelehrten darauf bestanden, dass ihr hellblaues Festkleid noch nicht zum Ändern in die Schneiderwerkstatt gebracht wurde. Sie wollte unbedingt diesen Schmuck dazu tragen, um Breithaupt auf die Probe zu stellen. Die kleinen Vorträge und filigranen Zeichnungen von Felix hatten ihr den Blick in eine faszinierende Welt geöffnet. Wie erstaunlich, dass zwei Minerale ähnlich aussehen konnten, aber zu gänzlich verschiedenen Gruppen gehörten, während andererseits zwei Steine von gleicher Art sein konnten, aber in diversen Farbvarianten auftraten.
Wie hatte es Abraham Gottlob Werner, der berühmteste Lehrer der Alma Mater Fribergensis, nur geschafft, Ordnung in dieses System zu bringen?
Als die Gäste endlich verabschiedet worden waren – natürlich hatte Lampadius seine Komposition am Pianoforte vorgestellt –, fühlte sich Henriette durch den intensiven Gedankenaustausch so kluger Köpfe dermaßen hellwach und inspiriert, dass sie sich im Schein einer Kerze ans Schreibpult setzte und einen Brief an Felix verfasste, während Max ruhig und tief schlief.

*Mein lieber Freund,*
*ich kann kaum glauben, dass es gerade erst eine Woche her ist, seit ich hier in Freiberg eingetroffen bin. So viel ist geschehen.*
*Mir und Max geht es gut, was ich auch von Dir hoffe. Der Kleine wird hier nach Strich und Faden verwöhnt. Das wurde er in Berlin zwar auch, aber hier sind es noch mehr Menschen, die sich darin überbieten wollen, ihn mit Süßigkeiten und allerlei Späßen zu verhätscheln. Er ist übrigens begeistert vom Schnee, von dem wir hier Ende November schon reichlich heimgesucht sind.*
*Vormittags bin ich jetzt wieder in der Buchhandlung, wie einst, als wir uns kennenlernten. Hoffentlich hältst Du mich nicht für eine schlechte Mutter, wenn ich mein Kind zeitweise der Obhut einer Kinderfrau überlasse. Aber ich fühle mich sehr geborgen zwischen all den Büchern, auch wenn mein Oheim das Sortiment inzwischen beträchtlich erweitert hat. Stell Dir vor, nun kannst Du bei* Graz und Gerlach *auch Lippenpomade, Kopfschmerz- und Riechmittel kaufen oder Eau de la Chine, um die Haare schwarz zu färben! Ansonsten ist hier alles so, wie Du es sicher noch in Erinnerung hast.*
*Heute Abend gab mein Oheim eine Gesellschaft, und Du errätst nicht, wen er dazu eingeladen hatte: Monsieur Lampadius nebst seiner jungen Gattin und Deinen guten Bekannten Breithaupt, der das Mineralienkabinett der Bergakademie betreut. Unglaublich klug und bei alledem auch noch charmant, wenn ihn nicht gerade irgendein interessantes Mineral ablenkt – und sei es in Form meiner Ohrringe.*

*Stell Dir vor, er schreibt gerade den letzten Teil von* Hoffmanns Handbuch der Mineralogie *zu Ende, da der ursprüngliche Verfasser vor dem Abschluss seiner Arbeit starb. Ich erinnere mich noch, wie Du damals im Mai vor zweieinhalb Jahren fast täglich in die Buchhandlung kamst, um nachzufragen, ob der neueste Teil schon erhältlich sei.*
*Überhaupt war dies ein Abend, der mich zum ersten Mal seit langem mit Elan und Begeisterung erfüllt. Ein gewaltiger Fundus an Wissen, von dem ich zehren durfte!*
*Lampadius ist ein beeindruckend kluger Kopf, erstaunlich vielseitig und auch auf nützliche Dinge des Alltags bedacht. Du erinnerst Dich, er hatte an seinem Haus in der Fischerstraße eine von ihm erfundene, ganz neumodische Gaslaterne angebracht. Nun erlebte ich, dass er auch Talent zum Komponisten hat. Und er erzählte von seiner Idee, ein* Handbuch der Chemie für Frauen *zu schreiben. Das ist jetzt in Mode gekommen, wie der Oheim sagt: Wissenschaftliches so darzulegen, dass es auch Frauen verstehen können, die in der Regel doch eher in Handarbeiten und der Führung eines Haushalts unterrichtet werden als in Naturwissenschaften.*

Sie hielt kurz inne, um den Kerzendocht zu beschneiden, denn das Licht begann zu flackern.

*Mein Onkel erzählt öfter, dass seine Mutter nur bis zum zehnten Lebensjahr in die Schule gehen durfte, weil ihr Vater meinte, das fehle noch, dass ein Mädchen Lesen und Schreiben lerne! Nun, diese Zeiten sind glücklicherweise vorüber, hoffe ich zumindest. In ganz kühnen Momenten träume ich davon, dass eines Tages den Frauen sogar das Studium an einer Universität erlaubt sein wird.*

Wieder legte sie eine Pause ein, um nach einer unverfänglichen Formulierung zu suchen. Sie musste damit rechnen, dass ihre Briefe gelesen wurden. Felix würde zwischen den Zeilen erkennen, was sie ausdrücken wollte.

*Jenseits der Gelehrsamkeit sind die Umstände hier in Sachsen sehr verändert. Doch Königstreue gilt nach wie vor als erste Tugend.*
*Dann habe ich noch die traurige Mitteilung, dass sich Dein Lehrer und Förderer Monsieur Werner aufgrund seines hohen Alters keiner guten Gesundheit mehr erfreut. Breithaupt muss immer häufiger die Vorlesungen an seiner Stelle halten.*

Es wäre wohl höflich gewesen, den Brief nicht noch umfangreicher werden zu lassen. Doch da war noch so viel, was aus ihr herausbrach, und Felix konnte sie alles anvertrauen.

*Was ich jetzt schreibe, ist sicher ungerecht gegen meine Schwiegereltern, die mich ohne Zögern in Berlin bei sich aufnahmen und ganz vernarrt in Max sind. Aber hier in Freiberg fühle ich mich nicht vom launischen Schicksal hingetrieben, sondern ganz zu Hause. Sieht man davon ab, dass die Tante mich zwingt, ein Kleid nach der neuesten Mode zu tragen, wie es ihrer Ansicht nach von einer eleganten Dame erwartet wird.*

*Unerträglich eng geschnürt in der Taille, dazu ein so weiter Rock, dass man kaum noch durch die Tür kommt.*

Noch einmal las sie, was sie geschrieben hatte.
Zeit, zum Ende zu kommen.

*Mich bedrückt, was Du über Deine Arbeit mit den Pferden schreibst. Damit hätte ich diesen Brief eigentlich beginnen sollen und nicht mit meinem Geschwätz. Aber sieh es mir bitte nach – dieser vergangene Abend war eine Offenbarung für mich: Wissen als Quell von Lebensfreude und Hoffnung!*
*Wirst Du in Deine alte Heimat zurückkehren, zu Deinen Eltern in Köthen, und dort in der Nähe eine Arbeit in der Salinenverwaltung annehmen, wie sie es immer wollten?*
*Leider trifft zu, was Du schreibst: dass wir in den Kriegsjahren Dinge gesehen und erlebt haben, die einem das Blut in den Adern gefrieren lassen. Aber wir haben auch einander als Freunde gewonnen – etwas, für das ich ewig dankbar sein werde.*
*In der Hoffnung, Dich mit meiner Weitschweifigkeit nicht ermüdet, sondern ein wenig aufgemuntert zu haben, verbleibe ich –*
*Deine gute Freundin Henriette*

# Träume und Hoffnungen

Eines Nachmittags kamen Therese und Emilia viel früher als erwartet von ihrer Tanzstunde zurück – und völlig aufgelöst.

»Wir können nicht mehr üben! Madame Meunier ist auf vereister Straße ausgerutscht und hat sich das Handgelenk verstaucht, wenn nicht gar gebrochen!«, wehklagte Therese.

Maître Meuniers Gattin saß üblicherweise am Klavier und spielte die Melodien, für die ihre Eleven die Tanzschritte lernen sollten. Doch das würde nun wohl für einige Zeit nicht mehr möglich sein.

»Wir sind alle restlos verzweifelt, geradezu am Boden zerstört«, jammerte Emilia. »Wie sollen wir bis zum Silvesterball die Tänze sicher beherrschen, und das auch noch in vollendeter Eleganz, wenn wir nicht üben können? Aber dann hatte Therese die rettende Idee. Erzähle schon!«

Sie stieß ihre Schwester in die Rippen und starrte so begeistert zu Henriette, dass die eine Ahnung bekam, was nun folgen würde.

Therese reichte ihr einen kurzen Brief. Henriette überflog die Zeilen, während die Mädchen sie erwartungsfroh ansahen.

»Maître Meunier fragt, ob ich einspringe und mich während der Unterrichtsstunden an sein Klavier setze«, fasste sie zusammen und überlegte. Der Tanzlehrer bot ihr dafür sechs Groschen pro Stunde. Es wäre wunderbar, endlich etwas eigenes Geld zu verdienen. Für die Arbeit hier im Haus nahm sie keines an, denn sie und ihr Sohn bekamen bei den Gerlachs Obdach, Essen und Kleidung. Wenn sie für die Aushilfe am Piano bezahlt würde, konnte sie ihren Schwiegereltern und auch den Gerlachs Weihnachtsgeschenke kaufen. Und so seelenlos und abgehackt, wie Madame Meunier auf dem Klavier herumklimperte – das würde sie wohl auch zustande bringen.

»Sag zu, bitte!«, drängelten die Schwestern im Chor.

»Wenn der Oheim einverstanden ist und sich die Tante in dieser Zeit um Max kümmert«, machte Henriette zur Bedingung.

Lächelnd sah sie zu, wie sich die beiden Mädchen jubelnd in die Arme fielen und vor Freude hüpften.

»Oh, wir sind gerettet! Nun können wir doch auf dem Silvesterball tanzen, tanzen wie die Grazien«, juchzte Emilia.

»Dann lauft zurück zu Maître Meunier, gebt ihm den Brief mit meiner Zusage und bittet ihn, mir die Noten zu den Tänzen zu schicken, die ihr gerade einstudiert, damit ich vorher üben kann.«

Ungeduldig traten Therese und Emilia von einem Bein aufs andere, während Henriette die kurze Notiz für Jean Meunier verfasste, und wirbelten dann los, zurück in die Tanzschule in der Erbischen Straße.

Friedrich und Johanna Gerlach gefiel diese Lösung aus mehreren Gründen – natürlich abgesehen davon, dass sie die arme Madame Meunier für ihr Ungemach bedauerten.

»So kommt unsere Jette unter junges Volk und hat vielleicht ein wenig Spaß«, fasste Johanna das Wichtigste zusammen. Sie freute sich schon darauf, den kleinen Max in dieser Zeit nach Herzenslust zu verwöhnen.

Die ausgefallene Tanzstunde sollte gleich am nächsten Tag nachgeholt werden. Gemeinsam mit den aufgekratzten Schwestern ging Henriette zu Meuniers Räumen in der Erbischen Straße. Links und rechts des kurzen Weges türmten sich Schneeberge.

Der Maître kam freudestrahlend auf sie zu und wedelte mit einem spitzenbesetzten Taschentuch herum.
»Ich bin beglückt, dass Sie einspringen, Madame!«, rief er affektiert. »Denn diese jungen Damen und Herren haben noch sehr viel zu üben, bis sie auf dem Silvesterball einen halbwegs passablen Auftritt liefern können.«
Jean Meunier hieß eigentlich Hans Müller und hatte seinen Namen ins Französische übersetzt, weil das in seinen Augen mehr hermachte. Er trug eine Perücke und hatte sich das Gesicht weiß gepudert – das war vor zwei Jahren noch nicht so gewesen.
Die zu diesem Anlass in das neue, ausladende Kleid gesteckte Henriette erkundigte sich höflich nach Madame Meuniers Befinden und setzt sich ans Klavier.
Und dann lief alles so ab, wie sie es aus ihren eigenen Tanzstunden hier, vor mittlerweile zweieinhalb Jahren kannte.
»Sie müssen schweben, nicht schlurfen!«, beanstandete der Maître. »Demoiselle Emilia, nehmen Sie die Schultern zurück! Demoiselle Clara, wir tanzen im Viervierteltakt, also richten Sie sich nach der Musik! Monsieur Friedrich, Sie treten der jungen Dame auf die Füße! Und nein, es wird nicht besser, wenn Sie auf Ihre eigenen Füße starren! Beherrschen Sie die Schrittfolgen denn immer noch nicht? Mon Dieu!«
Geziert tupfte er sich unsichtbare Schweißtropfen von der Stirn angesichts der ständig durcheinandergeratenden Schrittfolgen.
Henriette musste die beliebte *Double Rond* wohl ein Dutzend Mal hintereinander spielen, bis die Eleven den Tanz endlich synchron und ohne Patzer schafften. All das ging nur mit viel Kichern, Prusten und Schubsen vor sich.

Sie sind nur zwei, drei oder vier Jahre jünger als ich, und doch komme ich mir hier wie eine uralte Frau vor, dachte Henriette, während sie die zehn Tänzer und ihre zehn Tanzpartnerinnen beobachtete. Sie sind so völlig unbeschwert! Aber ich sollte sie beneiden und nicht verurteilen. Unbeschwertheit ist ein Privileg der Jugend.
Sie hatte nicht damit gerechnet, wie viele Erinnerungen diese Stunde bei ihr wachrief. Hier hatte sie gelernt, Walzer zu tanzen – auf ausdrückliche Anweisung des französischen Offiziers, der mit seinem Sohn Étienne im Gerlachschen Haus einquartiert worden war. Und hier hatte sie als Meuniers Meisterschülerin Walzer mit Sebastian von Trebra getanzt, einem klugen jungen Mann, der Großneffe des Oberberghauptmanns von Trebra, des höchsten Staatsbeamten in Freiberg. Es waren so schöne Momente gewesen. Sie hatte damals gelacht und es genossen, im Dreivierteltakt über das Parkett zu schweben.
»Werden Sie auch Walzer unterrichten?«, erkundigte sie sich, als die Tanzstunde zu Ende war und sie Meunier die Noten zurückgab.
Der seufzte und verdrehte die Augen.
»Madame, ich erinnere mich noch vortrefflich an Sie im Walzertakt – so elegant und leichtfüßig! Aber das ist heute nicht mehr gefragt. So freizügig sind die Verhältnisse nicht mehr. Sie verstehen?«
O ja, sie verstand nur zu gut.

Henriettes Freude über das selbst verdiente Geld brachte ihren Oheim auf eine Idee. Er wusste, ihr fehlte das Schreiben. Sie zauberte zwar mit Leichtigkeit und Geschick ein paar kurze Texte in benötigter Länge aus dem Ärmel, wenn er und Konstantin noch eine Lücke in den *Gemeinnützigen*

*Nachrichten* zu füllen hatten. Auch ließen sich die Kunden gern von ihr beraten, wie ihre Annonce am besten abzufassen sei.

Doch Großtante Augusta hatte ihn sehr unnachgiebig dazu gedrängt, der jungen Witwe eine Zukunft aufzuzeigen.

»Denkst du etwa, es reicht ihr, *Mann sucht Hut* zu notieren? Sie hat so einen verlorenen Ausdruck in den Augen, der mir wirklich Sorge bereitet.«

Also ging er mit einer mehr als halbseitigen Bekanntmachung, die in der nächsten Ausgabe erscheinen sollte, zu seiner Nichte: Ein Dresdner Wochenblatt für Kinder stellte sich vor, ein Magazin von Kinderfreunden und Erziehern.

»Schau mal!«, sagte er und hielt ihr die handgeschriebene Mitteilung der Dresdner Gesellschaft hin. »Das ist neu, und wir werden das Magazin auch bei uns in der Buchhandlung anbieten. Vielleicht könntest du dafür Geschichten schreiben?«

Überrascht zog Henriette die Augenbrauen hoch, dann vertiefte sie sich in den Text und las halblaut vor:

»Erzählungen, Anekdoten der merkwürdigsten Gegenstände der Natur, der Kunst … unterhalten, belehren und rühren … Den Verstand aufzuklären, Welt- und Menschenkenntnis zu befördern. Zur Selbstunterhaltung und zum Vorlesen im Schul- und Familienzirkel … Das klingt großartig!«

Sie war wirklich begeistert. »Hältst du es denn für möglich, dass sie Texte von mir annehmen?«

»Wieso denn nicht?«

Friedrich Gerlachs Gedanken liefen immer schneller.

»Wir machen Folgendes: Du schreibst dorthin und vereinbarst für nächste Woche einen Termin mit dem Herausgeber der Kinderzeitschrift. Beruf dich auf mich – oder auch

nicht, wie du willst. Wir fahren zusammen nach Dresden und nutzen die Gelegenheit gleich noch für einen Besuch bei meinem Freund Kügelgen.«
Henriette riss die Augen auf. Zu diesem berühmten Mann, in dessen Haus sich bedeutende Maler und Schriftsteller trafen? Der Schiller und Königin Luise von Preußen porträtiert hatte, mit Goethe in enger Verbindung stand?
»Oh, das würde mir sehr gefallen«, sagte sie schwärmerisch. Diese Aussicht begeisterte sie fast noch mehr als die auf gedruckte Kindergeschichten und Honorare. Wer konnte schon wissen, wer gerade bei Kügelgen weilte, wenn sie dort ankamen. Vielleicht sein Freund, der großartige Maler Caspar David Friedrich?
»Ich danke dir!«, sagte sie gerührt zu ihrem Oheim. »Du machst mich damit sehr glücklich.«
Das wurde auch einmal Zeit, dachte Friedrich Gerlach erleichtert, ohne es sich anmerken zu lassen.

## Begegnungen in Dresden

Eine Woche später bestiegen Henriette und ihr Oheim frohgemut die Postkutsche nach Dresden.
Henriette war glücklich über die Aussicht, vielleicht wieder schreiben und publizieren zu dürfen und damit auch noch Geld zu verdienen. Außerdem war sie schrecklich neugierig auf die Begegnung mit dem Maler Gerhard von Kügelgen, in dessen Dresdner Salon sich die bedeutendsten Schriftsteller und Maler die Klinke in die Hand gaben – eine kulturelle Hochburg in der Kunst- und Kulturstadt. Kügelgen hatte sogar zwei junge Frauen als Meisterschülerinnen angenom-

men und unterrichtet: Caroline Bardua und Louise Seidler, die nun gefragte Porträtmalerinnen waren.

Dass Friedrich Gerlach – ohnehin ein Mensch von fröhlichem Naturell – jetzt ebenso gut gelaunt neben seiner Nichte in der Kutsche saß, lag nicht nur an der Vorfreude auf die Begegnung mit seinem Freund Kügelgen. Nach längerer Zeit mühsam laufender Geschäfte ging es für *Graz und Gerlach* endlich wieder bergauf.

Im November und Dezember lief das Anzeigengeschäft üblicherweise besonders gut. Handwerker und Händler ließen eine Dankbotschaft an die treuen Kunden drucken und priesen ihre Sortimente an. Es kamen auch viel mehr Käufer als sonst, die Bücher, Duftwässerchen und Nähetuis als Weihnachtsgeschenke erstanden.

Es war eine gute Entscheidung gewesen, das Nebensortiment zu erweitern! Und mit *Siegel und Balthasar* hatte er eine noch engere Zusammenarbeit vereinbart. Sie würden bei ihm künftig regelmäßig große Annoncen zu ihrem Sortiment in Leipzig veröffentlichen: gemusterte Seide für fünfzehn Groschen die Elle, englischen Kattun für Kleider und Möbel zu vier bis neun Groschen, kleine Seidentücher zu sechzehn Groschen, französische Handschuhe zu sechs Groschen das Paar …

Es ging endlich wieder aufwärts mit *Graz und Gerlach!* Wenn die Nachfrage bis Weihnachten weiter so anhielt, konnte er sich ein finanzielles Polster für Januar und Februar anlegen, wo die Umsätze erfahrungsgemäß gering waren.

Je weiter der Buchhändler und seine Nichte Freiberg hinter sich ließen, desto weniger Schnee lag an den Straßenrändern. Bald blieb er ganz aus. In Dresden war das Klima deutlich

milder, hier schien sogar die Sonne matt zwischen den Wolken hindurch und schuf faszinierende Lichtspiele.
Von der Posthalterei aus gingen sie über die schöne, mit Steinfiguren verzierte Augustusbrücke, eines der Schmuckstücke Dresdens. Auf Napoleons Befehl war im März 1813 ein Pfeiler gesprengt worden, damit ihm die Alliierten bei seinem Rückmarsch nach Frankreich nicht folgen konnten. Zwei Brückenbogen waren eingestürzt, und es hatte die Dresdner an den Rand eines Aufruhrs getrieben, ihr schönes steinernes Bauwerk zerstört zu sehen. Später, bei Napoleons Rückkehr, hatte der Kaiser die Brücke notdürftig flicken lassen, damit seine *Grande Armée* nun ihrerseits die fliehenden Preußen, Russen und Österreicher verfolgen konnte. Inzwischen waren die Schäden von der Stadt gründlich behoben worden.
Mitten auf der Brücke hielt Henriette inne, drehte sich um und ließ das berühmte barocke Panorama Dresdens auf sich wirken, das der Maler Canaletto so unvergesslich auf Leinwand gebannt hatte.
Einige Schritte nach Verlassen der Brücke, auf dem Neustädter Markt, liefen sie auf den *Goldenen Reiter* zu, das vergoldete Standbild Augusts des Starken auf einem auf die Hinterbeine steigenden Pferd. Ein weiteres Wahrzeichen Dresdens und Würdigung des sagenumwobenen Herrschers, der den Großteil der berühmten Dresdner Kunstsammlungen zusammengetragen hatte.
Von hier aus waren es nur noch wenige Schritt bis zum Wohnhaus der Familie Kügelgen in der Hauptstraße. Als Henriette davorstand, begriff sie auch, warum dieses Haus »Gottessegen« genannt wurde. Zwischen den Fenstern der vierten Etage und dem Dach prangte in großen Lettern die Inschrift »An Gottes Segen ist alles gelegen«.

Sie traten durch ein prächtiges Tor mit barockem Wappen darüber, wurden von einem Dienstmädchen mit verweinten Augen im Empfang genommen und in den Salon der Familie geführt, einen großen, lichtdurchfluteten Raum mit wunderbar bemalten Holzdecken.

Gerhard von Kügelgen, ein Mann von südländischem Aussehen, und seine aus Estland stammende Frau Helene begrüßten die Gäste. Die Kinder wurden vorgestellt und verneigten sich oder knicksten, bevor sie den Raum wieder verlassen durften: der zwölfjährige Wilhelm als Ältester, sein jüngerer Bruder und ein Mädchen, das eine Puppe fest im Arm hielt, der man ansah, dass sie innig geliebt wurde.

»Mein lieber Freund!«, rief Gerlach aus und ging auf den Maler zu, um ihm die Hand zu drücken.

»Kommen Sie doch gleich zu Tisch«, bat Helene. »Wir haben frisch gebrühten Kaffee und Kuchen direkt aus dem Backofen.«

Höflich trank Henriette eine Tasse, kostete von dem Rührkuchen, doch ihr entging nicht, dass etwas Schwerwiegendes in der Familie Kügelgen vorgefallen sein musste.

»Wie wäre es, Madame Trepte, wenn ich Sie mit meiner Meisterschülerin Louise Seidler bekanntmache?«, schlug der Maler und Akademieprofessor vor. »Sie wollte nicht zum Kaffee kommen, sondern brütet nebenan in ihrem Zimmer über einigen Skizzen. Ein Auftrag von Goethe: der heilige Rochus für die Kapelle von Bingen.«

»Sie ist *hier?*« Henriette verschlug es fast die Sprache. Sie durfte eine junge Frau kennenlernen, die es als Künstlerin zu Ruhm geschafft hatte, noch dazu als *unverheiratete* Frau. Außerdem hatte sie das starke Gefühl, Kügelgen und seine Frau wollten allein mit ihrem Oheim sprechen – vielleicht darüber, was der Familie widerfahren sein mochte.

Helene von Kügelgen begleitete sie ins Atelier der Malerin, ein schmales Zimmer im hinteren Teil des Hauses, und stellte Henriette vor.
Louise Seidler war eine zarte, bildhübsche Frau mit blondem Haar und einem wehmütigen Ausdruck auf dem Gesicht. Wer es nicht wusste, hätte sie nie auf fast dreißig Jahre geschätzt, sondern deutlich jünger.
»Es ist mir eine Ehre, Sie kennenzulernen!«, brachte Henriette lebhaft heraus.
Immerhin war Mademoiselle Seidler nicht nur von Kügelgen unterrichtet, sondern auch von Goethe protegiert worden. Sie hatte den großen Dichter sogar porträtieren dürfen, und er sei sehr zufrieden mit dem Ergebnis gewesen, hieß es. Auch der exzentrische, aber sehr kunstsinnige Herzog August von Sachsen-Gotha-Altenburg hatte sie gefördert und an den Hof nach Gotha gerufen, damit sie ihn und seine Familie malte.
»Ist es wahr, dass Sie Friedrich Kersting Modell gesessen haben?«, fragte Henriette, obgleich ihr eine ganz andere Frage auf der Seele lag: wie schwer es wohl war, als Frau von der Kunst zu leben, noch dazu als unverheiratete Frau.
Louise lächelte ein wenig, schob die Skizzen behutsam beiseite, an denen sie arbeitete, und zog eine Rötelzeichnung aus einem der Fächer des Sekretärs.
»Ja, in diesem Haus. Das Original in Öl wurde auf Goethes Betreiben für die Kunstsammlungen in Weimar angekauft. Hier sehen Sie eine Vorstudie. Das Bild heißt *Die Stickerin.*«
Es zeigte eine junge Frau am Fenster, ganz in ihre Nadelarbeit vertieft, vom Betrachter abgewandt. Auf den zweiten Blick fand man ihr Gesicht – in einem Spiegel, der neben dem Tisch hing.

»Wieso hat Kersting Sie als Stickerin gemalt und nicht etwa als Lesende oder Malerin, die Sie doch sind?«
Louise Seidler lächelte. »Oh, er hatte gerade beide Motive hinter sich: Er malte unseren Gastgeber und auch Caspar David Friedrich in ihren Ateliers, außerdem Monsieur von Kügelgen am Sekretär und im Jahr darauf noch den *Eleganten Leser.*« Nach einigem Zögern fügte sie verlegen hinzu: »Es ist auch nicht sehr weit weg von der Wahrheit. Oft muss ich mir mit nächtlichen Näh- und Stickarbeiten etwas hinzuverdienen, wenn das Malen allein für den Lebensunterhalt gerade nicht reicht.«
Das Interieur auf der Rötelzeichnung war schlicht, aber von größter Harmonie. Auf einem Sofa lag eine Gitarre, an der Wand hing ein von Efeu umkränztes Porträt eines jungen Mannes.
Henriette wusste gerüchtehalber, was es damit auf sich hatte.
Louise Seidler hatte sich in einen jungen französischen Oberarzt verliebt, der mit der *Grande Armée* nach Jena gekommen war, wo sie mit ihren Eltern lebte. Er hielt um ihre Hand an, doch vor der Hochzeit wurde er nach Spanien abkommandiert und starb dort am Lazarettfieber.
Sacht – ihre Finger berühren kaum das Papier – strich die junge Malerin über das von Efeu umkränzte Bildnis und schluckte.
»Mein geliebter Mann starb auch im Krieg«, sagte Henriette leise. »Vor mehr als einem Jahr. Haben Sie je darüber nachgedacht, sich irgendwann doch noch zu vermählen?«
Sie schämte sich ein wenig für diese sehr persönliche Frage. Aber es dürstete sie nach einer Antwort von einer Leidensgefährtin. Zwei junge Kriegswitwen …
»Nein«, sagte Louise nach kurzem Zögern, aber mit fester

Stimme. »Mit Geoffroys Tod war mein Leben in gewisser Weise abgeschlossen.«
Sie wandte den Blick von der Zeichnung ab und sah wieder zu ihrer Besucherin.
»Mein Vater schickte mich nach Dresden, damit ich auf andere Gedanken komme. Es ist immer wieder eine Offenbarung, die hiesige Kunstgalerie zu besuchen. Ich kopierte hier fleißig Gemälde, dabei entdeckte mich Goethe und förderte mich. So kann ich weiter malen, an Gesprächen über Kunst und Literatur teilnehmen. Aber heiraten … nein. Meine Liebe ist die Malerei.«
Das konnte Henriette aus tiefstem Herzen verstehen.

Derweil waren Friedrich Gerlach und sein Gastgeber ebenfalls in ein sehr ernstes Gespräch verwickelt.
»Ich sehe doch an der allgemeinen Betrübnis im Haus, dass etwas geschehen ist«, begann der Freiberger Verleger. »Hätte ich das geahnt, wären wir Ihnen und Ihrer Familie doch nie zur Last gefallen!«
Gerhard von Kügelgen legte die Hand über die Augen und stützte die Arme auf den Tisch, dann rieb er sich Tränen aus den Augen.
»Ich wollte damit nicht herausplatzen, aber der Schreck ist noch so frisch. Gestern erhielten wir die schlimme Botschaft, dass all unserer Ersparnisse verloren sind. Alles, was ich in der Zeit am Sankt Petersburger Hof mit Porträts an Geld verdient hatte! Die russischen Wertpapiere sind durch den Krieg enorm gefallen und haben sich auch nach dem Friedensschluss kaum erholt. Durch den Versuch eines Freundes, uns zu helfen, haben wir stattdessen alles verloren. Wir stehen vor dem Nichts.«
»Was werden Sie nun tun?«, fragte Gerlach bedrückt. Er

selbst verfügte nicht über die Mittel, mit denen er hätte helfen können.

»Wir müssen das Dienstmädchen entlassen, die arme Seele, und die Wohnung aufgeben, das Landhaus, alles …«, berichtete Helene, die trotz ihrer angeschlagenen Gesundheit die Dinge mit mehr Fassung zu tragen schien als ihr Mann. »Der Vermieter bedauert unser Schicksal, und statt unsere Kündigung anzunehmen, schlug er vor, diese schönen Räume hier zur Straßenseite hin neu zu vermieten, bis wir sie uns wieder leisten können. In den nächsten Tagen räumen wir also um und beziehen drei Hinterzimmer.«

»Und ich werde mich wieder auf Wanderschaft begeben müssen, das *goldene Handwerk* ausüben«, fügte Gerhard von Kügelgen bedrückt an. Damit meinte er seine Porträtmalerei, auf die er selbst keinen großen Wert legte, obwohl seine Bilder gefragt waren. »Ich gehe nach Berlin. Dort sind sie ganz verrückt danach, sich von mir porträtieren zu lassen. In ein paar Tagen schon reise ich unter dem Vorwand ab, die Berliner Galerien aufzusuchen …«

»Das tut mir wirklich sehr, sehr leid«, war alles, was Friedrich Gerlach herausbrachte.

So schnell konnte es gehen – von einem Tag zum anderen um alle Rücklagen gebracht. Ein Schicksal, das auch ihn treffen könnte. Eben hatte er sich noch über den kleinen Aufschwung im Weihnachtsgeschäft gefreut. Aber nichts war von Dauer, und das Glück am allerseltensten.

Noch heftig aufgewühlt vom Schicksal ihrer Leidensgefährtin, begab sich Henriette zur verabredeten Stunde zum Haus des Herausgebers der Dresdner Kinderzeitschrift.

So wie Louise Seidler die Malerei war ihr das Schreiben ein Trost, eine Auseinandersetzung mit dem Geschehenen.

Doch das war natürlich nichts, was sie einer Kinderzeitschrift anbieten konnte. Also hatte sie an den vergangenen Abenden einige vergnügliche und lehrreiche Geschichten ersonnen und zu Papier gebracht.

Der Herausgeber thronte hinter einem wuchtigen Schreibtisch und stopfte sich eine Pfeife, als sie vorgelassen wurde. Er wies eine frappierende Ähnlichkeit mit Polizeiinspektor Schack auf, nur dass sein Haupthaar üppiger spross.

Er wirkte auch größer. Nur dachte er nicht daran aufzustehen, wie es die Höflichkeit eigentlich verlangte, wenn eine Dame den Raum betrat, sondern ließ sie vor seinem Schreibtisch stehen wie eine Bittstellerin. Die sie letztlich auch war.

»Sie sind also Madame Trepte aus Freiberg?«

Mehr als ein Nicken ließ er nicht zu, dann sprach er schon wieder weiter.

»Haben Sie denn keinen Mann, der Sie ernährt, dass Sie meinen, schreiben zu müssen? Publizieren zu müssen? Kennen Sie *Graz und Gerlach* in Freiberg?«

Triftige Gründe hielten Henriette davon ab, zu sagen, sie sei eine Familienangehörige des Inhabers. Sie wollte nicht nur wegen der Verwandtschaft mit Friedrich Gerlach akzeptiert werden. Und wenn dem Mann – was wahrscheinlich schien angesichts seiner Unhöflichkeit – ihre Geschichten missfielen, könnte das auch seine Geschäftsbeziehung zum Oheim trüben, wenn nicht gar gefährden.

Also sagte sie etwas vage, aber ohne zu lügen: »Ein stadtbekannter Mann und sehr geschätzt in Freiberg.«

»Die werden unser Magazin mit feilbieten«, verkündete der Mann zufrieden schnaufend.

»Das führt mich hierher, Monsieur.«

Immer noch stehend, zog Henriette aus ihrem Réticule

mehrere zusammengerollte Blätter und reichte sie über den Schreibtisch.

Der Herausgeber wies schroff auf den Stuhl vor seinem Tisch und gab ein grunzendes Geräusch von sich. Henriette durfte sich also setzen.

Der Mann brachte die Pfeife zum Glimmen und langte mit einer fleischigen Hand nach ihren Texten.

Aufmerksam verfolgte Henriette seinen Gesichtsausdruck, während er Pfeife rauchend las.

Er hob die Augenbrauen und ließ sie wieder sinken, zeitweise zuckte ein Mundwinkel amüsiert, dann sah er auf und warf beide Geschichten auf den Tisch. Wieder zog er an seiner Pfeife, stieß Rauchwolken aus und hüstelte.

»Nett und geschickt formuliert, das muss ich Ihnen bescheinigen, obwohl Sie noch so jung und eine Frau sind«, resümierte er und wollte diese Worte wohl als Kompliment verstanden wissen und nicht als die Beleidigung, die sie darstellten.

»Doch Fabeln, wie sie der alte Lessing schrieb, wünschen wir nicht. Darin stecken zu viele Hintergedanken, das mögen wir hier nicht. In Kassel sollen dem Vernehmen nach zwei gelehrte Brüder sogar Kinder- und Hausmärchen aus alter Zeit sammeln. So etwas kann natürlich keine Zukunft haben. Wer sollte das lesen wollen? Schauergeschichten, von zahnlosen alten Muhmen erzählt …«

Er griff nach einem Metallstück und stocherte damit im Pfeifenkopf herum.

»Jede Geschichte muss eine einwandfreie moralische Botschaft haben: dass man seinen – also *unseren* – König lieben und ehren und in seine Gebete einschließen soll. Was Sie hier fabrizieren, Madame, das können Sie vielleicht Ihrem Sohn zum Einschlafen erzählen, solange er noch klein ist.«

Er griff nach den Blättern und schob sie energisch hinüber auf Henriettes Seite des Schreibtisches.
»Doch ich bedauere: Dies ist nicht geeignet, die Jugend zu erziehen. Und die Texte wären auch nicht zu retten, wenn Sie eine Lobpreisung des Königs voranstellten. Besinnen Sie sich lieber auf Ihre Talente in Handarbeiten, wenn Sie mich fragen. Oder geben Sie Hausunterricht in Französisch, wenn Sie in finanziellen Nöten sind.«
Ich frage dich aber nicht!, dachte Henriette zornig, sammelte ihre Blätter ein, drehte sich um und ging.

## Weihnachtszeit

Je näher Weihnachten rückte, umso mehr verheißungsvolle Düfte zogen durch das Gerlachsche Haus am Untermarkt: von gebackenem Christstollen, der noch ruhen musste, bis er am Heiligen Abend feierlich angeschnitten wurde, von Vanilleplätzchen, Lebküchlein und allerlei anderen Köstlichkeiten.
Konstantin, Franz, Therese und Emilia waren losgezogen, um Tannenzweige zu schneiden, und nun schmückten sie zu viert die Haupttür des Hauses und den Eingang zur Buchhandlung von außen und innen mit gewundenen Kränzen. So mischte sich auch noch der frische Duft von Tannengrün unter all die verlockenden Gerüche.
Derweil entdeckte Max seine Begeisterung für Ausflüge in die Küche, gemeinsam mit Madame Fried natürlich und manchmal auch mit Franz, denn Frau Tröger ließ ihn nur zu gern vom Plätzchenteig aus den Schüsseln naschen.
In den letzten zwei Wochen waren solche Mengen Schnee

gefallen, den ein scharfer Wind auf freien Strecken auch noch zu fast mannshohen Wehen auftürmte, dass in Freiberg alle Weihnachtsbesuche von außerhalb abgesagt werden mussten.
Das bedeutete auch, Eduard, der jüngere Sohn der Gerlachs, blieb in Erfurt, wo er wie zuvor sein Bruder Konstantin in der angesehenen Buchhandlung Keyser seine Ausbildung vervollkommnete.
Und Carlotta und Wilhelm Trepte, die vor einem Jahr über Weihnachten nach Freiberg gekommen waren, mussten sich auf das Frühjahr vertrösten lassen, wenn sie Schwiegertochter und Enkel sehen wollten.
Henriette schrieb ihnen einen ausführlichen Brief, in dem sie auch von ihrem Besuch bei den Kügelgens erzählte, aber das Unglück der Gastgeber ebenso wie das beleidigende Gespräch mit dem Herausgeber der Kinderzeitschrift ausließ. Sie legte dem Brief Thereses gelungenste Zeichnung von Max und eine Elle erzgebirgischer Klöppelspitze für Carlotta bei, die sie von ihrem Tanzstundengeld gekauft hatte. Mit dem zarten Geflecht konnte Carlotta einen Hut oder ihr Réticule verzieren. Der Oheim steuerte noch eine Ausgabe von Lampadius' neuester Komposition bei und drückte in seinen begleitenden Zeilen die Hoffnung aus, dass sich die Treptes wohlauf befanden und gegenseitige Besuche bald wieder möglich sein würden. Dass dies in Berlin nur stattfinden konnte, falls Henriette rehabilitiert wurde, ließ er unerwähnt.

Der an Erkenntnissen reiche Besuch in Dresden war an den Abenden regelmäßig Gesprächsthema bei den Gerlachs, aber nur in Runden, bei denen außer dem Verlegerpaar lediglich Konstantin, Henriette und Augusta zugegen waren.

Das traurige Schicksal der Familie von Kügelgen führte jedem wieder einmal vor Augen, wie jäh sich das Schicksal wenden konnte.

Was das Treffen mit dem Herausgeber der Kinderzeitschrift anging, so hatte Friedrich Gerlach gleich auf dem Rückweg befunden: »Dann war es wohl gut, dass ich nicht dabei war. Meine Gegenwart hätte seine Meinung sicher nicht geändert, aber unsere Geschäftsverbindung gefährdet.«

Er schlug seiner Nichte vor, unter einem Pseudonym zu schreiben.

»Am besten unter einem Männernamen!«, meinte Großtante Augusta vergnügt zu diesem Rat. »Gib dich als dicker alter Mann mit Kahlkopf aus. Und nach den ersten lobenden Zuschriften für deine Geschichten lüftest du das Geheimnis. Stell dir dann einmal das Gesicht dieses ungehobelten Kerls vor!«

Sie gluckste vor Lachen.

Doch Henriette verspürte dazu wenig Neigung.

»Wenn jede Geschichte erst einmal mit einem ausführlichen Lobgesang auf den König beginnen soll, vergeht mir die Lust. Ich würde gern Wissen verbreiten, vor allem Mädchen den Zugang zu höherer Bildung, zu Kenntnissen jenseits von Handarbeiten vermitteln.«

Ihr Traum wäre es, vom Schreiben leben zu können – so wie Louise Seidler vom Malen, wenn auch mit Einschränkungen. Aber sie hatte keinen Gönner außer ihrem Oheim, und der musste selbst darum zittern, dass er seinen Haushalt durch die schweren Zeiten brachte.

Inmitten dieser tristen Überlegungen erklärte nun auch noch Madame Fried eines Vormittags, sie müsse ihren Dienst leider aufkündigen, sobald dies möglich sei, obwohl sie den

kleinen Max innig ins Herz geschlossen habe. Ihr Vater sei schwer erkrankt und brauche dringend ihre Pflege.
Johanna seufzte und ging hinunter in die Buchhandlung, um ihrem Mann und Henriette von dieser Entwicklung zu berichten.
Dort befand sich gerade eine Frau mittleren Alters mit streng zurückgebundenem braunen Haar, das ihr Gesicht ernst und schmal wirken ließ, und übergab Henriette eine in Schönschrift verfasste Annonce.
»Sie suchen umständehalber eine Anstellung als Kinderfrau oder Haushälterin?«, las die junge Mutter vor.
»Ja, und ich kann beste Zeugnisse vorweisen«, versicherte die Kundin mit einem Anflug von Verzweiflung.
»Ich kenne Sie, Sie waren doch bei den Fischers in der Borngasse angestellt?«, mischte sich die sofort hellhörig gewordene Johanna ein.
»Ja, aber die Familie muss unglücklicherweise ihr Geschäft von einem Tag auf den anderen aufgeben. Ich wäre sehr froh, wenn ich noch vor Weihnachten eine neue Stellung antreten dürfte. Ich habe ausgezeichnete Referenzen.« Sie überreichte Johanna mehrere Schriftstücke.
Rasch dirigierte diese die Frau auf den Sessel in der Buchhandlung und trat durch die Tür in die Druckerei.
»Gerade hat Frau Fried gekündigt. Aber hier, sieh nur! Das schickt uns der Himmel!«
Aufgeregt und erleichtert reichte sie ihrem Mann die Bewerbung und hielt den Atem an. »Können wir uns das leisten?«
»Derzeit ja. Henriette muss Max in guten Händen wissen, während sie hier hilft.«
Sie führten zu dritt ein längeres Gespräch mit der Bewerberin, einer unverheirateten Kinderfrau und Haushälterin, und holten Max dazu, um zu sehen, ob er sich wohl mit der

neuen Kinderfrau anfreunden würde. Daraufhin wurde das adrette Fräulein Alma Klein sofort eingestellt.
So vergingen die Tage vor Weihnachten mit kleinen und großen Sorgen und Freuden.
Emilia und Therese sprachen von kaum etwas anderem als dem Ball und ihren Kleidern. Sie waren stundenlang damit beschäftigt, für die nahende Silvesterfeier die Frisuren auszuprobieren, die sie nach der neuesten Mode tragen wollten: in der Mitte streng gescheitelt, das Haar in Schnecken oder Locken über den Ohren aufgesteckt. Ohne das Eingreifen des Dienstmädchens hätten sie sich die halbe Haarpracht mit der Brennschere weggesengt.

Die vorweihnachtliche Harmonie im Hause Gerlach löste sich jäh in Luft auf, als Henriette die ersten Seiten der Ausgabe vor dem Fest zum Korrekturlesen bekam. Fassungslos starrte sie auf die Blätter, schnappte nach Luft und stürmte zu ihrem Oheim, der die Texte schon gesehen haben musste.
»Das kann doch nicht dein Ernst sein!«, protestierte sie und hielt ihm die Bogen unter die Nase.
»Ein Lobgedicht auf den König über sage und schreibe drei Seiten, sogar auf der gesamten Titelseite? Und dann noch so jämmerlich gereimt und völlig ohne Rhythmus?«
Mit Hohn in der Stimme deklamierte sie die holprigen ersten vier Zeilen:

*Schwermutsvoll versank im Strom der Zeiten*
*Dein Geburtstagsfest uns im letzten Jahr,*
*Das, oh König, reich an schweren Leiden,*
*Doch sehr arm für Dich an Freuden war …*

Sie holte Luft und schimpfte los: »Jeder Dorfschullehrer würde wenigstens den Silbentakt einhalten und auch nicht Leiden auf Zeiten reimen! Und mit diesem Machwerk willst du die Weihnachtsausgabe füllen? Das halbe Blatt?«
Friedrich Gerlach nahm sein Brille ab und putzte sie, seine typische Verlegenheitsgeste.
»Nun, Liebes, das erwarten unsere Leser! Ein Lobgedicht zum Geburtstag des Königs. Mit welcher Begründung könnte ich das ablehnen?«
»Vielleicht damit, dass es überlang und furchtbar schlecht gereimt ist?«, konterte Henriette aufgebracht.
»Das spielt in dem Fall keine Rolle«, erklärte der Verleger kategorisch. »Wir würde nicht nur sämtliche Kunden verlieren, wenn sich herumspräche, dass wir ein Lobgedicht auf den König abgelehnt haben, sondern vielleicht auch die Lizenz. Ich könnte als Staatsgefangener auf den Königstein gebracht werden! Nein, meine Liebe, hier heißt es: Augen zu und durch! Ich *muss* solch ein Gedicht in dieser Ausgabe haben, und du wirst mir recht geben: Diesem hier mangelt es zwar erheblich an dichterischem Können, aber nicht an Enthusiasmus und Königstreue. Die Leser werden es mögen.«
»Wir müssen also mit den Wölfen heulen?«, fragte sie provozierend.
Als Friedrich Gerlach betreten nickte, schlug sie bissig vor: »Schick es doch an die Dresdner Kinderzeitschrift!«
Dann brachte sie kein Wort mehr hervor und stürmte hinaus.
Hätte sie zurückgeblickt, wäre ihr der beschämte Oheim nicht entgangen, der durchaus bereits erwogen hatte, dieses Machwerk in Dresden anzubieten.

## Silvesterball

Scharenweise strömten am Silvesterabend festlich herausgeputzte Freiberger zu dem einstigen Kaufhaus am Obermarkt, dessen großer Saal im ersten Geschoss für Konzerte, Theateraufführungen, Ausstellungen und Bälle genutzt wurde.

Vor dem Haus waren Kerzen aufgestellt, die in sich verschlungen die Initialen des Königs abbildeten: FAR – Friedrich August Rex.

Schon der Aufgang zum Saal war festlich erleuchtet, im Vorraum stauten sich die hereinströmenden Besucher, um sich ihrer Mäntel zu entledigen und Stiefel gegen Ballschuhe zu tauschen, in denen sie nie durch den Schnee gekommen wären. Manche waren sogar mit dem Pferdeschlitten vorgefahren.

Als Henriette zusammen mit den Gerlachs den Festsaal betrat, geriet sie in andächtiges Staunen, obwohl sie schon einmal hier gewesen war. Unzählige Kerzen auf Kronleuchtern und an den Wänden erhellten den Raum, der durch geschickt ausgeführte Wandmalerei wie mit Marmor getäfelt wirkte. Es wimmelte von Damen in festlichen Kleidern mit funkelndem Schmuck und Herren in ihren besten Fräcken.

Vor zweieinhalb Jahren war Henriette hier auf einem Ball zu Napoleons Geburtstag gewesen. Der französische Offizier, der bei den Gerlachs mit seinen Männern einquartiert war, hatte sie dazu gezwungen. Ja, auch ich musste schon mit den Wölfen heulen, dachte sie und leistete ihrem Oheim in Gedanken Abbitte.

Damals wie heute saß ein Orchester an der Frontseite gegenüber der Tür; die Musiker stimmten noch ihre Instrumente, während sich die Gäste in Grüppchen sammelten und plauderten. Die vielen Kerzen verbreiteten nicht nur Helligkeit, sondern auch Wärme, und die Damen fächelten sich elegant oder auch hektisch Luft zu.

Henriette trug das zu ihrem Bedauern nun umgearbeitete Festkleid in Zartblau und Lila. Den Fächer – ein ausgefallen schönes Stück aus Elfenbein und Brüsseler Spitze – hatte ihr Großtante Augusta geschenkt.

»Ich muss bei Bällen nicht mehr glänzen. Welcher Kavalier würde sich um eine Achtzigjährige bemühen? Höchstens ein Erbschleicher, der nicht weiß, dass bei mir nichts zu holen ist«, hatte sie gespottet.

Dennoch war auch sie auf den Ball mitgekommen. »Mein Vergnügen wird es sein, auf einem Stuhl an der Seite zu sitzen und das Ganze zu beobachten.«

Dass die scharfzüngige alte Dame daran ihre Freude haben würde, bezweifelte Henriette nicht einen Augenblick.

Während Oheim, Tante und Konstantin ein paar Geschäftspartner begrüßten, war Henriette die Aufgabe zugefallen, Therese und Emilia, so gut es ging, am Gängelband zu führen, bis sie sich zur Polonaise aufstellen durften. Beide trugen neue Kleider, cremefarben mit vielen rosa Schleifchen, und begutachteten kichernd und tuschelnd die jungen Kavaliere im Saal.

Der Ball zu Napoleons Geburtstag vor mehr als zwei Jahren war auf einen Schlag eröffnet worden. Die Musiker verstummten auf Kommando, dann wurden die Türen aufgerissen, und unter den Klängen eines Triumphmarsches hielt ein französischer Marschall mit seiner Entourage Einzug. Diesmal ging es weit weniger militärisch zu.

Therese und Emilia durften als Debütantinnen bei der Polonaise zur Eröffnung mittanzen und schafften dies fehlerfrei und freudestrahlend.

Dann trat der Bürgermeister Gotthelf Benjamin Bernhardi vor und räusperte sich vernehmlich, bis in der aufgekratzten Gesellschaft halbwegs Ruhe eintrat.

»Wir haben schreckliche Kriegszeiten hinter uns, und auch das heute zu Ende gehende Jahr war voller Betrübnis und Umbrüche«, begann er seine Ansprache. »Doch es wurde Frieden geschlossen, unser König ist zurück, den Gott beschützen möge, die bedrückende Zeit fand ein Ende. Nun können wir hoffen, dass endlich friedliche, bessere Zeiten anbrechen!«, rief er und wurde dafür ausgiebig bejubelt und beklatscht.

Auch Henriette wünschte sich nichts mehr, als dass die schlimmen Jahre endlich vorbei waren.

Nachdem der Bürgermeister mit seiner fülligen Frau den Silvesterreigen eröffnet hatte, stürmte Konstantin los, um den ersten Tanz einzufordern, den ihm die rotblonde Annabelle zugesagt hatte.

Henriette stellte sich neben Tante Augusta und beobachtete die Feiernden. Die Fläche in der Mitte des Saals füllte sich schnell mit Tanzpaaren. Auch Therese und Emilia, beide hochrot im Gesicht vor Aufregung, fanden im Nu neue Bewunderer.

Henriette kam sich verloren vor, wie ein Mauerblümchen. War sie schon so alt und reizlos? Oder wirkte sie in ihrer Trauer abweisend?

Eine Viertelstunde mochte vergangen sein, als sie endlich ein vertrautes Gesicht auf sich zukommen sah.

»Mademoiselle Henriette!«, begrüßte Sebastian von Trebra sie freudestrahlend, ihr damaliger Partner bei den Tanzstunden vor zweieinhalb Jahren und Retter beim Napoleon-Ball. Sie waren im Walzertakt durch den Saal geschwebt. Und am Ende hatte Sebastian ihretwegen sogar einen französischen Offizier zum Duell gefordert, was zur Folge hatte, dass seine Eltern noch in derselben Nacht seine vorzeitige Abreise zum Studium nach Leipzig arrangieren mussten.

»Wie geht es Ihnen?«, erkundigte sich der junge Mann freundlich. »Ich hörte, Sie seien verheiratet und nun tragischerweise verwitwet. Mein Mitgefühl! Ich werde immer gern an unsere gemeinsamen Stunden bei Monsieur Meunier denken.«

Henriette erwiderte das Kompliment und fragte sich, ob er sie wohl zum Tanz bitten würde. Mit ihm wäre es eine Freude, und sie würde sich hier nicht mehr wie eine hässliche alte Jungfer fühlen, die von allen übersehen wurde.

Stattdessen drehte sich Sebastian um und winkte ein junges Mädchen mit Porzellanteint an seine Seite, eine wahre Schönheit.

»Darf ich Ihnen meine Verlobte vorstellen? Mademoiselle Leonie von Grath.«

Beide junge Frauen knicksten, wie es die Etikette vorschrieb, und Henriette gratulierte zum Verlöbnis. Natürlich war diese zarte Schönheit von hohem Stand weitaus angemessener für einen jungen Adligen aus einflussreichem Haus als sie.

»Wann soll die Vermählung denn stattfinden?«, erkundigte sie sich und setzte dabei ein Lächeln auf, weil das von ihr erwartet wurde.

»Im Sommer. Wir können es kaum erwarten«, antwortete Sebastian freudestrahlend.

Wieder knicksten die beiden jungen Damen, dann führte Sebastian seine Braut zum Tanz, und Henriette blieb allein zurück.

Bald darauf trat Konstantin mit einem Glas Punsch in der Hand neben sie und starrte missgelaunt auf die Paare, die sich auf der Tanzfläche vergnügten. Wütend vor Eifersucht musste er mit ansehen, wie der älteste Sohn eines Bergbeamten seine angebetete Annabelle für den Rest des Abends beanspruchte, die ihn völlig vergessen zu haben schien. Gegen den Sohn eines königlich-sächsischen Bergbeamten in gehobener Stellung und mit sicheren Bezügen konnte er selbst als künftiger Inhaber einer Buchhandlung offensichtlich nicht ankommen.

So standen Henriette und Konstantin mehr oder weniger enttäuscht nebeneinander, bis Johanna ihrem Sohn mit strengen Blicken befahl, seine Cousine zum Tanz zu bitten.

»Mach dir keine Umstände meinetwegen!«, entgegnete Henriette kühl. »Du könntest den Augenblick verpassen, in dem Annabelle gerade keinen Kavalier hat.«

Statt einer Antwort winkte Konstantin einen gut aussehenden jungen Mann – blond und hochgewachsen – herbei und machte ihn mit Henriette bekannt.

»Mein Freund Leopold Ullrich«, so seine lakonische Vorstellung, und dieser Freund bat tatsächlich Henriette aufs Parkett, erwies sich jedoch als kläglicher Tänzer. Geradezu erleichtert und vermutlich mit einigen blauen Flecken am Schienbein ließ sie sich nach der Quadrille zurückführen.

»Sei nett zu ihm, sein Vater ist einer der Zensoren!«, raunte Konstantin ihr zu.

Was Henriettes Stimmung noch tiefer sinken ließ.

Als die Kapelle eine Pause einlegte und Johanna ausschwärmte, um die schon auffällig kichernden Mädchen von weiterem Punsch fernzuhalten, kam der Stadtmusicus Siegert zu Henriette und begrüßte sie aufs Freundlichste.

»Gefällt es Ihnen?«, fragte er. »Ich muss gleich wieder dirigieren, sonst würde ich Sie gern um einen Tanz bitten.«

Kurz vor Mitternacht brachte der Bürgermeister die Musiker zum Schweigen. Es dauerte in der zunehmend ausgelassenen Gesellschaft einige Zeit, bis endlich halbwegs Ruhe eintrat.

Mit dem Glas in der Hand traten Bernhardi und seine Gattin erneut vor.

»Verehrte Gäste!«, rief das Stadtoberhaupt und zog seine Taschenuhr hervor.

»Warten Sie mit mir, bis die Glocken läuten, dann wollen wir gemeinsam auf das neue Jahr anstoßen. Der Krieg ist vorbei. Jetzt kommen die besseren Zeiten!«

Fröhliches Raunen flammte auf, wer noch kein Glas in der Hand hatte, besorgte sich rasch eines, und dann jubelten die Ballgäste, als die Glocken des Doms zu läuten begannen. Lautstark zählten sie mit, und nach dem zwölften Schlag erklang aus Hunderten Kehlen: »Prosit Neujahr! Auf ein glückliches Jahr 1816!«

Ehepaare umarmten und küssten sich auf die Wangen, frisch Verliebte brachten ihre Gläser zum Klingen, während sie sich tief in die Augen sahen.

Henriette hatte sich noch nie so einsam gefühlt wie in diesem Moment, als sie ganz allein inmitten der Feiernden stand. Alle anderen fielen sich in die Arme, und sie kam sich vor wie von einer gläsernen Glocke umgeben, durch die niemand sie sah und kein einziger Glücksstrahl gelangen konnte.

Erst als Oheim und Tante mit ihr anstießen, löste dies den Bann, doch nicht die Enttäuschung.

Vielleicht ist es einfach zu früh für mich gewesen, schon auf einen Ball zu gehen, dachte sie.

# ZWEITER TEIL

## JAHR OHNE SOMMER

## Neujahrsüberraschungen

Am Neujahrsmorgen war im Hause Gerlach nur Henriette zeitig auf, denn Max scherten Bälle und Festtage nicht.

Die Mädchen würden heute wahrscheinlich bis in die Puppen schlafen.

Sobald sie hörte, dass sich die ersten Familienmitglieder zum Frühstück versammelten, ging sie in den Speisesalon, begrüßte alle mit größter Freundlichkeit und wünschte ihnen ein glückliches neues Jahr.

Ihre Verbitterung verbarg sie mit aller Kraft.

Als Konstantin sie eintreten sah, warf er seine Serviette auf den Tisch und rief zu Henriettes Verwunderung: »Na gut, ich tu es!«, wobei er seine Eltern finster anblickte.

Er sprang auf, ging Henriette entgegen, verbeugte sich vor ihr und fragte: »Liebe Cousine, würdest du mir die Ehre erweisen, mich zu heiraten?«

Ihre Verblüffung war so groß, dass sie erstarrte und erst einmal gar nichts sagen konnte. »Na gut, ich tu es!« war nicht gerade eine glühende Liebeserklärung.

»Du willst mich doch gar nicht. Was ist mit Annabelle?«, erinnerte sie.

Er machte eine wegwerfende Handbewegung, als er den Namen seiner bis gestern noch Angebeteten hörte.

»Wir sind Freunde, Henriette, das sind wir doch, oder?«, redete er auf sie ein. »Zählt das im Leben nicht mehr als ein kurzer Rausch, der verfliegt? Wir sind das perfekte Paar, um gemeinsam das Geschäft weiterzuführen und auszubauen. Dafür bist du genau die richtige Frau!«

Auch das war kein Liebeswerben, sondern die Einladung zu einer Vernunftehe.

Auf den Gesichtern von Oheim und Tante las sie zu ihrem maßlosen Erstaunen, dass beide diesen Antrag nicht für völlig verrückt hielten, sondern als vernünftig erachteten – Johanna besonders, während der Onkel eher verlegen wirkte.

»Erwartet ihr das von mir?«, fragte sie die beiden erschüttert.

Großtante Augusta, deren gewiss treffenden und lebensklugen Kommentar sie gern gehört hätte, war zum Frühstück noch nicht erschienen.

Henriette schwieg, im Innersten getroffen, während drei Augenpaare auf sie gerichtet blieben.

»Ich muss darüber nachdenken. Lasst mir Zeit! Ein halbes Jahr oder auch ein ganzes, es eilt doch nicht. So schnell kann ich nicht wieder heiraten. Meine Seele ist noch ganz wund.«

Tränen stiegen ihr in die Augen.

Sie vermochte jetzt nicht, sich an den Tisch zu setzen und gemütlich mit den anderen zu frühstücken. Sie musste allein sein. Also lief sie hinunter in die Buchhandlung. Dorthin würde am Neujahrstag kein Mensch kommen.

Doch sie irrte sich.

Henriette hatte keine Ahnung, wie lange sie in dem an diesem Tag ungeheizten Raum gedankenversunken vor den Regalen gestanden und auf die Buchrücken gestarrt hatte, ohne in ihrer Ratlosigkeit etwas wahrzunehmen.

Ein Klopfen an der Fensterscheibe ließ sie verwundert herumfahren.

Wollte heute tatsächlich jemand ein Buch kaufen? Es war

wohl eher ein fröhlicher Zecher, der gestern zu kräftig gefeiert hatte und nun Einlass begehrte, um ein Elixier gegen Kopfschmerzen zu kaufen.
Sie wischte sich die Tränen mit dem Ärmel ab und zwang sich trotz ihres Kummers ein höfliches Lächeln ins Gesicht, bevor sie zur Tür ging.
Doch als sie erkannte, wer dort draußen stand, glaubte sie zu träumen. War das ein Trugbild? Sie hatte doch gestern kaum etwas getrunken!
Henriette griff nach dem Schlüssel, öffnete die Ladentür und begriff völlig verblüfft: Es war wirklich Felix, der dort stand. Ihr treuer Freund Felix.
»Ein glückliches neues Jahr!«, sagte er mit einem Lächeln, das irgendwie auch ein wenig um Verzeihung für sein unerwartetes Erscheinen bat.
Hastig winkte sie ihn herein, damit nicht noch der letzte Rest von Wärme nach draußen entwich. Felix stampfte mehrfach mit den Stiefeln auf, um den Schnee abzuklopfen, und trat dann ein.
»Lass den Mantel an, der Raum ist heute nicht geheizt«, riet sie.
»Weshalb stehst du dann hier, kreidebleich und frierend? Du zitterst ja vor Kälte. Komm, nimm meinen Mantel!«
Rasch schälte er sich aus dem wärmenden Kleidungsstück und legte es Henriette um die Schultern, fürsorglich wie immer. Die Narbe an seiner rechten Hand, wo er im Krieg durch einen Säbelhieb zwei Finger eingebüßt hatte, hatte sich von der Kälte draußen dunkelrot gefärbt.
»Wieso bist du hier?«, fragte sie fassungslos, während ihre Zähne anfingen zu klappern.
Verlegen lächelnd sah er sie an.
»Ich wollte mich brieflich ankündigen. Aber dann ging alles

sehr schnell ... Und ich dachte, ich sage es dir besser gleich von Angesicht zu Angesicht.«

»Was denn?«

»Du selbst hast mich auf die Idee gebracht – als du schriebst, dass Breithaupt kaum noch Zeit für die Sammlungen hat, weil er ständig unterrichtet. Nun, ich habe mich um eine Anstellung bei der Bergakademie beworben, zur Unterstützung Breithaupts, und sie auch bekommen. Ich kann vorerst sogar mein altes Zimmer wieder beziehen, bei meiner früheren Vermieterin in der Nonnengasse.«

»Wann bist du angekommen? Ich dachte, die Straßen seien unpassierbar.« Sie konnte es immer noch nicht fassen, dass er leibhaftig vor ihr stand.

Nun lächelte Felix. »Das letzte Stück Wegstrecke bin ich zu Fuß gelaufen. Du weißt doch, als Bergstudent bin ich durch die Exkursionen lange Wanderungen gewohnt. Und als Soldat lange Märsche im Schnee. Nun muss ich mich wohl um mein Gepäck kümmern. Doch ich wollte erst einmal hier vorbeischauen.«

Dass ihn die irrationale Hoffnung, Henriette in der am Neujahrstag geschlossenen Buchhandlung anzutreffen, wie ein Magnet hierhergezogen hatte, sprach er lieber nicht aus.

Besorgt riet er: »Geh hinauf ins Warme, ehe du noch krank wirst! Sobald ich das Nötigste geregelt habe, werde ich dir im Haus deiner Verwandten meine Aufwartung machen.«

Nun strahlte Felix sie durch seine beschlagenen Brillengläser an. »Ich bin zurück in Freiberg. Und ich bin entschlossen, zu bleiben.«

Mit Mühe löste er den Blick von Henriette, verneigte sich und ging nach einem kurzen Lüpfen seines Zylinders hinaus. Er wollte sich nicht noch länger aufdrängen.

Doch kaum hatte er die Ladentür hinter sich geschlossen, stürzte sie ihm nach, riss die Tür auf und rief ihn zurück.
»Bitte bleib noch ein wenig … wenn du kannst. Ich brauche einen Freund, jemanden zum Reden. Hier … ersticke ich fast in all der überdrehten Fröhlichkeit.«
»Natürlich, gern.« Er betrat die Buchhandlung erneut und schloss rasch die Tür hinter sich.
»Aber wir sollen nicht länger frieren«, entschied Henriette, bot Felix einen Platz an und ging durch die hintere Tür in die Druckerei. Dort war Feuer gemacht worden, damit der große Raum über den arbeitsfreien Jahreswechsel nicht zu sehr auskühlte.
Augenblicke später kam sie mit einer Kohlenschaufel zurück, auf der sie etwas Glut vor sich hertrug. Den Rock vorsichtig raffend, wollte sie sich vor den Kamin knien, neben dem Holzscheite gestapelt lagen.
»Lass mich das machen!«
Felix sprang hinzu und half ihr auf. Geschickt gab er die Glut in den Kamin und schichtete die Holzstücke so übereinander, dass im Nu Flammen loderten und Wärme verbreiteten. Dann klopfte er sich zufrieden die Hände ab.
»So schnell hätte ich das nicht hinbekommen«, gestand Henriette.
Ihr Besucher lächelte wehmütig angesichts der Erinnerungen, die in ihm aufwallten. »Mit dem Regiment saßen wir fast täglich ums Feuer, um uns etwas Wärme zu verschaffen, denn nur selten hatten wir feste Quartiere. Es war schon ein Genuss, wenn wir im Stroh in einer Scheune oder auf einem Dachboden übernachten konnten. Einmal, das war Ende 1813, durften wir in Wiesbaden die heißen Quellen aus der Römerzeit aufsuchen. Wir fühlten uns wie im Himmel.« Er schmunzelte bei der Erinnerung daran, was folgte:

»Und dann fielen wir vor Erschöpfung um wie gefällte Bäume.«

Er trug die beiden Sessel, die in der Ecke der Buchhandlung standen, an den Kamin, und sie machten es sich vor dem Feuer bequem.

»Erzähl!«, sagten beide gleichzeitig und mussten lächeln.

»Was hat denn den preußischen Polizeipräsidenten so sehr entrüstet, dass er dich gleich des Landes verwies?«, erkundigte sich Felix, nachdem er Henriette den Vortritt überlassen hatte.

Sie berichtete und fragte zweifelnd: »Soll ich meine Pläne aufgeben, sollen wir alles vergessen?«

»Es gibt so manches, was ich lieber vergessen möchte«, gestand er. »Seit ich zurück in Freiberg bin, muss ich ständig an meinen Freund Richard Karlmann denken.«

Henriette erinnerte sich sofort an Felix' großspurigen Studiengefährten, der nicht eher Ruhe gegeben hatte, bis Felix sich gemeinsam mit ihm freiwillig zu einem preußischen Freikorps meldete.

»Was ist aus ihm geworden?«, fragte sie, denn sie hatte Richard nie wieder gesehen.

»Er ist schon im September 1813 bei dem Gefecht an der Göhrde gefallen, zusammen mit Theodor Körner.«

Sie schauderte und drückte dem Freund ihr Beileid aus. Sofort standen ihr wieder grausige Bilder von Toten und Verletzten vor Augen.

Felix erging es genauso. Er hatte gute Männer neben sich sterben sehen, auch Maximilians jüngeren Bruder Philipp. Vor seinem inneren Auge flackerten Szenen vom 16. Oktober 1813 auf, im Dorf Möckern nördlich von Leipzig. Es war seine grausigste Kriegserinnerung von all dem Schlimmen, das Menschen und Pferden damals widerfuhr. Und er zögerte, Henriette diese Last aufzubürden. Aber der Drang, endlich mit jemandem darüber zu sprechen, der ihn verstand, war größer.

»Es war bitterkalt, und wir stürmten immer wieder unter hohen Verlusten gegen das Korps Marmont, das sich im Dorf verschanzt hatte und dem der Ruf vorausging, noch nie eine Schlacht verloren zu haben«, sagte er leise, während sein Blick starr wurde.

»Doch wir mussten sie um jeden Preis aufhalten. Wenn Marschall Marmont mit seinen siebzehntausend Mann nach Süden durchgebrochen wäre, wo Napoleon mit der Hauptarmee stand, dann hätte die Völkerschlacht schon am ersten Tag geendet – mit einem Sieg Napoleons. Wir hätten verloren, und ganz Europa würde heute noch unter Bonapartes Herrschaft stehen.«

Er zögerte, und Henriette wartete still, bis er wieder Worte fand. Auch das liebte er an ihr, neben vielem anderen: Sie konnte zuhören.

»Zum Schluss stürmten wir direkt ins Kanonenfeuer. Unser Korps Yorck verlor an diesem einzigen Tag ein Drittel seiner Männer. Ich hatte Glück und wurde nur verwundet. Wir Überlebende waren müde, abgekämpft, hungrig und froren, eisiger Wind fauchte über das flache Land. Und dann …«

Erneut stockte Felix, doch Henriette sah ihn an, bereit zu hören, was er Grauenhaftes zu sagen hatte, weil sie verstand, dass er es sich endlich von der Seele reden musste.

»Wir durften nachts kein Feuer anzünden, damit kein feindliches Regiment auf uns aufmerksam wurde. Also stapelten wir die Leichname, von denen es Tausende gab, übereinander, um einen Windfang gegen die Kälte zu haben. Ein Windfang aus Leichen, den Leichen unserer Kameraden! Mich schaudert es immer noch, wenn ich daran denke. Spätestens an jenem Tag wusste ich, dass der Krieg meine Seele auffrisst.«

Schockiert schwieg Henriette. Doch dann spürte sie, dass sie etwas sagen musste, damit er nicht glaubte, sie verurteile ihn. Hatte sie nicht auch Schreckliches im Krieg tun müssen? Schuld auf sich geladen?

»Du hast überlebt«, flüsterte sie.

Felix sah sie an, und er verzog den Mund zu einem schiefen Lächeln. »Ja, wir sind *Überlebende.* Wir haben diesen erbarmungslosen, jahrelangen Krieg überdauert.«

Nun wurde seine Stimme wieder fester. »Da werden wir wohl aus dem Frieden das Beste machen können. Aber lass dir nie, niemals einreden, die Menschheit dürfe sich nicht daran erinnern, weil es zu schrecklich war! Das wäre ein Verrat an Richard, an Theodor Körner, an Maximilian und allen anderen, die gestorben sind.«

Eine merkwürdige, andächtige Stimmung ergriff Henriette. Doch die zerplatzte wie eine Seifenblase, als plötzlich Johanna die Tür aufriss.

»Nun komm aber endlich, Liebes, statt dich hier im Kalten und Dunkeln zu verkriech…«

Mitten im Redeschwall bemerkte sie, dass ihre Nichte nicht allein war, sondern Herrenbesuch hatte. Bevor sie ihrer Entrüstung Ausdruck verleihen konnte, stand Felix sofort auf, verneigte sich und stellte sich in höflichster Art und Weise vor.

»Ich war während meines Studiums in Freiberg ein guter Kunde Ihrer Buchhandlung, Madame Gerlach. Nun bin ich zurückgekehrt und wollte Madame Trepte begrüßen.«

»Ja, ich erinnere mich an Sie«, erwiderte Johanna zögernd.

Und er fuhr fort: »Ich werde eine Stellung an der Bergakademie antreten, als Unterstützung für Monsieur Breithaupt im Mineralienkabinett und für die sonstigen Sammlungen.«

»Oh, wie interessant!«, säuselte die Tante verzückt. »Der Herr *Edelsteininspektor* Breithaupt ... Ja, den hatten wir erst neulich hier zu Gast. So ein kluger Mann! Und Sie ...«
Eilig korrigierte sie in Gedanken die Bewertung des Besuchers nach oben.
»Sie müssen doch nicht hier hocken, Monsieur Zeidler. Kommen Sie mit hinauf und nehmen Sie gemeinsam mit uns das Mittagessen ein! Ich wollte meine Nichte gerade dazuholen.«
»Bitte, Madame, ich komme unangemeldet, machen Sie sich keine Umstände! Ich möchte nicht in Ihre Familienrunde hineinplatzen.«
Doch Johanna hatte längst erkannt, dass Vertrautheit zwischen ihrer Nichte und diesem jungen Mann bestand. Sie wollte zwar die Hoffnung auf Jettes Vermählung mit Konstantin nicht aufgeben. Aber ihr Sohn hatte seine Werbung dermaßen ungeschickt vorgetragen, dass sie ihm am liebsten ein paar hinter die Ohren gegeben hätte. Mit sicherem Gespür erkannte sie, dass der Plan, Henriette wieder zu verheiraten, vielleicht den Umweg über diesen jungen Mann nehmen musste. Deshalb wiederholte sie ihre Einladung.
Felix blickte fragend zu Henriette, doch die nickte ihm beruhigend zu. Also griff er nach Mantel und Zylinder.
Schon auf der Treppe hörten sie die beiden Schwestern in ihrem Zimmer streiten.
»Du hattest nur vier Tänze mit ihm und ich fünf, also liebt er *mich!*«, schnappte die eine.
»Er hätte die ganze Nacht mit mir getanzt, wenn wir nicht so früh hätten gehen müssen, und das nur wegen dir Kleinkind. Weil *du* zeitig zu Bett musstest!«, keifte die andere.
»Erlöse mich!«, flüsterte Henriette Felix zu und sandte ihm einen vielsagenden Blick. Er lächelte und wappnete sich dafür, der gesamten Familie vorgestellt zu werden.

Das Familienoberhaupt hieß ihn willkommen, ein weiteres Gedeck wurde aufgelegt, und während des Neujahrsmahls wurde Felix gründlich ausgefragt.

Ja, er sei eben erst eingetroffen; ja, er hätte Mühe gehabt, bei dem Schnee voranzukommen; ja, er habe schon Logis bezogen, wenn auch nur vorläufig bei einer Witwe in der Nonnengasse, die Zimmer an Studenten und Angehörige der Akademie vermiete.

Ihm entging nicht, dass die beiden jungen Mädchen neugierig auf seine rechte Hand starrten, an der zwei Finger nach einem Säbelhieb fehlten.

Als er Thereses neugierigen Blick auffing, nutzte sie die Chance und fragte: »Ist das eine Kriegsverletzung?«

»Das ist taktlos!«, tadelte Johanna sofort.

»Schon gut«, beschwichtigte Felix, der keinen Streit auslösen wollte. »Ja, das ist im Krieg geschehen.«

»Dann sind Sie ein Held! Erzählen Sie uns doch davon!«, bettelte Emilia aufgeregt.

Felix starrte durch sie hindurch, sein Gesicht versteinerte, bis er sich endlich zu einer Antwort durchringen konnte.

»Das sind keine Geschichten für eine Gesellschaft bei Tisch, und schon gar nicht für so junge Damen.«

»Cousine Henriette ist nur drei Jahre älter als ich«, trumpfte Therese auf.

»Dann danken Sie Gott für diese drei Jahre und dafür, dass Sie den Krieg nicht aus nächster Nähe miterleben mussten«, hielt Felix ihr vor.

Therese fühlte sich zurechtgewiesen und schwieg beleidigt. So wie kurz zuvor Johanna ihre Einschätzung des Gastes nach oben korrigiert hatte, stufte sie ihre herab. Er war zwar jung, aber er trug eine Brille und war ein Krüppel! Sie würde ihre ganze Aufmerksamkeit wieder auf ihren Verehrer vom

Neujahrsball richten. *Sie* würde ihn kriegen und nicht ihre dumme Schwester!
Um den peinlichen Moment zu überspielen, schlug Friedrich Gerlach vor, gemeinsam auf einen Kaffee in den Salon zu gehen. Eine gute Gelegenheit, dem jungen Mann auf den Zahn zu fühlen.
Der Hausherr eröffnete die Runde mit Fragen zu Felix' künftiger Tätigkeit.
»Die Sammlungen der Bergakademie sind vorzüglich. Wie Sie sicher wissen, Monsieur Gerlach, hat die Akademie unlängst noch mehrere Wernersche Sammlungen aufgekauft. Man beziffert ihren Wert auf mehr als sechsundfünfzigtausend Taler. Ich weiß nicht, wie diese Zahl zustande gekommen sein soll, doch ist es sicher nicht zu hoch veranschlagt«, erzählte sein Gast. »Es sind ja nicht nur Edelsteine und prächtige Schaustücke, sondern auch Fossilien, Grubenrisse und dergleichen mehr. Der wissenschaftliche Wert ist ungleich höher.«
»Wäre das nicht einmal ein Thema für eine Serie in den *Gemeinnützigen Nachrichten?*«, warf Monsieur Gerlach ein. »Wir stellen die Sammlungen der Bergakademie vor, das ist interessant und lehrreich. Willst du das wagen, Henriette? Ich könnte mir vorstellen, dass es dir Freude bereitet, und dieser junge Mann wird dir sicher gern mit fachkundigen Auskünften zur Verfügung stehen.«
Sowohl die Aufgabe als auch das Zusammensein mit diesem Monsieur Zeidler würden seiner Nichte guttun, das hatte er schnell erkannt.
»Sobald alle Neuerwerbungen katalogisiert sind«, stellte Felix in Aussicht. »Das wird noch einige Zeit in Anspruch nehmen.«
»Sind denn die Sammlungen für die Öffentlichkeit zugäng-

lich?«, erkundigte sich Großtante Augusta ganz ohne die gewohnte Spottlust.

»Wir machen Führungen nach Absprache.«

Für Johanna, die den Blickwechsel zwischen Henriette und dem Gast genau beobachtete, gab es in ihrer Neugier andere Prioritäten als das akademische Leben.

»Nun, da Sie eine feste Anstellung an der Bergakademie haben, somit eine gehobene gesellschaftliche Position und gewiss ein gutes Salär ...«

Zweihundert bis dreihundert Taler jährlich würde der junge Herr Zeidler sicher verdienen, was ihn in ihren Augen zu einer Partie machte, die durchaus erwägenswert war. Sie strahlte den Besucher an und erkundigte sich ganz direkt: »Also planen Sie sicher, bald eine Familie zu gründen?«

Die Mädchen hielten den Atem an, Henriette wäre vor Scham am liebsten im Erdboden versunken

»Vorerst nicht, Madame Gerlach«, sagte Felix zu Johannas Enttäuschung. »Mit dem Geld muss ich meine hochbetagten Eltern in Köthen unterstützen. Sie haben durch den Krieg fast ihre gesamte Habe verloren, auch das Gestüt, das sie in vierter Generation führten.«

»Das bedaure ich sehr«, versicherte die Tante und korrigierte ihre Erwartungen wieder nach unten. Als Bewerber um Henriettes Hand kam dieser junge Mann also doch nicht in Frage. Nicht, wenn er sie nicht finanziell absichern konnte. Also musste sie sich noch einmal Konstantin vorknöpfen und ihm ins Gewissen reden.

Friedrich Gerlach, der sich für die Unverblümtheit seiner Frau fast in Grund und Boden schämte, rettete die Runde aus peinlichem Schweigen.

»Ihr Handeln macht Sie vielleicht nicht zu einem reichen

Mann, aber auf jeden Fall zu einem treuen und fürsorglichen Sohn«, lobte er.

Felix fand, er habe nun genug neugierige Fragen beantwortet, setzte seine Tasse auf dem Unterteller ab und erhob sich. »Ich möchte Ihre Gastfreundschaft nicht über Gebühr in Anspruch nehmen. Und nun muss ich mich um mein Gepäck kümmern.«

Er bedankte sich herzlich und verneigte sich vor den Damen. Doch als er gehen wollte, fragte er Henriette nach kurzem Zögern noch: »Darf ich deinen Sohn wiedersehen?«

Überrascht warf Henriette ihrem Oheim einen fragenden Blick zu, und da er nickte, lud sie Felix mit einer Geste ein, sie zu ihrem Zimmer zu begleiten.

Als sie gingen, hörte sie, wie die Mädchen Johanna und Großtante Augusta um eine Partie Whist anbettelten. Das Kartenspiel war gerade sehr in Mode gekommen.

Maximilian schlief, Fräulein Klein saß neben seinem Bett und strickte ein Kinderjäckchen in bunten Farben. Sie hatte Max schon Strümpfe und Handschuhe in diesen Farben gestrickt, die er innig liebte.

Sie erhob sich, legte die angefangene Handarbeit beiseite und ging taktvoll nach draußen.

Zögernd trat Felix nach Henriettes Einladung an das Bettchen und betrachtete den schlafenden Max.

»Wenn ich ein Bild des Friedens suchen wollte, dann wäre es dieses«, flüsterte er.

Henriette lächelte wehmütig. Nur der Gedanke an Max hielt sie aufrecht, trieb sie an, jeden Morgen den Fuß aus dem Bett zu setzen und sich den Anforderungen des Tages zu stellen.

Als sie nichts sagte, fügte er an: »Den Kindern sind wir es schuldig, die Welt besser zu machen.«

Dann gingen sie leise wieder hinaus, und Felix verabschiedete sich vor der Tür von Henriette, aufgewühlt von Gefühlen, über die er jetzt nicht weiter sprechen konnte und wollte.

## Alptraum

Die ersten Wochen des Jahres flossen so ereignislos dahin, als würden die Unmengen von Schnee nicht nur Geräusche, sondern auch jegliche Lebensäußerung dämpfen. Es schneite fast ununterbrochen, und kaum einmal drang ein Sonnenstrahl durch die Wolken. Stille legte sich über die Stadt, als hielte ganz Freiberg Winterschlaf.

Es kamen nur selten Besucher in die Buchhandlung und so wenige Annoncen und Mitteilungen des Rates, dass Friedrich Gerlach zu Naturbetrachtungen und immer größeren Ankündigungen seines Sortiments auswich, um die wöchentlich acht Seiten seines Blatts zu füllen.

Angesichts der Berge von Schnee fragte sich jeder zweimal, ob er wirklich das Haus verlassen musste, denn das erforderte zunächst ausgiebiges Schaufeln. Von den steilen Dächern hingen meterlange Eiszapfen. Deshalb blieben auch fast alle Besuche und Einladungen aus, denn niemand wollte, dass sich seine Gäste durch meterhohen Schnee kämpfen mussten und dabei noch riskierten, von einem Eiszapfen oder einer Dachlawine aus Schnee erschlagen zu werden.

Dass dieses Wetter nun wirklich nicht zum Flanieren einlud, machte Therese und Emilia ruhelos. Sie drängelten sich vor dem Spiegel und drückten sich Erbsen in die Wange, weil sie sich davon kleidsame Grübchen erhofften, oder trösteten sich mit dem gerade sehr beliebten Whistspiel. Sooft sie Augusta und Johanna lesend oder untätig vorfanden, drängelten sie, bis sie sich schließlich zu viert an den Tisch setzten. Hatte Johanna keine Zeit, musste Franz herhalten, der lieber lautstark Karten spielte, als fürs Gymnasium zu lernen.

Henriette war nicht nur wegen der Gerlachschen Finanzen über die ausbleibende Kundschaft in der Buchhandlung bedrückt. Ihr blieb nun vormittags zu viel Zeit zum Grübeln, und das tat ihr nicht gut.

Die Tanzstunden bei Monsieur Meunier waren vorerst vertagt, und sollten sie wieder beginnen, konnte sich die Frau des Tanzmeisters wieder selbst ans Klavier setzen, denn ihre Verletzung war verheilt.

Damit verlor Henriette auch die bislang einzige Gelegenheit, Geld zu verdienen, Bargeld in die Hand zu bekommen. Nach der barschen Absage aus Dresden hatte sie ihren Onkel gefragt, ob sie vielleicht für die *Leipziger Zeitung* schreiben könnte, die einzige in Sachsen, die über politische Ereignisse berichten durfte.

Doch das redete ihr Friedrich Gerlach vehement aus.

»Das Blatt wird jetzt nicht mehr von Siegfried August Mahlmann geführt, der das richtige Gespür dafür hatte, was sein Publikum lesen wollte«, berichtete er. »Der neue Pächter hat die Zeitung im Nu heruntergewirtschaftet. Viele der ehemals fünftausend Abonnenten – man bedenke: *fünftausend!* – sind recht bald abgesprungen.«

Henriette fragte sich, ob das Blatt wirklich einen so schnellen Niedergang erlebte oder ob der Oheim sie nur von der Politik fernhalten wollte. Da sie weiterhin regelmäßig mit Madame Lindenthal korrespondierte, erkundigte sie sich beiläufig danach. Wie üblich machte die alte Leipziger Dame aus ihrem Herzen keine Mördergrube und handelte

dieses Thema mit einem einzigen entrüsteten Satz ab: »Man möchte nicht einmal mehr seinen Fisch darin einwickeln!«
Überhaupt führte Henriette in dieser ruhigen Zeit eine lebhafte Korrespondenz und stand oft mit tintenbekleckksten Fingern in der Buchhandlung.

Sie berichtete ihren Schwiegereltern wöchentlich von Max' Fortschritten, und sie legte jedes Mal ein paar Zeilen bei, wenn Friedrich Gerlach Briefe an seinen jüngeren Sohn Eduard in Erfurt verfasste.

Louise Seidler hatte sie bei ihrer Begegnung in Dresden ebenfalls eingeladen, ihr zu schreiben. Die Malerin war nach Jena zu ihrem Vater zurückgekehrt und beabsichtigte, im Frühjahr erneut nach Gotha zu gehen, an den Hof von Herzog August, der bei ihr ein weiteres Gemälde in Auftrag gegeben hatte. Also schrieb ihr Henriette von ihrem niederschmetternden Besuch bei dem Herausgeber der Dresdner Kinderzeitschrift.

Ihr Herz machte vor Freude fast einen Sprung, als sie eine Woche später eine Antwort von ihrer jungen Schicksalsgefährtin erhielt.

»Wir leben in modernen Zeiten und nicht mehr im Mittelalter, wo Frauen nur als Gebärerin betrachtet wurden!«, schrieb Louise. »Es gibt Schriftstellerinnen, Malerinnen, Musikerinnen, sogar eine Ärztin. Und in Weimar eine Theaterintendantin, meine teure Freundin Heygendorff!«

Caroline Jagemann war nicht nur eine gefeierte Opernsängerin und Schauspielerin, sondern auch die langjährige Geliebte des Großherzogs von Sachsen-Weimar-Eisenach. Er hatte sie zur Freifrau von Heygendorff erhoben und zur Intendantin gemacht. Letzterem war ein Streit zwischen ihr und Goethe vorausgegangen – in dem sie sich durchgesetzt hatte.

Als hätte Louise diesen Gedankengang Henriettes vorausgeahnt, lautete ihr nächster Satz: »Goethe mag sie zwar nicht besonders leiden, aber als Künstlerin schätzt er sie. Lassen Sie sich also nicht von Ihren Vorhaben abbringen! Die Welt braucht Geschichten und Bilder, denn sie sind das Gedächtnis und Gewissen der Zeit.«

Vielleicht sollte ich auch nachts nähen und sticken wie Mademoiselle Seidler, dachte Henriette.

Sie war froh über jeden Besucher, der angesichts des spärlichen Kundenstroms ein wenig zum Plaudern in der Buchhandlung verweilte.

Der freundliche Stadtmusicus Siegert kam recht häufig, auch wenn er derzeit keine Konzerte anzukündigen hatte. Er erzählte Henriette von seinen musikalischen Vorhaben und erkundigte sich ausgiebig nach ihrem Befinden, dem ihres Söhnchens und dem der gesamten Familie Gerlach.

Mehrfach ließ sich auch Konstantins Freund Leopold Ullrich blicken, der Sohn eines der beiden Freiberger Zensoren. Er sah blendend aus und war ausnehmend höflich. Doch unter seinen musternden Blicken fühlte sie sich unwohl und war froh, bei seinem Erscheinen so schnell wie möglich in der Druckerei zu verschwinden und ihren Cousin zu holen.

Am meisten freute sie sich natürlich über die Besuche von Felix. Endlich konnte sie ihm den neu erschienenen Abschlussband des *Handbuchs der Mineralogie* überreichen. Er wirkte selbstbewusster und nicht mehr so niedergeschlagen wie sonst oft. Die neue Arbeit und die damit verbundene Position hatten ihn verändert. Vielleicht lag es auch nur an dem Umstand, dass er sich nun Gesteinen und antiken Bergbaugerätschaften widmen konnte statt leidenden Tieren.

»Meine Wirtin sieht ihren Lebensinhalt darin, den neuesten Klatsch der Stadt zu verbreiten. Stimmt das Gerücht, dass

dein Cousin Konstantin um deine Hand angehalten hat?«, fragte er eines Tages gespielt beiläufig.
Henriette schoss verlegene Röte ins Gesicht.
»Das hat er nicht ernst gemeint«, versicherte sie. »Es war wohl eher die Enttäuschung über seine Angebetete, die ihn dazu trieb. Und ich glaube fast, er war noch erschrockener als ich, sobald er die Worte ausgesprochen hatte.«
Felix rang sich ein unverdächtiges Lächeln ab, während Henriette leiser erklärte: »Ich kann mir nicht vorstellen, wieder zu heiraten. Würde ich damit nicht Maximilian verraten, ihn endgültig verlieren?«
»Das verstehe ich«, versicherte Felix, auch wenn es ihm fast das Herz brach. »Vorerst bist du bei deiner Familie gut aufgehoben. Und ich glaube nicht, dass dich dein Oheim zu etwas zwingt, das du nicht möchtest.«

Das einschneidendste Ereignis in dieser ansonsten ziemlich ereignislosen Zeit betraf Fräulein Klein. Henriette mochte die ruhige und zuverlässige Kinderfrau, die sehr liebevoll mit Max umging. Doch fiel ihr auf, dass Fräulein Klein von Tag zu Tag noch blasser und noch schmaler wurde, als sie ohnehin schon war.
»Geht es Ihnen nicht gut?«, fragte sie schließlich ganz direkt, während Max gerade schlief und Alma Klein an seinem Bettchen über der nächsten Strickarbeit saß. »Wenn Sie ein oder zwei Tage Bettruhe brauchen, nehmen Sie sich die Zeit! Das ist besser, als wenn Sie eine Erkältung verschleppen und uns auch noch alle anstecken. Derweil kann ich mich vormittags wieder um Max kümmern.«
Fräulein Klein sah erschrocken auf. In ihrem Gesicht arbeitete es, und plötzlich brach sie in Tränen aus.
»Verzeihen Sie mir!«, schluchzte sie. »Aber lassen Sie mir

bitte diese Anstellung! Ich bin darauf angewiesen, und ich bin nicht krank! Ich habe doch Max so liebgewonnen …«
Aber Henriette wollte unbedingt in Erfahrung bringen, warum die Kinderfrau in letzter Zeit immer bedrückter und immer abgezehrter wirkte. Nur langsam konnte sie der Dreißigjährigen aus der Nase ziehen, was los war. Stockend und erst nach vielen Nachfragen und Ermutigungen gestand die Verzweifelte ihre Notlage ein.
Die unverheiratete und mittellose Alma Klein hatte viele Jahre für die Fischers in der Borngasse gearbeitet und war auch in deren Haus untergebracht gewesen. Als die Familie kurz vor Weihnachten eine finanzielle Katastrophe erlitt, musste sie ihr von einem Tag auf den anderen die Stellung kündigen.
»Ich war so glücklich und dankbar, dass ich bei Ihrer Familie schon am nächsten Tag eine Halbtagsstellung bekommen habe, das war wie eine himmlische Fügung«, sagte Alma und putzte sich leise die Nase, damit Max nicht aufwachte. Doch ohne Obdach sei sie nun auf die Mildtätigkeit ihres verwitweten und seit kurzem neu vermählten Schwagers angewiesen, der sie in einer ungeheizten Dachkammer einquartiert hatte, nur äußerst karg verköstigte und dafür auch noch den größten Teil ihres Lohnes forderte. Oft waren die Mahlzeiten, die sie im Hause Gerlach mit der Familie einnahm, alles, was sie den Tag über zu essen bekam.
»Da steh ich … Unverheiratet mit dreißig Jahren und darauf angewiesen, dass mich jemand ernährt, wenn ich selbst nicht genug verdienen kann. Meine Eltern können es nicht mehr tun, sie sind schon lange tot, meine Schwester starb vor zwei Jahren«, erzählte sie leise und bedrückt. »Mein Schwager ist nun mein einziger Verwandter und nahm mich nur unwillig auf. Er und seine neue Frau betrachten mich

als Last und zusätzlichen Esser, den sie sich nicht leisten können.«

Trostlos blickte sie von ihren Händen mit dem zusammengeknüllten Taschentuch hoch. »Sie sind … dem Gelde sehr hold.«

Welch höfliche Umschreibung für *maßlos geizig!*, dachte Henriette aufgebracht. Wenn der Schwager seine Verwandte frieren und hungern lässt …

Sie zog einen Stuhl heran, setzte sich der Weinenden gegenüber und ergriff tröstend ihre Hände. Das Strickzeug hatte Max' Kinderfrau längst zur Seite gelegt, damit nicht die Tränen drauftropften.

»Ich bin doch selbst schuld an meiner Misere«, klagte sich Alma an, nachdem sie sich erneut die Nase geputzt hatte. »Als ich jung war, bekam ich einen Antrag von einem Mann. Die Ehe mit ihm hätte mich finanziell absichern können, dann befände ich mich jetzt nicht in dieser Not. Doch ich mochte ihn nicht besonders. Es war ein schwerer Fehler, ihn abzuweisen … Nie wieder hielt jemand um meine Hand an, und nun, da ich eine alte Jungfer bin, wird das auch nicht mehr geschehen, und ich falle allen nur zur Last. Hätte ich doch damals bloß ja gesagt!«, schluchzte sie.

Henriette blickte auf sie und sah sich selbst, wie sie in zehn oder zwanzig Jahren, nicht neu vermählt und ohne einen Pfennig Bargeld in der Hand, auf ewig ihren Verwandten zur Last fiel.

Vielleicht sollte sie doch Privatunterricht für Französisch oder Schönschreiben geben. Oder Konstantin heiraten. Für einen Moment versuchte sie sich vorzustellen, von ihm geküsst zu werden, und schüttelte den Kopf. Nein, das war vollkommen abwegig.

Oder den fünfundvierzigjährigen Witwer aus der Annonce

in den *Gemeinnützigen Nachrichten?* Womöglich nahm er inzwischen von seinen finanziellen Bedingungen Abstand, denn auf sein Heiratsgesuch im Wochenblatt war keine einzige Antwort eingetroffen.

Sie zwang ihre Gedanken zurück auf das vor ihr liegende beziehungsweise sitzende Problem, die arme Alma Klein.

»Hüten Sie den Schlaf des Jungen, ich berede gleich mit Oheim und Tante, wie wir Ihnen helfen können«, versprach sie. »Die beiden werden nicht zulassen, dass Sie derart im Elend leben müssen.« Dessen war sich Henriette gewiss. Die Gerlachs waren gütige Menschen.

Sie traf den Oheim in der Bibliothek an, sorgenvoll über Rechnungen gebeugt. Als er hörte, was sie zu berichten hatte, rief er seine Frau hinzu. Das Ehepaar verständigte sich mit Blicken, dann verkündete der Verleger ungewohnt grimmig: »Solchen Mangel an Nächstenliebe werden wir nicht hinnehmen.«

Nach kurzem Hin und Her war beschlossen: Fräulein Klein würde ein Zimmer im Gerlachschen Haus am Untermarkt bekommen, das kleine Gästezimmer neben Henriettes Raum. Sie sollte sich vormittags um Max kümmern und den Rest des Tages Johanna als Haushälterin unterstützen.

»Werden wir uns das leisten können, mein Guter?«, fragte Johanna zweifelnd, die sich schuldig an diesen zusätzlichen Ausgaben fühlte, weil sie mit ihren geschwollenen Beinen nicht mehr so gut vorankam.

»Gewiss, meine Liebe«, versicherte der Oheim. »Bei so vielen Familienmitgliedern im Haus wird es Zeit, dass du Hilfe bekommst. Und was wäre ich für ein Mensch, wenn ich zuließe, dass die arme Frau weiter in einer eisigen Dachkammer bei ihrem geizigen Schwager und seiner neuen Frau hausen und sogar hungern muss?«

Frohen Herzens ging Henriette mit Johanna hinauf zu ihrem Zimmer, wo Max inzwischen von seinem Mittagsschlaf erwacht war. Juchzend streckte er ihr die Ärmchen entgegen, sie nahm ihn hoch, küsste sein feines Haar und drückte ihn an sich, bis er strampelnd verlangte, auf den Boden gestellt zu werden. Dann gingen sie zu dritt in die Bibliothek, wo Fräulein Klein unter Freudentränen von der Entscheidung erfuhr.

»Wären Sie einverstanden, dass der Kleine nachts bei Ihnen schläft?«, wagte sich Johanna vor.

Sie fand, es war höchste Zeit, dass Max, der im Sommer zwei wurde, sein Bettchen nicht mehr im Zimmer seiner Mutter hatte. Früher oder später würde Henriette wieder heiraten, und dann sollte der Junge es gewohnt sein, im Kinderzimmer zu schlafen.

Glücklich und schon wieder unter Tränen – aber diesmal Tränen der Erleichterung – willigte Alma Klein ein. Sie wurde losgeschickt, ihre Sachen bei ihrem hartherzigen Schwager abzuholen, derweil das Dienstmädchen das Zimmer neben Henriettes vorbereitete.

Die junge Mutter haderte zunächst damit, dass ihr Sohn nun im Nebenzimmer schlafen sollte, wo sie nicht auf seine Atemzüge lauschen konnte. Als sie sich zu Bett legte, überfielen sie Schreckensvisionen davon, dass der Kleine nun weinte und nach seiner Mutter schrie. Doch dann schalt sie sich selbst. Sie würde es doch durch die Wand hören, wenn er im Nachbarzimmer weinte. Bei Alma Klein war er in guter Obhut. Außerdem musste sie nun nicht mehr befürchten, Max zu wecken, wenn sie bis tief in die Nacht hinein bei Kerzenlicht schrieb.

Am nächsten Morgen stellte sie fest, dass sie fester geschlafen hatte als seit langem.

Doch einen Tag später, im Morgengrauen, riss sie ein Alptraum aus dem Schlaf, der sie fortan in mehreren Nächten heimsuchte: Ihr Gesicht war mit dem von Alma Klein verschmolzen, und sie sah sich selbst als mittellose, unverheiratete Frau, die nicht wusste, wie sie ihr Kind durchbringen sollte, hungrig und frierend in einer dunklen, ungeheizten Dachkammer.

## Maientanz

Auch wenn die Gerlachs versicherten, dass es in Freiberg oft noch im Mai schneite, wartete die zweite Aprilhälfte mit anhaltendem Regen auf, der die Schneeberge an den Straßenrändern rasch zum Schmelzen brachte.

In den Vorgärten reckten Krokusse und Narzissen ihre Blüten empor, lang ersehnte Frühlingsboten und Farbtupfer in Lila und Gelb.

Therese und Emilia wurden immer unleidlicher, weil sie statt Schnee und Eis nun der Regen vom Flanieren abhielt.

Doch sobald die letzte Aprilausgabe der *Gemeinnützigen Nachrichten* erschienen war, kamen sie ganz aufgeregt mit dem Blatt in der Hand in den Salon gerannt.

»Habt ihr gesehen? Am Donnerstag beginnen die Gartenkonzerte, *mit Tanz!* Ach bitte, lasst uns alle hingehen!«, bettelte die Jüngere.

Therese riss ihr das Blatt aus der Hand, richtete sich auf und las mit gewichtiger Stimme vor: »Den hochgeehrten Mitgliedern der abonnierten Gesellschaft, die ich im *Warnatzschen Garten* zu bedienen die Ehre habe, zeige ich gehorsamst an, dass am 2. Mai das erste Gartenkonzert stattfindet und, wenn es die Witterung erlaubt, alle Donnerstage dieses Sommers damit fortgefahren wird. Wenn verlangt, wird Tanzmusik gespielt werden. Ich bitte um zahlreichen geneigten Zuspruch.«

Mit sehnsüchtiger Miene starrte nun auch Therese auf Friedrich Gerlach.

Der hatte mit diesem Auftritt schon gerechnet und lächelte. »Endlich kommt auch einmal ein wenig Sonne durch, bisher eine Seltenheit in diesem Jahr, also sollten wir die Gelegenheit nutzen und alle miteinander hingehen«, verkündete er, worauf die beiden Mädchen vor Freude zu kreischen und zu hüpfen begannen.

»Es *wird* verlangt werden, dass Tanzmusik gespielt wird, dafür sorgen wir schon!«, triumphierte Emilia.

»Ihr gackernden Hühner, wollt ihr wohl etwas mehr Contenance zeigen? Sonst können wir euch nicht mitnehmen, weil ihr die ganze Familie blamiert«, drohte Großtante Augusta, auch wenn sie das nicht ernst meinte.

Blitzschnell erstarrten die Mädchen zu sittsamen Posen, doch ihre Gesichter strahlten weiter vor Begeisterung.

Nach kurzem Disput wurde beschlossen, dass die ganze Familie an diesem Nachmittag dort hingehen würde, sogar Franz und der von Musik begeisterte Max unter der Aufsicht von Fräulein Klein.

Nur Konstantin wurde verpflichtet, im Laden zu bleiben. Der Donnerstag war der Erscheinungstag des Wochenblatts, da konnten sie die Buchhandlung nicht den ganzen Nachmittag zusperren.

Johanna war insgeheim recht froh über diese Entscheidung ihres Mannes. Sie hatte keine Ahnung, wie sich ihr Ältester vor aller Augen gegenüber Henriette aufführen würde und ob er sie zum Tanz bitten wollte. Es war besser, wenn diesbezüglich kein Klatsch in der Stadt aufkam. Genauer gesagt: nicht noch mehr Klatsch.

Der bevorstehende Maientanz bestimmte in den folgenden Tagen das Leben im Hause Gerlach. Es gab endlose Debatten um Hüte und Kleider und um Tanzschritte sowie stündlich neue Mutmaßungen darüber, ob denn bis dahin das Wetter freundlicher werde, ob sie wenigstens an diesem Tag auf ein wenig Sonne hoffen durften.

Das Glück war den Unternehmungslustigen hold: Am Donnerstag regnete es nicht. Fahl schimmerte die Sonne durch die Wolken, und es war wärmer, als man es Anfang Mai am Fuße des Erzgebirges erwarten durfte.

Also setzte sich die festlich herausgeputzte Familie Gerlach – abgesehen von Konstantin, der erst nach Ladenschluss folgen würde – am Nachmittag Richtung Erbisches Tor in Bewegung. In großer Zahl strömten die Freiberger dorthin und ein paar Schritte aus der Stadtummauerung hinaus bis zu dem beliebten Gartenlokal.

Therese drängelte schon: »Geht schneller, sonst gibt es keine freien Plätze mehr!«

Sie, Emilia und Henriette trugen zur Begrüßung des Frühlings erstmals in diesem Jahr Strohhüte, die sie mit Stoffblumen verziert hatten. Doch Sonnenschirme mitzunehmen, fand die in ihrem veilchenblauen Taftkleid herausgeputzte Augusta unnötig.

»Die wird euch die Haut sicher nicht verbrennen«, prophezeite sie, deutete auf die fahle Sonne hinter den Wolken und rückte ihren lavendelfarbenen Hut zurecht, an dem – ganz extravagant – zur Feier des Tages eine weiße Straußenfeder wippte.

Max hüpfte fröhlich an der Hand seiner Mutter und sang:

»Musik, Musik, Musik!« Henriette hatte ihm erzählt, dass sie an einen Ort spazierten, wo musiziert würde, und das schien ihn über die Maßen zu freuen.
Henriette selbst fühlte sich durch den Strom erwartungsfroher Menschen, die durchs Erbische Tor pilgerten, darin bestätigt, dass sie sich gegen ein Kleid mit steifem Rock entschieden hatte, sondern für eines nach englischem Schnitt: in Weiß mit kleinen blauen Punkten, darüber ein bordeauxfarbenes Samtjäckchen. Dieses Kleid hatte sie sich vor drei Jahren beim Schneidermeister Erler anfertigen lassen und es später – mit weißen Baumwollspitzen aufgebessert – bei ihrer sehr kurzfristig anberaumten Feldhochzeit mit Maximilian getragen, allerdings mit einem schwarzen Jäckchen darüber. Vielleicht war es Zeit, es einmal wieder zu einem unbeschwerten Ereignis hervorzuholen.
Am Eingang des Gartenlokals stand ein mit Birkenreisern umwundener Torbogen. Dort wartete der Inhaber persönlich, um seine honorigen Gäste zu begrüßen. Friedrich Wilhelm Graff betrieb neben dem *Warnatzschen Garten* auch noch ein Kaffeehaus in der Korngasse, in dem bevorzugt die Herren Professoren der Bergakademie einkehrten.
»Habe die Ehre, Monsieur Gerlach«, grüßte er überschwänglich und lüpfte seinen Zylinder. »Und die Damen der verehrten Gesellschaft … Wie wunderbar, Sie alle miteinander hier empfangen zu dürfen!«
Der angesehene Verleger bat darum, dass ein paar Tische zusammengestellt wurden, damit seine Familie und einige Freunde zusammensitzen konnten. Monsieur Graff beorderte mit einem Fingerschnipsen zwei Kellner herbei, die für diese Gäste mehrere Tische zu einer großen Tafel unter blühenden Kirschbäumen zusammenrückten.
Währenddessen sah sich Henriette um. Das Gartenlokal

war mit bunten Wimpelketten geschmückt, die Besucher waren fröhlich und lebhaft, jedermann schien sich auf diesen Nachmittag zu freuen, um das Ende des Winters zu feiern. Die Gerlachs nahmen Platz, mussten sich aber immer wieder erheben, um Bekannte zu begrüßen.

Als Erster ließ sich der Stadtmusicus Siegert blicken.

»Werden Sie denn heute nicht dirigieren?«, erkundigte sich Johanna.

»Oh, nein, heute spielt ein Streichquartett, die kommen ohne mich aus«, sagte er fröhlich.

»Dann setzen Sie sich doch zu uns an den Tisch!«, lud Friedrich Gerlach den liebenswürdigen Endfünfziger ein, rief nach einem weiteren Stuhl, und der Musiker wurde neben Henriette platziert.

Max starrte ihn mit großen Augen an.

»Was für ein reizendes Kind«, meinte Monsieur Siegert und betrachtete den Kleinen fast gerührt.

»Und er liebt die Musik«, berichtete Henriette lächelnd. »Neuerdings zerrt er mich laufend ans Klavier. Dann will er seine Lieblingslieder hören und kräht nach Leibeskräften mit, obwohl er vom Text nur Stücke kennt. Er ist auch ganz glücklich, wenn ich ihn dann auf den Schoß nehme und er mit meiner Hilfe einmal einen Ton anschlagen darf.«

Der Stadtmusicus strahlte den Kleinen an. »Talente sollen so früh wie möglich gefördert werden.«

Ehe Henriette etwas erwidern konnte, war Monsieur Graff höchstpersönlich in ihren Tisch gekommen.

»Ist alles zu Ihrem Wohlgefallen? Was möchten Sie essen, süß oder herzhaft? Kuchen oder Kartoffelsalat mit Würstchen, Kaffee oder Bier?«

»Lassen Sie uns zunächst Ihren köstlichen Kuchen probieren«, entschied Johanna, die Süßes liebte.

»Wie Sie wünschen. Wir haben Apfelkuchen, Streuselkuchen und Quarkkuchen zur Auswahl, alles frisch gebacken.«

»Wir werden von allem probieren«, entschied Johanna, und Monsieur Graff winkte einen Kellner herbei, damit er die Bestellung aufnahm.

Es wurden zwei große Teller mit Bergen von Kuchen, zwei Kannen Kaffee und für die Mädchen Limonade geordert.

Doch bevor die Gerlachs von dem köstlich duftenden Backwerk kosten konnten, mussten sie erneut aufstehen, denn Bürgermeister Bernhardi und seine Frau kamen auf ihren Tisch zu, um sie zu begrüßen. Begleitet wurden sie von einer etwa sechzigjährigen hageren Frau mit streng gescheiteltem Haar und einer zierlichen Brille, der Henriette noch nie begegnet war. Es handelte sich um die unverheiratete Schwester des Bürgermeisters, wie sie staunend erfuhr.

Nach einem Austausch von Höflichkeiten wandte sich die Dame direkt an Henriette.

»Ich hörte, aus Ihrer Feder stammt die sehr unterhaltsame und lehrreiche Serie über die Sammlungen der Bergakademie.«

Henriette bedankte sich für das Lob. »Es war auch für mich sehr interessant, das alles zu erfahren«, entgegnete sie.

»Nun, ich hätte einen Vorschlag für Sie«, meinte Elisabeth Eleonore Bernhardi. »Kommen Sie doch morgen Nachmittag zum Kaffee zu mir, wenn Sie können!«

Erstaunt knickste Henriette und bedankte sich.

»Sehr gern, Mademoiselle.«

Sie sandte dem Oheim einen fragenden Blick, doch der hatte eine undurchdringlich-freundliche Miene aufgesetzt, und die Bernhardis setzten ihre Runde durch den Garten fort, um da und dort jemanden zu begrüßen.

»Das dürfte interessant werden«, flüsterte der Oheim Jette zu und hob bedeutungsschwer die Augenbrauen. Mehr ließ er sich nicht entlocken.
Bald wurde am Tisch der Gerlachs fröhlich geschlemmt, geplaudert und gelacht. Doch vor allem die jungen Besucher des Gartenlokals konnten es kaum erwarten, dass endlich getanzt wurde. Nach den ersten drei Musikstücken wurden mit lauten Rufen tanzbare Melodien verlangt. Also wechselten die Musiker die Notenblätter und kündigten eine Runde mit Kontratänzen an.
Genau zu dieser Zeit traf Konstantin ein, begleitet von seinem Freund Leopold Ullrich. Zwei weitere Stühle wurden herbeigeholt, die jungen Männer nahmen Platz, und Johanna schaufelte ihnen Kuchen auf die Teller.
Therese und Emilia ließen schon ihre Blicke eifrig schweifen auf der Suche nach Kavalieren.
Als zum ersten Tanz aufgespielt wurde und niemand die beiden holte, knuffte Emilia Konstantin gegen den Arm.
»Das ist mein Lieblingstanz, Cousin, bitte!«
Konstantin verdrehte die Augen, erhob sich aber, zog Gehrock und Weste zurecht und bat seine Cousine zum Tanz.
Sofort richtete Therese ihren erwartungsvollen Blick auf den jungen und gutaussehenden Monsieur Ullrich.
Doch der war ganz darin vertieft, Henriette und ihren Sohn zu beobachten. Der mit Kuchen vollgestopfte Max war nicht mehr auf seinem Platz zu halten, hüpfte, sprang und krähte freudig zu den Melodien mit. Fräulein Klein nahm ihn schließlich bei der Hand, ging mit ihm etwas näher an das Streichquartett heran und ließ ihn dort springen und tanzen – zur Belustigung der anderen Besucher.
Franz bat um Erlaubnis, mit ein paar Jungen aus seiner Schulklasse nach hinten in den Garten gehen zu dürfen, wo

man Ringe werfen und kegeln konnte. Mit Johannas Billigung zog er von dannen. Henriette sah ihrem Bruder nach, solange sie ihn in dem Gewimmel noch ausmachen konnte, und bekam gar nicht mit, dass sich ihr jemand näherte.

Als Leopold plötzlich neben ihr stand und sie ansprach, machte ihr Herz vor Schreck einen kleinen Satz.

Der junge Mann verneigte sich vor ihr. »Dürfte ich Sie um die Ehre dieses Tanzes bitten?«

Henriette erinnerte sich schmerzhaft der blauen Flecken, die sie sich beim Silvesterball während des Tanzens mit ihm geholt hatte.

Er musste es wohl von ihrem Gesicht abgelesen haben, denn er lächelte und gestand: »Nach meinem unbeholfenen Auftritt im Festsaal habe ich noch einige Lektionen genommen. Ich hoffe also, Ihnen nicht mehr zu nahe zu treten, nicht nahe genug jedenfalls, um Ihre Füße zu malträtieren.«

Sie lächelte zurück und hatte nun keinen Grund mehr, seinen Wunsch abzulehnen. Also ließ sie sich zur Tanzfläche führen.

Sie nahmen Aufstellung wie alle Paare, Herren und Damen gegenüber, um zwei Schritte aufeinander zuzugehen, sich umeinander zu drehen und dann die Plätze mit dem Paar neben sich zu tauschen.

Die Positionswechsel bescherten den Tänzern nur kurze Momente, um ein paar Worte mit dem Partner zu wechseln, und die nutzte der Herr Ullrich gründlich.

»Sie sind eine bemerkenswerte junge Frau«, sagte er, während sie aneinander vorbeischritten, um auf die jeweils andere Seite zu gelangen. »Wo liegen Ihre Neigungen? Ich hörte, Sie lieben Bücher, Sie schreiben und musizieren.«

»Letzteres nur leidlich«, erwiderte sie, dann musste sie wieder um die Tänzerin neben sich schreiten.

»Also wissen Sie ja schon alles über mich«, sagte sie, als sie das nächste Mal aufeinander zugingen.

»Bei weitem nicht! Ich glaube, da gibt es noch sehr viel zu entdecken«, konterte er. Das empfand sie eher als Drohung denn als Kompliment.

Henriette war froh, als der Tanz und die Befragung vorbei waren. Sie bedankte sich und ließ sich wieder an den Platz zurückführen, wo Max auf ihren Schoß kletterte, der bis eben an den Händen von Fräulein Klein herumgehüpft war und geklatscht hatte.

»Es ist nicht zu übersehen: ein wahrer Freund der Musik und mit viel Gefühl für den Takt schon in so jungen Jahren!«, scherzte der Stadtmusicus Siegert.

Henriette musste lachen – etwas, das ihr lange nicht widerfahren war.

Bis sie bemerkte, dass sich der Sohn des Zensors wieder erhob und drauf und dran schien, sie erneut zum Tanz zu führen. Doch der Stadtmusicus war schneller.

»Madame Trepte und ich haben noch einen Tanz vom Silvesterball nachzuholen«, beschied er dem jüngeren Bewerber.

»Danke!«, hauchte Henriette nur, während Siegert sie auf ihre Position in der Doppelreihe Tanzlustiger führte.

»Ich habe den Eindruck, dass Ihnen nicht recht wohl in seiner Gesellschaft war. Oder irre ich mich?«, fragte er, und als Antwort nickte sie nur ein wenig.

Schon während des ersten Tanzes kehrte das Lächeln auf Henriettes Gesicht zurück. Sie genoss ihn, und auch Monsieur Siegert strahlte vor Freude.

Leopold Ullrich hatte, um seine Niederlage zu kaschieren, derweil die ihn sehnsüchtig anstarrende Therese aufgefordert.

Nach dem dritten Tanz verneigte sich der Stadtmusicus,

führte Henriette wieder zum Tisch der Gerlachs und rückte ihr den Stuhl zurecht.
Lächelnd nahm sie Platz. Doch Monsieur Siegert kam nicht dazu, sich auf seinem Stuhl niederzulassen, denn eine ältere Dame hielt schnurstracks auf ihn zu und redete lautstark auf ihn ein, um einen Vorschlag für das nächste Konzert loszuwerden.
Fräulein Klein beugte sich zu Henriette, sah sie ernst an und flüsterte: »Er mag nicht mehr der Jüngste sein. Aber er ist ein guter Mann.«
Verblüfft hielt Henriette den Atem an. Dann versetzte sie sich in die Gedankengänge der Unverheirateten und gab ihr recht.
Monsieur Siegert – sie wusste nicht einmal seinen Vornamen! – war ein angesehener und beliebter Mann, außerdem finanziell abgesichert. Jetzt, da selbst Fräulein Klein es erkannt hatte, konnte sie vor sich selbst nicht mehr abstreiten, dass Monsieur Siegert um sie warb; auf sehr höfliche, zurückhaltende Art.
Bestimmt wäre er für Max ein guter Vater.
Hoffentlich hatte Großtante Augusta nichts von diesem kurzen Dialog mitbekommen. Doch andererseits: Konnte man je etwas vor Augusta geheim halten? Wenn sie nichts dazu sagte, bedeutete das etwa, dass sie mit Fräulein Alma einer Meinung war?
Komplikationen über Komplikationen bei einem unbeschwerten Maientanz!
Sie vermisste Felix, doch der hatte zwei norwegische Bergbeamte in den Sammlungen zu Gast. Die Silbergruben in Kongsberg sollten den Betrieb wieder aufnehmen, weil dort neue, ergiebige Vorkommen entdeckt worden waren. Und nicht nur die reichhaltigen Silbervorkommen einten Kongs-

berg und Freiberg: Ein beträchtlicher Anteil der Bergstudenten stammte aus Norwegen. Wenn Felix jetzt nicht mehr auftauchte, dann waren sie wohl tief in Fachsimpeleien verstrickt.

Max kam zurück, kletterte auf ihren Schoß und legte seine Ärmchen um ihren Hals. Er wurde wohl müde; bald musste sie gehen, um ihn ins Bett zu bringen. Und wenn erst die Sonne verschwunden war, würde es sicher auch zu kalt für ihr dünnes Kleid mit dem kurzen Samtjäckchen sein.

Gedankenverloren starrte sie auf die Tanzfläche und entdeckte den kleinen, verwachsenen Schneidermeister mit seiner Frau. Nicht nur die Freude an schönen Stoffen schien ihn zu verwandeln, sondern auch die Freude am Tanz. Er und seine Frau strahlten förmlich, während sie sich schwungvoll im Takt der Musik drehten – ein schönes Bild.

Ein weiteres Paar näherte sich dem Tisch der Gerlachs. Es handelte sich um einen hageren Mann und eine Frau mit einer wirklich spitzen Nase, beide mit mühsam aufgesetztem Lächeln.

Der Oheim stand auf, um offensichtlich gute Kundschaft zu begrüßen.

»Ich bin begeistert von dem Duftwasser, das ich bei Ihnen erstand«, begann die Frau und fügte voller Häme an: »Wenn Sie nur auch etwas hätten, das meinem Mann ein edleres Odeur verleiht.«

»Fordere mich nicht heraus, meine Teuerste«, gab der Gatte bissig zurück. »Sonst muss ich Erkundigungen einziehen, ob du auch deine Giftspritzen bei *Graz und Gerlach* kaufst!«

»Wenn ich welche besäße, dann hätte ich sie längst zum Einsatz gebracht!«, keifte die Frau.

Am Tisch wurde der Streit der Eheleute mit Unbehagen verfolgt. Niemand wollte sich die Stimmung an diesem schönen

Tag verderben lassen. Daher atmeten alle auf, als die zwei gingen, um sich weiter mit Schmähungen zu überschütten.
»Jetzt hätten wir doch Schirme brauchen können, um uns vor der ätzenden Säure zu schützen«, meinte Großtante Augusta trocken.
»Wenn sie einander so verhasst sind ... Warum lassen sie sich nicht scheiden, statt sich gegenseitig das ganze Leben zur Hölle zu machen?«, fragte Henriette. »Wir leben schließlich nicht mehr im Mittelalter, wo sich nur Kaiser und Könige scheiden lassen durften.«
»Oh, meine Liebe, die beiden haben einander wirklich verdient, sie werden von Pech und Schwefel zusammengehalten«, erklärte Augusta süffisant. »Er will nicht den Verlust an Reputation hinnehmen, den eine Scheidung mit sich bringt, zumindest in einer Stadt wie dieser. Und sie will nicht auf das große Haus verzichten, in dem sie beide wohnen.«

## Frauen, die schreiben

Als der zusehends müder werdende Max auch noch über die eigenen Beinchen stolperte, hinfiel und zu weinen begann, verkündete Henriette, dass sie mit ihm ins Gerlachsche Haus zurückkehren würde, um ihn zu Bett zu bringen. Die Frage der Begleitperson für sie entschied sich schnell, da Großtante Augusta verkündete, ebenfalls nach Hause zu wollen.
»Es wird zu kühl für meine alten Knochen«, sagte sie lakonisch, stemmte sich hoch und nickte allen zum Abschied zu. Fräulein Klein wurde eingeladen, zu bleiben und das Gartenfest zu genießen, wenn sie mochte.

Mit Max auf dem Arm, der sich erschöpft an sie schmiegte, und an Augustas Seite ging Henriette durch das Erbische Tor zurück in die Stadt.

Jetzt hatten sie die Straße fast für sich allein, und deshalb fragte Henriette neugierig: »Wer ist denn nun diese geheimnisvolle Frau Bernhardi? Oder *Fräulein* Bernhardi, da sie ja unverheiratet ist. Wieso habe ich noch nie von ihr gehört?«

Augusta lächelte und sagte genüsslich: »Oh, das wird ein interessantes Gespräch geben, wenn du morgen zu ihr gehst! Ich würde liebend gern dabei Mäuschen spielen.«

Etwas in Augustas Gesichtsausdruck sagte Henriette, dass es die Achtzigjährige kaum erwarten konnte, diese Frage zu beantworten, und vor allem deshalb das Gartenfest gemeinsam mit ihr verlassen hatte.

Dann begann Augusta zu erzählen, während sie nebeneinander durch die Erbische Straße liefen und dann nach rechts Richtung Untermarkt abbogen. Wie sie zu berichten wusste, war Elisabeth Eleonore Bernhardi die unverheiratete Schwester des Freiberger Bürgermeisters und betrieb nicht nur eine private Schule für Mädchen, sondern hatte vor etlichen Jahren auch Bücher veröffentlicht.

»Übrigens bei *Graz,* dem Verlag, den der jung verblichene erste Gatte deiner Tante Johanna gegründet hatte«, erzählte Augusta. »Wie du weißt, heiratete dein Onkel die junge Witwe, übernahm den Verlag, erweiterte ihn um die Buchhandlung und gründete später auch noch die Zeitung. Doch die Bücher der Bernhardi veröffentlichte sein Vorgänger als Inhaber, und vor allem eines sorgte für einen gewaltigen *Skandal.*«

Augusta zelebrierte das Wort förmlich, mit sichtlichem Genuss. »Ich denke, aus diesem Grund würde manch einer die gute Mademoiselle Bernhardi lieber übersehen. Doch ganz können sie es nicht, weil sie einer wohlhabenden Familie entstammt und die Schwester des Bürgermeisters ist.«

Henriette verlagerte das immer schwerer werdende Kind auf die andere Hüfte und fragte erstaunt: »Ein Skandal? Wieso?« Das schien ihr abwegig. Die Leiterin einer privaten Mädchenschule in einer Stadt, wo jeder jeden kannte, durfte sich keine Skandale erlauben.

»Tja …«, begann Augusta und legte eine Kunstpause ein, um den dramatischen Effekt zu steigern, blieb sogar stehen und stemmte ihren Stock auf den Boden.

»Stell dir vor: Sie legte sich mit Campe an!«

Die alte Dame schmunzelte, als es heraus war, und Henriette staunte mit offenem Mund. »Mit dem berühmten Schriftsteller und Verleger?«, vergewisserte sie sich und bekam sofort eine Ahnung, worin dieser Skandal bestanden haben mochte.

Die Großtante genoss es sichtlich, diese Affäre in allen Details auszubreiten.

»Monsieur Campe hängt bekanntermaßen der altertümlichen Ansicht an, dass Mädchen und Frauen Bildung nur in dem Maße benötigen, wie es für ihre hausfraulichen und mütterlichen Pflichten nützlich ist«, erzählte sie bissig. »Und kinderlose unverheiratete Frauen bräuchten seiner Meinung nach gar keine Bildung. Dem widersprach die Bernhardi anerkennenswert mutig. Allerdings erntete sie dafür nicht den Beifall, den sie verdient hätte, sondern so viel Entrüstung, dass sie ihr nächstes Buch unter einem männlichen Pseudonym veröffentlichte. Ebenfalls bei *Graz,* vor etwa …« – sie rechnete kurz zurück – »vor etwa fünfzehn Jahren.«

Augusta lächelte genüsslich. »Es gab einen gewaltigen Aufschrei, wie jemand es wagen konnte, dem großen Campe zu widersprechen. Noch dazu eine *Frau,* schlimmer noch: eine *unverheiratete Frau.*«

Mittlerweile hatten sie den Untermarkt erreicht. Max war auf dem Arm seiner Mutter eingeschlafen und strahlte Wärme aus wie ein Öfchen.

»Der Oheim erzählte mir einmal, dass sogar seine wissensdurstige Mutter die Schule nur besuchen durfte, bis sie zehn Jahre alt war, weil ihr Vater meinte, mehr als Lesen und Schreiben müsse ein Mädchen nicht lernen«, erinnerte sich Henriette und ließ Augusta den Vortritt, damit sie die Tür des Gerlachschen Hauses aufschloss. »Diese Zeiten sollten eigentlich vorbei sein. Jetzt bin ich auf die Begegnung morgen überaus gespannt.«

»Ich auch, meine Liebe, ich auch. Und ich hoffe, du erzählst mir danach alles haarklein.«

Im Verlauf des nächsten Vormittags versuchte Henriette, vom Oheim mehr darüber zu erfahren, was sie bei Mademoiselle Bernhardi wohl erwarten würde.

Ob sie vielleicht an ihrer Mädchenschule unterrichten sollte? Das würde ihr gefallen. Jedenfalls besser, als Privatstunden in Französisch zu geben. In Gedanken sah sie sich schon vor einer Klasse stehen.

Doch der Oheim wich aus und sagte nur kryptisch: »Lass dich überraschen.«

Die am Vortag mündlich ausgesprochene Einladung wurde in einem Brief wiederholt, den ein Bote Henriette schon am Morgen von Elisabeth Bernhardi überbrachte.

Also machte sie sich am Nachmittag mit Lottes Hilfe sorgfältig zurecht und ging kurz vor drei los, um pünktlich in dem Haus in der Moritzstraße einzutreffen. Es waren vom Untermarkt kaum fünf Wegminuten zu Fuß, und natürlich trug sie zu diesem förmlichen Treffen das grüne Kleid mit dem ausgestellten Rock und kurze Handschuhe aus Spitze.

Als sie eintreten wollte, strömten gerade ein paar Mädchen lachend und schwatzend aus der Tür, zweifellos Schülerinnen.

Das Hausmädchen empfing sie und führte sie hinauf in den Salon, der mindestens so viele Bücher enthielt wie Friedrich Gerlachs Bibliothek.

Elisabeth Bernhardi trug ein taubenblaues Kleid mit weißem Besatz, unter ihrer Spitzenhaube lugten die in der Mitte streng gescheitelten eisgrauen Haare hervor.

»Meine Liebe, wie schön, dass Sie kommen konnten«, begrüßte die hagere, ja fast magere Frau ihre Besucherin.

Das Hausmädchen brachte ein Tablett mit Mokka und nach Vanille duftendes Gebäck in einer Kristallschale.

Henriette wurde aufgefordert, sich zu bedienen, und wartete gespannt, dass ihre Gastgeberin das Gespräch eröffnete. Was diese auch sogleich tat.

»Ich las mit Freude und Begeisterung Ihre Beschreibungen der Sammlungen der Bergakademie. Nie hätte ich gedacht, dass man ein wissenschaftliches Thema so lebhaft und interessant und dabei trotzdem leicht verständlich darstellen kann«, lobte die Schulleiterin.

»Wie ich gestern schon sagte: Ich hatte auch sehr viel Freude daran, diese Dinge zu ergründen und darüber zu schreiben«, erwiderte Henriette und nippte an ihrer Mokkatasse aus Meißner Porzellan mit gelbem Rosendekor. »Ein Kollege von Monsieur Breithaupt, dem Edelsteininspektor der Bergakademie, führte mich durch die Sammlungen und erklärte mir sehr ausführlich und präzise, was ich vor mir sah.«

Henriette musste lächeln, ohne es zu merken, als sie sich an diese Stunden mit Felix erinnerte. Sie hatte das neue Wissen aufgesogen wie ein Schwamm das Wasser.

»Ich war überrascht von der Vielfalt dieser Bestände«, berichtete sie. »Es sind nicht nur Edelsteine, sondern auch Fossilien, Fachbücher, antike Berghaugerätschaften ... Besonders faszinierend fand ich die Grubenrisse. Etliche davon waren größer als dieser Tisch und ebenso liebevoll wie detailreich mit Szenen aus dem Leben der Berg- und Hüttenleute illustriert.«

»Dieses Staunen und das Wissen haben Sie sehr anschaulich vermittelt«, versicherte die Schwester des Bürgermeisters. »Ich würde Sie sofort als Lehrerin für meine Schule gewinnen wollen, wenn Sie nicht ein Kind hätten.«

Diese Feststellung begrub jäh die Hoffnungen, die in Henriette aufgekeimt waren. Üblicherweise arbeiteten nur unverheiratete Frauen als Lehrerinnen an Schulen. Sobald sie sich vermählten, wurde vorausgesetzt, dass sie sich um den Haushalt und ihren Mann und schon bald auch um Kinder kümmern mussten.

»Sie haben das Talent und den Verstand, um nützliche Bücher zu schreiben«, fuhr Elisabeth Bernhardi fort und setzte ihr gelb geblümtes Mokkatässchen ab. »Dies war doch nicht Ihr erster Versuch, oder irre ich mich?«

Henriette lächelte wehmütig. »Nein, die Nicolaische Buchhandlung in Berlin hatte sogar ein Manuskript von mir angenommen, über meine Erlebnisse vor und während der Leipziger Völkerschlacht. Aber es war nicht erwünscht, dass dieses Buch erscheint.«

Sie vertraute darauf, dass ihre Gastgeberin diese Information für sich behielt.

Die hagere Schulleiterin zog die Augenbrauen hoch, ihre Augen wurden hinter den kleinen Brillengläsern ganz rund.

»Sie waren in jenen dramatischen Tagen in Leipzig? Und der alte Parthey wollte Ihr Werk drucken? Ich bin gleich doppelt beeindruckt.«

Henriette nickte nur.

»Das ist ein Ritterschlag von Monsieur Parthey. Also lassen Sie sich nicht entmutigen! Ich vertrete die Ansicht, dass eine Frau ihren Lebensunterhalt auch durch Schriftstellerei bestreiten kann, wenn sie das Talent und den Verstand dazu hat – so wie Sie.«

»Die *Jenaer Literarische Zeitung* ist da anderer Meinung«, wandte Henriette ein. Das war das bedeutendste Blatt für Literaturkritik in deutschen Landen. »Monsieur Parthey hatte mich sogar davor gewarnt, dass die Redakteure mein Werk verreißen werden, weil sie Frauen weder Talent noch Klugheit zugestehen wollen. Und schon gar nicht die Fähigkeit, über einen Krieg zu schreiben.«

Vor einiger Zeit hatte sie eine Ausgabe der Zeitschrift gelesen, in der nur Bücher von Frauen rezensiert und allesamt sehr ungnädig behandelt wurden.

»Ich erinnere mich an einen Satz in der *Jenaischen Allgemeinen Literaturzeitung* über ein anonymes Werk: Es sei so schlecht, *dass es nur von einer Frau geschrieben sein kann*«, zitierte sie. »Warum ist es für die Männerwelt so schwer einzusehen, dass wir Frauen durchaus etwas beizutragen haben, das über das Kindergebären hinausgeht?«

Ihre Gastgeberin schnaubte.

»Ja, sie hocken da wie Zerberus am Eingang zur Unterwelt. Aber statt wie der Höllenhund darauf zu achten, dass kein Lebender hinein- und kein Toter hinausgelangen kann, wachen sie geifernd, dass kein Weib den literarischen Olymp erstürmt. Natürlich aus Angst vor der Konkurrenz.«

Sie schenkte sich noch etwas Kaffee nach.

»Nach dem wilden Aufschrei über mein erstes Buch veröffentlichte ich mein zweites unter einem männlichen Pseudonym«, erzählte sie. »*Philogyn,* also Freund der Frauen. Diese Möglichkeit haben Sie auch, meine liebe Madame Trepte. Wenn Sie die dramatischen Tage in Leipzig hautnah miterlebt haben, dürfen Ihre Erinnerungen nicht verloren gehen. Sie waren Augenzeugin einer Katastrophe, über die noch in hundert Jahren geredet werden wird und geredet werden *muss.*«

»Genau deshalb will ich ja Zeugnis ablegen. Aber ich weiß nicht, ob ich die Kraft habe, es von neuem zu schreiben, das alles noch einmal zu durchleben«, gestand Henriette. Das einzige Exemplar lag verschlossen als Beweismittel im Berliner Polizeipräsidium. »Es fehlt mir auch die Zeit dazu.«

»Das ist eine Ausrede vor sich selbst, meine Liebe«, widersprach die Sechzigjährige entschieden. »Ich weiß, Sie haben ein Söhnchen, ich habe den süßen Racker ja gestern gesehen. Aber wenn eine Geschichte wirklich heraus muss, wenn Sie wirklich schreiben wollen, dann schreiben Sie auch nachts.«

»Ich bin eine mittellose junge Witwe und muss mir und meinem Kind den Lebensunterhalt verdienen«, widersprach Henriette.

»Ich weiß, und man wird Sie dazu drängen, sich neu zu vermählen, möglichst mit einem reichen Mann«, räumte Elisabeth Bernhardi ein. »Dann werden Sie noch weniger Zeit zum Schreiben finden. Ich bin wohlhabend, daher kann ich mir den Luxus leisten, unverheiratet zu bleiben. Und ich verspürte nie den Wunsch nach einem Ehemann. Weder den Rausch, den man Liebe nennt, noch die Absicht, mir alles vorschreiben zu lassen. Aber Sie können auch als Mutter stark sein.«

Prüfend sah sie ihre Besucherin an.

»Nun, wir reden hier schon eine ganze Weile über Geld, Madame Trepte. Aber Sie können sich natürlich denken, dass ich nicht nur mit Ihnen plaudern will, weil Sie für Ihr junges Alter eine so bemerkenswerte Frau sind. Ich weiß nicht, ob Ihnen bekannt ist, dass ich seit Jahren in größeren Abständen eine Zeitschrift herausgebe, ein Blatt zum Besten der hiesigen Waisen. Der Verkaufserlös geht an bedürftige Schuleinrichtungen. Und ich möchte Sie gewinnen, gelegentlich dafür zu schreiben, weil auch in Ihnen der Drang nach Wissen steckt.«

Henriettes Hoffnungen flackerten auf und erstarben gleich wieder. Natürlich würde sie diese Bitte erfüllen. Es gehörte sich, denen zu helfen, denen es schlechter ging als ihr. Aber damit konnte sie wieder kein Geld verdienen.

»Lassen Sie mich wissen, wenn Sie einen Text von mir wünschen«, antwortete sie, worauf ihre Gastgeberin nach dem Dienstmädchen läutete, damit es die Besucherin nach draußen begleitete.

»Sehr gern, meine Liebe.« Elisabeth Eleonore Bernhardi strahlte sie an. »Ich danke Ihnen. Und halten Sie mich bitte auf dem Laufenden, was Ihre Schreiberei betrifft!«

## Im Theater

Der Besuch bei Elisabeth Bernhardi hatte Henriette viel Anregung zum Nachdenken beschert; er hatte Erinnerungen, Trauer und Bitterkeit erneut in ihr aufgewühlt.

Am Abend setzte sie sich an den Frisiertisch, entzündete eine zweite Kerze, um mehr Licht zu haben, und begann zu schreiben. Das heißt, zunächst starrte sie wohl eine halbe Stunde lang auf das leere Blatt, die Feder in der Hand, und sammelte ihre Gedanken, bündelte ihre Entschlossenheit für den Moment, da sie den ersten Buchstaben auf das weiße Papier setzte. Das schien ihr etwas Endgültiges. Flossen anfangs die Worte nur zögernd aus ihr heraus, so wurde daraus bald ein Sog, bei dem ein Satz unweigerlich den nächsten nach sich zog … Die Uhr hatte längst Mitternacht geschlagen, als sie mit tintenbekleckesten und verkrampften Fingern, müde und zugleich aufgewühlt zu Bett ging, wo ihre Gedanken noch lange kreisten.

Am nächsten Tag kam Friedrich Gerlach mit freudestrahlender Miene ins Speisezimmer, als sich die Familie zum Abendessen einfand, und hielt ein zum Brief gefaltetes Blatt Papier in die Höhe.

»Ratet, was ich hier habe!«, forderte er die Runde auf.

»Ein reicher, gutaussehender Mann will sich mit mir verloben«, platzte Emilia sofort heraus.

»Eine Einladung zu einem Ball«, juchzte Therese.

»Ein furchtloser Erzieher will diesen törichten Mädchen Vernunft einpflanzen«, warf Augusta in die Runde.

»Ein anonymer Unbekannter vererbt uns tausend Taler fürs Geschäft«, wünschte sich Johanna.

»Mein kleiner Bruder schreibt aus Erfurt, dass uns mein Freund und Buchhändler Keyser zum Besuch einlädt, weil sich seine Schwester Magdalena vermählen will«, mutmaßte Konstantin.

»Der Schulrektor hat entschieden, dass ich drei Wochen lang nicht zur Schule gehen muss, weil meine Leistungen so gut sind«, hoffte Franz. Dabei stand eher zu befürchten, dass sich der Rektor des Gymnasiums über seine Streiche beschwerte. Aber in diesem Fall hätte der Oheim garantiert eine andere Miene aufgesetzt.

Auffordernd starrte Friedrich Gerlach Henriette an, damit auch sie sich an dem Rätselraten beteiligte.

»Monsieur Parthey berichtet, dass mein Buch doch erscheinen darf«, sagte sie halbherzig. Denn das würde nicht geschehen. Und falls wider Erwarten doch, würde sich der Verleger gewiss direkt an sie wenden.

Der Oheim bedachte sie kurz mit einem bekümmerten Blick, dann strahlte er erneut. »Nichts von all dem«, sagte er, ohne die einzelnen Wünsche zu kommentieren. Endlich lüftete er das Geheimnis.

»Der Impresario einer reisenden Schauspielgesellschaft schreibt, dass er und seine Truppe in Freiberg gastieren werden. Er bittet mich, die Ankündigung ins Blatt zu setzen, und bietet mir statt Bezahlung Freikarten für die gesamte Familie«, verriet er triumphierend und löste damit Freudenrufe aus.

Freiberg besaß schon seit über hundert Jahren ein eigenes Schauspielhaus am Buttermarkt, einst ein Wohnhaus, das ein Geschäftsmann zum Theater umbauen ließ. Doch da er schnell merkte, dass sich damit kein Geld verdienen ließ, brachte er die Ratsherren dazu, es ihm abzukaufen – zur Bildung der Bürger in der damals überaus wohlhabenden Stadt. Das Freiberger Theater hatte kein festes Ensemble, aber von Zeit zu Zeit gastierten dort fahrende Schauspieltruppen.

»Ins Theater!«, staunte Johanna. »Oh, mein lieber Gerlach, das ist ja wunderbar! Es hat hier seit Ewigkeiten keine Vorstellung mehr gegeben. Ich weiß gar nicht mehr, wann wir zum letzten Mal dieses Vergnügen hatten.«

»Im Krieg schweigen die Musen«, warf Henriette leise ein. Sie selbst war vor fast zwei Jahren zum letzten Mal im Theater gewesen. Gemeinsam mit den Schwiegereltern hatte sie in Berlin den großen Iffland in seiner – wie sich später herausstellen sollte – letzten Vorstellung gesehen. Kurz darauf verstarb der große Mime. Aber Berlin war im Gegensatz zu Sachsen kein Kriegsschauplatz gewesen. Die letzte Vorstellung in Freiberg musste schon lange zurückliegen.

»Wir waren noch nie im Theater«, beklagte sich Therese. »Was zieht man dafür an, und darf dort auch getanzt oder flaniert werden? Oh, bitte, Onkel Gerlach, nimm uns mit dorthin!«

»Vielleicht verrätst du uns zunächst einmal, was überhaupt gespielt wird!«, forderte Augusta.

Friedrich Gerlach rückte seine Brille zurecht, entfaltete den Brief umständlich und las vor.

»Plastisch-mimische Tableaus.« An die Mädchen gewandt, erklärte er: »Das sind Lebende Bilder; die Schauspieler stellen ein bestimmtes Motiv nach, eine Sage oder ein berühmtes Gemälde. Das ist gerade auch in Dresden sehr modern und beliebt, wie mein Freund Kügelgen schreibt.« Wieder vertiefte er sich in das Blatt. »*Judith und Holofernes* nach Velasquez in sechs Bewegungen. Hmm. Der Maler schreibt sich Velazquez, zweimal mit ›z‹. Ob der Impresario wohl beleidigt ist, wenn ich das in der Annonce stillschweigend korrigiere?«

»Schneiden sie dem Übeltäter wirklich den Kopf ab?«, platzte Emilia aufgeregt heraus, die zwar den Maler nicht kannte, wohl aber die Geschichte aus der Bibel.

»Du bist ja soo dumm!«, stöhnte Therese. »Wer würde dann noch Schauspieler werden wollen? Und wer in der ersten Reihe sitzen, wenn das Blut auf die feinen Kleider spritzt?«

Mit einem Zischen brachte Augusta die Mädchen zum Schweigen, damit Friedrich Gerlach weiter vorlesen konnte.

»Als weiteres Tableau: die *Auferstehung des Herrn* nach Rubens. Danach wird ein Einakter von Kotzebue gegeben: *Die Rosen des Herrn von Malesherbes.*«

»Kotzebue?«

Therese bekam runde Augen. Auch wenn sie des Krieges wegen noch nie im Theater gewesen war: Diesen Namen kannte sie. Kein Autor wurde häufiger auf deutschen Bühnen gespielt als August von Kotzebue. Selbst Goethe schätzte ihn zwar nicht besonders, ließ aber seine Stücke in Weimar aufführen, weil sie zuverlässig ein volles Hoftheater garantierten.

»*Die Rosen des Herrn von Malesherbes,* das klingt ja so romantisch«, sagte Emilia mit einem sehnsüchtigen Seufzer, verdrehte die Augen und legte die Hand aufs Herz. »Wer wird diese Rosen wohl bekommen?«

»Garantiert die jugendliche Heldin, die zuerst mit ihm die Bühne betritt«, spottete Augusta. »Kotzebue hat schon über zweihundert Stücke geschrieben, und sie folgen fast alle demselben Muster.«

Während Henriette darüber nachsann, wie jemand zweihundert Stücke verfasst haben konnte, ohne älter als Methusalem zu sein, las Friedrich Gerlach weiter vor.

»Ein Rührstück über Eifersucht und Eheanbahnung nach einer wahren Anekdote, ein ländliches Gemälde.«

Die Begeisterung hatte alle ergriffen, der Entschluss zum Besuch des Theaters war rasch gefasst, und die nächsten Tage im Hause Gerlach vergingen voller Vorfreude und Gespräche über passende Kleidung, Frisuren und angemessenes Benehmen in einem Theater.

Auch Henriette freute sich über die bevorstehende Abwechslung. Bis am Erscheinungstag der Theateranzeige in den *Gemeinnützigen Nachrichten* Leopold Ullrich die Buchhandlung betrat, Konstantins Freund.

Er nahm seinen Zylinder ab, verneigte sich höflichst vor ihr und fragte: »Madame Trepte, ich las soeben mit großer Freude in der Zeitung Ihres Oheims, dass am Sonntag eine reisende Schauspielcompagnie im hiesigen Theater gastieren wird. Darf ich Sie einladen, gemeinsam mit mir diese Vorstellung zu besuchen?«

Henriette geriet innerlich in Panik. Konnte sie die Bitte abschlagen, ohne den Sohn des Zensors zu verprellen? Dieser Leopold war ihr unheimlich – ob nun aus Abscheu über den Beruf seines Vaters, für den er streng genommen natürlich nichts konnte, oder weil sie etwas an ihm als Bedrohung empfand, die sie nicht genauer zu benennen vermochte. Noch nicht.

»Unsere ganze Familie wird gemeinsam hingehen. Das ist schon geplant«, sagte sie erschrocken. »Ich muss meinen Oheim fragen. Bitte nehmen Sie doch derweil Platz, Monsieur Ullrich!«

Sie wies auf einen der beiden Sessel und ging nach hinten in die Druckerei, wo Friedrich Gerlach gerade mit seinem ältesten Sohn etwas besprach. Leise weihte sie ihn in ihre heikle Lage ein.

»Bitte erklär ihm, dass wir es schon arrangiert haben, alle zusammen ins Theater zu gehen!«

Und ihren Cousin fuhr sie an: »Konstantin, ermutige deinen Freund nicht länger dazu, mir den Hof zu machen! Vor kurzem hast du selbst noch um meine Hand angehalten. Daran siehst du, wie wenig ernst es dir damit war.«

»Es war und ist mir ernst«, widersprach der künftige Inhaber von *Graz und Gerlach.* »Aber du hast mich zurückgewiesen, und er fragt mich ständig nach dir aus. Wir dürfen ihn nicht verprellen.«

Zu hören, das Leopold ihren Cousin nach ihr ausfragte,

klang noch beunruhigender. Hilfesuchend blickte Henriette zu ihrem Oheim.

Der nahm seine Brille ab und putzte die Gläser mit einem Schnupftuch. Was verriet, dass er sich nicht wohlfühlte bei dem, was er gleich sagen würde.

Henriettes Miene wurde grimmig, ohne dass sie es bemerkte. »Liebes, ich bitte dich … aus Rücksicht auf das Geschäft: Nimm seine Einladung an!«

Als er sah, dass sie schon den Mund öffnete, um etwas zu erwidern, sagte er rasch: »Natürlich lassen wir dich nicht mit ihm allein, wir gehen alle zusammen. Er soll sich uns einfach anschließen und darf dann an deiner Seite sitzen.«

Ich komme mir vor wie verhökert, schoss es ihr durch den Kopf, doch sie sprach es nicht aus. Schmallippig drehte sie sich um und ging hinaus, um Leopolds Einladung mit geheucheltem Dank anzunehmen. Der zeigte sich übertrieben enthusiastisch und überschüttete sie mit Komplimenten. Aber Henriette war die Freude am Theaterbesuch verdorben.

Vereinbarungsgemäß klopfte Leopold eine Stunde vor Beginn der Aufführung bei den Gerlachs an, um Henriette abzuholen. Er hatte ihr einen Blütenzweig mitgebracht, den sie an ihrem Hut befestigte. Ein Geschenk, welches nichts kostete, durfte sie aus Höflichkeit wohl annehmen, ohne sich zu verpflichten.

Dann gingen die Gerlachs, abgesehen von Augusta, die sich nicht wohlfühlte und zu Hause bleiben wollte, gemeinsam vom Untermarkt zum Theater, Henriette brav an Leopolds Seite. Auch das war nur eine Wegstrecke von kaum fünf Minuten. Sie wollten die Zeit bis zum Beginn der Vorstellung noch nutzen, um mit den zahlreich erwarteten Theatergäs-

ten zu plaudern und eine Erfrischung einzunehmen. Schräg gegenüber dem Schauspielhaus befand sich eine Schankwirtschaft, und es war üblich, dass die Theaterbesucher vor dem ersten Akt und in der Pause hinübergingen und Bier holten, was den Mimen eine zunehmend feuchtfröhliche Begeisterung im Saal oder aber lautstarke Buhrufe bescherte.
Halb Freiberg schien auf dem Buttermarkt versammelt, jedermann nach besten Kräften herausgeputzt. Nie und nimmer würden alle in das Theater passen, aber viele von ihnen waren in der Hoffnung erschienen, doch noch ein Billett zu ergattern, und sei es für einen Stehplatz.
Die Theaterhungrigen plauderten voller Vorfreude.
»Ach, der große Kotzebue, der versteht es wie kein anderer, einem das Herz zu erwärmen!«, schwärmte die Frau eines Ratsherrn.
»Ich kann es kaum erwarten. Es ist viel zu lange her, dass eine fahrende Schauspielgesellschaft in Freiberg haltmachte«, bekräftigte die neben ihr stehende Frau des Bürgermeisters.
Von Konstantin und Leopold mit Bier und Limonade aus der Schankwirtschaft versorgt, genossen die Gerlachs den milden Frühsommerabend und die Begegnung mit vielen Freiberger Bekannten, die sich gegenseitig dazu beglückwünschten, Karten für das Spektakel bekommen zu haben.
Henriette stand neben Leopold und gab sich krampfhaft Mühe, sich nichts von ihrer Beklommenheit anmerken zu lassen. Also versuchte sie es mit harmloser Konversation.
»Haben Sie schon einmal ein Stück von Kotzebue gesehen, Monsieur Ullrich?«
»Ja, in Dresden, das ist jedoch schon einige Jahre her. Es war ein wenig rührselig, aber an vielen Stellen recht lustig. Das Publikum war geradezu enthusiastisch.«
»Das wird es hier sicher auch sein«, mutmaßte Henriette.

Therese, Konstantin und Emilia hatten sich zu ihnen gesellt, während Oheim und Tante ein paar einflussreiche Freiberger begrüßten.
Emilia hielt wie üblich Ausschau nach bewundernden Blicken, die ihr galten, und Therese himmelte schon wieder Leopold an, der dies allerdings kaum zur Kenntnis zu nehmen schien, auch wenn er äußerst höflich war. Ab und zu fing Henriette einen neidischen oder gar drohenden Blick von ihrer Cousine auf, weil sie die meiste Aufmerksamkeit des gutaussehenden Mannes erhielt und Therese kaum welche.
Emilia hatte ihre Augen überall auf der Suche nach künftigen Verehrern, drehte sich da und dort ein wenig, um den Rock elegant zum Schwingen zu bringen, und lächelte strahlend. Während sie an ihrer Limonade nippte, hielt Henriette vergeblich Ausschau nach Elisabeth Bernhardi, entdeckte dafür im Gewühl den erwartungsfrohen Felix, der Monsieur Breithaupt und dessen junge Frau begleitete. Schon drängten sie sich zu ihnen durch.
Die Neuankömmlinge begrüßten die Gerlachs und wurden Leopold Ullrich vorgestellt. Henriette hätte es gern vermieden, dass sich Felix und Leopold begegneten; sie fühlte sich nun von argwöhnischen Blicken aus gleich zwei Richtungen geprüft.
Inmitten ihrer Plauderei kam ein Ausrufer mit einer Glocke aus dem Theater und bat das geschätzte Publikum lautstark in den Saal. Ein paar Herren beeilten sich noch, die leeren Gläser zurück in die Gastwirtschaft zu bringen, derweil sich schon die erwartungsfrohe Menge ins Haus schob, um einen guten Sitz- oder bei schmalerem Geldbeutel auch Stehplatz zu ergattern.
Der Impresario hatte der Verlegerfamilie Plätze in der zweiten Reihe reserviert, direkt hinter dem Bürgermeister und

seiner Gattin, deren ausladender und pompöser Kopfputz Henriette einen beträchtlichen Teil der Sicht nahm. Neben Leopold platziert, schaute sie sich vorsichtig nach Felix um. Der Prinzipal der Truppe trat vor den Vorhang, begrüßte das Publikum salbungsvoll und kündigte dann das erste Lebende Bild an.

Helfer zogen den Vorhang zu beiden Seiten zurück, und sichtbar wurden sechs Mimen in antiken Gewändern, die reglos eine Szene darstellten, in der eine junge Frau – Judith – von dem lüsternen Holofernes bedrängt wurde. Alle verharrten, ließen das Bild wirken, dann ertönte ein Gong, die Schauspieler bewegten sich und veränderten das Bild zu neuen Posen, was vom Publikum mit vielen staunenden »Ah!«s und »Oh!«s begleitet wurde. Nach mehreren weiteren Wechseln der Szenerie bis hin zu einer wütend das Messer schwingenden Judith schloss sich der Vorhang wieder, und der Prinzipal kündigte lauthals das nächste Lebende Bild an.

Sein Monolog zog sich in die Länge – weil, wie sich dann herausstellte, die Mimen Zeit für einen raschen Kostümwechsel brauchten.

Auch die nun folgenden Szenerien wurden mit begeistertem Applaus bedacht. Die Freiberger hatten so lange auf das Vergnügen eines Theaterbesuchs verzichten müssen, dass sie großzügig darüber hinwegsahen, wenn ein angeklebter Bart schief saß oder eine Perücke verrutschte. Von ihrem Platz direkt vor der Bühne erkannte Henriette, dass die Kostüme der Truppe schon reichlich mitgenommen waren. Die Kriegszeiten hatten fraglos auch die Schauspieler in Not gestürzt.

Nach den Tableaus trat der Prinzipal erneut vor den Vorhang und stellte mit schwülstigen Worten den Höhepunkt des Abends in Aussicht.

»Sehr verehrtes Publikum! Erleben Sie nun als Glanzstück der heutigen Vorstellung ein Werk unseres deutschen Genius, unseres verehrten Dichters Kotzebue! Ich präsentiere Ihnen die herzergreifende Geschichte, wie der Herr von Malesherbes allen Wirrungen zum Trotz letztendlich doch die wahre Liebe findet.«

Erneut gab es begeisterten Applaus, der Prinzipal verbeugte sich und verschwand hinter dem Vorhang, um gleich darauf im Kostüm des Titelhelden die von Schäferinnen bevölkerte Bühne zu betreten.

Begeistert folgte das Publikum dem Geschehen, während besagter Herr von Malesherbes in einen Gewissenskonflikt geriet, da sich zwei Damen um seine Gunst bemühten: die eine unschuldig und lieblich, die andere intrigant. Bis auf die Hauptdarsteller mussten alle Mitglieder der Theatercompagnie mehrere Rollen spielen, und da der Truppe nur zwei Männer angehörten, übernahmen auch Frauen Hosenrollen.

Während Henriette beklommen neben Leopold saß, kaum zu atmen wagte und mechanisch lächelte, wenn im Publikum Heiterkeitssalven aufflammten, litten vor allem die weiblichen Zuschauer mit dem in die Irre geführten Titelhelden und der jugendlichen Heldin, seufzten und sparten auch nicht mit Rufen: »Nimm die Blonde!«

Ja, es war fraglos ein Rührstück mit viel Augenrollen, Schmachten und Händeringen. Aber die geschickt gesetzten Pointen lösten immer wieder fröhliches Gelächter aus. Vorsichtig sah sich Henriette unter den Zuschauern um. Sie genossen es, nach der schrecklichen Zeit einmal von Herzen lachen zu können. Das tat so gut!

Als sich die Liebeswirren zum glücklichen Ende gefügt hatten, rieb sich so manche Dame gerührt ein paar Tränen aus

den Augenwinkeln. Begeistert erhoben sich die Zuschauer und dankten den Mimen mit donnerndem Applaus.
Im Theater war es durch die vielen Kerzen, die Menschenansammlung und die Gefühlsausbrüche um das Liebesglück der Helden warm geworden. So drängten sich die Zuschauer bald hinaus, wobei sie reichlich Geld in die Sammelbüchse der Theatertruppe warfen. Therese schmachtete erneut Leopold an, diesmal fraglos inspiriert von Kotzebues romantischer Heldin.
Da es inzwischen zu regnen begonnen hatte, kehrten nur noch ein paar Unentwegte in die Gastwirtschaft ein, um sich über ihre Eindrücke auszutauschen; die Mehrzahl der Besucher begab sich eilig auf den Heimweg. Die Aufführung würde ohnehin noch lange Stadtgespräch sein.
Leopold hatte sich der Familie Gerlach angeschlossen und ging an Henriettes Seite, während sich die Mädchen hinter ihnen über das intrigante Treiben der Antagonistin im Stück entrüsteten und von der Himmelsmacht Liebe schwärmten, die das Heldenpaar am Ende doch zueinander finden ließ.
Vor dem Haus am Untermarkt zog der Sohn des Zensors seinen Hut und verneigte sich erneut vor Henriette, die höflich knickste und ihm, so förmlich es nur ging, einen guten Heimweg wünschte.
Es missfiel ihr gründlich, dass Leopold ihr vor den Augen der Stadt den Hof machte.

## Geheimnisvolle Angelegenheiten

Die zierliche Frau, die soeben die Buchhandlung betrat, hatte – wie Henriette durch das Fenster sehen konnte – geduldig vor dem Geschäft gewartet, bis alle Kunden hinausgegangen waren.

Den Hut tief ins Gesicht gezogen, ängstlich nach links und rechts spähend, als lauerten dort Dämonen, musste sie mehrere Male schlucken und Anlauf nehmen, bis sie ihren Wunsch aussprechen konnte.

»Sie haben laut der Annonce in der Zeitung doch … dieses Buch …«, wisperte sie verschämt und senkte den Kopf, ohne Henriette aus den Augen zu lassen.

Die Ladenglocke schellte, und ein weiterer Kunde trat durch die Tür: Felix.

Die junge Frau – nach Henriettes Schätzung mochte sie Anfang zwanzig sein – zuckte zusammen, fuhr herum und wollte aus der Buchhandlung flüchten, aber Henriette hielt sie auf.

»Monsieur Zeidler, haben Sie vielleicht noch einen kurzen Weg zu erledigen?«, fragte sie Felix. »Ich fürchte, diese Kundin braucht noch etwas Bedenkzeit bezüglich der Stickmuster.«

Mit den Augen gab sie zu verstehen, dass hier ein Notfall vorlag.

Auch wenn Felix keine Ahnung hatte, welcher Natur dieser Notfall sein konnte, war er bereit, mitzuspielen, und zuckte mit den Schultern.

»Dann komme ich in einer Viertelstunde wieder. Ich muss ohnehin noch einen Brief aufgeben.«

Als er draußen war, sah Henriette die Frau ermutigend an.

»Also, Sie haben doch dieses Buch …«, fing diese erneut an,

mit schamrotem Gesicht, gesenktem Blick und hochgezogenen Schultern.
Nun war es äußerst nebulös, wenn nicht unfreiwillig komisch, in einer Buchhandlung festzustellen, dass sie *ein Buch* führte. Aber so, wie sich diese Frau verhielt, wusste Henriette genau, um welches Buch es ging.
Es war heiß umstritten in der Familie Gerlach gewesen, ob sie es ins Sortiment nehmen sollten oder nicht, ob der möglicherweise reißende Absatz den Skandal wettmachen könnte, den es zweifellos auslösen würde: *Geschenk für Neuverehelichte oder Enthüllung der Geheimnisse der Ehe.* In der Ankündigung des Werkes stand: »Ein Lesebuch für junge und nicht junge Eheleute, welche sich über alles, was die Schamhaftigkeit zu erfragen oft abhält, hier Rat einholen können. Entworfen von einem praktischen Arzt.« Und quasi als Entschuldigung folgten die Worte: »Der Titel sagt hinlänglich, dass dieses Buch einem gefühlten Bedürfnis entspricht. Nur so viel noch, dass gründliche Belehrung hier mit der feinsten Delikatesse verbunden ist. Zu haben für 12 Groschen bei *Graz und Gerlach* in Freiberg, *Arnold* in Dresden und *Knobloch* in Leipzig.«
Kaum ein Interessent für dieses Buch, der nicht heimlich und verlegen nach dem Aufklärungswerk fragte! Aber derzeit war es das am meisten verkaufte Buch in Freiberg.
»Ich bin verheiratet«, rechtfertigte sich die junge Frau und fügte schüchtern an: »Ich möchte nur wissen … ob das alles normal ist, was …«
In den meisten Fällen erfuhren junge Mädchen nichts Genaueres darüber, was sie in der Hochzeitsnacht erwartete. Woher sollten sie also wissen, was »normal« war? Oder wie man schwanger wurde und sich zum Besten des ungeborenen Kindes verhielt? Henriette hatte die Entscheidung

ihres Onkels sofort befürwortet, auch auf diesem Gebiet Aufklärung zu leisten. War es nicht besser, wenn ein erfahrener Arzt diese Fragen beantwortete statt Kurpfuscher und Klatschbasen, die in Übertreibungen, Aberglauben und Mystifizierungen wetteiferten?

Henriette holte das Buch aus einem Fach unter dem Ladentisch.

»Ich schlage es Ihnen ein«, bot sie an und verpasste dem »skandalösen Werk«, wie Tante Johanna fand, eine Tarnung aus Packpapier.

Hastig legte es die Frau in ihren Korb und schob es unter die Einkäufe. Mit zittrigen Fingern zählte sie die zwölf Groschen auf den Ladentisch, und Henriette fragte sich, wie sie die wohl vom Haushaltsgeld abgezweigt haben mochte. Denn sie hatte den Eindruck, dass der Ehemann der Kundin nichts von diesem Kauf wusste und auch nichts darüber erfahren sollte.

Mit einem aufmunternden Lächeln verabschiedete sie die schüchterne Frau und sah ihr nach, als sie hinausging.

Doch schon nach wenigen Schritten hielt diese inne und kam zurück in das Geschäft.

»Ja?«, fragte Henriette.

Der Käuferin stand die Angst ins Gesicht geschrieben. Offenbar hatte sich all ihr Mut und ihre heimliche Rebellion mit dem Kaufvorgang erschöpft.

»Ich wage nicht, es nach Hause mitzunehmen. Mein Mann könnte es finden«, sagte sie bedrückt, und in Henriette entstand nun endgültig eine beunruhigende Vorstellung von diesem Ehemann. »Darf ich es hier deponieren, und ich komme vormittags vorbei, sooft ich kann, und lese ein wenig darin? Es stimmt doch, dass Sie vormittags hier stehen, oder?«

Henriette seufzte innerlich, aber sie sagte zu. Der Frau schienen eine Menge Fragen auf dem Herzen zu liegen, und die Antworten erhoffte sie sich in der *Enthüllung der Geheimnisse der Ehe.*

Als nun Felix zum zweiten Mal die Buchhandlung betrat, schob die Kundin das Buch hastig zu Henriette über den Ladentisch, knickste und huschte hinaus – mit der leisen Ankündigung, morgen wiederzukommen.

Gedankenversunken sah Henriette ihr nach, legte das Buch in eine Schublade des Verkaufstischs, dann wandte sie sich Felix zu.

Statt sich nach einer speziellen Neuerscheinung zu erkundigen, fragte er: »Wie geht es dir und Max?«

»Gut«, sagte sie müde. »Max hat bald seinen zweiten Geburtstag, und ich habe begonnen, mein verbotenes Buch von neuem niederzuschreiben, auch wenn es vermutlich nie gedruckt wird. Um die Erinnerungen zu bewahren.«

»Das ist gut«, befand Felix.

»Ich weiß nicht, ob ich es ertrage«, gestand sie. »All diese Dinge noch einmal aufzuwühlen. Es tut mir nicht gut. Es ist wie Salz in noch offenen Wunden.«

Felix sah sie nachdenklich an, ohne etwas zu erwidern.

Also fuhr sie fort: »Erinnerst du dich an die Pfarrerstochter aus Seifertshain, die wir trafen, als wir über das Schlachtfeld flüchteten und wenig später in der Kirche von Liebertwolkwitz unter Kanonenbeschuss gerieten? Oder was ich dir über die Gräuel erzählte, die ich bei Monsieur Ahlemann erlebte, dem Totengräber von Leipzig?«

»Wie könnte ich das vergessen! Wie könnte überhaupt jemand vergessen, was in jenen Tagen vor sich ging?«, sagte er bedrückt und fügte gleich an: »Nur will keiner mehr darüber reden. Zu groß ist die Sehnsucht nach besseren Zei-

ten, nach Leichtigkeit und fröhlicher Unterhaltung. Aber irgendwann – und sei es in hundert oder zweihundert Jahren – werden die Menschen ergründen wollen, was wirklich geschah, jenseits von Herrscherverehrung und Siegesmeldungen der Generäle.«
»Ich würde gern die Pfarrerstochter und auch den Totengräber und vielleicht noch jemanden aus der Lazarettverwaltung in Leipzig bitten, ebenfalls ihre Erinnerungen niederzuschreiben. Was hältst du davon?«
»Tu das!«, ermutigte Felix sie ohne Zögern. »Auch wenn es jetzt nicht gedruckt wird, diese Erinnerungen müssen bewahrt werden. Schon um der Hoffnung willen, dass die Menschheit nicht noch einmal solche Gräuel erleben muss.«
Sie nickte erleichtert.
»Ich muss dabei vorsichtig sein. Und leider verschärft das meine gegenwärtigen Probleme.«
Sie biss sich auf die Lippen und blickte starr zum Fenster hinaus, als rechne sie mit einem weiteren Besucher.
Felix begriff, ohne dass sie sich erklärte.
»Jette, ich habe kein Recht, das zu fragen«, sagte er besorgt. »Und ich wäre sicherlich der Letzte in dieser Stadt, der etwas von Klatsch und Tratsch mitbekommt, wäre da nicht meine überaus neugierige und stets bestens informierte Zimmerwirtin. Es wird bereits darüber geredet, dass Leopold Ullrich dir den Hof macht. Vertraust du seinen Absichten? Ich hatte neulich im Theater den Eindruck, dass du dich in seiner Gegenwart nicht wohlfühlst.«
Henriettes Gesicht wurde aschfahl. So weit war es also schon gekommen: Sie und Leopold waren Gegenstand des Stadtklatsches.
»Weißt du einen Rat, wie ich ihn von mir fernhalten kann, ohne dass er sich beleidigt fühlt? Er kommt mittlerweile

jeden Tag hierher, um mich zu sehen. Und der Oheim bat mich …« Sie machte eine fahrige Handbewegung.
»Ich verstehe, da kommt die Position seines Vaters ins Spiel. Deine Familie ist auf das Wohlwollen des Zensors angewiesen. Das ist bitter. Kann ich dir auf irgendeine Weise helfen?«
Als hätten sie ihn mit Worten herbeibeschworen, betrat Leopold die Buchhandlung, zog seinen Hut und beäugte Felix mit einem so argwöhnischen Blick, dass der sich verabschiedete. Es gefiel ihm zwar ganz und gar nicht, Henriette mit ihrem ungewollten Verehrer allein zu lassen. Aber er hatte das Gefühl, seine Gegenwart würde mehr Schaden anrichten als Gutes bewirken.
Wie gern hätte er Henriette erklärt, was er für sie empfand! Doch er wollte die Freundschaft zwischen ihnen nicht aufs Spiel setzen. Sie schätzte ihn wie einen Bruder, nicht als den Mann, den sie lieben könnte. Und sie trauerte immer noch um Maximilian. Außerdem konnte er, Felix, ihr in seiner derzeitigen Lage keine finanzielle Sicherheit bieten. Also schwieg er und verschloss die Sehnsucht tief in seinem Innern.
Henriette war trotz aller Beklommenheit erleichtert darüber, dass Felix ging, denn in seiner Gegenwart würde sich das Gespräch noch unangenehmer gestalten. Sie hatte nicht vergessen, mit welch misstrauischen Blicken Leopold den Mann bedacht hatte, den er für einen Rivalen im Kampf um die Gunst Henriettes hielt.
»Madame, Sie haben mich lange auf besseres Wetter für einen Spaziergang vertröstet. Aber heute regnet es endlich einmal nicht, also weisen Sie mich bitte nicht wieder ab!«
»Monsieur, wenn ich hier in der Buchhandlung fertig bin, muss ich mich um meinen Sohn kümmern«, wich sie aus.
»Ach was, ich bin sicher, Ihre Tante wird den Kleinen nur zu gern für ein Weilchen beaufsichtigen«, konterte er und sah

ihr so herausfordernd in die Augen, dass sie erschrocken die Lider senkte. Sie mochte ihn nicht und wollte ihn nicht ermutigen. Etwas an seinem Blick verursachte ihr eine Gänsehaut. Etwas Lauerndes, Raubtierhaftes … Das Lächeln, das seine Augen nicht erreichte. Aber um ihres Oheims willen und ihrer aller Sicherheit durfte sie ihn auch nicht verprellen. Statt seine Avancen zurückzuweisen, sagte sie deshalb widerstrebend: »Also gut.«

»Madame, Sie machen mich glücklich! Darf ich Sie um drei Uhr abholen?«, fragte er, verbeugte sich schwungvoll und ging hinaus.

Dann ließ sie sich auf einen Hocker sinken und legte den Kopf in beide Hände.

Nach einem heftigen Streit mit Oheim und Tante darüber, wie sehr sie sich genötigt und ausgeliefert fühlte, ließ sich Henriette am Nachmittag pünktlich um drei Uhr von Leopold abholen.

»Vielleicht möchten Sie auf einen Kaffee zu uns in den Salon kommen?«, schlug Friedrich Gerlach vor. Das wäre Henriette tausend Mal lieber gewesen, als allein mit dem Sohn des Zensors und vor den Augen der ganzen Stadt zu flanieren.

»Zu gütig, Monsieur Gerlach! Aber heute ist uns zum ersten Mal nach all den grauen Regentagen ein wenig Sonne vergönnt. Deshalb würde ich mit Ihrer Nichte gern ein wenig frische Luft genießen, wenn Sie gestatten.«

So unwohl wie bei diesem Spaziergang hatte sich Henriette lange nicht gefühlt – und das, obwohl Leopold ausnehmend höflich war, sie mit harmlosen Scherzen unterhielt und immer wieder vor Passanten freundlich den Hut zog.

Sie fühlte sich wie von tausend Blicken durchbohrt, während sie nebeneinander, doch in gebührendem Abstand durch die

Petersstraße spazierten, die Flaniermeile Freibergs, in der besonders die Studenten gern auf und ab schlenderten, um mit den jungen Schönheiten der Stadt anzubändeln.
Vielleicht war es ungerecht gegenüber Leopold Ullrich, aber sie fühlte sich bei ihm an die inquisitorischen Blicke erinnert, mit denen Schack sie auf der Reise von Berlin bis an die preußisch-sächsische Grenze gemustert hatte.
Friedrich Gerlach, der Menschenfreund, Verleger und Herausgeber eines Wochenblatts, besaß leider nicht die Entschlossenheit ihres Schwiegervaters, der immerhin Jura an der Berliner Universität unterrichtete. Außerdem war er sehr direkt vom Wohlwollen der Zensoren abhängig.
Als Ullrich scheinbar beiläufig sagte: »Ich sehe Tintenspuren an Ihren Fingern. Da frage ich mich, was Sie so schreiben«, zuckte sie zusammen. Unmerklich, wie sie hoffte. War da ein bedrohlicher Unterton, oder bildete sie sich das nur ein? Niemand außer ihrem Oheim, Augusta und Felix wusste, worüber sie schrieb.
»Ich führe eine rege Korrespondenz nach Erfurt, mit Konstantins jüngerem Bruder Eduard, der dort das Druckerhandwerk lernt, wie Sie sicher wissen. Und mit meinen Schwiegereltern, die so häufig wie möglich erfahren möchten, welche Fortschritte ihr Enkel macht.«
»Wie interessant«, sagte er, diesmal mit unverkennbarem Unterton. Er glaubte ihr nicht. »Ich denke, das ist noch nicht alles. Sie verbergen etwas vor mir, teure Madame Trepte, und ich fühle mich herausgefordert, all Ihre Geheimnisse zu ergründen.«
Es schien ihr die Rettung in der Not, als sie plötzlich Therese und Emilia entdeckte, die – statt bei Monsieur Meunier die neuesten Tänze einzustudieren – lächelnd durch die Straße schlenderten und den Studenten lockende Blicke zuwarfen.

»Entschuldigen Sie mich, ich muss etwas Unaufschiebbares mit meinen leichtsinnigen Cousinen klären«, sagte sie und ging resolut auf die Mädchen zu. Leopold folgte ihr auf dem Fuß.

»Was tut ihr hier, und wieso seid ihr nicht bei Monsieur Meunier?«, fragte sie streng, aber insgeheim erleichtert über die Ablenkung von dem heiklen Gesprächsthema mit Leopold.

»Die Tanzstunde ist ausgefallen, also sei keine Spielverderberin und gönn uns diesen Spaziergang!«, erklärte Therese schnippisch. »Du amüsierst dich doch auch.«

»Ich glaube nicht, dass der Oheim duldet, dass ihr hier herumtändelt. Wir gehen sofort nach Hause.« Hier bot sich nun ein höchst willkommener Vorwand, Leopolds bohrenden Fragen zu entrinnen.

»Familienzwist?«, fragte er lächelnd. »Kann ich vielleicht vermitteln?«

»O ja bitte, Monsieur Ullrich!«, flötete Therese und strahlte ihn an, wobei sie mit den Wimpern klimperte. Nach den langen Kriegsjahren gab es nicht mehr so viele junge *und* gutaussehende Männer.

»Sie verzeihen, aber ich muss diese beiden Mädchen jetzt nach Hause bringen, ehe sie sich den Ruf ruinieren«, erklärte Henriette energisch.

Therese und Emilia schmollten und starrten Leopold in der Hoffnung an, er werde ihnen beistehen.

»Husch, husch, jetzt aber vorwärts mit euch!«, befahl Henriette und folgte den beiden an der Seite ihres Verehrers Richtung Untermarkt.

»Sie finden immer wieder einen Weg, mir zu entwischen, Madame!«, beklagte sich Leopold und musterte sie von der Seite. »Soll ich mich verschmäht fühlen? Oder durch Ihr Zieren herausgefordert?«

»Ganz sicher nicht herausgefordert!«, stellte sie entschieden klar und sprach betont sanft weiter, wobei sie jedes Wort sorgfältig abwog. »Ich fühle mich von Ihrem Interesse geschmeichelt. Aber ich habe es nicht verdient. Ich bin eine mittellose Witwe mit einem kleinen Kind und auf das Wohlwollen meiner Verwandten angewiesen. Es gibt viele junge Mädchen in der Stadt, die sich glücklich schätzen würden, wenn Sie ihnen Ihre Aufmerksamkeit zuteilwerden ließen statt mir.«

Deutlicher hätte sie ihn kaum abweisen können, ohne unhöflich zu werden.

»Diese jungen Dinger langweilen mich. Sie hingegen sind eine bemerkenswert kluge Frau, eine Frau mit einer Vergangenheit, die es zu ergründen lohnt.«

Er blieb stehen und sah ihr in die Augen.

»Madame, Sie müssen nicht auf die Unterstützung der Gerlachs angewiesen bleiben, wenn Sie mir erlauben, mich Ihnen zu erklären. Mein Vater wird mir einmal seinen Posten vererben, der ein gutes Einkommen bedeutet.«

Das wusste Henriette nur zu gut. Der Oheim musste den Zensoren auch noch zwei Groschen pro Seite dafür bezahlen, dass sie in seinen Texten nach Verdächtigem suchten und Änderungen anordneten, die viel Mehrarbeit mit sich brachten.

Das waren jede Woche sechzehn Groschen. Dafür bekam man auf dem Markt in Freiberg schon zwei Scheffel Weizen oder vier Pfund Rindfleisch.

Als wäre das nicht deutlich genug, verkündete Leopold noch, während er sie mit lauerndem Blick bedachte: »Ich könnte bei meinem Vater bewirken, dass er den Druckerzeugnissen Ihres Oheims … wohlwollend gegenübersteht, wenn ich ein legitimes Interesse an Ihrer Familie hegen darf … durch Ihr Entgegenkommen.«

Aus Henriettes Beklommenheit wurde jäher Zorn, den sie nur mit Mühe zügeln konnte. Zum Glück hatten sie das Gerlachsche Haus am Untermarkt erreicht.
»Sie entschuldigen mich …«, sagte sie nur knapp, knickste und lief die Treppen hinauf.

»Wo ist der Oheim?«, rief sie, als sie die Wohnetage des Hauses betrat. Johanna wies nur mit dem Kopf Richtung Bibliothek, denn sie versuchte beharrlich, Max mit einem Schälchen Apfelmus zu füttern. Der jedoch war – mit von Mus verklebten Wangen – vollauf damit beschäftigt, fröhlich die Grimassen nachzuahmen, die ihm Franz gerade beibrachte.
»Das geht so nicht weiter!«, erklärte Henriette, als sie vor dem Oheim stand. »Leopold will mir einen Antrag machen, daran hat er keinen Zweifel gelassen … und hat unter der Hand gedroht, dir durch seinen Vater Schwierigkeiten zu bereiten, wenn ich ablehne.«
Fassungslos nahm Friedrich Gerlach die Brille ab, klappte die Bügel zusammen und legte die Augengläser sacht auf das Schreibpult.
»Bist du dir sicher?«, fragten er und Tante Augusta wie aus einem Munde.
»Ja. Und ich weiß nicht, wie ich ihm entrinnen kann, ohne euch zu schaden. Aber eines steht fest: Ich werde ihn nie und nimmer heiraten. Er ist mir unheimlich. Wie also kommen wir unbeschadet aus dieser Zwickmühle?«
Erschüttert ließ sich Friedrich Gerlach in einen Sessel sinken. Augusta, die bereits saß, starrte Henriette nachdenklich an.
»Du weißt, dass ich dich wie eine Tochter liebe. Ich will dich zu nichts zwingen«, versicherte der Oheim bedrückt. »Aber

die Zensoren können nicht nur unser Geschäft vernichten, unsere Lebensgrundlage. Als Drucker und Verleger lebt man immer unter dem Damoklesschwert, in Festungshaft auf dem Königstein zu landen.«

Er beugte sich ein wenig vor und breitete resigniert die Hände aus.

»Einzig in Weimar gilt seit ein paar Wochen eine Verfassung, welche den Männern Wahlrecht zubilligt und Meinungs- und Pressefreiheit zusichert.«

Henriette riss die Augen auf. Das war etwas Einmaliges in deutschen Landen! Und sie hörte hier zum ersten Mal davon.

»Warum hast du mir nichts davon erzählt?«, fragte sie ungläubig.

»Damit du dir keine falschen Hoffnungen machst. So etwas wird in Sachsen nicht passieren, nicht unter diesem König, der sofort nach seiner Rückkehr auch die kleinsten Reformen rückgängig machte.«

»Der König ist alt und regiert schon seit fast fünfzig Jahren. Was ist mit seinem Nachfolger?«

»Anton? Da Friedrich August keinen Sohn hat, wird sein Bruder Anton der nächste König. Doch der besitzt nur schwache Geistesgaben. Also wird alle Macht weiter bei dem übermächtigen Grafen von Einsiedel liegen, der Kabinettsminister *und* zuständig für Innen- *und* Außenpolitik ist. Er lehnt jegliche Reformen ab und ist nicht viel älter als vierzig Jahre. Was bedeutet, er wird noch regieren, wenn ich längst tot bin und du graues Haar bekommst, Jette. Hier in Sachsen stehen uns bedrückende Jahrzehnte bevor, ohne Aussicht auf Hoffnung. Wir müssen uns mit den Zuständen arrangieren.«

Müde und mutlos strich er sich über die Stirn.

Wieder dachte Henriette an die Redewendung »mit den Wölfen heulen«. Obwohl »sich wegducken und nicht auffallen« wohl die bessere Taktik war.

»Du erwartest doch nicht von mir, dass ich um des Geschäftes willen einen Mann heirate, der mir zuwider ist? Geradezu unheimlich?«, protestierte sie und fühlte jede Hoffnung in sich erlöschen.

»Ach was!«, mischte sich Augusta ein und wedelte mit der Hand. »Neffe, wir müssen die Kleine vorübergehend aus der Schusslinie nehmen, um Zeit zu gewinnen. Schicken wir sie auf eine Reise, die wir als plötzlich und dringend erklären können! Vielleicht kühlt sich der hitzige Freier in der Zwischenzeit etwas ab.«

Die beiden starrten sie gleichermaßen verblüfft wie zweifelnd an, während Augustas scharfer Verstand bereits einen konkreten Vorschlag entwickelte.

»Erfindet einen Grund, warum sie Eduard in Erfurt besucht! Vielleicht, weil Magdalena um Rat und Hilfe bei den Hochzeitsvorbereitungen bittet? Und von dort aus, Liebes, kannst du, wenn du magst, sogar einen Abstecher nach Gotha zu deiner neuen Freundin Louise Seidler unternehmen. Sie weilt doch derzeit dort, oder?«

Henriette verschlug es die Sprache.

»Wir können Jette nicht ohne Begleitung losschicken«, wandte Friedrich Gerlach ein. »Johanna geht es nicht gut genug für solch eine Reise, und weder Konstantin noch ich sind hier entbehrlich, wenn sie schon fehlt.«

Die alte Dame lächelte siegessicher. »Oh, *ich* hätte noch einmal Lust auf eine solche Unternehmung«, gestand sie vergnügt. »Und ich würde auch gern in Gotha meine gute alte Freundin Ettinger besuchen. Bei der wird Louise Seidler untergekommen sein, das ist nämlich ihre Tante. Caroline

Ettinger und ich, wir zwei alten Schachteln, werden einander viel zu erzählen haben.«
Henriette starrte die Großtante verblüfft an. Einerseits wusste sie, dass die Buchhändler Deutschlands in Kontakt miteinander standen. Sie selbst kannte etliche von Messebesuchen oder Begegnungen in Leipzig, wie zum Beispiel Reclam, Brockhaus oder Bertuch. Doch dass Augusta die Ettingers kannte, diese bedeutende Verlegerfamilie aus Gotha, war ihr neu.
Allerdings war sie bereit, nach jedem Strohhalm zu greifen, auch wenn es ihr schwerfiel, Max für ein paar Tage ganz der Obhut von Johanna und Alma Klein zu überlassen.
Augusta hatte recht, in Ermangelung anderer Ideen war es die beste Strategie, erst einmal Zeit zu gewinnen, um weitere Pläne schmieden zu können.
Sie überlegten gemeinsam noch ein wenig hin und her, Johanna wurde hinzugerufen, und rasch war die Reise beschlossene Sache. Ein Ankündigungsschreiben wurde mit der Reitenden Post nach Erfurt gesandt.
Zwei Tage später brachen Henriette und Augusta auf.

## Begegnungen in Erfurt

Henriette und Augusta erreichten Erfurt an einem kalten Sommertag in durchnässten Kleidern, die bis eine Handbreit über dem Saum schlammverschmiert waren. Sobald sie aus der Kutsche gestiegen waren, winkte die Großtante einen Botenjungen zu sich und drückte ihm eine Münze in die Hand.
»Lauf zu Keysers in der Marktstraße und sag Bescheid, dass die Besucher angekommen sind!«

Nachdem er das Geld eiligst an sich genommen hatte, sauste der Junge davon, und Henriette kümmerte sich darum, dass ihr Gepäck abgeladen wurde.
Wenig später kam eine schlanke Frau von knapp dreißig Jahren mit rötlichem Haar forschen Schrittes auf sie zu und wurde von Augusta herzlich begrüßt.
»Magdalena, meine Liebe, wie schön, dich zu sehen!«
Dann jedoch riss die junge Frau die Augen auf, als sie die Kleider der Besucher musterte.
»Um Himmels willen, seid ihr durch den Regen hierher *gelaufen?*«
»Es hätte nicht viel gefehlt«, meinte Augusta und stöhnte. »Meine Güte, was für ein schrecklicher Sommer, kalt und regnerisch und beinahe ohne einen Sonnenstrahl! Es goss fast auf der gesamten Strecke, und kurz vor Erfurt hat sich ein Rad in einem Schlammloch festgefahren. Wir mussten aussteigen und im strömenden Regen warten, bis die Männer die Kutsche wieder flottbekamen.« Sie warf einen skeptischen Blick zum Himmel. »Wenigstens regnet es hier nicht.«
»Nicht *mehr.* Aber das auch erst seit einer Viertelstunde«, gab Magdalena Auskunft und wandte sich Henriette zu. »Du musst Jette sein.«
Dass sie den familiären Kosenamen verwendete, obwohl sich die beiden jungen Frauen zum ersten Mal sahen, wirkte überhaupt nicht aufdringlich, sondern ganz natürlich und versprach ein unkompliziertes Miteinander. »Willkommen! Eduard hat viel von dir erzählt. Er freut sich sehr darauf, dich wiederzusehen. Es tut mir leid, dass eure Reise so widrig verlief. Lasst uns ins Haus gehen, da könnt ihr trockene Kleider und Schuhe anziehen. Es ist nicht weit.«
Skeptisch musterte sie die schlammigen Rocksäume. »Hoffentlich lässt sich das ausbürsten, wenn es getrocknet ist.«

Auf ihr Zeichen griff sich ein Hausdiener der Familie Keyser das Gepäck. Magdalena hakte sich bei Henriette unter und warf einen finsteren Blick zum grau verhangenen Himmel. »Und so etwas nennt sich nun Sommer!«

»Wir sahen unterwegs viele Felder, wo das Korn von Hagel und Gewitter niedergedroschen war, teils schon auf dem Halm verfaulte … Ich mag gar nicht daran denken, wie die Ernte dieses Jahr ausfällt«, berichtete Henriette.

»Ja, welch bittere Ironie des Schicksals!«, stimmte Magdalena ein. »Da haben wir den Krieg überstanden, Belagerung und Beschuss und Feuersbrunst, endlose Requisitionen, wodurch sogar das Salz knapp wurde, von Brot, Fleisch und Kaffee gar nicht zu reden … Die Menschen jubelten über den Friedensschluss, hofften auf bessere Zeiten, die sie weiß Gott verdient haben nach all der Not – und nun droht eine Missernte, so weit das Auge reicht.«

»Vor Erfurt sah ich alle Obsthaine abgeholzt. Was ist dort geschehen?«

Magdalena blickte grimmig.

»Das unglückselige Erbe von Besetzung und Belagerung. Jedenfalls ein Teil dieses Erbes, mehr wirst du schon auf dem kurzen Weg zu uns sehen. Dort oben auf der Zitadelle« – sie wies mit dem Kinn auf die gewaltige Festung, die hoch über Erfurt thronte – »saßen sechstausend Mann der *Grande Armée,* und als die Preußen anrückten, um die Stadt zu belagern, ließ Gouverneur d'Alton alles in und um Erfurt abholzen oder niederbrennen, was in seiner Schussbahn lag.« Sie vergewisserte sich, dass Augusta Schritt halten konnte, und fuhr fort: »Eduard erzählte, du warst in Leipzig während dieser Völkerschlacht und hast in den Lazaretten geholfen. Da wirst du auch schreckliche Dinge gesehen und erlebt haben. Hier … schau nur!«

Sie hatten den Domplatz erreicht, der fraglos das Schmuckstück Erfurts gewesen war, von prächtig verzierten Häusern umgeben. Doch nun waren ganze Häuserzeilen zu Asche geworden. Vom gnadenlosen Wüten des Feuers kündeten auch nach zweieinhalb Jahren noch klaffende Kellerlöcher und von Ruß geschwärzte Fundamente.

»Als die Preußen am 6. November 1813 Erfurt beschossen, mit zweitausendfünfhundert Kanonenkugeln und Brandbomben, wie es später hieß, trafen die meisten Geschosse nicht die Zitadelle, wie sie sollten, obwohl das Kloster dort oben drei volle Tage lang brannte, sondern die Stadt«, berichtete Magdalena düster. »Ganze Viertel gingen in Flammen auf. Dein Cousin Konstantin und auch mein Bruder wollten beim Löschen helfen. Doch mit den kleinen Feuerspritzen konnten sie gegen das Flammenmeer nichts ausrichten. Und was hinterher an beschädigten Häusern und verkohltem Gebälk noch übrig war, mussten die Erfurter auf Geheiß d'Altons selbst abreißen. Andernfalls wollte er alles sprengen und hätte damit wahrscheinlich den nächsten Stadtbrand ausgelöst.«

Sie deutete auf die breite Treppe zwischen Dom und Domplatz. »Sogar hier, An den Graden.«

Henriette wurde bewusst: So wie sie ihrem Schwiegervater in Leipzig beim Gang durch die Stadt ihre Erinnerungen hatte vermitteln wollen, so tat es jetzt Magdalena mit ihr in Erfurt. Würden sie beide nach den durchlebten Gräueln diese Städte je wieder durchschreiten können, ohne Schreckensbilder vor sich zu sehen?

Ihr erstand die Vision einer gewaltigen Feuersbrunst vor Augen, bei der ganze Straßenzüge in meterhohen Flammen standen. Sie schauderte.

»Freiberg blieb von Kanonenkugeln weitgehend verschont.

Auf Leipzig gingen nur vereinzelt Geschosse nieder. Aber dafür wütete dort der Typhus ganz schrecklich.«

»Hier auch. Bald wusste niemand mehr, wohin mit all den Toten. Die Franzosen warfen sie schließlich von der Zitadelle herab, um dort oben die Ansteckungsgefahr zu mindern …«

Verstört starrte Henriette hinauf auf die Festung. Wohl jede Stadt hatte ihre eigenen schaurigen Geschichten über diese Zeit.

Doch Magdalenas Gesicht hellte sich wieder auf. Sie deutete nun auf ein großes Haus in der Marktstraße, über dessen Fenster im Erdgeschoss der Schriftzug *Keysers Universitätsbuchhandlung* prangte.

»Sieh, Jette, da sind wir.«

»Eure Buchhandlung muss ja riesig sein! Dort würde ich gern einmal stöbern«, sagte sie begeistert.

»Dazu bist du herzlich eingeladen. Obwohl: Wie lange dürfen wir uns noch Universitätsbuchhandlung nennen, wenn es in Erfurt faktisch keine Universität mehr gibt? Die Gebäude wurden auf Befehl Napoleons als Lazarette oder Lager zweckentfremdet, und derzeit findet man kaum zwanzig Studenten hier. Es wird nicht mehr lange dauern, heißt es, bis die Preußen Erfurts Universität auflösen. Oder das, was davon noch übrig ist«, fügte Magdalena grimmig an. »Tretet ein, erst einmal trinken wir Kaffee mit meinem Bruder und Eduard, die euch schon sehnsüchtig erwarten. Doch zuallererst« – Magdalena rümpfte ein wenig die Nase – »zieht ihr die nassen Sachen aus.«

Sie zeigte den Besucherinnen die Gästezimmer, damit sie sich erfrischen und in Pantoffeln und trockene Kleider und Unterkleider steigen konnten, dann rief sie laut durchs Haus: »Fritz, Eduard, kommt herbei! Jette und Augusta sind da!«

Im Speisezimmer waren inzwischen Kaffee und Kuchen aufgetafelt.
Rasch kamen die beiden jungen Männer aus der Druckerei geeilt und streiften im Gehen Schürzen und Ärmelschoner ab, um die Gäste zu begrüßen.
Magdalena stellte Jette offiziell ihrem Bruder vor: »Friedrich ist ein Jahr jünger als ich, aber ungeachtet seiner Jugend bereits der Inhaber von Druckerei und Buchhandlung, seit unser Vater vor zwei Jahren starb, Gott hab ihn selig.«
Friedrich Keyser, der also achtundzwanzig Jahre zählen musste, verbeugte sich höflich und hieß sie willkommen.
Eduard begrüßte seine Urgroßtante mit formvollendeter Höflichkeit. Er hatte unverkennbar Respekt vor der alten Dame – oder ihrer spitzen Zunge und ihrem Scharfsinn.
Dann trat er auf Henriette zu, ergriff ihre Hände und küsste ihr fröhlich beide Wangen.
»Wie schön, dich zu sehen, Cousinchen! Sind bei Gerlachs in Freiberg alle wohlauf?«
Henriette bestätigte dies lächelnd. *Cousinchen!* Eduard war zwei Jahre jünger als sie. Aber sie hatten gemeinsam Schlimmes durchlebt, das schmiedete zusammen. Und ein wenig war ihr Cousin auch in sie verliebt gewesen ... Oder war er es etwa immer noch, wenn sie das freudige Leuchten in seinen Augen richtig einschätzte?
»Du bist kräftiger geworden«, stellte sie immer noch lächelnd fest. Das Wort »erwachsener« verkniff sie sich gerade noch, weil er sicher beleidigt protestieren würde, er sei schon längst erwachsen.
Eduard grinste und deutete auf seinen Bauch. »Die köstlichen Thüringer Wurstwaren ...«
»Nun kommt endlich zu Tisch!«, lud Magdalena ungeduldig ein, die das Haus führte, seit ihre Mutter vor etlichen Jah-

ren gestorben war, denn der Vater hatte sich nicht wieder vermählen wollen. Vielleicht hat sie das so forsch und entschlossen werden lassen, sinnierte Henriette.
Obwohl ihr Bruder, den sie nur Fritz nannte statt Friedrich, der Inhaber der Universitätsbuchhandlung war, lag das Kommando in diesem Haus eindeutig bei Magdalena.
Bei Kaffee und Kuchen tauschten sie Neuigkeiten und Pläne aus, dann mussten Fritz und Eduard zurück an die Arbeit, und Augusta kündigte an, ein wenig ruhen zu wollen. Sie fühle sich immer noch durchgefroren nach den langen Stunden in nassen Schuhen und Röcken.
»Sollen wir Doktor Sixt herbitten? Er ist ein guter Arzt. Nicht dass du krank wirst!«, sorgte sich Magdalena.
Die Achtzigjährige schüttelte den Kopf.
»Das ist lieb von dir, Mädchen, aber ich denke, eine Stunde Ruhe wird mich vollends wiederherstellen.«
»Ich lasse dir gleich noch eine Wärmpfanne für die Füße bringen«, versprach die besorgte Gastgeberin.
Und schon waren die beiden jungen Frauen im Salon allein.
»Nun rück mit der Wahrheit heraus: Warum musstet ihr so unvermittelt auf Reisen gehen, dass ihr schon einen Tag nach dem Ankündigungsschreiben hier eintrefft?«, fragte Magdalena unverblümt. »Denke nicht, dass ich mich nicht über euern Besuch freuen würde. Und darüber, dich endlich einmal kennenzulernen. Aber dahinter steckt doch etwas mehr als urplötzlich aufgekommene sommerliche Reiselust. Oder?«
»Alle hielten es für das Beste, wenn ich für eine gewisse Zeit aus Freiberg verschwinde«, gestand Jette. Magdalena zog die Augenbrauen hoch, stützte das Kinn auf eine Faust und wartete auf eine Erklärung.
»Oje!«, sagte sie bestürzt, als Henriette ihre Beichte beendet hatte. Und noch einmal: »Oje, oje!«

Sie schenkte sich und ihrer Besucherin Kaffee nach, und auf ihrem Gesicht wechselten sich Trauer und Zorn in rascher Folge ab.
»Ich war einmal in einer ähnlichen Lage«, gestand sie leise und rieb sich die Stirn. »Und das nicht einmal wie du mit einem gutaussehenden jungen Mann, sei er auch noch so unheimlich. Sondern es war der alte und in ganz Erfurt verhasste Polizeioberinspektor, der mir nachstellte. Damals lebte Vater noch; es war während der Besetzung durch die *Grande Armée,* und dieser widerliche Kahlert wollte durch mich die Kontrolle über die größte Buchhandlung und Druckerei im Ort gewinnen.«
»Wie bist du ihm entkommen?«, fragte Henriette, die selbst noch keinen Ausweg aus ihrer Misere wusste.
»Das war … ein moralisches Dilemma«, antwortete Magdalena leise. »Stell dir vor: D'Altons Männer hatten unseren siebzigjährigen Vater verhaftet und ihn mitten im eisigen Dezember in der Zitadelle eingesperrt, gemeinsam mit fünfundzwanzig weiteren angesehenen Erfurter Bürgern, um von der Stadt ein Lösegeld von fast einer Viertelmillion Franc zu erpressen. Das Geld hätten wir nie und nimmer aufbringen können; wir waren ja alle schon längst ausgeplündert. Ich durfte Vater besuchen und sah, dass es ihm immer schlechter ging; er war bereits bei seiner Verhaftung krank gewesen. Am Heiligen Abend konnte ich es nicht länger ertragen, dass er auf der Zitadelle vor sich hin siechte. Also ging ich zu Kahlert und bat ihn um Fürsprache und Nachsicht.«
Sie stockte, kämpfte gegen die Erinnerungen an.
»Und?« Henriette wagte kaum zu atmen.
»Er forderte von mir … ein Entgegenkommen, wenn ich ihn schon nicht heiraten wolle. Dabei ließ er an Deutlichkeit

nichts zu wünschen übrig. Ich hab seine Hand weggeschlagen und bin hinausgestürmt. Das war es nicht wert, und Vater hätte es bestimmt nicht gewollt.«

Sie holte tief Luft, Trauer lag in ihrer Miene. »Anfang Januar führten Franzosen und Preußen Kapitulationsverhandlungen, und Vater kam frei. Aber er hat sich von den Strapazen trotz aller ärztlicher Fürsorge nicht mehr erholt. Den vollständigen Abzug der Franzosen erlebte er schon nicht mehr. Und ich frage mich manchmal nachts vorm Einschlafen, ob ich ihn nicht getötet habe. Ob er heute noch leben könnte, wäre er früher aus dem Gefängnis gekommen ...«

Henriette verschlug es vor Beklommenheit die Sprache.

»Alles, was ich jetzt sagen kann, sind leere Worte«, meinte sie leise. »Du weißt nicht, ob er wieder genesen wäre. Aber hätte er gewollt, dass du dich seinetwegen ins Unglück stürzt? Du verneinst es doch selbst.«

»Tja, wir werden es nie erfahren. Mit dieser Last muss ich nun den Rest meines Lebens zubringen.«

Magdalena lehnte sich zurück und schlug mit der flachen Hand auf das bestickte Tischtuch, also könnte sie so die trüben Erinnerungen vertreiben.

»Nun sag, was hast du vor, wenn du schon einmal in unserem schönen Erfurt bist?«

»Großtante Augusta möchte gern Madame Ettinger in Gotha einen Besuch abstatten, wenn sie uns denn sehen will. Und ich hoffe, dort Louise Seidler anzutreffen.«

»Das ist nicht weit, das könntet ihr an einem Tag hin und zurück schaffen. Augusta soll gleich morgen früh eine Ankündigung nach Gotha schicken.« Magdalena lächelte. »Und hier, für Erfurt, hast du gar keine Pläne? Wenn das Wetter nicht so schrecklich wäre, könnten wir zu *Vogels Garten* schlendern, das ist ein beliebtes Ausflugslokal.«

»Zeig mir, was du für wichtig hältst. Aber ich möchte gern auch Monsieur Beyer einen Besuch abstatten.«

Ihre Gastgeberin hob die Augenbrauen. »Du kennst Monsieur Beyer?«

Das war ein angesehener Bürger Erfurts, der ganz in der Nähe eine kleine Buchhandlung mit Leihbibliothek führte.

»Den *überaus charmanten* Herrn Beyer, den etliche Damen in der Stadt gern als Schwiegersohn hätten … oder für sich als Gatten?« Ihr Spott verflog jäh, als ihr ein Gedanke kam. »Die Erfurter sind sich ziemlich einig, dass er eine heimliche Geliebte hat. Das bist doch nicht etwa *du?*«

»Aber nein!«, wehrte Henriette erschrocken ab. »Ich kenne ihn von Leipziger Buchmessen, zu denen mich der Oheim mitgenommen hat, als mein Vater noch lebte. Während die französische Garnison hier stationiert war, erwies er mir einen Gefallen, um den ich ihn brieflich bat, als ich in Leipzigs Lazaretten Verwundete pflegte. Verwundete jeglicher Nationalität«, rechtfertigte sie sich sofort, da sie Magdalena die Stirn runzeln sah. »Es ging darum, eine Todesnachricht zu überbringen. Der Vater, ein französischer Offizier, sollte nicht länger in Ungewissheit über das Schicksal seines einzigen Sohnes leben und erfahren, wo man ihn begraben hatte, damit er den Leichnam in seine Heimat überführen konnte. Was – wie ich später erfuhr – auch geschah.«

Doch sie wollte das Thema nicht vertiefen, lieber die Erinnerung daran verscheuchen, wie Étienne in ihren Armen starb. Sie konnte sie immer noch nicht aushalten. Also wechselte sie rasch das Thema.

»Nun erzähl endlich von deinen Hochzeitsvorbereitungen! Die waren uns schließlich Vorwand für diese Reise.«

Ein Strahlen zog über Magdalenas Gesicht, und sie stemmte sich hoch.

»Komm, wir gehen ein paar Schritte, ehe es wieder anfängt zu regnen. Nach der langen und holprigen Kutschfahrt willst du dir sicher ein wenig die Beine vertreten. Dabei zeige ich dir gleich, wo du Monsieur Beyer findest. Es sind kaum mehr als zweihundert Meter bis zu seiner Buchhandlung.«
Die beiden jungen Frauen griffen nach ihren Umschlagtüchern und setzten die Hüte auf. Das Dienstmädchen hatte zwar Henriettes durchnässte Schuhe mit altem Papier ausgestopft und in die Nähe des Küchenherdes gestellt, damit sie trockneten. Doch als sie jetzt hineinschlüpfte, fühlten sie sich immer noch eiskalt und feucht an.
Magdalena hakte sich bei Henriette ein, und während sie Seite an Seite über den Domplatz schlenderten, erzählte sie: wie sie ihren Ferdinand, einen jungen preußischen Hauptmann der Infanterie, 1806 kennengelernt und sich rettungslos in ihn verliebt hatte, ihn dann aber aus den Augen verlor, nachdem die Preußen in den Schlachten bei Jena und Auerstedt vernichtend geschlagen worden waren und sich unter enormen Verlusten und in größer Hast zurückziehen mussten.
»Ich dachte, er sei tot. Doch nachdem ich ihn jahrelang beweint hatte, stand er plötzlich leibhaftig vor mir, als die Preußen die Stadt wieder übernahmen. Nach acht Jahren!«
»Ihr seid euch sicher sofort in die Arme gefallen«, mutmaßte Henriette, die insgeheim ihre neue Freundin um ihr Glück beneidete, auch wenn sie lange darauf hatte warten müssen. Maximilian würde niemals zurückkehren.
»Nicht gleich«, korrigierte die zukünftige Braut grimmig. »Erst einmal hatten wir einen riesigen Streit darüber, weshalb er sich nicht gemeldet hatte. Er sagte, er habe mir keine falschen Hoffnungen machen wollen, weil Erfurt nach dem Rückzug der Preußen Napoleons Privatdomäne wurde und

auf unbestimmte Zeit kein Preuße die Stadt betreten durfte. Aber ich habe um ihn getrauert, all die Jahre. Obwohl er noch lebte! Verstehst du?«

Passanten kamen ihnen entgegen, nickten höflich oder zogen gar ihre Hüte. »Demoiselle Keyser!«

Magdalena erwiderte die Grüße mit einem aufgesetzten zuckersüßen Lächeln und hakte sich noch ein wenig enger bei Henriette ein.

»Diese Heuchler!«, raunte sie verächtlich. »Es ist gar nicht lange her, da war ich in ihren Augen noch eine bemitleidenswerte alte Jungfer, die nie einen Mann bekommen würde, weil ich schon fast dreißig bin. Und jetzt, da der Hochzeitstermin feststeht, wetzen sie die Mäuler, ob ich nicht zu alt bin, um noch Kinder zu bekommen.«

»Wo werdet ihr nach der Hochzeit leben? In Berlin oder Potsdam? Denn du sagtest, dort ist dein Ferdinand stationiert.«

»Er hat um seine Versetzung nach Erfurt gebeten, deshalb mussten wir die Hochzeit noch etwas hinausschieben. Ich werde wohl auch weiterhin meinem Bruder zur Seite stehen müssen, wenn die Buchhandlung in diesen schwierigen Zeiten überleben soll. Erfurt ist verarmt, ausgeblutet, zu Teilen niedergebrannt, seiner Schönheit beraubt und bald auch noch seiner Universität. Und es gehört zwar wieder zu Preußen, ist aber Magdeburg unterstellt. Was für eine Schmach!«

Sie hatten die kleine Buchhandlung mit Leihbibliothek in der Kettenstraße erreicht und traten ein.

»Bonjour, Monsieur Beyer, ich bringe Ihnen eine Freundin aus vergangenen Tagen: Henriette Trepte, die Nichte des Freiberger Buchhändlers Gerlach.«

Constantin Beyer erhob sich überrascht und begrüßte die

beiden jungen Frauen auf eine so charmante und herzliche Weise, dass Henriette begriff, wieso ihn sich viele Erfurterinnen als Schwiegersohn oder Ehemann wünschten, obwohl er sicher schon über fünfzig Jahre zählte.

»Henriette, welche unverhoffte Freude, Sie zu sehen. Was führt Sie zu mir? Verrät mir Ihr neuer Name, dass Sie vermählt sind? Darf ich gratulieren?«

»Verwitwet«, sagte sie nur.

Die Freundlichkeit in seinem Gesicht wich jäh einer betrübten Miene.

»Das tut mir sehr leid, mein Mitgefühl. So jung und schon Witwe, alles dieses unseligen Krieges wegen …«

Magdalena hatte das Gefühl, die beiden jetzt besser allein zu lassen.

»Tauschen Sie beide in Ruhe Erinnerungen aus. Ich gehe derweil für ein paar Besorgungen auf die Krämerbrücke. Eines der Geschäfte dort bietet die köstlichste Schokolade an …«

Sie schritt hinaus, und Constantin Beyer bot Henriette einen Sitzplatz an.

»Ich möchte Ihnen danken, dass Sie meine Nachricht überbracht haben«, begann sie schüchtern.

»Das versteht sich doch von selbst, das gebietet die Menschlichkeit«, versicherte er. »Wie ist es Ihnen inzwischen ergangen? Ist Ihr Oheim wohlauf?«

Sie berichtete und erkundigte sich im Gegenzug, wie der Buchhändler die düsteren Jahre von Krieg und Besetzung überstanden hatte.

»Fragen Sie nicht, Sie sehen ja selbst heute noch die Spuren dieser schlimmen Zeit«, sagte er betrübt. »Aber ich habe sorgfältig Tagebuch geführt. Ich arbeite an einer Stadtchronik für Erfurt, und ich werde jedes Detail über die Schrecken jener Tage benennen, das ich mit eigenen Augen gesehen habe.«

Eine so finstere, ja verbitterte Entschlossenheit hätte sie dem freundlichen Constantin Beyer nicht zugetraut.

»Sie müssen dafür die furchtbaren Erinnerungen noch einmal durchleben«, warnte Henriette leise. »Ich weiß es aus eigener Erfahrung.«

»Unser einst so schönes und blühendes Erfurt ist ausgeplündert, zerstört und nur noch eine unbedeutende preußische Provinz«, zählte er auf und wiederholte dabei unwissentlich fast Magdalenas Worte. »Die Sieger schreiben die Geschichte. Doch ehe wir das allein Preußen überlassen, fühle ich mich verpflichtet, alles minutiös niederzuschreiben und zu bewahren, was ich sah. Auch wenn es schmerzt. Das sind wir den Opfern schuldig.«

## Wiedersehen in Gotha

Zwei Tage später brachen Henriette und Augusta nach Gotha auf. Als sie die dortige Posthalterei erreicht hatten, erklärte ihnen einer der Pferdeburschen überaus lebhaft: »*Ettingers Buchhandlung* ist gleich dort drüben, meine Damen, Sie können sie schon sehen! Da, neben dem Rathaus. Soll ich Sie dort hinführen? Ich kann auch Ihr Gepäck tragen.«

»Das ist nicht nötig, Kleiner, wir bleiben nur kurz und haben kein Gepäck dabei«, enttäuschte Augusta den Jungen, der sich ein paar Pfennige verdienen wollte.

Da sie nur ein paar Stunden Aufenthalt in Gotha planten und am späten Nachmittag nach Erfurt zurückreisen wollten, hatten sie lediglich ihre Henkelkörbe mit etwas Reiseproviant bei sich und einen Kuchen, den ihnen Magdalena für die Gastgeberin mitgegeben hatte.

Wenn *Keysers Universitätsbuchhandlung* schon riesig war – die der Ettingers übertraf jede andere, die Henriette bis dahin gesehen hatte. Sie nahm einen beträchtlichen Teil im Erdgeschoss eines großen Hauses am Jakobsplatz ein, das nur ein paar Schritte vom Rathaus entfernt stand, einem Renaissancebau mit prächtigem Portal und massivem Turm.

»Der alte Ettinger hat pro Jahr stolze vierhundert Bücher herausgegeben, sogar *Voltaires Gesammelte Werke* in sage und schreibe einundsiebzig Bänden«, hatte Augusta ihr während der Kutschfahrt erzählt. Die Geschäfte seien so gut gelaufen, dass er weitere Buchhandlungen in Langensalza, Erfurt und Jena eröffnete. »Er begründete auch den *Gothaischen Hof-Kalender,* ein in aristokratischen Kreisen sehr geschätztes Nachschlagewerk über Familien adliger Abstammung«, referierte die Großtante. »Vor zwölf Jahren starb er, und seitdem führt meine alte Freundin Caroline die Geschäfte ihres verblichenen Mannes in Thüringen weiter.«

Als sie sich dem schon durch seine Größe auffallenden Haus näherten, erkannte Henriette, dass ihre Ankunft aus mehreren Fenstern beobachtet wurde.

Die Gesichter verschwanden blitzschnell, offenbar um die Ankunft der Gäste zu vermelden, denn Augenblicke später schritt ihnen eine Dame entgegen, die eher siebzig als sechzig Jahre zählen musste, und lud sie ins Haus ein.

»Darf ich vorstellen: Caroline Ettinger, die einzige Frau, die ich kenne, die seit Jahren erfolgreich mehrere bedeutende Buchhandlungen führt!«, verkündete Augusta beschwingt.

Caroline relativierte die Eloge. »Mein ältester Sohn hilft mir dabei, der Otto. Im Übrigen erwägen wir gerade, die auswärtigen Niederlassungen zu verkaufen. Die Geschäfte im Buchhandel gehen schlecht aufgrund der Kriegsschäden, das wird Monsieur Gerlach in Freiberg sicher auch festgestellt haben. Und ich bin schließlich nicht mehr die Jüngste.«

Sie bat die Besucherinnen hinauf in die Wohnräume im ersten Stock, nahm dankend den Kuchen entgegen, den Magdalena geschickt hatte, und erkundigte sich nach den Wünschen ihrer Gäste.

»Seid ihr hungrig? Durstig?«

»Danke, meine Liebe. Keysers haben uns reichlich mit Wurstbroten für unterwegs versorgt, lass uns den Kuchen später anschneiden. Jetzt will ich altes Klappergestell einfach nur für eine Weile auf einer bequemen Chaiselongue sitzen, statt auf fürchterlichen Landstraßen durchgerüttelt zu werden. Für einen Kaffee wäre ich allerdings dankbar. Und dann haben wir uns viel zu erzählen.« Sie lächelte verwegen.

»Und Sie, Madame Trepte?«, erkundigte sich Caroline Ettinger. »Sie wollten doch meine Nichte Louise sehen, nicht wahr? Die Ärmste quält sich oben im Atelier mit einem Auftragswerk, das nicht recht gelingen will. Da ist sie über eine Ablenkung sicherlich froh.«

Caroline holte tief Luft und rief schallend durchs Haus: »*Louise!* Dein Besuch ist da!«

Sie hörten Schritte auf der Treppe, dann betrat Louise Seidler das Zimmer. Über dem schlichten Kleid nach englischer Mode trug sie eine mit Farbe bekleckste Leinenschürze. In einer Hand hielt sie einen Pinsel mit grünen Farbresten auf den feinen Borsten, in der anderen ein ausgefranstes Stück Leinen, auf dem sie den Pinsel ausstrich. So wie Henriettes Finger oft mit Tinte verschmiert waren, so prangten an Louises Händen Spritzer in verschiedenen Farben. Sogar auf eine ihrer blonden Strähnen hatte sich eine Spur Grün verirrt.

Rasch legte sie Pinsel und Tuch beiseite, wischte sich die Hände an der Schürze ab und ging freudestrahlend Henriette entgegen.

»Meine liebe Freundin! Sie treffen mich heute an einem höchst glücklichen Tag. Stellen Sie sich nur vor: Der Herzog von Sachsen-Gotha-Altenburg gewährt mir ein Stipendium von vierhundert Talern aus seiner Schatulle, damit ich ein Jahr an der Kunstakademie in München studieren kann! Ein ganzes Jahr lang werde ich lernen und malen dürfen, ohne dass mich Geldsorgen plagen … Sie können nicht ermessen, wie glücklich ich darüber bin.«

Henriette und auch Augusta gratulierten ihr zu diesem außergewöhnlichen Erfolg.

Doch über Louises schmales Gesicht zog ein Schatten.

»Nun bin ich doppelt in der Pflicht, das Gemälde zu seiner Zufriedenheit fertigzustellen, das sich der Herzog von mir wünscht. Aber ich habe keine Ahnung, wie mir das gelingen soll. Es ist einfach unmöglich.«

»Dürfte ich es vielleicht einmal sehen?«, fragte Henriette zaghaft.

»Kommen Sie mit, dann verstehen Sie mein Dilemma.«

Louise sammelte Pinsel und Tuch ein und führte Jette hinauf zu ihrem Atelier im zweiten Stock, das von harzigem Terpentingeruch erfüllt war.

»Herzog August ist ein großer Liebhaber und Förderer von Kunst und Kultur, da steht er dem Großherzog von Sachsen-Weimar-Eisenach kaum nach«, erzählte sie, während sie hintereinander und mit gerafften Röcken die Stufen erklommen. »Aber August von Gotha ist auch ein … Exzentriker. Er trägt Ringe an jedem Finger, selbst an den Daumen, erscheint gern in fantastischen Kostümen, mit Turban und den ausgefallensten Perücken, manchmal sogar in Frauenkleidern, um seine Gäste zu schockieren … Und solcher Überschwang an ausgefallenen Ideen führte vermutlich auch zu seinem jüngsten Auftrag. Sehen Sie nur selbst.« Hastig schloss Louise die Tür, damit – wie sie erklärte – die Katze nicht ins Atelier huschte und dort Unheil anrichtete.

Henriette stand vor der Staffelei, neigte den Kopf nach links, dann nach rechts, konnte aber den Sinn nicht erschließen.

»Für ein Heiligenbild sehr … ungewöhnlich«, sagte sie vorsichtig, um Louise nicht zu kränken.

Die Malerin seufzte tief.

»Der Herzog interessiert sich gerade sehr für die indische Religion und will, dass ich Brahma, Vischnu und Schiva als Dreieinigkeit male, mit Christus als Schiva, wobei er Augen aus Perlmutt haben soll, die Fingernägel mit Henna bemalt … und noch weitere Unmöglichkeiten.«

»Denken Sie an Ihr Jahr in München!«, riet Henriette mit einem Lächeln.

Sie gönnte der Freundin dieses Jahr des Lernens in finanzieller Unabhängigkeit von Herzen. Doch sie selbst hatte weder so machtvolle Gönner wie Goethe oder einen Herzog noch irgendeine Aussicht auf Förderung.

Louise starrte auf den Entwurf ihres Bildes, furchte die Stirn und nagte am Daumennagel. Dann seufzte sie erneut und bat Henriette, ihr die Leinenschürze hinten aufzuknöpfen, mit der sie ihre Kleidung vor Farbklecksen schützte.

»Ich denke, sofern Sie nicht hungers sterben, würden uns ein paar Schritte an der frischen Luft guttun. Vielleicht kommt mir dabei eine Idee, wie ich das Unmögliche möglich machen kann. Und Sie möchten sich nach der Kutschfahrt sicher gern etwas die Beine vertreten, zumal es endlich einmal aufgehört hat zu regnen. Heute ist Donnerstag, da ist

der Schlosspark für Besucher geöffnet. Kommen Sie, meine Liebe, er ist wirklich sehenswert! Einer der größten in Europa. Was bevorzugen Sie? Den barocken Teil oder den Englischen Garten? Oder die Orangerie?«
Sorgfältig hängte Louise Seidler ein Tuch über das begonnene Auftragswerk, dann gingen sie los.

## Vergleiche

Auf dem Weg zum Schlosspark kamen ihnen etliche Passanten entgegen, die Louise Seidler und ihre Begleiterin höflich grüßten. Die hübsche junge Malerin war in Gotha bekannt, und jeder wusste, dass sie ein Protegé des Herzogs war.
Vor einem schlanken, leicht hinkenden älteren Mann mit Perücke knickste Louise jedoch ganz tief und ehrerbietig, obwohl er sie gar nicht wahrnahm und völlig in Gedanken versunken schien, als er an ihnen vorbeistürmte.
Louise sah ihm nach und erklärte dann Henriette mit gedämpfter Stimme, als könnte der Mann sie noch hören: »Das war Professor Galletti, der Rektor des hiesigen Gymnasiums. Er hat unzählige Bücher über Geschichte verfasst, nicht nur über die thüringische, und der Herzog schätzt ihn so sehr, dass er ihn zum Hofrat und Histographen des Gothaer Landes ernannte.«
»Bestimmt war er in Gedanken schon bei seinem nächsten Werk«, mutmaßte Henriette.
Ihre Begleiterin schmunzelte. »Ein kluger Kopf, aber das perfekte Beispiel für einen zerstreuten Professor. Es wird gemunkelt, dass seine Schüler Gallettis Versprecher sam-

meln und sich gegenseitig zur Belustigung vorlesen, wenn er nicht da ist.«

Sie passierten nun den südlichen Eingang des ummauerten Schlossgartens.

»Kommen Sie, Henriette; der Park ist riesig, und wir werden nicht alles sehen können, wenn Sie heute noch zurück nach Erfurt *und* zuvor Magdalenas Kuchen verkosten wollen. Folgen Sie mir ein paar Schritte, dann haben wir eine wunderbare Aussicht auf das Residenzschloss.«

Während sie gemächlich, aber auch zielstrebig schlenderten, wies Louise ihre Besucherin auf dieses und jenes Detail der Gartenarchitektur hin. Sie kamen an jahrhundertealten Eichen und unzähligen Orangen-, Zitronen- und Lorbeerbäumen in Kübeln vorbei; Louise behauptete, es seien an die dreitausend im gesamten Park.

Den Blumen allerdings sah man an, dass ihnen die Sonne gefehlt hatte und sie unter dem häufigen Regen in diesem Sommer litten, sie waren fast alle vom Mehltau befallen.

Doch der Blick auf das Residenzschloss und die umgebenden Gärten war von atemberaubender Schönheit.

»Das sind Momente, in denen ich Sie um Ihr Talent zu malen beneide«, gestand Henriette. »Ich könnte diesen Anblick nie so intensiv in Worten wiedergeben wie Sie mit einem Bild.«

Louise lächelte: »Und ich beneide manchmal die Künstler des Wortes! Ich brauche Wochen oder Monate für ein Bild, und dann sehen es nur wenige Menschen. Sie hingegen können Ihre Werke hundert- oder gar tausendfach drucken lassen.«

Henriette runzelte die Stirn.

»Das Malen wird als Kunst akzeptiert, denn nur wenige beherrschen es, aber jeder vermag zu erkennen, ob ein Gesicht oder eine Landschaft gut getroffen ist, selbst wenn ihm vielleicht die Feinheiten der Komposition entgehen. Das Schreiben wird viel weniger wertgeschätzt, wenn man nicht gerade Goethe, Schiller oder Kotzebue heißt. Stattdessen ist die Meinung verbreitet: Jeder, der das Alphabet beherrscht, kann auch ein Buch schreiben.«

»Hadern Sie nicht mit Ihrem Talent!«, mahnte Louise und lächelte sanft. »Es ist eine Gabe, seien Sie dankbar dafür. Und sie wird Ihnen nicht einfach in den Schoß gelegt. Sie arbeiten hart dafür.«

»In der Malerei gibt es keine Zensur!«, brachte Henriette heraus, was für sie den wichtigsten Unterschied ausmachte. Louise Seidler lachte auf.

»Oh, liebe Freundin, wenn man in der Sixtinischen Kapelle den Figuren des genialen Michelangelo Lendenschurze aufpinseln ließ, aus *Sorge um die Sittlichkeit,* und das noch zu Lebzeiten des Meisters – ist das etwa keine Zensur? Und wenn der Porträtmaler abwägen muss, ob sein zahlender Auftraggeber lieber ein ehrliches oder ein schmeichelndes Bild möchte? Aber ich gebe Ihnen recht, ich kann im schlimmsten Fall nur einen Auftrag verlieren oder muss übermalen, doch mir drohen nicht Deportation und Festungshaft.«

Henriette blieb stehen. »Stimmt es tatsächlich, dass in Weimar die Zensur abgeschafft und die Freiheit der Meinung und der Presse verfügt wurde?«

»Ja, und es wurde eine Ständeverfassung beschlossen«, bestätigte Louise.

»Das sollten eigentlich alle Staaten des Deutschen Bundes tun, so steht es in der Schlussakte des Wiener Kongresses«, beanstandete die junge Freibergerin voller Bitternis. »Jetzt ist der Krieg vorbei, Napoleon sitzt auf Sankt Helena fest ... Und im Nu haben die Monarchen ihre Versprechen vergessen. Eine Ständeverfassung sollte es geben! Auch dafür sind die Freiwilligen in Preußen in den Krieg gezogen, haben ihr Leben geopfert …«

»Beruhigen Sie sich, Henriette! Kommen Sie, wir gehen zurück, damit Sie noch etwas vom Kuchen abbekommen.« Louise Seidler hakte sich bei ihrer Begleiterin ein.

»Es gibt ähnliche Verfassungen auch in Nassau, Schwarzburg-Rudolstadt und Schaumburg-Lippe. Doch als Vorbild wird Weimar gelten: Jeweils zehn Rittergutsbesitzer, Bürger und Bauern werden in ein Parlament gewählt. Wahlberechtigt sind Männer ab dreißig, die ein Haus und ein bestimmtes Vermögen besitzen und christliche Eltern haben.« Sie zog die Nase kraus. »Das relativiert es natürlich sehr. Frauen, Juden, Besitzlose bekommen kein Stimmrecht. Aber das Wort *Untertanen* wird nun durch *Staatsbürger* ersetzt, ganz im Sinne Voltaires. Und *schriftlich verankerte Pressefreiheit* gibt es wirklich einzig im Großherzogtum Sachsen-Weimar-Eisenach.«

»Vielleicht sollte ich in Weimar veröffentlichen«, überlegte Henriette laut, aber nicht frei von Sarkasmus, während sie zurück zum Parkausgang schlenderten. »Bei Monsieur Bertuch. Er hat ja selbst seine Berichte über das Schlachtfeld bei Leipzig veröffentlicht …«

»Sie kommen auf der Rückreise durch Weimar, sprechen Sie doch mit Bertuch«, schlug Louise vor. Dann blitzte es schelmisch in ihren Augen auf.

»Möchten Sie Goethe treffen, meinen Freund und Förderer? Ich kann Sie in einem Brief an ihn ankündigen.«

Erschrocken blieb Henriette stehen. Sie wusste, dass Louise Seidler in ausführlicher Korrespondenz mit dem Geheimen Rat von Goethe stand, sie hatte zwei seiner Briefe von etlichen Seiten Umfang in Dresden gesehen.

Aber sie würde niemals den Mut aufbringen, den Genius zu treffen.

»Das wage ich nicht … Dem großen Dichter die Zeit zu stehlen. So wichtig bin ich nicht.«

## Sommerschnee

Zwei Tage später traten Henriette und Augusta die Heimreise von Erfurt nach Freiberg an. Jette zog es zu ihrem Sohn, sie vermisste ihn so sehr, dass es schmerzte. Magdalena begleitete sie bis zur Posthalterei und gab ihnen noch einen Korb voll geräucherter Würste mit, verbunden mit besten Grüßen und Wünschen für die Gerlachs. Dazu ein Töpfchen Gänseschmalz mit Kampfer zum Einreiben gegen den trockenen Husten, der Augusta inzwischen quälte.

Eduard hatte sich ihnen auf dem Weg zur Posthalterei angeschlossen, und ein vages Gefühl sagte Henriette, dass er noch etwas loswerden wollte, vermutlich etwas Heikles, wenn er es bis jetzt vor sich hergeschoben hatte.

Sie war schon kurz davor, in die Kutsche zu steigen, als er sich endlich ein Herz fasste.

»Jette? Richte Vater aus, dass ich hier sehr viel lerne. Doch ehe ich zurück nach Freiberg komme und ihm und Konstantin in der Druckerei helfe … Ich würde zuvor gern ein Jahr oder wenigstens ein Semester in Jena studieren. Philosophie zum Beispiel und Geschichte … Versteh doch: Konstantin erbt einmal das Geschäft. Und ich? Soll ich dort für den Rest meines Lebens als Angestellter meines Bruders arbeiten, als seine Hilfskraft? Ich möchte gern noch ein paar andere Möglichkeiten zur Auswahl haben …«

Erstaunt sah sie ihn an und fragte sich, ob der Oheim wohl dafür das Geld aufbringen konnte und wollte. Wenn jetzt wegen des verregneten Sommers die Ernte ausfiel und die Brotpreise stiegen, dann würden die meisten Freiberger nicht einmal mehr das Geld für Lavendelwasser haben, geschweige denn für Bücher. Aber das behielt sie für sich. Es war nicht ihre Entscheidung, sondern die des Onkels.

»Ich kann es ihm gern sagen. Aber willst du ihm das nicht lieber selbst schreiben?«, wandte sie ein.

»Mach ich!«, versicherte er mit treuherzigem Blick, dem sie nicht so recht traute. »Mach ich sicher bald. Doch vielleicht kannst du schon einmal sacht vorfühlen, was er von dieser Idee hält.«

Sie nickte, dann drängelte der Kutscher, damit endlich alle einstiegen. Es ziehe schlechtes Wetter auf, und er wolle vorankommen.

Magdalena und Eduard winkten ihnen noch einmal zu, und das Gefährt setzte sich ruckelnd in Bewegung.

Sobald sie Erfurt verlassen hatten, lehnte sich Henriette zurück und sagte sehnsüchtig: »Ich kann es kaum erwarten, Max wiederzusehen und ihn in den Armen zu halten. Ob es ihm wohl gut geht?«

Augusta nieste in ihr Schnupftuch und rieb sich die gerötete Nase.

»Natürlich! Mach dir um ihn keine Sorgen. Aber sag, hat dir diese Reise eingebracht, was du erhofft hattest?«, schniefte sie.

Es begann schon wieder zu regnen, die Tropfen prallten trommelnd aufs Dach der Kutsche.

»Einen Aufschub, keine Lösung. Magdalena, Louise und ich – wir alle haben unsere große Liebe im Krieg verloren. Aber Magdalena hat sie wiedergefunden und wird bald heiraten, Louise darf an die Münchner Kunstakademie gehen und dort Erfüllung finden. Ich beneide sie so sehr! Und zu allem Unglück weiß ich, dass dieser Leopold wie eine fette Kröte vor der Buchhandlung sitzen und mir auflauern wird.«

Augusta musste erneut niesen, ihre Stimme war heiser. Schicksalsergeben holte sie das Töpfchen mit dem Kampferschmalz hervor und rieb sich den Hals damit ein.

»Ich werde den Geruch nie wieder loswerden«, stöhnte sie. »Aber ich kann ja kaum noch krächzen.«

»Wir hätten doch Dr. Sixt holen sollen«, bedauerte Henriette, während der durchdringende Geruch der Hustensalbe die Kutsche ausfüllte.

»Ach was!«, meinte Augusta, verschloss das Glas und verstaute es wieder im Korb.

»Vielleicht habe ich ja meinen Teil vom Glück schon gehabt?«, sinnierte Jette. »Ich durfte die Liebe meines Lebens heiraten, und ich habe ein Kind, einen gesunden und fröhlichen Jungen. Das ist mehr, als viele andere Frauen von sich sagen können. Vielleicht sollte ich mich beim zweiten Mal, dann für den Rest meines Lebens, aus Vernunftgründen vermählen, da ich die große Liebe bereits erleben durfte.«

»Für den *Rest* deines Lebens ...« Die Großtante schaute sie skeptisch von der Seite an.

»Gehen wir doch einmal die Kandidaten durch«, meinte sie und wurde erneut vom Husten geschüttelt. »Da ist zunächst dieser Leopold, den du nicht magst. Aber du würdest ihn nehmen, um deinem Oheim das Geschäft zu retten?«

»Ich weiß es nicht«, antwortete Henriette gequält, während die Kutsche über ein besonders holpriges Stück Landstraße fuhr und sie furchtbar durchgerüttelt wurden. »Er ist mir unheimlich. Die Art, wie er mich ansieht und belauert und dem Oheim droht, ohne es direkt auszusprechen … Aber vielleicht sollte ich ihn nehmen – um des Geschäfts willen.«

»Liebes«, schniefte Augusta. »Wenn du einmal so alt wirst wie ich, dann bedeutet *der Rest deines Lebens von heute an* sechzig Jahre. Willst du die an der Seite eines Mannes verbringen, den du jetzt schon nicht einmal auf zehn Schritte Abstand ertragen kannst?«

Sie starrte Henriette auffordernd an, die jedoch betroffen schwieg.

»Da wäre noch der nette Monsieur Siegert«, fuhr die Großtante krächzend fort. »Er wäre gut zu dir und dem Jungen, da bin ich mir sicher.«

»Würde ich seine Gutmütigkeit nicht ausnutzen?«

Augusta glaubte nicht, dass sich der Stadtmusicus da großen Illusionen hingab. »Vielleicht will er nur eine rein freundschaftliche Verbindung, wenn du verstehst, was ich meine«, deutete sie an.

»Kann ich nicht einfach unverheiratet bleiben, als Kriegswitwe?«

»Mit kaum zwanzig Jahren?«, hielt Augusta dagegen.

»Du kannst dir einen alten Mann nehmen, einen reichen Mann, das wäre noch besser, aber in deinem jugendlichen Alter wirst du einen Mann nehmen *müssen.* Als mein seliger Gatte starb, war ich fast siebzig. Damals erwartete niemand von mir, dass ich noch einmal vor den Altar trete. Aber du bist jung und brauchst eine Absicherung, da du weder so vermögend wie Elisabeth Bernhardi bist noch in solch eine Notlage wie Fräulein Klein geraten willst. Dein Oheim, mein Großneffe, wird nicht ewig leben, und er kann dir auch keine Reichtümer vererben.«

Sie räusperte sich erneut, doch den Frosch im Hals wurde sie einfach nicht los. Der Husten saß noch ganz fest. Henriette

wickelte sich aus ihrem Schultertuch und legte es Augusta um.
»Damit kann ja keiner rechnen!«, murrte die alte Dame. »Dass wir mitten im Sommer Wintersachen brauchen.«
Sie schlang sich das Tuch zweimal um den Hals und kam dann mit krächzender Stimme, aber ohne zu zögern auf das eigentliche Thema ihrer Unterhaltung zurück.
»Was ist mit Konstantin? Er ist jung und erbt einmal das Geschäft, ihr könntet es gemeinsam betreiben.«
»Ich glaube nicht, dass seine Freundschaft mit Leopold das überleben würde, wir stünden also vor dem gleichen Problem wie jetzt. Und es hat eine Zeit gegeben, da er mich zutiefst verachtete.« Genauer gesagt, hatte er sie als Hure beschimpft. »Ich bezweifle, dass er diese Meinung ehrlich genug überwunden hat, damit wir eine glückliche Ehe führen könnten.«
Sie schwiegen eine ganze Weile und gaben sich ihren Gedanken hin, bis plötzlich das Gefährt hielt und ruckelte, als der Kutscher von seinem Bock stieg und die Tür öffnete. Ein eisiger Luftzug pfiff herein.
»Bitte verzeihen Sie, die Damen, aber wir können nicht weiter, vor uns zieht ein gewaltiges Unwetter auf. Wir müssen einen Halt einlegen, vielleicht sogar in dieser Ausspanne hier übernachten.«
Henriette raffte die Röcke und stieg aus, dabei nahm ihr der Anblick den Atem. Eine breite schwarze Gewitterwand stand bedrohlich vor ihnen. Heftiger Wind ließ ihre Kleider flattern und riss Zweige und Äste von den Bäumen links und rechts der Straße, die er vor sich herfegte.
»Rasch!«, drängte der Kutscher und griff nach Augustas Körben, um sie in die Gastwirtschaft zu tragen.
Die Tücher über den Kopf haltend huschten sie hinein, zwar

verärgert über die erzwungene Unterbrechung der Reise, aber auch froh über die Gelegenheit, eine heiße Suppe zu bekommen. Zumal unstrittig war, dass sie bei diesem Wetter vorerst nicht weiter konnten, schon der Pferde wegen nicht. Der Kutscher führte seine unruhigen Tiere eilig in den Stall und stellte die Kutsche in der Remise ein.

Augusta und Henriette setzten sich an einen Tisch in der Nähe des Kamins, in dem Flammen loderten.

Doch plötzlich stießen ein paar Männer, die am Fenster saßen, erschrockene Rufe aus. Etwas prasselte laut wie Schüsse gegen Wände, Fenster und Dach, dann zerbrach eine Scheibe klirrend. Der Sturm wehte fast hühnereigroße Hagelkörner herein.

Der Wirt humpelte eilig herbei und scheuchte die Männer vom Fenster fort. Dabei sah Henriette, dass einer von ihnen verletzt worden war. Eine Glasscherbe von fast einer Handspanne Länge ragte aus seinem Oberarm. Mit einem Ruck zog er sie heraus, und sofort begann die Wunde heftig zu bluten.

»Lassen Sie mich helfen; ich habe Lazaretterfahrung«, sagte sie rasch und fragte den Verletzten nach einem sauberen Taschentuch. Mit einer Hand zog er ein zerknülltes Tuch von fragwürdiger Sauberkeit heraus, doch in Ermanglung besserer Mittel faltete sie es übereck zu einem Streifen und knotete diesen über die Wunde.

Der bleich gewordene Mann, vielleicht ein Bauer, der vor dem Unwetter hierher auf ein Bier geflüchtet war, bedankte sich überschwänglich.

Zwei weitere Gäste hatten dem Wirt inzwischen geholfen, das Fenster mit der zerbrochenen Scheibe unter Zuhilfenahme von Brettern und Stroh zu verbarrikadieren, damit die entfesselten Naturgewalten nicht ins Haus eindrangen.

»Das war's mit der Ernte!«, stöhnte einer der Männer, dem Aussehen nach ein Verwandter des Verletzten.

Inzwischen zuckten Blitze, Donnerschläge krachten mit nur kurzer Verzögerung.

Henriette konnte nicht anders, sie musste durch ein Fenster mit noch heil gebliebener Scheibe schauen – und blickte auf ein Unwetter, wie sie noch keines erlebt hatte. Der Himmel war mitten an einem Sommertag schwarz geworden.

Die Frau des Wirts bat alle Gäste in die Mitte des Schankraumes für den Fall, dass noch ein Fenster zersprang.

Ohne zu fragen, stellte sie jedem der Männer ein Bier hin.

»Möchten Sie eine warme Suppe?«, fragte sie die beiden alleinreisenden Damen. »Ich mache Ihnen auch gleich ein Zimmer fertig. Heute können Sie beim besten Willen nicht weiter, die Pferde würden krepieren ... Und wenn das Unwetter vorbei ist, müssen Sie erst einmal warten, bis die Wege wieder halbwegs getrocknet und von abgerissenen Ästen befreit sind.«

»Haben Sie etwas Salbei und Thymian im Haus?«, erkundigte sich Henriette. »Meine Großtante ... Sie hören es ja selbst, sie bekommt kaum noch Luft.«

»Das klingt wirklich nicht gut. Am besten, Sie gehen gleich ins Bett, werte Dame, und ich bringe Ihnen heiße Milch mit Honig.«

»Ich mache mir wirklich Sorgen um dich«, raunte Henriette. »Und werden sie uns zu Hause nicht vermissen und sich ebenfalls Sorgen machen?«

»Wir können bei dem Wetter keinen Boten schicken«, seufzte Augusta. »Aber vermutlich ist das Wetter dort nicht viel besser, und sie rechnen sich schon selbst aus, dass wir unterwegs einen zusätzlichen Halt einlegen müssen.«

Als sie sich oben in ihrem Zimmer eingerichtet hatten,

brachte die Wirtin die versprochene heiße Honigmilch. Inzwischen in warme Decken eingehüllt, betrachtete Augusta skeptisch die Haut, die sich auf dem Trank gebildet hatte, fuhr mit dem Löffel hindurch und kostete. Nach ein paar vorsichtigen Schlucken war sie schon wieder munter genug, um zu Henriette zu sagen: »Nun gut, sprechen wir doch einmal über das Offensichtliche!«

»Was meinst du?«, fragte Jette erstaunt.

»Nicht was, sondern wen! Na, diesen jungen Mineralogen, diesen Monsieur Zeidler. Gut, er ist kein wohlhabender Mann, wie er zugab, doch diese Ehrlichkeit spricht für ihn. Du scheinst ihn zu mögen, streite es nicht ab! Und ich würde mein Gesangbuch darauf verwetten, dass er dich mehr als nur ein wenig mag.«

Henriette blickte bestürzt auf.

»Ja, ich mag ihn«, gestand sie nach einigem Zögern. »Er ist für mich wie ein Bruder. Wir haben beide im Krieg Furchtbares erlebt, manches davon gemeinsam. Wir sind über das Schlachtfeld bei Leipzig gerannt, wir saßen mit den Bewohnern eines Dorfes in einer Kirche fest, die mit Kanonen beschossen wurde, während der halbe Ort in Flammen aufging. Und als wir endlich hinausdurften, lag alles voller Leichen.« Sie holte tief Luft, um Kraft für die nächsten Worte zu sammeln.

»Ich selbst werde kaum fertig damit, wie furchtbar dieser Krieg war. Und Felix hat mir Dinge gestanden, die er als Soldat erlebt hat, so unvorstellbar grauenvolle Dinge … Seine Seele hat Schaden genommen. Und das wird nicht besser, wenn wir ständig beieinanderhocken und gemeinsam an dieses Grauen denken, an diese Last, die wir mit uns herumschleppen. Wir beide steckten im Zentrum des Krieges – er als Soldat, als Freiwilliger, ich als Helferin im

Lazarett, wohin die aufs Schrecklichste Verstümmelten direkt vom Schlachtfeld gebracht wurden. Das hinterlässt tiefe Narben auf der Seele. Ich kann ihn nicht heilen. Er braucht eine fröhliche junge Frau …«
Augusta schniefte und unterbrach sie näselnd: »Denkst du wirklich, dieser offensichtlich tapfere und kluge Mann könnte nach all dem mit einem Gänschen wie Therese oder Emilia glücklich werden?«
Unglücklich hob Jette die Schultern.
»Vielleicht … nicht so naiv und albern wie diese beiden. Aber auf keinen Fall so niedergedrückt wie ich. Das kann ich ihm nicht antun. Mit mir kann er nicht glücklich werden. Und er verdient es, glücklich zu werden.«

## Schnelle Entscheidungen

Erwartungsgemäß brach eine riesige Aufregung los, als Henriette und Augusta mit einem Tag Verspätung endlich wieder in Freiberg eintrafen.
»Wir waren ja so in Sorge!«, barmte Johanna schrill und händeringend. »Und du, arme Augusta, du bekommst ja kaum noch einen Ton heraus, deine Stirn ist ganz heiß. Du gehörst sofort ins Bett!«
Als sie den Grund für die Reiseverzögerung erfuhr, nickte sie eifrig. »Ja, mein guter Gerlach vermutete schon, dass ihr durch ein Unwetter aufgehalten worden seid. Er erhielt Nachricht« – sie senkte die Stimme und sah rasch um sich, als würde sie ein schreckliches Geheimnis enthüllen – »von seinen auswärtigen *Logenbrüdern,* dass es in vielen Gegenden verheerende Hagelschauer und sogar Schneegestöber

gab, und das mitten im Sommer! Hat man so etwas schon gehört? Als wäre es nicht schlimm genug, dass wir seit Monaten kaum einen Sonnenstrahl zu sehen bekommen! Haben wir nach all den Kriegsjahren nicht etwas Ruhe und Glück verdient?«

Henriette vergewisserte sich nur kurz, dass Augusta in ihr Zimmer begleitet und mit Thymiantee und Arznei gegen das Fieber versorgt wurde und alles Gepäck an seinen rechten Platz kam. Dann gab es für sie kein Halten mehr: Sie musste Max sehen.

Der Zweijährige war schon zu Bett gebracht worden und schlief tief und fest. Gerührt betrachtete sie sein feines, verstrubbeltes Haar und seine entspannte Miene, lauschte seinem Atem. Doch dann konnte sie sich nicht länger zurückhalten und hob ihn sacht aus dem Bettchen.

Schlaftrunken schmiegte er sich an sie und ließ sein Köpfchen an ihre Schulter sinken, während sie den innigen Moment auskostete und die Wärme genoss, die sein Körper ausstrahlte.

Sie flüsterte ihm Koseworte ins Ohr, streichelte seinen Rücken, dann hob er schlaftrunken den Kopf und blinzelte sie an.

»Mami, Mamiii«, seufzte er glücklich und sank wieder gegen ihre Schulter, die Augen schon wieder geschlossen.

Sie verharrte noch ein Weilchen in der Innigkeit des Moments, dann legte sie das schlafende Kind vorsichtig zurück in sein Bett und deckte es zu.

»Ich lass dich nicht mehr allein, mein Kleiner«, flüsterte sie.

Auf Zehenspitzen ging sie hinaus, schloss leise die Tür und stieg die Treppe hinab in die Bibliothek, wo der Oheim sie vermutlich schon erwartete. Es gab schließlich allerhand zu besprechen.

Johanna war immer noch um die Großtante bemüht, deshalb saß Friedrich Gerlach allein in der Bibliothek und war in ein Schriftstück vertieft. Als Henriette kam, legte er es sofort beiseite und forderte sie auf, von ihrer Reise zu berichten.

»Was nun?«, schloss sie. »Wie hat dieser Leopold reagiert, als er erfuhr, dass ich fort war? Er wird doch sicher nach mir gefragt haben?«

Friedrich Gerlach räusperte sich und lächelte ein wenig. »Während deiner Abwesenheit habe ich gründlich nachgedacht und dann die Gelegenheit beim Schopf ergriffen, als ich seinem Vater die Seiten für die nächste Ausgabe vorlegte. Ganz vorsichtig begann ich ein Gespräch unter Männern.«

Henriette beugte sich gespannt vor. »Und?«

»Ich erzählte ihm, dass sich sein Sohn um dich bemüht, wovon er offensichtlich nichts wusste. Und ich sagte, du seist zwar sehr geschmeichelt, würdest aber immer noch um deinen verstorbenen Mann trauern und seist vorerst nicht zu einer neuen Verbindung bereit.«

»Das ist nicht gelogen«, warf Henriette ein.

»Er hörte sich das ziemlich ungerührt an, nickte und versicherte, das heikle Verhältnis zwischen euch jungen Leuten habe keine Auswirkungen auf unsere berufliche Zusammenarbeit.«

Henriette stieß den angehaltenen Atem aus und lehnte sich erleichtert zurück.

»Dann war es gut und richtig, wegzufahren, denn sonst wäre die Lage vielleicht vor diesem klärenden Gespräch eskaliert«, sinnierte sie.

Ihr Onkel wirkte ein bisschen verlegen, als er weitersprach. »Ich hatte den Eindruck, dass Monsieur Ullrich senior nicht sehr begeistert wäre, wenn sein einziger Sohn statt eines unbeschwerten jungen Mädchens eine Witwe mit

Kind heiratet, noch dazu eine Witwe mit Kind ohne große Mitgift«, beichtete er und fügte rasch an: »Auch wenn ich dich natürlich nicht mittellos in eine Verbindung schicke, solltest du dich erneut vermählen wollen. So gut ich kann, wenn es mir gelingt, das Geschäft über Wasser zu halten, du weißt ja.«

Mit gewohnten Handgriffen begann er, seine Pfeife zu stopfen.

»Es trifft mich nicht, Oheim, wenn Monsieur Ullrich mich als Partie für seinen Sohn ablehnt. Im Gegenteil, es beruhigt mich«, versicherte Henriette.

»Leopold tauchte natürlich in der Buchhandlung auf, kaum dass du ein paar Meilen von Freiberg entfernt warst. Er war enttäuscht und reichlich ungehalten, dich nicht vorzufinden. Doch nachdem ich dieses Gespräch mit seinem Vater geführt hatte, kam er nicht mehr.«

»Der Himmel sei gepriesen – der Himmel und Augustas Weisheit!« Es war geradezu ein Stoßseufzer Henriettes.

»Nun geh zu Bett, Liebes. Es hat sich doch alles zum Guten gewendet. Niemand wird dich zu etwas drängen, das du nicht willst. *Noch* nicht willst.«

Am nächsten Tag verkaufte Henriette wieder in der Buchhandlung und fühlte sich, als sei sie nie fort gewesen. Sie hatte es vermisst, inmitten frisch gedruckter Bücher zu stehen, den Geruch von Papier, Druckerschwärze, Leder und Leim zu atmen, der ihr für Leseabenteuer und kluge Gedanken stand.

Sie verkaufte Haartinktur, Noten und einmal *das Buch.*

Kurz nach Ladenöffnung kam auch die zarte Frau wieder, die den *Ratgeber für Eheleute* gekauft hatte und ihn dann doch lieber in der Buchhandlung lesen wollte.

»Ich habe Sie vermisst«, wisperte sie. »Ich kam jeden Tag, um nachzufragen, aber nun sind Sie ja wieder da.«
Henriette zog das immer noch in Packpapier eingeschlagene Buch aus einer Schublade im Ladentisch und reichte es der jungen Kundin.
Die ging hinüber zu einem der Sessel, stellte ihren mit Einkäufen gefüllten Korb ab und vertiefte sich mit rot anlaufenden Wangen in das *unerhörte Buch,* bis die Domglocken elf schlugen und sie erschrocken aufsprang, um nach Hause zu eilen, damit niemand sie vermisste.
Bei ihrem hektischen Abgang gab sie sich fast die Klinke mit Wilhelm August Lampadius in die Hand, dem klugen Erfinder.
»Bringen Sie eine neue Komposition, Monsieur? Mein Oheim sagte erst neulich, wir sollten Sie und Ihre Gattin einmal wieder zur Hausmusik einladen«, begrüßte ihn Henriette höflich, steckte den Kopf durch die Tür zur Druckerei und rief den Onkel herbei, damit er seinen angesehenen Besucher persönlich begrüßte.
Der Verleger hieß den Gelehrten ebenso herzlich willkommen wie zuvor seine junge Nichte.
»Ich war in letzter Zeit mit meinen Forschungen sehr beschäftigt, und das hier ist das Ergebnis«, verkündete er, zog einige eng beschriebene Blätter aus seinen Rockschößen und reichte sie Friedrich Gerlach mit dem zufriedenen und würdevollen Gesichtsausdruck eines Mannes, der wusste, dass er gute Arbeit geleistet hatte.
Während der Verleger seine Brille zurechtrückte und sich gleich im Stehen in die erste Seite vertiefte, erklärte Lampadius Henriette: »Angesichts der Schreckensmeldungen über die von Unwettern vernichteten Getreidefelder in etlichen Gegenden habe ich überlegt, was wir gegen die Hungers-

not unternehmen können, die uns dieses und nächstes Jahr droht, und ein wenig experimentiert.«

Ein Lächeln zog über sein Gesicht, und Friedrich Gerlach, der die erste Seite schon überflogen hatte, sah auf und staunte.

»Brot aus Kartoffeln?«

»Ja«, bestätigte der Gelehrte. »Kurz und gut: Man kann Kartoffeln reiben, trocknen und damit einen Teil des nun knapp werdenden Brotgetreides beim Backen ersetzen. Und Kartoffeln werden wir im Herbst sicher reichlich haben.«

»Welch wunderbare Erfindung Ihnen da gelungen ist!«, begeisterte sich Gerlach. »Brillant und verdienstvoll.«

Lampadius freute sich sichtlich, dass seine Idee verstanden worden war, und Henriette bewunderte wieder einmal die Vielseitigkeit dieses klugen Kopfes, der neben seinen Forschungen zu Hüttenkunde und Chemie auch immer wieder Dinge erfand, die gerade im täglichen Leben gebraucht wurden: Ersatz für Zucker und Kaffee, als wegen der Kontinentalsperre der Handel mit diesen Waren verboten war, oder eine Gasbeleuchtung für mehr Sicherheit in den dunklen nächtlichen Straßen.

Friedrich Gerlach überflog rasch die weiteren Seiten.

»Samt Anleitung für die Hausfrau, wie dieses Kartoffelbrot herzustellen ist«, schwärmte er.

»Ja, ich musste ein wenig mit den Mischungsverhältnissen experimentieren.«

»Wunderbar, Monsieur Lampadius, wirklich wunderbar! Das ergibt drei Seiten im Wochenblatt, die habe ich in dieser Ausgabe leider nicht mehr, die ist schon fast voll, aber wissen Sie was? Ich werde diese Sensation in der morgigen Ausgabe groß ankündigen und schreiben, dass wir Ihre Erfindung samt Rezepten in der nächsten Woche bringen.«

Dann, so überlegte der Verleger gleich, können wir nächste Woche wegen der sicherlich großen Nachfrage die Auflage erhöhen. Fünfzig Stück mehr? Oder lieber nur dreißig? Notfalls konnte er nachdrucken; er würde die Platten diesmal noch ein paar Tage aufheben.
»Sie sind ein wahrer Erfinder und Menschenfreund«, lobte er den Gelehrten überschwänglich.
»Sollten Erfindungen nicht immer dem Wohl der Menschen dienen?«, konterte Wilhelm August Lampadius, tippte an seinen Zylinder und empfahl sich.

Der Wissenschaftler hatte kaum die Buchhandlung verlassen, als ein Junge aufgeregt hereinstürmte, sich die Mütze vom Kopf riss und keuchend zu Henriette sagte: »Mich schickt die Witwe Bernhard aus der Nonnengasse, Sie sind doch die Nichte des Buchdruckers, oder? – Oh, guten Tag, Monsieur«, sagte er dann erschrocken, als er den Inhaber des Geschäfts mit einiger Verzögerung wahrnahm, und machte einen tiefen Diener.
Dann wandte er seine Aufmerksamkeit wieder Henriette zu. »Sie sollen sofort kommen, Madame, ein Notfall, es geht um Leben und Tod!«, brachte der Junge, immer noch um Atem ringend, heraus.
»In der Nonnengasse?«, vergewisserte sich Henriette verwundert. Diese Witwe konnte nur Felix' klatschsüchtige Zimmerwirtin sein. Was mochte die von ihr wollen? Aber der Junge sah nicht so aus, als handle es sich um einen Streich. Vielleicht lag ein medizinischer Notfall vor, und kein Arzt war zu erreichen. Dass sie eine gewisse Erfahrung beim Umgang mit Kranken und Verletzten hatte, war in Freiberg bekannt. Schließlich hatte sie auch hier in den Lazaretten geholfen.

»Weißt du, worum es geht? Soll ich irgendetwas mitbringen?«, fragte sie den Jungen, doch der schüttelte den Kopf.
»Ich soll Sie nur ganz schnell hinführen.«
Sie holte sich mit einem Blick das Einverständnis des Oheims und griff nach ihrem Jäckchen, denn draußen war es erneut kühl und grau verhangen.

Es war nicht weit bis zur Nonnengasse. Dort traf sie Felix' Zimmerwirtin an, die mit ihren rosigen Pausbacken kerngesund wirkte, aber recht verstört schien.
»Oh, wie gut, dass Sie kommen, Madame! Etwas Schreckliches ist geschehen, und ich weiß einfach nicht, an wen ich mich wenden soll«, wehklagte sie händeringend.
»Was ist denn?«
Jette versuchte, beruhigend zu wirken, auch wenn jähe Sorge um Felix sie erfasste. Und prompt erhielt sie die Bestätigung ihrer unguten Ahnung.
»Monsieur Zeidler ist verhaftet worden! Und nicht einfach nur verhaftet – nein, man hat ihn gleich hier in Ketten gelegt, in *meiner* Wohnung! Als würde ich ehrbare Witwe gefährliche Verbrecher behausen! Und da er hier keine Familie hat, Sie jedoch mit ihm befreundet sind …«
»Aber weshalb denn?«, fragte Henriette kreidebleich. »Was wirft man ihm vor?«
Ein berechnender Zug huschte über das Gesicht der klatschsüchtigen Witwe. »Es ist nicht so, dass ich gelauscht hätte«, versicherte sie mit entrüsteter Miene, um gleich darauf pikiert fortzufahren: »Aber die Herren haben ja so herumgebrüllt; ich konnte es gar nicht überhören, selbst wenn ich gewollt hätte.«
Henriette durchbohrte sie mit einem finsteren Blick, damit die Wirtin endlich zur Sache kam.

»Wegen freiwilliger Zugehörigkeit zur preußischen Armee«, rückte sie heraus. Damit habe er gegen Sachsen gekämpft und sei also erwiesenermaßen ein Feind. »Er durfte nichts mitnehmen außer seinem Mantel und seiner Brille. Es hieß, er wird sofort nach Dresden geschafft, dort verhört und als Staatsfeind Sachsens auf die Festung Königstein verbracht. Vielleicht ist der Ärmste schon auf dem Weg dorthin.«

Jette, die bis zu diesem Moment noch geglaubt hatte, es sei ein Irrtum oder eine leicht aufzuklärende Angelegenheit, taumelte.

»Haben Sie einen Schluck zu trinken für mich?«, ächzte sie.

»Himmel, Sie sind ja plötzlich kreideweiß, meine Gute! Setzen Sie sich, ich hole Ihnen etwas zur Stärkung«, versicherte die Vermieterin, zu gleichen Teilen erschüttert und erbaut über den Gesprächsstoff. Damit würde keine ihrer Freundinnen sie beim nächsten Kaffeekränzchen überbieten können.

Langsam trank Henriette ein paar Schlucke und spurte, wie ihr Verstand zu rasen begann.

War das ein Racheakt von Leopold? Doch konnte man Felix die Zugehörigkeit zur preußischen Armee überhaupt anlasten? Nach der Völkerschlacht, unter russischem Protektorat, wurde den Sachsen befohlen, selbst eine Armee *und* ein Freiwilliges Banner gegen Napoleon aufzustellen und an der Seite Preußens zu kämpfen.

»Ist Monsieur Breithaupt benachrichtigt?«, unterbrach sie den aufgeregten Redestrom der Zimmerwirtin.

»Ähm, daran habe ich noch nicht gedacht, ich wollte erst einmal Sie benachrichtigen«, stammelte sie. »Und ich als Frau kann doch nicht einfach so die Königlich-Sächsische Bergakademie betreten! Die heiligen Hallen! Wo denken Sie hin?«

»Ich gehe«, sagte Jette kurz entschlossen und erhob sich. »Danke für die Nachricht, nun können wir etwas unternehmen«, erklärte sie, auch wenn sie nicht vollends davon überzeugt war.

Um zum Domizil der Bergakademie zu gelangen, musste sie von der Nonnengasse nur schräg über die Straße gehen; die Lehranstalt war im einstigen Wohnhaus eines ihrer Begründer untergebracht.

Erstaunte und entrüstete Blicke folgten ihr, als sie die Flure durchschritt; die Anwesenheit einer Dame wurde zweifellos als ungeheuerlich erachtet. Aber sie war schon mehrmals hier gewesen, als ihr Felix für ihre Serie in den *Gemeinnützigen Nachrichten* die Sammlungen der Bergakademie gezeigt und erklärt hatte.

Sie klopfte an eine ihr vertraute grüne Tür, ein unbekannter junger Mann kam heraus und starrte sie an.

»Ist Monsieur Breithaupt zu sprechen?«, fragte sie. »Es ist wirklich dringend!«

»Ich bedaure. Der Herr Edelsteininspekteur ist auf Reisen, um Mineralien anzukaufen«, erklärte er hochnäsig und starrte sie an, bis sie sich umdrehte und hinausging.

Was nun? Sie stand reglos auf der Straße, auch wenn es schon wieder regnete, biss sich auf die Unterlippe und überlegte. Ihr fiel nur noch eines ein.

Rasch lenkte sie ihre Schritte zur Kirchgasse 15, zum beeindruckend großen und prächtigen Schönbergschen Haus, wo der Oberberghauptmann von Trebra mit seiner Familie lebte. An ihn, den höchsten Beamten in Freiberg, konnte sie sich natürlich nicht wenden, dort würde sie gewiss nicht vorgelassen. Aber ihm unterstand die Königlich-Sächsische Bergakademie, und deshalb war sein Wort sicher von Gewicht.

Sein Enkel war ihr früher gewogen und würde es hoffentlich immer noch sein, nicht nur wegen der Erinnerung an die gemeinsamen Tanzstunden. Einst hatte er ihr als Zeichen seiner Wertschätzung eine illegale Flugschrift mit einem Gedicht Theodor Körners ins Haus geschmuggelt. Und er hatte damals selbst mit dem Gedanken gespielt, sich für ein preußisches Freikorps zu melden, war aber noch zu jung dafür gewesen.

Ein blasierter Diener mit streng über eine kahle Stelle gekämmtem Haar empfing sie und musterte sie von oben bis unten, als sei es gänzlich unter seiner Würde, solch eine ihm unbekannte Frauensperson zu seiner Herrschaft vorzulassen.

»Ich möchte Monsieur Sebastian von Trebra sprechen«, sagte sie fest.

»Monsieur ist vollends mit den Vorbereitungen zu seiner bevorstehenden Vermählung beschäftigt«, erklärte der Lakai, offenkundig nicht bereit, sie einzulassen. Denn sicher würde sich Sebastian kaum selbst mit den Vorbereitungen für die Hochzeit befassen.

»Das weiß ich, und mein Anliegen hat damit nichts zu tun. Es ist aber sehr dringend. Also richten Sie ihm aus, Madame Henriette Trepte bittet um ein paar Minuten seiner kostbaren Zeit.«

Unwillig ließ der Diener sie stehen, machte auf dem Absatz kehrt und schritt von dannen. Henriette wartete im Flur, bis er wiederkam und ihr bedeutete, ihm zu folgen – mit demonstrativer Missbilligung.

»Henriette, welche Überraschung, was kann ich für Sie tun?«, fragte Sebastian ebenso überrascht wie herzlich.

Die Worte sprudelten nur so aus ihr heraus.

»Können Sie Ihren Großvater bitten, zu intervenieren?«, beendete sie ihren kurzen Bericht. Sie hoffte inständig, dass er ihr helfen würde. »Die Königlich-Sächsische Bergakademie und sämtliche Angelegenheiten der Lehrkräfte unterstehen doch Ihrem Großvater, und da wird er es sicher nicht dulden, wenn seine Gelehrten einfach so und ohne sein Wissen verhaftet werden, noch dazu unter fragwürdigen Anschuldigungen«, argumentierte sie leidenschaftlich. »Ich darf doch vermuten, dass er davon nichts weiß?«

Sebastian reagierte rasch. »Nehmen Sie Platz und warten Sie bitte, ich gehe sofort hinüber zu meinem Großvater.« Das Sächsische Oberbergamt war nur zwei Türen weiter auf dieser Straßenseite, in der Kirchgasse 11.

Er klingelte nach dem blasierten Diener und wies ihn an: »Sorgen Sie dafür, dass Madame Trepte einen Tee oder einen Mokka bekommt!« Missbilligend musterte der Mann Henriette, wagte aber nicht zu widersprechen, sondern machte kehrt und ging, um in der Küche Anweisungen zu erteilen.

»Ich bin gleich zurück«, versicherte Sebastian und lief los, während sich Henriette in einen Sessel sinken ließ.

Auch wenn die Zeit für sie stillzustehen schien: Auf der Standuhr im Zimmer war kaum eine Viertelstunde vergangen, als Sebastian wiederkam.

Hektisch sprang sie auf, als könne sie Felix gleich persönlich aus der Kerkerzelle abholen.

»Sie haben recht, mein Großvater wusste nichts davon und war aufrichtig erbost, dass ohne sein Wissen einer seiner Wissenschaftler unter solch fragwürdigen Umständen verhaftet wurde. Er schickt umgehend einen Beauftragten nach Dresden, damit der dort in seinem Namen vorspricht.«

Henriette fiel ein Stein vom Herzen.

»Ich danke Ihnen. Und Ihrem Herrn Großvater«, brachte sie hervor.

Sebastian lächelte ihr aufmunternd zu. »Sobald ich etwas erfahre, informiere ich Sie. Jetzt bleibt uns nur noch, zu warten.«

Warten. Das erschien Henriette unsagbar schwer. Es würde wohl ein, zwei Tage dauern, bis sie etwas erfuhr, und vielleicht noch länger, bis Felix freikam. Wenn er denn freikam. Sie mochte kaum daran glauben, dass sich alles rasch aufklären und die Gerechtigkeit wiederhergestellt würde.

Felix wäre nicht der Erste, der ohne Gerichtsprozess auf der Festung Königstein eingesperrt wurde, das gewaltige, in Stein gehauene Staatsgefängnis auf einem Felsplateau hoch über der Elbe. Prominentestes Beispiel war der einstige Leipziger Bürgermeister Romanus, dem vorgeworfen wurde, in die städtischen Kassen gegriffen zu haben, um für sich als Wohnhaus ein Palais zu errichten. Vor über hundert Jahren, 1705, war er verhaftet worden und schmachtete bis zu seinem Lebensende auf dem Königstein, mehr als vierzig Jahre lang! Kurfürst August der Starke hatte ihm weder einen Prozess noch eine Begnadigung bewilligt.

In ihrer Vorstellung sah Henriette Felix mit eisernen Handschellen in einem finsteren Verlies darben und verzweifeln. An diesem Abend kniete sie vor ihrem Bett nieder, faltete die Hände und richtete ein stummes Gebet an Gott, damit er ihm helfe.

Natürlich machte die Neuigkeit von der Verhaftung in der Stadt die Runde, woran Felix' Zimmerwirtin nicht unerheblichen Anteil hatte.

Schon am nächsten Tag betrat Leopold wieder einmal die Buchhandlung und sagte mit gespielt mitfühlender Miene: »Ich hörte von dem Unglück dieses jungen Mannes, der Ihnen ja so viel bedeutet ...«

Hätte sie je Zweifel gehabt, so wären diese Worte die endgültige Bestätigung, dass er hinter dieser Intrige steckte.
»Sie waren es!«, fuhr sie ihn an.
Er versuchte gar nicht, es abzustreiten. »Müssen wir nicht allesamt wachsam sein, um den Feind zu entlarven, wo immer er sich unter uns mischen will?«
Am liebsten hätte sie ihn angeschrien, ihm sein Gesicht mit den Fingernägeln zerkratzt und ihm ein paar Haarbüschel ausgerissen. Doch damit würde sie Felix auch nicht helfen. Mühsam zügelte sie ihren Zorn und schluckte die Beleidigungen hinunter, die ihr auf der Zunge lagen.
»Sie irren sich. Kann ich irgendetwas tun, damit Sie die Vorwürfe gegen Monsieur Zeidler zurückziehen?«
Höhnisch zog er die Augenbrauen hoch.
»Sieh an, sieh an! Für diesen Krüppel würden Sie sogar erwägen, mir entgegenzukommen, statt mir die Augen auszukratzen?«
Er breitete die Arme aus und triumphierte: »Leider kommt Ihr Angebot zu spät, Madame. Es wäre auch nicht aufrichtig, machen Sie sich und mir nichts vor. Ich müsste darauf gefasst sein, dass Sie mir im Schlaf die Kehle durchschneiden. Und wie mir mein verehrter Herr Vater klarmachte, sollte ich mich statt um eine Witwe mit fragwürdigen Sympathien doch lieber um ein hübsches junges Mädchen von unbescholtenem Ruf bemühen.«
»Da kann ich Ihrem Herrn Vater nur zustimmen. Wenn Sie also nicht zufällig ein Buch erwerben möchten, verlassen Sie bitte diesen Raum und gehen Sie auf Brautschau!«, fauchte sie ihn an.
Er grinste genüsslich, zuckte mit den Schultern und verließ die Buchhandlung.

Der Tag verging, der nächste brach an, ohne dass sie etwas Beruhigendes erfuhr. Oder überhaupt irgendetwas erfuhr. Sie hatte in der Nacht kaum geschlafen, schon die zweite Nacht in Folge, bekam nur ein paar Bissen hinunter, und ihr stand in ihrer Angst um Felix eine Schreckensvision nach der anderen vor Augen. Weil sie viel zu fahrig und unstet war, um sich so liebevoll um Max zu kümmern, wie er es brauchte, hatte sie den Oheim überredet, sie während dieser Tage auch nachmittags in der Buchhandlung im Verkauf einzusetzen. Ihr Hintergedanke war, dass Felix wohl zuerst hierherkommen würde, sobald man ihn freiließ. *Falls* man ihn freiließ.

Wenn kein Kunde im Laden war, lief sie zur Tür und spähte hinaus, ob er wohl vielleicht schon über den Untermarkt schritt.

Zermürbt von Sorgen ließ sie sich in einen der beiden Sessel sinken, als der letzte Käufer gegangen war, und schloss für ein paar Momente die Augen.

Das Läuten der Glocke über der Ladentür schreckte sie auf – und sie wusste nicht, ob sie ihren Augen trauen sollte. Da stand Felix und lächelte sie an.

»Bist du es wirklich … oder ein Traumgespinst?«, stammelte sie. »Ich war in größter Sorge, ich sah dich in meinen Alpträumen schon in Ketten im Verlies, völlig verzweifelt und gebrochen …«

Er schob die Ärmel ein wenig hoch, und sie konnte die schorfigen Streifen an den Handgelenken sehen, die die Ketten hinterlassen hatten.

»Es braucht schon mehr als das, um mich zu brechen«, versicherte er mit einem Lächeln. »Vergiss nicht: Ich war Soldat im Krieg, bin Entbehrungen gewohnt und habe einige der blutigsten Schlachten überlebt.«

Sie sah ihn an, ließ diese Worte auf sich wirken …

Und dann begriff sie: Es war Felix, es war immer nur Felix gewesen, den sie schon lange liebte. Er war längst nicht mehr der schüchterne Bergstudent, als den sie ihn zum ersten Mal gesehen hatte, der an sich selbst zweifelnde Kriegsfreiwillige, sondern er war ein Mann geworden, ein Kämpfer, der sie stets geschützt hatte. Und sie liebte.

Sie löste sich aus ihrer Erstarrung, stürzte auf ihn zu und fiel ihm um den Hals.

»Ich habe mich so nach dir gesehnt, ich war fast verrückt vor Angst und Sorge!«, schluchzte sie.

Felix, völlig überrumpelt, schoss ein absurder erster Gedanke durch den Kopf: Wie gut, dass ich mich nach meiner Freilassung gewaschen, rasiert und umgekleidet habe, ehe ich hierherkam. Doch Augenblicke später begann sein Herz vor Freude zu rasen und drohte fast zu zerspringen. Er zog Henriette an sich und genoss den Moment, von dem er schon lange träumte. Seit er sie zum ersten Mal gesehen hatte.

Bis ihm klar wurde, dass er wohl etwas tun musste, um dieses völlig inakzeptable Benehmen von ihnen beiden, noch dazu an einem öffentlichen Ort, zu rechtfertigen.

Vorsichtig löste er sich von ihr, kniete vor ihr nieder und sah ihr ins Gesicht.

»Henriette, meine innig geliebte Henriette … Ich kann dir nicht das sorgenfreie und bequeme Leben bieten, das du verdienst. Aber wenn du bereit bist, mich trotzdem zu hei…«

Sie ließ ihn gar nicht erst aussprechen, sondern zog ihn hoch und strahlte unter Tränen: »Ja, von ganzem Herzen!«

# DRITTER TEIL

## UNTER VERDACHT

# Oktober 1817

## *Kommen und Gehen*

»Sie dürfen nun hinein und Ihr Töchterchen begrüßen.« Die Hebamme hatte den Satz noch gar nicht zu Ende gesprochen, als Felix schon in das Zimmer stürmte. Er sah nicht so aus, als habe er in der Nacht ein Auge zugetan. Das hatte Henriette auch nicht, weil am späten Abend die Wehen eingesetzt hatten.

Felix trat mit schnellen Schritten ein und verharrte jäh, als er die gegen dicke Kissen gelehnte Henriette mit ihrem – seinem – Töchterchen im Arm im Bett sitzen sah.

Das Leuchten in seinem Gesicht verwandelte sich in tiefe Rührung und Dankbarkeit. Er hauchte seiner Frau einen Kuss auf die Wange, und sein Blick blieb an dem Neugeborenen haften.

»Es ist … ein Wunder«, sagte er leise, um das Kind nicht aufzuwecken. »Sie ist so winzig – und so vollkommen.« Dann richtete er den Blick zärtlich wieder auf Henriette. »Wie geht es dir?«

Sie lächelte und sah ihn liebevoll an. »Müde und erschöpft, aber zugleich hellwach und überglücklich.« Sie hatte es kaum erwarten können, ihm sein Töchterchen zu zeigen. Liebevoll strich sie ihm eine widerspenstige Locke aus der Stirn. »Du siehst auch müde aus. Hast du denn nicht geschlafen?«

»Du doch ebenso wenig.«

Ihr Lächeln wurde breiter. »Nun ja, ich war … beschäftigt«, meinte sie, und in ihren Augen funkelte Spottlust.

»Wie hätte ich schlafen können, während du unser Kind zur Welt bringst?«, erwiderte er, nun mit großem Ernst. In diesen Worten hallte seine Sorge um sie und das Kind nach. Erneut senkte er den Blick auf seine Tochter, strich ganz vorsichtig mit seiner verstümmelten Hand über ihre winzigen Finger und ihr Gesicht.

Henriette fühlte sich plötzlich in die Vergangenheit zurückversetzt, an den Tag von Max' Geburt. Während sie in den Wehen lag, war Maximilian mit seinem Vater in die Kirche gegangen, um für das Wohl von Mutter und Kind zu beten, obwohl ihm die Kugel dicht an seinem Herzen das Atmen und Gehen sehr schwer machte. Nur wenige Tage danach starb er im Verlauf der Operation, bei der die Kugel entfernt werden sollte.

»Verlass mich nicht!«, flüsterte sie Felix zu, während ihr jäh die Tränen in die Augen schossen. Ihr Mann begriff instinktiv den Grund für den jähen Gefühlsumschwung.

»Der Krieg ist vorbei«, beschwor er sie und legte seine Hand an ihre Wange.

Sie schmiegte ihr Gesicht hinein und genoss die innige Verbundenheit zwischen ihnen. Gewachsen in gemeinsam überstandenen Gefahren, erstrahlt in gemeinsamen Nächten, in denen ihre Körper vollends im Einklang standen. Sie waren einander auf eine Art vertraut, mit ihren Körpern und ihren Gedanken, die sie nie für möglich gehalten hätte.

Ihr und Maximilian war nicht die Zeit vergönnt gewesen, einander so gut kennenzulernen. Der Krieg hatte ihnen nur vier Wochen füreinander gelassen.

Felix' Berührung beruhigte sie, wie immer, wenn die Sorgen sie zu überrollen drohten.

»Ich verlasse dich nicht. Ganz gleich, was kommen mag«, versprach er, und sie wusste, es war ihm ernst.
Henriette schniefte und wischte sich die Tränen aus den Augen, verlegen wegen ihres emotionalen Ausbruchs.
»Franz und Max schlafen wohl noch?«, erkundigte sie sich mit zittriger Stimme, um ihre Erschütterung zu überspielen.
Seit der Hochzeit bewohnten sie die erste Etage eines Hauses in der Moritzstraße, nur zwei Türen von Madame Bernhardis Schule entfernt. Ihr Heim war längst nicht so geräumig wie das Haus der Gerlachs, aber ihnen genügte es. Es hatte sogar einen kleinen Garten im Hinterhof, wo der Besitzer, ein freundlicher alter Herr, auch ein paar Hühner und Kaninchen hielt. Letztere zu Max' Begeisterung, der sie zu gern streicheln ging, natürlich unter der Aufsicht des netten Herrn Kirchhoff. Regelmäßig brachte dieser der jungen Familie ein paar frische Eier.
Da Felix nach wie vor einen Teil seines Salärs an seine hochbetagten Eltern nach Köthen schickte und die Geschäfte der Gerlachs angesichts der Teuerung nicht besonders gut gingen, stand der jungen Familie nur wenig Geld für die Gründung eines eigenen Haushalts zur Verfügung. Doch Oheim und Tante hatten ihnen etliche Möbel überlassen und viele der zahllosen Kleinigkeiten, die im Alltag benötigt wurden. Johanna, Henriette und Lotte, das Dienstmädchen, hatten nächtelang Weißwäsche und Vorhänge gesäumt, wobei die Tante feststellte, dass sie stärkere Augengläser benötigte.
Jette liebte ihr neues Zuhause, obwohl es nicht sehr groß und eher bescheiden eingerichtet war. Sie gab sich viel Mühe, es wohnlich zu machen. Schließlich war es ihr erstes eigenes Heim seit dem Tod ihres Vaters in Weißenfels. Seit ihrer Flucht von dort war sie immer darauf angewiesen gewesen, dass gütige Menschen sie aufnahmen: die Gerlachs, Madame

Lindenthal, die Treptes. Dies hier, diese Wohnung, war das Heim für sie und ihre junge Familie.
Ihr Bruder Franz wohnte nun bei ihnen, für den Felix die Vormundschaft übernommen hatte. Und ohne das geringste Zögern hatte Felix Max als seinen Sohn anerkannt.
Mit ihnen war Alma Klein in den Haushalt eingezogen, und als Köchin kam jeden Tag Thea Wagner zu ihnen, die ältere, verwitwete und nicht minder resolute Schwester von Frau Tröger, die im Haus der Gerlachs über die Küche herrschte.
Nun, mit der kleinen Elisabeth, schien ihr Glück perfekt.
Still und innig saßen die frischgebackenen Eltern beieinander, die Blicke liebevoll auf ihr Kind gerichtet. Bis Geräusche im Haus davon kündeten, dass Max aufgewacht war. Er hatte die nächtliche Aufregung im Haus komplett verschlafen.
»Ich hole ihn«, verkündete Felix voller Vorfreude auf die erste Begegnung zwischen den Kindern und eilte hinaus.
Max war zunehmend ungeduldig geworden, wann endlich sein Geschwisterchen »herausgekrabbelt« kam, wie er es sich zur Belustigung seiner Eltern vorstellte.
Ein Blick zum Fenster sagte Henriette, dass die Sonne noch nicht vollständig aufgegangen war. Im Hof hörte sie die Hühner gackern.
Schon kam Felix wieder, mit dem Dreijährigen im Schlafanzug an der Hand.
»Du bist jetzt ein großer Bruder, Max. Begrüße dein Schwesterchen, unsere Elisabeth!«
Aufgeregt trat der Junge näher und starrte das Neugeborene mit großen, runden Augen an.
»Sie ist ja soo winzig!«, wunderte er sich, streckte die Hand aus, um seine Schwester zu streicheln, warf aber zuerst einen fragenden Blick auf seine Mutter, ob sie das wohl erlaubte.

Henriette nickte ihm aufmunternd zu. Max war nicht viel älter als drei und ihr bis soeben immer noch sehr klein vorgekommen. Doch im Vergleich zu Elisabeth nahmen sich seine Hände und sein Kopf riesig aus. War er tatsächlich auch einmal so winzig gewesen?

Max beugte sich über sein Schwesterchen und gab ihr einen Kuss auf die Wange.

»Na, du mein kleines Mäuschen!«, zwitscherte er fröhlich und stolz zugleich.

Henriette sah zu Felix, und beide mussten sich das Lachen verkneifen. Woher mochte er wohl diesen Spruch haben? Doch im Innersten waren sie beide gerührt.

Fräulein Klein trat ein, die bei den letzten Stunden der Niederkunft der Hebamme zur Hand gegangen war, und nahm Max wieder mit.

»Deine Mutter und dein Schwesterchen brauchen jetzt etwas Ruhe. Und auf dich wartet das Frühstück, junger Mann.«

Max stapfte mit ihr hinaus und krakeelte durch den Flur: »Fra-hanz! Fra-hanz! Ich hab ein Schwesterchen, das ist ganz klein und heißt E-li-sa-beth!«

Max himmelte Franz an, weil der ihm liebend gern allerlei Unfug beibrachte: Grimassen, Scherzlieder und kecke Sprüche. Nach solch einer »Instruktion« hatte der Dreijährige einmal eine ganze Gesellschaft zum Lachen gebracht, indem er sich ernst vor einer hochbetagten Besucherin verneigte und mit tief verstellter Stimme sagte: »Ganz Ihr Diener, schöne Dame!«

Wenig später kam Franz in das Wöchnerinnenzimmer, inzwischen ein schlaksiger Vierzehnjähriger im Stimmbruch, der im zurückliegenden Jahr mächtig in die Höhe geschossen war. Stolz stellte er sich seiner verschlafen blinzelnden Nichte als Onkel vor.

»Lauf zum Untermarkt und berichte dem Oheim und der Tante von dem freudigen Ereignis, bevor du in die Schule gehst«, bat Henriette ihn.

»Das erledige ich schon«, mischte sich Felix ein. Als stolzer Vater wollte er es sich nicht nehmen lassen, selbst vom glücklichen Ausgang der Niederkunft zu berichten.

Die Hebamme kam zurück und scheuchte die beiden männlichen Wesen hinaus. Die junge Mutter brauche nun Ruhe, und es sei auch Zeit, das Kind anzulegen.

Henriette fühlte sich überglücklich und geborgen in ihrer Familie. Wenn sie nur die Zeit anhalten könnte, um diesen Moment vollkommenen Glücks zu bewahren!

Als Henriette aus erschöpftem Schlaf wieder erwachte, stellte sie amüsiert fest, dass der Freiberger Stadtklatsch wie immer zuverlässig funktionierte. Fräulein Klein, die ab und an den Kopf ins Zimmer steckte, um zu sehen, ob alles in Ordnung war, brachte einen ganzen Stapel Glückwünsche und Geschenke herein, die inzwischen abgegeben worden waren.

»Ich sehe, alle wissen schon Bescheid«, scherzte Jette. Sie war dankbar für die Rücksichtnahme der Gratulanten, die sie nicht in ihrer dringend benötigten Ruhe stören wollten. Oder war die nette und sonst so zurückhaltende Alma Klein aus Fürsorge für sie zum Zerberus geworden, der niemanden einließ?

»Monsieur Kirchhoff hat eine Schüssel mit frischen Eiern gebracht und übermittelt Ihnen seine herzlichsten Glückwünsche«, berichtete Alma. »Den Kuchen schickte Madame Breithaupt.«

Die junge Frau des Edelsteininspektors Breithaupt, Felix' Vorgesetztem an der Bergakademie, hatte noch eine Glückwunschkarte beigelegt, die wunderschön mit gepressten Blüten verziert war. Madame Bernhardi hatte ein Buch gesandt. »Obschon Sie jetzt erst einmal wenig Zeit zum Lesen haben werden«, stand in ihrem Brieflein. Und auch aus der übrigen Nachbarschaft waren noch einige Gratulationsschreiben gekommen. Sogar die Meuniers, der Tanzlehrer und seine Frau, hatten in einem Brief ihre Glückwünsche ausgedrückt.

»Wenn Max seine Mittagsruhe hält, nutzen auch Sie die Gelegenheit, ein wenig Schlaf nachzuholen«, ermunterte Jette die Haushälterin und Kinderfrau, der schon fast die Augen zufielen.

In den folgenden Stunden genoss Henriette die Ruhe im Haus, stillte ihre Tochter, träumte vor sich hin und versuchte, ihre durcheinanderwirbelnden Gefühle zu sortieren. Doch je mehr Zeit verstrich, umso mehr bohrte in ihr – zumal angesichts der vielen Glückwünsche aus der Nachbarschaft – ein Gedanke: Warum hatte sie noch nichts von den Gerlachs gehört? War dort etwas Schlimmes geschehen? Niemals hätte es sich die Tante sonst nehmen lassen, hereinzustürmen und beim Anblick des Neugeborenen in Verzückung auszubrechen.

Felix kam früher als üblich von seiner Arbeit in der Bergakademie heim.

»Der ist für dich«, sagte er und hielt ihr einen Strauß aus leuchtend bunten Herbstblättern hin. »Blumen waren beim besten Willen nicht aufzutreiben.«

1816, das »Jahr ohne Sommer«, voll Bitterkeit auch »Achtzehnhundertunderfroren« genannt, war zwar vorbei, doch fast überall litten die Menschen immer noch unter den Folgen von Missernten und Überschwemmungen. Die Getreidepreise hatten sich verdoppelt bis verdreifacht, und die schlechte Ernährung vieler Menschen begünstigte ein erneutes Ausbreiten des Typhus. Das Elend hatte insbesondere am Rhein eine neue Auswanderungswelle nach Nordamerika, Brasilien und Osteuropa ausgelöst.

Felix steckte den Herbststrauß in eine Vase, betrachtete zärtlich seine kleine Tochter, die in der Wiege schlief, und ging kurz zurück in den Flur, um einen Henkelkorb voller Köstlichkeiten hereinzutragen.

»Das schicken dir die Gerlachs mit den besten Grüßen und Glückwünschen. Dein Oheim wird eine Annonce zur Geburt unserer Tochter in die nächste Ausgabe setzen.«

Der Korb war mit Räucherwürsten, Plätzchen, einem Kuchen und mehreren Flaschen Malzbier gefüllt, um die Milchbildung bei der Wöchnerin zu fördern. Lisbeth Tröger hatte offensichtlich ihren ganzen Ehrgeiz dareingesetzt, ihre Schwester Thea zu übertrumpfen. Ein mit Papier umhülltes Päckchen offenbarte beim Öffnen liebevoll bestickte Kindersachen: ein Kittelchen und eine Mütze.

»Was sagen denn Oheim und Tante?«, fragte Henriette, während sie gerührt die Kleidungsstücke hin und her wendete, um sie zu betrachten. »Ich wundere mich, dass sie nicht schon längst gekommen sind, um die Kleine zu sehen. Johanna konnte es doch kaum erwarten …«

Felix sah erneut auf seine Tochter in der Wiege, dann zog er einen Stuhl heran, setzte sich zu Henriette ans Bett und nahm ihre Rechte zwischen seine Hände.

Sein Gesicht verdüsterte sich, und Henriette sah sich jäh in ihren schlimmen Ahnungen bestätigt.

»Was ist geschehen?«

»Es ist nicht gut für dich, wenn du dich jetzt aufregst …«

»Ich rege mich auf, weil du mir etwas offensichtlich Wichtiges verheimlichst«, hielt sie ihm hitzig vor. »Warum sind Oheim und Tante noch nicht gekommen? Sie wissen doch schon seit dem Morgen von der Geburt der Kleinen. Oder etwa nicht?«

Felix wandte den Blick ab und schien nachzudenken, dann räusperte er sich.

»Deine Urgroßtante Augusta ist gestorben.«

Er ließ den Satz etwas wirken, dann fuhr er fort: »Sie ist in der Nacht ruhig entschlafen.«

Bestürzt sah Henriette ihn an. Sicher, Augusta hatte die achtzig schon überschritten und in letzter Zeit etwas gekränkelt, aber ihr Sarkasmus, ihre spitze Zunge und ihr wacher Verstand hatten sie agiler als manche Dreißigjährige wirken lassen.

In Henriettes Kopf wechselten in rascher Folge Bilder und Szenen mit ihr und Augusta. Um Fassung ringend, sagte sie: »Sie war die Stimme der Vernunft in dieser Familie.«

Felix hob den Kopf und sah sie ernst an.

»Das wirst von nun an du sein müssen.«

Überrascht blickte Henriette auf.

»Dein Oheim ist zu gutmütig und muss zu viele Rücksichten aufs Geschäft nehmen«, erklärte Felix seine Gedankengänge. »Johanna regt sich zu schnell auf, Konstantin denkt nur an seine künftige Stellung als Inhaber von *Graz und Gerlach.* Eduard ist aus unerfindlichen Gründen immer noch nicht aus Thüringen zurück, und über Therese und Emilia brauchen wir gar nicht erst zu reden, wenn es um Vernunft geht.«

Da musste Henriette ihm leider recht geben.

Fünf Tage später wurde Augusta auf dem Donatsfriedhof vor den Toren der Stadt beigesetzt.

Henriette fühlte sich hinreichend bei Kräften, um an dem Begräbnis teilnehmen zu können. Sie hatte Elisabeth noch einmal gestillt, bevor sie die Kinder der Obhut von Fräulein Klein überließ, die mit ihnen im Haus der Gerlachs warten würde, bis die Trauergesellschaft zurückkehrte.
Es nieselte; die Pfade und elegischen Skulpturen auf dem Friedhof waren mit nassem Laub bedeckt, das einen erdigen Geruch verströmte. Zahlreiche Bekannte und Geschäftskunden der Gerlachs hatten sich eingefunden, um der alten Dame das letzte Geleit zu geben. Henriette bemerkte die verstohlenen Blicke und das Getuschel darüber, dass sie so kurz nach der Niederkunft zu einer Beerdigung erschien. Manche vorwurfsvoll, da ein Trauerzug für eine Stillende nicht gut sein konnte, andere anerkennend, weil sie schon wieder auf den Beinen war.
Sie und Felix stellten sich neben den Gerlachs auf.
Johanna war im zurückliegenden Jahr noch etwas fülliger geworden, das Haar ihres Mannes noch lichter. Aber am deutlichsten hatte sich Konstantin verändert. Er war äußerlich zum Mann gereift: Seine Schultern waren breiter geworden, er musste sich rasieren, hatte sich die Koteletten so wachsen lassen wie sein Vater und sogar angefangen, ab und an eine Pfeife zu rauchen, was ein sehr ungewohntes Bild abgab und ihm – wie Henriette angesichts seiner Blässe nach den ersten Zügen argwöhnte – nicht wirklich schmeckte. Es schien derzeit auch kein Mädchen zu geben, das sein besonderes Interesse weckte.
Während sich die Trauergemeinde um das Grab versammelte, hielt Henriette nach zwei bestimmten Personen Ausschau.
Da kamen sie, und sie blickte zur Seite, um böse Blicke fernzuhalten, während Felix ihre Hand ergriff und festhielt.

Therese war erschienen, an der Seite ihres Ehemanns – Leopold Ullrich.

Der Sohn des Zensors hatte nach Henriettes überraschender Verlobung mit dem jungen Mineralieninspektor Zeidler eine Weile nichts von sich sehen und hören lassen. Doch nach einiger Zeit begann er, um Therese zu werben, die ihn nur zu gern erhörte.

Henriette hatte vergeblich versucht, sie vor diesem Mann mit seinen zwielichtigen Absichten zu warnen. Ihre Warnung führte zu einem hässlichen Streit.

»Wieso gönnst du ihn mir nicht?«, hatte Therese gekreischt. »Du hattest doch schon einen gutaussehenden jungen Ehemann! Wie viele junge, unversehrte Männer sind denn noch übrig nach dem langen Krieg? Da ist es nur gerecht, dass du jetzt einen Krüppel heiratest und ich den Leopold bekomme. Ich liebe ihn!«

Henriette war damals so entgeistert und verletzt, dass es ihr die Kehle zugeschnürt hatte.

Doch auch wenn sie etwas hätte erwidern können – Therese war dermaßen verblendet, dass kein vernünftiges Argument bei ihr gefruchtet hätte. Und Emilia wurde zunehmend mürrischer, seit ihre Schwester aus dem Haus war. Sie war enttäuscht, weil sie noch keinen ernstzunehmenden Verehrer hatte, und fühlte sich allein gelassen.

Leopold streifte Henriette und Felix nur einen winzigen Moment lang mit finsterem Blick, dann sah er starr an ihnen vorbei. Therese tat es ihm gleich und gab sich auffällig damit beschäftigt, ihren Rock vorsichtig etwas anzuheben, damit der Saum ihres sichtlich teuren Kleides nicht beschmutzt wurde. Sie wagte es nicht, im Beisein ihres Gatten freundlich auf das Paar zuzugehen oder auch nur zur Geburt ihrer Tochter zu gratulieren.

Kaum war die Zeremonie vorüber, packte Leopold seine junge Frau hart am Arm.

»Komm! Dies ist nicht die richtige Gesellschaft für uns.«

Therese fügte sich widerspruchslos. Aber nachdem sie losgegangen waren, wandte sie sich noch einmal kurz um und suchte Henriettes Blick. Sie schien mit ihr reden zu wollen, ohne dass Leopold davon etwas mitbekam.

Doch das würde wohl schwierig werden. Seit den letzten Schwangerschaftswochen arbeitete Jette nicht mehr in der Buchhandlung. Stattdessen war Eduard, der jüngere Sohn der Gerlachs, zurückgerufen worden, um ihren Platz einzunehmen. Er hatte seinen sehnlichen Wunsch erfüllt bekommen, ein Semester in Jena zu studieren. Doch nun waren Semesterferien, und er wurde in der Buchhandlung in Freiberg gebraucht, weil sich Henriette um ihr jüngstes Kind und natürlich auch um Max kümmern musste. Dass Eduard trotz dringender Aufforderung noch nicht in Freiberg eingetroffen war, sorgte zunehmend für Nervosität und Sorge in der Familie.

»Eine schöne Grabrede!«

Diesen Satz bekamen die Gerlachs von allen Seiten zu hören, während sie auf dem Donatsfriedhof nach der Zeremonie weitere Beileidsbekundungen entgegennahmen.

Eine Einschätzung, die Henriette verblüffte, denn der Redner hatte Augusta als eine »sanfte Seele« beschrieben – worauf niemand gekommen wäre, der sie wirklich gekannt hatte. Jette fragte sich, was wohl die Großtante selbst zu diesem Charakterbild gesagt hätte. Vermutlich etwas sehr Sarkastisches, das alle zum Lachen gebracht hätte.

Das Geplauder nahm kein Ende, und Henriette fragte sich mittlerweile, ob es für sie nicht doch zu früh gewesen war, fünf Tage nach der Niederkunft schon auf ein Begräbnis zu gehen. Vom langen Stehen schien ihr Rückgrat in der Mitte auseinanderbrechen zu wollen. Ihr Unterleib schmerzte, und sie kam sich vor, als ob ihr das Blut an den Beinen entlanglaufen würde.

Felix – nach einem besorgten Blick auf seine kreidebleiche Frau – entschied: »Ich bringe dich nach Hause, du musst dich ausruhen.«

Aber da bat Friedrich Gerlach die Gäste endlich zum Trauermahl in *Graffs Kaffeehaus* in der Korngasse. Die Saison für das Gartenlokal von Monsieur Graff war vorbei, doch in seinem ganzjährig geöffneten Kaffeehaus nur wenige Schritte vom Obermarkt entfernt verkehrten vor allem Lehrer und Studenten der Bergakademie gern.

Langsam setzte sich die Menge in Bewegung, um bei Kaffee und Kuchen der Toten zu gedenken und über die Lebenden zu tratschen.

Henriette plauderte angestrengt höflich mit diesem und jenem auf dem Weg zurück zur Stadt, doch bald bog sie – von Felix begleitet – Richtung Untermarkt ein. Sie musste zurück ins Gerlachsche Haus, wo Fräulein Klein mit den Kindern auf sie wartete. Ihr schoss die Milch ein, Elisabeth war sicher schon hungrig, und sie brauchte unbedingt eine Gelegenheit zum Sitzen.

## Streit im Hause Gerlach

»Mama! Papa!«, juchzte Max, als er seine Eltern sah. Er stürmte mit hochgerissenen Ärmchen auf Felix zu, damit der ihn hochnahm, drückte ihm einen schmatzenden Kuss auf die Wange, wandte sich dann seiner Mutter zu, um bei ihr Gleiches zu tun, und zappelte, um wieder auf dem Boden abgesetzt zu werden.

»Lissi hat geweint!«, berichtete er aufgeregt. »Fräulein Klein sagt, weil sie Hunger hat. Ich wollte meinen Kuchen mit ihr teilen, aber den hat sie nicht gegessen.«

»Sie hat doch noch keine Zähne«, meinte Henriette belustigt und gerührt von seiner Fürsorge. »Vorerst trinkt sie nur Milch.«

Max nahm das stirnrunzelnd zur Kenntnis; man konnte seine Gedanken förmlich hinter der Stirn rattern sehen.

»Die gebe ich ihr gleich«, fuhr Henriette rasch fort, um den drohenden Ansturm von Fragen abzuwenden. Jetzt brauchte Lissi sie. »Wie wäre es, wenn du mit Fräulein Klein in die Küche gehst? Frau Tröger hat ganz gewiss ein paar Leckereien für dich.«

Diese Aussicht war viel zu verlockend für Max, um sie nicht sofort in die Tat umzusetzen. Er verabschiedete sich mit einem Küsschen von seiner Schwester und folgte der Kinderfrau, die sich noch einmal umwandte und Jette versicherte, sie habe Lissi gerade eben eine frische Windel angelegt.

Dann ging auch Felix wieder, um verspätet noch zur Trauergemeinde im Kaffeehaus zu stoßen, damit es bei den Freibergern nicht hieß, er halte sich von der Familie seiner Frau fern – wie es der Sohn des Zensors tat, nachdem er eine Großnichte des Buchhändlers geheiratet hatte.

Sobald ihr Mann fort war, setzte sich Henriette bequem hin und stillte ihre Tochter, die gierig glucksend trank. Jette verlor sich in dem friedlichen Anblick und dem besonderen, unbeschreiblich innigen Gefühl beim Stillen.

Sie hielt die Kleine noch ein wenig im Arm, während Elisabeth schon die Augen zufielen, und betrachtete sie liebevoll, spürte nach, wie sich ihr Gesicht mit jedem Tag veränderte, den sie schon auf der Welt war. Dann legte sie das Kind ins Körbchen, streifte die Schuhe ab und machte es sich auf der Récamiere bequem. Sie hatte – wie wohl jede frischgebackene Mutter – in den letzten Nächten nur wenig Schlaf bekommen. Und ihr ganzer Körper schmerzte vom langen Stehen. Vorsichtig zog sie die Beine etwas an, verschränkte die Hände über dem Leib und seufzte vor Erleichterung, endlich zu liegen. Nach ein paar Minuten fiel sie in einen Dämmerschlaf, immer noch mit einem Ohr lauschend, ob ihr Töchterchen irgendwelche beunruhigenden Geräusche von sich gab.

Vage bekam sie mit, dass Fräulein Klein leise mit Max die Bibliothek betrat und ihm zuwisperte, er solle seine Mutter ruhen lassen, sie beide würden jetzt nach Hause in die Moritzstraße gehen, wie es mit seinen Eltern abgesprochen war.

Henriette hätte nicht sagen können, wie lange sie auf der Récamiere in der Gerlachschen Bibliothek geschlafen hatte, als Geräusche sie aufschreckten, die von der Rückkehr der Familie kündeten. Benommen fuhr sie hoch, sah nach dem Kind, das im Körbchen immer noch fest schlief, schlüpfte wieder in die Schuhe und strich sich die Haare zurecht.

Blinzelnd sah sie zur Standuhr. Es war schon nach achtzehn Uhr.

Dann kamen sie nacheinander herein: Friedrich und Johanna, Konstantin und Emilia, Franz und Felix.

Frau Tröger hatte inzwischen ein herzhaftes Mahl zubereitet und kündigte an, in einer halben Stunde könne es aufgetragen werden. Also unterhielten sich die Gerlachs noch ein wenig über die Trauerfeier und schwelgten in Anekdoten über Augusta.

Friedrich Gerlach wollte die Familie gerade einladen, für das Abendessen zu Tisch zu gehen, als unten die Haustür krachend zugeschlagen wurde und kräftige Schritte die Treppe heraufpolterten.

Jedermann in der Bibliothek lauschte verwundert, um die Quelle des Lärms zu enträtseln, bis endlich der längst erwartete Eduard in durchnässten Kleidern den Raum betrat. Alle Blicke richteten sich auf ihn, und gleichzeitig riefen sein Vater: »Wieso kommst du erst so spät?« und seine Mutter: »Wie siehst du denn aus?«

Das dachte auch Henriette, denn der jüngere Sohn des Hauses hätte schon vor Tagen eintreffen sollen. Außerdem sah er wahrhaft befremdlich aus: das dünne Haar so lang, dass es bis auf die Schultern fiel, das Gesicht von einem spärlichen Bartwuchs entstellt, der aus ein paar rötlichen Fusseln um sein Kinn bestand, die Kleidung ebenfalls höchst ungewöhnlich.

»Ist dies das Willkommen bei der Heimkehr des verlorenen Sohnes?«, entrüstete sich Eduard bemüht scherzhaft. »Ihr müsst ja nicht gleich ein Kalb schlachten. Aber ein herzliches Wort zur Begrüßung und einen Teller heiße Suppe fände ich angemessen, nachdem ich so lange bei diesem Regenwetter unterwegs war.«

Vorsichtig, damit kein Wasserspritzer auf die Bücher fiel, knöpfte er seine knielange schwarze Jacke auf.

Die in der Bibliothek Versammelten starrten ihn so entgeistert an, dass Johannas Frage sich eindeutig als die dringlichere herausstellte.

»Willst du dich nicht erst einmal rasieren, ehe du dich mit uns an den Tisch setzt?«, schlug Friedrich Gerlach in forderndem Ton vor. Es konnte keinen großen Aufwand bedeuten angesichts des kümmerlichen Bartwuchses.

»Das ist jetzt die neueste Mode!«, platzte Eduard heraus.

»Gehört zu dieser merkwürdigen Mode auch, dass du im *Morgenrock* auf die Straße gehst?«, entrüstete sich Johanna. »Viel zu weite Hosen trägst, die dir nur so um die Beine schlackern, und statt eines Zylinders diesen … Deckel auf dem Kopf hast?« Sie deutete auf Eduards riesiges Barett aus schwarzem Samt. »Wo sind dein Gehrock, deine Weste und die Halsbinde?«

Frau Tröger steckte den Kopf ins Zimmer, um zu fragen, ob das Essen aufgetragen werden könne. Doch angesichts der Stimmung, die auf demnächst ausbrechenden Streit deutete, zog sie sich rasch wieder zurück. Irgendjemand würde sich schon in der Küche melden, sobald die Gerlachs bereit wären, ein gutes Mahl auch zu würdigen, statt es gedankenlos in sich hineinzustopfen, während sie stritten. Also ging sie wieder hinunter, um die Töpfe in Tücher zu wickeln, damit das Essen warm blieb. Dabei grollte sie vor sich hin: »Soll ich etwa einen zarten Sauerbraten zerkochen und vor die Hunde gehen lassen? Und die Klöße müssen in ein paar Minuten auf den Tisch, sonst sind sie nicht zu retten.«

Eduard war in seiner Begeisterung das vorwurfsvolle Gesicht der Köchin entgangen.

»Das ist die *Altdeutsche Tracht!* So etwas trägt man heute zum Zeichen patriotischer Gesinnung«, sprudelte er heraus, und seine Augen leuchteten. »Ihr werdet sehen, bald setzt sich das überall durch. Aber was noch viel wichtiger ist: Ich war am Sonntag bei einem Ereignis von *nationaler Größe und Bedeutung* in Eisenach. Ich musste einfach dort sein. Ihr werdet verstehen, weshalb ich so spät komme, wenn ihr erst gehört habt, was geschehen ist. Von dem mitreißenden, beflügelnden Geist, der dort herrschte. Das werde ich mein Lebtag nicht vergessen. Es war der Aufbruch Deutschlands zur Bildung einer geeinten Nation!«

Friedrich Gerlach, der von seinen Logenfreunden schon einiges über dieses geplante Großereignis gehört hatte, schob der Schwärmerei seines jüngeren Sohnes erst einmal einen Riegel vor.

»Wir reden nach dem Essen darüber. Also kommt alle zu Tisch! Du, Franz, gehst bitte hinunter und sagst Frau Tröger Bescheid.«

Ungern erhob sich Franz, der den Blick kaum von seinem endlich zurückgekehrten Cousin lösen konnte. Wie schade, dass Eduard erst nach dem Abendbrot weitererzählen durfte!

Das Essen verlief stillschweigend, doch unverkennbar in einer Stimmung, in der ein einziger Funke zur Explosion führen würde.

Sobald Friedrich Gerlach seinen Teller geleert hatte, legte er die Serviette auf den Tisch.

»Ich höre.«

Man sah Eduard an, dass er es kaum abwarten konnte, seine Begeisterung endlich mit den anderen zu teilen.

»Das war eine gewaltige Sache für alle deutschen Patrioten«, sprudelte es nur so aus ihm heraus. »Wir alle trugen Altdeutsche Tracht …«

Auch Henriette hatte schon von dieser *Tracht* gehört – nicht zuletzt von Felix, der eine ähnliche Kluft bei den Lützowern gesehen hatte. Sie fragte sich, was das für ein Vaterland sein sollte, das einem diese merkwürdige Mode vorschrieb. Wo eine Tracht doch etwas sein sollte, das sich aus regionalen Traditionen heraus entwickelte.

Eduard sah, wie sie die Stirn runzelte.

»Ernst Moritz Arndt sagt: Nachdem wir uns von der französischen Vorherrschaft befreit haben, müssen wir uns auch von der Vorherrschaft der französischen Mode befreien«,

ereiferte er sich. »Unsere neue deutsche Tracht geht auf Luther, die Reformation und die Lützower zurück.«
»Eure neue *alt*deutsche Tracht«, warf Henriette sarkastisch ein. Doch Eduard in seiner Euphorie entging die Spitze.
»Ich bezweifle, dass *mein* Patriotismus so weit reicht, dass ich im Hausmantel durch die Stadt laufe«, monierte Friedrich Gerlach, der sich zu Ruhe zwang, weil er wusste, dass der eigentliche Streitpunkt noch bevorstand. »Also erzähle uns von diesem *Ereignis nationaler Bedeutung*, an dem du unbedingt teilnehmen musstest, wohl wissend, dass du hier dringend gebraucht wirst. Erzähle uns, wofür du deine Familie im Stich gelassen hast!«
»Ihr werdet es verstehen, wenn ihr es erst gehört habt«, versicherte Eduard mit Überzeugung.
»Lasst uns dafür in die Bibliothek zurückkehren, damit Lotte den Tisch abräumen und Frau Tröger Feierabend machen kann«, warf Johanna ein, die um ihr gutes Porzellan fürchtete.
Sie gingen hinüber, doch Eduard setzte sich erst gar nicht, sondern begann mit leuchtenden Augen zu referieren, während Franz begeistert an seinen Lippen hing.
»Am Sonntag feierten wir in Eisenach den dreihundertsten Jahrestag von Luthers Reformation. Stellt euch das Bild vor: mehr als fünfhundert Studenten in Altdeutscher Tracht … In feierlicher Formation zogen wir hinauf zur Wartburg, an der Spitze eine Fahne in den Farben der Lützower: Schwarz, Rot und Gold. Und auf dem Kopf trugen wir Kränze aus Eichenlaub.«
»Wie die Waldfeen«, warf Emilia ein und prustete kichernd, was ihr einen finsteren Blick von Eduard eintrug, ehe er weitersprach.
»Es waren Professoren dabei, Abordnungen von anderen

Universitäten, auch aus Leipzig, Ehrengäste … Alles in allem wohl fast tausend Mann, allesamt *Brüder,* wie wir uns nun nennen.«

»Schwestern waren nicht dabei?«, unterbrach ihn nun Henriette, und Eduard wirkte für einen Moment irritiert.

»Wir Studenten organisieren uns nun als Burschenschaften. Wir schließen Freundschaften und ertüchtigen unsere Körper durch Turnen, wie es Friedrich Ludwig Jahn vormacht. Wir kämpfen für Ehre, Freiheit und Vaterland. Das müsst ihr doch gut finden!«, regte er sich auf und sah in die schweigende Runde, von einem Gesicht zum anderen.

»Es gab einen feierlichen Gottesdienst, wir sangen Luthers *Ein feste Burg ist unser Gott*«, fuhr er fort. Er erzählte und erzählte mit unverminderter Begeisterung.

»… damit Deutschland endlich vereint wird – und frei von Franzosen, Juden, Katholiken!«

»Unser König ist katholisch. Was macht ihr mit ihm?«, fuhr Johanna ihrem Sohn entrüstet in die Parade. »Ganz abgesehen von den vielen anderen Menschen, die dieser Konfession angehören?«

»Und mit den Juden?«, fragte Henriette scharf. »Gab es nicht schon zu viele schreckliche Pogrome in der Geschichte? Juden haben mitgekämpft und ihr Leben geopfert, als es darum ging, Napoleon zu besiegen.« Zumindest zur preußischen Armee hatten sich auch Juden freiwillig melden dürfen – erstmals. »Als man Freiwillige brauchte, waren sie willkommen. Und jetzt wollt ihr sie verjagen?«

»Ähm … Luther sagt …« Eduard war aus dem Konzept gebracht und suchte vergeblich nach einer Antwort. Also fuhr er einfach mit seinem Bericht fort.

»Der Großherzog von Weimar gewährte uns zum Mittag ein Festmahl im Rittersaal der Wartburg. Abends versammelten wir uns auf dem Eisenacher Marktplatz, erklommen mit einem Fackelzug den Wartenberg und entzündeten ein riesiges Feuer zum Gedenken an den Sieg bei Leipzig.«

Er suchte Henriettes Blick in der Hoffnung, dass sie ihn endlich unterstützte. »Es war der 18. Oktober, der Jahrestag des großen Sieges nach der Leipziger Völkerschlacht. Das muss doch in deinem Sinne sein! Und in deinem, Felix! Ihr wart beide in Leipzig dabei.«

Als sie schwiegen, erklärte er trotzig: »Und dann rief uns Bruder Rödiger auf, bereit zu sein, um Märtyrer für die heilige Sache zu werden.«

»Welche heilige Sache?«, warf Felix misstrauisch ein.

»Na, das einige Vaterland, die Freiheit ...«

Endlich ergriff Friedrich Gerlach wieder das Wort und blickte seinen jüngeren Sohn streng an. »Und dann tatet ihr *was* bitte? Stimmt es, was ich höre: dass ihr vorhattet, Bücher zu verbrennen? Und du als Sohn eines Buchhändlers und Verlegers warst dabei? Sag, hast du geschwiegen oder sogar mitgejubelt bei dieser Ungeheuerlichkeit? Ich könnte nicht schwerer von dir enttäuscht sein.«

Müde nahm er seine Brille ab und begann, sie zu putzen, doch dann legte er sie einfach beiseite und rieb sich die Stirn.

»Ähm ... Einige hatten das vor, das mit der Bücherverbrennung. Aber die Idee wurde abgelehnt«, versuchte Eduard, sich zu rechtfertigen. »Also haben ein paar unserer Brüder Makulatur aus einer Eisenacher Druckerei besorgt, die fehlbedruckten Seiten zwischen Pappdeckeln verschnürt und sie dann symbolisch in die Flammen geworfen.«

»Es macht für mich keinen Unterschied, ob es nun die Originale waren oder nur Attrappen«, erklärte sein Vater streng, und Eduard wurde langsam kleinlaut.

»Welche Bücher habt ihr denn verbrannt? Symbolisch, meine ich …«, wollte Franz wissen.
Und schon war Eduard wieder obenauf. »Die der Feinde des Fortschritts und des Vaterlands! Unserer Feinde. Der Feinde unserer Bewegung unter unserem Bruder Ernst Moritz Arndt. Wie zum Beispiel Kotzebue.«
Henriette dachte sofort an die Aufführung der *Rosen des Herrn von Malesherbes* im Freiberger Theater und runzelte die Stirn. »Nur weil jemand seichte Stücke schreibt, muss man diese nicht gleich verbrennen«, meinte sie angewidert.
»Es geht um seine *Geschichte des deutschen Reiches,* die ist zutiefst undeutsch!«, entrüstete sich Eduard. »Das sagt auch mein Freund Carl Ludwig.«
Friedrich Gerlach, der Feingeist und Menschenfreund, erstarrte fassungslos.
Felix sah Henriette auffordernd an, als wollte er sie an seine Worte gemahnen: Du bist jetzt die Stimme der Vernunft.
»Du sagst, ihr kämpft für die Freiheit«, hielt sie ihrem Cousin leidenschaftlich vor. »Aber Freiheit soll es nur für diejenigen geben, die eure Anschauungen teilen. Und eure Konfession. Das habe ich doch richtig verstanden, oder? Hofften wir nicht alle auf ein Ende der Zensur? Und jetzt führt ihr selbst eine Zensur ein! Wobei *ihr* nicht nur ein paar Zeilen streichen oder ein Buch unter Verschluss nehmen wollt, nein – ihr verbrennt gleich, was euch nicht passt!«
Sie holte tief Luft und fuhr fort: »Auch ich wünsche mir ein einiges deutsches Vaterland. Aber nicht auf diesem Weg. Ihr seid vergiftet von Hass – so wie es auch die Schriften von Arndt sind. Nichts rechtfertigt den Hass. Denn Hass führt nur immer wieder zu Krieg. Haben wir nicht schon genug gelitten, in ganz Europa? Ich werde nachts manchmal immer

noch wach von den Schreien der Verletzten vom Schlachtfeld.«

Eduard sah seine einstmals bewunderte Cousine beleidigt an.

»*WER NICHT FÜR UNS IST, DER IST GEGEN UNS!*«, ereiferte er sich lautstark. »Es ist schließlich für die gute Sache! Und weil wir für die gute Sache kämpfen, sind alle Mittel erlaubt.«

»Weißt du, wie du dich anhörst?«, regte sie sich auf. »Das erinnert mich an die Jahre des Terrors nach der Französischen Revolution, als es genügte, die falsche Kleidung zu tragen oder von einem missgünstigen Nachbarn denunziert zu werden, um unter der Guillotine zu sterben. Kein Ideal rechtfertigt die Gewalt, die ihr predigt!«

Wütend platzte Eduard heraus: »Wenn ich dich so reden höre, wundert es mich überhaupt nicht, dass die Preußen dich verbannt haben. Das geschah dir ganz recht!«

Jetzt verlor Friedrich Gerlach endgültig die Fassung, was Henriette noch nie erlebt hatte – und die übrige Familie womöglich auch nicht.

»Wage es nicht, solche Worte in einer *Bibliothek* auszusprechen, umgeben von den Büchern großer Denker!«, donnerte er und schwenkte den Arm über die Regale. »Oder willst du die auch erst durchsehen, ob noch einige verbrannt werden müssen? Vielleicht Lessing? Rousseau? Voltaire? Schiller?«

Johanna riss bei diesem ungewohnten Ausbruch ihres Mannes erschrocken die Augen auf, Konstantin wirkte irgendwie zufrieden, Franz erschrocken, und Emilia blinzelte von einem zum andern.

Felix stand auf und zog Henriette mit sich hoch. »Komm, Jette, wir gehen. Ich werde dich nicht länger diesen Hasstiraden aussetzen.«

## Am Fenster

Nachdem sich Henriette und Felix bei der Ankunft in ihrer Wohnung vergewissert hatten, dass Max unter Aufsicht von Fräulein Klein ruhig schlief, ließ Felix seine Frau in der Stube zurück, damit sie die Füße hochlegen und Elisabeth stillen konnte.

»Ich gehe noch einmal zurück, um deinem Oheim beizustehen. Diese Dinge dürfen nicht ungeklärt bleiben, nicht einen einzigen Tag, nicht eine Stunde.«

Das war er ihm schuldig. Friedrich Gerlach hatte ihn der Freimaurerloge »Zu den drei Bergen« empfohlen, der er auf diese Fürsprache hin angehörte, und Henriette war für den Verleger wie eine Tochter, also war dieser mehr oder weniger sein Schwiegervater.

»Ich weiß, Liebes, du hättest es gern selbst ausgefochten, und das traue ich dir auch zu – natürlich«, versicherte Felix. »Aber jetzt brauchst du alle Kraft für unser Töchterchen. Lass mich für dich an die Front ziehen.«

Er lächelte, hauchte ihr einen Kuss auf die Wange und ging.

Als Felix zurückkehrte, hatte die Uhr schon vor einer Weile zehn geschlagen. Henriette stand am Fenster und starrte hinaus in die Dunkelheit. Sie wandte sich nur kurz um, als er eintrat.

Doch etwas in ihrem Blick, so trostlos und verloren, hielt ihn davon ab, gleich zu berichten, wie er und Friedrich Gerlach Eduard ins Gewissen geredet hatten – bis dieser dann wütend den Entschluss seines enttäuschten Vaters vernahm, dass er vorerst nicht wie geplant an Henriettes statt im Laden arbeiten sollte, sondern in der Druckerei, außer Sichtweite der Kundschaft.

Felix schob den Familienzwist für den Moment beiseite, trat

zu seiner jungen Frau und ergriff ihre Hand, ohne etwas zu sagen. Er kannte sie gut genug, um zu wissen: Sie würde reden. Aber sie brauchte noch etwas Zeit, bis sie ihre Beklemmung überwand. Und er wusste auch: Der Streit mit Eduard war nur der Auslöser, nicht der alleinige Grund für die Dunkelheit, die sie gerade ausfüllte.

Er folgte ihrem Blick und versuchte herauszufinden, worauf sie starrte. Die leicht gewundene Straße, in der sich Haus an Haus reihte, war menschenleer und dunkel. Eine Katze huschte von einer Seite auf die andere, Wind drückte den Qualm aus den Schornsteinen zwischen den Häuserzeilen hindurch.

Minutenlang standen sie schweigend nebeneinander, bis Henriette endlich zu sprechen begann, während sie weiter aus dem Fenster starrte.

»Ich sollte glücklich sein. Ich habe einen Mann, den ich liebe und der mich liebt, zwei gesunde Kinder, wir haben ein Heim, ein Dach über dem Kopf und Essen, sogar eine Köchin, die es zubereitet …«

Sie hielt inne und griff nach seiner rechter Hand, strich sanft über die Narbe. Ihre Hände waren eiskalt.

»Ist es undankbar oder maßlos, wenn ich das Glück nicht allein in Heim und Familie finden kann? Die meisten Menschen geben sich doch mit dem Rückzug ins Private zufrieden.«

Nun sprach sie lauter und voller Bitterkeit.

»Es herrscht die Stille eines Friedhofs über dem Land. Das nimmt mir die Luft zum Atmen. Wohin ich auch schaue – alles hängt von den Launen eines starrköpfigen alten Mannes und seiner korrupten Ratgeber ab. Sie bestimmen über unser Leben. Wir haben sie uns nicht ausgesucht, sie nicht gewählt. Und es wird sich auf Jahrzehnte an der geistigen

Armut und Bedrückung nichts ändern. In diesem bleiernen Klima werden unsere Kinder aufwachsen. Es schnürt mir die Kehle zu bei all dem, was wir nicht sagen und nicht schreiben dürfen. Bei dem Gedanken, dass in jeder fröhlichen Runde mindestens ein Spitzel sitzt. Wir haben für Ideale gekämpft und gelitten. Doch dies ist ein Land der Denunzianten und Duckmäuser geworden. Allesamt mustergültige Untertanen Seiner Majestät. Und das, wovon Eduard berichtet ... dieser Ungeist, diese Hexenjagd macht es nicht besser. Im Gegenteil, es erschreckt mich zutiefst. Es ist ein Aufruf zu Gewalt, und es wird unweigerlich zu Gewalt führen.«

Felix wartete ab, ob noch etwas käme, dann erwiderte er ihren Händedruck, bevor er sprach.

»Es gibt ein naturwissenschaftliches Gesetz, Newton hat es formuliert: Actio gleich Reactio. Was in Eisenach geschehen ist, wird Anlass und Vorwand für drakonische Gegenmaßnahmen bieten. Und ja, das wird sehr schnell gehen, da verstehen sie keinen Spaß. Kein Landesfürst will seine Herrschaft für ein vereintes Deutschland beschneiden lassen. Sie werden die Universitäten als Horte solcher Umtriebe schärfer kontrollieren und die Zensur verstärken.«

Doch dann lächelte er wehmütig; Henriette konnte es an seinem Spiegelbild im Fenster sehen.

»Sei nicht zu streng zu deinen Mitmenschen. Es sind nicht alle Denunzianten. Und der Gedanke an ein deutsches Kaiserreich unter preußischer Oberherrschaft beunruhigt mich in mancher Hinsicht auch. Sicher, die Zollschranken müssen fallen. Doch schau nach Thüringen: viele kleine Herzogtümer. Aber in einigen gibt es eine Ständeverfassung, und in Weimar ist sogar die Zensur abgeschafft. Glaubst du, so etwas würde ein preußischer Kaiser unter seiner Herrschaft dulden?«

Nun atmete er tief durch, bevor er seinen Monolog fortsetzte. »Jette, wir haben einander, und wir haben unsere Kinder, gute Freunde, ehrenwerte Verwandte. Das ist mehr, als die meisten Menschen von sich sagen können. Doch darin hast du recht: Wir müssen vorsichtig sein. Künftig noch mehr als jetzt schon, angesichts unserer Vergangenheit.«
Er wandte sich ihr zu und lächelte ermutigend. »Also werden wir beide nach außen hin ein mustergültiges Bild abgeben und die Tauffeier dafür nutzen, uns der Welt zu präsentieren als ein Mineraloge, der ganz in seiner Arbeit aufgeht, und eine junge Mutter, die vollkommen davon ausgefüllt ist, für ihre Kinder und den Haushalt zu sorgen. Bringen wir das zustande? Das gibt uns die Freiheit, Pläne zu schmieden.«
Sie wandte ihm das Gesicht zu, ernst und blass. Er legte seine Hände darum und küsste sie innig. Sie erwiderte den Kuss, löste dann ihren Mund von seinem und umarmte ihn. »Mit dir zusammen schaffe ich das. Du bist der Mensch, der mich heilen kann.«
»Und du und die Kinder, ihr heilt mich«, sagte er leise, zog sie ganz fest an sich und wischte ihr sacht eine Träne aus dem Augenwinkel.

## Henriette schreibt

Jette saß am Tisch in dem Zimmer, das zugleich als Bibliothek, Salon und Arbeitsraum genutzt wurde, neben sich das Körbchen mit ihrer schlafenden Tochter, vor sich zwei Stapel: rechts die erledigte Korrespondenz, links die noch nicht beantworteten Briefe. Sie hatte den größten Teil des Schriftverkehrs ihrer jungen Familie übernommen, denn

Felix schmerzte die verstümmelte Hand, wenn er länger schrieb. Die breite, wulstige Narbe wurde gereizt, wenn sie über das raue Papier glitt.

Vom Flur hörte sie leise Schritte, knarrende Dielen und Max, der Fräulein Klein zuflüsterte: »Psst! Mama schreibt!«, als die beiden an ihrem Zimmer vorbeischlichen. Er flüsterte so laut, dass Henriette ihn durch die geschlossene Tür hören konnte. Lächelnd legte sie die Feder beiseite, öffnete die Tür und konnte dem Drang nicht widerstehen, Max an sich zu drücken.

»Iss brav dein Abendbrot, dann komme ich und bringe dich zu Bett«, versprach sie.

»Erzählst du mir eine Geschichte vorm Einschlafen?«, bettelte er und schmiegte sich an sie, während er sie mit großen Augen anschaute.

»Welche möchtest du denn heute hören?«

Darüber musste Max nicht lange nachdenken. »Die vom schlauen Fröschlein!«, rief er sofort.

»... im Königreich Ranunculus«, komplettierte Henriette lächelnd. Sie hatte schon solche Geschichten erfunden, als ihr Bruder kaum über die Tischkante sehen konnte – zum Trost für Franz, nachdem ihre Mutter gestorben war. Die Tiergeschichten und selbst erdachten Märchen mochte so wie einst Franz jetzt auch Max am liebsten.

Kurz musste sie an das demütigende Vorstellungsgespräch beim Herausgeber der Dresdner Kinderzeitschrift denken, schob die Erinnerung aber beiseite.

Seufzend ging sie zurück zum Tisch und schnitt sich mit dem kleinen Messer eine neue Feder zurecht.

Auch nach ihrer überraschenden Vermählung hatte sie das Schreiben nicht aufgegeben, selbst wenn sie keine Manuskripte mehr zur Veröffentlichung einreichte.

In einer doppelt verschlossenen Schublade des Sekretärs lag die zweite Fassung ihrer Kriegserinnerungen, noch umfangreicher als jene, die in Preußen verboten und beschlagnahmt worden war. Natürlich durfte und würde sie die vorerst keinem Verlag anbieten. Aber sie war erleichtert, alles noch einmal niedergeschrieben zu haben, ganz gleich, wie viel Kraft und Kummer es sie gekostet hatte. Es lag nun vor – ein erschütternder Augenzeugenbericht für nachfolgende Generationen und in gewisser Weise ein Vermächtnis.

Auch nach dem Umzug mit Felix in die Moritzstraße schrieb sie weiter für das Wochenblatt ihres Oheims. Doch von nun an beharrte der Verleger darauf, ihr für diese Arbeit ein Honorar zu zahlen. Jeden Tag brachte Franz auf dem Rückweg vom Gymnasium ein Bündel Notizen aus der Druckerei mit, die sie zu elegant formulierten Annoncen oder interessant zu lesenden Episoden ausarbeitete. Das war zwar Routine, dennoch tat sie es gern. Und das Haushaltsgeld konnte sie damit auch noch aufbessern.

Gelegentlich durfte sie auch längere Texte für die *Gemeinnützigen Nachrichten* verfassen. So zum Beispiel im Sommer einen über drei Ausgaben gehenden Nachruf für den verstorbenen Freiberger Gelehrten Abraham Gottlob Werner.

»Eine angemessene Würdigung, und Sie haben mich zu Tränen gerührt!« Diesen Satz bekam sie danach mehrfach zu hören. Es tat gut, zu spüren, dass sie mit ihren Texten immer noch Emotionen hervorrufen konnte.

Der Oheim musste in seinem Wochenblatt nicht mehr über ganze Seiten sein Beisortiment ankündigen, sondern füllte sie – zwischen den obligatorischen amtlichen Bekanntmachungen und Rezepten für das Kartoffelbrot von Lampadius – mit den Geschichten, die Henriette schrieb. Die kamen so gut bei den Lesern an, dass die Zahl der Abonnenten sogar stieg.

Draußen war es schon dunkel. Felix würde heute später kommen, er war noch mit zwei norwegischen Geologen unterwegs. Die Texte für das Wochenblatt hatte Henriette fertig; Franz würde sie morgen früh in der Druckerei abliefern.

Seufzend zählte sie in Gedanken durch, wie viele Briefe sie noch zu schreiben hatte: die Bekanntgabe der Geburt ihrer Tochter und die Fortsetzung des Briefwechsels mit Freundinnen wie Louise Seidler, die inzwischen begeistert an der Münchner Kunstakademie lernte und für zahlende Kunden Meisterwerke kopierte, oder mit der nun glücklich vermählten Magdalena von Griesheim, geborene Keyser.

Mit der Korrespondenz war sie seit ihrer Niederkunft hoffnungslos in Rückstand geraten. Heute fühlte sie sich endlich kräftig genug, um einen Teil davon nachzuholen.

Also verfasste sie als zuerst ein paar freundliche Zeilen an Madame Lindenthal in Leipzig, danach einen ausführlichen Brief an Wilhelm und Carlotta Trepte. Von Elisabeths Geburt hatte sie ihren Berliner Schwiegereltern schon am Tag nach der Niederkunft kurz erzählt, nun berichtete sie ihnen von Max' jüngsten Streichen und seiner rührenden Begeisterung für die kleine Schwester. Auch fügte sie ein paar Zeilen über Augustas Begräbnis an.

Wilhelm und Carlotta Trepte hatten die energische alte Dame noch kennengelernt, als sie zu Henriettes Neuvermählung nach Freiberg gekommen waren – wofür Jette ihnen sehr dankbar war. Nie würde sie vergessen, dass die Treptes sie als Unbekannte nach ihrer plötzlichen Heirat mit Maximilian wie eine Tochter aufgenommen hatten. Und sie sollten wissen, dass sie die Erinnerung an Maximilian

in Ehren halten würde, auch wenn sie nun einen anderen geheiratet hatte.
Carlotta und Wilhelm Trepte billigten ihre Wahl. Sie kannten Felix nicht nur, weil er sich bei ihnen nach Henriette erkundigt hatte und dadurch von ihrer Verbannung erfuhr. Er war an der Seite von Maximilians jüngerem Bruder Julius gewesen, als dieser nahe Leipzig von einer tödlichen Kugel getroffen wurde, und hatte ihnen auf Jettes Drängen einen Brief mit der tröstlichen Nachricht geschrieben, dass ihr Sohn einen schnellen Tod gefunden und ihm ein Freund in seinen letzten Minuten beigestanden hatte.

Als Felix spätabends von seinen Fachsimpeleien mit den norwegischen Bergleuten nach Hause kam, hatte sie die dringlichste Post erledigt und drückte sich nun erleichtert seufzend gegen die Stuhllehne, um den Rücken zu entlasten. Er beugte sich zu ihr herab und küsste sie.
»Wir haben im *Roten Hirsch* zu Abend gegessen, und die Fragen wollten kein Ende nehmen«, berichtete er, um sich für sein spätes Kommen zu entschuldigen. »Wobei es wirklich spannend war. Wir rätselten, ob es wohl eine wissenschaftliche Erklärung für das *Jahr ohne Sommer* gibt, für ganze Monate, in denen sich nie die Sonne zeigt, für Hagelschauer und Schnee im Juli. Leider ohne Ergebnis. Mit Mühe habe ich mich endlich losgeeist, um dich zu sehen. Und Max, bevor er einschläft. Aber dafür bin ich wohl zu spät dran.«
Er holte sich einen Stuhl und setzte sich neben Henriette.
»Dann lass uns doch gemeinsam die Liste zusammenstellen. Es wird Zeit dafür.«
Die Liste. Henriette schluckte.
Die Gästeliste für die Tauffeier.

Das große Festessen nach der Zeremonie hatte schon im Haus der Gerlachs stattgefunden, mit vielen Freunden der Familie – einfach weil dort mehr Platz war und weil Johanna die Wöchnerin entlasten wollte.
Doch Felix und sie waren sich einig darin, noch eine zweite, kleinere Feier in ihrer eigenen Wohnung zu veranstalten, zu der Felix einige seiner engsten Kollegen von der Bergakademie einladen wollte. Nicht nur um des Zusammenhalts willen.
Doch zunächst zog Henriette erst einmal ein dünnes Heft hervor, ihre Aufstellung der Haushaltskosten.
»Wie viele Gäste können und wollen wir denn überhaupt einladen?«, fragte sie und zeigte auf die am Ende der Berechnungen stehende niedrige Summe ihrer Barschaft. »Frau Wagner plant Gänsebraten.«
Die Kosten dafür und für den Wein hatte sie schon überschlagen und war dabei zu einem Ergebnis gekommen, das sie nun aussprach: »Wir hätten auf mein neues Kleid zur Tauffeier verzichten sollen.«
»Nein, auf keinen Fall«, widersprach Felix energisch. »Du hast ein neues Kleid nötig und verdient, und ich lasse mir nicht nachsagen, ich könnte nicht für dich sorgen. Lieber essen wir in den nächsten Wochen nur Suppe oder Pellkartoffeln mit Quark. Ja, Franz braucht neue Schuhe; dein Bruder wächst, dass man dabei fast zusehen kann. Aber ich benötige keine neuen Sachen für den Winter.«
»Wir müssen auch Fräulein Klein den Lohn erhöhen«, erinnerte Jette bedrückt. »Es gehört nun eine Person mehr zum Haushalt, und durch Lissi fallen Berge von Wäsche zusätzlich an. Eigentlich können wie sie uns so schon kaum leisten. Aber wir dürfen sie nicht zurück ins Elend schicken.«
»Und es gäbe jede Menge Gerede, wenn ich mir in meiner

Position keine Haushälterin leisten könnte und meine Frau selbst die Windeln auskocht«, wandte Felix ein. »Wir zahlen ihr zwei Groschen mehr pro Woche mit der Aussicht auf eine weitere Erhöhung, sobald es uns möglich ist, und leben ansonsten sparsam. Vielleicht kann ich noch ein paar zusätzliche Vorlesungen übernehmen. Oder Privatunterricht geben.«

Er sagte das so entschlossen, dass Jette nicht länger streiten mochte.

Ihren Oheim um Geld zu bitten, wäre gegen seine Ehre gegangen. Und seine hochbetagten Eltern in Köthen brauchten finanziellen Beistand, daran war nicht zu rütteln.

Zögernd suchte sie unter ihren vielen Blättern eines heraus, auf dem sie schon einige Namen untereinander notiert hatte. »Madame Bernhardi« stand da ganz oben mit Fragezeichen. Jette hatte der Schulleiterin, die in derselben Straße wohnte, schon in einer kurzen Nachricht für die Glückwünsche gedankt.

»Lade sie lieber nachmittags einmal zu Kaffee und Kuchen ein, um ihr die Kleine zu zeigen«, schlug Felix vor. »Für unser Vorhaben ist sie … zu exponiert.«

Henriette sank noch ein Stück mehr in sich zusammen.

*Unser Vorhaben:* das Bild eines geläuterten und völlig aufs Familienleben konzentrierten, unpolitischen Paares abzugeben.

»Es ist eine Gesellschaft für deine Kollegen, unsere Freunde! Und nun sollen wir uns fragen, wer vielleicht ein Spitzel sein könnte, damit auch wirklich einer dabeisitzt? Das ist … niederschmetternd und ziemlich widerlich«, klagte sie.

Felix sah das nicht anders. Darüber nachzudenken, wer aus dem Kreis ihrer Bekannten und vermeintlichen Freunde wohl geheime Berichte über sie verfasste, *war* widerlich. Er fühlte sich selbst beschmutzt bei dem Gedanken. Doch ohne die Einmischung von Trebras säße er womöglich immer noch in Festungshaft, und Jette war in Preußen wegen unliebsamer Schriften des Landes verwiesen worden. Es wäre naiv zu glauben, sie würden nicht observiert. Sogar einige ihrer Briefe waren auf dem Postweg erkennbar geöffnet und nur nachlässig wieder verschlossen worden. Eine unmissverständliche Botschaft.

»Es beschämt mich wegen der rechtschaffenen Menschen, denen wir mit diesem Misstrauen unrecht tun«, sagte er leise. »Das ist es, was die Überwachung mit uns macht: Misstrauen säen, Angst schüren. Aber wenn wir unsere Rollen gut spielen, schützen wir damit auch unsere wahren Freunde. Es muss auch nicht unbedingt ein Spitzel in der Runde sitzen, um etwas in Erfahrung zu bringen. Das Fest wird sicher in der Stadt Gesprächsthema sein.«

Eine Woche später, kurz bevor die Gäste kamen, begutachteten Felix und Henriette gemeinsam die schön gedeckte Tafel für das Festmahl.

»Damit können wir schon Staat machen«, meinte der Hausherr zufrieden. Zur Hochzeit hatten sie von den Gerlachs ein Service aus hauchdünnem Porzellan für zwölf Personen geschenkt bekommen, von den Treptes Tischtücher und Servietten aus Damast, Silberbesteck und zwei silberne Leuchter. All dies war nun aufgetafelt und gab wirklich ein festliches Bild ab.

Er zog Henriette an sich und legte seinen Arm um ihre Taille. Geräusche an der Tür kündeten vom Eintreffen der ersten Besucher.

»Bereit?«, fragte er mit aufmunterndem Blick.

»Gleich.«

Sie strich rasch eine Falte aus dem Tischtuch und entzündete die Kerzen. Die Flammen brachten das Rosenporzellan und das Silberbesteck zum Funkeln.

Dann zog sie Felix noch die Halsbinde zurecht, die wie häufig schief saß, was ihn aber in ihren Augen nur liebenswürdiger machte.

»Fertig«, sagte sie entschlossen.

Sie hatten sich darauf geeinigt, acht Personen einzuladen, die meisten davon Freunde, die sie schon mehrfach zu Gast hatten, aber auch ein Meisterschüler von Felix aus Preußen.

»Wir wollen doch dafür sorgen, dass Inspektor Schack über deine Läuterung beruhigt ist«, hatte Felix schmunzelnd gesagt.

Als Erste trafen August Breithaupt und seine Frau ein, beide sehr jung, sehr verliebt und in Erwartung ihres ersten Kindes. Als Nächster folgte lautstark und fröhlich Gunvald Sigurdsen, ein hünenhafter Bergbauspezialist aus dem norwegischen Kongsberg, der für mehrere Monate zu Forschungszwecken nach Freiberg gekommen war. Begleitet wurde er von seinem Landsmann Larsen, dem Anführer der norwegischen Studenten in Freiberg.

Die vier hatten kaum ihre Hüte und Mäntel abgelegt, da kamen auch schon die übrigen Gäste: Gustav Hertwich, ein in Ehren ergrauter Bediensteter des Sächsischen Oberbergamtes mit seiner ebenso resoluten wie sympathischen Frau Minna, Felix' Meisterschüler Paul Grund aus Potsdam sowie ein junger Bergassessor namens Georg Pusch, der oft bei ihnen im Haus ein und aus ging.

Es gab ein lautes und herzliches Willkommen für alle, und Taufgeschenke für die kleine Elisabeth wurden überreicht: ein fein ziseliertes Medaillon, eine schön bemalte Haardose, in der man eine Locke des Kindes aufbewahren konnte, ein silberner Löffel mit eingraviertem »E«. Georg Pusch, der Bergassessor, hatte sogar einen winzigen Strauß Veilchen für die Dame des Hauses mitgebracht – Seidenblumen, wie Henriette im Kerzenlicht erst auf den zweiten Blick erkannte. Woher sollten auch echte Blumen kommen, da sie bald den ersten Schnee erwarteten?

Jedermann nahm Platz, man stieß auf die Gesundheit des Kindes und der ganzen Familie an und genoss, was Thea Wagner aufbot. Sigurdsen brach schon beim Auftragen des Gänsebratens über die Wohlgerüche in lautstarkes Lob aus. Es wurde viel gegessen, getrunken und gelacht.

Henriette saß neben den Breithaupts, und angesichts der ersten Schwangerschaft der jungen Frau hatten sie genug Gesprächsstoff.

»Nehmen Sie Natron gegen das Sodbrennen«, rief Minna, die Frau des Bergbeamten Hertwich, temperamentvoll quer über den Tisch. »Ich schwöre darauf, und ich habe sechs Kinder ausgetragen.«

Derweil waren ihr Mann und seine Kollegen schon wieder in Fachsimpeleien vertieft.

Henriette zuckte zusammen und war plötzlich hellwach, als sie aus der vielstimmigen Unterhaltung plötzlich das Wort »Wartburgfest« aufschnappte; Georg Pusch hatte es in die Runde geworfen.

Dies war ein gefährlicher Moment, denn ausgerechnet Pusch hatte im *Banner der Freiwilligen Sachsen* gegen Napoleon gekämpft und stand deshalb möglicherweise selbst unter Beobachtung. Die Alliierten hatten Sachsen nach dem Sieg von Leipzig befohlen, dieses Korps aufzustellen, während der sächsische König preußischer Gefangener war. Doch da Georg Pusch und Felix eng zusammenarbeiteten, wäre es auffällig gewesen, ihn nicht einzuladen.

Felix tat das heikle Thema schulterzuckend mit zwei lapidaren Sätzen ab: »Die Königlich-Sächsische Bergakademie ist keine Universität. Sie untersteht dem Sächsischen Oberbergamt, da wird es solcherlei Umtriebe nicht geben.«
Für einen Augenblick starrten ihn alle an. Um die plötzlich eingetretene Stille zu überbrücken, stand der redselige Sigurdsen auf, griff nach dem Rotwein und rief, schon etwas angeheitert: »Ein Trinkspruch!«
Leicht wankend ging er um den Tisch und goss allen die Gläser voll, wobei ihm zum Erschrecken der Frauen Wein auf das kostbare Tischtuch schwappte.
»Oje! Geben Sie gleich reichlich Salz darauf, Madame Zeidler!«, riet Minna Hertwich und schritt sofort selbst zur Tat. »Sonst kriegen Sie die Flecken nie raus.«
Gunvald hatte derweil seine Runde als Mundschenk beendet, stellte die Flasche ab und hob sein Glas. »Auf den König!«
»Auf welchen? Auf unseren oder den sächsischen?«, erkundigte sich lautstark sein Landsmann.
»Auf alle«, rief Gunvald mit schwerer Zunge. »Auf Karl den Zweiten, möge er genesen, auf Karl Johann, einstmals Bernadotte, der ihm nachfolgt, und auf Friedrich August von Sachsen!«
Alle standen auf und hoben die Gläser; es wäre undenkbar gewesen, es nicht zu tun.
Jette sah angespannt zu dem jungen Preußen, ob der wohl auch auf seinen König ein Vivat ausbrachte. Doch Paul Grund schwieg, und erleichtert stieß sie den angehaltenen Atem aus. Ein Trinkspruch auf Friedrich Wilhelm von Preußen, der sich auf dem Wiener Kongress halb Sachsen einverleibt hatte, würde einen Streit auslösen.
Bald zeigten das üppige Essen und der Wein Wirkung. Das Gespräch plätscherte nur noch dahin, bis sich schließlich

August Breithaupt erhob, sich bedankte und mit Rücksicht auf den Zustand seiner Gattin den Aufbruch ankündigte. Die anderen Gäste verstanden das Signal und folgten ihm. Schließlich brauchte auch die Gastgeberin Schonung.
Henriette und Felix begleiteten die Gäste zur Tür und nahmen einhelliges Lob für den schönen Abend entgegen.
Endlich allein und wieder im Speisezimmer, ließ sich Jette erschöpft auf einen Stuhl sinken und massierte sich die Schläfen.
»Ich weigere mich, einem dieser Menschen zu unterstellen, dass er jetzt nach Hause geht und einen Bericht schreibt, der uns ins Gefängnis bringt oder davor bewahrt«, brach es aus ihr heraus. »Vielleicht ist es keiner von ihnen?«
»Vielleicht«, räumte Felix ein. »Doch wir sollten sicherheitshalber davon ausgehen, *dass* jemand Berichte schreibt, auch wenn er heute nicht hier war. Womöglich jemand, von dem wir es gar nicht vermuten.«

## Unerwarteter Besuch

Ein Blick auf die Kaminuhr sagte Henriette, dass Felix wohl in einer Viertelstunde zum Mittagessen kommen würde, vermutlich wie so häufig begleitet von Gunvald Sigurdsen.
Ihre Kinder schliefen, und Franz ging in der Pause zwischen seinem Vormittags- und Nachmittagsunterricht regelmäßig zu den Gerlachs, wo er nicht nur zu Mittag aß, sondern sich von Eduard das Schriftsetzen beibringen ließ und die Notizen abholte, die Henriette am Abend zu Zeitungstexten ausformulieren würde.

Also saß sie noch an ihrem zierlichen Tischchen, den Kopf auf die linke Hand gestützt, in der rechten die Feder, und starrte gedankenversunken auf das Haushaltsbuch. Franz brauchte nicht nur neue Schuhe, sondern auch eine neue Hose; er wuchs gerade in Schüben, und mehr Saum blieb nicht mehr zum Auslassen. Und Felix musste dringend ebenfalls neue Schuhe in Auftrag geben; seine würden sich nicht mehr lange reparieren lassen, ohne geflickt auszusehen, und das konnte er sich in seiner Position nicht leisten. Also starrte sie auf die Zahlen und brütete, woher sie das Geld dafür wohl nehmen sollten.

Schritte und dunkle Stimmen kündeten vom Eintreffen der Männer. Hastig schlug sie das Buch zu und legte es zusammen mit der Feder beiseite, prüfte, ob noch feuchte Tinte an ihren Fingern haftete, und strich sich das Kleid glatt.

Sie begrüßte den Gast und kündigte als Mahlzeit Quarkkeulchen mit Apfelmus an, was Gunvald zu einem Ausbruch von Begeisterung veranlasste.

»Ich liebe diese süßen Klößchen«, dröhnte er und ließ keinen Zweifel daran, dass ihn die Aussicht auf das schlichte, aber köstliche Gericht hierhergetrieben hatte.

Jette mochte ihn, er war eine Frohnatur, der außerdem viel Interessantes aus seiner Heimat zu berichten wusste: von Mittsommer zum Beispiel, wenn es nachts kaum dunkel wurde, und vom Glauben seiner Landsleute an kleine Hausgeister. Er hatte auch erzählt, dass es in Norwegen seit drei Jahren eine Verfassung gab, die Beamten sowie Landwirten und Stadtbewohnern mit einem bestimmten Vermögen ein Wahlrecht einräumte.

Herzlich lud sie den großen, breitschultrigen Blondschopf zu Tisch, der in anderer Kleidung und mit Waffen gut und gern einen martialischen Wikinger abgegeben hätte.

Bevor Felix Platz nehmen konnte, reichte sie ihm einen verschlossenen Brief: »Der ist für dich.«
Da das Schreiben von seinem älteren Bruder Victor kam, hatte sie es nicht geöffnet.
Felix sandte ihr einen verwunderten Blick. Er hatte nichts dagegen, wenn sie Briefe öffnete, die direkt an ihn adressiert waren, schließlich waren sie verheiratet, und sie vertrauten einander.
Doch was seine Köthener Familie betraf, übte Henriette Zurückhaltung. Sie hatte weder Victor noch Felix' Eltern bisher persönlich kennengelernt, denn seine Mutter und sein Vater waren zu gebrechlich für eine lange Reise. Und Henriette konnte nicht zu ihnen fahren, denn nach Köthen gelangte man nur über preußisches Gebiet, was sie nicht mehr wagte.
Mit Rücksicht auf seinen Gast legte Felix den Brief ungeöffnet zur Seite; er würde ihn später lesen.
»Ihr Süßhähne!«, sagte sie schmunzelnd, als sich die Männer mit Begeisterung über das Essen hermachten. Beide lehnten einen Mokka danach dankend ab. Es wurden russische Wissenschaftler erwartet, und mit denen würden sie in der Bergakademie Tee trinken.
Sie sah, dass Felix den Brief einsteckte; er wartete wohl auf einen ungestörten Moment, um zu erfahren, ob es seinen Eltern gut ging.
Jette half Fräulein Klein, den Tisch abzuräumen, und hoffte, sich ein wenig hinlegen zu können, und sei es nur für ein paar Minuten. Ihr Rücken schmerzte wie häufig seit der zweiten Schwangerschaft, sie hatte das Gefühl, fast in der Mitte auseinanderzubrechen, und sie war furchtbar müde von den Nächten mit wenig Schlaf.
Noch hielten Max und Lissi Mittagsruhe, und wenn sie Glück hatte, blieb ihr noch ein Viertel- oder gar halbes Stünd-

chen, bis die Kleine wieder gestillt werden wollte. Seufzend streckte sie sich auf der Chaiselongue aus, die Lider fielen ganz von allein zu, und ihre Gedanken trieben davon.
Bis Alma Klein den Kopf hereinsteckte, sich räusperte und sagte: »Ihre Cousine ist da und möchte Sie sprechen.«
Benommen rappelte sich Henriette hoch und rieb sich den Schlaf aus den Augen.
Emilia? Die kam doch sonst höchstens in Begleitung der Gerlachs. Vielleicht wollte sie Rat in Modefragen oder mit ein paar gelungenen Stickereien prahlen. Oder sich über irgendeinen Liebeskummer ausheulen.

Zu Henriettes großer Verwunderung war es nicht Emilia, die in der Tür stand, sondern Therese. Seit deren Hochzeit mit Leopold hatten sie kein Wort mehr miteinander gewechselt. Was mochte die jungvermählte Frau Ullrich hierhergetrieben haben?
Therese legte den Umhang ab; darunter kam ein prachtiges Kleid aus changierender Seide in Gelb und Hellrot zum Vorschein, üppig mit Stickereien verziert. Jette bewunderte es pflichtgemäß und bot ihrer unerwarteten Besucherin einen Platz an.
»Ich bringe Ihnen beiden gleich einen Mokka, wenn es recht ist«, verkündete Fräulein Klein und war schon wieder verschwunden.
»Was führt dich her?«, fragte Henriette unumwunden, während sich Therese geziert die Handschuhe von den Fingern zupfte. Denn diese Frage stand im Raum nach so langem Schweigen und ihrem Streit im vergangenen Jahr.
Umständlich kramte Therese in ihrem Réticule herum, einem mit winzigen bunten Glasperlen bestickten und sicher sehr teuren Täschchen, und zog ein Bündel hervor.

»Ich wollte dir zur Geburt deiner Tochter gratulieren. Das hier habe ich selbst für sie genäht und bestickt.«
Jette bedankte sich und öffnete das Geschenk: Es war ein Sommerkleidchen für Lissi, mit pastellfarbenen Schmetterlingen verziert.
»Es ist wunderschön«, lobte sie, während Alma gerade den Mokka brachte.
Als die Haushälterin wieder gegangen war, konnte Henriette ihre Skepsis nicht länger zurückhalten. »Das hat dir Leopold erlaubt? Dass du mich besuchst? Ich hatte immer den Eindruck, dass er einen Groll gegen mich hegt und nicht möchte, dass du Kontakt mit mir aufnimmst.«
Therese griff mit abgespreiztem kleinen Finger nach der Mokkatasse, trank einen winzigen Schluck von dem noch heißen Getränk und sagte schnippisch: »Meine Handarbeiten sind ihm egal.«
Das beantwortete höchstens den kleinsten Teil der Frage. Aber der Grund für den unerwarteten Besuch erhellte sich für Henriette einen Augenblick später, als Therese stolz herausplatzte: »Wir erwarten im Frühjahr unser erstes Kind.«
Sie gratulierte von Herzen, erkundigte sich nach dem Befinden der werdenden Mutter und erwartete viele Fragen. So plauderten sie eine Weile über Schwangerschaftsbeschwerden und die Hebammen der Stadt. Doch Henriette wurde das Gefühl nicht los, dies alles sei nur ein Vorwand. Hinter diesem unverhofften Besuch steckte mehr. Zu intensiv sah sich die junge Frau Ullrich im Raum um, taxierte Möbel, Vorhänge, Bilder.
»Abgesehen von Unmengen von Büchern ist ja bei euch nichts hinzugekommen, seit ich zum letzten Mal hier war«, bemäkelte Therese. Ihr letzter und einziger Besuch in der Moritzstraße war zur Hochzeit von Henriette und Felix ge-

wesen. Pikiert fragte sie mit hochgezogenen Augenbrauen: »Besitzt du etwa immer noch kein eigenes Klavier?«

»Oh, ich fürchte, ich bin ein hoffnungsloser Fall, was das Klavierspielen angeht. Ich brauche keines«, meinte Henriette lächelnd.

»Leopold hat mir eins gekauft. Leopold will, dass ich jeden Tag übe. Er erwartet von mir, dass ich bei Gesellschaften in seinem Haus singe und spiele.«

Dies war eine verwunderliche Auskunft, denn bevor Therese nach Freiberg kam, hatte sie noch nie Klavier gespielt, und ihre diesbezüglichen Versuche beim Oheim waren recht kläglich ausgefallen.

»Bereitet es dir Freude? Machst du gute Fortschritte?«, erkundigte sich Jette.

Die Miene der Jungvermählten deutete weder auf Freude noch auf Fortschritte, eher auf quälende Mühe und bissige Vorwürfe.

Also wechselte Henriette rasch das Thema. »Malst du noch?« Dafür hatte Therese wirklich Talent, zumindest für den privaten Gebrauch.

»Nein«, bekam sie zur Antwort. »Leopold hält das für unangemessen. Er mag es nicht, wenn ich Farbe an den Händen habe. So wie du ständig Tinte vom Schreiben. Was schreibst du eigentlich andauernd?«

Aha, jetzt kommen wir zum wahren Zweck des Besuches, merkte Jette auf. Sie hatte längst einen Verdacht, weshalb Therese so plötzlich aufgetaucht war, sie ausfragte und sich gab, als seien sie stets beste Freundinnen gewesen. Für ihre literarischen Ambitionen hatte sich Therese früher nie interessiert.

Also zählte Henriette mit gespielter Beiläufigkeit auf: »Briefe, Backrezepte, Einkaufslisten …«

Ihre Besucherin schien unzufrieden mit dieser Antwort; sie glaubte ihr nicht, dass das schon alles war.
»Wenn du selbst erst einmal ein Kind hast, wirst du schnell merken, dass dir für anderes kaum noch Zeit bleibt«, erklärte Henriette.
»Wenn es noch klein ist, schläft es doch die meiste Zeit«, meinte Therese konsterniert.
»Aber du wirst danebensitzen und es anstarren und gar nicht genug davon bekommen. Oder froh über jede ruhige Minute sein, um wenigstens etwas Nachtschlaf nachzuholen«, versicherte Jette lächelnd.
Ihre Cousine neigte den Kopf ein wenig, als wollte sie noch etwas fragen.
Doch Henriette kam ihr zuvor. »Bist du glücklich?«
»Natürlich!«, folgte sofort als Antwort; viel zu schnell, um glaubhaft zu sein. »Leopold überschüttet mich mit Schmuck und Kleidern, er hat Zugang zur allerbesten Gesellschaft, ich lebe in einem wunderschönen großen Haus am Obermarkt, umgeben von Möbeln mit Intarsien aus Perlmutt und goldenen Uhren, ich habe mein eigenes Zimmer und vier Bedienstete.«
Das alles bedeutet Wohlstand, aber nicht zwingend Glück, dachte Henriette, während Therese weiter aufzählte, was Leopold besaß, was Leopold tat und was Leopold wünschte.
»Wie schön für dich. Möchtest du noch einen Mokka?«
»Danke, ich nehme mir schon selbst.«
Als Therese ihren Arm nach dem Kännchen ausstreckte, sah Henriette am Handgelenk blaue Flecken unter der Ärmelkante hervorlugen. Jemand hatte sie so fest am Handgelenk gepackt, dass aus den Fingerabdrücken Blutergüsse geworden waren.
Und es stand außer Frage, wer es gewesen war. Jette sah

noch genau die Szene vor Augen, wie Leopold seine Frau mit grobem Griff vom Friedhof fortgezerrt hatte.
Der bestürzte Blick war Therese nicht entgangen. Hastig zog sie den Ärmel etwas herunter.
»Leopold wünscht wirklich, dass ich dich ab und zu besuche und frage, wie es dir geht«, sagte sie mit einem merkwürdigen Gesichtsausdruck, und etwas davon verriet Angst. Wenn sie nichts Auffälliges zu berichten hatte, drohte ihr vielleicht die nächste Grobheit.
Deshalb sagte Henriette nur sanft: »Das würde mich freuen.«
Therese trank ihren Mokka mit einem Schluck aus, stand auf, strich ihr kostbares Kleid zurecht und griff nach ihren Spitzenhandschuhen.
»Ich muss zurück. Leopold erwartet, dass ich daheim bin, wenn er zum Kaffee kommt.«
Jette begleitete sie bis zur Tür, wünschte ihr alles Gute und sah ihr nachdenklich hinterher.

Lissi machte sich bemerkbar und wollte gestillt werden. Während Jette sie anlegte, dachte sie über diese merkwürdige und in mehrfacher Hinsicht beunruhigende Begegnung nach.
Sobald ihr Töchterchen satt und zufrieden und auch Max aus seiner Mittagsruhe erwacht war, bat Henriette Fräulein Klein, nach Lissi zu sehen, die sicher schon bald wieder einschlafen würde. Sie habe mit Max einen dringenden Gang vor.
»Seien Sie unbesorgt«, versicherte die Kinderfrau und Haushälterin. »Ich wollte mich heute ohnehin wieder einmal ans Flicken machen.«
Alma Klein konnte so kunstfertig stopfen, dass man die aus-

gebesserte Stelle gar nicht mehr sehen konnte. So hatte sie ein Loch in Henriettes grünem Kleid mit Fäden aus dem Saum repariert, und selbst bei gründlicher Suche fiel die Stelle nicht mehr auf. Doch bei zerrissenen Kinderstrümpfen war solche Feinarbeit nicht nötig.

Sie holte den Korb mit Nähzeug und einem Knäuel auszubessernder Sachen und setzte sich neben das Kleinkind. Schwungvoll zog sie den Stopfpilz und ein paar löchriger Kindersachen aus dem Berg reparaturbedürftiger Kleidungsstücke hervor.

Max beobachtete das alles interessiert, aber dann gab es für ihn Dringenderes zu klären.

»Wir gehen? Wohin? Zu Oma und Opa?«

Das war ihm der liebste Gang, denn Besuche bei den Gerlachs verhießen für ihn jede Menge Naschwerk, Spaß und Überraschungen.

Jette beugte sich zu ihm hinunter. »Ja. Wollen wir beide deinen Großeltern einen Besuch abstatten?«

Da die Gerlachs sie längst als ihre Tochter ansahen, hatten sie sich darauf geeinigt, dass Max die beiden auch der Einfachheit halber mit »Oma« und »Opa« anreden sollte, was sie sehr genossen.

»Zu Oma und Opa!«, kreischte der Junge begeistert, machte einen Freudensprung und rannte sofort los, um seine Schuhe und seine Mütze zu holen. Vielleicht durfte er sich auch die Pferde von Herrn Tröger ansehen?

Im Haus der Gerlachs stürmte Max sofort die Treppe hinauf und rief lauthals nach seiner Großmutter.

Die hatte wohl gerade ein Nickerchen auf der Chaiselongue gemacht, war aber hocherfreut über den Besuch.

Max umhalste sie stürmisch, wollte dann aber wieder losgelassen werden und marschierte schnurstracks zu einem

Tischchen, auf dem die Dose mit dem Mürbegebäck stand, das er sehr liebte.

»Darf ich, Oma?«, fragte er wohlerzogen, doch mit gierig funkelndem Blick auf die Plätzchen.

Johanna erlaubte es gutmütig und fragte Henriette: »Ist alles in Ordnung bei euch?« Sosehr sie sich über den unangekündigten Besuch freute, argwöhnte sie doch, es gebe einen Anlass dafür.

Während Max, als er sich unbeobachtet wusste, die Gelegenheit sofort ausnutzte, mit jeder Hand ein Plätzchen griff und sich eines gleich quer in den Mund schob, nahm Jette ihre Tante ein wenig beiseite.

»Seht ihr Leopold und Therese eigentlich öfter?«, fragte sie mit gedämpfter Stimme.

»Selten«, antwortete Johanna. »Leopold kommt häufig zu Konstantin in die Buchhandlung, und dann gehen sie gemeinsam in eine Schankwirtschaft. Therese habe ich ewig nicht gesehen. Aber Emilia darf sie einmal pro Woche besuchen, immer mittwochs am Vormittag. Ist etwas geschehen?«

»Das versuche ich herauszufinden. Ist Emilia hier? Dann will ich erst einmal mit ihr sprechen.«

Johanna nickte, und wie verabredet wandten sie sich beide wieder Max zu. Der kaute gerade mit vollen Backen, stopfte sich gleichzeitig noch mehrere Gebäckstücke ins Hemd, und sein Gesicht war mit Krümeln verziert.

»Ach Junge, schling sie doch nicht so herunter, es sind genug da!«, rief Johanna. »Und hol die aus dem Hemd wieder heraus. Du bist ja im Gesicht und an den Händen vollkommen verklebt.«

»Die sind für Lissi«, sagte er mit vollem Mund und treuherzigem Blick, während er auf das von seiner Beute ausgebeulte Hemd zeigte.

Johanna zog ein Taschentuch aus dem Mieder und wischte ihm übers Gesicht, spuckte drauf und rieb ihm damit seine klebrigen Hände, wobei Max Grimassen zog und sich wand.
»Oma, erzählst du mir eine Geschichte?«, fragte er, nachdem er hastig noch ein Mürbeplätzchen in den Mund gestopft hatte.
»Welche Geschichte möchtest du denn hören?«, fragte sie, nachdem sie den Dreieinhalbjährigen halbwegs von Krümeln und Zucker befreit hatte.
»Die vom schlauen Fröschlein im Königreich Ranunculus!«, forderte Max sofort voller Begeisterung.
»Die kenne ich gar nicht«, gestand Johanna.
Der Junge kletterte aufs Sofa neben sie, rutschte an sie heran und verkündete mit gewichtiger Miene: »Dann erzähle ich sie dir.«
Belustigt hielt Henriette noch einen Moment inne, um Max' Version der Geschichte zu hören, und erkannte staunend, dass ihr Sohn sie exakt in ihrem Wortlaut wiedergab, sogar mit höher oder tiefer verstellter Stimme an bestimmten Stellen. Als eigene Zugabe begleitete er seine Erzählung noch mit dramatischem Augenrollen und Aufpusten der Backen. Amüsiert schüttelte sie den Kopf. Dann ging sie los, Emilia suchen. Dieses Gespräch würde wohl deutlich weniger lustig ausfallen.

Emilia lag in ihrem Zimmer auf dem Bett, die Hände über dem Bauch verschränkt, und starrte an die Decke.
Auf das Eintreten ihrer Cousine reagierte sie mit einem vorwurfsvollen Blick.
»Geht es dir gut?«, fragte Henriette, die sich über die Teilnahmslosigkeit der sonst so ausgelassenen Nichte wunderte.

»Ich leide!«, murrte Emilia.
»Soll ich dir eine Wärmflasche holen?«, fragte Jette angesichts des theatralisch zelebrierten *weiblichen Unwohlseins* ihrer Cousine.
»Nein, ich ertrage mein Schicksal klaglos«, erklärte das Mädchen mit Grabesstimme.
Henriette verkniff sich ein Lächeln. Da Emilia ihr Hilfsangebot ausgeschlagen hatte und auch keine Anstalten unternahm, sich auf einen Stuhl zu bewegen, setzte sich Jette zu ihr aufs Bett.
Johanna würde sie beide für ein solches Verhalten am helllichten Tag rügen. Aber für das Gespräch, das Henriette plante, war dieses Jungmädchenzimmer besser geeignet als die Bibliothek oder der Salon, wo jederzeit jemand hereinplatzen konnte.
Da Emilia offenbar nicht in ihrer üblichen Plauderlaune war und vorerst auch ihr Befinden nicht weiter kommentieren wollte, entschied sich Henriette, gar nicht erst um den heißen Brei herumzureden.
»Die Tante sagt, du besuchst deine Schwester jede Woche. Geht es Therese denn gut?«
Das Thema veranlasste Emilia, sich doch hochzukämpfen und ihre Leidensmiene abzustellen.
Nebeneinander saßen sie nun auf der Bettkante.
»Sie wohnt in einem riesigen Haus! Am Obermarkt! Leopold lässt ihr prächtige Kleider anfertigen! Sie hat ihr eigenes Zimmer, in dem sie Besuch wie mich empfangen kann«, schwärmte Emilia. »Neulich erst« – sie musterte Henriette von der Seite und schien kurz zu überlegen, ob sie ihr ein Geheimnis anvertrauen durfte, aber ihr Mitteilungsbedürfnis überwog – »schenkte er ihr einen Fächer aus Elfenbein und kostbarer Brüsseler Spitze, noch viel schöner als der,

den Tante Augusta dir geschenkt hat. Aus einem … bestimmten Anlass.«

»Therese war vorhin bei mir und hat mir die wunderbare Neuigkeit verraten«, berichtete Henriette. »Ich freue mich für sie. Und ich weiß, dass sie in Wohlstand lebt. Aber ist sie auch glücklich mit Leopold?«

Erstaunt wandte Emilia ihr das Gesicht zu.

»Wie meinst du das? Wie sollte sie in solch einem Palast nicht glücklich sein?«

»Ich meine: Behandelt er sie gut, einmal abgesehen von den Geschenken? Mir scheint, dass er sehr streng mit ihr umgeht.«

»Nun ja, er verlangt natürlich, dass sich seine Gattin tadellos benimmt. Und meine Schwester tut selbstverständlich alles, um seinen Anforderungen gerecht zu werden. Wie es sich für eine vorbildliche Ehefrau gehört. Jetzt, nach dieser großen Neuigkeit … wird er nicht mehr so streng sein, denke ich.«

Sie warf einen misstrauischen Blick auf Henriette. »Sie hat ihre Pflicht erfüllt, und er wird sie nicht anrühren, bis das Kind gesund auf der Welt ist. Der Sohn, den er sich wünscht. Die nächsten Monate hat sie ihre Ruhe.«

Spätestens diese Formulierung bestätigte Henriettes Verdacht. Doch ehe sie etwas dazu sagen konnte, trumpfte Emilia auf: »Du denkst wohl, ich bin noch ein Kind und weiß nicht Bescheid? Ich habe dieses Buch gelesen, das du in der Schublade vom Verkaufstisch versteckt hast. *Die Geheimnisse der Ehe.* Über diese unsäglichen Dinge … Schaurig. Aber es gehört sich natürlich für eine Frau, ihre Pflicht zu erfüllen. Und ohne *das* kriegt man ja keine Kinder.«

Spätestens an der Stelle war Jette heilfroh über die Voraussicht des Oheims, in seinem Haus keine verbotenen Schriften mehr aufzubewahren, seit die zwei Mädchen eingezogen waren.

»Wenn du den Mann wirklich liebst und er dich, wirst du es ganz und gar nicht schaurig finden, sondern schön«, erklärte sie Emilia. »Stand das etwa nicht in dem Buch? Es gehört übrigens nicht mir, sondern einer Kundin.«

Das junge Mädchen prustete und sah sie mit verächtlichem Blick an; Emilia glaubte ihr kein Wort, weder die erste noch die zweite Bemerkung.

»Wenn man dafür einen eigenen Salon hat und ein großes Haus führen darf, prächtige Kleider geschenkt bekommt, dann ist es das doch wert, oder?«

Draußen verkündete ein Jubelschrei von Max, dass Friedrich Gerlach eingetroffen war, und fast im selben Augenblick fiel etwas scheppernd zu Boden.

Henriette kapitulierte vor Emilias Einfalt, sprang auf und lief hinaus.

Dort stand Max und umklammerte freudestrahlend die Beine des Großvaters. Zu seinen Füßen lagen die Dose und die verstreuten restlichen Plätzchen.

»Was hast du nur getan, Bursche?«, schalt sie den Kleinen. »Jetzt ist alles voller Krümel!«

Sie ging in die Hocke und las Gebäck und Brösel auf.

»Lass nur, das macht doch nichts«, beschwichtigte Johanna und nahm den Jungen hoch. »Na komm schon, mein Kleiner, wir besuchen Herrn Trögers Pferde.«

»Nein, es ist Zeit zu gehen«, wandte Henriette ein. »Wir müssen zurück. Lissi braucht mich bald wieder, und Felix wird auch demnächst von der Arbeit kommen.«

»Dann geh, Liebes! Wir behalten den kleinen Racker noch ein bisschen hier. Ich bringe ihn dir, nachdem er zu Abend gegessen hat«, schlug Johanna vor.

Jette dachte kurz nach, nickte und bat den Oheim mit einem Blick um ein vertrauliches Gespräch in der Bibliothek, bevor sie ging.

Nachdenklich und sorgenvoll wartete Henriette darauf, dass Felix heimkam.

Als er eintrat, sah sie seinem Gesicht an, dass er Neuigkeiten mitbrachte – und er erkannte an ihrem, dass sie ebenfalls dringend etwas loswerden musste.

»Du zuerst!«, sagten beide gleichzeitig und mussten darüber lachen.

Großzügig ließ ihr Felix den Vortritt, denn sie wirkte bedrückt. Und mit seinen Neuigkeiten würde er sie danach aufheitern können. Zumindest hoffte er das.

Also setzte sie sich neben ihn und berichtete.

Felix hörte aufmerksam zu.

Als sie geendet hatte und seufzend fragte: »Was nun?«, dachte er gründlich nach.

»Ich sorge mich, dass Konstantin beim Bier zu viel ausplaudert. Aber dein Onkel wird damit rechnen und vorbereitet sein, falls Leopold in seinem Sortiment herumstöbert, dieser kleine, aufgeblasene Wichtigtuer.«

»Aufgeblasener Wichtigtuer, das ist er wohl«, räumte sie mit einem traurigen Lächeln ein. »Aber er kann uns schaden. Und er ist grob zu Therese. Ich habe die blauen Flecken gesehen.«

»Solange deine Cousine nicht selbst um Hilfe bittet, können wir nichts tun. Er ist ihr Mann und hat alle Rechte«, erklärte Felix. »Wenn du ihr helfen willst, dann lade sie gelegentlich zum Kaffee ein und erzähle ihr ein paar harmlose *Geheimnisse,* die sie ihrem Mann weitersagen kann.«

Es folgte ein Moment betroffenen Schweigens. Dann fiel

Jette ein: »Du wolltest mir doch auch etwas erzählen. Was ist es denn?«
Felix lächelte, ging zum Sekretär und kam mit einem Brief in der Hand wieder.
»Von meinem Bruder. Einer seiner Kriegskameraden ist mit mehreren Pferden nach Köthen gekommen und unterstützt ihn beim Wiederaufbau des Gestüts. Sie haben schon drei trächtige Stuten und einen Deckhengst, dessen Einsatz ihnen erkleckliche Summen einbringt. Also findet er, ich kann ruhig weniger Geld für unsere Eltern schicken, denn ich habe ja jetzt für eine eigene Familie zu sorgen.«
»Ohne ein schlechtes Gewissen zu haben?«, vergewisserte sich Jette.
»Ohne ein schlechtes Gewissen zu haben«, beteuerte Felix und nahm ihre Hände.
Henriette sank erleichtert in sich zusammen.
»Das nimmt uns viele Sorgen …«, brachte sie hervor. »Wir können dir neue Schuhe kaufen und Franz neue Hosen …«
»Das auch. Aber zuerst werden wir Fräulein Klein den Wochenlohn erhöhen und sie bitten, dir dafür noch etwas mehr Arbeit abzunehmen. Damit du wieder schreiben kannst, sobald Lissi dich nicht mehr den ganzen Tag beansprucht.«
Sie wollte etwas einwenden, aber Felix kam ihr zuvor.
»Ich meine nicht diesen alltäglichen Kleinkram, den du für deinen Onkel verfasst. ›Mann hat Hut verloren‹, ›Schwarzer Pudel gesucht‹ und dergleichen. Das können Konstantin und Eduard übernehmen. Friedrich hat es doch nur so arrangiert, damit er dir Geld zukommen lassen kann, ohne dass es wie ein Almosen aussieht. Das brauchen wir nun nicht mehr. Ich möchte – sobald du Zeit und Kraft dafür findest neben deinen Mutterpflichten –, dass du endlich wieder über die Dinge schreibst, die dir wichtig sind.«

»Oheim und Tante sind ganz begeistert von meinen Märchen, die ihnen Max erzählt hat. Du hättest ihn dabei erleben sollen!«, sagte sie lächelnd bei der Erinnerung an seine Pausbacken und rollenden Augen. »Der Oheim schlägt vor, dass ich ein Buch mit Geschichten für Kinder schreibe. Er würde es in einer kleinen Auflage herausbringen.«
Felix sah ihr tief in die Augen und lächelte nun auch. »Tu das, wenn es dir Freude macht! Es lässt dich harmlos erscheinen. Und unter diesem Schutz schreibst du, was dir wirklich am Herzen liegt. Denk dir ein Pseudonym aus und überliste sie!«

## Reputation

Der Winter war schneereich wie meistens in Freiberg, doch der Mai brachte das schönste Frühlingswetter und endlich reichlich Sonnenschein. Bauern und Gärtner hofften schon wieder auf Regen, damit die Pflanzen auf Feldern und Beeten gedeihen konnten.
An einem der wenigen Regentage ging Felix mit hochgeschlagenem Kragen und eingezogenem Kopf von der Arbeit nach Hause, als sich in der schmalen Gasse an der Ecke zur Moritzstraße eine verhüllte Gestalt löste und ihm folgte.
Felix war alarmiert und neugierig zugleich. Bis zur Haustür blieben nur noch ein paar Schritte. Wenn ihm hier jemand auflauerte – weshalb? Er drehte sich um, starrte durch den Vorhang aus Regen, spannte die Muskeln an und bereitete sich darauf vor, einen Angriff abzuwenden. Schließlich war er Soldat gewesen.
Doch als sich die Gestalt bis auf ein paar Schritte genähert

hatte, entspannte er sich wieder und stieß den angehaltenen Atem aus. Es war sein Freund Georg Pusch, und er wirkte wahrhaft verzweifelt.

»Hast du kurz Zeit? Kann ich vertraulich mit dir und deiner Frau sprechen?«, fragte er mit gedämpfter Stimme, während er immer wieder nervös nach links und rechts blickte; offenbar wollte er nicht gesehen werden.

»Komm herein.«

Felix öffnete die Tür und ließ den unerwarteten Besucher vorangehen.

Henriette kam ihnen entgegen, wartete, bis die Männer die nassen Mäntel und Hüte abgelegt hatten, und ging mit ihnen in das große Zimmer. Felix hatte schon angedeutet, dass es sich wohl um eine heikle Angelegenheit handle.

Georg Pusch, der immer unglücklicher wirkte, nahm gar nicht erst Platz, sondern atmete tief durch und sagte dann: »Ich habe meine Anstellung verloren. Gestern schon. Aber ich wollte zu euch kommen, ohne gesehen zu werden. Um euch nicht noch in diese Sache hineinzuziehen.«

Bevor Jette und Felix etwas erwidern konnten, platzte es schon aus ihm heraus: »Ich wurde mit der Begründung entlassen, meine Vergangenheit erwecke Zweifel an meiner Loyalität und Staatstreue. Sie meinen die Zeit im *Banner.*«

»Das ist doch an den Haaren herbeigezogen!«, protestierte Felix. »Sachsen war befohlen worden, dieses Freiwilligenkorps zu formieren, und die Truppe hat faktisch nie im Gefecht gestanden.«

»Der Ungeist der neuen Zeit«, murmelte Henriette.

»Was wirst du tun? Brauchst du Geld, bis du eine neue Arbeit gefunden hast?«, fragte Felix seinen Freund.

»Nein, danke, ich habe einiges zurückgelegt. Aber ich werde fortgehen müssen, sofern ich mich hier nicht als Stallbursche oder Bäckergehilfe andienen will. In Sachsen werde ich keine Anstellung mehr im Staatsdienst bekommen.«

Resigniert ließ er die Schultern hängen. »Zum Glück werden Freiberger Bergbaufachleute überall geschätzt.«

»Setz dich doch erst einmal hin!«, drängte Henriette. »Hast du überhaupt schon zu Abend gegessen? Möchtest du ein paar Brote?«

Mit einem wortlosen Kopfschütteln lehnte Georg ab. »Ich hatte einen Tag und eine Nacht Zeit, darüber nachzudenken, alles hin und her zu wälzen«, sagte er dumpf und vergrub die Hände in den regenfeuchten braunen Haaren. »Aber bisher ohne Ergebnis. Nach Preußen zu gehen hat wohl keinen Sinn, da würden sie mir das *Banner* auch vorwerfen, wenngleich aus gegenteiligen Gründen. Dort wäre ich als einstiger Gegner unter Verdacht.«

Ratlos massierte er sich die Stirn.

»Zu anderer Zeit könnte ich nach Bolivien gehen; in den Silberbergwerken von Potosí sind Freiberger Fachleute hoch angesehen. Aber dort herrscht gerade Krieg, wie in den meisten Ländern Südamerikas, sie kämpfen um ihre Unabhängigkeit von Spanien. Wenn ich nach Russland ginge – wäre ich dort als Sachse und damit einstiger Gegner der Alliierten nicht auch unerwünscht? Vielleicht bewerbe mich an der Bergschule in Clausthal, die gehört jetzt zum Königreich Hannover … Ich weiß es einfach nicht, muss mich erst einmal von dem Schicksalsschlag erholen«, klagte er und raufte sich das Haar.

»Brich nichts übers Knie! Das wirst du ohnehin nicht an einem Tag lösen können«, tröstete Felix. »Vielleicht kommt mir auch eine Idee. Und wenn du in finanziellen Nöten bist, scheue dich nicht, uns um Hilfe zu bitten«, wiederholte er sein Angebot.

»Ihr kommt doch selbst kaum über die Runden!«, widersprach Pusch. »Und es gibt noch einen anderen Grund, weshalb ich mich künftig von euch fernhalten muss.«
Als Henriette ihn anstarrte, atmete ihr Besucher tief durch und sprach dann, ohne sie anzusehen.
»Ich habe es keinem außer euch gesagt. Aber ich muss euch warnen. In dem sehr kurzen Gespräch, das zu meinem Rauswurf führte, wurden auch eure Namen genannt – als verdächtige Subjekte, mit denen man sich näher befassen müsse.«
Von einem Moment zum anderen herrschte Totenstille im Raum. Instinktiv griff Henriette nach Felix' Hand.
»Du, Felix, scheinst sie überzeugt zu haben«, fuhr Georg Pusch fort. »Aber deine Frau … steht immer noch oder erneut unter Verdacht. Es gibt Gerüchte, sie schriebe nicht nur diese lustigen Märchen, die *Graz und Gerlach* neulich veröffentlicht hat. Sondern auch andere, staatsfeindliche Sachen.«

Nach einer Stunde ging Pusch wieder und ließ die Zeidlers ratlos zurück. Sie hatten ihm Hilfe angeboten, obwohl sie nicht wussten, wie die wohl aussehen könnte, abgesehen von Geld.
Henriette stand auf und begann nervös, im Zimmer hin und her zulaufen.
»Sie können von meinem versteckten Manuskript nichts wissen!«, echauffierte sie sich. »Und ich habe einen Mann in seriöser Stellung und fern jeglicher Politik geheiratet!«
Eine Einschätzung, die Felix zum Grinsen brachte.
Dabei war ihnen beiden klar: Mit derselben Begründung wie bei Georg könnte man angesichts seiner militärischen Vergangenheit auch Felix entlassen. Doch das sprach Henriette lieber nicht aus. Sie hatten so schon genug Grund zur

Sorge, und das Hauptproblem war offenkundig sie, trotz des Märchenbuchs.

»Ich habe nun zwei Kinder, die ich liebe und die mir gar keine Zeit für Verschwörungen lassen«, fuhr sie fort. »Und zum öffentlichen Beweis meiner Wandlung ein Kinderbuch geschrieben, wie es harmloser nicht sein könnte! Was denn noch? Stell dir vor, sie kündigen auch dir!«

Bei Gerhard von Kügelgen in Dresden hatte sie gesehen, wie selbst eine wohlhabende Familie von einem Tag zum anderen in Armut stürzen konnte. Der Maler war zwar inzwischen aus Berlin zurückgekehrt und führte die dort in Auftrag gegebenen Porträts aus, aber seine Familie bewohnte immer noch lediglich die drei kleinen hinteren Räume im »Gottessegenhaus«, und das auch nur dank der Barmherzigkeit des Hausbesitzers.

Felix lächelte sarkastisch, ging auf sie zu und hielt sie fest, damit sie ihre ruhelose Wanderung einstellte.

»Die müssen ganz schön Angst vor dir haben.«

Er zog sie zur Chaiselongue, und sie setzten sich nebeneinander.

»Was können wir noch tun, um dir einen soliden Anstrich zu geben, als braves Eheweib und Mutter?«, begann er. »Wie sich zeigt, trauen sie dir mehr zu als das.«

»Meinst du damit: Wenn ich nur zu Hause bleibe, mache ich mich verdächtig?«

Felix nickte. »Was könntest du noch tun, um vollauf beschäftigt zu wirken? Um deine – offensichtlich angekratzte – Reputation zu heben?«

Das sagte er mit ironischem Lächeln, und Jette war erleichtert, dass er ihre Ambitionen nicht in Frage stellte.

Sie zögerte ein wenig, ihre geheimsten und vielleicht auch zu übermütigen Gedanken zu offenbaren.

»Ich würde gern junge Mädchen unterrichten, damit sie nicht nur Stricken, Nähen und Backen lernen.«

»… und so dumm und einfältig wie Therese und Emilia werden«, warf er ein, um sie zum Weitersprechen zu ermutigen.

»Jetzt, da ich Lissi nur noch morgens und abends stille und sie tagsüber schon Brei isst, ginge das. Ich könnte dreimal in der Woche für zwei Stunden unterrichten. Louise Seidler erzählte mir, dass es in Gotha gleich mehrere höhere Schulen für Mädchen gibt, sogar ein Pensionat für die jungen Mädchen von außerhalb. Ist das nicht großartig? Und ich hörte, dass Madame Bernhardi in Kürze gleich drei ihrer Lehrerinnen verlieren wird, weil offensichtlich ein Hochzeitsfieber in der Stadt ausgebrochen ist.«

Sie lächelte wehmütig.

»Hältst du mich für eine Rabenmutter, wenn ich das tue? Ich werde dann auch oft noch abends lesen oder schreiben und ständig Tinte an den Fingern haben.«

Er griff nach ihren Händen und küsste die verfärbten Fingerspitzen. »Das gehört zu den Dingen, die ich an dir liebe. Du wirst eine wunderbare Lehrerin sein. Wenn Madame Bernhardi dich engagiert, lassen wir zweimal in der Woche eine Waschfrau kommen, die Fräulein Klein diese Mühe abnimmt, damit sie dich an anderer Stelle entlastet. Wir können uns das jetzt leisten. Ich weiß, du möchtest gern Wissen vermitteln. Und es verliehe dir einen soliden Anstrich – wenn es die richtigen Fächer sind.«

Sie wusste sofort, was er meinte.

»Natürlich Französisch, das ist Hofsprache auch in Dresden und wird von einer wohlerzogenen Dame erwartet. Literatur? Geschichte?«

Felix warf einen Blick auf die Kaminuhr. »Ich muss noch

einmal los, zum Logentreffen. Denk in Ruhe darüber nach und sprich morgen mit Elisabeth Bernhardi!«
Er gab ihr einen Kuss und lächelte aufmunternd. »Ich bin gespannt auf deine Ideen. Und ich muss nachdenken, was ich für Georg tun kann.«

Am nächsten Tag konnte es Henriette kaum erwarten, dass Felix kam und die Kinder zu Bett gingen. Franz wurde nach dem Essen in sein Zimmer verbannt, um Latein zu lernen.
Als sie nur noch zu zweit im großen Zimmer waren, zog Jette ihren Mann an den Tisch und wuchtete einen Stapel Bücher darauf.
»Ich war am Nachmittag bei Madame Bernhardi. Sie wäre sehr dankbar, wenn ich einspringe, wenigstens vorübergehend bis zu den Ferien, für diese drei Wochen auf Probe. Sie braucht Lehrerinnen für Französisch, was kein Problem für mich wäre, für Literatur und Geographie.«
Mit schiefem Lächeln deutete sie auf den Bücherstapel.
»Da ich liebend gern Literatur unterrichten würde, bin ich schon einmal in Gedanken durchgegangen, welche bedeutenden Werke ich den Schülerinnen vorstellen könnte. Die großen Dichter der Antike, Lessing, Schiller, Goethe …«
Jäh erstarb die Freude auf ihrem Gesicht. »Gehen wir es zusammen durch!« Das klang sehr sarkastisch.
Sie griff nach dem obersten Buch, *Die Vögel* von Aristophanes, was sie sehr mochte.
»Eine Komödie über ein leichtgläubiges Volk, das sich von einem despotischen Herrscher über den Löffel balbieren lässt und ihn dafür auch noch feiert … Ich glaube nicht, dass dies dazu beitragen könnte, meinen ramponierten Ruf hinsichtlich politischer Zuverlässigkeit wiederherzustellen.«

Sie legte das antike Werk beiseite und nahm das nächste Buch vom Stapel.

»Goethes *Werther.* Ich halte jede Wette, dass da Beschwerden von den Eltern kommen, ich würde den Mädchen gefährliche Flausen in den Kopf setzen, bis sie am Ende noch aus romantischer Ekstase Selbstmord begehen wollen wie der tragische Titelheld. Denn die Schülerinnen werden natürlich zu Hause erzählen, was wir im Unterricht durchnehmen.«

Auch dieses Buch landete neben dem Stapel.

»Lessings *Nathan der Weise*«, zählte Jette als Nächstes auf und griff nach dem entsprechenden Band.

Felix hatte längst verstanden, worauf dieses groteske Spiel hinauslief, und sagte an ihrer statt: »Der Dichter stellt drei große Religionen als gleichberechtigt nebeneinander. Angesichts der herrschenden Judenfeindlichkeit und religiösen Intoleranz würde das natürlich als gefährliche Aufwiegelei und Glaubensfrevel betrachtet.«

Also landete auch das Stück mit der Ringparabel auf dem rasch wachsenden Stapel aussortierter Bücher.

»Und natürlich noch Schiller«, fuhr Henriette fort und griff nach einem Werk ihres Lieblingsdichters.

»Ja, der ist selbstverständlich völlig untragbar!«, urteilte Felix zynisch als Advocatus Diaboli und zitierte aus *Don Carlos:* »Geben Sie Gedankenfreiheit!« Er verzog den Mundwinkel und sagte gespielt streng und mit erhobenen Augenbrauen: »Wohin kämen wir da?«

Henriette ließ die Schultern sinken. »Ich kann das nicht. So gern ich auch wollte.«

»Für jemanden, der schon mit der Zensur in Konflikt geriet, ist das wirklich nicht geeignet, um die Reputation zu fördern«, stimmte Felix zu.

»Die Bernhardi sucht noch jemanden für Geographie«, berichtete Henriette niedergedrückt. »Aber ich fürchte, mein Wissen reicht nicht aus, um dieses Fach zu unterrichten.«
Sofort widersprach Felix.
»Du weißt auf jeden Fall mehr als deine Schülerinnen. Wo der Nil und der Amazonas fließen, ist per se erst einmal unpolitisch und damit unverdächtig. Du hast doch dieses Buch *Geographie für Frauen* von deinem Oheim. Nimm das als Grundlage! Und ich helfe dir, es anzureichern. Wir haben Fachleute und Studenten aus vielen Ländern an der Bergakademie: Russen, Norweger, Polen, Brasilianer, Nordamerikaner ... Wir laden sie einzeln hierher zu einem gemütlichen Essen, und du kannst sie dabei mit Fragen über Taiga und Tundra löchern, über Urwald und Wüste. Ich denke, das wird dir bei deinem Wissensdurst gefallen. Versuche es!«

So stand Henriette eine Woche später erstmals aufgeregt vor ihrer Klasse, zwölf Mädchen zwischen zehn und vierzehn Jahren, die brav mit verschränkten Händen und ordentlich geflochtenen Zöpfen an ihren Pulten saßen und nach vorn starrten.
Elisabeth Bernhardi – wie stets im dunklen Taftkleid und mit streng gescheiteltem Haar unter dem Spitzenhäubchen – hatte sie in das Klassenzimmer begleitet und eröffnete die Stunde.
»Ich freue mich, euch eure neue Lehrerin vorzustellen: Madame Zeidler. Sie wird euch in Französisch unterrichten, das sie ganz hervorragend beherrscht, und in Geographie. Hört ihr aufmerksam zu, und ihr werdet viel von dieser klugen jungen Frau lernen.«
An Henriette gewandt, sagte sie: »Ich kann leider bei Ihrer

ersten Stunde nicht hospitieren, nebenan erwartet mich eine Klasse zum Mathematikunterricht. Aber ich vertraue Ihnen. Und ihr« – nun sah sie streng zu den Schülerinnen – »macht mir keine Schande!«

Sobald die Rektorin zur Tür hinaus war, änderte sich die Stimmung im Raum, das spürte Henriette sofort. Die jüngeren sahen sie mit großen Augen an, aber das größte Mädchen, eine hübsche Braunhaarige und Wortführerin der Klasse, meldete sich sofort.

»Josefine, möchtest du etwas fragen?«, erkundigte sich Henriette ruhig. Madame Bernhardi hatte sie vor ihr gewarnt.

»Sind Sie arm? Sie müssen arm sein, denn Sie haben Kinder und unterrichten trotzdem«, sagte das Mädchen herausfordernd. »So etwas habe ich noch nie gehört.«

Henriette lächelte. »Ich unterrichte nicht, weil ich arm bin, sondern weil ich euch Wissen vermitteln möchte. Damit ihr einmal ein besseres Leben führen könnt.«

»Wozu soll das gut sein? Gerade hatten wir Geschichtsunterricht. Wozu müssen wir die Geburtsdaten von Kaisern und Königen lernen?«

Am liebsten hätte Jette gesagt: damit ihr zum Geburtstag eures Königs alberne Verse dichten könnt, die mein Oheim dann abdruckt. Aber das verkniff sie sich besser.

»Das ist doch zu nichts nütze. Besser wäre es, wenn wir uns in der Kunst eleganter Konversation üben, damit wir gute Partien abbekommen«, verkündete die aufmüpfige Josefine, und die älteren Mädchen im Raum grinsten sich verstohlen zu.

»Worüber wollt ihr denn Konversation treiben, wenn ihr nichts lernt außer Nähen und Stricken?«, konterte Henriette. »Nur dumme Männer wünschen sich dumme Frauen. Wollt ihr einmal einen dummen Mann heiraten?«

»Aber Geschichte ist öde«, beschwerte sich nun ein anderes der größeren Mädchen, offenbar ermutigt durch die Dreistigkeit ihrer Wortführerin.
»Im Gegenteil: Geschichte kann sehr spannend sein«, widersprach Henriette. »Es ist vielleicht nicht so wichtig, an welchem Tag genau jemand geboren und wann er gestorben ist. Was zählt, ist vor allem, was diese Herrscher taten. Ihr mögt doch Märchen, Sagen und Anekdoten? Oder etwa nicht?«
Sie spürte, wie sie die Stimmung zu ihren Gunsten umschlug; vor allem die Jüngeren hingen jetzt an ihren Lippen. »In der Geschichte findet ihr Begebenheiten, wie man sie nicht spannender erfinden kann. Über Könige und ihre durchtriebenen Ratgeber, über Freundschaft und Verrat, Liebe und Hass. Über mächtige Herrscher und – sehr selten – auch über ihre Frauen. Habt ihr euch einmal gefragt, warum über Frauen so wenig berichtet wird?«
Nun meldete sich ein jüngeres Mädchen, sommersprossig und mit rotblondem Haar, das bislang mit den Enden ihres Zopfes gespielt hatte. »Weil den Haushalt führen und Kinder kriegen keine großen Taten sind.«
»Wenn ihr selbst einmal ein Kind habt, seht ihr das anders«, versicherte Henriette. »Ein Kind zu bekommen, *ist* eine große Tat und vor allem ein großes Wunder … Wie aus der Liebe zweier Menschen neues Leben erwächst. Doch zurück zur Geschichte: Die Vergangenheit ist auch voll von interessanten Frauen. In der Geschichtsschreibung wird vieles beschönigt, anderes verschwiegen. Nun ist es unsere Aufgabe, nach all den Jahrhunderten diese Lücken zu erforschen.«
Das zierliche Mädchen mit den Sommersprossen meldete sich erneut.

»Königin Cleopatra war ein durchtriebenes Weib, sagt mein Großvater.«
Jette musste sich das Lachen verkneifen. »Nun, auf jeden Fall war sie eine kluge Frau. Und genau deshalb reden die Menschen heute noch über sie.«
Ich muss das Thema wechseln, ermahnte sie sich selbst. Sie hätte liebend gern Geschichte unterrichtet. Doch sie musste sich nur die Folgen ausmalen, wenn sie den Mädchen von der *Polis* Athen, der attischen Demokratie und dem Rat der Fünfhundert erzählte, um diesen Gedanken fallenzulassen. Es war ein gefährliches Fach. War nicht Kotzebues *Geschichte des deutschen Reiches* beim Wartburgfest symbolisch verbrannt und der Dichter als »undeutsch« verunglimpft worden?
»Doch heute befassen wir uns mit Geographie!«, brachte sie die Debatte auf Kurs.
Wieder meldete sich Josefine.
»Und warum sollen wir etwas über ferne Gebiete lernen, die wir nie bereisen werden?«
»Genau deshalb! Fändet ihr es nicht faszinierend, etwas über Länder zu erfahren, die im Süden von Schnee bedeckt sind und im Norden eine Wüste haben? Oder in denen es nur einmal im Jahr regnet? Über Flüsse, die so breit sind, dass man kaum das andere Ufer sieht, und Berge, die Feuer speien?«
Sie ließ eine kleine Pause und brachte dann ein – wie sie fand – besonders lockendes Argument vor: »Wollt ihr nicht erfahren, wie jemand, der hier in Freiberg studiert hat, nämlich Alexander von Humboldt, zu einem der größten Wissenschaftler unserer Zeit wurde, indem er Lateinamerika erforschte und vermaß?«
Sie sah Staunen auf den jungen Gesichtern und Neugier und wusste, sie hatte gewonnen.

Doch Josefine ließ nicht locker. »Frauen können nicht studieren«, sagte sie trotzig und schnaubte verächtlich.
»Sie *können* es durchaus, da bin ich mir sicher. Sie *dürfen* es nur nicht«, widersprach Henriette. »Doch lernen dürft ihr, das kann euch niemand nehmen. Seid froh darüber, dass es euch vergönnt ist. Also hört gut zu.«

Dass die ehemalige Mademoiselle Gerlach, spätere jung verwitwete Madame Trepte und nunmehrige Madame Zeidler an der Mädchenschule unterrichtete, machte im Nu in Freiberg die Runde. Henriettes nachmittäglicher Spaziergang mit den Kindern wurde zu einer regelrechten Gratulationscour.
Als Erster sprach sie der freundliche Stadtmusicus Siegert darauf an, kaum dass sie in die Burgstraße eingebogen war. »Ich höre Großes von Ihnen, Madame«, sagte er begeistert. »Aber ich habe auch immer Großes von Ihnen erwartet!«
Sie bedankte sich, sah lächelnd zu, wie Monsieur Siegert sich über den breiten Backenbart strich und dann seinen Zylinder lüpfte, um sich zu verabschieden. Ein paar Schritte weiter hielt eine füllige Dame mit einem überladenen Hut sie auf.
»Sie unterrichten meine Tochter, und das Kind schwärmte gerade in allerhöchsten Tönen für Sie«, versicherte die Dame inbrünstig.
Henriette sah ihr ins Gesicht, versuchte eine Verbindung herzustellen und erriet dann: »Sie sind die Mutter der kleinen Agnes, nicht wahr? Die ist wirklich sehr klug und sehr fleißig.«
»Dank Ihnen, Madame! Dank Ihnen!«
Selbst als sie in ein Putzmachergeschäft ging, um Ausschau nach ein paar Bändern und Blüten für ihren Hut zu halten,

fragte die Inhaberin neugierig: »Stimmt es, was man hört – dass Sie jetzt in Mademoiselle Bernhardis Schule unterrichten? Wie erstaunlich! Und wie beachtenswert!«

Die Ladenklingel über der Tür läutete, und die junge Frau trat ein, die in der Gerlachschen Buchhandlung *Die Geheimnisse der Ehe* gekauft hatte und dort heimlich las.

Erst zuckte sie ein wenig zusammen, doch als sie mitbekam, worüber sich die zwei anderen Frauen unterhielten, sagte sie schüchtern, als Henriette gerade gehen wollte: »Ich bewundere Sie.«

Natürlich gab es auch andere Stimmen.

Als Henriette in der Apotheke am Obermarkt eine Tinktur zubereiten ließ, um ihrer Tochter das Zahnen zu erleichtern, hörte sie hinter sich zwei Frauen miteinander tuscheln. Und diese Stimmen waren laut genug, damit sie es hören konnte. Was wohl auch beabsichtigt war.

»Unerhört! Lässt ihre Kinder im Stich, um zu unterrichten!«, entrüstete sich die eine.

»Ja, einfach skandalös«, pflichtete die andere ihr bei.

Das kam nicht unerwartet. Aber es tat trotzdem weh. Doch Henriette benahm sich so, als hätte sie nichts davon mitbekommen. Nachdem ihr der Apotheker das Fläschchen mit der Medizin gereicht hatte, ging sie erhobenen Hauptes und mit dem freundlichsten Gruß an den Klatschbasen vorbei.

Als Felix an diesem Tag von der Arbeit kam, musste er erst einmal die üblichen Begeisterungsstürme von Max abfangen, der auf ihn zugerannt kam und »Papa! Papa!« rief.

Behutsam löste er den Klammergriff des Jungen um seine Beine und fragte seine Frau: »Wie war dein erster Schultag? Und was sagt der Stadtklatsch?«

Henriette lächelte. »Von Abscheu bis Bewunderung war alles dabei. Ein, zwei der älteren Mädchen wollten mich natürlich provozieren. Aber ich glaube, ich könnte Gefallen am Unterrichten finden.«

»Das habe ich geahnt«, versicherte Felix und zog ein schmales, längliches Päckchen hervor.

»Mein Geschenk zu deinem ersten Tag als Lehrerin.«

Neugierig entknotete sie die Schnur, die das Päckchen zusammenhielt, und öffnete das Etui.

»Eine Glasfeder!«, rief sie erstaunt. Die waren sündhaft teuer und rar, doch es sollte sich wunderbar gleichmäßig mit ihnen schreiben lassen, und man musste nicht dauernd den Federkiel zurechtschneiden.

»Keine venezianische, aber eine von den Thüringer Glasbläsern, die auch einen hervorragenden Ruf genießen«, erzählte Felix.

»Woher hast du sie überhaupt? Die sind doch in Freiberg gar nicht zu bekommen.«

Felix lächelte. »Aus Leipzig, von *Siegel und Balthasar,* dein Oheim hatte sie annonciert. Als ich das sah, beschloss ich sofort, dass du eine haben sollst. Ich habe sie schon vor zwei Wochen bestellt.«

Überschwänglich bedankte sich Henriette und wollte sofort zum Sekretär, um das kostbare Stück auszuprobieren.

Doch Felix hielt sie am Handgelenk fest und sah sie mit prüfendem Blick an, den Schalk in den Augen.

»Ich habe noch nie eine Lehrerin geküsst«, sagte er gespielt verwegen, zog sie an sich und drückte seine Lippen auf ihre. Max neben ihnen kicherte und hielt sich rasch die Hände vor den Mund, und Henriette verdrehte die Augen.

Gemeinsam gingen sie zum Sekretär, um zu sehen, ob das gläserne Utensil die hohen Erwartungen erfüllte.

»Sie liegt wunderbar in der Hand, viel besser als ein Gänsekiel«, stellte Henriette begeistert fest. »Oh, sieh nur, wie wunderbar sich damit schreiben lässt!«
Felix freute sich. Aber eine Bedingung erhob er.
»Ich möchte, dass du damit nicht nur Schularbeiten korrigierst. Dir ist das Schreiben verboten, die Feder aus der Hand gerissen worden. Aber mit dieser Feder sollst du eines Tages auch wieder ein Buch schreiben.«

Bis zum Beginn der Ferien waren es noch drei Wochen, in denen Henriette ihre Schülerinnen liebgewann – und umgekehrt.
Nach der letzten Stunde bat Elisabeth Bernhardi sie zu sich.
»Ich bin begeistert von Ihrer Fähigkeit, die Mädchen fürs Lernen zu begeistern, ihre Neugier zu entfachen«, sagte sie, nachdem sie ihr einen Platz und Kaffee angeboten hatte.
Henriette bedankte sich und nippte von dem Kaffee, dem zusätzlich zu den eigenen Aromen noch ein Spur Vanille entstieg. Köstlich! Ob sie wohl eine Vanilleschote auftreiben konnte, um Felix eine Freude zu machen? Gab der Haushaltsetat das her?
Rasch konzentrierte sie sich wieder auf die Worte der Schulleiterin.
»Ich möchte Sie für das kommende Schuljahr fest engagieren, Madame Zeidler. Sofern Sie es ermöglichen können und Ihr Gatte damit einverstanden ist.«
Henriette jubelte innerlich und strahlte über das ganze Gesicht. Sie besprachen noch den Lohn und die Themen für die ersten Stunden im nächsten Schuljahr, dann verabschiedete die Rektorin sie in die Ferien.
Wie auf Wolken schwebte Jette heim, um die gute Nach-

richt an Franz und Felix weiterzugeben. Und dann hatte sie gemeinsam mit Fräulein Klein auch noch etliches im Haus vorzubereiten. Denn sie erwartete an nächsten Tag lang ersehnten Besuch.

## Eine Warnung

Seit einer Stunde hatte Henriette ungeduldig und voller Vorfreude immer wieder Ausschau gehalten. Deswegen lief sie auch sofort zum Fenster, als sie höre, dass jemand unten stürmisch an die Haustür trommelte und dann mit heller Stimme schrie: »Madame Zeidler! Madame Zeidler! Ihr Besuch ist da!«

In der gegenüberliegenden Häuserzeile wurde ein Fenster geöffnet, und eine ältere Frau zeterte lautstark: »Hör gefälligst auf herumzukrakeelen, Bursche, wenn anständige Leute ihren Mittagsschlaf halten!«

Ein Schwall Seifenwasser aus einer Schüssel landete auf der Straße, doch der magere Zehnjährige war schnell genug, zur Seite zu springen, blieb daher trocken und grinste die schimpfende Alte an.

»Wir sind schon auf dem Weg!«, rief Henriette etwas gedämpft hinunter, und der Junge nickte zufrieden.

»Komm, Max, wir gehen deinen Großpapa Wilhelm und deine Großmama Carlotta von der Poststation abholen.«

Schnell wie der Blitz kam der Vierjährige herbei und ließ sich in seine Jacke helfen.

Max hatte mit großem Staunen und noch größerer Begeisterung die Kunde vernommen, dass er außer den Gerlachs noch weitere Großeltern besaß. Denn schlau, wie er war, interpretierte er das vor allem so: noch mehr Süßigkeiten und noch mehr Späße.

Die Treptes hatten sich angekündigt. Auf ihrer Reise zu einer Badekur im böhmischen Teplitz wollten sie für zwei Tage in Freiberg Station machen, um ihre Schwiegertochter – als solche betrachteten sie Henriette weiterhin –, ihren Enkel und dessen kleine Schwester zu besuchen.

Henriette hatte bewusst darauf verzichtet, Max die genauen verwandtschaftlichen Beziehungen zu Wilhelm und Carlotta zu erklären. Das würde sie tun, wenn er größer war – sofern ihn der Stadtklatsch nicht vorher erreichte. Für Max war Felix sein Vater. Und er war noch zu klein gewesen, als er seine Berliner Großeltern zum letzten Mal gesehen hatte, um sich an sie zu erinnern.

Singend hüpfte er an der Hand seiner Mutter zur Posthalterei in der Wallstraße. Der hagere Junge, der sie von der Ankunft der Gäste unterrichtet hatte, hatte vor dem Haus gewartet, bis sie ihm ein Päckchen mit Kuchen zum Lohn in die Hand drückte, dann rannte er voraus.

Schon nach fünf Minuten erreichten sie die Poststation, wo noch das Gepäck der Fahrgäste abgeladen wurde. In dem beschaulichen Freiberg war nichts weit voneinander entfernt.

Carlotta entdeckte sie zuerst, versetzte ihrem Mann einen leichten Stoß in die Rippen und strahlte übers ganze Gesicht.

»Max, das sind deine Oma Carlotta und dein Opa Wilhelm«, erklärte Jette, nachdem sie ihre Schwiegermutter herzlich umarmt und vor ihrem Schwiegervater geknickst hatte.

Brav – und nicht ganz ohne Berechnung – machte der Junge eine vorbildliche Verbeugung. »Guten Tag, Großmutter, guten Tag, Großvater!«

Carlotta stiegen vor Rührung die Tränen in die Augen, als sie vor ihrem einzigen Enkel in die Hocke ging, damit ihre Köpfe auf gleicher Höhe waren.

»Du mein Lieber«, gurrte sie. »Wie sehr du gewachsen bist!«

Max ließ sich etwas steif umarmen, dann richtete sich Carlotta auf und trat einen halben Schritt zurück, den Blick weiter auf ihn gerichtet.

»Ja, das sagen alle«, erwiderte der Vierjährige mit todernster Miene und brachte damit die Treptes und seine Mutter zum Lachen. Irritiert sah er von einem zum anderen, dann lachte er einfach mit.

Wilhelm Trepte hatte inzwischen veranlasst, dass die großen Gepäckstücke zum Untermarkt ins Haus der Gerlachs gebracht wurden. Dort würden Carlotta und er Quartier nehmen. Das Eckhaus verfügte über mehrere Gästezimmer – ganz im Gegensatz zu der Zeidlerschen Wohnung in der Moritzstraße. Doch sie würden erst am Abend hinübergehen, zu einem gemeinsamen Essen, an dem alle drei Familien teilnehmen sollten.

Jetzt wollten er und Carlotta erst einmal ein wenig Zeit allein für Jette und ihre Enkel haben.

Carlotta ist schmal geworden, dachte Henriette besorgt, als sie ihre Schwiegermutter vorsichtig musterte. Und ihre Augen sind umschattet. Schmerzen und infolgedessen wenig Schlaf, hatte Wilhelm in seinem Brief angedeutet. Sie hofften, die heißen Quellen von Teplitz würden gegen die in Schüben aufflammenden Gelenkschmerzen helfen.

Glücklich über das Wiedersehen nach langer Zeit gingen sie in die Moritzstraße, während Max die ganze Zeit plapperte, viele Fragen stellte und seine Großeltern umfassend über Lissi aufklärte. »Sie kann immer noch nicht laufen, aber schon sitzen. Und immer wenn ich zu ihr komme, lacht sie. Sie mag mich. Und ich beschütze sie!«

»So ist es recht, denn du bist ihr großer Bruder«, lobte Wilhelm, der seinen Enkel an der Hand hielt und sich geduldig von ihm den Weg zeigen ließ, obwohl er die Stadt von früheren Besuchen kannte.

»Er ist seinem Vater wie aus dem Gesicht geschnitten«, sagte Carlotta leise zu Henriette, zupfte ein Taschentuch aus dem Ärmel und schniefte gerührt. Jette legte ihr einen Arm um die knochige Schulter und zog sie kurz an sich. Die Erinnerung an Maximilian schmerzte immer noch. Und würde es wohl ewig tun. Alles Glück mit Felix – und sie war sehr glücklich mit ihm – konnte das nicht verhindern.

In der Wohnung angekommen, sah sich Carlotta um.

»Schön habt ihr euch hier eingerichtet.«

Doch kaum hatte sie Hut und Jäckchen abgelegt, hielt sie auch schon nach der kleinen Elisabeth Ausschau. Max nahm seine Großmutter sofort bei der Hand und zog sie zum Bettchen der Kleinen. Die hatte gerade ausgeschlafen, sich aufgesetzt und strahlte nun ihren Bruder an, wobei ihr vor Freude kleine Speichelbläschen aus dem Mund sprudelten.

»Darf ich?«, fragte Carlotta mit sehnsüchtigem Blick, und Jette nickte lächelnd.

Überglücklich hob die Sängerin die Kleine aus dem Bett und lächelte innig. Lissi schaute erst erstaunt in das fremde Gesicht, dann begann sie erneut zu lachen und Bläschen zu sprudeln.

»Oh, du hast ja schon so viele Zähnchen!«, turtelte Carlotta und schmiegte das Kind an sich.

Doch nach einer Weile reichte sie Lissi mit schmerzverzerrtem Gesicht an deren Mutter weiter. »Nimm du sie lieber,

länger kann ich sie nicht sicher halten«, klagte sie und hielt ihre gespreizten Finger hoch. »Ich kann nicht einmal mehr Klavier spielen.«
»Aber singen kannst du«, versuchte Jette, sie zu trösten. »Und die Badekur wird sicher Besserung bringen.«
Inzwischen war Franz aus seinem Zimmer gekommen und hatte die Treptes höflich begrüßt. Auch er musste sich sagen lassen, wie sehr er seit ihrer letzten Begegnung gewachsen war.
Als sich alle zu Kaffee und einer Torte mit frischen Erdbeeren an den Tisch setzten, gesellte sich Felix zu ihnen, der die Akademie heute etwas zeitiger verlassen hatte. Es waren Semesterferien, da konnte er das einrichten.
»Ich soll euch beide von Ludwig Kiehn grüßen«, berichtete Wilhelm Trepte, während Henriette die Torte aufschnitt. »Erinnert ihr euch an ihn? Er gratuliert euch zur Vermählung und zur Geburt eurer Tochter.«
Henriette musste einen Augenblick nachdenken. Ludwig Kiehn … Der junge Mann, mit dem sie bei den Treptes am Kamin gestanden und über Felix gesprochen hatte, sein Kriegskamerad im Korps des Rittmeisters von Colomb. Und der ihr einen freundlichen Brief geschrieben hatte.
»Wie geht es ihm?«, wollte Felix wissen, dem natürlich sofort klar war, von wem die Rede war.
»Er hat eine großartige Laufbahn im Ministerium vor sich«, erzählte Wilhelm. »Und wie ich läuten hörte, steht eine Hochzeit ins Haus.«
»Wie schön! Richte ihm bitte unsere Grüße und guten Wünsche aus«, bat Henriette.
Als die Tafel aufgehoben war, holte Carlotta eine Holzkiste hervor, stellte sie vor Max hin und öffnete den Deckel. »Sieh nur, was wir dir mitgebracht haben!«

Jette hatte ihrem Sohn energisch verboten, nach Geschenken zu fragen. Doch nun gab es für ihn kein Halten mehr.

Die Kiste enthielt ein Dutzend geschnitzter und bemalter Holztiere. Sofort schüttete Max alle heraus, um sie zu inspizieren. Carlotta gesellte sich zu ihm und half bei der Benennung derjenigen Tiere, die Max nicht auf Anhieb erkannte. Der nahm jedes einzelne Stück hoch, hielt es seiner Schwester vors Gesicht und erklärte ihr: »Sieh mal, Lissi, das ist ein Pferd! Und das ist ein Schaf!«

Begeistert zappelte Lissi mit den Ärmchen.

Carlotta würde vorerst nicht von ihren Enkeln wegzubekommen sein, und Franz holte die Erlaubnis ein, in sein Zimmer gehen und lesen zu dürfen. Also bat Wilhelm Trepte die Zeidlers mit einer Geste in den hinteren Teil des Zimmers, wo die Bücherregale, der Sekretär und ein paar Sessel standen.

»Wenn wir nachher zu den Gerlachs gehen – wem in der Familie können wir vertrauen, abgesehen von Friedrich?«, fragte er mit verhaltener Stimme.

Henriette erschrak. »Wieso fragst du das?«

»Es gibt einiges, was ich euch erzählen muss. Politische Entwicklungen im Deutschen Bund, die auch euch betreffen könnten.«

Wilhelm Trepte wartete einen Moment und holte tief Luft. »Jette, du musst wissen, deine Briefe an uns werden mittlerweile samt und sonders geöffnet, bevor wir sie bekommen. Ich hatte dir das schon vor einiger Zeit mit ein paar nebulösen Formulierungen angedeutet, damit du nicht ins Messer läufst, und bin jedes Mal froh, wenn du dich an den entscheidenden Stellen verklausuliert ausdrückst. Ich kann ja zwischen den Zeilen herauslesen, was du meinst.«

»Ja, das hatte ich damals sofort begriffen. Deine Warnung

trifft uns nicht unvorbereitet, ich habe die ganze Zeit damit gerechnet. Umso schöner, dass wir nun hier endlich frei sprechen können.«

Wilhelm runzelte die Stirn und sah sie skeptisch an.

»Können wir das? Ich vertraue dir und deinem Mann und auch Friedrich Gerlach; wir drei sind Logenbrüder. Aber wie sieht es mit den anderen aus?«

Jette und Felix wechselten einen Blick, dann überließ er ihr das Reden; es war in erster Linie ihre Familie, nicht seine.

»Vor Johanna würde ich keine heiklen Themen besprechen, sie regt sich zu schnell auf und ist dann im Redefluss nicht zu bremsen«, begann Henriette und bat in Gedanken die Tante um Verzeihung. »Überhaupt nicht vertrauen dürfen wir Emilia. Sie ist naiv und steht zu ihrer Schwester, die mit dem Sohn des Zensors vermählt ist. Der sich wiederum sehr auffällig unauffällig für uns interessiert.«

»Gut zu wissen«, bekundete der Jurist.

Vielleicht würden sie Emilia gar nicht groß zu sehen bekommen. Sie verbrachte jetzt die meiste Zeit bei ihrer Schwester, um Therese über den Verlust ihres ersten Kindes zu trösten, das nach einem Sturz der jungen Frau zu früh auf die Welt gekommen war, um überleben zu können.

Nach kurzem Nachdenken fuhr Henriette fort: »Ehrlich gesagt, würde ich mich auch nicht für meine beiden Cousins verbürgen. Konstantin, der ältere, scheint nur auf den Tag zu warten, an dem er das Geschäft seines Vaters übernimmt. Der soeben erwähnte Sohn des Zensors ist sein bester Freund, und ich weiß nicht, ob Konstantin ihn tatsächlich schätzt oder sich nur gute Geschäftsbeziehungen aufbauen will. Und Eduard … Er war beim Wartburgfest dabei und schwärmt seitdem so ungestüm davon, dass es mir Sorge bereitet, wenn nicht sogar Angst. Er kam sogar in *Alt-*

*deutscher Tracht* von dort zurück und war entrüstet, als ihn seine Eltern aufforderten, sich die kümmerlichen Barthaare zu scheren und wieder Gehrock und Zylinder zu tragen statt dieses merkwürdigen Aufzugs.«

Wilhelm Trepte wirkte alarmiert von dem Moment an, als das Wort Wartburgfest fiel.

»Genau darum geht es«, sagte er mit gedämpfter Stimme. »Diese studentischen Unruhen – um nicht zu sagen Exzesse – erregen in allerhöchsten Kreisen große Sorge. Nicht nur in Preußen. Es gibt Denkschriften dazu, heimliche Untersuchungen. Und im Ergebnis all dessen forderte der österreichische Staatsminister Fürst von Metternich unseren König in deutlichen Worten auf, dem ein Ende zu setzen, und zwar durch die weitere Einschränkung von Universitäts- und Pressefreiheit. Das betrifft nicht nur Preußen. Mit dem Wiener Kongress wurden die alten monarchischen Verhältnisse wiederhergestellt, und nichts fürchtet ein Monarch mehr als eine jakobitische Verschwörung.«

Henriette erblasste.

»Das muss der Oheim erfahren.«

»Ja, aber nicht vor versammelter Runde angesichts dessen, was du mir sagst. An einigen Universitäten brodelt es schon so heftig, dass sich Friedrich Wilhelm von Preußen kaum traut, die Rheinische Universität in Bonn zu gründen, wie es auf dem Wiener Kongress beschlossen worden war. Der Reichsfreiherr vom Stein würde gern Ernst Moritz Arndt als Professor an der Rheinuniversität sehen. Aber malt euch aus, welches Signal das wäre und welche Unruhe dieser Mann dort stiften kann!«

»Er predigt Hass«, entrüstete sich Jette. »Und dafür kann es keine Rechtfertigung geben. Schon gar nicht nach diesen Kriegen, die ganz Europa verheert haben.«

Das Läuten der Kaminuhr mischte sich in ihre Unterhaltung. Carlotta sah zu ihnen herüber, ohne sich von den Kindern fortzubewegen.

»Wird es nicht Zeit, zu den Gerlachs zu gehen?«, rief sie. »Wir wollen sie doch nicht warten lassen, wenn sie schon so freundlich sind, uns aufzunehmen und zum Abendessen einzuladen.«

Im Haus am Untermarkt wurden die Treptes herzlich willkommen geheißen.

»Euer Gepäck ist schon aufs Zimmer gebracht worden«, verkündete Johanna. »Wollt ihr noch das Wenige auspacken, was ihr hier braucht, solange es hell ist? Frau Tröger macht das Abendessen für halb sieben fertig, es bliebe also noch Zeit.«

Carlotta erklärte, sich selbst darum zu kümmern, und ihr Mann zog sich mit Friedrich Gerlach in eine ruhige Ecke zurück.

Der Buchhändler hatte schon einiges über die politische Entwicklung läuten hören, doch es nun aus erster Hand von einem Berliner Universitätsprofessor und Juristen zu hören, war noch etwas anderes. Friedrich teilte übrigens die Einschätzung Henriettes, derlei Dinge in seinem Haus nicht vor allen zu besprechen.

Es wurde ein gemütliches Essen in größerer Runde: Friedrich und Johanna mit ihren beiden Söhnen, Henriette, Felix und Franz, die Treptes und noch Emilia dazu, die sich freute, von einer Berlinerin für ihr Kleid gelobt zu werden.

Frau Tröger tafelte eine üppige Speisefolge auf, mit Vorsuppe, Braten und verschiedenen Desserts: Gebäck, Parfait und Kuchen. Am Ende stöhnte der Hausherr, er bekomme keinen Bissen mehr hinunter, und die ganze Gesellschaft zog

sich in die Bibliothek zurück, um gemütlich zu plaudern. Heikle Themen wurden umgangen, dafür sorgten die Männer in stillem Einverständnis.
Obwohl Sommer, war es schon dunkel, als Jette, Felix und Franz wieder in ihre Wohnung gingen, nachdem sie den Treptes eine erholsame Nacht nach ihrer anstrengenden Reise gewünscht hatten.

Den Vormittag verbrachte Carlotta allein mit Henriette und den Kindern in der Moritzstraße. Ihr Mann wollte noch etwas mit Friedrich Gerlach besprechen und dann Felix an der Bergakademie besuchen, und Franz war wieder in die Druckerei gegangen, um den Umgang mit Lettern und Winkelhaken zu üben.
Carlotta genoss die Zeit mit den Kindern, dass es eine Freude war, ihr dabei zuzusehen. Doch als ihr Blick auf die Zeichnung fiel, mit der Felix die Szene vom Mai 1813 auf dem Obermarkt festgehalten hatte, erstarrte sie. Tränen stiegen ihr in die Augen, als sie Maximilian erkannte. Henriette trat zu ihr und legte ihr erneut tröstend den Arm um die Schulter.
Wenig später traf Wilhelm Trepte zusammen mit Felix in der Moritzstraße ein. Er hatte sich von ihm durch die Mineralogische Sammlung der Bergakademie führen lassen und war davon sehr beeindruckt.
»Welche Pläne habt ihr noch für heute?«, fragte er. »Johanna schlägt vor, dass ihr Frauen bei dem herrlichen Wetter mit den Kindern in ein Gartenlokal geht.«
»*In den Warnatzschen Garten*, das wird euch gefallen«, pflichtete Henriette bei. »Passt nur auf, dass sich Max nicht zu sehr den Bauch vollstopft. Ich bleibe hier. Es gibt einiges zu tun.«

Wilhelm hatte ihr bei seiner Rückkehr aus der Mineralogischen Sammlung zu verstehen gegeben, dass sie beide und Felix noch etwas Wichtiges bereden mussten, unter sechs Augen.

Sobald sie nur noch zu dritt waren, vergewisserte sich der Jurist, dass alle Fenster zur Straße hinaus geschlossen waren, damit niemand etwas von ihrer Unterhaltung mitbekam, der zufällig oder auch nicht zufällig unten stand. So weit war es schon gekommen!

Er setzte sich erst gar nicht in einen der Sessel, sondern redete gleich los.

»Ich muss euch warnen. Vorhin in der Druckerei … Eduard spricht ganz offen über seine Sympathie für die radikalen Studentenverbindungen. Und nicht nur er.«

Henriette machte sich darauf gefasst, dass auch der sonst so berechnende Konstantin dem verfallen war, doch ihr klappte vor Verblüffung die Kinnlade herunter, als ihr Schwiegervater stattdessen sagt: »Auch Franz, dein Bruder! Er saugt jedes Wort, das Eduard von sich gibt, mit leuchtenden Augen auf. Und offensichtlich sind beide im Besitz von Schriften diverser Aufrührer, allen voran Ernst Moritz Arndt. Eduard steht außerdem nach wie vor in Briefkontakt mit einigen seiner Gewalt und Umsturz propagierenden Studentenfreunde in Jena. Dein Oheim hat es eben erst herausgefunden – zu seiner großen Bestürzung – und redet gerade seinem Sohn ins Gewissen. Du, Henriette, solltest ein paar ernsthafte Worte mit deinem Bruder wechseln.«

Jette war entsetzt und erging sich sofort in Selbstvorwürfen. »Das ist meine Schuld. Ich war zu sehr mit den Kindern beschäftigt und habe mich nicht genug um meinen Bruder gekümmert … Er ist nicht nur dem Stimmbruch entwachsen, sondern offenbar auch den Piratenromanen.«

Sie hätte noch Verständnis gezeigt, wenn er Unfug mit seinen Klassenkameraden ausheckte, heimlich Wein kostete oder den Mädchen nachschaute … Aber *das?* Es war, als ob sich ein Abgrund vor ihr auftat.

»Gib dir keine Schuld«, versuchte ihr Schwiegervater sie zu beschwichtigen. »Es ist Eduard, der ihm das einbläst, und den knöpft sich derweil schon sein Vater vor.«

Wie aufs Stichwort kamen Schritte die Treppe hoch. Franz trat ein, sah sich kurz um und verkündete: »Darf ich auf mein Zimmer, ein bisschen lesen?«

»Warte!«, rief Henriette zur Verwunderung ihres Bruders, denn Lesen hielt sie normalerweise für eine erstrebenswerte Beschäftigung.

»Ich würde gern erfahren, was du gerade liest. Es sind wohl keine Piratenromane mehr?«

Franz grinste. »Doch, ab und an ist schon noch einer dabei.«

Henriette ging auf seinen Tonfall nicht ein.

»Stimmt es denn – hast du Schriften von Ernst Moritz Arndt in deinem Zimmer?«

Erstaunt und mit plötzlich aufflackerndem schlechten Gewissen wich ihr Bruder aus. »Nicht in meinem Zimmer.«

»Wo dann?«

Franz ging auf die Bücherregale zu, griff hinter eine Reihe dicker, in Leder gebundener Wälzer und holte eine Broschur hervor, in die mehrere Flugblätter eingelegt waren.

Seine Schwester riss ihm die Seiten aus der Hand.

»Du liest Arndt, der fordert, ein undurchdringlicher Wald solle zwischen Deutschland und Frankreich errichtet werden, bevölkert mit wilden Tieren, damit nie mehr ein Franzose den Fuß auf deutschen Boden setzen kann?«

Fahrig ging sie die Schriftstücke durch.

»Seitenlang Franzosenhass, Schmähungen gegen Juden ...« Sie blätterte weiter. »Hier hetzt er gegen die Engländer .... und lobt ...« Sie beugte sich dichter über das Blatt und las fassungslos vor: »Die Deutschen sind nicht durch fremde Völker *verbastardet* ... Was ist denn das für ein schreckliches Wort? Und für eine schreckliche Denkart?«

Voller Zorn richtete sie sich auf.

»So etwas dulde ich nicht in diesem Haus! Man kann und sollte sein Vaterland lieben, es aber nicht über andere Nationen stellen! Mit dieser radikalen Bewegung bewirkt ihr nur radikale Konsequenzen. Ihr wollt eine Revolution entfachen? Dann ruf dir in Erinnerung, wozu die Französische Revolution führte! Zu Jahren des Terrors, zu Denunziation und Massenhinrichtungen!«

Sie zog ein weiteres Flugblatt hervor. »Und hier ... Jahn, dein großes Turnervorbild, meint, Deutschland brauche einen neuen Krieg mit Frankreich! Hast du nicht genug vom Krieg gesehen – damals, als wir nach Vaters Tod übers verlassene Schlachtfeld fliehen mussten, mit all den unbestatteten Toten?«

»Und was wirst du nun tun? Das Buch verbrennen?«, höhnte Franz. »Nachdem du Eduard dafür gescholten hast, dass in Eisenach Bücher verbrannt wurden? Und das waren nicht einmal richtige Bücher, sondern nur Attrappen.«

»Nein. Ich werde es verstecken, außerhalb dieser Wohnung. Und wenn du wieder bei Vernunft bist, werde ich dir Absatz für Absatz vorlesen, damit sich dir die Haare sträuben über diesen fanatischen Aufruf zur Gewalt«, konterte sie, heftig um Fassung ringend.

Franz zuckte mit den Schultern. »Es geht um die große Sache, die gute Sache, und das gibt uns recht. Der Zweck heiligt die Mittel.«

»Es gibt keinen guten Zweck, der Völkerhass heiligen könnte!«

Nun mischte sich Wilhelm Trepte mit ruhiger und sonorer Stimme ein.

»Franz, ist dir und Eduard nie der Gedanke gekommen, dass ihr die Existenzen eurer Familien aufs Spiel setzt, indem ihr solche Hassschriften aufbewahrt?«, redete er dem Fünfzehnjährigen ins Gewissen. »Dein Oheim steht unter Zensur, deine Schwester wurde von der preußischen Polizei des Landes verwiesen, Felix wurde schon einmal verhaftet und ist garantiert immer noch unter Verdacht wegen seiner Zugehörigkeit zu den preußischen Freikorps. Du selbst willst – wie es aussieht – vielleicht einmal Drucker werden. Hast du noch nie darüber nachgedacht, dass du dann auch unter Zensur arbeiten musst? Unter Generalverdacht stehen und beobachtet werden wirst, immer in Gefahr, die Lizenz zu verlieren und in Festungshaft gebracht zu werden?«

Der Jurist strich sich durchs Haar und erklärte: »In Sachsen gilt das Gesetz *Wider Tumult und Aufruhr,* das Aufwieglern gegen die bestehende Ordnung langjährige Haftstrafen oder gar den Tod androht. Auch wenn die Todesstrafe in Sachsen nicht mehr vollzogen wird – willst du den Rest deines Lebens in Ketten auf dem Königstein verbringen?«

Doch statt Einsicht war in Franz bei diesen Worten immer mehr Wut hochgekocht.

»Sie sind nicht mein Vater!«, brüllte er den Rechtsgelehrten an. Um gleich darauf Felix anzuschreien: »Und du bist auch nicht mein Vater! Und du, Jette, du … Kein Wunder, dass du das nicht lesen willst. Du hattest ja schon immer eine *besondere Vorliebe* für die Franzosen!«

Henriette starrte ihn an, nur einen Augenblick lang, dann

ging sie auf ihren Bruder zu, ohrfeigte ihn und stürmte aus dem Zimmer.
Im Flur lehnte sie sich an die Wand und bereute, was gerade geschehen war. Sie hatte noch nie die Hand gegen Franz erhoben. Was war nur in sie gefahren? Es war nach dem Schrecken über die versteckten Pamphlete vor allem die anzügliche Bemerkung, die sie aufbrachte.
Im Schicksalsjahr 1813 hatte sie zwischen der französischen Einquartierung und den Bewohnern des Gerlachschen Hauses vermitteln müssen; die Lage war brandgefährlich, jederzeit drohten Repressalien. Und natürlich hatte ganz Freiberg gesehen, wie sie mit dem Major de Trousteau in den Lazaretten nach seinem Sohn Étienne suchte und den Todkranken gesund pflegte. Bis Étienne später in Leipzig starb und sie nichts tun konnte, als ihm zum Trost die Hand zu halten.
Sie versuchte, die quälenden Erinnerungen abzuschütteln.
Durch die Tür hörte sie, wie Felix auf das Gebrüll von Franz mit fester, aber strenger Stimme reagierte.
»Nein, ich bin nicht dein Vater. Dein Vater ist tot, schon seit vielen Jahren. Nun bin ich es, der dafür sorgt, dass du zu essen hast und ein Dach über dem Kopf, der deine Kleidung bezahlt und dein Schulgeld. Und als dein Vormund muss ich dich nicht nur vor größeren Dummheiten bewahren. Ich kann auch verlangen, dass du dieses Haus und diese Familie nicht in Gefahr bringst. Hast du das verstanden? Was, wenn einer unserer Gäste im Bücherregal stöbert und dabei deine Hassschrift herauszieht? Nun geh mir aus den Augen und denke darüber nach!«
Rasch flüchtete Henriette aus dem Flur in ihr Zimmer, um Franz nicht ins Gesicht sehen zu müssen, so sehr war sie aus der Fassung gebracht – vor Zorn, Entsetzen und Scham.

Sie hörte, wie Franz mit wütenden Schritten in sein Zimmer stapfte und die Tür betont geräuschvoll hinter sich schloss. Leise ging sie zu Felix und ihrem Schwiegervater zurück.
»Ich hätte das nicht tun dürfen«, sagte sie bedrückt und totenbleich. »Ich habe ihn noch nie geschlagen.«
Wieder einmal vermisste sie Augusta. Die wortgewaltige alte Dame hätte Franz schon den Kopf zurechtgerückt.
»Denke gar nicht erst daran, dich bei ihm zu entschuldigen«, mahnte Felix kategorisch. »Er ist ein fünfzehnjähriger Flegel, der uns alle mit seiner Verblendung in Gefahr bringt. Gib ihm ein paar Stunden oder auch ein paar Tage, bis er begreift und zur Vernunft kommt.«
»Und falls er aus Trotz heute nicht zum Abendessen kommt – glaube mir, Liebes, er wird dennoch nicht hungers sterben«, steuerte Wilhelm Trepte bei. »Ich habe drei Jungen großgezogen, und sie alle haben jede Menge Unfug getrieben. Wobei …« Er hielt kurz inne. »Die Familie in Gefahr gebracht hat keiner von ihnen.«
Dafür waren alle drei im Krieg gefallen. Das sagte er nicht, aber Henriette wusste, dass er das in diesem Moment dachte.
Seine Worte konnten sie weder beruhigen noch trösten.
Die Freude an diesem Tag war ihr verdorben, sie machte sich heftige Selbstvorwürfe.
Franz ließ sich tatsächlich nicht zum Abendessen blicken, und sie bestanden auch nicht darauf, dass er erschien.
Aber das schlechte Gewissen ließ Henriette nicht schlafen.
»*Er* sollte ein schlechtes Gewissen haben«, sagte Felix und erriet damit ihre Gedanken, nachdem sie sich abends im Bett immer wieder von einer Seite auf die andere geworfen hatte, statt zu schlafen. »Er wird schon zur Besinnung kommen.«
Doch auch das konnte Jette nicht trösten.

# Ruhelos

Am nächsten Morgen waren sie früh auf, denn sie wollten die Treptes zur Poststation begleiten und dort verabschieden.

Die beiden kamen schon eine halbe Stunde vor der verabredeten Zeit – aus besonderem Grund, wie sich gleich zeigte.

Ihr Schwiegervater erkundigte sich sofort, ob Franz inzwischen wieder zur Vernunft gekommen sei. Doch sie konnte nur den Kopf schütteln. Ihr Bruder hatte sich noch nicht einmal blicken lassen.

»Lass mich mit ihm reden«, bot Wilhelm an.

Niemand hörte, was die beiden besprachen, doch als der Jurist wieder aus Franz' Zimmer kam, wirkte er wenig zufrieden.

Es war noch zeitig am Morgen an diesem Sommertag, als sie die Reisenden zur Wallstraße begleiteten. Bäckerjungen trugen Brötchen aus, Herren in Gehrock und Zylinder begaben sich in ihre Komptoirs, der Rektor des Gymnasiums schritt eilig an ihnen vorbei, und ein paar Schüler machten lieber einen großen Bogen um ihn, schließlich waren Ferien.

In der Posthalterei wünschten Jette, Felix und Max den Treptes eine gute Reise nach Teplitz und winkten der davonrollenden Kutsche hinterher.

»Sie sollen noch bleiben!«, schmollte Max, der die beiden ebenso ins Herz geschlossen hatte wie sie ihn.

»In drei Wochen machen sie wieder halt bei uns, wenn sie von der Badekur heimreisen«, versprach seine Mutter und nahm ihn bei der Hand.

Zurück in der Moritzstraße – Felix war gleich von der Wallstraße aus in die Akademie gegangen, nachdem ihm Henriette noch einmal die schief sitzende Halsbinde gerichtet hatte –, rief Jette ihren Bruder zu sich, der sie aufsässig anstarrte.

»Ich hätte dich nicht schlagen dürfen. Es tut mir leid«, sagte sie leise. Damit verstieß sie gegen Felix' Mahnung, aber ohne dieses Eingeständnis konnte sie nicht mit sich ins Reine kommen.

Franz verzog das Gesicht zu einem schiefen Grinsen.

»Das war doch kaum mehr als ein Mückenstich.«

Weiter kam er ihr nicht entgegen.

Die Atmosphäre zwischen ihnen war von nun an nicht mehr eisig, aber immer noch unterkühlt. Franz meldete sich höflich ab, wenn er zu den Gerlachs ging. Er kam zu den Mahlzeiten. Doch viel mehr als ein steifes »Reichst du mir bitte das Salz?« brachte er nicht heraus.

Felix sah, wie sehr Jette das bedrückte.

»Sein Starrsinn rührt doch nicht von der Ohrfeige, die hat er längst vergessen!«, redete er auf sie ein. »Es geht darum, dass er von seinen Sympathien für die Aufwiegler nicht ablassen will.«

»Und das soll mich beruhigen?«, fragte sie mit gequälter Miene.

Wenig später traf ein beunruhigender Brief aus Köthen ein. Felix' Bruder Victor schrieb, dass es ihrer Mutter sehr schlecht gehe, und er fragte, ob sein Bruder nicht möglichst bald einen Besuch arrangieren könne.

Also bat der Herr Mineralieninspektor gleich am nächsten Morgen um vorübergehende Beurlaubung von seiner Arbeit wegen eines familiären Notfalls. Dann ging er zur

Posthalterei, um sich eine Reisemöglichkeit zu organisieren.

»Was kann ich dir deinen Eltern zur Freude mitgeben?«, wollte Henriette wissen.

Nach einigem Hin und Her hatte sie selbst die beste Idee und ging hinüber zu den Gerlachs, auf der Suche nach Emilia.

»Kannst du bitte ein Bild von meinen Kindern zeichnen? Ihre Großeltern in Köthen werden sie wohl nie zu sehen bekommen. Aber Felix fährt sie morgen besuchen.«

Ihr Mann war selbst ein guter Zeichner. Mit den präzisen, feinen Strichen eines Wissenschaftlers bildete er Minerale und Pflanzen ab. Doch Porträts lagen ihm nicht.

Emilia fühlte sich sehr geschmeichelt, dass ihr Talent gefragt war.

»Ich komme gleich mit zu euch in die Moritzstraße«, beschloss sie überschwänglich und packte Papier und Stifte zusammen.

Während sie die Kinder beim Spielen beobachtete und skizzierte, brannte sie unübersehbar darauf, eine Neuigkeit loszuwerden, aber noch hielt sie sich zurück.

»Hier – zufrieden?«, fragte sie, als sie Henriette die fertige Zeichnung reichte.

Henriette war begeistert. »Du hast sie wunderbar getroffen.«

Vor Freude über dieses Lob schien Emilia endlich der passende Moment für ihre Verkündigung gekommen.

»Ich habe nun auch einen Verehrer«, prahlte sie. »Karl, ein junger Lehrer am Gymnasium. Er macht mir den Hof. Im *Warnatzschen Garten* hat er mich vier Mal zum Tanz gebeten. Vier Mal!«

Mit leuchtenden Augen geriet sie umgehend ins Schwärmen.

»Er sieht so gut aus! Und er ist so galant! Er hat so wunderschöne blaue Augen!« Sie kicherte, drehte sich ein wenig hin und her, damit der Rock schwang, dann enthüllte sie mit gesenkter Stimme und breitem Lächeln: »Ich denke, er wird mir bald die große Frage stellen.«
»Magst du ihn denn?«, fragte Henriette.
»Oh, mein Herz klopft wie wild und zerspringt fast, wenn ich ihn nur sehe.«
Jette lächelte trotz ihrer Sorgen. »Nun, dann warten wir wohl alle mit dir gespannt auf den großen Moment.«

Auch Felix gefiel die Zeichnung, als er von seinen Besorgungen zurückkehrte, die mehr Zeit als erwartet in Anspruch genommen hatten.
Weshalb, erklärte sich gleich: Er war auch noch bei Friedrich Gerlach gewesen und hatte mit ihm abgesprochen, dass Franz in der Zeit von Felix' Aufenthalt in Köthen zu den Gerlachs ziehen sollte, vorgeblich wegen einer Notlage in der Druckerei.
»Ich werde mindestens eine Woche fort sein. Und so lange lasse ich dich nicht mit den Kindern und deinem immer noch grollenden Bruder allein«, erklärte er – fest entschlossen, sie zu beschützen. »Auf diese Weise kann dein Oheim ihn und Eduard ständig im Blick behalten. Und du bist seiner mürrischen Laune nicht ausgesetzt. Lass dir von ihm kein schlechtes Gewissen einreden.«
Tröstend legte er seine Hand an Henriettes Wange. »Ich glaube, er schämt sich inzwischen selbst für seine Worte. Wir bringen ihn schon dazu, es dir gegenüber auch einzugestehen.«
Franz vernahm die Kunde wortlos, wirkte aber erleichtert und begann zusammenzupacken, was er brauchte.

An den Tagen ohne Felix fühlte sich Henriette ruhelos.
Der Streit mit Franz tat immer noch weh und zerrte an ihren Nerven.
Zudem suchte ein Dreitagesfieber die kleine Lissi heim, so dass Henriette die meiste Zeit an ihrem Bett verbrachte und selbst Max auf Zehenspitzen ging.
Und auch sonst gab es beunruhigende Nachrichten zuhauf.
Ihr freundlicher Vermieter im Erdgeschoss, der mit Max so gern zu den Kaninchen im Hinterhof ging und ihr regelmäßig frische Eier brachte, war erkrankt und musste einen Arzt kommen lassen. Henriette ging für ihn in die Apotheke.
Emilia sprach von nichts als ihrem Verehrer, aber von einem Antrag war immer noch nicht die Rede.
Der Oheim hatte im Sommer Not, sein Blatt zu füllen, und bat sie um Texte zum Einstreuen.
Die Tante war von Zahnweh geplagt und unleidlich.
Georg Pusch kam zu Besuch, ohne zu ahnen, dass Felix verreist war, und klagte mit Tränen in den Augen, dass es ihm bisher nicht gelungen sei, eine neue Anstellung zu finden. Er wisse langsam weder aus noch ein.
Und der fröhliche Gunvald Sigurdsen, der sonst immer gute Laune verbreitet hatte, war nach Norwegen zurückgekehrt.
Henriette selbst konnte sich auf nichts konzentrieren und wurde immer fahriger.

Felix war schon vier Tage fort, als es am Morgen viel Hin und Her und Türenschlagen im Haus gab. Irgendetwas war los, und es sollte keine Stunde vergehen, bis Henriette den Grund für dieses Treiben erfuhr.
Jemand klopfte an ihre Tür. Sie öffnete, da Fräulein Klein mit Lissi beschäftigt war, und sah einen Mann in den Fünfzigern mit massigem Bauch, nachlässiger Kleidung und fet-

tigem, am Kopf angeklatschtem Haar. Noch ehe er ein Wort gesagt hatte und ohne dass sie es hätte begründen können, dachte sie bei seinem Anblick sofort: Gefahr! Ihr Instinkt brachte in ihr alle Alarmglocken zum Läuten.

»Gestatten, Madame, mein Name ist Kirchhoff, Gustav Kirchhoff«, verkündete er mit Fistelstimme und schiefem Blick. »Da soeben mein Vater dahingeschieden ist, bin ich nun Ihr Vermieter. Darf ich eintreten?«

Sie konnte nicht umhin, ihm dies zu gewähren, auch wenn sich alles in ihr dagegen sträubte, dass er einfach so hereinplatzte.

Höflich drückte sie ihm ihr Beileid aus.

»Ihr Herr Vater war ein sehr freundlicher Mensch.«

Das schien der unerwünschte Besucher kaum zu hören. Er ging mit keinem Wort darauf ein und wirkte über den Tod seines Vaters auch nicht übermäßig bedrückt, sondern recht unternehmungslustig. Henriette hatte ihn noch nie in diesem Haus gesehen und den Verblichenen auch noch nie von seinem Sohn reden hören.

Mit unverschämter Neugierde sah er sich um.

»Sehr schöne Räume«, konstatierte er. »Und so schön eingerichtet.« Er schnalzte mit der Zunge. »Bislang lebte ich ja auf dem Land.« Was nur zum Teil erklärte, warum sie ihn noch nie gesehen hatte. »Aber nun werde ich wohl hier einziehen. Ich werde einiges im Haus verändern, schließlich muss ich davon leben können.«

Henriette sah sich mit jedem Wort in ihren Ahnungen bestätigt. Dennoch flog ihr trotzig durch den Kopf: Wie wäre es mit Arbeit, statt dich mit dem Erbe deines Vaters auf die faule Haut zu legen?

Doch tatsächlich schwappte in ihr Panik hoch.

Ob er uns die Miete erhöht? Oder gar hinauswirft? Und

das Schlimmste: Wird er künftig ständig unangemeldet hier auftauchen und eindringen wollen?

»Die Hasen werde ich schlachten, die machen zu viel Arbeit, und ob ich die Hühner behalte, überlege ich noch«, fuhr der Mann fort, während er sich weiter ungeniert umschaute. »Sie haben aber außergewöhnlich viele Bücher!«, konstatierte er; und es klang wie ein Vorwurf. »Man sollte denken, es reicht, wenn es die Bibel im Haushalt gibt.«

Schon stand er vor den Regalen und studierte die Titel, wobei er den Kopf nach links kippte und sich vorbeugte. Er zog sogar dieses oder jenes Buch heraus, was Jette unverschämt fand. Nicht auszudenken, wenn Franz' radikale Schriften noch dort versteckt wären!

Wie gerufen kam ihr Bruder gerade in die Wohnung, um eine Nachricht von Johanna zu überbringen.

Henriette stellte ihn dem neuen Hausbesitzer vor und bedeutete ihm mit einem Blick, nichts zu sagen.

»Ja, wirklich unnatürlich viele Bücher. Wer kann denn die alle lesen?«, meinte der jüngere Monsieur Kirchhoff abfällig.

Henriette fand, es war allerhöchste Zeit, die schnippische Frau eines Wissenschaftlers im Staatsdienst herauszukehren, um den Eindringling von den Regalen wegzubekommen und aus der Wohnung zu vertreiben.

»Mein Gatte ist Mineralieninspektor an der Königlich-Sächsischen Bergakademie«, beschied sie ihm mit herablassendem Stolz. »Und er ist auf einer wichtigen Reise, von der ich ihn erst nächste Woche zurückerwarte.«

Unwillig wandte sich Gustav Kirchhoff zu ihr um.

»Soso. Dann werde ich wohl wiederkommen, wenn er im Haus ist, und alles Weitere mit ihm besprechen. Meine Empfehlung!« Er grüßte knapp und ging von dannen.

»Wer war das denn? Und warum hat er hier herumgeschnüffelt?«, empörte sich Franz.
Henriette weihte ihn mit wenigen Worten ein.
»Ich weiß nicht, ob er sich hier nur umgesehen hat, um abzuschätzen, wie viel mehr Miete wir ihm künftig zahlen können. Oder ob er etwas ganz anderes herausfinden will.«
Sie zog ihren Bruder zu dem Bücherregal, wo vor ein paar Tagen noch die aufrührerischen Schriften versteckt waren.
»Verstehst du nun?«, fragte sie ihn eindringlich. »Ich durfte diesen Kerl nicht hinauswerfen. Doch hätte er das gefunden, würde Felix entlassen und vermutlich sogar verhaftet. Und auch der Oheim geriete in Gefahr.«
Franz sah sie betroffen an, der Trotz in seinem Gesicht wich Erkenntnis und tiefer Scham.
»Du hast mich immer beschützt«, sagte er mit gesenktem Kopf. »Als Mutter starb, dabei warst du selbst noch klein … Und als wir nach Vaters Tod aus Weißenfels fliehen mussten …«
»Kannst du dich eigentlich noch an unsere Mutter erinnern?«, fragte Jette leise. Franz war sechs Jahre alt gewesen, als sie starb.
Verzweifelt sah ihr Bruder sie an.
»An Vater erinnere ich mich. Und an den Geruch in seiner Werkstatt, nach Leder und Leim.« Ihr Vater war Buchbinder gewesen. »Aber Mutter? Immer wenn ich es versuche, sehe ich nur dein Gesicht, höre ich deine Stimme. Ich habe sie vergessen!« So verzweifelt hatte er noch nie geklungen.
»Du warst noch sehr klein damals.«
»Und du hast versucht, an ihrer Stelle für mich da zu sein, obwohl du selbst erst zwölf warst. Du hast mich immer beschützt«, wiederholte er.

»Jetzt ist es an dir, uns zu schützen«, redete sie ihm ins Gewissen, berührt von seinen Worten. »Es sind gefährliche Zeiten.«

Franz sah ihr ins Gesicht und ging dann mit gesenktem Kopf davon. Im Gehen drehte er sich noch einmal um und sah auf. »Vielleicht sollten wir gerade wegen dieser gefährlichen Zeiten etwas unternehmen!«

Sie stöhnte und rollte mit den Augen.

»Franz, es ist nicht der Moment für Heldentaten! Wenn dieser Schnüffler dein Buch entdeckt hätte, säßen wir jetzt vermutlich schon alle auf einer Wache zum Verhör: du, ich, der Oheim und unsere Cousins.«

»Das Buch ist nicht verboten.«

»*Noch nicht.* Aber es ist verboten, es zu besitzen. Denk an Max und Lissi. Bitte!«

Mitten in diese Szene platzte eine sichtlich aufgebrachte Thea Wagner herein, ihre Köchin.

»Stellt sich mir doch dieser schmierige Kerl in den Weg und fragt, was ich in *seinem* Haus zu suchen hätte! Sehe ich so aus, als wenn ich mich unbefugt irgendwo einschleiche?«, entrüstete sie sich, die mehlbestäubten Hände in die Hüften gestemmt. »Und als ich es ihm sagte, fragte er gleich, ob ich ihn auch bekoche.«

»Was haben Sie geantwortet?«, fragte Henriette.

»Dass ich hier im Haushalt mehr als genug zu tun hätte.« Thea Wagner schnaubte verächtlich. »Natürlich würde ich so ein erbärmliches Frettchen jederzeit satt kriegen. Aber ich suche mir selbst aus, für wen ich koche. Und *der* kriegt von mir nicht mal einen Schluck Wasser!«

Nach diesen starken Worten marschierte sie zurück in ihre Küche.

Auch nachdem der jüngere Herr Kirchhoff abgereist war, wurde Jette das beklemmende, sogar beängstigende Gefühl nicht los, das er bei ihr ausgelöst hatte.
Mitten in dieser sorgenvollen Zeit traf ein Brief von Louise Seidler ein, der ihre Gedanken noch mehr durcheinanderwirbelte.

*Henriette, meine liebe Freundin, ich kann Ihnen von einer großen Freude berichten. Nach dem glücklichen Jahr an der Kunstakademie München gewährt mir der Herzog von Gotha weitere vierhundert Taler, damit ich auch noch ein Jahr in Rom verbringen kann! Ich bin außer mir vor Glück. Ein Traum wird wahr, ich erhoffe mir so viel Anregung! Seit jeher sind deutsche Künstler nach Rom gezogen, um sich inspirieren zu lassen. Ich werde Caroline von Humboldt begegnen und all den bedeutenden Dichtern und Malern, die sich in ihrer Villa treffen. Ich könnte den ganzen Tag lang nur jubeln. Im September werde ich abreisen und bin jetzt schon ganz aufgeregt. Ich hoffe, dass Sie sich mit mir freuen, meine liebe Henriette.*

Und ganz zum Schluss, gewissenhaft so platziert, dass Henriette es nicht überlesen konnte, fragte die Malerin:

*PS. Wie geht eigentlich Ihr Vorhaben voran?*

In feinem Taktgefühl hatte Louise vermieden, dieses Vorhaben beim Namen zu nennen. Vielleicht argwöhnte sie auch, dass Jettes Post überwacht wurde.
Henriette freute sich für sie. Und beneidete sie.
Sie legte den Kopf zurück, sah auf einen unbestimmten

Punkt in der Ferne und versuchte, sich Rom vorzustellen. Das Leben einer Künstlerin in der europäischen Metropole. Louise reist in die Ewige Stadt, besichtigt antike Stätten, wunderschöne Renaissancepaläste, traumhafte Landschaften … Und ich führe hier ein unstetes Leben, werde überwacht und vielleicht auch noch bald aus unserem Heim vertrieben, dachte sie voller Bitterkeit.

Streng rief sie sich zur Ordnung.

Ich habe einen Mann, den ich liebe und der mich liebt, zwei gesunde Kinder. Und wenn der Sommer vorbei ist, werde ich wieder unterrichten – vor wissensdurstigen Mädchen mit leuchtenden Augen, zum Ärger der Klatschbasen.

Doch als die Kinder am Abend eingeschlafen waren, konnte sie sich nicht einmal mehr aufs Lesen konzentrieren. Schließlich gab sie auf, ging zu Bett, lag mit unter dem Kopf verschränkten Armen in der Dunkelheit und starrte an die Decke.

*Wie geht Ihr Vorhaben voran?*

Diese scheinbar harmlose Frage Louises wühlte unablässig in ihr. Und förderte den schon länger heimlich gehegten Gedanken zutage: Nach all den beunruhigenden Ereignissen, den traurigen Vorfällen sollte ich vielleicht einmal etwas Fröhliches in Angriff nehmen.

Sie schlug das Federbett zur Seite, schlüpfte in die Pantoffeln, griff nach ihrem Morgenmantel, entzündete zwei Kerzen, holte einen Stapel weißer Blätter aus dem Schubfach und die Glasfeder aus dem Etui.

Vor den ersten Worten zögerte sie wie stets, die Spitze aufs Papier zu setzen. Doch bald flossen die Sätze nur so aus ihr heraus.

Die Kerzen brannten herunter, die Morgendämmerung brach an, im Hinterhof krähte der Hahn, als sie ihre ver-

krampfte Hand massierte und das Geschriebene überflog. Ein guter Anfang.
Beschwingt statt müde ging sie in den Tag, aber bald konnte sie die Augen kaum noch offen halten und war froh, dass sie sich nach dem Mittag wie ihre Kinder zum Schlafen hinlegen konnte. In der nächsten Nacht würde sie weiterschreiben. Solange Felix auf Reisen war, hatte sie an den Abenden viel Zeit. Und eigentlich war die Geschichte in ihrem Kopf schon längst fertig. Sie musste sie nur noch zu Papier bringen.

## Der Eindringling

Nach zehn Tagen kehrte Felix zurück. Er hatte sein Gepäck kaum abgestellt, da fiel ihm Henriette um den Hals. Doch schon kamen die Kinder und wollten auch umarmt werden, sogar Lissi, die nun schon flott auf allen vieren durch die Wohnung krabbelte.
»Wie geht es deinen Eltern?«, fragte Jette, während ihr Mann Max huckepack nahm, Lissi auf den Arm hob und mit den vor Freude juchzenden Kindern eine Runde durch die Stube drehte. Ächzend setzte er die beiden nacheinander wieder ab und strich ihnen übers Haar.
Dann erst richtete er sich auf und sagte erleichtert: »Zum Glück hat sich meine Mutter wieder erholt. Sie freuten sich beide sehr über die Zeichnung und lassen dich herzlich grüßen.«
Er schälte sich aus dem Gehrock, entledigte sich der lästigen Halsbinde und erzählte dabei: »Das Gestüt gedeiht, mein Bruder hat einen wirklich guten Geschäftspartner gefunden. Es war so eine Freude für mich, wieder von Pferden umge-

ben zu sein! Das sind freundliche Kreaturen. Aber ich habe dich und die Kinder vermisst.«

»Wir dich auch«, gestand sie, nahm ihm den Rock ab, legte ihn beiseite und küsste den Heimgekehrten. Dann drängte sie ihm etwas zu trinken auf. Von der langen Reise bei sommerlicher Hitze musste er wie ausgedörrt sein.

»Was war los, während ich fort war? Ist Franz endlich zur Vernunft gekommen?«, wollte er als Erstes wissen.

»Man könnte es so sagen. Er ist durch einen Zwischenfall mit dem Kopf darauf gestoßen worden. Aber du musst dich noch bis nach dem Abendessen gedulden, ehe ich dir das erzähle. Es ist einiges geschehen, während du weg warst.«

Mehr ließ sie sich vorerst nicht entlocken. Denn die Kinder gaben keine Ruhe, da ihr Vater nun endlich wieder da war. Max hatte ihm viel zu erzählen und redete ohne Atempause, und Lissi wollte auf seinen Knien reiten. Bald lachten alle drei um die Wette, und diese Szene wärmte Henriette das Herz.

Nach dem Abendessen und der Gutenachtgeschichte für die Kinder hatten sie endlich Zeit für sich. Und für das, was Henriette in Panik versetzte.

Henriette wollte zuerst die Neuigkeiten aus Köthen hören, die besser ausfielen als befürchtet. Ihren Schwiegereltern ging es – gemessen an ihrem Alter – gut. Sie hatten Felix' Frau ein Glas Honig und vier Ellen selbstgehäkelte Spitze mitgeschickt, die ein paar kleine Fehler aufwies, was Henriette mit Rührung erfüllte. Über der feinen Arbeit musste sich ihre Schwiegermutter fast die Augen verdorben haben, und doch hatte sie diese Mühe auf sich genommen, um ihr eine Freude zu bereiten.

Dann berichtete sie. Gleich zuerst von dem unangekündigten Besuch des neuen Vermieters, den sie auch nach einigen Tagen Abstand immer noch als Bedrohung empfand.
»Er ist widerlich. Vielleicht irre ich mich und tue ihm unrecht. Aber er ist mir nicht geheuer. Ich verabscheue ihn zutiefst, und ich spüre, er wird uns eine Menge Ärger machen. Schon allein, wie er hier unangemeldet in die Wohnung hereingeplatzt ist und alles taxiert hat …«
Felix schenkte ihnen beiden Wein ein.
»Ich vertraue auf dein Gespür. Da werde ich wohl mit diesem Herrn sprechen müssen. Nach dem, was du sagst, wird es kaum länger als einen Tag dauern, bis er hier auftaucht. Wenn nicht gar schon heute Abend.«
»Dem traue ich zu, dass er die ganze Zeit am Fenster Ausschau gehalten hat, wann du kommst. Aber heute lassen wir ihn nicht herein!«, schimpfte Henriette. Sie war ganz zornig geworden. Es gab Felix sehr zu denken, dass der neue Vermieter seine Frau so gründlich aus der Fassung bringen konnte. Beschwichtigend legte er seinen Arm um ihre Schultern.
»Das war unser Heim, unsere ganz private Zuflucht. Aber seit er hier herumspaziert ist, fühlte ich mich nicht mehr sicher«, klagte sie. »Er könnte jederzeit wieder vor der Tür stehen und herein wollen. Es ist … wie entweiht. Ich fühle mich nicht mehr geschützt hier.«
»Warten wir erst einmal ab, was er will, wenn er mit mir verhandeln muss«, versuchte Felix, sie zu beruhigen. »Wir lassen uns nicht erpressen. Wenn ihm der Sinn nach deftigen Mieterhöhungen steht und er hier ständig nach Belieben ein und aus gehen will, ziehen wir aus. Im neuen Semester bekomme ich fünfzig Taler mehr Salär, da können wir uns eine größere Wohnung leisten. Ich werde mich erkundigen. Viel-

leicht weiß sogar dein Oheim Rat. Seine Leser annoncieren bei ihm, wenn sie etwas vermieten wollen.«

»Warum bin ich nicht selbst darauf gekommen!«, stöhnte Henriette. »Daran siehst du, wie mich dieser Kerl durcheinanderbringt.«

Wie aufs Stichwort klopfte es an der Tür.

»Wenn *er* das ist – ich kann nicht garantieren, dass ich höflich bleibe«, wisperte Henriette grimmig.

»Lass mich das machen. Je eher wir wissen, was er plant, desto eher können wir etwas unternehmen.«

Ein unerwartetes Geräusch alarmierte sie beide: Von außen wurde ein Schlüssel in das Schloss der Wohnungstür gesteckt.

Henriette fuhr zusammen und erstarrte vor Schreck.

Felix legte den Finger auf den Mund und bedeutete ihr, im Hintergrund zu bleiben oder ins Kinderzimmer zu verschwinden. Mit hämmerndem Herzen huschte sie nach nebenan.

Sobald der Schlüssel von außen gedreht worden war, riss Felix die Tür von innen auf und starrte sein Gegenüber finster an.

Der jüngere Monsieur Kirchhoff war zutiefst erschrocken, fasste sich aber wieder und setzte ein schiefes Lächeln auf.

»Der Herr Mineralieninspektor, sehr erfreut«, japste er und wand sich vor falscher Ergebenheit. »Ich wollte Ihnen meine Aufwartung machen. Mit Ihrer reizenden Gattin hatte ich ja schon das Vergnügen. Gestatten: Kirchhoff, Ihr neuer Vermieter.«

»Ich rate Ihnen dringend davon ab, noch einmal unaufgefordert hier einzudringen, insbesondere nachts«, warnte Felix ruhig, aber sehr entschieden. »Ich könnte Sie mit einem Einbrecher verwechseln und meine Pistole auf Sie richten.«

»Oh! Ähm … Ich wollte nur nach dem Rechten sehen, werter Herr, nachdem niemand auf mein Klopfen reagiert hatte«, stammelte der erblasste Kirchhoff.
Felix bedeutete ihm, einzutreten, aber er ließ ihn nicht weiter als in das große Zimmer, das er schon inspiziert hatte, und bot ihm auch keinen Platz an.
»Sie kommen unangekündigt und werden mir nachsehen, dass ich nicht viel Zeit habe. Ich bin gerade erst von einer wichtigen Reise zurückgekehrt und habe noch einiges zu erledigen, damit ich morgen wieder meiner Tätigkeit an der Königlich-Sächsischen Bergakademie nachgehen kann.«
»Selbstverständlich, der Herr«, säuselte Kirchhoff. »Was für eine Ehre, jemanden in so gehobener Position in meinem Haus zu haben.«
Mehr hörte Henriette nicht, die im Kinderzimmer lauschte, bis Felix den schmierigen Kerl nach wenigen Minuten hinauskomplimentierte.
»Das ging ja schnell«, sagte er verblüfft zu ihr. »Du hast recht; er muss am Fenster Wache gestanden haben, um mich abzupassen. So eine zwielichtige Gestalt! Kein Wunder, dass ihn sein Vater nie erwähnt hat.«
Sie setzten sich wieder an den Tisch zu ihren halbleeren Gläsern.
»Wir müssen uns tatsächlich nach einer neuen Wohnung umschauen. Dieser Kerl ist mehr als anrüchig«, entschied Felix.
»Er erzählte mir auch gleich von seinen großen Plänen. Er will hier einziehen, in die Wohnung seines Vaters, aber vielleicht auch über mehrere Etagen, und er will die Miete erhöhen«, berichtete Henriette. »Aber was das Grauenvollste ist, wie wir eben erleben mussten: Er hat einen Schlüssel! Er kann nicht nur jederzeit vor der Tür stehen, sondern auch

ungefragt hier eindringen!«, sagte sie erschüttert, während ihr ein Schauer über den Rücken lief.

Mehr und mehr geriet sie in Panik. Sie würde einen Stuhl vor die Wohnungstür schieben, ehe sie zu Bett gingen. Dann könnten sie hören, wenn jemand einbrechen wollte.

»Solange irgendwer daheim ist, wird er das nicht mehr wagen. Da war ich deutlich genug«, versicherte Felix. »Und wenn dir damit wohler ist, bringe ich gleich morgen früh einen Riegel an. Aber wenn niemand hier ist – und das spioniert er sicher aus –, kann er unbemerkt in unserer Wohnung herumschnüffeln. Das müssen wir verhindern. Wir sollten tatsächlich so bald wie möglich ausziehen.«

Von seinem schnellen Entschluss war Henriette überrascht. Sie war also schon wieder auf der Flucht, von einem Moment auf den anderen aus trügerischer Sicherheit gerissen.

»Hört das denn nie auf?«, murmelte sie.

Doch Felix hatte recht. Dies war nun kein trautes Heim mehr, sondern ein gefahrenvoller Ort. Was, wenn Kirchhoff im Sekretär herumschnüffelte und ihre Kriegserinnerungen fand? Den Schlüssel zu diesem Fach bewahrte sie versteckt in ihrer Wäschekommode auf, in einem Paar zusammengerollter Strümpfe. Sie beschloss sofort, ihn an sich zu nehmen, wenn sie das Haus verließ. Oder war das übertriebene Vorsicht? Wurde sie schon hysterisch?

»In den paar Worten, die wir wechselten, zeigte er nicht nur ein auffallendes Interesse an den Büchern, sondern auch an dir«, fuhr Felix fort.

»An mir?« entsetzte sich Jette. »Was bildet er sich ein!«

»Eher an dem, was du tust.«

Nun sah er sie sehr ernst an und senkte sogar die Stimme.

»Erinnerst du dich daran, als Wilhelm Trepte im Streit mit Franz das *Mandat wider Tumult und Aufruhr* erwähnte, das der sächsische König vor fast dreißig Jahren erlassen hat, nach der Niederschlagung der Bauernunruhen von 1790?«

»Ich weiß darüber fast gar nichts. Tante Augusta hat diese Unruhen einmal erwähnt, eher beiläufig.«

»Die dürften gar nicht erwähnt werden, wenn es nach dem König ginge. Nichts soll an den Aufstand der Hungernden erinnern. Danach hat Friedrich August, damals noch Kurfürst, nicht König, dieses Gesetz erlassen, das Aufwieglern langjährige Haftstrafen oder gar den Tod androht. Ich habe mich mit Wilhelm Trepte etwas ausführlicher darüber unterhalten. Das Gesetz besagt auch, dass Spione und Denunzianten bezahlt werden. Heute noch.«

Er sah Henriette vielsagend an und holte tief Luft.

»Ich fürchte, dieser Kirchhoff hat etwas läuten hören und hofft nun, nicht nur durch die Miete zu Geld zu kommen, sondern indem er uns denunziert.«

Mit einer ausladenden Geste schwenkte er den Arm durch den Raum. »Du kannst schon mal Abschied nehmen von dieser Wohnung. Sei nicht traurig. Wir finden eine schönere.«

Nun grinste er durchtrieben. »Als ich ihm sagte, wir suchten ohnehin eine größere Bleibe, da unser Töchterchen bald laufen kann und wir uns noch weitere Kinder erhoffen, hat er seinen Vorstoß schon sichtlich bereut.«

Sie lächelte matt.

»Wir machen das Beste daraus, Jette!«, versprach Felix. »Wir richten uns ein größeres, schöneres Heim ein. Doch nun erzähl endlich, was du noch getan und erlebt hast, während ich in Köthen war. Du wirst dir doch nicht die ganze Zeit die Haare gerauft haben wegen dieser Ratte.«

Henriette ging rasch in Gedanken durch, was wohl alles noch erzählenswert war: das aufgeschlagene und schon wieder verheilte Knie von Max, Emilias Schwärmerei, all die vielen aufregenden Kleinigkeiten, die der Alltag mit sich brachte.

Doch dann schob sie das alles beiseite und platzte heraus: »Ich habe etwas geschrieben. Wie du es wolltest. Abends und nachts.«

Vor Freude sprang Felix auf, zog sie hoch und küsste sie innig. »Du hast ein Buch begonnen! Ich bin so stolz auf dich.«

»Nein, kein Buch. Ein Theaterstück – zu meiner eigenen Überraschung.«

»Du erstaunst mich immer wieder«, sagte er verblüfft. »Darf ich es lesen?«

## Rosa Elefanten

Henriette musste sich einen Ruck geben, den Stapel eng beschriebener Blätter zu holen. Nicht nur, weil ihre Gedanken immer noch bei dem Eindringling und der jähen Entscheidung zu einem Wohnungswechsel verweilten. Diese Sorgen konnte sie nicht einfach beiseiteschieben.

Beim Blick auf das Manuskript dachte sie: Was, wenn es ihm nicht gefällt? Wenn es nicht gut ist? Hat er jetzt überhaupt die Geduld zum Lesen nach dem Vorfall? Ich könnte mich jedenfalls nicht darauf konzentrieren. In Gedanken begann sie schon, den Haushalt zusammenzupacken.

Sie hielt das Geschriebene Felix halbherzig hin, doch ehe sie es hergab, sagte sie fast entschuldigend: »Das ist erst die Rohfassung. Ich werde noch eine Weile daran feilen müssen. Also sei bitte nachsichtig mit mir.«

Zögernd gab sie ihm die Seiten in die Hand.
Felix rückte seine Brille zurecht und begutachtete das Deckblatt.
»*Verwirrspiel im königlichen Garten. Eine Komödie von H. Bücherfreund*«, las er erstaunt vor und nahm die Brille ab.
»Eine Komödie? Das hätte ich nicht erwartet. Aber ich vermute, dass der geheimnisvolle *H. Bücherfreund* nicht bloß auf unsere Lachmuskeln abzielt?«
»Lies es erst einmal«, sagte sie ein wenig nervös. »Ihr habt doch oft genug gesagt, dass die Menschen nach dem Krieg und der Hungersnot nichts Schwermütiges mehr lesen wollen, sondern sich nach etwas Fröhlichem sehnen. Also habe ich in ein Narrengewand gehüllt, was ich sagen wollte. Erinnerst du dich noch an die Lachsalven im hiesigen Theater, als diese alberne Posse von Kotzebue aufgeführt wurde?«
Felix verdrehte die Augen. »*Die unglückseligen Rosen des unglückseligen Herrn von* … wie hieß er doch gleich?«
»Malesherbes«, ergänzte Henriette. »Aber lass dich nicht in die Irre führen.«
»Ich bin gespannt«, versicherte Felix, machte es sich im Sessel am Fenster bequem und setzte die Brille wieder auf. Da es Sommer war, würde er noch eine Stunde Licht haben, ohne eine Kerze anzünden zu müssen.
Henriette setzte sich ihm gegenüber und ließ sein Gesicht nicht aus den Augen.
Felix las aufmerksam, aber ohne ein Wort zu sagen, manchmal blätterte er noch einmal zurück, und mehrfach huschte ein Lächeln über sein Gesicht.
Derweil kündeten die Geräusche von der Straße, dass sich die Stadt auf die Nachtruhe vorbereitete. Ein Schwarm an-

gesäuselter junger Männer zog unten vorbei und ermahnte sich ständig gegenseitig, nicht solchen Krach zu machen. Wenig später torkelte ein Mann durch die Straße, auf den das Wort *sturzbetrunken* wohl besser zutraf als *angesäuselt*, und brüllte mit schwerer Zunge: »Isch komme!« Erst nach und nach wurde es still.

Als Felix zu Ende gelesen hatte, klopfte er die Blätter zu einem ordentlichen Stapel und sah seine Frau mit ironischem Lächeln an.

»Nun sag schon!«, bat sie ungeduldig.

Das Lächeln wurde zu einem Grinsen.

»Du lässt da einen ziemlich großen rosa Elefanten über die Bühne laufen.«

Sie verstand sofort, was er meinte. Denn natürlich kam in dem Stück kein Tier vor, schon gar kein Elefant.

»Damit alle auf den rosa Elefanten starren und nicht bemerken, welche kleine subversive Botschaft du quasi durch die Hintertür einschmuggelst.«

Henriette strahlte. »Denkst du, das kriegen wir so an der Zensur vorbei?«

Felix überlegte. »Kommt darauf an. Welchem Verleger willst du es anbieten? Der Oheim kann es nicht drucken und Monsieur Parthey in Berlin natürlich auch nicht; man hätte sofort dich als Verfasser in Verdacht. Und du möchtest natürlich, dass alle denken, ein Mann hätte es geschrieben. Oder täusche ich mich?«

»Ja, zur Irreführung und damit sie es gnädiger aufnehmen. Würde ich als Frau in Erscheinung treten, würde die *Jenaische Allgemeine Literaturzeitung* als führendes Blatt in Deutschland auf diesem Gebiet mein Stück genüsslich zerreißen. Vielleicht sogar, ohne es überhaupt gelesen zu haben. Irgendwo in meiner Kommode habe ich noch eine Ausgabe der Zeitschrift von 1815 liegen, in der sie vier Bücher von Frauen äußerst herablassend besprechen. Dabei wussten sie bei einem Werk nicht einmal sicher, ob es eine Frau geschrieben hatte. Doch stand dort sinngemäß: Der simple Stil spricht dafür, dass es nur von einer Frau stammen kann.«

»Tja, und wenn sie dein Stück loben sollten – nicht ahnend, dass das eine Frau geschrieben hat … Was die Geschichte noch einmal in einem ganz anderen Licht erscheinen lässt.« Felix grinste sie breit an. »Es ist wirklich geistreich und spritzig«, lobte er, und Henriette fiel ein Stein von Herzen.

»Ich sehe die Rezension schon vor mir«, witzelte Felix. »*Von Kotzebue bekommt Konkurrenz!* Und irgendwann lüftest du dein Geheimnis. Oh, welch verdiente Blamage für diese selbsternannten Scharfrichter der Literatur!«

Er ließ ein glucksendes Lachen hören.

»Ich denke, es wäre am besten, wenn du es in Thüringen herausbringst, wegen der milderen Zensur, der Nähe zu Jena und Weimar … Die Chancen würden steigen, dass es auf die Bühne kommt.«

»Ich dachte erst an Keyser in Erfurt. Aber dort waren Konstantin und Eduard zur Ausbildung, das könnte Verdacht erregen.«

»Wie steht es mit Ettingers in Gotha? Du hast die alte Dame doch bei einem Besuch kennengelernt«, schlug Felix vor.

Henriette erzählte von Louises Brief, der ihren Ehrgeiz wachgerüttelt hatte und der letzte Anstoß war, wieder zu schreiben.

»Schade, dass ich damals bei der Rückreise von Gotha nicht doch in Weimar Station gemacht und bei der Intendantin von Heygendorff vorgesprochen habe«, bedauerte sie. »Aber ich fürchtete, sie würde das als aufdringlich und als Störung empfinden.«

»So wäre es auch gekommen, selbst wenn sie es nicht gesagt hätte. Das wäre kein guter Auftakt gewesen.«
Felix holte Weinflasche und Gläser herüber, füllte ihr nach.
»Wir Männer stehen in Verbindung durch Logen, durch Vereine. Das öffnet viele Türen und bildet unsichtbare Bünde. Frauen haben so etwas nicht.«
»Sieht man von dem *Verein Wohltätiger Frauen im Erzgebirge* ab«, warf Henriette ein. »Für den stricke ich Pulswärmer und Schals für die Armen.«
Felix tat das mit einer Handbewegung ab. Wohltätigkeit war wichtig, würde ihr aber hier nicht helfen.
»Mit Blick auf dieses Ungleichgewicht finde ich, du darfst es ruhig wagen, deiner Freundin Seidler zu schreiben und sie zu bitten, bei ihrer Tante Ettinger ein gutes Wort für dich einzulegen. Die alte Dame ist eine erfahrene und angesehene Verlegerin. Und wenn ihr dein Stück gefällt, finden diese beiden klugen Frauen sicher auch einen Weg, es der Intendantin des Weimarer Hoftheaters mitzuteilen, mit der sie in engem Kontakt stehen und die sie als ihre Freundin bezeichnen. Stell dir vor, sie würde dein *Verwirrspiel* dort uraufführen! Welche Ausstrahlung das hätte! Und die Herren Kritiker der *Jenaischen Literaturzeitung* säßen in der ersten Reihe!«
»Das sind ziemlich viele *Wenns«*, wandte Henriette zaghaft ein.
»Ach was. Ihr Frauen müsst zusammenhalten!«
»Ich finde mehr und mehr Gefallen an deiner Idee«, gestand sie, schon fast überzeugt. »Ich brauche noch Zeit für den Feinschliff, und dann muss ich eine Abschrift anfertigen, falls es auf dem Postweg verloren geht …«
»Liebes, keine Ausreden!«, hielt er ihr vor. »Du fürchtest dich vor der eigenen Courage. Da Louise Seidler im Sep-

tember nach Rom fährt, müsst ihr die Sache noch vor ihrer Abreise eingefädelt haben. Schreib der Malerin von deinen Plänen! Es kann zwei Wochen dauern, bis die Post in München eintrifft und ein Antwortschreiben zurückkommt. Bis dahin hast du dein Stück fertig. Ich halte dir den Rücken frei, damit du schreiben kannst.«

Er stieß mit ihr an, dann stellte er sein Glas ab und räkelte sich mit gequälter Miene.

»Apropos Rücken. Ich bin von der Fahrt in der Postkutsche noch ganz durchgerüttelt. Lass uns zu Bett gehen und unser Komplott noch ein wenig verfeinern.«

## Aufatmen

Am nächsten Morgen besorgte Felix in der Schlosserei einen Riegel und brachte ihn gleich an der Innenseite der Wohnungstür an. Franz, Fräulein Klein und Frau Wagner wurden instruiert, ihn immer vorzulegen und bei jedem Klopfen zuerst zu fragen, wer an der Tür stand, bevor sie öffneten.

Henriette atmete auf, als das geregelt war. Sie fürchtete sich davor, noch einmal von Gustav Kirchhoff überrumpelt zu werden.

Dann ging sie zu den Gerlachs, berichtete ihnen von der bedrohlichen Lage und suchte mit dem Oheim nach Wohnungsannoncen für die nächste Ausgabe.

Johanna schimpfte wie ein Rohrspatz. »So eine Unverschämtheit! Zieht bloß von dort weg!«, echauffierte sie sich. Nach dem, was der Oheim wusste, wurde derzeit keine passende Wohnung angeboten, aber er versprach, sich umzuhören. Wie es auch Felix unter seinen Kollegen an der Bergakademie tun wollte.

Sobald das in Gang gesetzt war, schrieb Henriette – von Felix ermutigt – tatsächlich an Louise Seidler.

Sie feilte am Text ihres Stückes in jeder freien Stunde, und trotz der gläsernen Feder wurden ihr Fingerspitzen blau.

Max schlich um sie herum und ermahnte erneut alle anderen: »Psst! Mama schreibt!«

Sobald die Kinder abends schliefen, breitete sie alle Blätter auf dem Fußboden aus, ging auf Strümpfen zwischen ihnen umher, las alles am Stück, so gut es im Hocken ging, prüfte, ob der Rhythmus passte, die Abläufe stimmten, die Charaktere schlüssig waren und die Pointen saßen. Da und dort strich sie einiges und stellte Absätze um. Dafür schnitt sie das Blatt mit ihrer Handarbeitsschere entzwei und steckte die Fragmente mit Stecknadeln in der passenden Reihenfolge zusammen.

Felix las sorgfältig jede Seite, gab da und dort einen Hinweis und amüsierte sich über die Doppelbödigkeiten.

Von nun an ging Henriette fast jeden Vormittag zum Oheim, um nachzufragen, ob für die nächste Ausgabe des Wochenblatts eine Wohnungsanzeige eingereicht worden war.

Immer donnerstags erschienen die *Gemeinnützigen Nachrichten.* Also spazierte sie am Mittwoch bei strahlendem Sonnenschein gemeinsam mit Max zum Untermarkt, um vielleicht eine Annonce zu entdecken, ehe sie veröffentlicht wurde.

Max hatte schon mehrfach nach dem alten Herrn Kirchhoff gefragt und sich beklagt, dass der ihn nicht mehr zu den Tieren im Hof mitnahm. Sie bemühte sich, ihm zu erklären, dass der freundliche Nachbar gestorben war.

»Wann kommt er wieder?«, wollte ihr Sohn wissen. »Und wo sind die Hasen?«
Sie konnte dem Jungen unmöglich sagen, dass die Kaninchen geschlachtet und gegessen worden waren.
»Er wird nicht mehr wiederkommen«, sagte sie vorsichtig.
»Ach, dann hat er die Hasen mitgenommen«, schlussfolgerte Max, und Henriette ließ es erleichtert dabei bewenden.
Sie hatte die Tür der Buchhandlung kaum hinter sich geschlossen, als die Ladenglocke erneut schellte und der Stadtmusicus Siegert eintrat. Beim Anblick von Henriette und Max hellte sich seine ohnehin meist freundliche Miene noch mehr auf.
»Wie schön, Sie und den Kleinen zu sehen, Madame«, sagte er strahlend und zwinkerte Max zu. »Ich muss zugeben, ich vermisse Sie. Wenn ich die Buchhandlung betrete, erwarte ich immer noch, Sie hinter dem Ladentisch zu sehen. Aber natürlich haben Sie nun ganz andere Aufgaben. Zwei Kinder ... und der Unterricht bei Madame Bernhardi. Dafür verdienen Sie allerhöchsten Respekt!«
Er lüpfte seinen Hut zum zweiten Mal.
Sie bedankte sich und ließ ihm mit einer Handbewegung den Vortritt am Ladentisch.
»Ich möchte nur etwas mit meinem Cousin besprechen. Bringen Sie wieder die Ankündigung für ein Sommerkonzert, Monsieur Siegert?«
»Diesmal nicht, Madame. Ehrlich gesagt, habe ich einen Anschlag auf Ihren verehrten Cousin vor. Allerorten werden jetzt Männerchöre und Gesangsvereine gegründet. Ich finde, das sollten wir in Freiberg auch tun. Also wollte ich Ihnen, Monsieur Konstantin, eine Mitgliedschaft in unserem neuen Männerchor antragen. Vielleicht können Sie auch Ihren Herrn Bruder dazu überreden?«
Konstantin erkannte sofort die Möglichkeiten. Die Mit-

gliedschaft in einem Verein – und sei es ein Männergesangsverein – bedeutete gesellschaftliches Ansehen und nützliche Kontakte.

»Wenn meine Stimme gut genug dafür ist, können Sie auf mich zählen, Monsieur Siegert«, versicherte er sofort. »Und ich frage auch gleich meinen Bruder.«

Er ging durch die hintere Tür in die Druckerei und kam Augenblicke später mit Eduard wieder.

»Sie sehen vor sich zwei Gründungsmitglieder des Freiberger Männerchors«, versicherte der ältere der Gerlach-Söhne.

Monsieur Siegert war begeistert. »Das ist ja ganz wunderbar! Ich lasse Ihnen eine Nachricht zukommen, wann die erste Probe stattfindet. Und nun« – er wandte sich Henriette zu – »überlasse ich Ihren Cousin ganz Ihnen und Ihren Angelegenheiten, Madame.«

Konstantin sagte jedoch gleich zu ihr: »Es ist nichts Passendes hereingekommen. Und falls du meine Mutter suchst – sie ist nicht da, sie ist eben erst mit Emilia zum Schneider gegangen. Das wird wohl eine Weile dauern.«

»Damit ist mein Besuch heute schon vorbei«, meinte Henriette. »Grüße beide von mir.«

Sie ging ebenfalls zur Tür, aber Siegert ließ ihr natürlich den Vortritt.

»Wenn ich Sie ein paar Schritte begleiten darf?«, schlug er draußen vor und bot ihr seinen Arm, nachdem sie ihren Sonnenschirm aus cremefarbener Spitze aufgespannt hatte.

Der Stadtmusicus räusperte sich ein wenig verlegen.

»Bitte denken Sie nicht, ich wolle mich in Ihre Familienangelegenheiten einmischen. Aber mir kam zu Ohren, dass Sie und Ihr Gatte nach einer größeren Wohnung suchen.«

In dieser Stadt bleibt wirklich nichts geheim, dachte sie. Aber vielleicht hatte er einen Hinweis für sie? Christian

Gottlob Siegert verfügte durch sein musikalisches Engagement in der Stadt über viele Verbindungen.
»Ich will mich nicht aufdrängen«, fuhr der Musiker bedächtig fort und sah sie an. »Aber wie Sie vielleicht wissen, lebe ich allein in meinem großen Haus. Die unteren Etagen stehen leer, seit meine Frau und meine Tochter kurz hintereinander starben. All die Jahre konnte ich mich nicht durchringen, beide Etagen zu vermieten. Ich wollte keine Fremden im Haus. Und es ist vielleicht auch nicht jedermanns Sache, wenn im obersten Stockwerk ständig musiziert wird. Obwohl die Mauern dick sind und man unten eigentlich nichts hören sollte.«
Henriette wusste nur, dass Monsieur Siegert seit langem allein lebte. Sie hatte ihn für einen Junggesellen gehalten, für jemanden, der ganz in der Musik aufging.
»Das tut mir leid«, sagte sie leise.
Er hielt inne, während sie über den sonnenbeschienenen Untermarkt spazierten, zupfte verlegen an seinem breiten Backenbart und wandte sich ihr zu.
»Wissen Sie, Madame Henriette, Sie erinnern mich sehr an meine Tochter. Sie war fünfzehn, als sie starb, und sehr musikalisch. Und je älter ich werde … Vielleicht sollte sich das Haus wieder mit Leben füllen. Mit jungen Menschen, fröhlichen Kinderstimmen.«
Sie standen nun einander so zugewandt, dass Henriette ihm in die Augen sehen konnte. Das gehörte sich eigentlich nicht, aber er gab ihr bewusst die Gelegenheit dazu, und nun erkannte sie die tiefe Trauer, die er sonst unter seinem freundlichen Wesen verbarg.
»Er ist ein guter Mann«, hatte Fräulein Klein gesagt, als er im *Warnatzschen Garten* an den Tisch der Gerlachs gebeten worden war.
»Sagen Sie jetzt nichts, meine liebe Madame Zeidler. Bespre-

chen Sie sich mit Ihrem Gatten, und vielleicht kommen Sie heute Abend gemeinsam vorbei und schauen sich die Räume an, sobald er von der Akademie zurück ist. Es ist ja abends noch lange hell. Ich würde mich freuen.«

Er lüpfte zum Abschied seinen Zylinder und ging rasch davon. Vielleicht um die Erschütterung zu verbergen, die die Erinnerung in ihm ausgelöst hatte.

Henriette rief Max zu sich, der ebenfalls stehen geblieben war, um mit offenem Mund einer Dame nachzustarren, die einen kleinen Hund auf dem Arm trug, statt ihn an der Leine zu führen.

Sie nahm ihn bei der Hand, ehe er zu dem Hund etwas sagen konnte, und ging mit ihm zurück in die Moritzstraße – ganz aufgeregt und voller Hoffnung.

»Dir ist bewusst, dass wir ihn quasi in die Familie aufnehmen, wenn wir in sein Haus ziehen und er dort allein auf seiner Etage lebt?«, wandte Felix ein, als sie ihm von dieser Begegnung berichtet hatte. »Aber er scheint ein liebenswerter Zeitgenosse zu sein.«

Also gingen sie nach dem Abendessen gemeinsam zu seinem Haus in der Burgstraße, das nur drei Stockwerke umfasste, aber recht groß war.

Siegert zeigte sich hocherfreut über ihren Besuch und kam sofort, nachdem seine Haushälterin sie gemeldet hatte.

»Wissen Sie, ich lebe allein in der oberen Etage. Dort habe ich das Gefühl, meine Musik steigt direkt zum Himmel auf«, erzählte er lächelnd. »Sehen Sie mir diese Marotte nach! Das Treppensteigen hält meinen Körper jung, das Musizieren meinen Geist.«

Ohne viele Worte führte er sie durch die Räume, die lichtdurchflutet, groß und komplett möbliert waren.

»Ich habe alles so belassen«, sagte Siegert, ohne noch einmal den Tod seiner liebsten Familienangehörigen zu erwähnen. »Nur das Pianoforte habe ich hochgeholt. Sie müssten lediglich die Vorhänge abstauben lassen. Die Möbel können Sie gern nutzen, wenn Sie möchten. Aber Sie sollen sich natürlich einrichten, wie Sie es wünschen. Modern sind ja jetzt gestreifte Tapeten.«

Er wies auf drei Porträts an den Wänden. »Die Bilder würde ich auch gern nach oben mitnehmen. Und ...« – er ging auf ein Regal zu, in dem noch ganze Stapel Noten lagen – »die muss ich natürlich auch hochräumen.« Er sammelte die Notenhefte ein, stutzte und murmelte dann: »Ach, hier steckst du also ...«

Die Zimmer waren in freundlichen, warmen Tönen gestrichen, die bernsteinfarbenen Möbel im klassizistischen Stil, und die Sonne brachte das Parkett zum Leuchten. Henriette mochte die Wohnung auf den ersten Blick und sagte es auch. Hier kann ich schreiben, fühlte sie angesichts der Harmonie, die das Zimmer ausstrahlte.

»Dies wäre ein schönes Kinderzimmer, und hier könnte Fräulein Klein wohnen«, schlug Siegert vor, während sie durch die Räume gingen.

Henriette war erstaunt, wie detailliert er schon plante, und er deutete ihr Staunen richtig.

»Ich habe lange gezögert, viele Jahre. Aber jetzt wünsche ich mir wirklich Leben und Kinderlachen im Haus.«

»Kinder machen auch Krach«, gab sie zu bedenken. Aber der Stadtmusicus lächelte nur.

»Sie würden einem alten Mann eine große Freude bereiten. Und fühlen Sie sich dabei zu nichts verpflichtet! Sie müssen mich nicht in Ihre familiäre Runde aufnehmen oder bei mir zur Abendmusik singen. Meine Haushälterin sorgt für mich,

mein Mittagessen pflege ich im *Roten Hirsch* einzunehmen, wo auch Monsieur Lampadius oft speist, und ich bin vollauf beschäftigt mit meinen diversen musikalischen Vorhaben.«
Felix bat sich eine Bedenkzeit aus, doch eigentlich waren sie beide schon von dieser Wohnung verzaubert. Also gingen sie am nächsten Tag wieder dorthin und besprachen mit Siegert alles Geschäftliche einschließlich Umzugstag und Miete.
Die Aussicht, dem zwielichtigen Kirchhoff bald zu entkommen, erleichterte Henriette über alle Maßen. Sie freute sich auf die neue Wohnung. Doch bis sie umzogen, wagte sie sich nur noch aus der Wohnung in der Moritzstraße, wenn es unumgänglich war. So groß war ihre Furcht davor, dass ihr Gustav Kirchhoff im Hausflur auflauerte.
Derweil übernahmen Johanna und Fräulein Klein die Regie für den Umzug. Gemeinsam entwickelten sie regelrechte Schlachtpläne, die einen General neidisch gemacht hätten. In drei Wochen würden die Zeidlers ihr neues Heim beziehen, und dabei sollte alles reibungslos verlaufen.

Mitten in diesem geschäftigen Treiben traf der sehnsüchtig erwartete Brief von Louise Seidler aus München ein. Henriette hielt ihn erst in den Händen, wog ihn und zögerte. Vielleicht meinte Louise ja, sie könne nicht für einen Text ein gutes Wort einlegen, den sie noch gar nicht gelesen hatte? Was ihr nicht zu verdenken gewesen wäre.
Unter Felix' auffordernden Blicken öffnete sie ihn endlich und las.

*Selbstverständlich, liebe Freundin, habe ich Sie meiner Tante wärmstens empfohlen, und zwar von Herzen gern. Sie kennt Sie ja noch von Ihrem Besuch.*

*Und ich habe auch meine Freundin Caroline von Heygendorff-Jagemann, die Intendantin des Weimarer Hoftheaters, darauf aufmerksam gemacht, dass da ein Erfolgsstück auftauchen könnte und sie die Augen offen halten soll. Sie sehen, ich habe großes Vertrauen in Ihr Talent. Und ich freue mich diebisch darüber, dass ich vor meiner Abreise noch diese kleine weibliche Verschwörung anstiften konnte. Ich werde bald nach Rom aufbrechen, bin aber kaum weniger gespannt als Sie, was aus dieser Geschichte noch wird. Aber mein Tantchen und meine Freundin Caroline wollen mich auf dem Laufenden halten. Ich drücke Ihnen von Herzen beide Daumen.*
*Ihre Freundin Louise*

»Mir fällt ein gewaltiger Stein vom Herzen«, sagte Henriette und reichte den Brief ihrem Mann. »Aber ob ich den Ansprüchen einer so berühmten Verlagsanstalt, eines so bedeutenden Theaters genügen werde?«
»Nun freu dich doch endlich!«, forderte Felix sie auf, ging zu ihr, nachdem er den Brief überflogen hatte, und wirbelte sie in seinen Armen herum. »Hab Vertrauen in dich und dein Talent!«
»Wenn ich nur Vertrauen in die Welt haben könnte«, murmelte sie. Um dann etwas lauter hinzuzufügen: »Nur wer ständig an sich zweifelt, wird sein Bestes geben können.«
Doch nun gab es kein Zurück mehr, die Sache war ins Laufen gekommen.
Am nächsten Tag schickte Henriette ihr Stück an Madame Ettinger nach Gotha, die fein säuberlich abgeschriebene Version, während sie die gestückelte Variante behielt. Die Antwort bat sie schon an ihre neue Adresse zu senden.

Und von da an galt es zu warten. Etwas, das sie noch nie gut vermocht hatte. Aber diesmal war sie vollauf beschäftigt mit den Umzugsvorbereitungen.
Möbelträger mussten angeheuert, Bücherkisten gepackt und tausend Kleinigkeiten bedacht werden. Und es zeigte sich, dass ein Haushalt quillt wie Hefeteig. Unglaublich, was sich in der kurzen Zeit angesammelt hatte!
Die Kommoden und Schubladen mit ihren persönlichen Dingen und Erinnerungsstücken räumte Henriette selbst aus. Nachdenklich betrachtete sie die Zeichnungen von Felix, die gepresste gelbe Blume aus seinem Herbarium, die er ihr geschenkt hatte, als er noch Student war, die Scherenschnitte der alten Madame Stieglitz, die ihr Wilhelm und Carlotta geschickt hatten, entstanden an ihrem letzten Abend in Berlin. Das alles würde sie beim Rahmenmacher in der Korngasse neu rahmen lassen, um es in ihrem künftigen Zuhause aufzuhängen.
Dann fielen ihr drei gelbe Rosen aus Seide in die Hände, und sofort überfluteten sie wehmütige Erinnerungen. Maximilians Eltern hatten sie ihr – zusammen mit Kornblumen zu einem Brautbukett gebunden – zu ihrer Hochzeit geschickt, die ganz kurzfristig anberaumt in Frankfurt stattgefunden hatte, bevor sein Regiment wieder Richtung Westen marschierte. Die blauen »Luisenblumen«, benannt nach der jung verstorbenen preußischen Königin, hatte sie später in Maximilians Grab gelegt.
Behutsam wickelte sie die drei Rosen in ein dünnes Blatt Papier, damit sie beim Umzug nicht beschädigt wurden.
Doch dann platzte Emilia in diesen wehmütigen Moment hinein, die von ihrer Tante als Verstärkung beim Sortieren und Packen geschickt worden war.
Der nun Achtzehnjährigen lag etwas auf dem Herzen, das

erkannte Henriette sofort. Also schlug sie vor, eine Pause einzulegen und einen Kaffee zu trinken.

Mit Blicken ermunterte sie Emilia zum Reden.

»Ich sehe ja, wie glücklich du mit Felix bist«, sagte diese nach einigem Zögern. »Und ich frage mich, ob ich das mit Karl auch sein werde. Ob er der Richtige ist.«

Erstaunt zog Jette die Augenbrauen hoch.

»Du warst doch so verliebt in ihn?«

»Ja, aber seit ich seinen Antrag angenommen habe, ist er ein ziemlicher Langweiler geworden«, beschwerte sich Emilia. »Er mag nicht einmal mehr tanzen! Geschweige denn, mit mir auf den Silvesterball gehen.«

Sie nagte an der Unterlippe und runzelte die Stirn.

»An Therese sehe ich, wie erdrückend eine Ehe sein kann, auch wenn sie ein großes Haus und ein eigenes Zimmer hat. Aber andererseits ... Ich bin nun schon achtzehn und kann Oheim und Tante nicht ewig zur Last fallen. Und von unserer Mutter dürfen wir nichts erwarten.«

Deren Geist hatte sich inzwischen so verdunkelt, dass den Gerlachs die Vormundschaft für die noch unverheiratete Emilia übertragen worden war.

»Und außerdem wäre es ein Skandal, wenn ich die Verlobung auflöse. Wer weiß, ob ich überhaupt noch einmal im Leben einen Antrag bekomme? Es sind so viele junge Männer im Krieg geblieben ...«

Nach kurzem Zögern begann Henriette: »Tante Augusta sagte mir einmal etwas Kluges, als ich darüber nachdachte, jemanden zu heiraten, den ich eigentlich nicht mochte.«

Emilia ließ die Kaffeetasse sinken und starrte sie an.

»Sie sagte, wenn ich einmal so alt würde wie sie, wäre ich sechzig Jahre lang an diesen Mann gebunden. Das hat mich davon abgebracht. Überlege es dir gut. Noch kannst du die

Verlobung lösen, und der Skandal wird sich wieder legen. Aber vielleicht sagst du deinem Karl erst einmal, wie du dir eure Zukunft vorstellst. Dass du tanzen willst, zum Beispiel. Lass dich nicht schon vor der Hochzeit von so etwas enttäuschen.«

»Hm«, meinte Emilia und begann, die Kinderkleidung zu sortieren, die auf dem Tisch lag.

»Ja, mal sehen, ob er einlenkt. Hier, passt das Lissi überhaupt noch?« Sie hielt ein Kittelchen hoch, das wirklich ziemlich klein war.

»Leg es auf den Stapel mit den Sachen, aus denen sie herausgewachsen ist. Vielleicht findet sich später dafür noch einmal Verwendung«, meinte Henriette und lächelte in sich hinein.

Drei Tage vor dem geplanten Umzug, mitten hinein ins größte Chaos, kam Monsieur Siegert und brachte Henriette einen Brief, der aus Gotha für sie eingetroffen war.

»Ich hoffe, es sind gute Nachrichten«, sagte er freundlich.

»Bitte nehmen Sie doch Platz! Möchten Sie eine Limonade bei der Hitze?«, bot sie an.

»Madame Zeidler, Sie haben alle Hände voll zu tun, wie ich sehe«, sagte er und deutete auf die Kisten und Truhen, die quer durch die Wohnung verteilt waren. »Wir trinken gemeinsam einen Kaffee, sobald Sie und Ihr Gatte sich in den neuen Räumlichkeiten eingerichtet haben.«

Er tippte mit dem versilberten Knauf seines Spazierstocks an die Hutkrempe und empfahl sich.

Ehrlich gesagt, war Henriette froh, sich gleich allein der Post widmen zu können, die vielleicht ihr Schicksal verändern würde.

Der Brief konnte nur von Caroline Ettinger sein, denn Louise Seidler war bereits auf dem Weg nach Rom!

Henriette öffnete ihn mit zitternden Händen und hielt den Atem an. Und dann jubelte sie und fiel dem verdutzten Fräulein Klein um den Hals. Diesmal konnte sie nicht abwarten, bis Felix von der Arbeit kam, sondern lief die paar Schritte zur Akademie hinüber und klopfte an sein Arbeitszimmer.

Zu ihrer Überraschung traf sie dort Georg Pusch an, der Minerale schliff.

»Ich habe eine Aushilfsstelle bekommen, dem Himmel sei Dank!«, sagte er mit gequältem Lächeln. »Wenn Sie Felix suchen – der ist bei den Achaten. Ich bringe Sie hin.«

Als Felix sie sah, freudestrahlend und mit einem geöffneten Brief in der Hand, begriff er sofort. »Sie nehmen es! Ich wusste es!«

Er lief auf sie zu, hob sie hoch und drehte sich schwungvoll mit ihr im Kreis.

Dann las er den Brief, studierte auch die Konditionen und fand sie angemessen, wenn auch nicht üppig. Er hatte sich bei Friedrich Gerlach nach den Gepflogenheiten erkundigt. Immerhin war es das Debüt eines unbekannten Autors, da trug Caroline Ettinger ein finanzielles Risiko. Ein Verleger hätte einer Frau noch weniger gezahlt.

Froh und begeistert las sie ihm den letzten Absatz des Briefes vor:

> *Ich habe der Intendantin von Heygendorff vertraulich auch etwas zu diesem Pseudonym enthüllt. Sie war sehr amüsiert und sagte, das erhöhe noch den Reiz, Ihr Stück zu inszenieren. Aber Sie müssen ihr versprechen: Sollten Sie jemals Ihr Inkognito lüften, dann nur auf ihrer Bühne!*

Felix und Henriette stellten sich diese Szene vor und konnten nicht anders, als lauthals zu lachen vor Glück.
»Das müssen wir feiern«, entschied Felix energisch. »Leider können wir keinem davon erzählen. Noch nicht. Aber der Tag wird kommen.«

## Heinrich oder Hubert?

Vor allem für Max wurde der Umzug ein großes Abenteuer.
Von der alten zur neuen Wohnung waren es kaum zweihundert Schritte, sie mussten nur um die Ecke biegen. Und da sie keine Möbel außer dem Sekretär und dem Kinderbett mitnahmen, hatte Herr Tröger angeboten, das meiste im Handkarren hinüberzubefördern. Das ginge leichter und schneller als mit Pferd und Leiterwagen. Seine beiden Söhne – die einzigen von sechs, die lebend aus dem Krieg zurückgekehrt waren – würden ihm dabei helfen.
So thronte Max also bei der ersten Fuhre auf einem Berg von Federbetten, winkte breit grinsend den Passanten zu und fühlte sich dabei wie ein König.
Zu seinem Hochgefühl trug auch die Eröffnung seiner Eltern bei, er dürfe von nun an in einem großen Bett schlafen, und Lissi bekomme sein Gitterbett.
Unter dem großen Interesse der Stadtbewohner brachten die Trögers drei weitere Fuhren hinüber: mit Bücherkisten, Garderobe und Weißwäsche.
»Passen Sie nur gut auf!«, mahnten völlig überflüssigerweise Johanna und Fräulein Klein, als die Männer darangingen, das gute Geschirr, das sie in Papier eingeschlagen hatten,

in die neue Wohnung zu transportieren; nicht einmal ein Unterteller zerbrach. Thea Wagner wachte höchstpersönlich über ihre Küchengerätschaften, um alles nach ihren Wünschen einzurichten. Die neue Küche war nicht nur größer, sondern auch heller.

Die nicht mehr benötigten Gerlachschen Möbel würden die Trögers in das Haus am Untermarkt zurückbringen. Dafür würde sich schon eine Verwendung finden – ob nun für ein weiteres Gästezimmer oder wenn Emilia oder Konstantin einen eigenen Haushalt gründeten.

Nach drei Tagen war in der neuen Wohnung fast alles an Ort und Stelle. Henriette und Felix schlenderten durch die Räume, während Max begeistert auf seinem neuen großen Bett herumhüpfte, und konnten sich vor Glück kaum fassen. Sobald alles fertig eingerichtet war und die Bilder aufgehängt waren, die Henriette in der Korngasse neu hatte rahmen lassen, luden sie die Gerlachs und Monsieur Siegert an eine festlich gedeckte Kaffeetafel, um den Einzug zu feiern. Frau Wagner, die äußerst zufrieden in ihrem neuen Reich schaltete und waltete, hatte Apfelkuchen gebacken.

Der Stadtmusicus wirkte glücklich und höchst aufgeräumt, Tante Johanna war hingerissen und lebhaft mit ihm ins Gespräch vertieft.

Irgendwann während der Unterhaltung warf Friedrich Gerlach die Bemerkung ein, dass in Verlegerkreisen von einem vielversprechenden neuen Autor geredet wurde, dessen Stück in Weimar uraufgeführt werden sollte. Da er unter Pseudonym veröffentliche, rätsele nun die literarische Welt, um wen es sich dabei wohl handeln könnte.

Er hatte das nicht ohne Hintergedanken gesagt und behielt Henriette dabei stets im Blick. Sie lächelte ein wenig und sah ihn dabei an, und so fand Friedrich Gerlach seine Vermutung bestätigt. Er nickte ihr zufrieden zu. Aus seinem Blick las sie das Versprechen, ihr Geheimnis zu wahren, und dass er auch verstand, warum sie ihr Stück nicht bei ihm eingereicht hatte.

An dem Tag, als Henriette nach den Sommerferien ihre erste Unterrichtsstunde im neuen Schuljahr gab, wurde eine Kiste aus Gotha angeliefert. Das konnten nur die Belegexemplare für das gedruckte Stück sein.

Diesmal wartete sie jedoch und überließ es Felix, die Kiste aufzustemmen.

Sie enthielt zwei Stapel eines schmalen Büchleins mit filigran gezeichnetem Deckblatt, dazu ein Flugblatt mit der Bekanntgabe der Uraufführung am Weimarer Hoftheater, wo die Proben zu ihrem Stück bald beginnen würden.

»Nun werden wir sehen, was die Herren von der *Jenaischen Literaturzeitung* dazu sagen«, schrieb Caroline Ettinger.

Jäh löste sich Henriettes Freude in Luft auf.

Aus lauter Furcht, einen Druckfehler zu finden oder aber eine Stelle, wo sie etwas besser hätte machen können, wagte sie es nicht, eines der schön gestalteten Exemplare aufzuschlagen.

»Plötzlich habe ich Angst. Was, wenn es wirklich nicht gut ist? Oder in Weimar mit Pauken und Trompeten durchfällt?«, flüsterte sie Felix zu.

»Madame Ettinger ist eine erfahrene Verlegerin. Sie hätte dein Skript nicht angenommen, wäre sie nicht davon überzeugt. Und die Jagemann …« Er lächelte. »Die hat genug Durchsetzungskraft, ihr Ensemble zu Höchstleistungen zu treiben. Außerdem ist sie als langjährige Geliebte des Großherzogs von Weimar … nun ja, sakrosankt wäre vielleicht übertrieben. Aber sie anzugreifen, werden sich die Herren Rezensenten tunlichst verkneifen.«

Als – noch sehr zeitig – der erste Schnee in Freiberg fiel, traf eine weitere Postsendung von Caroline Ettinger ein, diesmal ein flaches Päckchen. Ungeduldig löste Henriette die Schnüre und öffnete zuerst den obenliegenden Brief.

»Die ersten Kritiken sind da. Freuen Sie sich, meine Liebe!«, schrieb die alte Dame.

Rasch nahm Jette die beigelegten Zeitungen heraus und blätterte sie durch, bis sie ihr Stück erwähnt fand.

*»Ein neuer Stern am literarischen Himmel«* – *»Witz, Charme, geschliffene Eleganz«* – *»Ein neuer Kotzebue«* und ähnlich Enthusiastisches stand in den Überschriften.

Doch über einen Absatz in der *Jenaischen Literaturzeitung* musste sie kichern wie ein junges Mädchen:

*»Wir wissen nicht, ob* H. Bücherfreund *nun ein Heinrich oder ein Hubert ist, ein Herrmann oder ein Hugo. Aber auf jeden Fall dürsten wir nach mehr von ihm!«*

Kurz vor Weihnachten kamen die ungeduldig erwarteten Berichte über die Uraufführung am Weimarer Hoftheater.

Henriette und Felix lasen gleichzeitig, dann deutete Jette auf das Fazit und las laut und genüsslich vor: *»Im ausverkauften Haus wurde das Publikum zu Lachstürmen hingerissen. Woher kommt solch ein Talent? Dahinter muss ein großer Name stecken.«*

Sie kicherte wieder ganz undamenhaft und las weiter. »Und dann rätseln sie wieder, ob es nun ein Hubert, ein Heinrich oder ein Hugo ist.«

Felix und Henriette sahen sich an – und prusteten los.

Plötzlich stieß Fräulein Klein einen überraschten Laut aus, und Max rief laut: »Guckt mal!«

Gleichzeitig wandten sie die Köpfe und sahen, wie Lissi ihre ersten wackligen Schritte tat.

Sofort hockte sich Henriette hin, streckte ihrer Tochter die Arme entgegen und lockte sie zu sich. Ein, zwei, drei Schritte tapste die Kleine und fiel dann ihrer jubelnden Mutter in die Arme.

Gerührt sah Jette zu Felix hoch.

»Ist unser Glück nicht vollkommen?«

Für den Moment, dachte Felix. Wir haben es verdient nach all den Kriegsgräueln, die wir überstehen mussten, mit all den Narben, die wir uns dabei zuzogen. Vielleicht kann viel Gutes das Schlimme auslöschen. Unsere Kinder wachsen fröhlich heran.

»Ja, das ist es«, sagte er.

# VIERTER TEIL

## ZWISCHEN DEN ZEILEN

## Februar 1819

»Ein Prosit auf meine liebe Johanna und die fünfundzwanzig glücklichen Jahre, die ich mit ihr verheiratet bin! Mögen uns noch viele vergönnt sein.«

Friedrich Gerlach hob sein Glas, und alle taten es ihm nach. Die Gerlachs feierten Silberhochzeit, und so hatte sich die ganze Familie fröhlich gestimmt und festlich gekleidet zu Kaffee und Kuchen versammelt. Johanna trug ein schmales silbernes Diadem und wirkte ebenso glücklich wie ihr Mann. Nun nahm sie wieder Lissi auf den Schoß und bemutterte sie. Max begann ein bizarr ernsthaft wirkendes Gespräch mit seinem Großvater.

Henriette lehnte sich zurück und genoss die Familienidylle. Emilia saß neben ihr und sah ungewohnt nachdenklich aus. Als die Unterhaltung immer lauter wurde, rückte sie etwas näher an Henriette heran und murmelte: »Ich habe mir beim besten Willen nicht vorstellen können, dass ich einmal fünfundzwanzig Jahre lang glücklich mit Karl hätte verheiratet sein können. Doch ob ich jemals wieder einen Antrag bekomme, nachdem ich seinen abgewiesen habe?«

Der Skandal, dass Emilia ihre Verlobung gelöst hatte, war tagelang *das* Gesprächsthema in Freiberg gewesen. Er beschäftigte nicht zuletzt auch etliche kupplerisch gestimmte Mütter, die in dem versetzten Bräutigam nun wieder einen Heiratskandidaten für ihre Töchter sahen – oder aber in Emilia eine gute Partie für ihren Sohn. Wenn auch recht wählerisch und unberechenbar, die Demoiselle.

So hatte sich seitdem zu Emilias großem Kummer bislang kein weiterer Bewerber gefunden.

»Aber zu sehen, wie unglücklich Therese mit Leopold geworden ist, obwohl der doch anfangs der vollendete Kavalier war … Wie sie ängstlich zusammenzuckt, wenn er die Stimme hebt, wie sie alles tut, um ihm selbst in der Wohnung aus dem Weg zu gehen … Das hat mich abgeschreckt«, gestand sie zu Henriettes Bedrückung ein. Die einst so ausgelassene, oft sogar alberne Therese war nicht mehr wiederzuerkennen. Schweigsam, furchtsam und panisch darauf bedacht, nicht den geringsten Unwillen bei ihrem herrschsüchtigen Gatten zu wecken. Es tat Henriette in der Seele weh zu sehen, wie das einst fröhliche junge Mädchen nun zu einer verängstigten Gefangenen ohne Aussicht auf Freiheit geworden war.

Doch ehe sie etwas antworten konnte, erhob sich zu aller Überraschung Eduard und räusperte sich kräftig. Wollte der jüngste Sohn einen Trinkspruch auf seine Eltern ausbringen? Ihnen ein paar zu Herzen gehende Worte widmen?

Doch was er dann sagte, hätte niemand erwartet.

»Vater, Mutter, ich bitte euch, mir zu erlauben, dass ich noch einmal für vier Wochen nach Jena gehe. Nicht zum Studieren. Aber es sind studentische Angelegenheiten. Mein Freund Carl Ludwig will ein Zeichen setzen. Er bereitet eine große patriotische Tat vor, die Deutschland aufrütteln wird. Und er fragt mich, ob ich dabei mitmache.«

»Das ist schnell entschieden: Nein!«, erwiderte sein Vater sofort und ungewohnt streng.

»Wir wollen das Volk wachrütteln, für ein einiges deutsches Vaterland«, beharrte Eduard.

»Weißt du genau, was er plant? Nein?«, hielt ihm sein Vater entgegen. »Es klingt so, als werde er sich diesmal nicht damit begnügen, nur Makulatur zu verbrennen.«

Johanna schlug Hände zusammen und stöhnte. »Junge, willst du denn gar keinen Verstand annehmen?«
»Versteht ihr denn nicht? Er will ein Märtyrer fürs Vaterland werden, um die große Sache voranzutreiben!«, rief Eduard.
Friedrich Gerlach legte seine Serviette sehr sorgfältig auf den Tisch, bevor er sprach.
»Über diese Art von Märtyrern muss man zwei Dinge wissen: Sie tun etwas Ungeheuerliches, und sie sterben. Willst du sterben, Junge? Und uns alle in die gefährliche Lage bringen, dass unserer Familie ein Terrorist entstammt?«
Eduard sprang vom Stuhl und schrie: »Ihr sitzt da in eurer kleinen Gemütlichkeit, steckt den Kopf in den Sand und tut nichts, aber auch gar nichts dafür, dass sich die Verhältnisse ändern! In dieser Stadt gibt es ja nicht mal einen Turnverein! An solchen wie euch geht das Land zugrunde! Aber ich will etwas tun. Wir werden die Welt verändern.«
Nun platzte Henriette der Kragen. »Wenn du mal von dem hohen Ross deiner Selbstgerechtigkeit herunterkommst …«
Eduard ließ sie gar nicht ausreden, sondern stürzte zur Tür. »Dann gehe ich eben ohne eure Erlaubnis, wenn ihr solche Feiglinge seid!«, schrie er. »Ihr könnt mich nicht aufhalten!«
Im Nu war auch Felix auf den Beinen, hastete Eduard nach, trat blitzschnell hinter ihn, bog ihm den Arm auf den Rücken und zwang ihn in die Knie. Das ganze Manöver hatte kaum länger als einen Wimpernschlag gedauert.
»Ich schon«, sagte er lakonisch zu dem überrumpelten Burschen. »Du vergisst, dass ich der Einzige in dieser Runde bin, der als Soldat im Krieg gekämpft hat.«
Sein energischer Auftritt führte Henriette erneut vor Augen, dass Felix längst nicht mehr der schüchterne Bergstudent war, als den sie ihn kennengelernt hatte. Wegen seiner ruhigen Art und der Brille wurde er häufig unterschätzt. Doch

er war ein Krieger geworden, ein Kämpfer, wenn auch im Herzen immer noch ein friedliebender Mensch.
Misstrauisch sah sie zu Franz, der das Geschehen gespannt beobachtete.
»Lass ihn los, es ist genug«, entschied Friedrich Gerlach und knurrte seinen Sohn an: »Setz dich wieder hin und verdirb deiner Mutter nicht den Tag!«
Mit mürrischer Miene schlurfte Eduard zurück an den Tisch.
Zu aller Erstaunen wandte sich nun sogar sein Bruder Konstantin gegen ihn.
»Sieh zu, dass du deine rebellische Phase schnell hinter dich bringst, Kleiner«, forderte er ihn auf. »Ich habe in deinem Alter Dinge getan und gesagt, die ich heute sehr bereue und gern ungeschehen machen würde.«
Das führte er nicht näher aus, aber der Blick, den er Henriette zuwarf, sagte ihr, dass diese Dinge sie betrafen. Sie wusste genau, was er meinte. Er hatte ihr schreckliche Worte an den Kopf geworfen.
Krampfhaft aufgeräumt fragte Johanna herum, wer noch Kaffee oder ein Stück Kuchen wollte. Aber die Stimmung war verdorben. Also verabschiedeten sich Henriette und Felix bald.

Am nächsten Morgen hämmerte jemand noch vor dem Frühstück aufgeregt bei den Zeidlers an die Tür. Zu Jettes Erstaunen war es die völlig aufgelöste Johanna, die nicht einmal frisiert war und ihre grauen Haare einfach unter den Hut gestopft hatte.
»Eduard ist weg! Er hat sich ein Bündel mit ein paar warmen Sachen gepackt und ist klammheimlich auf und davon! Steckt er bei euch?«, stieß sie hervor, nach Atem ringend.

»Ich bin gerade erst wach geworden. Vielleicht ist er bei Franz. Komm doch herein!«
Johanna stampfte mit den Füßen auf, um den Schnee abzutreten, und erst jetzt bemerkten Henriette und sie selbst, dass sie in Hauspantoffeln durch den Schnee gelaufen war. Was Henriette bewies, wie sehr die Tante aus der Fassung geraten worden war. Gemeinsam stiegen sie die Treppe hoch zu den Räumen im zweiten Stockwerk.
Als Jette sah, dass die Tür zum Zimmer ihres Bruders nur leicht angelehnt war, stockte ihr fast der Herzschlag.
»Er wird doch nicht …«
Sie riss die Tür weit auf – von ihrem Bruder keine Spur. Auf dem ungemachten Bett lag ein Zettel.

*»Ich gehe mit Eduard. Ihr werdet stolz auf uns sein.*
*F.«*

Felix trat hinzu und las den Zettel über Jettes Schulter gebeugt.
»Diese Dummköpfe!«, stöhnte er und übernahm sofort das Kommando.
»Fräulein Klein, geben Sie bitte den Kindern das Frühstück? Wir müssen zu Gerlachs.«
»Ich will mit zu Opa!«, meldete sich Max, der natürlich schon wach war.
»Später, erst isst du mit Fräulein Klein.«
»Ich kann auch bei Großpapa frühstücken«, erklärte der Junge mit durchtriebenem Grinsen.
Felix sah ihn streng an. »Dein Frühstück steht *hier* auf dem Tisch.«
Am Tonfall erkannte Max, dass weitere Debatten nichts bewirken würden. Aber wenn er jetzt nachgab, durfte er

vielleicht später zu Oma und Opa und bei Frau Tröger in der Küche naschen.

Bei der Gerlachs suchten sie Eduards Zimmer nach irgendwelchen Hinweisen ab. Erfolglos. Das Einzige, was ihnen auffiel: Er hatte seine merkwürdige altdeutsche Tracht mitgenommen. Und Frau Tröger beschwerte sich, dass ein Brot und ein Töpfchen mit Zwiebelschmalz aus ihrer Küche verschwunden waren.

»Das bilde ich mir nicht nur ein. Ich weiß doch genau, was wo stand!«, regte sie sich auf.

»Es liegt auf der Hand, diese Dummköpfe wollen nach Jena. Was sollen wir nur tun?«, fragte Johanna ratlos.

Felix traf eine schnelle Entscheidung.

»Wartet hier! Ich miete mir ein Pferd und hole sie zurück. Weit werden sie noch nicht gekommen sein. Glaubt ihr, dass Eduard genug Geld für eine Postkutsche haben könnte?«

Das wusste niemand mit Sicherheit.

Felix ging zurück in die verschneite Burgstraße, packte ein paar Sachen ein, schrieb eine kurze Notiz, dass er aus dringenden familiären Gründen heute später zur Arbeit kommen würde, die Henriette überbringen sollte, und ging zur Poststation. Dort erkundigte er sich, ob zwei junge Burschen am Morgen in die Postkutsche Richtung Thüringen gestiegen seien

»Da waren zwei hier«, berichtete ihm ein Kutscher, dessen Zähne vom Kautabak verfärbt waren. »Aber heute verkehrt keine reguläre Kutsche Richtung Westen, nur eine nach Dresden.«

Felix bedankte sich für die Auskunft und lief zum Mietstall am Stadtrand.

»Haben heute Morgen hier zwei junge Burschen Pferde gemietet?«, fragte er den Besitzer, dessen Wangen und Nase von der Kälte ganz rot waren. Doch der schüttelte nur den Kopf.

»Bei dem Schnee zu Pferd reisen? Da muss man schon sehr verrückt sein … oder sehr zäh und hartgesotten.«

Felix grinste. »Ich bin so verrückt. Muss zwei Ausreißer finden«, sagte er lakonisch und folgte dem Mann zu den Ställen.

»Diese Jugend heutzutage, nur Flausen im Kopf!«, meinte der, schüttelte erneut den Kopf und ließ Felix unter den Pferden wählen.

Der entschied sich für eine Fuchsstute, die sehr ausdauernd aussah, kaufte noch Hafer dazu, sattelte, schwang sich auf den Pferderücken und ritt los.

Sobald er die Freiberger Stadtmauern hinter sich gelassen hatte, konnte er weit ins Land sehen. Doch alle Spuren waren unter Schneewehen begraben, die der eisige Wind in eleganten Wellen auftürmte.

Die zwei Dummköpfe werden wohl die Straße benutzen, um wegen der weiten Strecke bis Jena schnell voranzukommen, überlegte Felix. Womöglich denken sie gar nicht daran, sich zu verstecken.

Es fühlte sich gut an, endlich wieder ein Pferd unter sich zu haben. Die Stute trabte gleichmäßig und schien den Ausritt trotz des widrigen Wetters zu genießen.

Schnell ließ er die Stadt hinter sich und ritt Richtung Westen. Im nächsten Dorf, Oberschöna, sah er am Ortsende eine Ausspanne. Fast war er schon daran vorbei, überlegte es sich aber doch anders und wendete die Stute.

Unterschätze niemals die Dummheit solcher Burschen, dachte er und betrat die Gastwirtschaft.

Er entdeckte die beiden Ausreißer sofort. Aber die waren

sich ihrer Sache so sicher, dass sie nicht einmal zur Tür schauten und ihn erst bemerkten, als er sich an ihren Tisch in der Ecke setzte – und zwar so, dass keiner von ihnen an ihm vorbeikonnte.

»Schmeckt es?«, fragte er grimmig.

Die jungen Burschen zuckten zusammen. Franz sah aus wie das leibhaftige schlechte Gewissen, Eduard wütend, weil sein Plan gerade platzte.

»Ich frage euch gar nicht erst, ob ihr darüber nachgedacht habt, welche Sorgen sich deine Eltern und deine Schwester machen«, hielt er ihnen vor und sah von einem Delinquenten zum anderen. »Denn das habt ihr eindeutig nicht getan. Also hoch mit euch und ab nach Hause!«

»Dürfen wir die Suppe noch aufessen?«, bat Franz kleinlaut.

»Und ich muss auf den Abort«, murrte Eduard, dem ins Gesicht geschrieben stand, dass er sich von dort verdrücken wollte.

»Nein!«, beschied ihnen Felix streng. »Lasst die Frauen nicht länger warten als notwendig. Sie vergehen vor Sorge wegen euch Dummköpfen.«

Mürrisch gingen sie nach draußen. Felix hatte sein Pferd eingestellt und bezahlte den Stallmeister dafür, dass der das Tier wieder zurück zur Freiberger Poststation brachte. Er könnte es auch am Zügel führen, während die beiden Ausreißer vor ihm liefen, aber er traute ihnen nicht und wollte in der Lage sein, schnell einzugreifen, sollten sie nochmals versuchen wegzurennen.

Wie zur Bestätigung seines Verdachts sah er etwas in Eduards Augen aufblitzen.

»Denke gar nicht erst daran! Ich bin schneller und stärker als du. Wenn du versuchst abzuhauen, schlage ich dich zu

Boden, hole das Pferd zurück und werfe dich wie einen Mehlsack über den Sattel«, drohte er.
Eduard stand breitbeinig vor ihm, die Fäuste geballt, das Kinn gesenkt, die Haare hingen ihm in die Stirn.
»Aber wir sind zu zweit.«
»Würdest du losrennen und deinen Cousin im Stich lassen? Schöne Kameradschaft, das muss ich schon sagen.«
Dieser Vorwurf zog, jedenfalls für den Moment. Mürrisch trotteten die Burschen links und rechts neben ihm her, wobei Felix jeden von ihnen am Kragen gepackt hielt und erst losließ, nachdem sie die Stadttore passiert hatten. Nach anderthalbstündigem Fußmarsch durch den Schnee waren sie zurück in Freiberg, mit weißen Eiskristallen übersät wie die Schneemänner.
Felix hatte Johanna und Jette versichert, er würde die zwei aufspüren. Doch dass es so schnell ging, hatte wohl keiner erwartet.

An diesem Morgen hatte Henriette Französisch und Geographie zu unterrichten, aber vor lauter Sorge brachte sie kaum die nötige Konzentration auf, um vor der Klasse zu referieren.
Also mischte sie kurz entschlossen beide Fächer und forderte ihre Schülerinnen auf, in französischer Sprache über ein Land ihrer Wahl zu erzählen, das die anderen dann erraten sollten. Die waren erst verwirrt, fanden aber zunehmend Spaß an dem Spiel.
Henriette verbesserte da und dort und lobte viel, hörte aber nur mit halbem Ohr zu, weil ihre Gedanken darum kreisten, was die beiden Jungen wohl vorhatten und ob Felix sie bald fand.
Als die zweite Stunde um war, entließ sie die Klasse zu

deren Begeisterung sogar ohne Schularbeiten und eilte nach Hause. Inzwischen fiel Schnee in dicken Flocken.
Fräulein Klein erwartete sie schon ungeduldig.
»Sie sind zurück. Ihr Mann hat beide zu den Gerlachs gebracht und erwartet Sie dort«, richtete sie aus.
Also legte Henriette Hut und Mantel gar nicht erst ab, sondern lief gleich weiter zum Untermarkt.
Felix fing sie schon im Flur ab.
»Sie sind in der Bibliothek und warten. Und ich hoffe, sie befragen ihr Gewissen. Ich bitte dich jedoch – und das Gleiche habe ich Johanna gesagt –: Fallt jetzt nicht vor Erleichterung in einen Freudentaumel! So leicht dürfen wir es ihnen nicht machen. Sie haben euch nicht nur in Angst und Schrecken versetzt und Brot gestohlen, sie wollten sich auch an einem Gewaltakt beteiligen.«
Emilia war zu Therese geschickt worden. Nun gingen die Gerlachs, Henriette und Felix in die Bibliothek, um dort mit verschränkten Armen und finsteren Gesichtern auf eine Erklärung zu warten.
»Ich muss nicht erst sagen, wie enttäuscht wir darüber sind, was ihr uns angetan habt«, begann Friedrich Gerlach seine Standpauke für die Ausreißer. »Habt ihr völlig den Verstand verloren? Sich klammheimlich davonzustehlen – um *was* zu tun? Irgendeine Wahnsinnstat zu begehen, zusammen mit einem fanatischen Burschenschaftler? Ihr werdet jetzt schwören, dass ihr dergleichen nie wieder tut. Und denkt nicht, ihr könntet uns noch einmal hintergehen! Dann wirst du, Eduard, vom Erbe ausgeschlossen. Und du, Franz – ganz abgesehen von dem Hühnchen, das deine Schwester noch mit dir zu rupfen hat –, kannst den Gedanken aufgeben, einmal Buchdrucker zu werden.«

# Bluttat

In den folgenden Wochen versank Freiberg endgültig im Schnee. Das erste Geräusch des Tages war nun das Schaben und Pochen, mit dem die Bewohner den Hauseingang frei schaufelten und Eisschichten auf dem Pflaster zerschlugen. Von den Dachrinnen hingen riesige Eiszapfen. Die weiße Pracht dämpfte die Geräusche in der Stadt. Und auch das gesellschaftliche Leben war aufgrund der Unmengen von Schnee beeinträchtigt.

Gedämpft ging es auch in den Familien Gerlach und Zeidler zu. Eduard und Franz waren hart bestraft worden und standen unter strenger Kontrolle.

Doch niemand traute dem Frieden.

Misstrauen machte sich breit, das besonders auf Henriette lastete, denn sie litt unter dem gestörten Verhältnis zu ihrem Bruder. Auch wenn ansonsten ihre kleine Familie gedieh und sie in der neuen Wohnung glücklich waren. Lissi sprach nun schon einzelne Worte, Max ging gern hoch zu Monsieur Siegert, der einen Narren an ihm gefressen hatte, und durfte dort andächtig lauschen, wenn eine Musikprobe angesetzt war. Er trug die Melodien im Gedächtnis nach Hause und sang die Lieder nach, wobei er vergessene Textstellen durch Phantasieworte ersetzte, was zu erheiternden Ergebnissen führte.

Die Klassenräume in der Schule, wo Henriette unterrichtete, mussten von den Hausdienern kräftig befeuert werden. Bevor die Schulstunden begannen, sammelten sich die Mädchen vorm Ofen, um ihre feuchten Stiefel und durchnässten Rocksäume zu trocknen, nachdem sie sich durch die Schneewehen gekämpft hatten. Henriette und die Mädchen hatten mittlerweile Vertrauen zueinander gefasst. Und

Jette freute sich riesig, als ihr die zierliche Agnes gestand, sie wolle auch einmal Lehrerin werden.

»Geographie unterrichten wie Sie, von fremden Ländern erzählen, das ist so wunderbar!«, schwärmte die Kleine mit leuchtenden Augen.

Ein neues Werk allerdings hatte Henriette nicht geschrieben, auch wenn die Kritiker lautstark ein weiteres Glanzstück von *H. Bücherfreund* forderten, sie immer noch über die Identität des Autors rätselten und die *Verwirrungen* inzwischen auch an Theatern in mehreren Städten aufgeführt wurden, mit großem Erfolg sogar in Dresden. Henriette hatte in ihrem Stück gesagt, was sie sagen wollte. Einfach alberne Possen zu verfassen, wäre ihr nie in den Sinn gekommen.

Nach außen hin schien also alles ruhig.

Doch Henriette konnte das Gefühl nicht abschütteln, dass eine Katastrophe bevorstand.

Am letzten Tag des März kam nachmittags zu ihrer Überraschung ein kleiner Botenjunge und überbrachte ihr eine Notiz von Friedrich Gerlach.

»Sobald Felix an der Akademie fertig ist, kommt bitte sofort hierher: du, Felix und Franz. Es ist dringend.«

Henriette blieb fast das Herz stehen. Ich hab es geahnt, dachte sie: Eine Katastrophe ist eingetreten, auch wenn ich noch nicht weiß, welche. Und da sie in ihrer Rastlosigkeit keinen Moment länger als nötig warten wollte, um Klarheit zu erlangen, ging sie hinüber an die Bergakademie und fragte Felix, ob er gleich nach Hause kommen könnte.

Zuvor hatte sie Max und Lissi ermahnt, keinen Unfug zu veranstalten, wenn Fräulein Klein sie zu Bett brachte.

Franz war in seinem Zimmer und lernte für die Schule. Als sie ihn aufforderte, sie und Felix wegen einer dringenden

Angelegenheit zu den Gerlachs zu begleiten, wurde er kreidebleich.

»Gibt es etwas, das du uns vorher sagen möchtest?«, drang Felix in ihn.

Franz schüttelte nur den Kopf. Er schien nicht zu wissen, was sie erwartete, aber ahnte wie seine Schwester, dass es nichts Gutes sein konnte.

Zu dritt bahnten sie sich den Weg zwischen Schneebergen links und rechts; kein einziges Wort fiel. Jeder hing seinen eigenen finsteren Gedanken nach, was wohl Schreckliches geschehen sein mochte.

Im Eckhaus am Untermarkt wurden sie sogleich von dem erschüttert wirkenden Friedrich Gerlach in Empfang genommen und in die Bibliothek geschickt. Nur Augenblicke später traten der Verleger und seine Söhne ein.

Friedrich Gerlach hielt einen Brief in den Händen und war aschfahl im Gesicht.

Seine Söhne machten nicht den Eindruck, als hätte er sie schon ins Bild gesetzt, welche Katastrophe – und es konnte sich nur um eine solche handeln – geschehen war.

Sind Buchhandlung und Druckerei etwa bankrott?, fragte sich Henriette bestürzt und musste sofort wieder an das Unglück der Familie von Kügelgen denken.

Oder – wieder setzte fast ihr Herzschlag aus – betraf das Unheil sie? Ihr verstecktes Manuskript?

»Gut, dass ihr da seid. Setzt euch, ihr werdet das nicht im Stehen hören wollen.«

Mit diesen unheilvollen Worten begann Friedrich Gerlach seine Enthüllungen, nachdem er die Tür sorgfältig geschlossen hatte.

Seine Stimme klang erschüttert, die Hand mit dem Brief zitterte.

Als alle saßen, holte er tief Luft und sagte: »In Mannheim ist ein Attentat auf August von Kotzebue verübt worden. Er wurde erstochen, vor den Augen seines vierjährigen Sohnes.«

Er ließ den anderen kaum Zeit, die Nachricht zu verarbeiten, sondern sagte nach einem weiteren tiefen Atemzug: »Der Attentäter ist ein ehemaliger Jenaer Student, einer der radikalen Burschenschaftler und Wortführer beim Wartburgfest. Sein Name ist Carl Ludwig Sand. Ist *das* dein Freund, Eduard?«

Pures Entsetzen ergriff die Runde, man hätte eine Stecknadel fallen hören können. Eduard sprang auf, kreidebleich, wollte etwas sagen, brachte jedoch kein Wort heraus und sackte in sich zusammen.

Endlich fragte er stöhnend: »Was ist mit ihm geschehen?«

Sein Vater richtete den Blick noch einmal auf den Brief, als hätte sich ihm nicht längst ins Gedächtnis eingegraben, was dort stand.

»Er wollte fliehen, aber plötzlich stand das Kind in der Tür. Also stieß er sich sein eigenes Messer in den Leib, um als Märtyrer zu sterben. Aber er lebt. Er wurde verhaftet und wird ärztlich behandelt.«

Jetzt wurde seine Miene so grimmig, dass man den Menschenfreund Friedrich Gerlach kaum mehr erkannte.

»Ist das die Heldentat, zu der du ihn begleiten wolltest?«, fragte er Eduard mit donnernder Stimme. »Findest du es heldenhaft, einen Wehrlosen umzubringen, vor den Augen seines Kindes, das noch jünger ist als Max? Hätte Felix euch Narren nicht aufgehalten, wärt ihr, Franz und du, jetzt auch verhaftet, verhaftet unter Mordanklage. Mein Sohn – ein Meuchelmörder!«

Nun brach dem Dreiundsechzigjährigen die Stimme. Kraftlos ließ er sich in einen Sessel sinken und vergrub den Kopf in den Händen.

»Carl Ludwig ist ein Held!«, widersprach Eduard dumpf. »Er hat sein Leben für die große Sache riskiert.«

»Er ist ein Idiot, und er wird deinen Burschenschaftler-Freunden entweder Verbot oder verschärfte Überwachung eintragen!«, rief ihm Konstantin wütend zu.

»Kotzbue war ein Verräter am Vaterland, ein Feind der Burschenschaften! Er hat den Tod verdient!«, brüllte sein Bruder zurück.

»Sagt wer?«, warf Felix ein, der nun das Reden übernahm, weil er sah, dass sein Schwiegeronkel vor Erschütterung kein Wort mehr herausbrachte, weshalb es an ihm war, den Streit der Brüder zu beenden. »Du? Dein Freund Sand? Und dann zieht ihr los und stecht ihn einfach ab? Wer seid ihr, dass ihr meint, es stehe euch zu, Todesurteile zu verhängen und zu vollstrecken, jemanden feige zu meucheln?«

»Er war ein *Dichter*«, erinnerte Henriette und wandte sich dabei direkt an Eduard. »Nicht so genial wie Schiller oder Goethe, aber der am meisten gespielte Autor auf deutschen Bühnen. Du hast eines seiner Stücke gesehen, als vor einer Weile eine Theatercompagnie in Freiberg gastierte. Es war an Harmlosigkeit nicht zu überbieten. Ihr solltet ihn feiern in eurer tumben Deutschtümelei, denn durch ihn kommen wieder deutsche Komödien auf die Bühne, nicht nur französische. Doch dein *sogenannter Freund* ermordete ihn vor den Augen seines kleinen Sohnes. Dich wollte er in diese ungeheuerliche Bluttat hineinziehen! Und du wolltest es gleichermaßen mit Franz tun. Das werde ich dir nicht verzeihen.«

Sie sah zu ihrem Bruder, doch der war längst kreidebleich und wortlos in sich zusammengesackt.

In Eduards Gesicht arbeitete es.
»Ich muss zu ihm«, sagte er schließlich bedrückt.
Wie aus einem Mund erklärten Friedrich und Felix kategorisch: »Nein, das musst du nicht!«
Eduards Vater hatte inzwischen die Sprache wiedergefunden.
»Preise den Umstand, dass Henriettes Mann dich und Franz nach eurem klammheimlichen Verschwinden aufgespürt hat! Sonst würdet ihr gleichfalls vor Gericht gestellt, als Attentäter oder zumindest Helfershelfer bei einem Mord. Dir ist doch klar, dass diesen Carl Sand das Todesurteil erwartet?«
»Du sagst, er sei verletzt?«, fragte sein jüngerer Sohn zaghaft.
»Ja, erheblich, vielleicht sogar lebensgefährlich. Aber diese schweren Verletzungen hat er sich selbst zugefügt, die stammen nicht etwa von seinem Opfer. Das war völlig wehrlos«, berichtete der Verleger und deutete auf den Brief. »Sobald er wieder einigermaßen hergestellt ist, kommt er vor Gericht. Ihm steht das Todesurteil bevor, sofern er nicht vorher seinen Verletzungen erliegt. Auch damit Nachahmer abgeschreckt werden.«
Eduard malmte mit den Zähnen, dann sagte er gefasst: »Er ist mein Freund. Ich muss ihm in seinen letzten Stunden beistehen.«
»Nein!«, befahl sein Vater schroff. »Du wirst nicht zusehen, wie jemand vor deinen Augen enthauptet wird. Noch dazu jemand, den du kennst. Wenn du mir nicht glaubst – frag Felix, der hat im Krieg schon viele Männer sterben sehen. Seine Kameraden. Sei froh, dass dir das erspart geblieben ist.«
Konstantin beugte sich zu seinem Bruder hinüber und verpasste ihm eine derbe Kopfnuss.

»Du Idiot! Du hättest uns in deiner grenzenlosen Dummheit ins Gefängnis bringen können! Und die gesamte Familie an den Bettelstab!«

Dass ihr Vater nicht gegen die Handgreiflichkeit einschritt, zeigte, wie sehr er aus der Fassung geraten war.

»Wir können nur hoffen, dass dein *Freund* in den Verhören nicht deinen Namen nennt«, schalt Konstantin grimmig. »Es wäre das Aus für unser Geschäft, und wir landen vielleicht noch alle selbst in Festungshaft, als Gesinnungsfreunde eines Meuchelmörders! Denkst du denn niemals etwas zu Ende?«

»Ich werde gleich alle Briefe verbrennen, die ich von Sand bekommen habe«, sagte Eduard leise.

»Endlich einmal eine gute Idee von dir!«, höhnte sein Bruder. »Und lasst uns alle miteinander hoffen, dass dein mörderischer Freund auch *deine* Briefe verbrannt hat, ehe er zu seiner Bluttat losgezogen ist. Sonst haben wir nämlich morgen die Polizei im Haus – als Mitwisser eines Mordkomplotts!«

Eine Weile herrschte Stille.

Die nutzte Johanna aus, um den Kopf durch den Türspalt zu stecken. »Kann ich das Abendessen auftragen lassen?«, fragte sie zaghaft.

»In einer Viertelstunde«, beschied ihr Mann.

Sobald die Tür wieder geschlossen war, richtete sich Friedrich Gerlach auf.

»Ich verlange von euch absolutes Stillschweigen darüber, dass der Mörder Kotzebues ein Bekannter meines Sohnes ist. Auch Johanna darf nichts davon erfahren. Es würde sie umbringen vor Kummer. Und es hätte verheerende juristische Folgen für uns alle.«

Alle nickten mehr oder minder heftig.

Dann wandte sich der Verleger an Henriette.

»Liebes, diese schreckliche Sache wird natürlich in ganz Deutschland die Runde machen. Ich habe davon durch meine Logenbrüder erfahren, und bald wissen es alle. Schreib bitte einen Nachruf auf Kotzbue, den veröffentlichen wir in der nächsten Ausgabe. Aber ohne Details zu seinem Tod.«

»Ich weiß gar nicht viel über ihn, außer dass er auf deutschen Bühnen der am meisten gespielte Autor ist«, sagte sie und suchte in Gedanken schon nach Formulierungen.

»Erinnere die Leser an die Vorführung in Freiberg, als das Publikum gelacht und mitgefiebert hat, bis der Herr von Malesherbes endlich herausfand, wer seine wahre Liebe war«, riet der Oheim. »Mit diesem Bezug wirst du die Leser viel mehr erschüttern.«

Noch einmal mischte sich Konstantin ein.

»Lasst uns beten, damit niemand herausfindet, dass mein werter Herr Bruder beinahe auch die Klinge gegen ihn erhoben hätte«, sagte er wütend. »Euch ist doch klar, dass dieses Attentat unweigerlich eine weitere Verschärfung der politischen Lage auslöst? Sand hat seinen Burschenschaften einen Bärendienst erwiesen.«

Friedrich ermahnte noch einmal alle, Johanna die direkte Verbindung ihres Sohnes zu dem Attentäter zu verschweigen, dann gingen sie hinüber ins Esszimmer, allesamt schweigend, Franz jedoch totenbleich.

Das dramatische Ende des populären Dichters wurde natürlich *das* Gesprächsthema in Freiberg; dadurch gerieten Emilias gelöste Verlobung, die skandalumwitterte Schwangerschaft einer unverheirateten Bäckerstochter und der Unfall eines Friedhofsgärtners, dem ein Fuß amputiert werden musste, fast in Vergessenheit. Wenigstens vorübergehend.

Henriette wurde, sobald sie sich auf der Straße blicken ließ, ständig auf ihren Nachruf in den *Gemeinnützigen Nachrichten* angesprochen.
»Wie herzergreifend Sie geschrieben haben!«
»Was für eine abscheuliche Missetat!«
»Und die arme Witwe mit den vielen Kindern …«
Vor allem die weibliche Leserschaft des Wochenblatts trachtete danach, mit ihr darüber zu reden und die Theatervorstellung in Freiberg noch einmal in allen Einzelheiten durchzuhecheln. Natürlich hofften die Frauen, von ihr weitere Details zu erfahren, die sie dann in ihren Kaffeekränzchen ausbreiten konnten.
Davon hielt die Damen nicht einmal das einsetzende Tauwetter ab, das dazu führte, dass sich in den Fußstapfen im Schnee Wasserlachen bildeten, denn der Boden darunter war noch gefroren. So patschten die Spaziergänger durch die Pfützen, doch die Neugier war größer als die Sorge um durchnässtes Schuhwerk und kalte Zehen.
Die Einzelheiten von Kotzebues Tod hatte Henriette in ihrem Nachruf sehr kurz und recht verschwommen gehalten. Schon der Hinweis, der Attentäter sei ein Student aus Jena gewesen, hätte jemanden stutzig machen können. Denn dass der jüngere Sohn der Gerlachs ein Semester lang genau dort studiert hatte, war natürlich stadtbekannt.
Niemand durfte die Bluttat auch nur im Geringsten mit Eduard in Verbindung bringen. Dass dies jederzeit geschehen konnte, hing wie ein Damoklesschwert über ihnen. Und es beruhigte Henriette keineswegs, dass bislang noch kein Polizeibeamter vor ihrer Tür oder dem Gerlachschen Haus aufgetaucht war.
Soweit der Oheim von seinen Logenfreunden wusste, wurde Carl Ludwig Sand immer noch im Hospital behandelt; er

hatte den Gerüchten zufolge mehrere Operationen mit ungewissem Ausgang zu überstehen.

War er schon vernommen worden? Erinnerte sich jemand an der Jenaer Universität daran, dass einer von Sands engsten Freunden ein Freiberger gewesen war?

Der ständig auf ihr lastende Druck, die nervöse Erwartung eines Schicksalsschlags bescherten Henriette andauernde furchtbare Kopfschmerzen.

»Wird das denn nie aufhören?«, sagte sie eines Abends im Bett leise zu Felix. »Ich zucke schon zusammen, wenn ich jemanden die Treppe im Haus hochgehen höre. Es könnte ja ein Polizeibeamter sein, der uns zum Verhör abholt! Und der Oheim? Was er gerade durchmacht … Wenn Eduard verhaftet und verhört wird … Er könnte in Festungshaft kommen, wenn nicht noch schlimmer. Doch selbst wenn nicht, wäre das Geschäft von einem Tag zum anderen vollkommen ruiniert.«

Felix legte seinen Arm enger um sie. Er hätte seine Frau gern getröstet, doch er brachte es nicht fertig, sie zu belügen. Erst nachdem Sand verurteilt und hingerichtet worden war, würden die Untersuchungen abgeschlossen sein.

»Ich kann nicht mit ansehen, wie du dein Leben in Angst und Sorge verbringst, Liebste. Jeder Tag, der ohne Zwischenfall vergeht, ist ein Sieg für uns. Hab Zuversicht und lebe! Wir stehen das gemeinsam durch.«

Als Henriette darauf nichts erwiderte, meinte er: »Das Gute daran ist: Wenn sich die Polizei jetzt vor allem auf die Burschenschaften stürzt, bist du ihnen nicht mehr so wichtig.«

## Säuberungen

Als diesmal die Treptes auf einer Reise zu einem böhmischen Kurbad erneut in Freiberg Station machten, war es drückend heißer August.

Wieder holte Jette sie von der Poststation ab, mit Max an der Hand. Der rannte sofort auf die Besucher zu und schwenkte ein lädiertes Holzpferd.

»Guck mal, Großvater, das Pferdchen hat sich das Bein gebrochen. Aber Papa hat es wieder heil gemacht! Guck!«

Er hielt das Spielzeug in die Höhe, dessen zerbrochenes Vorderbein geschient und fest mit Schnur umwickelt war, damit es hielt.

Henriette ermahnte ihn, erst einmal seine Großeltern zu begrüßen, was er sofort nachholte.

»Er liebt diese Holztiere sehr, die ihr ihm geschenkt habt. Aber nun kommt erst einmal zu uns nach Hause. Ihr seid sicher von der Reise bei dieser Hitze völlig erschöpft.«

»Ja, die Straßen werden immer schlechter, und mir klebt jedes Stückchen Stoff am Leib«, klagte Carlotta, während sie ihre Röcke ausschüttelte und sich suchend nach ihrem Sonnenschirm umschaute.

»Oh, den hätte ich beinahe in der Kutsche vergessen!«, rief sie, griff nach dem spitzenverzierten Stück und spannte es zum Schutz gegen die pralle Sonne auf.

»Gleich könnt ihr euch erfrischen und ausruhen«, versprach Henriette. »Unser neues Heim liegt noch näher als das frühere.«

Dort hatten sie nun auch ein Gästezimmer und konnten die Treptes selbst aufnehmen, statt sie im Gerlachschen Haus unterzubringen.

Sie sah nicht nur Carlotta an, dass sie Schmerzen hatte, auch

Wilhelm wirkte bei aller Freude über das Wiedersehen erschöpft und sorgenvoll. Hatte die Reise sie so mitgenommen? Oder gab es noch etwas, das ihnen Sorgen bereitete? Gemeinsam gingen sie die Wallstraße entlang, gefolgt von zwei Gepäckträgern, und bogen am Schlossplatz rechter Hand in die Burgstraße ein. Max lief an der Hand seines Großvaters und redete wie ein Wasserfall.
»Euer Schloss ist nicht gerade ein Prunkstück«, monierte Carlotta.
»Es wird schon seit Ewigkeiten nicht mehr als Schloss genutzt«, erklärte Henriette. »Seit über hundert Jahren ist es nun schon ein Militärmagazin. Und 1813, als die Überlebenden vom Russlandfeldzug zurückkamen und später die Verwundeten aus vielen Schlachten, war es ein Lazarett.«
Sie wollte das Thema nicht vertiefen, nicht die schrecklichen Erinnerungen an ihre Arbeit als Lazaretthelferin in sich aufsteigen lassen. Deshalb nutzte sie dankbar die Ablenkung, als Madame Meunier ihnen entgegenkam, grüßte die Frau des Tanzlehrers höflich und bat sie, die besten Grüße an ihren Gatten auszurichten.
Ein paar Schritte später standen sie vor ihrem neuen Domizil in der Burgstraße.
»Ein schönes Haus«, lobte Carlotta diesmal.
»Es gehört dem Stadtmusicus, Monsieur Siegert, einem sehr freundlichen Mann«, berichtete Henriette. »Und ich beichte dir lieber gleich: Er möchte euch gern die Aufwartung machen und uns alle am Abend zur Hausmusik einladen, wenn ihr nicht zu erschöpft seid. Und sofern es dir nicht zu anstrengend wird.«
Unter viel Gepolter wurde das Gepäck hochgeschafft, dann führte Henriette ihre Gäste durch die Räume.
»Ihr habt es wirklich schön hier«, meinte Carlotta begeistert.

Frau Wagner brachte den Besuchern einen Krug Limonade, damit sie ihren Durst löschen konnten.
»Ich habe für die Herrschaften auch ein leichtes Mahl vorbereitet. Aber vielleicht möchten Sie zuerst in Ihr Zimmer und sich erfrischen?«, schlug die Köchin vor.
»Danke sehr, das ist sehr freundlich«, erwiderte Carlotta, die schon ein Glas halb leergetrunken hatte. »Die Limonade ist köstlich. Aber ich glaube, im Moment sehne ich mich eher nach Erfrischung als nach etwas zu essen.«
»Ich stelle Ihnen trotzdem einen Teller mit Broten und eine leichte Suppe auf den Tisch«, beharrte die Köchin. »In meiner Obhut soll niemand darben, da habe ich meinen Stolz. Wer weiß, wann Sie den letzten Halt in einer Poststation machten und was man Ihnen dort Ungenießbares vorgesetzt hat!«
Carlotta verkniff sich ein Lachen und bedankte sich bei Frau Wagner.
»Vielleicht willst du dich eine Stunde ausruhen?«, schlug Henriette vor, die sich um den Zustand von Maximilians Mutter sorgte. »Die dicken Mauern halten im Sommer das Haus kühl, das ist sehr angenehm.«
»Ach nein«, sagte die lächelnd. »Ich werde mir doch keinen Augenblick mit meinen Enkelkindern entgehen lassen.«
Gerührt beugte sie sich über das Bett mit der schlafenden Lissi.
»Sie hat schon ganz viele Zähne, und wenn sie rennt, ist sie schnell wie der Wind«, flüsterte Max stolz, der immer noch das reparierte Pferdchen in der Hand hielt.
»Wir haben dir noch mehr Holztiere mitgebracht«, verriet Carlotta, nachdem sie ihren Enkel aus dem Kinderzimmer gelotst hatte, damit er die Kleine nicht aufweckte.
Max jubelte vor Freude.

»O wie fein! Lissi kennt auch schon alle Tiere beim Namen!«
Nun war klar, dass er nicht eher Ruhe geben würde, bis er das Geschenk bekommen hatte und ausgiebig begutachten konnte.
Carlotta suchte die Schachtel aus ihrem Gepäck hervor und gab sie ihm.
»Ein Elefant! Und eine Giraffe! Und ein *Ko-ko-dril!*«, jubelte er und stöberte auf der Suche nach weiteren exotischen Vierbeinern in der Holzschachtel herum.
»Ich staune, dass er gleich alle erkennt«, meinte Carlotta. »Aber ich sollte mich wohl doch erst ein wenig ausruhen.«
»Natürlich! Soll ich dir noch eine Decke oder sonst etwas bringen?«
»Danke, Liebes. Ein wenig Ruhe sollte genügen. Und vielleicht ein Pulver gegen Kopfschmerzen.«
Carlotta hatte Hut und Jäckchen abgelegt und dabei ihre Schwiegertochter prüfend gemustert.
»Ist bei dir wieder etwas Kleines unterwegs?«, fragte sie sanft.
Henriette war überrascht von ihrer Intuition. »Ich bin mir noch nicht ganz sicher.«
»Oh, ich schon, Liebes, wenn ich dich so ansehe«, sagte Carlotta mit verschwörerischem Lächeln. »Deine Brüste sind voller, und du trägst so ein Strahlen im Gesicht. Weiß dein Mann es schon?«
Nun musste Jette lächeln. »Vielleicht ahnt er etwas. Er sieht mich neuerdings öfter so an wie du eben. Ich bin sicher, er würde sich riesig freuen. Aber ich warte lieber, bis ich Gewissheit habe.«

Während Carlotta ruhte und wartete, dass die Tinktur mit dem Schmerzmittel wirkte, hatte es sich Wilhelm Trepte im

Salon bequem gemacht und nach der ungemütlichen Reise erleichtert die Beine von sich gestreckt.

Zu seinen Füßen war Max damit beschäftigt, die Holztiere ein- und auszupacken und mit ihnen Monologe zu führen.

»Ich mache mir wirklich Sorgen um Carlotta«, gestand Trepte seiner Schwiegertochter und trank einen Schluck Mokka. »Die Badekur voriges Jahr in Teplitz hat nicht besonders gut angeschlagen. Deshalb versuchen wir es dieses Jahr in Karlsbad. Dort hat ein gewisser Doktor David Becher Trinkkuren entwickelt. Carlottas Arzt riet ihr, es einmal auszuprobieren, im Zusammenspiel mit den Thermalbädern.«

Inzwischen war Franz aus der Druckerei gekommen und gleich wieder ausgeschickt worden, die Gerlachs zu Kaffee und Kuchen zu bitten. Jette und Fräulein Klein deckten die Kaffeetafel ein.

Eine Stunde später, nach einer freudigen Begrüßung, versammelte sich die ganze Runde bei Tisch, Carlotta eingeschlossen, die sichtlich erholt wirkte. Felix war an diesem Nachmittag eigens für den Besuch eher von der Arbeit gekommen.

Monsieur Siegert stieß ebenfalls dazu und bat darum, den Treptes vorgestellt zu werden.

»Madame Zeidler berichtete mir, Sie seien eine hervorragende Sängerin«, umwarb er Carlotta. »Ich würde Sie gern dazu einladen, heute Abend in meinen Räumlichkeiten zu singen, während ich Sie am Pianoforte begleite. Aber natürlich nur, wenn es Ihnen nicht zu viel wird«, schränkte er höflich ein.

Diesen Plan hatten er und Henriette schon vor Tagen entwickelt.

»Nicht nur aus Eigennutz«, hatte Siegert ihr dabei versichert. »Wenn Madame Trepte wegen ihrer Gelenkschmerzen nicht mehr Klavier spielen kann, wird sie das als echte Musikerin sehr bedauern. Und Sie, Henriette« – er hüstelte verlegen – »sind mir hoffentlich nicht böse, wenn ich sage, Ihre Talente liegen eindeutig auf anderem Gebiet, nicht auf musikalischem. Ich glaube fest daran, dass wir Ihrer Schwiegermutter mit unserer Hausmusik ein wenig Freude bereiten können.«

Mittlerweile hatten sich alle um die große Tafel eingefunden, die mit dem feinen Porzellan, den Damasttüchern und den Silberleuchtern geschmückt war, die Henriette und Felix zur Hochzeit bekommen hatten. Erdbeertorte und ein Parfait versprachen Abkühlung an diesem heißen Tag. Die Leckereien waren kaum verzehrt, als Carlotta und der Stadtmusicus schon abgesprochen hatten, welche Musikstücke sie gemeinsam aufführen wollten. So zog die ganze Gesellschaft am späteren Nachmittag in die oberste Etage, in die Wohnung von Monsieur Siegert.

Den beiden war die große Freude anzusehen, während er Lieder von Mozart spielte und sie sang.

Es wurde aufmerksam gelauscht, viel applaudiert, und Carlotta strahlte vor Freude.

Es folgte ein gemütliches Abendessen, bei dem viel geplaudert wurde. Aber Henriette hatte das untrügliche Gefühl, dass die Treptes einige Themen bewusst aussparten. Durchaus naheliegend – sie würde ihnen ja auch nicht erzählen, dass ihr Bruder beinahe in das Attentat auf Kotzebue verwickelt worden wäre. Zum Schutz aller.

Nach dem Essen spaltete sich die Runde auf. Im Salon wurden Whist und Mühle gespielt. Doch Wilhelm Trepte hatte seiner Schwiegertochter schon zu verstehen gegeben, dass er sie, ihren Mann und ihren Oheim unbedingt vertraulich sprechen musste.

Unter dem Vorwand, neue Druckschriften zu inspizieren, zogen sich die vier in die Bibliothek zurück.

Diesmal schloss Felix die Fenster, damit auf der Straße niemand lauschen oder zufällig etwas auffangen konnte, obwohl in der Augusthitze ein abendlicher Luftzug gutgetan hätte.

Sie setzten sich alle vier dicht nebeneinander, damit sie leise sprechen konnten.

»Ich bitte darum, dass ihr für euch behaltet, was ich euch jetzt sage. Aber ihr müsst es wissen und euch darauf einstellen«, begann Wilhelm Trepte mit sorgenvoller Miene.

»Das Attentat auf Kotzebue hat, wie ihr euch sicher denken könnt, gravierende Folgen. Die Ministerien stehen unter Schock, und in Regierungskreisen ist man sich einig, mit aller Härte vorzugehen, damit sich dergleichen nicht wiederholt. Die Französische Revolution sitzt ihnen noch in den Knochen. Preußens Polizeibehörden sind entschlossen, jeden Stein umzudrehen, um Mitverschwörer aufzudecken, Komplizen zu finden, weitere Verschwörungen zu entlarven. Und sie sind fest davon überzeugt, dass weitere existieren.«

Der Jurist legte eine Pause ein, trank einen Schluck Wein und rieb sich die Stirn.

»Es kommt gerade zu massiven Überprüfungen, Hausdurchsuchungen und Verhaftungen in Berlin, und diese Woge wird auch hierher zu euch nach Sachsen schwappen. Vorerst sind hauptsächlich meine Universität in Berlin und die neu gegründete in Bonn betroffen. Die Burschenschaften werden verboten. Allein die Mitgliedschaft in einer solchen, nun illegalen Vereinigung führt in Preußen zu langjährigen Haftstrafen, sogar zu Todesurteilen. Und all jene, die den

Attentäter Sand als Helden feiern, sollen zum Schweigen gebracht werden.«

Entsetzen stand auf Friedrich Gerlachs Gesicht geschrieben, der natürlich sofort an Eduard und Franz dachte.

Wir müssen Felix den Rest unseres Lebens dankbar dafür sein, dass er die beiden davon abgehalten hat, sich an dieser abscheulichen Sache zu beteiligen, dachte er bei sich – nicht zum ersten Mal.

»Es gab im vorigen Monat eine riesige Verhaftungswelle und zahllose Hausdurchsuchungen«, fuhr Trepte fort. »Man munkelt, bei den Verhafteten soll sogar Folter eingesetzt werden, damit sie ihre Pläne verraten. Diesen Attentäter Sand erwartet die Todesstrafe, daran ist nicht zu rütteln. Nur sein derzeitiger Gesundheitszustand hat bislang verhindert, dass er vor Gericht gestellt wurde. Und so manchem in Mannheim wäre es lieber, er würde seinen Verletzungen erliegen, damit er sich nicht bei der Verhandlung und seiner Hinrichtung als Märtyrer feiern lassen kann.«

»Ist jemand in Berlin von diesen Verhaftungen betroffen, den ich kenne?«, fragte Felix. Wurden deshalb seine Briefe an den ehemaligen Meisterstudenten Paul Grund nicht mehr beantwortet?

»Ja«, sagte Wilhelm Trepte. »Ludwig Kiehn, Ihr Kriegskamerad, Felix, in den ich wegen seines fachlichen Könnens so viel Hoffnung gesetzt hatte.«

Henriette fühlte sich auf einmal wie von einem eisigen Schauer getroffen. Natürlich erinnerte sie sich sofort wieder an ihre angeregte Unterhaltung mit dem sympathischen jungen Mann.

»Er war doch wohl nicht in solche Dinge verwickelt?«, fragte sie bestürzt. »Er ist kein Student, da kann er doch nichts mit den Studentenverbindungen zu tun haben?«

»Seine Mitgliedschaft in einem Freikorps macht ihn verdächtig. Es heißt, es gebe lange Listen im Polizeipräsidium, nach denen Durchsuchungen und Verhaftungen vorgenommen werden. Und es heißt auch, dieser Listen lägen schon seit geraumer Zeit vor. Es ist ein Alptraum. In den letzten Wochen ist fast täglich jemand aus meinem Umfeld verhaftet oder zum Verhör abgeführt worden. Schon der Verdacht genügt, um von der Universität verwiesen zu werden. Jeden Tag gehe ich in meine Vorlesung und denke: Wer wird diesmal fehlen? Bei den Studenten lässt man manchmal Milde walten, gesteht ihnen zu, sie seien verführt worden. Bei den Lehrern sind sie unnachgiebig. Jeden Tag werden es mehr, die von ihrem Amt suspendiert werden. Friedrich Ludwig Jahn ist verhaftet worden. In Bonn wurden die Aufzeichnungen von drei Professoren beschlagnahmt. Sie wurden als Demagogen verunglimpft und in Untersuchungshaft gesteckt. Ernst Moritz Arndt ist suspendiert; er ist zu bekannt, um ihn festzunehmen, aber er wird seine Lehrtätigkeit einstellen müssen. Viele meiner Bekannten an der Universität haben bereits die Koffer gepackt für den Fall, dass frühmorgens die Polizei an die Tür pocht und sie verhaftet. Einer hat sich vor ihren Augen erschossen, als sie ihn mitnehmen wollten. Etliche sind in die Schweiz oder nach Amerika ausgewandert oder haben dies in Kürze vor.«

Kreidebleich unterbrach ihn Henriette bei seiner Aufzählung schlimmer Nachrichten: »Bist du in Gefahr?«

Wilhelm Trepte zuckte mit den Schultern. »Nun, als Vertrauter Humboldts und Juraprofessor an seiner Universität sollte ich sicher sein – so sicher man in diesen Tagen sein kann. Aber ich werde oft aufgesucht und nach verdächtigen Aktivitäten in meinem Umfeld gefragt. Und die Polizeibeamten sind sehr ungehalten, dass ich ihnen keine der gewünschten Auskünfte geben kann.«

»Vielleicht bist du meinetwegen gefährdet!«, argwöhnte Henriette bestürzt. »Eine Schwiegertochter, die wegen unruhestiftender Schriften des Landes verwiesen wurde …«

»Ich wurde nicht nach dir befragt«, versicherte Wilhelm zu ihrer Beruhigung. »Aber ich habe auch nicht erwähnt, dass wir euch besuchen. Deshalb reisen wir gleich morgen weiter. Es ist in unserem Berliner Umfeld bekannt, dass es Carlotta nicht besonders gut geht und wir die böhmischen Badeorte aufsuchen.«

Er zögerte einen Moment.

»Sie werden die alte Akte womöglich wieder hervorholen. Hier bist du zwar vor Zugriffen der preußischen Polizei sicher. Aber ich fürchte angesichts der politischen Lage, diese Hysterie und die Verfolgungen wird es über kurz oder lang in Sachsen ebenso geben wie in Berlin und Köln. Ich höre Beunruhigendes von der Universität in Leipzig. Felix, gibt es hier in Freiberg Anzeichen?«

»Die Bergakademie untersteht dem Sächsischen Oberbergamt. Hier gibt es keine Studentenverbindungen, und unsere wenigen Studenten lassen sich gut überblicken«, beschwichtigte er, ohne wirklich beruhigt zu sein.

»Passt auf, passt ja auf!«, warnte der Jurist eindringlich, beugte sich vor und sah jeden Einzelnen an. »Wägt jedes Wort genau ab! Gebt acht, mit wem ihr redet! Es sind brandgefährliche Zeiten, in denen ein unvorsichtiges Wort ins Verderben führen kann. Glaubt mir, ich übertreibe nicht.«

Erschöpft ließ sich Wilhelm Trepte in den Sessel zurücksinken. »Dieser Carl Sand hat jenen den denkbar schlechtesten Dienst erwiesen, die ein einiges deutsches Vaterland wollen.

Er lieferte Polizei und Regierung den ersehnten Vorwand für massive Säuberungsaktionen.«
Er atmete tief durch und strich sich die Haare zurück.
»Jetzt hat uns die Zeit des Terrors eingeholt, wenn auch unter anderem Vorzeichen.«

## Bestürzende Geheimnisse

Als Carlotta und Wilhelm nach Karlsbad abgereist waren, musste Henriette erst einmal Max trösten, der fast in Tränen ausbrach, weil seine Großeltern schon wieder fortfuhren.
Der Rest des Tages war mit tausend Kleinigkeiten angefüllt, die alle dringend erledigt werden wollten. Dabei warteten sie und Felix nur darauf, endlich allein zu sein.
Die Enthüllungen Wilhelm Treptes hatten sie beide erschüttert und in tiefe Sorge gestürzt – um sich, um ihre Freunde und Verwandten, um das Land.
»Was sollen wir nur machen? Wie können wir uns schützen?«, fragte Henriette, sobald die Kinder endlich im Bett lagen und Franz mit den Gerlachs zum *Warnatzschen Garten* gepilgert war.
»Wenn hier in Sachsen nun auch bald jeder Stein umgedreht wird, um Gründe für eine Verhaftung zu finden … Früher oder später wühlen sie unsere Vergangenheit wieder auf.«
Verzweifelt ließ sie sich in den Sessel sinken. »Sollen wir noch einmal eine Gesellschaft geben, so wie nach Lissis Geburt? Und dazu auch Leute einladen, denen wir zutrauen, ein Spitzel zu sein?«

Felix schüttelte den Kopf. »Ich würde jetzt lieber nichts tun, was überhaupt erst Aufmerksamkeit auf uns lenkt.«

»Oder nach Nordamerika auswandern, wie es jetzt viele vorhaben? Ich war noch nie an der See. Die Vorstellung, in einer hölzernen Schale den Atlantik zu überqueren, finde ich grauenvoll. Erst recht mit zwei kleinen Kindern! Das geht einfach nicht.«

»Schon gar nicht, während du vielleicht ein drittes erwartest«, sagte Felix zu ihrer Überraschung.

Verblüfft sah sie ihn an.

Felix beugte sich über sie und gab ihr einen Kuss.

»Als ich dich und Carlotta gestern bei eurer kleinen Unterhaltung gesehen habe, konnte ich es auf euren Gesichtern lesen. Ich freue mich riesig.«

Ein breites Lächeln zog über sein Gesicht, das aber verschwand, als er weitersprach. »Mach dich nicht verrückt wegen dieser Geschichte … Wir verhalten uns einfach ganz normal, als wüssten wir nicht, was uns Wilhelm Trepte berichtet hat.«

Henriette war nicht überzeugt. Doch sie wusste auch keinen besseren Weg, so überrumpelt und erschlagen war sie von den Neuigkeiten aus Berlin.

Stumm saßen sie eine Weile da, bis sie durchs geöffnete Fenster eine helle Stimme von unten rufen hörten.

»Monsieur Zeidler! Monsieur Zeidler!«

Felix ging zum Fenster und hielt Ausschau nach dem Rufer. Es war der magere Bursche, der schon mehrfach ihre Post innerhalb der Stadt befördert hatte. Wie zur Bestätigung hielt er einen Brief hoch, der dem Umfang nach aus mehreren Seiten bestehen musste.

Felix ging hinunter zur Haustür, gab dem Jungen etwas Geld und kam verwundert wieder hoch in die Wohnung.

Die Schrift hatte er unfehlbar erkannt: Der Brief stammte von Georg Pusch, seinem Arbeitskollegen an der Bergakademie. Wollte er ankündigen, dass er vielleicht morgen wegen einer Erkrankung nicht kommen konnte? Aber dazu bedurfte es nur einer kurzen Notiz, nicht gleich so vieler Seiten.

»Von Georg«, sagte er zu Henriette, hielt den Brief kurz hoch und brach dann das Siegel.

Nach den ersten Sätzen wurde er kreidebleich, blickte auf und winkte Henriette zu sich, damit sie beide gleichzeitig lesen konnten.

> *Wenn Ihr dies hier lest, bin ich gegangen. An einen Ort, wo Ihr mich nicht finden und an den Ihr mir nicht folgen könnt.*

Henriette erschrak. »Er wird sich doch nichts angetan haben?« Rasch vertieften sie sich wieder in die gekrakelten, sehr unregelmäßigen Zeilen.

> *Meine Entscheidung ist endgültig, und ich habe das Gefühl, zum ersten und letzten Mal in meinem Leben das Richtige zu tun. Ich wollte Euch aus ehrlichem Herzen ein Freund sein. Doch ich durfte es nicht. Die Geheime Polizei nahm meine Zeit beim* Banner der Freiwilligen Sachsen *zum Vorwand, um mir Verbannung aus dem Staatsdienst und schlimmere Repressalien anzudrohen. Dem könne ich nur entgehen, wenn ich regelmäßig Berichte darüber schreibe, was Ihr denkt und tut. So wurde meine ehrlich empfundene Freundschaft zum Verrat, für den es keine Entschuldigung gibt.*

*Doch glaubt mir bitte, ich habe nie etwas berichtet, das man gegen Euch verwenden könnte! Das allerdings erweckte den Unmut meiner Befehlsgeber. Eine Weile konnte ich sie hinhalten. Aber die derzeitige Verschärfung von Repression und Zensur machen mir weiteres Lavieren unmöglich. Ich wurde sogar aufgefordert, Dinge zu erfinden, mit denen man Euch etwas anlasten kann. Also stand ich vor der Wahl, Euch und einige andere aus unserem Kreis tatsächlich zu verraten, oder der Misere zu entfliehen.*

*Ich habe mit mir gerungen, aus dem Leben zu scheiden. Meine Pistole besitze ich schließlich noch. Ich habe sie lange in der Hand gehalten, doch mir fehlte der Mut zu dieser Entscheidung, sosehr ich mich auch dafür schäme. Stattdessen werde ich Europa verlassen und mir in der Ferne ein neues, ehrliches Leben aufbauen. Wenn Ihr diesen Brief in den Händen haltet, bin ich schon außer Landes. Der andere Weg bleibt mir ja immer noch, sollte ich den Chimären der Vergangenheit nicht entfliehen können.*

*Sehnsüchtig erhoffe ich Eure Vergebung für mein doppeltes Spiel, auch wenn ich sie nicht verdiene. Ich schreibe es noch einmal: Ich wollte Euch nie etwas Böses.*

*Gottes Segen für Euch und Eure Familie.*

*Und um Euch nicht jetzt noch zu schaden: Verbrennt diesen Brief!*

Erschüttert ließ Felix das Blatt sinken.

»Wenn man plötzlich erfährt, wer es war … Ich kann jetzt nichts dazu sagen, ich muss erst darüber nachdenken. Doch ich wünsche ihm, er findet in ein neues Leben, statt Hand an sich zu legen.«

Diese unverhoffte Enthüllung machte beiden die ganzen nächsten Tage zu schaffen. Es sollte nicht das einzige erschütternde Ereignis bleiben.
Henriette fiel aus allen Wolken, als Carlotta und Wilhelm überraschend schon zehn Tage vor der geplanten Rückreise aus Karlsbad in ihrer Tür standen.
»Was ist geschehen?«, fragte sie erschrocken. »Ich dachte, ihr wolltet drei Wochen bleiben. Hat dir die Kur nicht wohlgetan, Carlotta?«
»Lasst uns erst einmal hineingehen!«, drängte ihr Mann und sah sich misstrauisch um, als ob er befürchtete, jemand könne ihn verfolgen oder beobachten. Das alles fand Henriette höchst alarmierend, und eine ganze Flut dunkler Vorahnungen stürzte auf sie herab.
»Ja, natürlich. Entschuldigt, ich bin ganz durcheinander.«
Sie bat die unerwarteten Gäste herein und hielt Ausschau nach dem Gepäckträger der Poststation, der die Koffer der Treptes die Treppe hochhievte.
»Setzt euch, ich hole euch Kaffee und ein paar Brote.« Hektisch lief sie zwischen Küche und Salon hin und her.
»Die Kinder sind mit Fräulein Klein bei Johanna«, erklärte sie, als sie bemerkte, dass sich Carlotta suchend nach den Enkeln umsah. »Habt ihr schlechte Nachrichten aus Berlin erhalten? Müsst ihr zurück wegen dem, was dort vor sich geht? Seid ihr in Gefahr?«
»Vielleicht. Nicht wegen dem in *Berlin*, sondern dem in Karlsbad«, brachte Wilhelm Trepte heraus.
Henriette stand ein Fragezeichen auf der Stirn. Was mochte dort geschehen sein?

»Ich muss es gleich loswerden, es eilt«, drängte der Jurist. »Ist Franz hier? Er soll sofort deinen Oheim holen, wenn dieser abkömmlich ist. Und du, kannst du hinüber in die Bergakademie laufen und Felix holen?«

Es war Ende August und damit vorlesungsfrei, deshalb war dies sicher möglich. Und den Gesichtern ihrer Schwiegereltern nach musste wirklich etwas Gravierendes vorgefallen sein.

»Macht es euch bequem, esst, trinkt etwas. In eurem Zimmer sind die Betten neu bezogen, ruht euch ein wenig aus. Macht euch etwas frisch, ich lasse Krüge und Wasserschüsseln bringen.«

Keine halbe Stunde später war dieselbe Runde versammelt wie vor zehn Tagen: Henriette und Felix, Friedrich Gerlach, und Wilhelm. Nur saß diesmal auch Carlotta bei ihnen.

Wieder schloss der Jurist sämtliche Fenster in der Bibliothek, damit sie auch wirklich niemand belauschen konnte.

Er atmete tief durch und fuhr mit den Händen durch sein weißes Haar.

»Man ist es ja gewohnt, in den böhmischen Bädern prominente Kurgäste zu finden«, begann er sarkastisch. »Besonders in Teplitz kann man auf Schritt und Tritt Berühmtheiten treffen. Goethe und Beethoven waren dort, diverse Fürsten und gekrönte Häupter. Und wie ihr wisst, war Teplitz 1813 auch eine Zeitlang Hauptquartier der Alliierten. Die Monarchen von Russland, Preußen und Österreich weilten dort.«

Henriette fragte sich, worauf er hinauswollte. Klärung kam schon nach wenigen Sätzen.

»Karlsbad ist weniger von Prominenten frequentiert. Wir beide, Carlotta und ich, wollten dorthin wegen dieser speziellen Kuren des Doktor Becher. Nichtsahnend spazierten wir über die Kurpromenaden ... Doch dann dachte ich, es verschlägt mir die Sprache, wer dort alles in vierspännigen Kutschen vorgefahren kam! Halb Berlin, was Regierungskreise betrifft, führende Minister etlicher deutscher Staaten … Und – ich sah ihn nur von weitem, aber ich irre mich nicht – der Fürst von Metternich.«

»Die kamen nicht um der Gesundheit willen«, schlussfolgerte Felix sofort. »Eine geheime Konferenz? Etwa wegen des Attentats?«

»Das war der Auslöser, dann kamen die gewalttätigen Ausschreitungen gegen Juden in etlichen Städten Anfang des Monats dazu … Wenn ein Treffen so ranghoher Personen dermaßen eilig zusammengerufen wird, bedeutet das große Umwälzungen«, sagte Wilhelm Trepte voraus. »Metternich ist ein brillanter Diplomat. Allein, wie er es geschafft hat, Österreich juristisch einwandfrei aus dem erzwungenen Bündnis mit Napoleon zu lösen und auf die Seite der Alliierten zu lancieren – ein Meisterstück! Es ist auch vor allem Metternichs Verdienst, dass auf dem Wiener Kongress eine Neuordnung Europas beschlossen wurde, die dem Kontinent eine lange Friedensperiode ermöglicht.«

Als Henriette den Mund öffnete, um einen Einwand vorzubringen, kam er ihr zuvor.

»Ja, ich weiß, auf Kosten Sachsens und Polens. Aber es *kann* einen langen Frieden geben, dank Metternich. Doch der fürchtet nichts mehr als eine Revolution. In jungen Jahren erlebte er in Straßburg eine enthemmte Meute, die alles kurz und klein schlug. Er wird alles tun, um so etwas zu verhindern.«

»Wenn sich in Karlsbad kurzfristig so viele ranghohe Politiker treffen, dann geht es um Beschlüsse von großer Tragweite«, mutmaßte Friedrich Gerlach. »Waren auch Repräsentanten Sachsens dabei?«

»Das weiß ich nicht, ich kenne eure Minister nicht von Angesicht. Aber euer König ist die personifizierte Angst vor Veränderungen. Er wird freudig begrüßen, was in Karlsbad beschlossen wird.«

»Es stimmt, Friedrich August von Sachsen will keine Veränderungen. Vielleicht ist er deshalb hier bei vielen beliebt«, meinte Friedrich Gerlach. »Den meisten Menschen geht es doch genauso. Gerade haben sie sich einigermaßen von den Kriegsfolgen erholt. Lieber das Übel, das man kennt …«

Wilhelm Trepte senkte die Stimme noch mehr.

»Zum Glück habe ich ein paar nützliche Kontakte aus der gemeinsamen Zeit an der Universität mit Wilhelm von Humboldt, der nun in diesen Tagen in Berlin seine Stellung als Minister wieder einnimmt. Und so konnte ich in Erfahrung bringen, was dort geplant ist«, erklärte Trepte mit düsterer Miene. »Weitreichende Beschlüsse, die uns alle betreffen, wie wir hier sitzen. Es werden vier neue Gesetze erlassen, die in allen Staaten des Deutschen Bundes gelten sollen.«

Nun zählte er ruhig auf, als hielte er eine Vorlesung vor wissensdurstigen Studenten.

»Erstens ein Universitätsgesetz, das die Lehrer überwacht und die eigene Gerichtsbarkeit der Universitäten abgeschafft. Studentische Verbindungen werden verboten, die Turnplätze ebenso. Professoren, die sich in irgendeiner Weise verdächtig gemacht haben, feindliche Lehren zu verbreiten – und das ist ein sehr dehnbarer Begriff –, werden entlassen.«

Nun wandte er sich Friedrich Gerlach und Henriette zu.

»Das zweite Gesetz betrifft euch, betrifft Druckerei und Verlagsbuchhandlung. Das neue Pressegesetz bedeutet eine strenge Vorzensur für alles unter zwanzig Bogen, also unter dreihundertzwanzig Seiten. Alles, was darüber liegt, wird nachträglich zensiert, und ich muss gerade euch nicht sagen, wie riskant es ist, dann noch unangenehm aufzufallen.«

Er stand auf und begann eine unruhige Wanderung durch das Zimmer.

»Zum Dritten wird in Mainz eine *Zentralkommission zur Untersuchung verräterischer Umtriebe* eingerichtet, die sogar Weisungsbefugnis gegenüber den Polizeibehörden der einzelnen Länder des Deutschen Bundes hat. Liberale und nationale Ideen – auch die eines vereinten Deutschlands – werden als Volksverhetzung eingestuft. *Demagogen,* also Aufrührer, sollen unnachgiebig verfolgt werden.

Und viertens: Gegen Staaten des Deutschen Bundes, die Neuerungen eingeführt haben wie das Großherzogtum Weimar und die thüringischen Kleinstaaten, kommt die Exekutionsgewalt des Deutschen Bundes zum Tragen. Sie müssen Ständeverfassung und Freiheit des Wortes wieder abschaffen.«

Er blieb stehen und atmete tief durch.

»Nachdem ich das erfahren habe ... Das ist so explosiv, dass wir sofort gepackt haben und vorzeitig abreisten. Ich wollte nicht riskieren, dass mir einer aus dem eigenen Ministerium oder gar ein Rechtsgelehrter der Universität über den Weg läuft und mich der Spionage verdächtigt. Ich hoffe, uns hat keiner bemerkt.« Nun verzog er einen Mundwinkel. »Aber die Herren hatten wohl mit sich selbst zu tun und konferieren in geschlossenen Zirkeln.«

Henriette überlief eine Gänsehaut auf den Armen. Sie trat ans Fenster und sah hinaus, betrachtete die alltäglichen Szenen, die sich dort abspielten, ohne dass jemand ahnte, was vor sich ging. Zwei Mädchen flanierten und drehten geziert ihre Sonnenschirme, ein paar Jungen rannten einem

Ball hinterher, eine Frau zog einen Handwagen, auf dem ein großer Korb mit gewaschenen und gebügelten Leintüchern stand, zwei ältere Damen lästerten völlig ungeniert über einen Mann aus ihrer Nachbarschaft.

Sie sind so arglos, dachte sie, und wissen nicht, was sich zusammenbraut. Die meisten von ihnen wird es auch nicht betreffen, sie werden weiter in ihrem Kokon leben, wo Essen, Trinken und ein Dach über dem Kopf das einzig Wichtige sind. Nicht höhere Ziele, sondern Zuflucht im gemütlichen Heim. Das wird unsere Zukunft. Im besten Fall.

»Danke für die Warnung, mein Freund«, brachte Friedrich Gerlach erschüttert heraus.

»Sagt niemandem, was ihr wisst, und schon gar nicht von wem, solange es nicht öffentlich proklamiert ist«, beschwor Wilhelm Trepte die Runde.

Die Treptes reisten mit der nächsten Postkutsche nach Berlin ab. Jette, Felix und Friedrich Gerlach aber saßen am Abend erneut zusammen, um gemeinsam zu überlegen, wie es nun für sie weitergehen sollte.

»Es kommt ja nicht wirklich überraschend«, meinte der Verleger bedrückt. »Aber dass sie so hart durchgreifen … Kannst du in Erfahrung bringen, was an der Leipziger Universität geschieht?«, fragte er Felix.

»Das ist zu auffällig«, warnte Henriette. »Ich werde wohl meinen Briefwechsel mit Madame Lindenthal wieder etwas ausweiten. Sie weiß bestens Bescheid und erfährt mehr als jeder andere …«

Gerlach sann über das Pressegesetz nach. »Wer schafft schon dreihundertzwanzig Seiten? Die müssen doch auch gesetzt, gedruckt und gebunden werden. Das ist ja noch schlimmer als unter französischer Zensur!«

»Ja, unser Freiheitskampf gegen Napoleon hat wirklich etwas gebracht«, kommentierte Felix zynisch.
»Das Wort ist tabu!«, mahnte Henriette. »Keine Rede mehr von Freiheit! Es heißt offiziell nun *Befreiungskrieg*. Vorerst zumindest, bis auch dieser Begriff abgeschafft wird.«
»Wir müssen etwas unternehmen, damit du sicher bist.« Darauf bestand Felix.
»Du meinst: damit ich nicht noch von meiner politisch anrüchigen Vergangenheit eingeholt werde?«, korrigierte Henriette sarkastisch. »Den Kopf einziehen, nur übers Wetter reden, in Deckung bleiben …«
»Das schaffen wir nicht ein Leben lang.«
»Du hast einmal gesagt: Ich brauche Reputation zu meinem Schutz«, erinnerte sich Jette. »Als Lehrerin stehe ich sicher auch unter Beobachtung, selbst wenn Französisch und Geographie eigentlich unverfänglich sind …«
In Felix' Augen flackerte etwas auf, etwas Schelmisches.
»Wie wäre es mit der Reputation des geheimnisvollen und gefeierten *H. Bücherfreund?* Ich glaube, es ist an der Zeit, der Intendantin von Heygendorff einen Brief zu schreiben. Und für dich beim Schneider ein neues Kleid in Arbeit zu geben. Etwas für einen festlichen Anlass. Ich würde dich gern in Himmelblau sehen.«

## Die Intendantin

Caroline Jagemann, die Freifrau von Heygendorff, war eine faszinierende Erscheinung. Betörend schön, obwohl sie die vierzig schon überschritten haben musste, mit klassischem Profil, üppigem braunen Haar und majestätischer Ausstrahlung – eine Königin der Bühne und die Herrscherin über das berühmte Weimarer Hoftheater.

Elegant schritt sie auf Felix und Henriette zu und streckte ihnen mit strahlendem Lächeln beide Arme entgegen.

»Meine teure Madame Zeidler! Wie schön, dass wir uns endlich persönlich kennenlernen. Und auch Ihnen ein herzliches Willkommen, Monsieur Zeidler. Es freut mich sehr, dass Sie Ihre Frau in ihren Ambitionen so unterstützen und sich über ihren Erfolg freuen.«

Diese sicher wohlwollend gemeinte Aussage irritierte Felix.

»Wie erbärmlich muss ein Mann sein, der dies nicht täte?«, erwiderte er in ehrlichem Erstaunen.

»Mein werter Herr, dieser Satz macht Sie mir noch sympathischer«, versicherte die strahlende Gastgeberin mit der wohltönenden, tragenden Stimme einer Operndiva und Schauspielerin.

»Sie hatten eine gute Reise? Und sind Sie mit Ihrer Unterkunft im *Elephant* zufrieden? Es ist das erste Haus am Platz.«

»Ja, ganz wunderbar«, hauchte Henriette, die sich eingeschüchtert fühlte – nicht nur von der raumgreifenden Intendantin, sondern auch von der Vorstellung, bald auf einer Bühne zu stehen. Vielleicht sollte sie das doch noch absagen? Aber der Gedanke war müßig. Nach der großen Ankündigung, das Inkognito werde heute gelüftet, gab es kein Zurück.

»Wir haben dort auch vorzüglich gegessen«, warf Felix ein, um Henriettes Beklommenheit zu überspielen.

»Wie schön. Nehmen Sie doch Platz, dann können wir ein wenig plaudern. Wir erwarten noch meine liebe Freundin Madame Ettinger, Ihre Verlegerin. Haben Sie sie schon im *Elephant* gesehen? Sie ist bereits in Weimar, kommt aber erst kurz vor der Vorstellung, denn sie möchte nach der Reise noch etwas ruhen. Sie ist ja nun schon fast siebzig, die Gute. Aber immer noch so rührig! Und überaus erfolgreich. An ihr kommt niemand vorbei, wenn es um die erfolgreichsten Verleger im deutschsprachigen Raum geht. Wenn Sie möchten, führe ich Sie durch das Haus, solange das Publikum noch keinen Zutritt hat.«

»Das wäre ganz wunderbar«, hauchte Jette.

Caroline Jagemann dirigierte sie zu einem runden Tisch mit spitzenverzierter Decke, auf dem Kaffee und Gebäck standen.

»Machen Sie es sich erst einmal bequem und greifen Sie zu! Dieses Kleid steht Ihnen übrigens ganz entzückend, Madame.«

Henriette bedankte sich verlegen. Sie trug – wie Felix es sich gewünscht hatte – ein neues Kleid aus himmelblauer Seide mit cremefarbener Spitze und ausladendem Rock, ganz der Mode entsprechend. Im *Elephant* hatte ein Zimmermädchen es ihr sorgfältig aufgebügelt. Ein in Pastellfarben besticktes Réticule aus demselben Stoff, kurze Spitzenhandschuhe und Augustas Fächer aus Elfenbein und Brüsseler Spitze vervollständigten ihr Erscheinungsbild. Felix hatte sich für diesen Abend vom Schneidermeister Erler in der Kesselgasse einen neuen Frack und eine helle Brokatweste schneidern lassen, und dieses Mal hatte er – seiner Frau zuliebe – seine Halsbinde so sorgfältig angelegt, dass sie gerade saß und nicht schief wie sonst meistens. Finanzieren konnten sie diese Neuanschaffungen aus Henriettes Honorar, ihrem Anteil an den Kartenverkäufen der Theater und durch Felix' aufgestocktes Salär. Davon hatte er ihr auch den Perlenschmuck gekauft, den sie heute trug.

Und dennoch: Im Vergleich zur prächtigen, mit goldenen

Borten besetzten Robe der Jagemann kam sich Henriette fast bescheiden vor.

Aber sie war ja auch nicht die langjährige Geliebte eines Großherzogs. Als solche und von dem Fürsten in den Adelsstand Erhobene galten für die Jagemann andere Maßstäbe als für eine junge Bürgerliche.

»Ich muss Ihnen wirklich danken«, fuhr die Intendantin mit raumfüllender Stimme fort. »Als ich verlauten ließ, auf meiner Bühne werde in der nächsten Vorstellung das Geheimnis des rätselhaften *H. Bücherfreund* gelöst, waren die Karten binnen zweier Tage ausverkauft. Es kommen heute Abend sogar etliche Besucher, die das Stück schon gesehen haben – aus reiner Neugier. Ihretwegen, meine Liebe! Diese Nachfrage hat der Inszenierung noch einmal einen so kräftigen Schub verliehen, dass wir vier zusätzliche Vorstellungen in den Spielplan aufgenommen haben. Was nicht leicht war, immerhin spielen wir an dreihundert Abenden im Jahr. Und alle vier waren im Nu ausverkauft!«

»Dreihundert Vorstellungen!«, staunte Felix. »Das ist ganz erstaunlich und unterstreicht Weimars Stellung als Musenhof und führende Stadt in Sachen Literatur und Theater.«

»Es ist auch ein Erfolg für das Stück Ihrer werten Gattin«, gab sich die Jagemann großzügig.

»Sie sind ein bisschen blass, meine Liebe«, stellte sie dann mit Blick auf Henriette fest, nachdem sie sich Kaffee nachgeschenkt hatte. »Da müssen wir noch etwas Farbe auf ihren zarten Teint bringen, bevor wir Sie auf die Bühne holen. Aber keine Sorge, darum kümmert sich nachher Maria, die mit Theaterschminke hervorragend umzugehen weiß. Für die Bühne muss man mehr auflegen, denn das Licht schluckt viel Farbe. Sehe ich da etwa Lampenfieber auf Ihrem hübschen Gesicht, meine Liebe?«

»Ich bin sehr aufgeregt«, gestand Henriette, die ihre frühe Schwangerschaft hier nicht zum Thema machen wollte. Statt des süßen Gebäcks war ihr eher nach etwas Saurem und etwas Salzigem zumute. »Aber nicht nur, weil ich nachher auf die Bühne soll. Ich bin schon sehr darauf gespannt, wie Sie und Ihr Ensemble hier meinen Text mit Leben erfüllen. Und wenn ich ganz ehrlich sein darf ...«

»Nur heraus damit, meine Liebe! Sie fürchten die Kritiker, die ganz vorn im Publikum sitzen werden?«, mutmaßte die Jagemann scharfsinnig.

»Ja, Madame. Was, wenn sie ihre Meinung ändern, sobald sie erfahren, dass eine Frau das Stück geschrieben hat? Werden sie es dann nicht plötzlich ganz banal finden? Oder gar verreißen?«

Die Jagemann lächelte souverän, in ihren Augen blitzte der Schalk auf.

»Meine Liebe, seien Sie unbesorgt. Verreißen können sie es nicht mehr, denn sie haben sich schon festgelegt und es in den höchsten Tönen gelobt. Niemals werden sie eine einmal veröffentlichte Meinung ändern. Sie könnten höchstens gar nicht berichten. Aber sie werden sich bestimmt nicht das Spektakel entgehen lassen, nachdem bereits angekündigt ist, dass das Geheimnis heute gelüftet wird. Zumal auch die Konkurrenz ganz sicher berichten wird ...«

Ihr Lächeln wurde breiter, sie senkte die Stimme ein wenig, als planten sie eine Verschwörung. »Banal und harmlos hätten sie es vielleicht finden können, als sie dachten, es habe ein Mann geschrieben. Doch unter dem Aspekt einer weiblichen Autorenschaft bekommt es doch eine gewisse Doppelbödigkeit, eine Moral auf höherer Ebene. Und da Sie neben mir auf der Bühne stehen werden, glaube ich nicht, dass es jemand wagen wird, sich zu entrüsten.«

Bei ihrem letzten Satz klang die Jagemann eher schnippisch. Sie war eine hervorragende Schauspielerin, aber in diesen Worten schwang ein Unterton mit. Eine Anspielung auf ihre Position als Geliebte des Großherzogs von Sachsen-Weimar-Eisenach. Ein kunstsinniger Mann, dessen Mutter Anna Amalia eine bedeutende Bibliothek ins *Grüne Schloss* verlagert und vergrößert sowie ständig bespielte Theaterstätten in Weimar etabliert hatte. Ein Fürst, dessen engster Freund und Berater Goethe war. Ein Mäzen und Feingeist. Wenn sich Caroline Jagemann seine Zuneigung über zwanzig Jahre bewahrt hatte, musste sie klug sein.
Aber hinter ihrer Bemerkung steckte auch: Sie wusste sehr wohl, dass die Leute über sie als Mätresse tratschten. Doch niemand würde ihr etwas Kritisches ins Gesicht sagen, um nicht Anstoß beim Fürsten zu erregen. Natürlich tat das weh, aber eine Freifrau von Heygendorff würde sich nicht die Blöße geben, dies laut einzugestehen oder sich anmerken zu lassen.
Die Intendantin stellte ihre Mokkatasse ab und stand auf. »Wenn Sie das Theater besichtigen möchten, bevor das Publikum eintrifft, sollten wir jetzt damit beginnen. Ich gehe voran, folgen Sie mir.«
Durch schmale Gänge und Treppen stiegen sie hinab, die Röcke vorsichtig raffend.
»In Weimar wurde schon lange Theater gespielt, doch dieses Haus wurde auf Wunsch des Großherzogs vor vierzig Jahren eröffnet, mit einem Stück von Iffland«, berichtete die Gastgeberin, während sie schwach beleuchtete Gänge hinter sich ließen.
»Stimmt es, dass Sie in Mannheim bei Iffland Schauspielunterricht hatten?«, fragte Henriette.
»Ja, mir wurde diese Ehre zuteil«, antwortete die Jage-

mann mit Stolz und zugleich Hochachtung vor dem großen Mimen und dramatischen Autor.
»Ich habe ihn in Berlin gesehen, bei seinem letzten Auftritt. Das wird mir unvergesslich bleiben«, schwärmte Henriette.
Sie standen nun vor einem Raum mit beleuchteten Spiegeln auf beiden Seiten, der in der Mitte durch einen Paravent geteilt war. Links und rechts saßen oder standen Schauspieler in Kostümen. Einige schminkten sich oder stülpten sich eine Perücke über, andere übten Posen, waren ins Textbuch vertieft oder sangen sich ein, um die Stimme zu lockern.
Caroline Jagemann klatschte in die Hände.
»Mesdames, Messieurs, wir wollen nicht lange stören. Aber ich möchte Ihnen den Genius vorstellen, dem wir dieses großartige Stück verdanken.«
Sie zwinkerte Henriette zu. »Die Darsteller sind eingeweiht, mussten aber schwören, nichts zu verraten.«
Schauspieler und Aktricen erhoben sich und verneigten sich vor ihrer Intendantin und deren Besuchern.
Ein junger Mann kam auf sie zu, der ihr vorgestellt wurde und dessen Namen Henriette in ihrer Aufregung nicht richtig verstand, doch sie wollte nicht nachfragen. Nachher muss ich unbedingt den Theaterzettel studieren, ermahnte sie sich.
»Ich darf den Julius spielen«, sagte er freudestrahlend und winkte eine blutjunge und bildhübsche Schauspielerin mit blonder Perücke heran, die tief vor ihr knickste.
»Und ich die Juliette.«
In ihren Kostümen sahen die beiden fast so aus, wie Henriette es sich in ihrer Phantasie vorgestellt hatte, als sie das Stück schrieb. Und wenn sie den Blick durch die Künstlergarderobe schweifen ließ, erriet sie fast sofort, wer welche Rolle spielen würde. Es war wie ein Traum und zugleich be-

wegend zu sehen, wie hier etwas Gestalt annahm, das bisher nur in ihrer Vorstellung und als Ansammlung von Worten auf tintenbekleckten Seiten existiert hatte.

»Ich danke Ihnen, dass Sie meine erdachten Figuren zum Leben erwecken«, erklärte sie warmherzig.

»*Wir* danken *Ihnen* von Herzen für diese wunderbaren Rollen«, versicherte die Hauptdarstellerin.

Noch einmal klatschte die Jagemann in die Hände. »Nun, wir wollen nicht weiter stören, Sie sollen sich auf Ihren Auftritt konzentrieren. Ach, Marie, wenn Sie nachher ein wenig Zeit finden, Madame zu pudern und ihr etwas mehr Leben auf die Wangen zu zaubern …«

Eine junge Frau im Schäferinnenkostüm knickste. »Natürlich, sehr gern.«

»Dann toi, toi, toi für die Vorstellung«, wünschte die Jagemann und ermahnte Henriette und Felix hastig: »Es darf sich jetzt niemand bedanken, das bringt Unglück. Ein alter Theaterbrauch.«

Also hielt Henriette eine Erwiderung zurück.

Sie gingen nun durch einen dunklen Raum, an einem schweren Vorhang vorbei, und plötzlich standen sie auf der Bühne.

»Gewöhnen sie sich schon einmal daran, meine Liebe«, meinte Caroline Jagemann fröhlich.

Der Zuschauerraum war mäßig beleuchtet, aber sehr prächtig ausgestattet, mit Säulen und Balkonen.

»Wirklich beeindruckend«, meinte Felix, während es Henriette geradezu die Sprache verschlug – nicht nur angesichts der Pracht, sondern auch bei der Vorstellung, hier in drei Stunden vor dem Publikum zu stehen, sich der Öffentlichkeit zu stellen. Ihr Magen krampfte sich gerade vor Aufregung zusammen.

»Das ist Goethes Verdienst«, meinte die Jagemann. »Alle

Welt weiß, dass wir nicht die besten Freunde sind, aber wir achten einander und sind voller Respekt für das Können und Wissen des anderen. Zumeist jedenfalls. Der Herr Geheime Rat hat sich wirklich große Verdienste auch für dieses Haus erworben. Er wollte der Unsitte ein Ende bereiten, dass das Publikum während der Vorstellungen isst, trinkt und schwatzt, derweil sich die Schauspieler auf der Bühne abmühen und vergeblich um Aufmerksamkeit ringen. Die Pracht des Hauses soll der Einschüchterung des Publikums dienen.«

Wie Henriette wusste, war Goethe bis vor zwei Jahren Intendant dieses Theater gewesen, bis er sich aus der Funktion zurückzog und die Jagemann diese Stellung übernahm. Es gab Gerüchte, ein Streit der beiden darüber, ob ein Hund auf die Bühne sollte oder nicht, sei der Auslöser gewesen. Aber vielleicht war das nur üble Nachrede. Vielleicht wollte der Dichterfürst mit den vielen Ämtern einfach mehr Zeit fürs Schreiben.

»Goethe bestand nicht nur auf einem festen Ensemble, sondern er räumte den Dichtern Einfluss auf die Inszenierung ihrer Werke ein. Schiller inszenierte seine Stücke sogar selbst, und es waren unvergessliche Abende.«

»Das hätte ich gern gesehen«, sagte Henriette verträumt.

»Nun, dafür stehen Sie jetzt auf dieser Bühne«, konterte die Jagemann mit einem aufmunternden Lächeln. »Kommen Sie, schreiten wir über die Bretter, die die Welt bedeuten, werfen Sie einen Blick in den Zuschauersaal!«

»Ich kann es gar nicht fassen«, gestand Henriette. »Ich fühle mich wie in eine andere Welt versetzt. Vor ein paar Stunden noch, in der Kutsche, war ich ganz in Gedanken bei meinen Kindern, die noch sehr klein sind, fünf unser Sohn und fast zwei unsere Tochter. Ob es ihnen wohl gut geht oder ob sie mich vermissen.«

Felix hatte sein Bestes getan, ihr diese Sorgen auszureden. »Sie dürfen bei den Großeltern übernachten, Fräulein Klein ist bei ihnen, und Frau Tröger wird sie mit Leckereien vollstopfen. Sie werden so verwöhnt, dass sie unsere Abwesenheit kaum bemerken werden«, hatte er gesagt. Glaubte er das wirklich?

»Die Mutterrolle ist natürlich die schönste Rolle«, versicherte die Intendantin. »Mein Sohn ist nun auch schon zwölf Jahre alt. Aber es sind längst neue Zeiten angebrochen, in denen Frauen sich nicht allein darin genügen müssen. Gleich treffen wir meine Freundin Madame Ettinger – und da haben Sie uns: Drei Frauen, jede steht für eine Generation, und jede ist als Künstlerin erfolgreich.«

Durch die geöffneten Türen des Zuschauerraums drang plötzlich Stimmengemurmel.

»Oh, die Herren Kritiker sind da. Begleiten Sie mich?«

Madame Jagemann musste Henriette wohl den Schreck auf dem Gesicht abgelesen haben.

»Keine Sorge, meine Liebe. *Verwirrspiel im königlichen Garten?* Jetzt veranstalten wir erst einmal ein Verwirrspiel im Hoftheater. Kommen Sie! Das wird ein Spaß!«

## Verwirrspiel im Hoftheater

Im Foyer hatten sich bereits die ersten Zuschauer eingefunden. Als die Freifrau und Intendantin hereinrauschte, zog sie sofort alle Blicke auf sich. Damen knicksten ehrerbietig, Herren verneigten sich bewundernd. Caroline Jagemann erwiderte die Geste mit einem Lächeln und einem höflichen Neigen des Kopfes.

Henriette fragte sich, wie viel Sarkasmus wohl hinter diesem Lächeln einer überaus begabten Schauspielerin steckte – die sicher einzuschätzen wusste, welche Ehrerbietung ihrer Kunst galt und wie viel davon nur dem Umstand, dass sie die langjährige Favoritin des Großherzogs war.
Doch ihr blieb keine Zeit zum Grübeln, denn schon stürzte die Jagemann auf Caroline Ettinger zu.
»Meine Liebe, wie schön, dass wir heute gemeinsam diesen großen Moment erleben dürfen.«
Madame Ettinger begrüßte auch Henriette und Felix und beglückwünschte sie zum Erfolgszug des Stückes.
»Der auch Ihr Erfolg als Verlegerin ist«, versicherte Henriette, doch für mehr blieb keine Zeit. Da lotste die Jagemann sie schon alle zu einer Gruppe von fünf Herren im dunklen Frack, von denen einer in Begleitung einer übermäßig mit Schmuck behangenen Dame erschienen war.
»Die Herren Kritiker, seien Sie willkommen in diesem Haus«, begrüßte die Intendantin die Besucher und stellte sie und ihre Begleitung einander vor.
»Madame Ettinger kennen Sie ja bereits, und dies sind Madame und Monsieur Zeidler aus Freiberg«, sagte die Jagemann.
Ihr vielsagendes Lächeln und ihr bedeutungsschwerer Blick auf das hier unbekannte Freiberger Paar befeuerte die Kritiker zu Schlüssen, die nur zur Hälfte richtig waren, denn sofort wanderten alle Blicke zu Felix. Genau darauf hatte die Jagemann abgezielt und freute sich spitzbübisch.
»Ist das wahr, was man sich erzählt: dass heute das große Geheimnis gelüftet wird?«, fragte die herausgeputzte Dame und wedelte aufgeregt mit ihrem Fächer. »Oh, wir sind ja so neugierig! Nicht wahr, Liebling?«, sagte sie zu dem Mann, der ihr seinen Arm angeboten hatte.

Liebling seufzte voller Vorfreude – oder weil er die Darbietung seiner Gattin übertrieben fand.

Nicht so die Jagemann.

»Sie sind schon ganz dicht davor, das Geheimnis zu enthüllen«, raunte die Intendantin, hob die Augenbrauen und sah vielsagend zu ihren Freiberger Gästen.

Jetzt schnappte auch Liebling nach Luft.

»Ist es wirklich …?«

Er verneigte sich tief vor Felix.

»Oh, Monsieur, Sie haben mich verzaubert«, säuselte er nicht weniger übertrieben als seine Gattin. »Dieser Esprit, diese elegante Sprache!«

»Nach dem tragischen Verlust eines großen Genies darf Deutschland nun wieder hoffen, dank Ihnen, Monsieur«, stimmte ein behäbiger Mann neben ihm ein.

Felix spielte das Spiel mit großem Vergnügen und innerer Befriedigung mit. Denn genau damit hatten sie gerechnet. Er freute sich schon auf die Mienen der Männer, wenn nachher nicht er, sondern Henriette auf die Bühne ging. Also lächelte er und sagte ein paar kryptische Worte, die weder bestätigten noch dementierten.

Auch die Jagemann kostete die Situation weidlich aus.

Sie lächelte, legte den Finger auf den Mund und sagte vieldeutig zu dem Behäbigen: »Psst! Ich werde jetzt noch nicht mehr verraten.«

Voll Überschwang juchzte die herausgeputzte Dame: »Liebling, stell dir vor, wie haben heute mit dem großen *H. Bücherfreund* gesprochen. Davon werde ich noch Monate zehren! Wir haben Ihr wunderbares Stück selbstverständlich schon gesehen, Monsieur. Aber ich erlebe es liebend gern noch einmal. Und natürlich hat uns auch die Neugier hierhergetrieben.«

Sie fächelte heftiger.
»Halt mich, Liebling, ich glaube, ich werde ohnmächtig!«
»Ich denke, wir bekommen nachher auf der Bühne noch genug vorgetäuschte Ohnmachtsfälle zu sehen«, knurrte ihr Begleiter.
Fast völlig unbeachtet, ließ Henriette ihre Blicke von einem Herrn zum anderen schweifen. Sie hatte sich bei der Vorstellung vor Aufregung nicht sofort alle Namen merken können, brachte die meisten aber mit Besprechungen ihres Stücks in Verbindung. Alle strahlten sie das Bewusstsein von Macht aus, der Macht des Wortes. Sie konnten mit einem einzigen Satz Karrieren fördern oder vernichten. Fast alle hatten sie – wie sie selbst unter den Handschuhen – mehr oder weniger tintenbekleckste Finger. Und nur Augen für Felix. Abgesehen von einem schlanken Herrn von etwa vierzig Jahren, auf dessen Gesicht sie ähnliche Belustigung wie bei der Jagemann entdeckte. Sie erinnerte sich an seine Rezension ihres Stückes, ihr fielen sogar ein paar Sätze ein. Und seinem Blick entnahm sie, dass er das Rätsel gelöst hatte und dabei zu einem anderen Ergebnis als seine Kollegen gekommen war.
Die Theaterglocke riss sie aus ihren Gedanken.
»Mesdames et Messieurs, die Vorstellung beginnt in wenigen Minuten«, rief ein Saaldiener. »Bitte nehmen Sie Ihre Plätze ein.«
Keck dachte Henriette: Die Vorstellung hat längst begonnen. Ein Lächeln zog über ihr Gesicht, und auf einmal war die Aufregung verschwunden.

Henriette und Felix erlebten die Aufführung in einer Loge zusammen mit der Intendantin und Caroline Ettinger.
Vor der Loge hatte Maria bereits auf sie gewartet, mit Puder-

quaste und Wangenrot bewaffnet, um Henriette etwas Farbe ins Gesicht zu zaubern.

Noch war der Vorhang geschlossen, aufgekratztes Gemurmel drang zu ihnen herauf, und Jette sah, dass alle Augen auf sie gerichtet waren. Oder eher auf Felix und die Intendantin. Die Lampen verbreiteten viel Wärme, also benutzte sie den Fächer aus Elfenbein und Brüsseler Spitze, den ihr Augusta geschenkt hatte.

Endlich ging der Vorhang auf, das Spiel begann.

Es war für sie wie ein Wunder. Die Geschichte, die bisher nur in ihrer Phantasie existierte, Bilder, die sie in Worte gefasst hatte, wurden zum Leben erweckt.

Inmitten einer ländlichen Idylle stritten die Geschwister Julian und Juliette darüber, ob sie sich verkleidet an den Hof ihres Königs wagen sollten.

Sie, weil sie die frei gewordene Stelle des Direktors der Königlichen Hofbibliothek anstrebte; er, weil er seine Schwester nicht allein dorthin schicken wollte.

*»Nirgendwo im Königreich gibt es mehr Bücher als dort. Was für ein Glück es sein muss, dort zu arbeiten!«, schwärmte das Mädchen. »Aber du willst doch bloß die Prinzessin anschmachten. Als junger Mann würdest du niemals auch nur in ihre Nähe kommen.«*

*»Ich muss doch wissen, ob es stimmt, was man über sie sagt«, argumentierte er.*

*»Dass sie bildschön und lieblich ist? Oder ein grausiger Drachen?«, neckte ihn seine Schwester.*

Es gab schon die ersten Lacher, als die Geschwister umgekleidet hinter einer Hecke hervortraten, sie in Hosen und mit zusammengebundenen Haaren, er nun im verkehrt geknöpften Kleid und mit schief sitzender Perücke.

*»Das müssen wir noch etwas aufbessern«, kündigte Juliette*

*an und malte ihrem Bruder die Wangen knallrot. Sie selbst steckte sich eine leere Pfeife in den Mund und stolzierte mit großen Schritten auf und ab. »Hoffentlich muss ich das Ding nicht anzünden«, unkte sie und hustete schon von dem Geruch des kalten Tabaks.*

Mit Begeisterungsstürmen und Beifall auf offener Szene reagierte das Publikum auf die witzigen Dialoge, mit denen die verkleidete Juliette ihre Eignung als Bibliothekar und Lehrer des Prinzen unter Beweis stellte, wie sie mit dem Zeremonienmeister darüber stritt, welche Unterrichtsfächer wichtig waren.

*»Pudern, Plaudern und würdevolles Schreiten«, beharrte der Höfling und wedelte affektiert mit seinem Schnupftuch.*

*»Mathematik, Wirtschaft und Geschichte«, hielt Juliette dagegen.*

Und Julius erntete fröhliches Gelächter, wenn er von einem liebestollen Kammerherrn gejagt wurde und dessen Küssen immer wieder nur mit größter Mühe entkam, bis er schließlich von der Tochter des Gärtners versteckt wurde.

»Sie lachen genau an den richtigen Stellen«, raunte Felix Henriette zu und freute sich. »Alle Pointen sitzen so, wie du es geplant hast. Eine großartige Inszenierung!«

Als die Geschwister schließlich enttarnt wurden, geriet der ganze Hofstaat aus der Fassung.

*»Unmöglich! Wie kann das sein – ein Weib und klug?«, entrüstete sich der Zeremonienmeister und tat so, als wolle er gleich in Ohnmacht fallen.*

*Und der liebestolle Kammerherr riss sich vor Beschämung seine weiße Perücke vom Kopf und zerdrückte sie.*

Natürlich entflammte der Prinz in Liebe zu Juliette. Aber dann unterlief Henriette die Erwartungen des Publikums mit einem unerwarteten Ende.

*»Hoheit, das ist unmöglich!«, rief die blonde Hauptdarstellerin. »Ich kann nicht Eure Braut werden, bevor Ihr hundert Bücher gelesen habt.«*

*»Ich werde sofort damit beginnen«, versicherte der Prinz. »Man bringe mir Bücher!«*

*»Und Ihr könnt kein guter König werden, wenn Ihr nicht mindestens weitere hundert Bücher gelesen habt.«*

*Der Prinz griff nach ihrer Hand und beugte sich zum Kuss darüber.*

*»Werdet Ihr mir eine Liste der Titel aufschreiben, meine liebliche* und *kluge Juliette?«*

Als der Vorhang fiel, bedeutete die Jagemann Henriette und Felix, ihr zu folgen.

Sie hörten den tosenden Applaus, als sie sich über eine Treppe und schmale Stiegen hinunterbewegten und in einem Seitengang zum Vorhang landeten.

In einem zweiten, parallel dazu, hatten sich die Schauspieler aufgereiht, um immer wieder auf die Bühne hinauszugehen, sich dem jubelnden Publikum zu zeigen und sich zu verbeugen.

Die Intendantin bat Henriette, kurz zu warten, und schritt auf die Bühne, während von links und rechts die Hauptdarsteller neben sie traten und hinter ihr die übrigen Mitwirkenden Aufstellung nahmen.

Erneute entbrannte tosender Applaus.

Die Darsteller auf der Bühne verbeugten sich mehrfach und wurden bejubelt. Dann hob die Intendantin beschwichtigend die Hände. Und da jedermann im Saal gespannt auf die große Enthüllung wartete, wurde es rasch still – bis auf das unterdrückte Husten einer Dame in den hinteren Reihen.

»Sehr verehrtes Publikum. Ich habe die Ehre und das Ver-

gnügen …« Das mit dem Vergnügen glaubte Henriette sofort, die mit klopfendem Herzen an der Seite stand.
»… Ihnen heute die Person vorzustellen, der wir diese hinreißende Komödie verdanken. Hier und heute wird das Rätsel gelöst, wer sich hinter dem Pseudonym *H. Bücherfreund* verbirgt. Und Sie dürfen dabei sein. Sind Sie bereit?«
Die erfahrene Aktrice spielte mit dem Publikum, und es spielte gern mit und rief: »Ja!« und: »Her mit dem Kerl!«
In die Rufe und den Applaus hinein gab sie Henriette das Zeichen, vorzutreten und zur Mitte der Bühne zu kommen. Die Jagemann streckte den Arm aus, um sie mit großer Geste anzukündigen. »Begrüßen Sie mit mir …«
Erneut begannen die Zuschauer zu applaudieren.
»Madame Henriette Zeidler, eine junge und vielversprechende Dichterin, von der wir noch viel erwarten dürfen.«
Jäh verebbte der Beifall, als Henriette sich zeigte, wurde zu einem Tröpfeln, schließlich trat Totenstille ein.
Dann erhoben sich die Ersten im Zuschauersaal und begannen erneut zu applaudieren. Nach und nach wurden es immer mehr, und bald standen auch zwei der Kritiker in der ersten Reihe auf und klatschten.
Von der Bühnenbeleuchtung geblendet, erkannte Henriette die Gesichter kaum. Sie war sich aber ziemlich sicher, dass einer von ihnen der Mann war, der sie vorhin so aufmerksam beobachtet hatte.
»Bravo!«, riefen etliche Zuschauer applaudierend.
*»Brava!«*, korrigierte lautstark Madame Ettinger von der Loge herab.
Bald schon standen alle Zuschauer und applaudierten minutenlang und mit vielen »Brava!«-Rufen Henriette und dem Ensemble, die sich immer wieder verbeugten und sich damit beim Publikum bedankten.

# EPILOG I

Die Zeidlers blieben noch einige Tage zu Gast bei der Intendantin, um gemeinsam mit Madame Ettinger den Triumph zu feiern und abzuwarten, was und wie die Presse berichtete.

Caroline Jagemann hatte recht behalten: Kein böses Wort fiel.

Doch dann hielt Henriette und Felix nichts mehr in Weimar, das Heimweh und die Sehnsucht nach den Kindern waren zu groß.

Als sie Freiberg erreichten, war Jette nicht mehr zu zügeln.

»Wir stellen nur das Gepäck ab und gehen gleich zum Untermarkt, ja?«, drängte sie Felix. Auch er wollte die Kinder so schnell wie möglich wiedersehen.

Es gab einen aufgeregten und fröhlichen Empfang bei den Gerlachs. Max rannte jubelnd auf seine Eltern zu, Lissi nach kurzem Zögern ebenfalls.

Später, als Henriette etwas zur Ruhe gekommen war und ausführlich berichtet hatte, bat der Oheim sie darum, diese Geschichte auch in seinem Blatt groß herausbringen zu dürfen.

Doch das wollte Henriette nicht. »Ich möchte hier kein Aufsehen. Wichtig ist doch, dass sich die Dinge in Berlin und Dresden herumsprechen, war das nicht unser Plan?«

Friedrich Gerlach schmunzelte. »Du glaubst doch nicht, in dieser Stadt etwas geheim halten zu können?«
»Gib mir noch etwas Zeit. Ich will nicht ständig auf einer Bühne stehen, auch nicht im übertragenen Sinn. Man sollte doch meinen, dass die Leser und Zuschauer ihr Augenmerk auf das Stück richten und nicht auf den, der es geschrieben hat.«
»Klappern gehört zum Handwerk«, meinte die Tante lakonisch.
»Und jeder wird wissen wollen, was du als Nächstes schreibst«, ergänzte der Oheim.
Henriette sah zu Felix, der sie anlächelte.
»Du bist jetzt der Liebling der literarischen Welt«, sagte er. »Nun hast du die freie Wahl, worüber du schreibst.«
Sie atmete tief durch und sagte dann strahlend: »Ich habe da schon eine Idee …«

# EPILOG II

Louise Seidler übersiedelte zeitweise von Rom nach Florenz und durfte 1821 erstmals an einer Ausstellung der Dresdner Kunstakademie teilnehmen. Sie kehrte 1823 nach Weimar zurück, verbrachte die letzten Tage Goethes mit ihm in seinem Haus und wurde später zur Hofmalerin in Weimar ernannt. In ihren letzten Lebensjahren verlor sie immer mehr das Augenlicht. Zeitlebens blieb sie unverheiratet.

Caroline Jagemann zog sich von der Bühne zurück, nachdem Großherzog Carl August 1828 gestorben war, und übersiedelte mit dem gemeinsamen Sohn Karl nach Dresden. In der Weimarer Gesellschaft wurde sie nach dem Tod des Fürsten als dessen langjährige Geliebte und Mutter seines außerehelichen Sohnes nicht mehr geduldet.

Caroline Ettinger führte den Verlag ihres Mannes gemeinsam mit ihrem Sohn Otto fort und verkaufte das Unternehmen im Jahr 1819.

Gerhard von Kügelgen wurde am 27. März 1820 auf dem Rückweg von seinem Atelier in Dresden-Loschwitz von einem Raubmörder erschlagen. Ein Kriminalfall, der Entsetzen bei seinen Künstlerfreunden und in ganz Dresden auslöste.

Carl Ludwig Sand wurde zum Tode verurteilt und am 20. Mai 1820 in Mannheim hingerichtet. Unzählige Zuschauer feierten ihn als Märtyrer.

Constantin Beyer schrieb die *Neue Chronik von Erfurt* und schildert darin überaus anschaulich die Ereignisse der Jahre 1813 bis 1815.
Elisabeth Eleonore Bernhardi geriet in Freiberg in Vergessenheit.
Wilhelm August Lampadius machte noch viele wissenschaftliche Entdeckungen und veröffentlichte eine Reihe von Büchern bei *Graz und Gerlach.* Er gilt heute als einer der bedeutendsten Freiberger Gelehrten.
August Breithaupt wurde 1826 Professor für Mineralogie an der Bergakademie und übte dieses Amt bis ins Jahr 1866 aus. Er war Gründungsmitglied des Erzgebirgischen Steinkohlen-Aktienvereins und gehörte weiteren wissenschaftlichen Gesellschaften an.
Friedrich Gerlach starb 1820 friedlich im Schlaf. Seine Söhne übernahmen das Geschäft: Konstantin die Druckerei, Eduard die Buchhandlung. Sein Enkel Heinrich gründete 1860 den Freiberger Altertumsverein.

Das Zeitalter der Restauration und der Demagogenverfolgung brachte eine Welle der Angst über Deutschland. Insbesondere die Karlsbader Beschlüsse, für die Sands Attentat Anlass und Vorwand war, verschärften Polizeimaßnahmen und Bespitzelung. Die Flucht ins Private, ins häusliche Leben wurde zum Charakteristikum des deutschen Biedermeier.
Doch lässt sich das menschliche Streben nach Erkenntnis nicht vollends unterdrücken. Ebenso wenig der Wunsch nach einem geeinten Deutschland.
In Dresden komponierte Carl Maria von Weber den *Freischütz.* Die romantische Oper wurde 1821 am Königlichen Schauspielhaus Berlin uraufgeführt und ein Riesener-

folg – nicht nur wegen der populären Melodien; sie wurde von Zeitgenossen als »erste deutsche Nationaloper« gefeiert.
Die Gelehrten verschiedenster Fachgebiete traten in Austausch, bildeten wissenschaftliche Gesellschaften und veranstalteten Kongresse. So konstituierte sich 1822 in Leipzig die »Versammlung deutscher Naturforscher und Ärzte«. Auf ähnliche Weise schlossen sich auch Forscher anderer Fachgebiete zusammen. Ihre Zusammenkünfte waren zeitbedingt unpolitisch, hatten aber allein durch ihre Existenz eine hohe politische Bedeutung – als Symbol für deutsche Einheit, zumindest auf geistigem Gebiet.

Henriette brachte es fertig, ihren Erfolg in Freiberg mehr oder weniger geheim zu halten – gegen den Rat ihres Oheims. Sie wollte in ihrer Stadt nicht ins Zentrum der Aufmerksamkeit geraten, auf dem Präsentierteller leben. Wenn diejenigen, die sie von Staats wegen beobachteten, es wussten, genügte ihr das. Ihr Erfolg würde ihr eine Zeitlang Schutz bieten. Auf Ruhm war sie nicht aus. Zum Glück war ihr Oheim Inhaber der einzigen Zeitung in Freiberg und Umgebung und verschwieg auf ihren Wunsch die Geschichte von *H. Bücherfreund.* Die *Jenaische Allgemeine Literaturzeitung* spielte in Freiberg keine Rolle, sie wurde nur vom Oheim gelesen. Und wenn jemand im Rahmen eines Briefwechsels etwas von dem in Weimar spektakulär gelüfteten Inkognito erfuhr, brachte er es nicht mit ihr in Verbindung oder maß dem keine große Bedeutung bei. Schrieb nicht fast jeder irgendwann ein Buch oder ein Stück?
So konnten sie und Felix in Frieden leben.
Kurz vor der Geburt ihrer zweiten gemeinsamen Tochter gab Henriette vorübergehend das Unterrichten auf. Doch

sie schrieb weiterhin jedes Jahr ein Buch oder ein Theaterstück unter ihrem Pseudonym und verschob dabei sachte die Grenzen dessen, was gesagt werden durfte – und sei es in Fabeln verschlüsselt. Es war riskant. Aber die Saat würde aufgehen.

# Nachwort

Dieses Buch ist anders als meine Romane der zurückliegenden Jahre.

Diesmal sehen wir nicht Königen, Kaisern und Feldherren über die Schulter, sondern erleben im Kleinen, im familiären Umfeld, wie die »große« Politik hereinbricht und das Leben durchdringt.

Aber passt das nicht auch genau zu Restauration und Biedermeier, für die nach den Kriegsjahren der Rückzug ins Private prägend wird?

Nach dem Erscheinen meiner Romane *1813 – Kriegsfeuer* und *1815 – Blutfrieden*, die jene dramatische Zeit zwischen Völkerschlacht, Wiener Kongress und Waterloo als großes Tableau widerspiegeln, wurde ich von Lesern oft gefragt, ob ich nicht einmal zu Ende erzählen möchte, wie Henriette und Felix zusammenfinden. Das hatte ich damals nicht geplant; ich wollte dies der Phantasie der Leser überlassen und habe mich thematisch wieder ins 12. Jahrhundert begeben. Doch dann, nach fünf Bänden von *Schwert und Krone*, reifte in mir der Gedanke, dass es reizvoll sein könnte, jene Geschichte einmal zu erzählen. Diesmal aus ganz privater Perspektive zweier fiktiver Figuren.

Es ging für mich um die Frage: Wie lebt man weiter nach solch einem Krieg, traumatisiert von all dem Sterben und dem Kanonendonner? Und dann ist es natürlich das Thema Leben unter Beobachtung, Schreiben unter Zensur, das mich umtreibt. Es taten sich so viele Parallelen zur jüngeren und allerjüngsten Geschichte auf. Ich muss die entsprechenden Szenen und Anspielungen nicht nennen. Sie, liebe Leserinnen und Leser, sind klug genug, sie zu erkennen. Wobei »Am Fenster« und »Rosa Elefanten« eher bei den in der DDR Aufgewachsenen Assoziationen wecken dürften.

Ich schreibe über fiktive Figuren, nutzte aber viele Quellen, um ein stimmiges Bild jener Zeit zu liefern.

Ein überaus reicher Fundus waren für mich die Jahrgänge 1815 bis 1819 des Gerlachschen Wochenblatts *Freiberger gemeinnützige Nachrichten für das Königlich-Sächsische Erzgebirge.*

Daher stammen nicht nur Details wie das Heiratsgesuch, das Lobgedicht auf den König oder die Annonce der Theatervorstellung mit einem Stück von Kotzbue, was für mich eine Steilvorlage für den weiteren Verlauf der Geschichte war. Dort fand ich auch die Ankündigungen des Stadtmusicus Siegert, den Schneidermeister Erler, die Einladungen in den *Warnatzschen Garten,* den Aufruf der *Dresdner Kinderzeitung* und – man möchte es kaum glauben – das *Handbuch der Chemie für Frauen* und das Aufklärungsbuch *Die Geheimnisse der Ehe.*

Es war für mich beim Schreiben das Salz in der Suppe, zu wissen, dass ich diese Dinge und Personen nicht erfunden habe, sondern dass sie wirklich existierten.

Eine interessante Parallele sind die insbesondere 1815 und 1816 umfänglichen Annoncen für Beisortimente. Da wird mancher Buchhändler heute schmunzeln.

Sehr schöne zeitgenössische Quellen fand ich in den *Erinnerungen der Louise Seidler* und den *Kindheitserinnerungen eines alten Mannes* von Kügelgens ältestem Sohn Wilhelm.

Dort beschreibt er auch die Notlage, in die die Familie Ende 1815 geraten war und die ich in diesem Roman schildere. Den Memoiren Louises habe ich einige Gedanken entnommen, aus denen ich Briefe schuf, die sie vielleicht an Henriette geschrieben haben könnte, und die Beschreibung des exaltierten Herzogs August von Sachsen-Gotha-Altenburg. Auch berichtet sie tatsächlich, dass sie sich gelegentlich mit Stick- und Näharbeiten das zum Leben nötige Geld verdienen musste.

Das Kügelgen-Haus in Dresden ist heute ein Museum. Dort kann man nicht nur die Räume besichtigen, in denen die Szenen spielen. Dort finden Sie auch ein Gemälde, das ich sehr liebe: Friedrich Kerstings *Die Stickerin,* das uns Louise Seidler zeigt. Das Original befindet sich in Weimar.

Die Verwicklung des jüngeren Sohnes der Gerlachs in das Wartburgfest und weitere Ereignisse sind allerdings meiner dichterischen Freiheit geschuldet.

Gerlachs Enkel Heinrich – der Sohn von Konstantin – wurde später eine der bemerkenswertesten Persönlichkeiten der Freiberger Geschichte. Er gründete den Freiberger Altertumsverein, das Naturkundemuseum und war in etlichen Vereinen engagiert.

Anmerken möchte ich noch, dass zur Zeit meiner Romanhandlung die Ursache für das dramatische »Jahr ohne Sommer« noch nicht bekannt war. Im April 1815 war der Vulkan Tambora im heutigen Indonesien massiv ausgebrochen und hatte Unmengen von Asche, Staub und giftigen Gasen in die Atmosphäre geschleudert, die um den Globus zogen und 1816 in Europa und Amerika unter anderem enorme Unwetter und Schneefälle im Sommer verursachten, wodurch es zu Überschwemmungen und Missernten kam, ebenso zu einer Abkühlung des Weltklimas bis ins Jahr 1819 hinein.

Dieser Zusammengang wurde erst rund hundert Jahre später von der Wissenschaft hergestellt.

Ein paar kleine Freiheiten habe ich mir doch genommen: Die Zensoren hießen von Busse und Uhlig, nicht Ullrich. Da der Name Uhlig in Freiberg und Umgebung sehr verbreitet ist, habe ich ihn leicht abgeändert, um niemandem auf die Füße zu treten.

In welchem Verwandtschaftsverhältnis Elisabeth Eleonore Bernhardi zum gleichnamigen Freiberger Bürgermeister stand, ließ sich nicht genau ermitteln.

Der Übergang vom Empirekleid zurück zu Korsett und ausladenden Röcken erfolgte nicht ganz so schnell wie im Buch. Aber er zeigt, wie Politik auch Mode macht. Nach dem mit Rosshaar verstärkten Unterrock wird um 1830 auch der Reifrock in Form der Krinoline wieder üblich.

Louise Seidler war 1815 nicht in Dresden bei ihrem Lehrer Kügelgen, sondern in den Jahren davor und danach. Und dann habe ich dem Weimarer Theater noch eine von mir erfundene Inszenierung »untergeschoben«.

Aber es gibt auch ein paar Anspielungen auf Kommendes: Die Nähmaschine wird sich ab der Mitte des 19. Jahrhunderts durchsetzen, obwohl es erste Versuche schon zur Zeit der Handlung gibt; die Universität Erfurt wird im September 1816 aufgelöst; Constantin Beyer hat mit seiner Erfurter Stadtchronik ein wichtiges Werk hinterlassen; Professor Galletti wird einmal zum »Vater der Kathederblüte«.

Die Seifertshainer Pfarrerstochter Auguste Vater und der Leipziger Totengräber Ahlemann haben später tatsächlich ihre Erlebnisse während der Völkerschlacht niedergeschrieben und uns damit erschütternde Augenzeugenberichte hinterlassen.

Apropos Anspielung: Dass Henriette in Berlin im Haus Brüderstraße 11 wohnt, direkt neben der Nicolaischen Buchhandlung, hat eine tiefere Bedeutung. Beide Häuser beherbergen jetzt die Sächsische Landesvertretung in Berlin. Henriette ist sozusagen meine sächsische Gesandte in der Hauptstadt.

Der Blick auf die Geschichte ändert sich im Laufe der Zeit. Es ist Aufgabe der Geschichtsforschung, Dinge, Prozesse und Personen immer wieder auf den Prüfstand zu stellen und neu zu bewerten. So gibt es mittlerweile eine differenziertere Sicht auf Metternich, die ich hier auch anklingen lasse.

Doch was ich überhaupt nicht gutheißen kann und mit großer Sorge erlebe: dass historische Personen oder Kunstwerke von Eiferern ausschließlich nach den Maßstäben der heute üblichen »Political Correctness« bewertet und dann verworfen, aussortiert oder umgeschrieben werden, wie es derzeit gerade in beunruhigendem Ausmaß geschieht.

Das würde in letzter Konsequenz dazu führen, dass wir unsere gesamte Vergangenheit »entsorgen«. Da es ständig neue Festlegungen gibt, welche Begriffe noch verwendet werden »dürfen« und welche nicht, sind Aussagen von gestern heute vielleicht schon »inakzeptabel«. Hier wünsche ich mir mehr Augenmaß. Denkmalstürmerei, eine »Kulturrevolution« wie unter Mao sollten wir uns nicht antun.

Der Weg kann nur darin bestehen, sich mit der Vergangenheit auseinanderzusetzen, statt sie in Bausch und Bogen zu verwerfen. Sonst bleibt nichts mehr übrig.

Doch diese Auseinandersetzung erfordert natürlich Bereitschaft und eine gewisse Mühe. Ist vielleicht genau dies das Problem?

Man muss Menschen, Bücher, Werke der Vergangenheit im Kontext ihrer Zeit bewerten.
Bei einer historisch verbürgten Person in diesem Buch finde ich jedoch, dass rote Linien überschritten sind: Ernst Moritz Arndt. Seine Hasspredigten insbesondere gegen Franzosen und Juden, seine Aufrufe zu blutiger Gewalt kann ich nicht mit dem Verweis auf Zeitgeist tolerieren.
Aber das ist meine persönliche Meinung. Andere mögen in diesem Fall anderer Ansicht sein.

# Danksagung

Mein erster Dank geht an meinen Agenten Roman Hocke von der AVA international und sein Team für jegliche Unterstützung, für Rat und Tat. Ebenso an den Verlag Droemer Knaur, wo viele Menschen mit ihrer Arbeit dazu beigetragen haben, dass aus einer Textdatei das Buch geworden ist, das Sie nun in den Händen halten. Ganz besonders möchte ich mich hier bei Verlegerin Dr. Doris Janhsen für ihr Vertrauen in meine Romanidee und ihre Begeisterung dafür bedanken, ebenso bei Christine Steffen-Reimann, die das Entstehen des Buches freudig und kompetent begleitet hat.

Dank an Patricia Keßler für die Pressearbeit und Hanna Pfaffenwimmer, die mit Elan eine Lesetour zum Erscheinen des Buches im November vorbereitet hat, obwohl ihre diesbezügliche Mühe im Vorjahr leider von Corona durchkreuzt wurde.

Eine wichtige Etappe im Werden dieses Romans ist das Lektorat, und hier habe ich wieder durch Silvia Kuttny-Walser eine wunderbare und zuverlässige Begleitung erfahren. Danke für die inspirierende Zusammenarbeit!

Für Unterstützung bei den Recherchen danke ich Angela Kugler-Kießling vom Wissenschaftlichen Altbestand der Universitätsbibliothek der TU Bergakademie Freiberg, die mir die aufschlussreichen Zeitungsjahrgänge herausgesucht und manch guten fachlichen Hinweis gegeben hat. Ebenso danke ich ihrer Kollegin Stefanie Nagel, die die Lebensgeschichte des im Buch erwähnten Johann Ferdinand Dienstmann erforschte und mir anbot, sie hier zu verwenden. Gern hätte ich mehr dazu gebracht, aber das ist eine Geschichte für sich.

Besonderer Dank geht nach Gotha: an Oberbürgermeister Knut Kreuch, der sich sehr engagierte, damit seine Stadt in diesem Buch vorkommt, und an Stadthistoriker Dr. Alexander Krünes, der mir wichtige Quellen bereitstellte und viele Fragen beantwortete.

Und natürlich gilt mein großer Dank für die Erstellung der Karte des Deutschen Bundes im Vorsatz den Kartographen Professor Andreas Kowanda (Hochschule für Technik und Wirtschaft Dresden) und Thomas Zimmermann (Hof).

Für den historischen Freiberger Stadtplan bedanke ich mich bei der Universitätsbibliothek der TU Bergakademie Freiberg.

Liebe Leser (nein, hier kommt bei mir kein Sternchen, aber auch die Frauen dürfen sich angesprochen fühlen und werden es, das weiß ich!), nun lege ich dieses Buch vertrauensvoll in Ihre Hände. Ich bedanke mich bei Ihnen für Ihre langjährige Treue und viel Ermutigung in den einsamen Phasen des Schreibens. Ebenso bei den Buchhändlern, die meine Romane so gut präsentieren. Ohne Sie wäre mein Erfolg nicht möglich und dieses Buch vielleicht gar nicht geschrieben worden.

Bleiben Sie gesund und lesen Sie weiter!

Sabine Ebert
Dresden, im Juli 2021

# Dramatis Personae

***Historische Persönlichkeiten sind mit * gekennzeichnet***

## Freiberg

Henriette Gerlach, verwitwete Trepte, eine junge Frau

Max, ihr Sohn (zu Beginn der Handlung anderthalb Jahre alt)

Johann Christoph Friedrich Gerlach*, Buchdrucker, Buchhändler und Zeitungsherausgeber, ihr Oheim

Johanna Christiana Gerlach*, seine Frau

Konstantin Gerlach*, sein ältester Sohn

Eduard Gerlach*, sein jüngerer Sohn

Augusta, die hochbetagte Großtante der Gerlachs

Therese und Emilia, verwandte junge Mädchen im Gerlachschen Haushalt

Franz, Henriettes Bruder

Felix Zeidler, Mineraloge an der Bergakademie Freiberg

Alma Klein, Kinderfrau und Haushälterin

Lisbeth Tröger, Köchin bei den Gerlachs

Gotthelf Benjamin Bernhardi*, Bürgermeister

Elisabeth Eleonore Bernhardi*, Schulleiterin und Schriftstellerin

Wilhelm August Lampadius*, Hüttentechniker und Chemiker an der Bergakademie

August Breithaupt*, Mineralieninspektor an der Bergakademie

Leopold Ullrich, Sohn eines der beiden Zensoren in Freiberg

Christian Gottlob Siegert*, Freiberger Stadtmusicus

Sebastian von Trebra, Enkel des Oberberghauptmanns Friedrich Wilhelm Heinrich von Trebra*

Jean Meunier, Tanzlehrer

## Dresden

Franz Gerhard von Kügelgen*, Maler und Mitglied der Kunstakademie Dresden

Helene Marie*, seine Frau

Caspar David Friedrich*, Maler

## Leipzig

Charlotte Wilhelmine Lindenthal, wohlhabende Witwe

Heinrich Reclam*, Buchhändler und Verleger

Johann Daniel Ahlemann*, Totengräber von Leipzig

## Erfurt

Friedrich Keyser*, Buchhändler, Verleger und Zeitungsherausgeber

Johanne Wilhelmine Magdalena Keyser*, seine Schwester

Constantin Beyer*, Buchhändler und Chronist

## Gotha

Louise Seidler*, Malerin

Anna Caroline Ettinger*, Witwe des Verlegers und Buchhändlers Carl Wilhelm Ettinger*, die dessen Geschäft gemeinsam mit ihrem ältesten Sohn Otto* weiterführte

Johann Georg August Galletti*, Gymnasialprofessor und Historiker

## Weimar

Caroline Jagemann Freifrau von Heygendorff*, Opernsängerin, Schauspielerin und Intendantin am Hoftheater Weimar

## Berlin

Wilhelm Trepte, Jurist, Gelehrter an der Berliner Universität

Carlotta, seine Frau, Sängerin

Friedrich Daniel Parthey*, Musiker, ehemaliger Hofrat, Inhaber der Nicolaischen Buchhandlung

Diederich Schack, Polizeiinspektor

Ludwig Kiehn, angehender Jurist

# Glossar

*Advocatus Diaboli:* (deutsch: Anwalt des Teufels) – wenn ein Redner gezielt die Argumente des Gegners anführt, damit etwas abgewogen werden kann

*a prima vista:* (deutsch: auf den ersten Blick) – ein Musikstück spielen, ohne die Noten vorher gesehen zu haben

*Attische Demokratie:* Im 5. Jahrhundert, zur Zeit der größten Blüte Athens durch den attischen Seebund, bis dato beste Form der Demokratie; in der Volksversammlung durften aber nur freie männliche Bürger vertreten sein.

*Deutscher Bund:* Im Ergebnis des Wiener Kongresses 1815 geschaffener Zusammenschluss von deutschen Fürsten und Stadtstaaten unter Einbeziehung von Österreich, Dänemark und der Niederlande. Teil einer neuen Wirtschafts- und Friedensordnung. Organ war die Bundesversammlung in Frankfurt am Main.

*Fischbein:* Material aus den Barten großer Wale, mit denen sie Plankton aus dem Wasser filtern; wurde wegen seiner Biegsamkeit und zugleich Festigkeit für Korsettstäbe verwendet

*Kleider im englischen/französischen Stil bzw. englische Mode:* Diese Begriff habe ich hier eingesetzt, um den Kleiderstil zwischen Französischer Revolution und Restauration zu bezeichnen – das sogenannte Empirekleid, in England wurde diese Mode *Regency* genannt. Dabei muss erwähnt werden, dass die Moderichtung in Frankreich aufkam, aber die Damenmode im Wesentlichen von England geprägt wurde.

*Kontinentalsperre:* von Napoleon 1806 verhängte Blockade gegen das Vereinigte Königreich und seine Kolonien, was die Einfuhr von Gütern wie Zucker, Kaffee und britischen Manufakturwaren wie Baumwollstoffe und Garn nach Deutschland untersagte; Teil seines Handelskrieges mit Großbritannien

*Makulatur:* So wird im Druckereigewerbe Papier genannt, das durch Fehldrucke verdorben wurde.

*Muff:* röhrenartiges Kleidungsstück, in dem die Hände gewärmt werden

*Parfait:* halbgefrorene Süßspeise, war zur Zeit der Handlung sehr beliebt

*Plumeau:* Oberbett aus Federn und Daunen

*Polis:* Stadtstaat, Staatsverband im antiken Griechenland mit politischer Selbstverwaltung

*Rat der Fünfhundert:* Ratsversammlung in antiken griechischen Städten

*Récamiere:* Sitz- und Liegemöbel ohne Lehne

*Terror, Schreckensherrschaft, Der Große Terror:* Phase während der Französischen Revolution von Juni 1793 bis Juli 1794, der schätzungsweise 25 000 bis 40 000 Menschen zum Opfer fielen, zumeist nach politischen Schauprozessen oder auch ohne Prozess auf der Guillotine

*Whist:* In England entstandenes Kartenspiel, das zur Zeit der Handlung auch in Deutschland sehr populär war. Daraus ging später das Bridgespiel hervor.

*Zerberus:* In der antiken griechischen Mythologie ein dreiköpfiger Höllenhund, der den Eingang zur Unterwelt bewacht, damit kein Toter heraus- und kein Lebender hineingelangt.

# DIE GROSSE HEBAMMEN-SAGA

## VON SABINE EBERT BEI KNAUR:

**DAS GEHEIMNIS DER HEBAMME**
Roman

**DIE SPUR DER HEBAMME**
Roman

**DIE ENTSCHEIDUNG DER HEBAMME**
Roman

**DER FLUCH DER HEBAMME**
Roman

**DER TRAUM DER HEBAMME**
Roman

»Sabine Ebert gehört zu den wenigen Autorinnen in Deutschland, die so spannende und detailreiche historische Romane schreiben. Sabine Eberts ›Hebammen‹-Romane sind lebendige Geschichtsstunden!«
*Denglers-buchkritik.de*

»Mit den Hebammen-Bänden hat sie [Sabine Ebert] ein sorgfältig recherchiertes Stück deutscher Geschichte Ende des zwölften Jahrhunderts beleuchtet und dabei den Mut der kleinen Leute und deren Hoffnung auf ein besseres Leben beschrieben.«
*dpa*

KNAUR

# SABINE EBERTS HISTORIENPANORAMA VON EUROPÄISCHER DIMENSION

## 1813 – KRIEGSFEUER

Roman

Eine Mutter, die verzweifelt auf die Rückkehr ihrer Söhne hofft. Ein General, der seinen Kopf riskiert. Eine Gräfin, die aus Liebe Napoleons Spionin wird. Zwei Studenten, die für die Freiheit kämpfen wollen. Eine junge Frau auf der Flucht vor Plünderern. Ein Kontinent am Scheideweg. Der große Roman über die Völkerschlacht bei Leipzig 1813, die das Gesicht Europas entscheidend verändert hat.

## 1815 – BLUTFRIEDEN

Roman

Herbst 1813, nach der Völkerschlacht bei Leipzig: Mit einer Siegesparade feiern die Alliierten ihren Triumph über Napoleon – und die Menschen hoffen auf Frieden. Doch bis die von den Franzosen eroberte Quadriga im folgenden Sommer endlich nach Berlin heimkehren kann, stehen dem Land noch blutige Kämpfe bevor. In vielen deutschen Städten herrschen Hunger, Verwüstung und Seuchen. Ein Kongress in Wien soll die Welt neu ordnen – im März 1815 aber kehrt Napoleon von Elba zurück. Noch einmal werden die Heere in Marsch gesetzt, und die Menschen – ob Könige, Feldherren oder Bürger – müssen lebenswichtige Entscheidungen fällen. Die junge Henriette fürchtet um ihr Land und um ihre große Liebe …

»Dieses Epos ist ein Muss für Freunde historischer Bücher.«
*Braunschweiger Zeitung*

# DAS ERFOLGREICHE BARBAROSSA-EPOS

## VON SABINE EBERT BEI KNAUR:

**SCHWERT UND KRONE – MEISTER DER TÄUSCHUNG**
Roman

**SCHWERT UND KRONE – DER JUNGE FALKE**
Roman

**SCHWERT UND KRONE – ZEIT DES VERRATS**
Roman

**SCHWERT UND KRONE – HERZ AUS STEIN**
Roman

**SCHWERT UND KRONE – PREIS DER MACHT**
Roman

»Schreibpäpstin des Mittelalters«
*Sächsische Zeitung*

»Sabine Ebert versteht es, das ganz große historische Bild aufzublättern, und bei aller schriftstellerischen Freiheit, die Fakten korrekt wiederzugeben und auch einzuordnen.«
*MDR Kultur*